Politycki
Weiberroman

Matthias Politycki

WEIBERROMAN

Historisch-kritische
Gesamtausgabe

Luchterhand

Vollständige Ausgabe nach dem Text der Fragmente, wie sie von Gregor Schattschneider in seiner Pension auf Frauenchiemsee, Bayern, im Januar 1996 zurückgelassen wurden, angeordnet, herausgegeben und mit Anmerkungen versehen von Eckart Beinhofer. Mit einer Nachschrift von M. P.

Die in diesem Roman auftretenden Personen sind, auch wenn ihre Namen mit denen von »real existierenden« übereinstimmen sollten, rein fiktiv; Behauptungen über diese Personen, deren Handlungen oder über Ereignisse der sogenannten Zeitgeschichte sind nicht mehr als Behauptungen eines literarischen Erzählers.

PT
2676
.0454
W45
1997
mar.1999

3 4   99 98 97

© 1997 Luchterhand
Literaturverlag GmbH, München
Satz: Greiner & Reichel, Köln
Druck: Pustet, Regensburg
Alle Rechte vorbehalten. Printed in Germany.
ISBN 3-630-86971-8

INHALT

I

KRISTINA

Ihr habt recht, es gibt eine Reihe weiblicher Vornamen, die nicht nur in den Ohren klingen, sondern im ganzen Kopf – bei manch einem wird da sogar der gesamte Körper zum Resonanzraum. Aber ihr werdet wohl auch zugeben, daß es bloß einen einz'gen Namen gibt, in dem die Schneekristalle glitzern, obwohl die Welt rundum ganz grün ist und die Wege darin grau: Vorausgesetzt, er hat ein K am Anfang! Wie das vom Gaumen knistert bis zur Zungenspitze, kalt und fremd: Kri-sti-na –

Als sie das erste Mal in unsrer Photo AG auftauchte
, zehn Tage vor Gregors Geburtstag und zehn Minuten zu spät, um
die Abstimmung noch mitzubekommen, nach nassen Fliegerstiefeln
roch's und nassen Parkas –, als sie das erste Mal in unserm Dienstagabend auftauchte, hatten wir jede Menge Krokusse dabei, Palmkätzchen, Forsythien, in Hochglanz oder Seidenmatt, trotzdem diskutierten wir mal wieder darüber, daß die Tecklenburger endlich ihr
eignes Jugendzentrum bekommen sollten: In unsrer Gruppe war
zwar – außer Ecki, der neben der Metallgießerei wohnte, und außer
Vögler, dessen Vater voriges Jahr ein Heuerhaus[1] in Ringel gekauft
hatte –, also bei uns war zwar jeder aus Lengerich, aber in der
Schach AG, direkt nebenan, da saßen zwei aus Tecklenburg, und
wenn das so weiterging …

»Am Samstag kicken die ja auch schon mit!«,[2] suchte sich sogar
Lutti an der Diskussion zu beteiligen, und obwohl er selber bloß
Verteidiger spielen durfte, linker Außenverteidiger (was beinahe das
letzte war, wenn's nicht noch die Rolle des Torwarts gegeben hätte),
wurde sein Votum ausgiebig beklopft; draußen bollerte der Milchmann durch die Dämmerung, die Dämmerung jaulte hinterher, und
dann war's ziemlich still: Da kam sie rein.[3]

Schwebte vielmehr über der Schwelle
, ein tonloser Ton, der hin und her schwang, hin und her – wahrscheinlich hatte sie erwartet, daß hier alle vier Wände verklebt
waren mit schwarzweißgefleckten Kühen und Schattenrissen von
Telegraphenmasten, mit den langen Linien abgestoppelter Weizenfelder, hatte erwartet, daß mit Photopapier hier hantiert wurde und
Kanistern voll Entwicklerflüssigkeit, hatte erwartet, daß zumindest
über Photos *geredet* wurde; und steuerte schließlich, während ihr
unser aller Feindschaft entgegenfieberte, steuerte ohne jedwedes Be-
grüßungsgenicke auf den Stuhl zu, der am weitesten weg war vom
Geschehen; der AG-Leiter grinste dazu, und man sah seinen Gold-
zahn:

Also, das sei sie, die Neue. Aus Wechte. Ob wir dies endlose
»Ausdiskutieren« nicht bleiben lassen und ihr, gewissermaßen zur
Einstimmung, unsre Palmkätzchen zeigen wollten?

Das war so ziemlich das letzte, was wir wollten, denn »die Weiber«, die – wie soll man sagen –
: bekämpften wir.
: verachteten wir.

Wenigstens hatten wir noch mit neun zu sechs bei jeder Abstimmung das Sagen, und das, obwohl auf Arne kein Verlaß mehr
war, seit er seinen »Blaufilter«, wie er's nannte, meist schon nachmittags aufschraubte und unsre zehnte Stimme versoff.[4] Auf eine
Neue, obendrein eine aus der Walachei, waren wir nicht gerade
scharf.

»Wo liegt denn Wechte überhaupt?« fragte Ecki über die aufbro-
delnde Unruhe hinweg und schlug, als Jüngster war er vertraut im
Umgang mit der Narrenkappe, schlug gleich selber sein abrupt auf-
schrillendes Gekecker an, um es, einen Moment später und ohne jedes Nachglucksen, jäh abzuwürgen. Denn daß Wechte *jenseits* der
Demarkationslinie lag, die von der Autobahn ins Ostwestfälische
geschnitten wurde,[5] schlimmer noch, daß dessen weitverstreute Ge-
höfte lediglich ein bis zwei Kilometer von Tecklenburg selbst entfernt waren: das wußten wir natürlich alle.

Sagte sie was

, sagte sie *irgendwas* an jenem vergraupelten Aprilabend? Wahrscheinlich saß sie nur im Eck, taxierte unsre Hinterköpfe und Eckis
langes spitzes trauriges Gesicht (denn als Pausenclown war er der
einzige, der sich umblicken durfte und das auch ungeniert ausnutzte), saß im Winkel, wickelte eine Haarsträhne um ihren Zeigefinger,
taxierte unsre Rückansichten – Vöglers angeschmuddelte Wildle-
derjacke, seinen angeschmuddelten Hut, unter dem's kräuselschwarz
hervorquoll. Oder Luttis kariertes Holzfällerhemd, das um den
Brustkorb diese Querfalten zog, die wertvolle Punkte brachten; vielleicht fiel ihr sogar auf, daß Max seine Hände, lasch und weiß und
kraftlos, ständig zwischen den Kniekehlen rumhängen ließ, weil er
sowieso einer der Größten war und sein Notendurchschnitt einer
der schlechtesten und weil –

– nein, von der geheimen Hierarchie in
unsrer AG konnte sie noch nichts wissen, und während wieder

10

so getan wurde, als ginge's um Brennweiten und Blendenvorwahl, flammten draußen die Straßenlampen auf und warfen einen müden Schimmer übern Teer.

Sagte sie was, sagte sie *irgendwas* an jenem vergraupelten Aprilabend? Wahrscheinlich saß sie nur die Zeit ab, hin & her kippelnd, den grünen Geschmack aus einem Wrigley's-Streifen herauskauend, wahrscheinlich verschwebte sie um halb acht, ohne weiter gestört zu haben; Gregor[6] trottete mit Max zum Brunnen am Rathausplatz, wo sich ihre Heimwege trennten. Tat sich noch ein wenig wichtig über die Chancen der Borussia beim Rückspiel gegen die Bayern,[7] tat sich noch ein wenig wichtiger über die Nachteile des Naßabspielens von Platten, dann war's nicht länger hinauszuzögern: Aus dem Torbogen des Römers schlingerte bereits die Silhouette von Herrn Kohnhorst; in wenigen Minuten würde Frau Rethemeier mit ihrem schnaufenden, schleckenden Bernhardiner daraus hervorkommen und Gregor im Vorbeigehen zwingen – »Ist er nicht lieb?!« –, ihn am Halsansatz zu kraulen.

Rundum leuchteten die Fenster so selbstverständlich, als wäre nichts passiert heut abend, gar nichts.

Inzwischen kannte Gregor
seinen Heimweg sehr genau. Vor zwei Jahren, als er, arglos träumend, seine ersten Schritte in die neue Stadt gesetzt,[8] war er öfter, als ihm lieb sein konnte, in einen Hinterhalt geraten – kaum an jede zweite Gartentür hatte man ein Schild geschraubt, und an manch eine bloß ein derart winziges, das man erst entdeckte, wenn's zu spät war: Was diese Kerle nur alle von ihm wollten? Ob sie sich deshalb auf ihn stürzten, weil ihnen die andern, die vorbeikamen, zu groß waren?

Obwohl Gregor der Zweitkleinste geblieben, auch jetzt noch, in der 11b, hielten sich die Überraschungserfolge der Kerle mittlerweile in Grenzen, und wenn man des öfteren die Straßenseiten wechselte, konnte man einigermaßen unbehelligt zu den Burwiesen gelangen. Insbesondere der Weg bis zu W & H[9] war reine Routinesache, weil's hier noch so gut wie keine Vorgärten gab; erst in der Ringeler Straße lauerte sie einem, an gewissen neuralgischen Punkten, gern hinterm Zaun auf. Niemals war's Gregor deshalb eilig, das hätte die Herrschaften irgendwie herbeigelockt, hätte ihnen verraten, daß man sie ernst nahm – oh nein, man mußte sich Zeit lassen, viel Zeit, mußte gegebenenfalls sogar stehenbleiben, in möglichst lautes Gelächter ausbrechen über ihr Getue; und wenn man von ihnen doch mal bei einer Unaufmerksamkeit erwischt wurde, durfte man wenigstens keinen schnellen Schritt zur Seite machen.

Gregor teilte seine Gegner ein in »klein«, »groß« und »sehr groß«, und obwohl er ganz genau wußte, welche Doppelhaushälfte zu hassen und welche zu lieben war, ereilte's ihn dann doch noch: ausgerechnet an der Mauer, die um den Bauernhof von Schultebeyring lief,[10] ausgerechnet auf einem Streckenabschnitt, der als todsicher bislang galt, kurz vor der Straße nach Osnabrück, etwa dort, wo »Wer sich nicht wehrt, lebt verkehrt« auf die Mauer gesprayt war, dort also! sprang einer dieser Kerle aus dem Nichts und, natürlich, direkt auf ihn zu: Durchs Dunkel klang sein Gekläff eher »groß« als »klein«.

Dann kam die Wiese, in deren letzten grauen Schneeresten eine Menge verdächtiger Spuren und Pißflecken zu beachten waren.

Und dann kam die Hauptsache.

Denn Gregors Eltern hatten tatsächlich
das Kunststück fertiggebracht, ihr Reihenhaus genau zwischen zwei von den Kerlen zu plazieren: Rechts wohnte Percy, die Hauptsache, und obwohl der alte Van der Paaschen sogar dann noch, wenn er seinem Riesenschnauzer nichts mehr entgegenzustemmen vermochte und der, in gewaltig schwarzen Sprüngen, über die Waschbetonplatten setzte oder den frisch ausgesäten Rasen oder die Krüppelkiefern oder, dies war dann allerdings das sichre Ende, übers freie Feld – obwohl der alte Van der Paaschen selbst in solch apokalyptischen Szenarien seinen Stock in den Himmel stieß und lauthals beteuerte, er habe alles bestens im Griff (»Der tut nichts! Der tut nichts!«), wußte's jeder in der Burwiesen-Siedlung bald besser. Sobald der Ball, zumeist beim Kicken auf die Garagentore, trotz umfänglicher Vorsichtsmaßnahmen in Percys Revier geriet, war der Nachmittag unweigerlich gelaufen; lediglich ein einziges Mal hatte's Erps ge-

wagt, über den Zaun zu steigen und –

– dann war ihm Percy sogar
noch hinterhergesprungen und –

– dem Gregor blitzartig klargewor-
den, daß es nicht jedem Ball gleich nachzuklettern lohnte und daß
man das zumindest erst mal die andern machen ließ.

Von der Hauptsache freilich
war heute nichts zu sehen, zu hören, und so wandte sich Gregor
nach links, wo hinter dem Gartentor der Strübbes schon Dr. Arnold
tobte: Als Mops zwar fiel er unter »klein«, war aber ein persönlicher
Feind, unberechenbar, schnell, hartnäckig, und weil der Zaun hier
nicht höher als zwei Handspannen maß, mußte man aufpassen, daß
der Heimweg nicht noch auf den letzten drei Metern in eine Niederlage mündete: Gregor bellte zurück, stürzte auf den trennenden
Maschendraht zu, bellte, raffte ein paar Steinchen zusammen, bellte und ließ sie in einer breitgestreuten Salve durch die Nacht pras-
seln, dorthin, wo sie am lautesten war.

»Aus dir mach ich Schaschlik!« drohte er, als die Haustür bereits
aufging: »mit Mayo und Ketchup!«[11]

Doch leider gab's
bloß Kartoffelpfannkuchen mit Apfelmus mit Schwarzbrot – und
mit einer kleinen Szene, in deren Anfangsphase sich seine Mutter
mal wieder »tief enttäuscht« zeigte über Gregor, weil der die neue
Jeans verhökert hatte gegen ein widerlich violettes Hemd mit Rüschen und extrem spitzem Kragen: und so lange gurrte und buhlte,
bis sie jählings drohte, forderte. Während Gregors Vater wortlos,
mienenlos seine Zeit zergabelte und sich zurücksehnte ins Wohnzimmer, an die Bilanzen, die zwar keine beßre Laune, aber wenigstens nicht solchen Lärm machten.

Ein Hemd! Was er sich wohl dabei gedacht habe, der Gregor
Schattschneider, so was einfach in die Schmutzwäsche zu werfen, ob
er seine Mutter denn für blind halte? Und ob er ihr jetzt auch noch
weismachen wolle, daß es jemand anderem als diesem Erpenbeck
gehöre, diesem verlotterten Stefan Erpenbeck?[12]

13

Ja, in der Tat, das wolle er: Dem gehöre's nämlich *nicht* mehr! Erps und er hätten getauscht.

Das war's aber nicht, was man von Gregor zu hören wünschte, schließlich habe er die Hose zu Weihnachten erst bekommen; und daß man mit einer Lee überall belächelt wurde, das wollte der Mutter ganz & gar nicht in den Kopf:

Wieso denn dann ein Stefan Erpenbeck an der Hose Interesse habe?

Naja. Bei Erps sei's schon wieder ein Markenzeichen, der trage doch *nur* die falschen Klamotten.

»Gregor!« war's soweit, und da half kein Augen-Verdrehen, kein Luft-Ausschnauben, kein Mit-den-Schultern-Zucken, »Gregor, ich möchte, daß du den Tausch rückgängig machst, verstehn wir uns!«

Gregor jedenfalls verstand; und weil er wußte, daß seine Mutter selbst diese Lautstärke noch mühelos erhöhen konnte, und weil auch sein Vater das wußte und sich bereits verdrückt hatte: verdrückte sich Gregor jetzt ebenfalls.

Und verfluchte

, während er einen stoischen Blick auf die Englisch-Hausaufgaben warf, die morgen während der Religionsstunde zu bewerkstelligen waren, und verfluchte, während er seine Fußballschuhe wienerte, und verfluchte – seinen Vater: Seit der von der Raiffeisenkasse zur Spardaka[13] gewechselt war, blockierte er, abgesehen von Donnerstagen, an denen er sich »zum Sparen« im Schützenverein traf,[14] blokkierte er mit seiner notorischen Rauf-und-runter-Rechnerei Abend für Abend das Wohnzimmer. So daß Gregor fast jede wichtige Sendung verpaßte und sich selbst von einem Ecki oder Charli Belehrungen gefallen lassen mußte, wie viele Schüsse im »Aktuellen Sport-Studio« rein und wie viele danebengegangen waren.[15] Oder wie lange Kuli überzogen hatte.[16]

Als er den Spiegel nach dem Zähneputzen behauchte, wußte er nichts hineinzuschreiben. Dann tauchte aus den Schlieren sukzessive dieses Gesicht wieder auf, mißtrauisch sich selbst beäugend, das freilich den Fehler nicht finden konnte. Den Fehler, der alles so flau, so verwackelt, so irgendwie vergeblich aussehen ließ und der ganz

14

sicher auch dafür verantwortlich war, daß ihn die Frau an der Kasse, als er vorgestern in beiläufigster Manier eine Karte für »Spiel mir das Lied vom Tod«[17] verlangt hatte, daß ihn die Frau glatt − − − Und sich dann sogar den Ausweis zeigen ließ (»Tatsächlich, fast sechzehn!«); kein Mensch würde einen Max nach dem Ausweis fragen! Nicht mal einen Lutti oder Erps, obwohl die doch gerade erst fünfzehn *geworden* waren.

Und wenn man sich den Rest geben wollte, mußte man bloß noch auf die Schultern blicken, aus denen die Schlüsselbeinknochen so elend hervorspitzten, auf die Brustwarzen, die so mutlos auf den Rippen herumrutschten, und: dann war's wirklich zum Davonlaufen.

Nachdem er sein Zimmer nach Insekten und Mördern
durchsucht hatte – rein gewohnheitsmäßig, denn eigentlich bemühte er sich seit über einem Jahr, das für überflüssig zu halten –, legte Gregor die neue *Pink Floyd* auf, die er von Erps zusätzlich rausgehandelt hatte für seine Hose, legte sich selber ins Bett, drehte das Licht ab und konzentrierte sich auf das grüne Leuchtband an der Decke. Konzentrierte sich, und als die Gitarre (oder war das der Synthesizer?) ganz hell und leicht die ersten Töne in sein Zimmer fallen ließ, als wäre man inmitten einer riesigen Tropfsteinhöhle, da schien der Tag doch noch eine Wendung ins Positive zu nehmen. Aber bevor die Gitarre (oder wäre er *das* jetzt gewesen, der Synthesizer?) zu krächzen und zu kreischen begann wie ein Schwarm hungriger Raben, war Gregor schon eingeschlafen: ohne an der Schnur zuvor gezogen zu haben, die er um den Stecker seines Mister Hit[18] geknotet hatte. Der Tonarm knackte eine ganze Nacht lang in der Auslaufrille vor sich hin.

Das sollte Gregor so schnell nicht wieder passieren.

Mit einer Katastrophe
begann der Nachmittag danach: Das Schild »Pst! Soundcheck!« hing an der Türklinke, das Mikrophon stand auf einem Stapel »Reader's Digest« und also exakt auf Höhe des Lautsprechers, sogar der Moderator hatte sein Wort gegeben, jedes Lied auszuspielen bis

zum letzten Ton: da schrillte das Telephon unten los und, einen Gitarrenlauf später, die ganze Welt. Gregor duckte sich und hoffte, daß der Sänger von *Led Zeppelin* halbwegs dagegenhalten würde mit seinen Schreien; aber als er's treppauf muttern hörte, wußte er, daß er *Stairway To Heaven* auch diesmal nicht komplett aufs Band kriegen würde. Und als dann alles so geschehen war, wie's irgendwie immer geschah, wenn der WDR mal was andres als deutsche Schlager spielte, da spürte er einen ordentlichen Haß auf Max, der ihm zur Begrüßung nichts Wichtigeres mitzuteilen wußte, als daß ihn Kötte soeben angerufen hatte, Kötte! Und davor schon Vögler, Erps, Charli, Lutti.

Das Telephon stand gleich neben dem Treppenabsatz: auf einer Vitrine, die in sämtlichen Etagen von winzigen gläsernen Katzen, Hunden, Rehen, Hirschen, aber auch von Löwen, Bären, Büffeln bevölkert war; und obwohl's Gregor liebte, so nebenbei ein wenig Aufregung in die Murano-Herden zu bringen – seine Mutter ordnete streng nach »Brehms Tierleben«, Gregor hingegen nach dem Farbkreis –, obwohl er schon nach dem erstbesten blaugrünen Rehkitz gegriffen hatte, schwieg er sich dann doch lieber bis zur Wohnzimmertür, schwieg sich ins Wohnzimmer hinein. Denn in der Küche klebte man mittlerweile Rabattmarken in kleine Rabattmarkenheftchen und war dabei sehr drauf bedacht, sich einen Spalt zum Flurgeschehen offenzuhalten.

Bevor Gregor bei Kötte anrief
, zog er das Telephonkabel um den Gummibaum herum, so daß er vom Schreibtisch seines Vaters (auf dem die Vorschlagsbände des Bertelsmann Leserings in lückenloser Reihe standen, als würde's hier je um was andres gehen als *Zahlen*reihen), so daß er vom Schreibtisch und folglich von der Wohnzimmertür noch ein paar entscheidende Schritte weiter weg gelangte, etwa auf Höhe der Anrichte mit den Sonntagstellern und der riesigen Asbach-Uralt-Flasche obenauf: die mittels Deichsel und zweier metallener Speichenräder als eine Art Einspänner getarnt war, es fehlte allenfalls eins der Murano-Pferde vom Flur. Als er sich mit Lutti, Charli, Erps und Vögler beraten hatte, war das Kabel bis hinter zur Terrassentür ge-

spann, Gregor blickte raus über den winzigen Teich, der auf die Frühlingsfische wartete, über den Rest an Rasen, den der Winter übrig gelassen, über die Thujahecke und das wilde Buschwerk dahinter, die vereinzelt emporkahlenden Baumkronen. Wäre das Kabel nur nicht so kurz gewesen!

Fest stand zumindest
, daß sie eine Stupsnase hatte voll von Sommersprossen, kleine, grüne, funkelflinke Augen und abgebißne Fingernägel, fest stand, daß sie blond war und ständig Katjes kaute, fest stand, daß sie graue Augen hatte, eine schmale, steile Nase und, das war ja wohl das letzte, lange rosarot lackierte Fingernägel. Fest stand, daß sie ununterbrochen Brausestangen zerlutschte, daß sie ganz weiße Haut hatte und ganz kleine Finger.
Ein Muttermal an der linken Schläfe.
An der rechten Schläfe.
Und kornblumenblaue Augen.
Und: daß sie Levi's-Jeans trug.
»Mensch, Max!« bezischelte Gregor den Hörer, als er ein zweites Mal mit ihm die Angelegenheit besprach, was insofern nicht unheikel war, als sie ja – außer Ecki – gar niemand offiziell zur Kenntnis genommen: »Sie hat *braune* Haare, stinknormale braune Haare. Und was die Jeans betrifft – «
»Sie ist *blond*!« beharrte Max und legte auf.
»Apropos Jeans«, betrat Gregors Mutter das Wohnzimmer, »hast du inzwischen mit diesem Erpenbeck gesprochen, mit diesem verlotterten Stefan Erpenbeck?«

So kam's
, daß Gregor den Rest der Woche darüber nachdachte, ob die Neue vielleicht doch ein bißchen blond war und wie er's Erps plausibel machen konnte, daß er sein Rüschenhemd plötzlich nicht mehr wollte. Erps war zwar nicht gerade der Kötte der AG, aber – trotz seiner geradezu gregorianischen Zwergwüchsigkeit – so was wie dessen inoffizieller Stellvertreter: Auf seiner Oberlippe versuchte sich bereits der rötlich aufstoppelnde Schimmer eines Schnurrbarts;

fast über die gesamte Länge seiner Stirn zogen sich dicke dunkelrote Narben, von denen jeder was andres zu berichten wußte; letzten Herbst hatte er, und auf die Nachfragen der Nachbarkinder war er währenddessen mit keinem Wort eingegangen, hatte er die Gitter von den Kellerkästen beidseits der Erpenbeckschen Haustür abgedeckt, hatte sich im Gebüsch versteckt und derart glaubwürdig nach Hilfe geschrien: daß seine Mutter aus dem Haus geeifert kam, über den Treppenabsatz hinaus gleich im Schwung hinein ins erstbeste Loch hinunter. Und sich ein Bein dabei gebrochen hatte. Seither galt Erps als der unbestrittne Beherrscher der Burwiesen, und ausgerechnet dem sollte Gregor klarmachen, daß er …

… sich so allein gelassen fühlte mit seinem Problem! Max war und blieb komisch, wich aus, und von den andern Klassenkameraden konnte Gregor sowieso niemand um Rat fragen, die diskutierten im Religionsunterricht ständig über »antiautoritäre Erziehung« und »bewußtseinserweiternde Drogen« und »Ostpolitik« – wobei sich Gregor immer weit, weit weg wünschte, wenngleich er nicht wußte wohin, und es für angeraten hielt, den Mund zu halten. Und erst mal die andern machen zu lassen.

Die hatten ja auch leicht reden, die waren ja alle schon irgendwo »dran gewesen«, die hatten's geschafft.

Ob die Neue vielleicht doch ein bißchen blond und blauäugig und warum so was plötzlich von solcher Wichtigkeit war? Als die Pausenglocke ging, merkte Gregor, daß er die ganze Stunde über Kilroys[19] gemalt hatte, anstatt die Englisch-Hausaufgaben zu erledigen:

Am nächsten Dienstag, Punkt achtzehn Uhr
, nach nassen Fliegerstiefeln roch's und nassen Parkas, war unsre komplette AG eingelaufen: Kötte, der mit den Kiefern malmte und

sich bei jedem beklagte, daß er *eigentlich* für seine Führerscheinprüfung lernen müßte; Arne, der aus dem Maul stank und zweimal zum Pinkeln rausmußte; Charli, der wieder sein violett gefärbtes Meerschwein mitgebracht hatte; und der Rest sowieso – die Weiber mal nicht mitgerechnet.

»Uch«, sagte die Neue, »wie süß«, und Charli hielt ihr seine Schulter dermaßen zum Streicheln hin, daß wir ihn am liebsten auf der Stelle in den Boden geschlagen hätten, »ungespitzt«. Ausgerechnet Charli! Der dauernd durch seine Brillengläser die Welt bestaunte mit riesigen, mausmakihaft aufgerißnen Augen, Charli, der unsre alten Sachen auftragen mußte, weil seine Mutter gerade mal genug Kindergeld kriegte, um ihn und seine drei Geschwister »durchzufüttern«, Charli, der sich verlegen jetzt die Reste eines Bubble-Gum-Abziehbildes vom Handgelenk zupfte – ausgerechnet Charli.

»Lila«, grapschte Katrin als nächste nach dem Meerschwein, und wir hielten den Atem so fest an, daß man das Rauschen der Schneeflocken hörte, das Glitzern des Teers, das ferne Geseufze der Gullis: »So süß wie dein grünes ist es aber nicht.«

Als die Neue darüber auch noch lachte – auf ihren Zähnen blitzte's unmißverständlich: Sie hatte! eine Spange –, da war's ausgemacht, daß es ab heute verteufelt viel zu betuscheln gab für die beiden und zu bekichern. Charli schaute mit seinen Augen und wußte nicht, ob er mitkichern sollte.

Keine Frage übrigens, daß die Neue *braun* war, nicht blond, und ihre Jeans: von Mustang! Weiber hatten eben keine Ahnung.

»Sie fällt nicht unter Weiber
, sie ist ein Mädchen«, entschied Kötte ganz lapidar, als wir uns um den Stadtbrunnen scharten. Während der AG-Sitzung war ein halber Zentimeter Schnee gefallen, und es wollte uns scheinen, daß selbst Lengerich dadurch eine gewisse Würde bekam.

»Sie ist ja auch nicht braun, sondern blond«, suchte sich Erps zu belustigen, und obwohl er sich gerade eine Zigarette angesteckt hatte, war er ohne jede Chance: Kötte, den konnte keiner, der griff sich sogar einen Erps mit links und ließ ihn erst wieder los, als dem bedeutend mehr als seine Narben rot angelaufen war. Ja, Kötte! Da nützte's auch nichts, daß Erps, wortlos weiße Wolken aus sich herausschnaubend, auf Handspannenbreite vor ihm verharrte und den bösen Blick hatte, Erps ging ihm gerade mal zu den Schultern, und dann wäre erst noch dieser Backenbart gekommen, der bereits im Kragenausschnitt begann und sich, ein dichtes schwarzes Fell, bis zu einer unablässig malmenden Kinnlade emporkräuselte − ja, Kötte! Ein dampfender Bulle, flokatihaft bepelzt wahrscheinlich selbst am Rücken, den konnte keiner;[20] Erps spuckte verächtlich in den Brunnen und klopfte sich eine neue Zigarette aus der Packung.

»Ob blond, ob braun«, versuchte jemand, witzig zu sein: Zwar trüge sie Mustang-Jeans, das ließe sich nicht leugnen; aber ordentlich ausgewaschen seien sie, und über den Schlag könne man nicht meckern.

Gregor rieb sich die Ohren, die ihm Fräulein Inge trotz aller Beschwichtigungsversuche wieder freigelegt hatte − sie nahm ihn genausowenig ernst wie die Kinokassenfrau −, doch auch wenn er sich die Haare gerauft hätte, war's sein Freund Max, den er da hören mußte:

»Und ihre Boots, die sind echt von Clarks.«

Ob man sie das nächste Mal nicht einfach mal grüßen solle?

Max! Was nur war in ihn gefahren
, in sein abschüssiges Schulterzucken, das schlenkernde Hin & Her der Hände, die verschlurfte Art, auf der Stelle zu treten: Max Schmedt auf der Günne,[21] Gregors bester, Gregors einziger Freund, jetzt behauchte er seine achteckigen Brillengläser, und auch das tat er mit gewohnter Schludrigkeit; doch als er die Brille dann putzte, wieso glimmerte da solch ein grundloses Gegriene an seinen Mundwinkeln, Max! Was war bloß in ihn, was war in uns alle gefahren? Die wir mit unsern Stiefelspitzen gegen den Brunnenrand stießen, linksrechts linksrechts, weil uns fror, und die wir uns partout nicht davonmachen wollten in die behaglich beheizte Einsamkeit unserer Doppelhaushälften, die wohltemperierte Ausweglosigkeit unserer Flachdachbungalows, *obwohl* uns fror? Aus dem Torbogen des Römers schlingerte Herr Kohnhorst; aus dem Torbogen des Römers stolzierte stramm Frau Rethemeier, vor Aufregung verhaspelte sich

Gregor mit seiner Zigarette und mußte husten; aus dem Torbogen des Römers tauchte Herr Huckriede auf, tauchte Frau Lutterbeck auf, die sogar zwei, drei resignierte Halbsätze lang stehenblieb, um Lutti ins Gewissen zu reden; danach strichen nur noch ein paar W&H-Türken herum,[22] die's neuerdings hier gab.

Wenn wir wenigstens über Fußball geredet hätten, schließlich sollte unsre Saison demnächst beginnen, und so wie der Wind meist runterpfiff vom Teutoburger Wald, würde am Freitag sicher alles wieder weggetaut sein: Viel hatte sich Gregor vorgenommen für dieses Jahr, viel – mußte er sich doch nicht mehr mit Ecki im Tor abwechseln, seit Rick, der Tiger, einfach mal so und ohne daß er sonst irgendwas mit irgendeiner AG zu tun hatte, am Spielfeldrand aufgetaucht war und gleich die passenden Handschuhe vorweisen konnte. Immerhin war Gregor vor dem Anpfiff nie verhauen worden: im Gegensatz zu Ecki, der jedesmal, bloß ein bißchen und bloß zum Aufwärmen, herhalten mußte – Ecki spielte ja auch noch heimlich Autoquartett, schleppte am Weltspartag ja auch noch seine prall gefüllte Büchse zur Spardaka (wofür er stets auf dieselbe geodreieckige, radiergummimäßige Weise belohnt wurde), konnte ja auch, wenn er verprügelt wurde, so herrlich rumfluchen, weil sein Vater ein Originalbazi war aus dem Voralpenland,[23] Ecki war ja auch erst vierzehn.

Nach dem Spiel, da durfte er zeigen, daß er doch schon ein ganzer Kerl war: Wenn wir nämlich alle außer Vögler in den Rewe-Laden reinstürmten und wie wild die Micky Maus-Hefte durcheinanderwühlten und die Wundertüten, als wären wir gerade erst eingeschult worden, und uns über den Geschmack der Luftschokolade stritten und den der rosa und der weißen Schokolinsen, so daß es dem Dieckmann an der Kasse eng und enger wurde, bis ihm die Stirn schillerte, während Kötte durch ein rückwärtiges Fenster die Fanta-Flaschen warf. Zwar wunderte sich der Dieckmann immer, wieso wir nur ein paar Päckchen Brausepulver kauften oder eine Tüte Treets, und irgendwann kam er uns auch auf die Schliche und vernagelte das Fenster, aber bis dahin hatte's noch einige Ostverträge Zeit, sagen wir, bis '73.[24]

Ostverträge, über die der Religions-, der Geschichts-, der Deutsch-, der Sozialkundelehrer ständig mit uns diskutieren wollten, ständig.

Zum Freitag zwingend dazu gehörte das anschließende Wettrülpsen – mannschaftsweise lagerten wir um unsre Flaschen, die Photo AG (Borussia Mönchengladbach), die Schach AG (Borussia Dortmund), dazwischen diejenigen, die nirgendwo richtig dazugehörten, und: gaben erneut alles, was wir hatten. Denn der Freitag, der gehörte uns, zumindest der Freitag, und einmal, Gregor glaubte, daß es gestern erst gewesen, so frisch brüllte ihm der Ton durchs Blut, einmal hatte Kötte einen Schrei abgelassen, von ganz unten, durch zwei, drei halbverdaute Koteletts hindurch und – praaah! – an die frische Luft, daß es ein Echo gegeben hatte von wer-weiß-wo, und danach war's dermaßen still gewesen hinter all den frischbeschnippelten Vorgartenhecken, hinter all den geraffelten, gerüschelten Gardinen mit all den frischbetüterten Geldbäumen, Kakteen, Azaleen: dermaßen still, daß sogar die aus der Schach AG klatschen mußten.

Seither übte sich Gregor bei jeder Gelegenheit in der Erzeugung eines glaubwürdigen Tons; aber er mußte sich's immer aufs neue eingestehen, daß er bereits an den Ausgangsbedingungen scheiterte, an der Literflasche Fanta. Davon schaffte er in einem Zuge bestenfalls zwei Drittel.

Tatsächlich
begann die Saison am Wochenende wieder, und obwohl auf unsrer Seite, neben Rick, noch zwei aus Tecklenburg mitmachten, die keine Ahnung davon haben konnten, was uns alle so aus dem Tritt gebracht, schlidderten wir von Anfang an in ein Debakel hinein, das am Ende sogar zweistellig ausfiel. Zwar rülpsten wir dann wie die Weltmeister, um wenigstens auf diese Weise kundzutun, was *wirklich* in uns steckte; doch tief in unserm verbocktesten Innern, unter zwei, drei hastig verputzten Kohlrouladen, Königsberger Klopsen, ahnten wir, daß es damit zukünftig nicht mehr getan sein würde. Und daß es unwiederbringlich auch vorbei war mit manch andrem, das uns ein Pochen in die Schläfe gesetzt:

Vorbei

mit den nächtlich atmenden Rohbauten, in denen man, größerer Offenbarungen ermangelnd (plötzliche Penner, plötzliche Leichen), auf eine verfeindete Clique lauerte …

Vorbei

mit dem Mörderspiel und seinen Fahrradjagden quer durch die Stadt, durchs Gekeife der Aktentaschenträger, Kinderwagenschieber, Einkaufskorbschlepper:[25] Was wußten die schon, wo das Spiel endete und der Ernst begann, der *mörderische* Ernst begann, was wußten die schon, welche Schmerzen die kleine Narbe an Gregors Kinn bereitete, was wußten die schon! Weil er trotz dieses Sturzes eine stramme Ohrfeige kassiert hatte – von Frau Rethemeier, ihrer Putzfrau, deren verdammter Bernhardiner ihm irgendwie unter die Räder geraten war …

Vergessen

auch Franz Hünerkopf, der während der Schulpausen ganze Rudel zum nächsten Telephonhäuschen getrieben hatte: Kaum war man in den Gelben Seiten[26] auf seinen Namen gestoßen (»eine glänzende Nummer für Karosserie und Lack«), hatten die mit der tiefsten Stimme darin gewetteifert, ihn unter allen erdenklichen Vorwänden ins Gespräch zu ziehen, bis er sein Mißtrauen vergaß und reif war für die Schlußpointe:

»Guten Tag, hier Windmöller & Hölscher, Zentrale Auslieferung (unterdrücktes Gegickel im Hintergrund). Also wir würden übermorgen liefern, ist das recht?

Was meinen Sie mit Sie-wissen-von-nichts; wollen Sie mich –

Aber sicher, Ihr Auftrag liegt –

Nein, kein Irrtum möglich, tut mir –

Aber Sie sind doch ein – (unterdrücktes Gegackel)?

Was heißt hier Übler-Scherz? Die XL-2500 ist unser bestes Stück, Sie wissen schon (großes kreischendes Gegockel): vollautomatische Verpackung von Hühnerköpfen – hallo?«

Schade nur, daß Gregor zwar meist als Texter der Gespräche fungierte, als Drehbuchautor gewissermaßen, daß das Schulterklopfen aber immer derjenige erntete, der die Sache dann tatsächlich durchgezogen hatte.

Nicht vergessen
, wenigstens vorerst, war der »Kater« mit seinem abgewienerten Billardtisch;[27] in geschäftiger Humorlosigkeit widmeten wir uns weiterhin jeden Sonntag den vollen und den halben Wahrheiten, auf dem Tresen hortete Arne die Altbierbowle[28] und die Markstücke, um die's ging, der Rest war Klinkerboden, waren Sperrmüll-Sofas, bekerzte Holztische, der Rest waren die, die uns zuguckten: uns! die wir in geübter Lässigkeit den Fuß hin und her gleiten ließen hin und her am dicken Ende des Queues und so dessen dünnes, speckiges Ende in einen blauen Kreidewürfel hineindrehten, die wir pausenlos in die Knie gingen und geheime Punkte auf der Bande bepeilten, die wir den Queue hin und her gleiten ließen hin und her zwischen den Knöchelkuppen hin und her … und die wir viel lieber eine Keule gehabt hätten in diesem Kaff, das uns seit einem knappen Monat noch trostloser erschien, außer am Dienstag.

Aber halt
, seit Kötte, weiß der Teufel, wie er an ihn rangekommen war, mit einem uralten Benz herumdieselte, gab's auch wieder den Freitag. Und wenn wir, in unsern Glanzzeiten sechs bis sieben Mann hoch – der siebte, sofern er sich genug zusammenschnorren konnte: Charli samt lila Meerschwein,[29] im Gepäckraum, wo er spätestens nach zwei, drei Kilometern das Singen anfing: »Our friends are all aboard«, bis die ganze Mannschaft einfiel: »We all live in a yellow submarine, yellow submarine, yellow submarine« –, wenn wir die obligatorische Weinflasche leergekreist und in Osnabrück die eine oder andre rote Ampel überfahren hatten, dann waren wir plötzlich wieder wer und die Welt so rund, als hätte –
als könnte –
als würde –
als wäre nie was gewesen. Denn Kötte wußte auch, wo das Leben so spielte: im »Blauen Bengel«, und bereits der Treppenaufgang zum ersten Stock flimmerte mit Lichterketten, lockte mit Photos, auf de-

nen die Hauptsache versteckt war unter kleinen Herzchen. Lockte mit Photos, an denen man freilich achtlos vorbeiflanieren mußte, wollte man nicht Gefahr laufen, als Anfänger dazustehen:

Ob er den Abend etwa hier unten verbringen wolle? mokierten wir uns über Gregor, der von so was noch keine Ahnung hatte, der noch nie an irgendwas Weiblichem drangewesen war außer an Frau Schattschneider, und stupsten ihn voran – wobei Max, wie's schien, am lautesten lachte –, stupsten ihn treppauf, zur Eingangstür, vor der uns ein silbern schillernder Kragen erwartete, dessen Spitzen bis dorthin reichten, wo bei andern die Schlüsselbeinknochen rausragten: stupsten ihn bis zur Eingangstür, vor der uns André erwartete, sein Sprüchlein vom Erstgedeck runterspulte, und schon rüpelten wir rein »in die gute Stube«.

Gleich vorn die Bar
verschlug uns erst mal jeden Kommentar: eine rotglühende Theke und davor die sieben Halbweltwunder der Stadt, mit hochtoupierten Haaren, gewaltig glitzernden Gehängen, mit breiten Augenlidern und viel, viel Hals, umledert von Gürteln, als deren Schnallen handtellergroße Löwenrachen schnappten; doch ehe wir uns, mit Andrés Hilfe, in Sicherheit bringen konnten an einen der seitlichen Tische, übernahm Kötte die Regie – »Wer sitzt, ist out!« – und zwang uns dazubleiben, die Halbweltwunder rückten ein wenig pikiert mit ihren Hockern, eine fette Frau in Netzstrümpfen und Hauspantoffeln (wir nannten sie bereits beim zweiten Mal die »Tresenschlampe«) schlappte Pils herbei und Korn: Also gut. Es konnte losgehen.

Wenn die kleinen Fernseher nur nicht gewesen wären! Nicht *überall* gewesen wären, wo man hinblickte – die kleinen fiesen Bildschirme, die unsern Blicken – noch dazu in Farbe! – jeden Fluchtpunkt verstellten und unsern laut tönenden Anfangselan zum Verstummen brachten: weil man dauernd wegschauen wollte, während man doch aufs neue stets hinschaute; und dazu lief, wie zum Hohn, Rex Gildo oder Peggy March, Wencke Myhre … Ach ja, die Musik, Gottseidank! Die fanden wir dermaßen daneben, daß wir wieder unser Thema hatten. Und sobald die silberne Glitzerkugel an

25

der Decke sich zu drehen begann und den kleinen schummrigen Raum zum riesigen Weltall weitete, in dem die Sterne als Lichtflekken über den Teppichboden huschten, sobald die *Temptations* loszeterten, die *Bee Gees* und sogar dieser dämliche Franzose, der dem Gejapse seiner Begleiterin meist bloß ein notorisches »Je t'aime« beizustöhnen wußte,[30] sobald der Samtvorhang zur Seite ruckelte und die Tischlampen überall runterdimmten: war der Sound zwar noch immer keinen Deut besser, aber man hatte sowieso Grund genug, die Bildschirme zu ignorieren.

Bereits die Namen der Tänzerinnen
erregten unsre Phantasie. Ja, das war schon was andres als Katrin, Ulli, Astrid und wie-sie-alle-hießen, die Weiber aus der AG! Überdies kamen sie hier, sofern sie nur die Bühne betreten hatten, aus Frankreich, Flensburg, Fernost, und nicht bloß aus Ringel, Wechte, Tecklenburg − jedenfalls verriet uns das André, der den gesamten Rückraum betänzelte samt Mikrophon, die Haare nach hinten gegelt:

»Applaus, meine Herrschaften, für Belinda aus Schweden, eine phantastische Frau: Charme, Grazie, Beine, meine Herrschaften, bitte Applaus für − Belinda.«

Und dann verdolmetschte er uns auch gleich den Rest der Geschichte, erklärte uns, was sich zwischen den dicken roten Vorhängen abspielte[31] und was unsre Augen trotzdem nicht glaubten:

»Komm, zeig's uns, Belinda. Ja, zeig uns deine Prachtexemplare. Gib's uns. Gib uns alles, was du hast. Und nun das Höschen. Jawohl, meine Herrschaften, Applaus für Belinda!«

Schon stieg ein wenig Trockennebel auf, schon peitschten uns *Ike & Tina Turner* ihr *Nutbush City Limits* um die Ohren, schon fuhr sich eine Kim mit einem Staubwedel zwischen den Beinen herum und blickte dazu ganz empört; schon hängte sich eine Angela ihr Negligé an den Brustwarzen auf, während uns André versicherte, daß »alles an dieser herrlichen Frau vollkommen echt« sei; und obwohl sie noch nicht mal ganz fertig war mit Wippen und Wiegen, ließ ein Sologreis (wir nannten ihn bereits beim zweiten Mal den »Milliardär«) seinen Sektkübel im Stich, krückte davon. Auch die andern, die andern *außer uns*, riskierten allenfalls mal einen Blick über die Schulter, kumpelten sich ansonsten an die Tresenschlampe ran und verbrüderten sich auf ex: Als ob's nichts Wichtigeres zu tun gab, als ob sich nicht eine Welt hier auftat jenseits von Boyle-Mariotteschem Gesetz, Ablativ, Abseitsregel und der Aussicht auf vierzig Jahre mittleren Dienst! Gutgut, die blanken Brüste waren geschenkt, davon hatte Gregor schon im Zeitschriftenladen bei den Großeltern genug abgekriegt, dank »Stern«, »Quick« und: dank »Praline«, die seine Großmutter nur mit umgeknickter Titelseite in die Auslage stellte. Aber als ob's bloß um Brüste momentan ging! Merkte denn keiner, daß alles völlig anders war, als es André darstellte?

»Hast du's gesehen?« stieß Gregor seinem Nebenmann in die Rippen, und weil Max noch immer dies Grienen im Gesicht hatte und sich aufführte wie ein Stammgast: den hier nichts mehr wirklich anging und der mal mit diesem, mal mit jenem rumquatschen konnte, rumkichern, als sei er beim »Kater«; weil Max seine Kreise noch immer weiträumig um Gregor herum zog, war's lediglich Lutti, dessen Rippen herhalten mußten:

»Hast du's gesehen?«

Aber Lutti kapierte nicht
oder wollte nicht kapieren, nickte hastig und stellte ein paar Sätze zusammen, an deren Anfang und Ende von »geilen Möpsen« die Rede war; wo Gregor doch über das Licht sprechen wollte! und den Dunst und die vielen dicken Lippen rundum – nein: über Andrés empörend selbstverständliche Kommentare zu einer Sache, die so schlechthin unselbstverständlich – nein: über das Enthüllungstempo der Tänzerinnen, denen es anfangs nicht langsam genug gehen konnte und am Schluß dann immer irgendwie – nein: darüber, daß man, trotz allem oder gerade deshalb, nie genug – nein.

Was er sich denn so anstelle? war Lutti sichtlich enerviert: »Das Ganze« sei doch bloß fünf Meter weg.

Neinein, echauffierte sich Gregor, das sei viel weiter weg als fünf Meter, als fünfzig Meter, Mensch Lutti, das sei *2000 Lightyears From Home*. Wenn's nämlich nur fünf Meter weg wäre, dann hieße das ja – dann hieße das ja: daß *jedes* weibliche Wesen, selbst eins aus Lengerich, genauso –?

Aber Lutti kapierte nicht oder wollte nicht kapieren, faselte was von: »gebongt, gebongt«, deshalb seien sie doch hier.

»Lutti, du Dummsuff, denk mal an deine Mutter! Denk mal an unsre Weiber aus der AG, denk an –«

»Tu ich ja, Mann. Jetzt halt deinen Rand, 's geht weiter.«

»Auch an – auch an die Neue?«

Gregor hatte die letzten Worte fast geschrien, so daß Max und Kötte die Köpfe drehten, die sie heut dermaßen demonstrativ zusammensteckten, und rübergrinsten.

»An die am allermeisten, wenn du mich fragst.«

Bevor ihm Gregor ins Gesicht springen konnte
, drehte sich Lutti demonstrativ der Bühne zu, dorthin, wo sich unter Andrés glatten kurzen Sätzen die Hauptattraktion des Abends zu schaffen machte: eine Thaifrau »auf Europatour, meine Herren, ein Glücksfall für unsre Stadt«, eine Thaifrau, die rauchte – nicht mit dem Mund, versteht sich, und das war schon wieder derart daneben, daß auch Gregor bereitwillig einen der Luftballons aufblies, die André reihum verteilte, daß er damit brav bis zur Bühne mitkam, wo sich die Asiatin inzwischen ███████████████████ ██ ██ ███████████████████████████████████,[32] und während Kötte noch im Auto schwärmte

»Wenn *die* dich auswringt, aber hallo!«

, saß Gregor eingeklemmt zwischen Erps, der überraschend still war, und Vögler, der wie immer still war, sogar aus dem Kofferraum drang kein einziger Laut. Erschöpft huschten die Scheinwerferkegel über Plakatwände, Vorfahrtsschilder, Feldwege, selten kam ein Fahrzeug entgegen, und Kötte hatte die Cassette mit *Shocking Blue* eingelegt. Ein Kinderspiel war's, Erps beim Aussteigen vorzulügen, man habe die neue *Pink Floyd* zum Geburtstag gekriegt und wenn's ihm nichts ausmachen würde –

Im Gegenteil, brummelte Erps, mit dieser Lee-Jeans werde man ohnehin nicht ernst genug genommen.

Wieso? fragte sich Gregor, als er den Spiegel behaucht hatte und zusah, wie sein Gesicht langsam wieder darin erschien: Wieso lag Lengerich bloß knappe zwanzig Kilometer von Osnabrück entfernt? Wo's doch in der einen Stadt solche Frauen gab, die solche Sachen machten, und in der andern? allenfalls ein paar AG-Weiber, die noch nicht mal allein aufs Klo gehen konnten.

O. k., und neuerdings auch ein Mädchen.

Was freilich ebenso viele Fragezeichen aufwarf
, war Max. War Max, der dies Grienen nicht mehr rausbekam aus seinem Geschau. Aus seinem achteckig vernickelten Geschau, aber auch aus seiner Halsgrube nicht, den zarten Handgelenken nicht, den zarten Fingern – sogar sein Rücken griente und griente: Gregor schüttelte sich, sobald er an all das dachte, was an Max neuerdings aus der Fasson geriet, und er dachte oft daran. Besonders dann, wenn Max ihn wieder mal eine Spur beiläufiger, wieder mal eine Spur achtloser gegrüßt hatte, morgens, beim Betreten des Klassenzimmers, wortlos riß er seit ein paar Tagen nur noch das Kinn kurz nach oben, die Augenbrauen kurz nach oben und: drehte sofort sich dem Nächstbesten zu; und auch sonst, in der Pause, nach Schulschluß, *immer* gab's irgendwen, dem sich's zuzudrehen galt, der wichtiger war als – – –

Ja, dann war dies Rumgegriene besonders widerlich.

Am Dienstagabend, als man
, selbst Arne ließ neuerdings kein einziges AG-Treffen aus, als man mit vereinten Kräften so tat, als ginge's um Schärfentiefe, um Frosch- und Zentralperspektive, war Max zunächst kein bißchen weniger vergrient als sonst, maulte dann aber plötzlich los, er habe's gründlich satt. Ja: satt! ständig nur das zu photographieren, was gerade blühe: Kirschbäume, Kastanien, Maiglöckchen, den Löwenzahn auf der Burwiese; wenn das so weiterginge, werde auch 1972 vorüberrauschen, ohne daß man eine einzige Personenaufnahme gemacht habe.

29

Jedem bis auf den AG-Leiter war sein Hintergedanke sofort klar, der Vorschlag kam mit deutlicher Mehrheit durch. Das große Los fiel dann allerdings nicht auf Max, sondern auf Vögler, der sein Schicksal mit Fassung trug und sich auch anschließend, am Brunnen, nicht aus der Ruhe bringen ließ: Nein, *Cosmo's Factory* besitze er selbst, nein, er stehe nicht auf *Procol Harum*, sondern auf *Hendrix*, nein, sogar eine Platte von *Taste* interessiere ihn nicht, er habe sie alle drei längst auf Band. Und damit das ganz klar sei: Jeder habe gesehen, daß die Zettel gleich groß gewesen waren, die Zettel mit den Weibernamen, und wenn's nun mal *seine* Aufgabe sei, die Neue zu photographieren, dann sei's eben *nicht* die von Max oder Erps oder Lutti. Und über Musik, dies nebenbei, wisse er sowieso besser Bescheid als wir alle zusammen.

Ungewöhnlich viele Worte waren das, die Vögler da an uns verschwendet hatte; spätestens jetzt drückte er sich den Hut in die Stirn und besprang sein Rad. Was verflucht ins, naja, nicht gerade ins Auge gehen konnte, wie Gregor wußte, der sich eine Zeitlang darin versucht hatte, Vöglers Technik zu kopieren, also nicht etwa, wie jeder Postbote, den linken Fuß aufs Pedal zu stellen und dann in aller Gemütsruhe das rechte Bein übern Sattel zu schwingen, oh nein: Ein paar Schritte Anlauf mußten genügen – ein beherzter Sprung und – wahrscheinlich lag's an Vöglers hochgezognem Easy Rider-Lenker, wahrscheinlich lag's an seinem Bananen-Sattel, wahrscheinlich. Und nun fuhr er die Bahnhofstraße runter, fuhr ringelwärts und in den nächsten Tagen dann nach – dann zu –

Aber irgendwie wollte's Max noch nicht fassen.

Aber irgendwie wollte's Max noch nicht fassen
, oder wieso blieb er stehen und stehen und stehen, statt sich in die Altstadt zu verziehen, Richtung Aldruper Damm, statt sich in seinem Kellerloch zu vergraben, um das ihn Gregor so beneidete?

Unterm Lichtkegel einer Straßenlaterne waren ein paar Mädchen sehr damit beschäftigt, ihre Gummitwistfiguren rechtzeitig der Reihe nach runterzuhüpfen; ein Knirps lehnte, kaum den Sicherheitsabstand wahrend und beide Hände tief in den Hosentaschen, lehnte am Schaufenster vom Salon Inge[33] und tat desinteressiert.

Aus dem Torbogen des Römers schlingerte Herr Kohnhorst, die Turmuhr schlug, die Mädchen kreischten auf, der Knirps flüchtete Richtung Rathaus, blieb stehen, ließ sich vergnügt beschimpfen.

Bloß am Brunnen kam man nicht von der Stelle, Max nicht und Gregor erst recht nicht, Gregor nicht und Max erst recht nicht – seitdem sich Erps verabschiedet hatte, gab's eigentlich keinerlei Vorwand mehr, noch zu bleiben: Bloß am Brunnen trat man auf der Stelle. Rauchte, warf die Kippen ins Wasser, zu all den schwarz schimmernden Flaschen am Grunde des Beckens.

Zu all den schwarz schimmernden Bonbonpapieren, Sunkist-Tüten, Brotresten, zerknüllten Zeitungsseiten.

Von irgendwoher trillerte sich ein Sopran durch die Nacht, der Knirps verdrückte sich in den Schatten des Ahornbaums, der Rest der Welt war mit Bausparen beschäftigt oder mit Gummitwist oder mit der Erzeugung eines ganz leisen, ganz zarten Rauschens – der Brunnen, die Blätter, der gestirnte Himmel und ab & zu ein Auto –, da klackerte, strammen Schritts, Frau Rethemeier in die Stille samt schnaufendem, schlabberndem Bernhardiner: Als ob er nur darauf gewartet hätte, verschluckte sich Gregor. Als ob er nur darauf gewartet hätte, beklopfte ihm den Rücken: Max.

Max Schmedt auf der Günne.

Über was er sich denn am Freitag, im »Blauen Bengel«, die ganze Zeit betuschelt hätte? nützte Gregor die Gelegenheit, sobald er den Bernhardiner vorsichtig fertiggestreichelt hatte, der Sopran sang sich deutlich näher, der Knirps stand reglos im Schatten, Max schlenkerte sich:

Och, über nichts Bestimmtes. Eigentlich. Über die Neue, zum Beispiel.

Und wieso er das mit jedem getan habe außer mit ihm, mit – nun ja: seinem Freund?

Weil der so was noch nicht wirklich kapiere. Der sei eben ein Jahr jünger als er, als Max, und das merke man.

Wie denn, woran denn? wollte Gregor aufbegehren, vom Römer aber kam Frau Lutterbeck, und Max zuckte seine schrägen Schultern.

Kam Herr Huckriede.

Kam eine fremde Person, in fremden Koloraturen schimpfend, wahrscheinlich die Frau eines dieser W & H-Türken, und die kleinen Mädchen deuteten, schrill durcheinanderschnatternd, auf den Schatten des Ahornbaums. Augenblicklich wurde's dort lebendig, Gregor schnippte die Kippe gegen die Armeejacke seines, nunja: seines Freundes, von wo sie runterfiel auf den Gehsteig und liegenblieb als roter Punkt, den keiner schwarzzutreten wagte:

»Sag mal, Max, bist du eigentlich noch zu retten?«

»Nein«, sagte Max nach einer ordentlichen Weile, und dann sagte er nichts mehr.

Dafür

handelte er. Trotzdem kam ihm Lutti, der schließlich keinerlei Handicap hatte durch höhere Schulbildung, kam ihm zuvor.

»Halt dich fest, sie hat genau die gleiche Pizza gegessen wie ich!« triumphierte Max dermaßen durchdringend aus dem Telephonhörer, daß Gregor fast das blaue Rehkitz fallen ließ, mit dem er seine Ordnungsmaßnahmen, seine Umordnungsmaßnahmen stets begann: »Das ist doch ein ganz unzweideutiges Zeichen, oder?«

Als aber alle Blautiere beieinanderstanden, der Größe nach sortiert: eine Giraffe, ein Pfau, ein Wildschwein, ein Rehkitz, jede Menge Gazellen, Löwen, Elephanten; gerade als Gregor sich den Grüntieren zuwandte, stellte sich heraus, daß sie nicht Lambrusco getrunken hatte (wie Max), sondern Chianti – eine klare Distanzierungsmaßnahme! – und daß sie um halb zehn bereits nach Hause wollte.

»Nein: mußte!« wehrte sich Max: Weiber müßten nun mal um zehn zu Hause sein, Gregor werde das Spielchen schon noch kennenlernen; und obwohl ihn der daran erinnerte, daß die Neue offiziell nicht unter »Weiber« fiel (die man sonst so kenne), sondern unter »Mädchen« (die man überhaupt nicht kenne) und daß demnach alles anders bei ihr sei, bekundete Max in unbeirrt prasselnden Sätzen sein Glück. Wohingegen man an den Burwiesen auf gezischelte Andeutungen, Abkürzungen, Chiffren angewiesen blieb. Als Gregors Mutter im Vorbeigehen zwei, drei Murano-Mäuse zurückscheuchte in ihr angestammtes Revier, als sie auf dem Rückweg auch noch ein paar falsch plazierte Katzen entdeckte, war's höchste Zeit, das Telephonkabel zu entknäulen. Und sich gummibaumwärts zu verziehen, Richtung Asbach Uralt und bis vor die weit geöffnete Terrassentür, durch die der Juni hereinflutete; war's höchste Zeit, Max daran zu erinnern, daß die Neue letzthin nicht etwa *ihn*, Max, sondern Gregor zuerst gegrüßt und sich dann auffallend lang unterhalten hatte mit? Lutti.

Woraufhin man wie zufällig andeuten konnte, daß ebenjener Lutti vor einer guten Stunde, inmitten der Mittagsschlafpause, hier angerufen habe, jaja: Lutti Lutterbeck, um sich ganz dringend zu offenbaren.

Max wollte noch schnell
, Max hätte noch gern, aber da war sie bereits in seinem Ohr, die große Glückspause, das zerknisternde Knacken der Leitung, das Hintergrundgezeter mehrerer Vögel, die Stimme des alten Van der Paaschen, das kehlige Geknurr von Percy. Max hätte noch gern, Max wollte noch schnell, aber da war Gregor bereits dabei, an die Demo zu erinnern, die Demo in Osnabrück, zu der sie Kötte hingenötigt hatte – wer weiß, um was es diesmal wieder ging, für oder gegen den Radikalenerlaß, für oder gegen den Grundlagenvertrag mit der DDR, für oder gegen die RAF,[34] jedenfalls nicht um Altbierbowle und die schwarze Kugel, wie sonst an einem Lengericher Sonntag. Und wie sie dann doch nicht mitgelaufen waren, sondern lieber am Straßenrand standen und zusahen, als die Viererketten vorbeischnarchten, und wie einer die Palästinensertücher gezählt hatte und einer die selbstgekleckerten Peace-Zeichen …

»Aber was hat das mit Lutti zu tun?«

… und wie jeder ein Wort nennen mußte, das er nie im Leben in den Mund nehmen würde …

»Jajaja, ich hab *Dialektik* gesagt und Kötte *kritisches Bewußtsein* und du –«

Er habe *Hinterfragen* gesagt, und Lutti?

»*Habermas*?«

Quatsch, das sei Astrid gewesen.[35]

»Hm. *Emanzipation?*«

Mensch Max, ob er jetzt schon Lutti und Charli verwechsle? Da sei er ja wirklich nicht mehr zu retten! Was denn die Neue genannt habe?

»Die Neue … die Neue … *Workshop?*«

Ach Max: dem war noch nicht mal aufgefallen, daß Lutti und die Neue sich zu diesem Zeitpunkt verdrückt, daß sie sich erst wieder unters Publikum gemischt hatten, als man Kinderwagen zählte und Rechtschreibfehler auf den Spruchbändern.

»Und? Was ist passiert?«

Nichts, zum Glück. Lutti habe eine Erklärung abgegeben. Und daraufhin eine Abfuhr kassiert, ganz einfach.

»Hätte nie … hätte wirklich nie gedacht, daß Lutti –«

Das war's ja! Max dachte nicht genug
, hatte keine Ahnung davon, daß inzwischen nichts mehr so war, wie's mal gewesen, daß alles, alles nur noch pro forma passierte, nur zum Schein, als bloßes Ablenkungsmanöver. Gregor saß in seinem Zimmer und schaute hinaus in die Taiga, die hinter der Thujahecke loswucherte. Am Ende der Welt – das war nicht zu sehen, das wußte er jedoch –, da lauerte das Freibad, und dahinter … lag irgendwo, als wäre nichts geschehen, lag Ringel: wo Vögler heut oder morgen sein Rad schwarz anmalte morgen oder übermorgen eine meterlange Easy Rider-Lehne an seinen Sattel schraubte und … auch in Lengerich rüsteten sie alle heimlich auf: trugen plötzlich Kordjacken statt blauer Nickis, trugen BW-Unterhemden statt Rollkragenpullis, selbst Charli, der ansonsten ja nicht gerade frisch im Kopf war, hatte seinen gestreiften Pullunder gegen ein Secondhand-Sakko ausgetauscht. Gegen ein Secondhand-Sakko, aus dem ihm seine Schwester, angeblich, sogar noch die Schulterpolster raustrennen würde.

Gregor saß und schaute. Wenn man's genau betrachtete, war man innerhalb der letzten Wochen ziemlich in Rückstand geraten. Ob's was bringen würde, eine Dreiklanghupe zu montieren? und die Bierdeckel zwischen den Speichen alle wieder abzuschaffen? Ob man ein Terrier werden sollte wie dieser Vogts[36], ob man von Seiten- auf Mittelscheitel umstellen, ob man die Lee-Jeans endlich verschwinden lassen sollte?

Gregor saß und schaute. Hielt sich seine Mallorca-Muschel ans Ohr, durch die das Mittelmeer rollte, rollte, und hätte doch viel lieber einen Riesenrülps hinausgelassen durch die Dämmerung, einen Einliterrülps, der jedermann gezeigt hätte, daß mit ihm zu rechnen war ab jetzt. Jedem Mann und jedem Max und Lutti und Erps und Vögler und –

– als er den Badezimmerspiegel behauchte, hätte er vielleicht sogar was hineinzuschreiben gewußt, zog's dann aber vor, über sein Gesicht zu verzweifeln. Zog's vor, am rechten Nasenflügel beginnend, in immer größer werdenden Spiralbewegungen sich vorarbeitend und keine einzige der roten Pusteln überspringend, zog's vor, über sein Gesicht zu verzweifeln.

Als er im Bett lag und das Leuchtkreuz bestarrte, beschloß er, daß alles anders werden müsse.

Allerdings nicht von heute
auf morgen. Weil's nämlich immer noch besser war, *nicht* zu handeln, als *falsch* zu handeln. Sollte Lutti doch, sollte seinetwegen selbst Max in die Abseitsfalle stürmen; Gregor würde von der Mittellinie aus zusehen, wie sie sich im Eifer des Gefechts gegenseitig den Ball wegnahmen. Und würde auch sonst, am Dienstag, am Freitag, am Sonntag, so tun, als ginge's weiterhin um nichts andres als Verabredungen zum Kicken, zum Billard beim »Kater«, zum Kluge-Bemerkungen-Machen im »Blauen Bengel«.

Oder zu unsern Trommelwettbewerben.

Denn Vögler hatte sich nicht etwa damit begnügt, die alte Gitarre von seiner Schwester Jasmin zu kaufen
– man staunte neuerdings ja immer öfter über die Weiber in unsrer AG, wer hätte so was bei denen vermutet? –, sondern sich aus leeren Dash- und Persiltrommeln gleich ein Schlagzeug dazu gebaut; und weil er während der Sommermonate ein kleines Seitenkämmerchen der Scheune bewohnte, fuhren wir regelmäßig mit dem Rad raus nach Ringel, am Lenker Plastiktüten mit unsern Lieblingsplatten.

Ein bißchen Bammel hatte Gregor vor Trommeltagen nach wie

vor; zwar war er noch nie letzter geworden – der nämlich stieg ab und mußte bis zum übernächsten Spieltag zwangspausieren –, doch insgeheim bedauerte er's heftig, daß ihm seine Eltern seit Jahren nichts Sinnvolleres aufgeschwatzt hatten als Klavierunterricht: der bloß große und kleine Arpeggien, quintenzirkelweise Tonleitern und Trillerübungen und schlechte Laune *und also überhaupt nichts* brachte, was beim Trommeln zu gebrauchen gewesen.

Ein bißchen Bammel hatte Gregor nach wie vor.

»Guten Tag, Frau Vögler«
, blamierte uns Ecki bereits, bevor's überhaupt richtig losging, und wir bereuten, daß wir seinem Betteln diesmal nachgegeben und ihn mitgenommen hatten.[37] Frau Vogel freilich mußte selber lachen, sieh an, so locker konnte eine Mutter drauf sein, und sie motzte auch nachher kein bißchen, als es in die vollen ging: *Summer In The City, Paranoid, Easy Livin'* liefen full speed über Vöglers Anlage – dagegen war Mister Hit nur ein windiger Furz –, und wir trommelten um unser Leben, sogar Charli machte seine Sache nicht so schlecht. Dann kam die Reihe an Max, und der: legte glatt *Je t'aime* auf!

»He, spiel doch gleich *Cat Stevens* oder *Leonhard Cohen*!« belferte Ecki, als ob er eine Ahnung von irgendwas gehabt hätte, und an der Wand hingen, in nahtlosen Horizontalen, Vertikalen flächendeckend angepinnt, hingen hundert Poster von unsern Helden. Vielleicht auch bloß neunundneunzig, aber rundum und bis zur Decke rauf zu den Fußbodenbrettern runter.

»Das ist keine Musik«, entschied Kötte, und Lutti versicherte jedem, daß er beinah einen Abgang gekriegt hätte, weil: man auf so was als Mann ja gar nicht trommeln *könne*!

Er schon, fauchte Max da noch forsch zurück und wollte's uns beweisen, indem er sich einen Becher Ananasbowle aus dem Eimer schöpfte. Dabei stand das ausschließlich den Juroren zu!

Daß das Gezerre um den Becher mit einem Unglück enden würde, war vorauszusehen; daß indes der ganze Eimer umkippte, brachte selbst einen Vögler in Fahrt, und als wir uns ans Aufwischen machen wollten, geriet er vollends aus dem Takt.

Trotzdem konnte er's nicht verhindern, daß wir unter seinem Matratzenlager nicht nur Ananassaft hervorwischten, sondern vor allem ein Photo. Ein Photo von der Neuen.

»Soso«, nahm sich der Angelegenheit ausgerechnet Ecki an: »Chamois-Papier, man gönnt sich ja sonst nichts.«

Dabei habe er uns doch erzählt, er hätte den ganzen Film überbelichtet! riß Erps die Sache an sich, fuchtelte hoch über unsern Köpfen damit herum; schließlich hielt Kötte das Bild in der Hand, betrachtete es sehr sorgfältig. Und ließ Vögler wissen, daß er innerhalb einer Woche jedem von uns einen Abzug zu liefern habe – frei Haus und gleiche Größe, gleiches Papier.

An der Wand hingen unsre hundert Helden: vielleicht auch bloß neunundneunzig, aber rundum und rauf und runter.

Das war das letzte Mal, daß wir in Ringel trommelten, und also wird es sicher September gewesen sein.

Oder doch erst

August? Denn Gregor konnte sich später lediglich daran erinnern, daß es so wild gerochen während der Wochen, da er das Photo mit sich rumgetragen, so taigawild gerochen hinterm Haus und besonders im Brombeergestrüpp, an dem er sich fast täglich jetzt die Finger zerstach, und daß sich Herr Dr. Arnold,[38] wie jedes Jahr, darüber ganz schön gemopst hatte.

Aber wo sollte man ein Bild im DIN-A5-Format auch sicher deponieren? Neuerdings fand Frau Rethemeier sogar die Lesering-Bände und stellte sie zurück ins Wohnzimmer, die hätte am liebsten noch hinterm Einbauschrank gewischt und unterm Teppichboden – ja, ein paar Wochen roch's wahnsinnig wild rüber über die kleine gepflegte Thujahecke und den kleinen gepflegten Rasen und den kleinen gepflegten Teich und roch bis hoch in den ersten Stock: wo man sich schließlich entschloß, das Photo in einer Plattenhülle verschwinden zu lassen.

Um bei jeder Gelegenheit nachzuschauen, ob's noch da war! Und ob das Muttermal nun an der linken Schläfe saß oder an der rechten. Ob die Nase wirklich als stupsig gelten mußte – was die Mehrheit ja behauptete. Ob's mehr oder ob's weniger Sommersprossen werden würden, wenn man sie nachzählte. Und ob die Haare vielleicht doch als blond gelten konnten, als dunkelblond zumindest. Obwohl das auf einem Schwarzweißphoto schwer zu entscheiden war, und also wird's wohl August gewesen sein.

Oder doch bereits
September! Denn seit jener Trommelgeschichte hatte Max endlich begriffen, daß er nicht der einzige war, dem die Hitze im Hirn herumrollte, und daß er in Gregor, wenn schon nicht mehr: einen absolut loyalen Freund hatte, so wenigstens noch: jemand, der beteuerte, »sich aus der Angelegenheit raushalten zu wollen«. Woche für Woche schwangen sich die beiden aufs Rad und fuhren rüber nach Wechte, in der irren Hoffnung auf ein unerhörtes Ereignis, durchstreiften das Terrain und »sammelten Fakten«: über Wiesen, auf denen schwarzweißgefleckte Kühe wohnten; die Silhouetten der Telegraphenmasten und die der Birken am Wechter Mühlbach; die langen Linien abgestoppelter Weizenfelder; die dunkelrot geziegelten Bauernhöfe dazwischen, die hauptsächlich aus steilen Dächern bestanden; über Wiesen, auf denen schwarze und weiße Pferde wohnten; Kartoffelfelder; ab & zu einen Bussard in der Luft; Mais; Pappeln; Futterrübenfelder – meist hatte man gar keine Namen mehr für das, was man alles sah, meist war's bloß »Feld« und »Busch« und »Baum« und trotzdem! Selbst ohne die Wörter war sie plötzlich wieder sehr da, die Natur, in der's früher Disteln gegeben hatte, die man köpfen, Schneckenhäuser, die man zertreten, gefällte Baumstämme, auf denen man entlangbalancieren konnte an der Hand des Vaters ... Manchmal sogar bis hoch nach Tecklenburg fuhren sie (wo's eigentlich viel schöner war als in Lengerich, aber das durfte man nicht mal denken), und welchen Weg auch immer sie wählten, er führte in eine Landschaft, durch die allenfalls ein Grüppchen holländischer Touristen tändelte, ein Traktor tackerte, einer dieser Kerle lärmte, wenn man sich zu nah herangewagt hatte an ein Gehöft: vornehmlich an das von Kipp-Oeljeklaus.

Ja, vornehmlich und insbesondere an das.

Zwar war's von einem kleinen Wäldchen umgeben
, das Gehöft, und bot ausreichend also Deckungsmöglichkeiten, allerdings trieb sich darauf ein besonders widerliches Exemplar herum, dem nichts entging und dessen unvermitteltes Losgeblaffe zumindest »sehr groß« klang, zumindest.

Doch als das unerhörte Ereignis
tatsächlich eines Samstags stattfand, am Steinhügelgrab, die Mittagssirene war gerade fertig, da erschraken sie derart, die Herrschaften Schattschneider und Schmedt auf der Günne, daß sie nur lässig die Hand vom Lenker nehmen und das Kinn leicht hochreißen und: vorbeiziehen konnten –

– um sich den Rest des Tages darüber zu streiten, wie »das Ganze« zu bewerten war: Hatte sie etwa gelächelt? Und wenn ja (denn bereits in diesem Punkt konnten sie keinen Konsens erzielen), war das ein erfreutes Lächeln gewesen oder vielmehr: ein spöttisches? Hatte sie ihnen vielleicht angesehen, weshalb sie sich hier herumtrieben, jenseits der Demarkationslinie, die von der Autobahn ins Tecklenburger Land geschnitten wurde oder ... traf sie gar täglich auf irgendeinen der AG? Zum Beispiel auf Charli? Dessen lila eingefärbten Hamster sie letzthin ebenso ausführlich gestreichelt hatte wie seinerzeit das Meerschwein;[39] oder auf Kötte höchstpersönlich? Der ja vor der letzten AG-Sitzung ganz offen angefragt hatte, *und zwar auch in Richtung Weibereck*, ob ihn wer begleiten wolle?[40]

Gegen Abend legten sie sich an eine ihrer Lieblingsstellen in eins ihrer Kiefernwäldchen und leerten eine Flasche Chianti, was sonst. Max erzählte vom »Goldenen Schuß«, vom »beat-club« und, wenn Gregor allzulange dazu schwieg, von »Bonanza«;[41] Gregor erzählte von Gregor Samsa und Josef K. und, wenn Max allzulange dazu schwieg, von K., der's ihm, schon wegen des herrlichen K's, besonders angetan hatte[42] – wenn sein Vater gewußt hätte, welche Schätze ihm da der Reihe nach von seinem Schreibtisch entwendet wurden!

Dann schauten sie hoch ins schwankende Grün der Baumwipfel, ins Weiß der Wolken, ins Blau des Himmels. Bis das alles zusammengeflossen war in ein schlierendes Grau, ein schummerndes Schwarz, und lau die Nacht dazu emporknisterte.

Völlig! schwarz
waren die Wände von Gregors Zimmer zwar noch lange nicht, sondern bloß stellenweise beschrieben mit Wachsmalstift: Trotzdem schien Frau Schattschneider vor lauter Text gar nicht mehr die weiße Wand dahinter wahrzunehmen, als sie ungebeten reinplatzte und gleich das Licht andrehte – von wegen der Lautstärke (»Vater rechnet!«) und wieso sie immer im Dunkeln tanzen müßten, da könne doch was passieren, und ob man in der zwölften Klasse nichts Beßres im Sinn habe als dies dauernde Gedudel und ... was denn mit den schönen! neuen Tapeten los sei?

Ob *er*'s etwa auch wäre, der an die Fassade von W & H geschrieben habe: »Macht kaputt, was euch kaputt macht«?[43]

Oder etwa Sie, Max?

»Komm, wir geh'n lieber noch einen kippen«, schlug Gregor schnell vor. Wenn seine Mutter gewußt hätte!

Daß er morgen auch die restlichen Poster
runterreißen – ein vollständig plakatiertes Zimmer wie das von Vögler war sowieso nicht hinzukriegen – und daß er dann, schön der Reihe nach, die besten Sätze aus »Reader's Digest« an die Wand schreiben würde! Und die aus den Lesering-Bänden.

Ach, was wußten schon Mütter! Jedenfalls nichts von Kafka, Hofmannsthal, Brentano, Trakl; nichts von *Tangerine Dream*, und daß man das alles nur kapierte, wenn man dazu auch mal das Licht ausgeknipst ließ; und nichts, natürlich, vom Tod.

»Findest du's in Ordnung, daß wir sterben müssen?« fragte Max kurz vor Sperrstunde, während Gregor seine Kilroys auf sämtliche Bierdeckel kritzelte. Wieder war einer dieser Tage fast vorüber – einer dieser immer gleichen Tage, die nachmittags begannen, wenn man rüberfuhr in all die Farben und Gerüche, für die man keinen Namen wußte; einer dieser Tage, an denen man schließlich zurückfuhr und die Jalousien runterließ am Aldruper Damm oder an den Burwiesen: und Musik hörte; einer dieser Tage, die beim »Kater«

endeten auf einem alten ausgeleierten Sofa, linksrechts hockten Typen, die grüppchenweise aufs Klo verschwanden oder ins Auto, die den Rest der Zeit dasaßen und sich wechselseitig versicherten, sie täten's schon »ganz deutlich spüren«, »das Zeug« haue »mächtig rein«, vom Nebenraum klatschten die Billardkugeln rüber, grau war die Luft und süß und voller Klang, und jedesmal nach dem Tod fragte Max. Fand's ganz & gar unbegreiflich, daß man sterben mußte:

»Ich find's empörend, eine Frechheit.«

»Unvorstellbar, daß alles plötzlich umsonst war.«

»Daß alles umsonst war, von Anfang an.«

Manchmal müsse er fast heulen, schnippte Gregor die Asche von seiner Zigarette – mit dem Daumen, wie's Vögler machte –, manchmal, wenn er an den Tod seiner Eltern denke, müsse er fast heulen. Und sich noch ein Alt Schuß[44] bestellen, nur so zur Sicherheit: Klar, im Grunde würden sie bloß Blödsinn reden jeden Tag Blödsinn machen – naja, wie Eltern eben ... Aber irgendwie wolle's ihm nicht in den Kopf, daß sie mal »hopsgehen« müßten. Daß keiner dann mehr beim Rumrocken störe.

Und er selber etwa nicht? wurde Max bierunselig: Ob nicht irgendwann auch mal er selber hopsgehe, er, Gregor? Und es dann gar niemand mehr gebe, mit dem man »Fakten sammeln« und sich beraten könne, ob Kötte vielleicht inzwischen wirklich –

Keine Sorge, winkte Gregor ab und blickte auf von seinen Kilroys, dorthin, wo hinter all den Haaren das Gesicht von Max stecken mußte: Was ihn selbst betreffe, so sei er ziemlich sicher, daß er, nunja, er könne sich einfach nicht vorstellen, daß er mal sterbe. Nein, das sei bei ihm nicht möglich.

Schlichtweg nicht möglich war's auch, daß er sechzehn Kilroys auf einem einzigen Bierfilz untergebracht haben sollte, oder waren das lediglich zwei? Wenn die Luft nur nicht so schwer, so voller Sound, wenn die Treppe runter zur Toilette nur nicht so steil gewesen wäre, wenn die Sofas danach nur nicht alle so gleich ausgesehen hätten und auch die Menschen, die darauf saßen!

Trotzdem machten sie noch in dieser Woche ihr Testament
, bloß zur Sicherheit, pro forma. Als Gregor den Briefumschlag in der Religionsstunde, kaum fünf Minuten, nachdem er ihn von Max zugesteckt bekommen hatte, wider sämtliche Absprachen aufschlitzte, las er zu seiner Verwunderung:

»Im Falle meines Todes – also ausschließlich dann, wenn ich *wirklich* sterben sollte, wird Gregor Schattschneider, wohnhaft An den Burwiesen 11, mein Alleinerbe. Er kriegt alle LPs und Singles, alle Tonbänder, alle Bücher, die ganze Anlage und überhaupt; außer:

– den Fußball. Kriegt Ecki, damit er mal ein bißchen üben kann;
– die kleine Eule aus Stein. Für meine Mutter;
– das rotweiß gestreifte Hemd, auf das Kötte schon so lange scharf ist;
– meine Photos (nur die aus der großen Mappe): sollen im Billardraum beim ›Kater‹ aufgehängt werden. Sonst in der ›Börse‹. Schlimmstenfalls im Weibereck von der Photo AG;
– meine Gedichte (im blauen Buch): für Kristina Kipp-Oeljeklaus, Wechte.«

Gedichte? Der Rest der Klasse ereiferte sich gerade über »freie Liebe ohne Besitzanspruch«, über »klitoralen« oder »vaginalen Orgasmus«, und Gregor wünschte sich weg. Wenigstens wußte er mittlerweile wohin.

Ob er in *seinem* Testament etwa was vergessen hatte?

Aber man war ja auch mit dem Leben ganz gut beschäftigt
, mußte zum Beispiel die Klavierlehrerin bestrafen für sämtliche Sonaten und Etüden und Impromptus, die sie Gregor sechs Jahre lang abgenötigt hatte: und ihr im besten Osnabrücker Feinkostgeschäft ein exquisites Buffet bestellen für dreißig Personen, per Nachnahme.

Mußte sich von Ecki schildern lassen
, wie er im Urlaub ein totes Schwein am Strand gefunden hatte, wie ein paar italienische Jungs gleich munter draufrumgehopst waren, während er sich noch nicht einmal traute, das Schwein an den Oh-

ren zu ziehen.[45] Während man selber die Hälfte der Ferien beim Schüleraustausch vertan hatte in England[46] und die andre Hälfte bei W & H, zwei-Mark-neunzig-die-Stunde: für ein neues Radio, eines mit Überspielbuchse.

Mußte sich
, während sie ihre Räder schwarz strichen, mußte sich von Max in lauter Worten, die man am liebsten gar nicht gehört hätte, mußte sich schildern lassen, wie »scharf« er auf Kristina sei. Und sich dann, kaum daß man wieder zu Hause war, in den Plattenhüllen vergewissern, ob Frau Rethemeier weiterhin am Wichtigsten vorbeigeputzt hatte. Mußte sich fragen, wie man allen Ernstes »scharf« sein konnte auf ein Mädchen mit Pferdeschwanz und Stupsnase und, das war zwar nicht zu sehen, weil Kristina auf dem Bild bloß mit ihren Sommersprossen grinste, und mußte sich fragen, wie man ernsthaft »scharf« sein konnte auf ein Mädchen, das, nunja, es ließ sich nicht vergessen: das eine Spange trug.

Eines Abends – wer weiß, vielleicht war's zu der Zeit, da die Zufahrt zur Burwiesen-Siedlung geteert wurde, vielleicht zu der Zeit, da sich die Schattschneiders ein Stück Hauswand herausbrechen und ein Glasbaufenster statt dessen hineinsetzen ließen – eines Abends, beim Blick in den Spiegel, als Gregor nach Brusthaaren gesucht, als er über sein Schlüsselbein getastet und beschlossen hatte, die Anzahl der morgendlichen Liegestütze auf zwanzig zu erhöhen: eines Abends hatte er die Idee, zum Bahnhof zu fahren, zu diesem neuen Fotofix. Hatte die Idee, auch mal von sich selber ein Bild zu machen, ein möglichst grimmiges.

Kaum hatte er's getan – so wollte's Gregor rückblickend scheinen, aber vermutlich waren da die holländischen Touristen längst verschwunden samt ihren bunten Trainingsanzügen, waren die Herbstnebel aufgezogen und Krähenschwärme, die sich mit derartigem Gekreisch in die Wechter Wintersaaten fallen ließen, daß man glaubte, die Platte von *Pink Floyd* zu hören –, kaum hatte Gregor das Bild ein halbes Leben lang studiert, schon wußte er, woran's lag. Daß er immer noch nicht so aussah, wie er aussehen wollte, aussehen *mußte*, daß irgendwie alles an ihm ungrimmig und ungefährlich, ja ungenügend, geradezu verkehrt wirkte, nein, nicht mal verkehrt, eher: unrichtig. Es lag an der Brille.

Lag an dieser verfluchten Kassenbrille!

Das also war's, was die Unsterblichkeit verhinderte, von der Max neuerdings schwärmte, wenn ihm zum Tod nichts mehr einfiel und zur Vergänglichkeit, das war's!

Aber man war ja auch mit dem Leben ganz gut beschäftigt
, mußte – neinein: nach der Feinkostaktion hatte sich die Sache mit dem Klavierunterricht von alleine geregelt; neinein: mit dem Rasenmähen war's für dieses Jahr vorbei und mit dem Schneeräumen noch eine Weile hin – man mußte: die Eltern allabendlich bearbeiten. Mußte ihnen immer und immer wieder klarmachen, daß es höchste Zeit war, eine *John Lennon*-Nickelbrille zu spendieren, wie Vögler eine trug, während's Wurstebrot gab oder Fischstäbchen oder Kassler mit Kraut, während die Mutter viel lieber von Gregors Notendurchschnitt sprechen wollte und davon, daß aus ihm »nicht mal ein stellvertretender Direktor werden« würde, während der Vater von Zahlenkolonnen schweigen wollte und von der Königsscheibe beim Schützenfest.

Als es dann endlich soweit war und Gregor sich mit seiner neuen Brille im Spiegel betrachtete, schienen sogar seine Pickel in eine sinnvolle Anordnung zu rutschen.

Und schienen sich, jeden Monat einen glatten Zentimeter und wie von selber
, seine Schultern zu heben, sein Mittelscheitel, seine Nasenspitze. So daß man Erps schon ein wenig von oben behandeln konnte, als der eines Abends am Brunnen gestand, daß er's einfach nicht mehr ausgehalten habe: und Kristina nach der Schule abgefangen – sieh an, auch er war die letzten Monate beschäftigt gewesen mit Fakten-Sammeln! – und sie ihm dann ganz freundlich klargemacht habe, daß das leider nicht so ginge, wie er sich's vorstelle. Der große, der gefürchtete Erps! Plötzlich sah er aus wie ein kleiner dicker Elendshaufen mit ein paar kleinen dicken Narben auf der Stirn, und selbst ein Gregor konnte ihm ungestraft den Rücken betätscheln, konnte ungestraft so tun, als ob er Mitleid mit ihm hätte.

Konnte so tun, konnte so tun

, und während er so tat, während er jeden Dienstag irgendwas tat und auch all die andern irgendwas taten: bildete sich langsam wieder eine Art Gemeinschaft in unsrer AG, eine Gemeinschaft der ehemaligen, der abgeblitzten Fans. Sogar Kötte hatte keinen Blick mehr für Kristina übrig; wenngleich niemand wirklich wußte, ob da überhaupt je was vorgefallen war – was wußte man denn überhaupt von ihm? Daß er ein Goldkettchen auf seinem Brustpelz trug, daß er irgendwo in einer Vorstadtbaracke hockte, wo er zusammen mit seiner Mutter (einen Vater gab's nicht) Papageien verkaufte, daß er der Chef war: Mehr wußte man nicht, mehr brauchte man, mehr wollte man nicht wissen – oder vielleicht bloß, ob da was vorgefallen war.

Was man natürlich nicht fragen konnte.

Wenn man dienstags abends um den Brunnen herumstand und den Mund weit aufriß; und unsre Weiber, die neuerdings manchmal mitdurften, hatten sowieso längst begriffen, wer der Hauptfeind war: Im Windschatten von Kristina gewannen sie in diesem Winter mächtig an Boden, mutierten ausnahmslos zu Mädchen, sogar Katrin, das Bügelbrett, konnte plötzlich ungestraft bei uns zu Hause anrufen; und erst recht, seitdem wir Larissas ersten Auftritt über uns hatten ergehen lassen – ah, Larissa, aber das war noch eine Weile hin, sagen wir, bis Februar '73: Seitdem wir's im »Blauen Bengel« mit der zu tun bekommen hatten, wuchs das Bedürfnis nach unsern Weibern, das heißt nach unsern Mädchen, von Woche zu Woche.

Denn man konnte sie anschauen

samt ihren selbstgefädelten Plastikkugelketten und gebatikten T-Shirts und roten Clogs und gelben Hosen, man konnte sie *überall* anschauen, ohne sich gleich wie ein Eber vorzukommen: Starrte man ihnen auf den Hintern, war das erstens längst kein Arsch wie bei Larissa und suchte man zweitens dort wirklich nichts andres als die Ziernähte auf den Taschen. Weil man wissen wollte, ob man's mit einer Wrangler- oder gar mit einer Levi's-Trägerin zu tun hatte. Starrte man ihnen auf die Brüste, so waren das erstens keine »Pudel« wie bei Larissa, noch nicht mal »Pekinesen«, und zweitens galten die Blicke nichts andrem als den selbstgemalten Buttons[47]. Weil man entschlüsseln mußte, welche (stets wechselnde und stets höchst bedeutsame) Botschaft sie mitzuteilen hatten: *IHV* oder *RL!* oder *Jein, du Blödmann* ... Welche Botschaft, wohlgemerkt, nicht: welche *Message*, die war den Schnarchsäcken vorbehalten, und die posaunten sie ja entsprechend hemmungslos an die Öffentlichkeit, am liebsten in der »Tagesschau«: Freiheit für Baader, Freiheit für Meinhof, Freiheit für Raspe, Freiheit für Meins![48]

Während wir am Brunnen standen und über ein *Jein* diskutierten.

Aber sie hatten auch noch andre Vorzüge

, unsre AG-Mädchen. Früher, da wußte man von ihnen allenfalls, daß sie auf Amerikaner standen (Astrid), auf Negerküsse (Iris), auf Kirschlollis für zwei Pfennige (Katrin, Jasmin, Iris), deren kleine grüne Stiele sie überall rumliegen ließen: Früher, da empfand man sie ausnahmslos als überflüssig, als lästig. Jetzt war man hocherfreut, wenn die eine oder andre von ihnen bei unserm Freitags-Kick auftauchte, selbst Gregor kämpfte dann plötzlich um jeden Ball, obwohl man als Verteidiger offensichtlich auch bei ihnen nicht viel zählte.

Am allerwenigsten schienen ihn Astrid und Iris wahrzunehmen, die beiden Schöpker-Schwestern, die als einzige mitunter Röcke trugen und Plateausohlen, und wenn sie überhaupt mal am Spielfeldrand saßen, dann sahen sie kein einziges Mal her. Sondern kokettierten mit sonstwelchen Was-für-ein Zufall-euch-hier-zu-treffen-Typen herum, heimlich nebenbei einen Joint weiterreichend mit langen Fingern, lachten während des Fanta-Trinkens ständig linksrum statt rechtsrum, rochen nach Patchouli und, so ging das Gerücht, waren beide in ihren Bio-Lehrer verknallt oder, so ging das nächste Gerücht, hatten »was« mit ihm.

So ging das Gerücht. Wohingegen Jasmin hauptsächlich aus Leberflecken bestand und aus buschig schwarzen Augenbrauen und den Mund nicht aufkriegte und Gregor erst auffiel, als sie andern auch schon aufgefallen und es also zu spät war.

Was man von Katrin wohl niemals würde sagen müssen; wenigstens schminkte sie sich nicht, stand nicht auf Kuschelrock (wie Jasmin), sondern auf die Panzerknacker. Und wenn sie mal an den Burwiesen vorbeischaute, versäumte sie's nie, Percy zu ärgern – mit solchen Bagatellen wie Herrn Dr. Arnold[49] hielt sie sich gar nicht erst auf. Und auch nicht mit Charli oder Ecki, wenn's ans Billardspielen ging –, einmal schlug sie sogar Max, und der galt bislang als »der King«. Freilich schien's Gregor so, als ob auch ihr die Schlüsselbeinenden spitz aus den Schultern ragten, freilich trug sie eine Hornbrille, wie sie Gregor gerade losgeworden, freilich war sie kein bißchen blond.[50]

Ach ja, und Ulli.

Ulli konnte am besten Haare schneiden

, nämlich: konnte sie so schneiden, daß sie nicht kürzer dabei wurden – nie wieder Salon Inge! Sie konnte die Nähte von Gregors Lee-Jeans auftrennen und, indem sie riesige Stoffdreiecke einsetzte, den Schlag bis auf Schuhlänge erweitern; und als Gregor zwei Monate später erneut zwei Zentimeter zugelegt hatte, nähte sie ihm Borten aus bunt zottelnden Teppichfransen an die Hosensäume: so daß er fast schon aussah wie ein echter Freak.[51]

Jaja, Ulli.

Sie kochte

, als Gregors Eltern zu Tante Eusebias Fünfzigstem nach Wien fuhren, kochte Nudeln, Ćevapčići, Nudeln (wobei sie das Toaster-Kabel anschmorte) und Nudeln; sie wußte, wer mit wem ging und wer mit wem gehen wollte, wußte, was zählte (ein Bart überraschenderweise nicht) und was mächtig zählte (ein Mofa) – und das alles nützte nichts, weil sie nicht etwa bloß völlig unblond, sondern weil sie: nett war, furchtbar nett war, viel zu nett war, als daß man je auf den Gedanken kommen konnte, etwas andres mit ihr machen zu wollen als ein paar Biere trinken und »die Lage« besprechen.

Gregor kritzelte ihr, mit dem Kuli und gewissermaßen als Gegenleistung, seine Kilroys auf die Jeans, und wenn sie eins ihrer Vier-bis-sechs-Personen-Feste gab, dann achtete er darauf, daß auch mindestens eine der Schöpker-Schwestern eingeladen wurde. Wenn dagegen Max ein Fest gab ...

... drehte sich eigentlich alles nur um eine einzige Frage
, die im Vorfeld geklärt, jeden Tag aufs neue geklärt werden mußte – und sei's, daß man bei Ulli aufkreuzte und sie scheinheilig bat, ein Paar Lederherzen auf irgendwelche durchgewetzten Pulli-Ärmel zu nähen: drehte sich alles um die Frage, ob sie kommen würde. Nicht Ulli, versteht sich, die kam ja selbst dann, wenn sie nicht eingeladen war, sondern –

»Sie kommt!« konnte Gregor vermelden und in aller Ruhe die blauen, die roten, die grünen Glastiere ordnen, weil sich Max gar nicht satthören wollte an diesen zwei Silben, weil sich Max nicht entscheiden wollte, ob er vor Glück aus dem Häuschen geraten oder vor lauter neuen Sorgen verzweifeln sollte, weil Max Beweise forderte und schließlich – da wurden gerade die letzten versprengten Reste an Violett, Gelb, Weiß zu einer bunten Murano-Herde zusammengetrieben – unverhohlen um Hilfe bat: Wenn das wahr sei, was Gregor behaupte, dann müsse schleunigst jetzt was passieren.

Als man am Aldruper Damm eintraf – völlig durchnäßt und doch auf eine beschwingte Weise mit sich und der Welt zufrieden –, war's unübersehbar: Max schlenkerte sich um Kopf & Kragen, stakste telephonierend durch sein Kellerchaos, und morgen bereits sollte das Fest stattfinden. Soeben wurde Vögler bearbeitet, einen Eimer Waldmeisterbowle anzusetzen und seine Schwester zu überzeugen, daß sie ...

»Keine Panik, Max, wir kriegen das hin«, gab sich Gregor gelassen und widmete sich so lange dem Trockenreiben seiner Brillengläser, bis Max begriff. Dann trugen sie fast alle Möbelstücke in den ersten Stock hinauf und alle Matratzen, deren sie habhaft werden konnten, hinunter. Im Bastelraum seines Vaters fand Max ein paar Pferdedecken aus dem Krieg, die sie an die Wände nagelten: da, wo die Diskothek stehen sollte. Nachdem sie eine rote 25-Watt-Birne aufgetrieben hatten, entzündeten sie probeweise ein Räucherstäbchen; nachdem sämtliche Lichtschalter abgeklebt waren, legten sie *Friday On My Mind* auf. Und rockten los wie die Landesmeister.

Trotzdem kam sie

nicht. Daß Vögler zwar die Bowle ablieferte, dann allerdings »was Beßres« vorhatte, daß seine Schwester wer-weiß-wo steckte und dort auch blieb, das wäre ja hingegangen. Erst hatte man noch auf sturmfreie Bude und Max als DJ ordentlich Dampf gemacht, plötzlich aber legte er *Je t'aime* auf. Daß Erps die Gelegenheit nutzte, um Astrid einen Klammerblues abzunötigen, der den Namen wahrlich verdiente: von der Schläfe bis zur Sohle, und daß Astrid ihren Kopf danach sogar eine Sekunde länger als nötig am Erpenbeckschen Hals angelehnt ließ – wäre ja hingegangen. Daß, kaum hatte Max die nächste Schnulze aufgelegt,[52] Gregor auf die Tanzfläche gezogen wurde und sich, während Ulli ihre feuchten Hände fest um seinen Hals verschraubte, nur durch übertrieben parodistische Bewegungen ums Ärgste herumwippen konnte – hoffentlich kriegte auch jeder mit, wie er dabei die Augen zur Decke drehte –, wäre ja alles hingegangen.

Ab elf aber war keine Hoffnung mehr, man hing auf den Matratzen rum, und als Arne, der inzwischen seinen Blaufilter aufgeschraubt hatte, die Martini-Flasche umkippte und keinen andren Kommentar dazu abzugeben wußte als einen sehr langen, sehr erdigen, sehr traurigen Rülps – wenn's so was wie einen Bluesrülps geben sollte, war dies sicher einer –, da hatte's auch der letzte kapiert, daß dringend was geschehen mußte.

Also schlug Kötte vor
, über die Bonner Ostpolitik zu diskutieren.

Also schlug Gregor vor
, über eine Kafka-Geschichte zu diskutieren.

Also schlug Rick, der Tiger
, das Mörderspiel vor, und schon war die rote Glühbirne rausgeschraubt, schon saßen wir, jeder für sich und der Mörder gegen alle, saßen im schwarz atmenden, schwarz schluckenden, schwarz schleichenden, tastenden, knackenden Keller: und warteten auf die leuchtgrün durchs Dunkel ziffernde Armbanduhr, die den Mörder

verriet. Vorausgesetzt, er trug sie, wie vereinbart, offen am Handgelenk – die leuchtgrün durchs Dunkel ziffernde Uhr, die er an sein Opfer weiterreichte, sofern er's an irgendeiner Körperstelle erwischt hatte …

An irgendeiner! Was zu mancherlei Gegickel, Gegackel und Gegockel, zu mancherlei Gepolter, Gepruste, Geklirr führte, wenn irgendwo die Hektik losbrach – hinterm Heizkessel, unter der Werkbank, im Besenschrank –, und niemand, niemand wäre dabei auf die Idee verfallen, sich von einer zerdeppernden Schüssel, einem umprasselnden Schuhregal aufhalten zu lassen: Hatte man doch endlich einen Anlaß, um ungestört nach Beute zu pirschen. Und zwar nicht mehr nur als Mörder, wie früher, da man durch die Altstadt jagte oder durch nächtliche Rohbauten; nein, der Mörder mußte nun selbst am meisten aufpassen, daß er nicht bloß Katrin zwischen die Finger bekam oder Ulli oder gar über Lutti stolperte, der sich mit ausgestreckten Armen auf den Boden legte, um so schnell wie möglich wieder »erwischt« zu werden.

Aber auch die zwei Schöpker-Schwestern hatten einiges auszustehen, Iris und Astrid.

Ja, die vor allem.

Und wenn dann eine der beiden als Mörder unterwegs war, drängten sich ihr aus jeder Ecke dermaßen dreist Opfer auf, daß es Gregor wunderte, wie lange das überhaupt gutging.

Doch als Arne, der währenddem heimlich weitergetrunken hatte, ohne Vorankündigung auf Nadine kotzte, die erst seit zwei Monaten bei unsrer AG mitmachte, da war das Spiel zu Ende.

Mehr wäre aber ohnehin nicht gelaufen
, denn – Ehrenwort! – keinem von uns fiel's im Traum ein, das, was uns regelmäßig nach Osnabrück trieb, auch einmal vor der eignen Haustüre zu suchen oder sogar dahinter. Gutgut, Kötte vielleicht, der ging ja zusehends eigne Wege. Der Rest indessen: hatte trotz gegenteiliger Beteuerungen die Lengericher Weltsicht längst verinnerlicht, dachte gar nicht dran, daß etwas anderes hier herrschen könnte als der Westfälische Frieden. Mal ein hastiges, ein willkürliches Getatsche nach linksrechts, nach irgendwessen Siebensachen,

mehr lief nicht, Ehrenwort.[53] Zudem standen auch diesmal die Väter ab Mitternacht auf der Matte, um ihre Töchter abzuholen, und als sie die Sauerei besichtigt hatten im Aldruper Untergrund, war man sowieso sehr damit beschäftigt, Erklärungen abzugeben.

Nein, hier war nicht mal Osnabrück. Hier war Lengerich. Nachdem wir das Ärgste beseitigt hatten und die Reste von Ullis Nudelsalat, die Reste der Biskuitrolle von Gregors Mutter und die Reste all dessen, was sich im Innern von Flaschen befand, da konnten wir uns zwar sehr satt, sehr undurstig in die Polster fläzen und so tun, als wären's nurmehr die Krähen von *Pink Floyd* gewesen, die keine Ruhe geben wollten. Trotzdem mußten wir noch in dieser Nacht beschließen: daß in zwei Wochen, wenn im Tecklenburger Graf Adolf-Gymnasium eine Art Karnevalsfete anstand,[54] daß wir dann endlich »den Saudi rauslassen« würden.

Beim Nachhauseweg machten wir eine Pause auf dem Rathausplatz: um schon mal probehalber in den Brunnen zu pinkeln.

Bereits am Nachmittag sorgten wir dann für deutliche Akzente
, als wir den Berg hochzogen nach Tecklenburg hinein: acht unbezwingbare Giganten, die jedem Prügel androhten, der ihnen ins Gesicht zu sagen wagte, daß aus Lengerich »seit eh und je nur Prols« gekommen wären; acht weltgewandte Witzbolde, die jeder Frau hinterherpfiffen, deren Gesamtgewicht die zulässige Höchstgrenze überschritt. Oben, auf der Burgmauer, am Aussichtsturm, hatte keiner einen Blick übrig für die Wechter Mark, die sich tief unter uns wie eine Spielzeuglandschaft Richtung Frühjahr dehnte − noch nicht mal Gregor, der doch jeden Feldweg dort kannte, jede Bachwindung, jedes Gehöft; oben, im Park rund um die Freilichtbühne, erforschte Kötte sein Innenleben und beschloß, »ein Photo zu schießen«, gleich hinterm nächstbesten Busch: Das sollte ihm erst mal jemand nachmachen! Als er die Bühne wieder betrat, auf der wir inzwischen *Tommy* improvisierten, und uns detailliert berichten wollte, wie ihm »der Film zweimal gerissen« sei, da −

− fiel's als erstem Ecki auf:

»Und dein Hemd, Kötte, wo hast du dein Hemd gelassen?«

Worauf ihn Kötte bloß mitleidig musterte von oben herab und zurückfragte: womit, Herr Eckart Beinhofer, denn *er* sich gewischt hätte?

»Aber es war doch das rotweiß gestreifte Hemd! Das dir Max zum Geburtstag geschenkt hat!«

Ob *er* etwa, Herr Eckart Beinhofer, seinen Parka genommen hätte?

Und weil sich Max im Moment sowieso voll darauf konzentrieren mußte, den Korken der nächsten Weinflasche mit einem einzigen Ruck herauszuziehen, war das Thema erledigt. Auf dem Weg zum Gymnasium löschte Arne noch mit gezieltem Strahl eine Schiefertafel vor dem »Café Rabbel« (in dem sich auch schon mal eine Astrid, eine Jasmin gern verabredet hatte und mit Sicherheit auch schon mal eine Kristina); auf dem Weg zum Gymnasium klauten wir noch mit vereinten Kräften ein Halteverbotsschild, das wir dann mitten im Eingangsgewimmel aufstellten: Jeder sollte sehen, daß wir's nicht nötig hatten, uns irgendwie rauszuputzen oder sonstwie auf nett zu machen – jeder und, vor allem, jede.

Denn diesmal war sie da.

Ecki hatte sie aufgespürt

, und als sie kurz zu uns rübernickte, einige Lieder später – sollte das ihr Ernst sein? ein Hosenrock? –, war sofort klar, daß sie heute keinem von uns einen Kaugummi anbieten würde.

Natürlich fanden wir das Fest »voll daneben«: die Leute, den DJ, das Bier war ungekühlt, und nach einer Stunde schon ging der Senf aus. Ab zehn spielte *Krachmaninow*, was wollte man als *Led Zeppelin*-Fan dazu sagen. Sie wagten es sogar, *Sweet Little Sixteen* nachzududeln, von *A Hard Days Night* ganz zu schweigen. Und die Tecklenburger Kreisverwaltungssöhnchen, sie setzten sich hordenweise dazu in Bewegung, linkes-Bein-rechtes-Bein-linkes-Bein-rechtes-Bein, anstatt ordentlich zu rocken.

Kristina mittendrin.

So eifrig wippte ihr Pferdeschwanz, daß Gregor bei jedem Auf & Ab nüchterner wurde, und auf einmal, von der Decke hingen bereits die fröhlichsten Teile der Dekoration, in den Ecken bereits die Pär-

chen und knutschten, auf einmal entdeckte er den Hut von Vögler im Getrubel, den speckigen Lederhut von Vögler, kein Zweifel möglich, und zwar genau neben –
genau hinter –
genau vor –
kein Zweifel möglich: vor ihr. Da begriff er, daß Max nicht etwa nur Lutti, nur Erps, nur neunundneunzig weitere Verehrer aus dem Feld schlagen mußte, um ans Ziel zu gelangen, sondern hundert. Und daß er allein deshalb weiterhin den Hauch einer Chance hatte, weil's so viele gab, weil's viel zu viele gab, die alle dasselbe wollten, dieselbe wollten und sich gegenseitig überwachten und in die Quere gerieten und aus der Bahn balzten: damit sie wenigstens kein andrer bekam.

Nachdem er draußen eine weitere Wurst-ohne-Senf getilgt
und dann im Tanzgetümmel keinen Pferdeschwanz mehr gefunden hatte, lediglich diesen Schlapphut: nachdem er sich ein weiteres warmes Bier geholt und ein weiteres warmes Bier getrunken hatte, entdeckte Gregor, daß unter dem Hut längst kein Vögler mehr steckte, sondern: eine mit geschloßnen Augen und halboffnem Mund herumschlingernde Kristina. Da begriff er, daß Max nicht bloß gegen neunundneunzig Gleichgesinnte anzutreten hatte oder neunhundertneunundneunzig, sondern gegen die ganze Welt – und das am besten sofort, hier & jetzt, wo die Vorentscheidungen fielen.

Aber die Abordnung aus Lengerich blieb standhaft im Abseits, und als Ecki ein paar Beinbewegungen andeutete, wahrscheinlich wollte er bloß den Typen nachahmen, der sich gerade an Kristina herangetanzt hatte – war das nicht Rick, der Tiger, der Torwart, der Mörder? –, da bekam er vom Chef ordentlich eins übergebraten, nicht bloß ein bißchen und nicht bloß zum Aufwärmen.

Dennoch gelang's Max
, sich seine Abfuhr abzuholen: auf die Schnelle und schon im Rausgehen. Mit durchsichtigem Muranoglas-Gesicht wandelte er durchs Portal, klirrte an unser Halteverbotsschild, das dort immer noch stand, blickte, ein blaugrüner Muranoglas-Hirsch ohne Herde,

blickte uns nach, die wir ein paar Schritte weiter bereits waren, um auf dem überfüllten Parkplatz nach Köttes Benz zu suchen. Röhrte uns aus Leibeskräften plötzlich hinterher, ob wir *den* kennen würden, aufgepaßt! Diese Kristina, diese Kristina Kipp-Oeljeklaus, wir wüßten schon, die könne sich auf *keinen* einlassen, kapiert – die weißen Wolken fuhren ihm in heftigen Stößen aus dem Mund –, die wolle keinen Freund, verstanden, *gar keinen*, habe sie ihm gesagt, sie könne sich das (bei jenen Worten versuchte er, sich in einen brüllenden Muranoglas-Löwen zu verwandeln) zur Zeit überhaupt nicht vorstellen – und etwa hier, wo er die Hauptpointe vermutete, lachte er so befreit auf, als sei eine schwere Last von ihm gefallen. Lief, noch lachend, auf die erste Reihe der parkenden Autos zu, geriet an einen Käfer, kletterte kommentarlos hinauf und, auf allen vieren, hinüber auf den benachbarten Kadett und weiter von dort, weil ihm die Dachbleche so beleidigt hinterherknallten, und weiter. Wie sich dann aber die dunkelblaue Beule nicht so einfach wegtreten ließ: vom Dach eines VW 1600, obwohl sich Max redlich mühte; wie dann zwei Polizisten aus ihrem Wagen stiegen und Max auffingen, der ihnen entschlossen entgegenplumpste, da war Gregor sehr überrascht, daß ihm die Tränen in die Augen schossen.

Denn jetzt erst, jetzt erst wurde ihm klar, daß er schon immer wußte, was er in den Spiegel schreiben wollte.

Wenn er sich getraut hätte.

Seit über einem Jahr, von Anfang an.

Aber es gab ja noch

Larissa! fiel ihm am nächsten Nachmittag gewissermaßen Wort für Wort ein, während er mit einem gewaltigen Schädel erwachte und einem Geschmack auf der Zunge, als hätte er den ganzen Abend Entwicklerflüssigkeit getrunken. Während er sich wunderte, daß Max neben ihm lag mit offnem Mund und röchelte.

Vielmehr: daß *er's* war, der neben Max lag.

Denn das hier, das konnte zusehends weniger mit Gregors wohlgeordnetem Zimmer zu tun haben … das ähnelte von Augenblick zu Augenblick mehr … das *war*! der Aldruper Untergrund. Und nun erinnerte er sich an das ganze Hin & Her mit der Polizei

und mit Max' Eltern und daß alles ein Nachspiel haben werde
und –

– er schluckte zwar nicht: trotzdem fuhr ihm da auch Kristina
durch den Kopf.

Fuhr ihm so furios durch den Kopf und hinab bis in die Fußspitzen und wieder zurück, daß ihm ganz schwindlig davon wurde – seit gestern schien sich die Welt viel schneller zu drehen als zuvor –, so daß er sich erst mal an seiner Brille festhalten mußte. Und sie sehr sorgfältig putzte.

Auf dem Heimweg
hüpfte ein blonder Pferdeschwanz vor ihm her, von einem Gummiband mit zwei grasgrünen Plastikkugeln zusammengehalten; federnden Schrittes folgte ihm Gregor, blind und taub sogar dann noch, als der Schäferhund bei Schultebeyring schon fast wieder schlapp machte. An den Burwiesen 11, zwei Schritte vor der Haustür, überkam's ihn jählings; hinein in sich lauschend hinunter, dorthin, wo die gestrige Nacht gerade am heftigsten verarbeitet wurde, blieb er stehen, legte den Kopf leicht schräg nach hinten und ließ es ganz einfach geschehen: daß es heraufbrodelte aus seinem tiefsten Innern, durch zwei, drei halbverdaute Würste-ohne-Senf hindurch, daß es ihm durch die Kehle fuhr und an die frische Luft und ein Echo gab von wer-weiß-wo. Danach war selbst ein Dr. Arnold[55] sehr klein und sehr still.

»Es ist nämlich ein wunderschöner Name«, wandte sich Gregor unverhofft an den Gartenzaun oder auch an das Gebüsch dahinter, dorthin, wo's am kleinsten und stillsten war: »Mit K, weißt du, nicht etwa nur mit einem läppischen Ch.«

Als sie vier Wochen später
noch immer nicht zur Dienstagssitzung erschien – vier Wochen, in denen die AG-Mitglieder von ziemlich vielen Leuten ziemlich viele kompliziert gebaute Sätze zu hören bekamen, bei denen Adverbien und Konjunktionen eine ebenso unangenehme Rolle spielten wie Interjektionen und der Konjunktiv II –, vier Wochen später hatte sich's ausgerülpst für Gregor und es blieb bloß Ulli, an der man

sich mit ein paar besonders bärbeißigen Kilroys abreagieren konnte. Am Freitagnachmittag, kurz nachdem Kötte per Rundruf angekündigt hatte, er würde heut abend, im »Blauen Bengel«, etwas Wichtiges bekanntgeben, am Freitagnachmittag, als die Apfelsaftfrist abgelaufen war, mit der sich Gregor selber bestraft hatte, legte er sich bäuchlings aufs Bett samt Vöglers Photo. Und rang sich folgenden Brief ab:

»Liebe Kristina (bereits die Überlegung, ob er sich durch eine solche Anrede nicht verrate, kostete ihn eine Stunde)!

Ich kann mir schon denken, daß dir unser Auftritt neulich im Graf Adolf-Gymnasium nicht sonderlich gepaßt hat. Aber mit dieser Meinung stehst Du nicht gerade allein, und wir alle sind seither ordentlich damit beschäftigt, die Sache wieder ins Lot zu kriegen.

Vielleicht glaubst du ja auch, daß wir dich in der AG nicht ausstehen können? Was ein Irrtum wäre. Wir haben letzten Dienstag darüber geredet (Mit keiner Silbe! Wir hatten wirklich andre Sorgen, und seitdem Max das Lager gewechselt, waren ohnedies fast sämtliche relevanten Kräfte in der Anti-Fraktion), mit dem Ergebnis, daß wir uns riesig freuen würden – nein: daß wir's ziemlich klasse fänden – nein, noch immer zu offensichtlich: daß wir's ziemlich o. k. fänden, wenn du weiter mitmachst. Na?

Gregor

PS: Neulich habe ich mich mal in Bad Iburg umgesehen, auf der Burg und überhaupt: gar nicht übel! Was hältst du davon, an einem der nächsten Wochenenden mit mir eine Radtour dorthin zu machen?«

Kaum lag der Brief im Kasten
, wäre Gregor am liebsten durch den Schlitz hinterhergekrochen, teils um sicherzugehen, daß er sich nicht irgendwo verklemmt hatte, teils um ihn wieder rauszuholen: Für eine Radtour war's im April doch viel zu kalt! Wieso hatte er sie nicht einfach zum »Kater«, auf eine Partie Billard, eingeladen oder ins »Rabbel« oder, wie dumm von ihm, sonstwohin, wo's eine Heizung gab? Und nicht diesen Regen, diesen Wind, diesen sonnenlos grauen Himmel, der sich nicht mal entscheiden konnte, wann's mit dem Kicken wieder losgehen sollte?

Wenn Gregor aber tatsächlich schon mal in Bad Iburg gewesen wäre, dann hätte er sich noch ganz andre Fragen stellen müssen.

Erst in Köttes Benz
und erst nach einigen Mehrfachschlucken aus der Flasche – Charli, der diesmal dran war, hatte im Rewe einen »Sauren Otto« organisiert,[56] den er nicht abließ, als »Schlüpferstürmer« anzupreisen –, erst in Osnabrück beruhigte sich Gregor wieder; aber dort lief dann sowieso alles von selbst: wie vor fünf Wochen, als man Larissa zum ersten Mal gesehen hatte, wie vorletzte Woche, als man noch immer fast von den Barhockern gekippt war, sobald sie die Bühne betreten, wie letzte Woche, wo's weiterhin keiner gewagt hatte, einen dummen Spruch abzulassen, und wo's bereits beim Nachhausefahren ganz klar gewesen, daß man auch heute wieder würde reinpoltern müssen »in die gute Stube«.

Gleich vorn die Bar
, gleich vorn der Haufen Animiermatronen verschlug inzwischen keinem mehr den Atem; allerdings gab man sich dann doch etwas konsterniert, als Kötte – während irgendeine Brit oder Evita zu irgendeinem *When A Man Loves A Woman* mit Wäsche um sich warf – seinen Austritt aus der AG erklärte. Und jedem von uns empfahl, es ihm nachzutun, die Zeichen stünden nicht günstig momentan für uns: um alles Nötige zu regeln, hätten wir ja den Freitag.
Und den Sonntag.
Und obwohl seine Kinnladen mächtig malmten und der Adamsapfel rauf & runter fuhr in seinem dichtbepelzten Hals, gab's weder Diskussion jetzt darüber noch Abstimmung. Sondern Larissa – aah, da blieben selbst einem André die Worte weg, und auch der Milliardär saugte seine Sektflasche leer bis zum letzten Tropfen … Wie sie wieder diese langsamen Bewegungen aus dem Becken rausschraubte, wie sie's uns wieder spüren ließ, dies verflucht Ernste, das sich nicht anbiederte und rumhoppelte im Hitparadenrhythmus: Sogar Gregor merkte so was inzwischen, sogar Gregor wußte um die feinen Ambivalenzen – um die unfreiwillige Komik eines sukzessive sich entblätternden und restlos schließlich entblätterten

Frauenkörpers wie auch um das Lauernde, das er ausstrahlen konnte, das Kauernde, Sprungbereite, das uns in Angst & Schrecken versetzte. Heute kam sie als Cowgirl, eingeledert und -genietet und, versteht sich, voll in Schwarz, mit Hut und spitz glitzernden Stiefeletten und: mit diesen mahlenden Arschbacken, die sie rauf und runter fuhr für uns, ganz langsam rauf, ganz langsam runter … neinein, das war kein Po, kein Hintern, kein Gesäß, erst recht kein Podex, verlängerter Rücken, Allerwertester – das war ein richtiger Arsch, ein rundes Stück vom Glück, ganz langsam rauf, ganz langsam runter, ganz langsam rauf, ganz langsam runter … Dabei hielt sie sich drei Viertel der Zeit, ach was, neun Zehntel der Zeit sehr bedeckt, *das war's ja gerade*, man mußte sich den Rest selber denken, und als sie für einen letzten Augenblick deutlicher wurde, nurmehr mit ihren Stiefeln, dem Hut und einem Nietengürtel bekleidet, da hatte André schon das Licht runtergedimmt, vielleicht war er *noch* ausgekochter, als wir vermuteten.

Wenig später stand sie dann wieder an der Bar
, auf Stöckelschuhen, die zu steil waren, als daß wir sie hätten komisch finden können, wenig später nippte sie an ihrem Säftchen, umlauscht von Lüsternheit umlungert, und starrte in die Spiegel hinter der Theke. Starrte und starrte – im Grunde war ihr Gesicht mit den weit vorspringenden Wangenknochen recht herb (um nicht zu sagen: grob), waren ihre Haare extrem unblond (um nicht zu sagen: schwarz) – und starrte mit ihren kajalisierten Augen[57] und starrte, ehe sie einen der Schlipsträger ran ließ: auf daß die Pikkolo-Gelüste befriedigt würden, wenigstens die! Während uns die Hosen erglühten vor Neid. Und Gregor nicht ablassen wollte, mit seinen Fragen zu stören:
»Meint ihr, daß Kristina genauso aussieht?«

Als ob das noch irgendwen
interessiert hätte! Nein, selbst Max nicht, auch wenn ihn Gregor daran erinnern wollte, daß er bis vor vier Wochen –
»Sag mal«, fuhr ihm Max ins Wort: »Bist du eigentlich noch zu retten?«

»Nein«, sagte Gregor nach einer ordentlichen Weile, und dann sagte er nichts mehr.

Trotzdem schrieb er weiterhin
ein K in den Spiegel, und wenn er's dann schnell genug wegwischte, blickte ihn jemand an, der ihm ein bißchen unbekannt war.

Auch all die andern Male
, die Gregor während des Frühjahrs '73 in den »Blauen Bengel« fuhr – mit der Mannschaft, mit Max oder, mit dem Zug, alleine –, nie bekam er eine Antwort auf seine Frage. Saß zwischen den Plastiktulpen, die von innen leuchteten, unter der Glitzerkugel, die das Weltall war, vor der Bühne, auf der man sich mit wechselndem Mißerfolg mühte, gegen Larissa anzuhopsen; und gerade *weil* die nach ihrem Auftritt stets Beßres zu tun fand, als einem Siebzehnjährigen die letzten zwei Mark fünfzig aus der Tasche zu ziehen, bekam er diesen Blick. Diesen langsamen Blick … Schleppte sie nicht viel zuviel Gold mit sich rum? Liefen ihr nicht ein paar Risse durchs Make-up? Waren ihre Wimpern, waren ihre Fingernägel überhaupt echt? Und schließlich und endlich und immer aufs neue:
»Sieht Kristina nicht eigentlich viel besser aus?«

Nicht daß er wüßte! schlenkerte Max die Frage mit links von sich und war mit rechts sehr beschäftigt, der Tresenschlampe eine Zigarette abzuschnorren: Allerdings habe er »die olle Tusse« schon »ewig nicht mehr« gesehen, ob's die überhaupt noch gebe?
Nicht daß er wüßte! krümmte sich Gregor, denn mittlerweile, nach achtundzwanzig Nächten, in denen er vornehmlich mit dem Gedanken gerungen hatte, die wichtigsten Briefe würden vom Postboten einfach einbehalten, da wußte er überhaupt nichts mehr und glaubte alles.
Es gebe sie, keine Sorge! lachte Max ein wenig gönnerhaft und brach den Filter von der geschnorrten Zigarette: zum Beispiel im »Rabbel«. Zum Beispiel mit Rick. Mit Vögler. Oder mit –
– sonstwem, es half nichts: Als Gregor konnte man mußte man lediglich

Brille putzen und abwarten. Und dabei auch noch zusehen, wie Larissa in aller Ausführlichkeit den Milliardär abfertigte, wie sie für ihn die Beine übereinanderschlug, wie sie seine Sätze ertrug und seine weißbehaarte Hand auf ihrem Oberschenkel, wie sie beim Grinsen eine Menge Zahnfleisch bewies und beim Abwehren der zudringlichsten Komplimente einen slawischen Akzent, es half nichts: Als Max konnte man mußte man lediglich abwarten, bis Larissa mit einer dicken Champagnerflasche im Séparée verschwand. Um dann die Hand möglichst bedeutungsvoll auf Gregors Schulter zu plazieren:

Er habe da neulich was gelesen, in der Hörzu.

In der HörZu, übers Verliebt-sein, und was man dagegen tun könne.

Nichts könne man dagegen tun, nichts! stierte Gregor dorthin, wo wahrscheinlich gerade höchstwahrscheinlich das passierte, was er sich jede Nacht, jeden Tag vorstellte, ohne genau zu wissen, wie er sich's denn vorstellen sollte.

In der HörZu, ließ Max nicht locker, sei so ein Satz zitiert worden von irgendeinem Schauspieler, Fußballer, Schönheitschirurgen: »Gegen eine Frau hilft bloß – eine andre Frau. Oder so ähnlich.«

Und als Gregor keine Anstalten machte zu begreifen:

Hier *habe* er doch eine andre, könne sie jederzeit dem Milliardär ausspannen. Falls ihm dabei das Taschengeld zu knapp werden sollte: Er leihe ihm gern was.

»Kristina fällt nicht unter Frauen!« machte Gregor endlich Anstalten: »Sie ist ein Mädchen!«

Wenn Max tatsächlich geglaubt hatte
, mit einer andern würde alles besser, dann hatte er sich getäuscht. Es wurde nur Frühling.

Wurde Frühling selbst in Lengerich, und als dem Pommes-Brater in der »Börse« das Toupet ins siedende Öl fiel, wollte's jeder mit eignen Augen gesehen haben. Löwenzahnbesterntes Blühen auf den Burwiesen, und dahinter, in der Taiga, fing an manchen Tagen dieser Geruch wieder an, dieser Geruch aus wilder Brombeerhecke, Hundescheiße, Hitze. Am Vorabend des ersten Mai, als die Eisdiele aufmachte und die Mädchen wieder Röcke tragen durften und Kniestrümpfe, als der Rathausplatz für den Verkehr gesperrt wurde, die Blaskapelle spielte und die Redner redeten: da regten sich alle mächtig auf, und dabei hätte doch einzig Gregor einen Grund gehabt.

Der aber hatte Heuschnupfen; und als er tags drauf mit Max und einem Bollerwagen voller Fanta, Käsestullen, Wein gen Wechte in den Mai wanderte, kam er vor lauter Niesen kaum dazu, sich über die vielen Kerle aufzuregen, die hier herrchenlos, frauchenlos herumliefen. Kam kaum dazu, sich über den einzeln stehenden Baum zu wundern, unter dem sie schließlich Rast machten, obwohl der zur Hälfte rosa, zur Hälfte weiß blühte.

Gegen eine Frau hilft bloß, dachte Max, doch er sagte's nicht: Gegen eine Frau hilft bloß ein ordentlicher Heuschnupfen.

Wenn Max tatsächlich geglaubt hätte
, mit einer andern würde zumindest alles anders, dann hätte er sich getäuscht. Es wurde nur Sommer und aus dem Salon Inge ein Salon Ludwig, es wurde nur Sommer und an der Fassade von W&H war, über Nacht, »Make love, not war« zu lesen, es wurde nur Sommer und Gregor fand das sehr, sehr witzig.

Denn selbstverständlich ahnte er nicht erst seit gestern: daß er bei Kristina niemals das finden würde, was ihn beim bloßen Gedanken an Larissa dazu trieb, sein Zimmer um- und umzuräumen – mal beklebte er den Schreibtisch mit leeren After Eight-Hüllen, mal den Einbauschrank mit alten Zeitungsseiten, schließlich warf er das Bettgestell raus und das Regal, stapelte ein paar Obststeigen im Eck und strich sie mit schwarzer Farbe, *Paint it, Black*.

Seine Mutter hatte's aufgegeben, mit ihm darüber rumzumuttern, vielleicht ahnte sie, daß Gregor am liebsten noch ganz andres gemacht hätte, über das man nicht mal mit Max ein offnes Wort wechseln konnte, so richtig ███████████████████, und also schimpfte sie lieber über die Strübbes, die ihren Rasen nie rechtzeitig mähten.

Im Sommer. Gregor erhöhte die Zahl der Liegestütze von dreißig auf vierzig, beschrieb die Wände mit Beckett-Zitaten, mit asiatischen Weisheiten, mit Gedichten aus der »Menschheitsdämmerung«. Wenn er auf seiner Matratze lag und das Leuchtkreuz über ihm leuchtete und dieser Taigageruch durchs Klappfenster zu ihm reinwehte und das kristallne Knirschen der Nacht, dann flüsterte er sich ein paar Worte zu, den Bruchteil eines Satzes, den er irgendwo zwischen »Reader's« und »Digest« aufgeschnappt hatte, den Bruchteil eines Satzes, der von ihm handelte, Gregor Schattschneider, und dem, was ihn im Innersten bewegte:

»Schmerzen, wie sie weder Pferd noch Stein ertragen können!« flüsterte er sich zu, »Schmerzen, wie sie weder Pferd noch Stein ertragen können!« und mitunter wußte er gar nicht, ob er dabei an Kristinas Pferdeschwanz denken sollte oder an Larissas malmende Arschbacken, und immer, wenn die Schmerzen übermächtig zu werden drohten, ███████████████████████████ ██████████████████████.

Immer? Nicht immer.

Manchmal freilich gab's ja auch!
Tage dazwischen. *Richtige* Tage. Gab's blühende Rapsfelder. Den Waldmeistergeruch in den Buchenwäldern. Das Telephon. Und am Abend den Brunnen, die Weinflaschen und laufend neue Dönekes[58], mit denen's zu prahlen galt: über Bernhardiner. Über Riesenschnauzer. Den Lüschertest. Die Schlauchbootfahrt auf dem Dortmund-Ems-Kanal, die man schon letztes Jahr geplant hatte. Darüber, daß es bergab ging mit der Rockmusik und so was wie *Sweet* regelrecht verboten gehöre. Und der FC Bayern ebenfalls; oder ob der *jedes* Jahr jetzt Meister werden solle? Über ein Taschenbuch namens »Ilse will es wild«, das Erps für ein Chamois-Photo ertauscht hatte und das von Hand zu Hand wanderte, fachmännisch kommentiert. Und darüber, daß Kristina mitunter Post bekäme – aber von wem, das wollte Katrin nicht verraten.

In manchen mondhellen Nächten, wenn's viel zu lachen gab und uns die Anwohner, die schließlich irgendwann schlafen wollten, ganz freundlich baten, doch ein paar Ecken weiterzuziehen: dann zogen wir tatsächlich noch los, bergauf bis zum Steinbruch, von dessen obersten Kiesterrassen man weit hineinblicken konnte ins dampfende Land. Oder zogen kreuz & quer durch die Teutoburger Wälder, zu unsern Bäumen, unter die man sich legen und vom »Sinn des Lebens« und von der »Sehnsucht« reden und sich ziemlich weltschmerzerfahren und wichtig fühlen konnte. Wenn unsre Eltern geahnt hätten, daß bei derlei Unternehmungen Mädchen keinerlei Rolle spielten, ja allenfalls geduldet waren, und daß wir nicht mal ein paar rote Libanesen dabeihatten, ein paar schwarze Afghanen,[59] sondern Gedichte von Eichendorff oder, seltner, eine Gitarre (Vögler), eine Klarinette (Max) und reichlich Bongos (der Rest): sie hätten sich wahrscheinlich gefragt, ob irgendwas mit uns nicht ganz in Ordnung sei.

Sicher, es gab sie
, die Mädchen. Mittlerweile war wohl fast jeder schon mal an Astrid drangewesen, jeder zweite an Iris und Arne sogar an Katrin. Auch Gregor hatte endlich, endlich »was« erlebt, und obwohl das wie eine Erlösung hätte sein können, nach den letzten Jahren, in denen alle andern bereits »hatten«, bereits »ran durften«, bloß Gregor nicht, war's eher etwas, über das er mit Vehemenz schwieg, denn – das zählte schlichtweg nicht, so was durfte einfach nicht wahr sein, das konnte man nicht werten: als ersten Kuß. Eigentlich hatte Ulli bloß mit ihm Brüderschaft trinken wollen. Und dann war sie ihm plötzlich mit ihrer dicken nassen Zunge in den Mund reingefahren und hatte ganz ekelhaft darin herumgemacht und nach Cola mit Schuß geschmeckt und Gregor hatte –
                    – seither niemand mehr, der ihm die Haare schnitt und Flicken auf die Jeans nähte, Gregor mußte seither öfters kräftig ausspucken, wenn er unter seinem Lieblingsbaum lag, dem zweifarbig verblühten, Gregor mußte sich wieder und wieder zuflüstern, daß es mit Kristina ja sowieso nie dazu kommen würde, nie.

Der Einfachheit halber
zelteten wir öfters das Wochenende über an einem Baggersee, bei der Buddenkuhle oder am Sonnenhügel, und eines Morgens, als sich Gregor *dort* am Ufer wiederfand, wohin er sich mit Vögler gen

Mitternacht verzogen hatte, um dessen sämtliche Vermutungen über die ominösen Briefe einmal ungekürzt zu erfahren, von denen Katrin laufend kicherte, eines Morgens, als seine Zunge fast genauso pelzig schmeckte wie *damals* – schließlich hatte er eine ganze Packung rauchen müssen, um sich Vögler gegenüber nicht zu verraten! –, eines Morgens, als er dann alleine losgelaufen war, um Brötchen zu holen, durch tauglitzernde Wiesen, tauglitzernde Waldstücke, und wieder zurück, da ließ es sich nicht länger hinausschieben: Anstatt in den Schlafsack legte sich Gregor auf den kleinen Badesteg und schrieb sein erstes Gedicht:

Aber da draußen in Feldern oder so –
vielleicht ganz allein und vielleicht auch mal nicht,
zu oft sturzbetrunken
und den Rest der Zeit leer,

ohne irgendeine
noch so kleine
beschissene und längst
zerrissene: Hoffnung

treibt alles so schwer. – –

Doch wenn die Farben kreiselförmig wachsen
und eine Sonne prall im Himmel steht
und alter Rausch Vergangenheit verweht,
dann wird das alles für Sekunden klar
und das, was wir gefühlt, gehofft, wird wahr.[60]

Als Gregor am Sonntagabend zurückkam
– bei Strübbes grillte man, leider nicht Herrn Dr. Arnold –,[61] lag da ein maisgelbes Couvert, direkt aus den Wechter Feldern oder so. Unter Zuhilfenahme zahlreicher i-Punkt-Kringel entschuldigte sie sich, daß sie (dermaßen!) lange nicht geantwortet hatte. Denn in der Tat, die Geschichte seinerzeit im Gymnasium sei sehr unkomisch gewesen, nicht zuletzt deshalb, weil sie selber von Hinz & Kunz &

Franz in Zusammenhang damit gesehen werden wollte (ach wirklich?). Überdies habe sie seinen Brief, zugegebenermaßen, eine Weile verlegt, habe lernen müssen für einige Klassenarbeiten (Verlegt! Verlegt! Wie konnte sie das wagen!), und in die AG wolle sie nicht mehr (na gut, das war sowieso gelaufen), hingegen nach Bad Iburg: warum nicht. Er solle doch mal anrufen, wenn er noch Lust habe.

Mal anrufen! Mal anrufen!
Als ob das so einfach ginge!
Gregor beschnüffelte den Brief von vorn, von hinten.
Schon allein die Telephonnummer – wieso hatte sie die eigentlich nicht selber angegeben? – unter irgendeinem Vorwand von der Auskunft zu erfragen! war völlig undenkbar, die würden ihn schallend auslachen.
Gregor beschnüffelte das Couvert von außen, von innen.
Und wenn er, gesetzt, man hätte die Nummer, nicht *sie* in die Leitung bekäme, sondern ihre Mutter? Die würde sofort merken, weswegen er anrief!
Gregor beschnüffelte seine Hände, die den Brief immerhin gehalten, und es wollte ihm vorkommen, als ob sie noch nie aufregender gerochen hatten als heute.
Oder wenn ihr Vater abheben würde!
Gregor hätte sich so gern mitsamt diesem Geruch verkrochen, aber …
Falls man denn handeln sollte, dann unbedingt am Nachmittag, da waren Väter sonstwo.
Gregor hätte sich so gern verkrochen …
Aber nicht vor zwei Uhr andrerseits, wer wußte schon, wie lange die in Tecklenburg Schule hatten.
Gregor hätte sich so gern …
Wenn sie allerdings einen Mittagsschlaf machte wie er, nämlich von zwei bis fünf?
Gregor hätte gern …
Dann war der Vater wieder im Spiel.
Gregor hätte …

Oder vielleicht eine Schwester?

Gregor ... begriff's endlich, daß er nichts wußte von Kristina, nichts. Gut, sie war blond, sie hatte blaue Augen, sie trug die falschen Jeans. Trug Pferdeschwanz – und wenn nicht, dann wickelte sie fortwährend eine Haarsträhne um ihren Zeigefinger. Trug einen Silberring mit rotem Stein, wer weiß, womöglich Koralle. Und wenn nicht, dann roch sie nach Maiglöckchen, dann tanzte sie auf die falschen Lieder.

Auf die falsche Art & Weise.

Mit den falschen Typen.

Eigentlich war alles falsch, was sie tat, warum sollte er so eine überhaupt anrufen?

Jedenfalls nicht bald

; schließlich hatte sie ihn auch ganz schön hängenlassen. Vierundvierzig Tage lang, wie ihm die Strichliste im Vokabelheft bewies, und vierundvierzig Nächte – mittlerweile steckte man schon mitten im Vorabitur,[62] und Französisch war nicht gerade seine Stärke.

Neineineinein, so eine würde man nicht so schnell anrufen; und weil man sich nirgendwo verstecken konnte, wo man sich nicht gleich wieder gefunden hätte, schrieb man das Gedicht auf die Tapete.

Aber das dauerte auch nicht länger als vierzehn Zeilen.

Komischerweise war's dann doch irgendwann

Montag nachmittag, und anstatt sich in's Bett zu verkriechen, stand Gregor am geöffneten Fenster, lauschte hinunter in den Garten, wo sich Frau Rethemeier, assistiert von Frau Schattschneider, des Wohnzimmer-Persers annahm. Indem er der dumpf dröhnenden Musik des Teppichklopfers eine Weile zugehört hatte, schien ihm die Gelegenheit günstig: Er schlich ins Parterre, zum Telephon, und während draußen weiterhin die Schläge ihr regelmäßiges Echo gegen die Hauswände klatschten, wollte er nur noch schnell, zur Sicherheit, die Wohnzimmertür zuziehen und – sah Frau Rethemeier. Sah Frau Rethemeier, wie sie vor der Anrichte stand und sich einen strammen Schluck Asbach Uralt gönnte, direkt aus der Riesenflasche. Sah, wie sie ihn sah, wie sie sich fast verschluckte, wie sie die Flasche absetzte, verschraubte und sich, wortlos, blicklos, davonbegab durch die Terrassentür.

Daß die Sache mit ihrem schnaubenden, schlabbernden Bernhardiner damit für erledigt gelten konnte, war Gregor zwar sofort klar: Es stand eins zu eins. Irgendwie aber war sein Elan dahin, nun auch noch die eigne Sache in die Hand zu nehmen.

Komischerweise war's dann
Dienstag, von den Burwiesen drang das kehlige Hin & Her eines Völkerballspiels, von der Taiga drang die brombeerwilde Stille, und Gregor, zum zweiten Mal, besichtigte Küche und Wohnzimmer, hob hastig ab, wählte – und als ihm eine freundliche Telephonstimme erzählte, Kristina sei zur Zeit beim Tischtennis-Spielen, war er Manns genug, *nicht* sofort aufzulegen. Sondern der Stimme zu verraten, mit wem sie's zu tun hatte. Und wie man ihn bei Bedarf hier, sozusagen durchgehend, erreichen könne.

Als er wieder in seinem Zimmer war, fand er in seiner Faust das blaue Rehkitz, mit dem er immer begann, und ein abgebrochnes blaues Bein.

Komischerweise war's dann
Samstag – dreieinhalb Tage lang hatte sich Gregor bei jedem Klingelton die Treppe runtergestürzt, hatte's mit Tante Eusebia zu tun gekriegt, die nur mal hören wollte, mit Herrn Schallenberg, der anfragen ließ, wann er den Farbfernseher liefern könne, mit Herrn Hullmann vom Schützenverein und mit Frau Dellbrügge vom Kränzchen; und dazwischen wühlte er sich bis in die hintersten Winkel seines Einbauschranks; auf der Suche nach dem Spezialkleber von einst, mit dem die Faller-Häuschen zusammengeleimt wurden. Und stieß doch überall bloß auf sein früheres Leben, das noch gar nicht so lange und trotzdem schon Ewigkeiten vorbei war: stieß auf Kästen mit Märklin[63] und auf welche mit Wiking-Autos[64] und auf Briefmarkenalben und Unmengen an Beutelware[65]. Lag ansonsten still da und beäugte das dreibeinige Reh, wartete; und kaum lief die »Hitkiste«, das Schild »Pst! Soundcheck!« hing vor der Tür, das

Mikrophon war in Anschlag gebracht und auf dem Programm stand *Gerdundula*, mutterte es bereits nach den ersten Takten:

»Gregor, Telephon! Eine Christina!«

Was heißt hier *eine* Kristina – es gibt nur die einzige, und das ist sie!

Obwohl sich Max etwas zierte

, fuhr er anderntags mit nach Bad Iburg, um das Terrain zu erkunden. Bis zuletzt konnte's Gregor gar nicht glauben, daß es weniger »übel« war, als er zwischenzeitlich befürchtet hatte: Die Burg zwar bot nicht gerade das, was man sich unter einer Burg gewünscht hätte, dafür gab's einen Teich mit gelben, roten, blauen Ruderbooten und einer Fontäne; gab's Enten, die man füttern konnte, weil's verboten war; gab's einen »Märchenwald« mit Aussichtsturm (den man freilich nicht fand) ... und als ein Gewitter aufzog, nutzten sie die Gelegenheit, um sich mal wieder richtig naßregnen zu lassen: und miteinander zu schweigen.

Einhundertachtundvierzig Stunden später

hätte sich Gregor am liebsten versteckt und seine Hände beschnüffelt; aber dann hockten die Bauernhöfe so friedlich in den Feldern, duftete's so honiggelb nach Raps, standen ein paar staksige Fohlen so selbstverständlich am Wegesrand herum, daß er's zunächst nicht mal bemerkte. Und *als* er's schließlich tat, wollte er's gar nicht wahrhaben; erst als Kristina die Lippen wegkräuselte – sie blickte dabei in die Sonne und hielt die Augen fast geschlossen –, erst als sie ihm zeigte, wie lückenlos gerade ihre Zähne jetzt standen und, nebenbei, wie rosaklein und unschuldig ihre Zunge dahinter lag: kein Vergleich zu Ulli! –, erst dann glaubte er ihr, daß sie keine Spange mehr trug. Und sah den Rest des Tages weder die weißen Schafgarben noch den verblühten Löwenzahn, weder Fischteiche, Hühnerfarmen, Schnapsfabriken noch den See mit der Fontäne, das Café, in dem sie nach der Bootsfahrt einen Kuchen aßen: sah nur immer diesen leicht nach hinten geschrägten Kopf, diese fast geschloßnen Augen, diese offnen Lippen, hinter denen's weiß hervorglänzte und rosarot.

Und dann passierte das Wunder
während einer Rast auf dem Rückweg und ganz beiläufig: Kristina
kommentierte Gregors Vorschlag, demnächst eine Partie Billard zu
spielen, zwar mit einem ziemlich eindeutigen, unziemlich eindeutigen, unziemlich uneindeutigen Gelächter, kam aber auf die Idee
– sie selbst! –
daß man mal ein Picknick machen könne. Sicher wisse Gregor eine
passende Stelle, wo er doch, seinen Erzählungen zufolge, den halben
Teutoburger Wald durchforstet hatte.

Als Gregor zu Hause ankam, leerte er eine Literflasche Fanta auf
ex, verpaßte's allerdings, die emporsteigende Kohlensäure so richtig
auf die Pfanne zu legen: und abzudrücken. Lang stand er nach dem
Zähneputzen vor dem Spiegel, lang. Grimassierte sich zu, führte
laute Reden über dies & das, versuchte, möglichst grimmig drein-
zuschauen, möglichst entschlossen. Und wenn der Blick irgendwo
Halt gefunden hätte in seinem Gesicht und nicht abgeglitten wäre
auf Schlüsselbeinhöhe und tiefer, dorthin, wo bei andern der Brustkorb saß und bei Gregor ein Gelächter: dann hätte er heute fast der
felsenfesten Überzeugung sein können, daß er gar nicht so mickrig
aussah, wie er stets geglaubt hatte.

So simpel
war das also: Nur eine Flasche Rotwein brauchte man zu beschaffen
und sich aufs Rad zu schwingen, schon lag man unter dem gewissen
Baum oder in einem Weizenfeld, aß Stullen, schaute in die Ähren,
wie sie wippten, schaute in die Wolken, wie sie durch die Welt zogen, und erzählte ihr von andern Wolken, die durch andre Welten
zogen und viel mehr als Wolken waren. Kristina drehte dazu ihre
Haarsträhne um den Finger und lachte nicht. Allerdings sagte sie
auch kaum mehr was, insbesondere wenn sie nach Vöglers Hut gefragt wurde oder nach den diversen Briefen, die sie von wem? bekommen hatte? weiterhin bekam? Folglich redete man eben selber,
von Wolken, vom Wind, vom Regen und von den Gedichten, die's
darüber gab, rauchte die eine oder andre Zigarette, nahm den einen
oder andern Schluck, und Kristina wollte nichts weiter dazu einfallen als:

»Paß auf!«

Doch dazu war's bereits zu spät: Eine Biene, die in den Flaschen-hals hineingekrochen war, starb auf Gregors Unterlippe, und wenig später mußte er sich vom Arzt noch glücklich preisen lassen, daß sie's nicht bis zur Speiseröhre geschafft hatte. Drei Schultage lang war er ganz legal krank und sein Gesicht derart verschwollen, daß er kaum einen Schritt vor die Zimmertür setzte, sogar dann nicht, wenn's unten verheißungsvoll klingelte. Zeit genug, sich endlich mal wieder an den Auftritt von Max zu erinnern und wie ihm die wei-ßen Worte aus dem Mund rausgedampft waren: Sie wolle wolle wolle keinen Freund! hatte er übern Parkplatz geschrien, *gar keinen!* Und das hieß ja jetzt in erster Linie: auch dich nicht, Gregor Schatt-schneider, dich erst recht nicht, dich am allerwenigsten! Was also konnte konnte konnte man tun außer: Brille putzen? Außer: die blauen Vorhänge runterreißen! Die man sich zwar letztes Jahr erst gewünscht hatte, die aber trotzdem schon völlig verkehrt aussahen – nicht eigentlich verkehrt, eher unrichtig, so daß man ordentlich die Wut kriegte, je länger man sie ansah, und immer mehr die Wut kriegte und sie schließlich runterrupfte, daß die Häkchen aus der Schiene hüpften und die Schiene halb von der Decke kam und man hineintreten konnte in diesen blauen Stoffhaufen hinein-boxen und ihn gegen die Wand werfen und darauf herumtrampeln und gar nicht mehr wußte, wie aufhören und warum und wo man wer man war, selbst dann nicht, wenn's unten verheißungsvoll klin-gelte.

Folglich brauchte sich Gregor nicht zu wundern
, als es kurz klopfte und: Kristina vor ihm stand. Bevor er in Grund & Boden & Gardinenhaufen versank, bekam er einen kleinen Stoff-raben in die Hand gedrückt (mit Zettel im Schnabel: »Gute Besse-rung, du Pechvogel« – von ihr selber geschrieben! ein eindeutiges Zeichen!); und bevor er ein erstes Wort finden konnte, wandte sie sich seinen Wänden zu, die ziemlich lückenlos beschriftet mittler-weile waren:

»Sind die alle von dir?«

»Nö, meine eignen sind …«

Und während sie sich von Gedicht zu Gedicht vorarbeitete, von Merksatz zu Merksatz, konnte er ihr Photo unter die Schreibtischauflage schieben, puh, das war knapp.

»Liest du mir mal eins vor?«

Die Antwort freilich wartete sie nicht ab, stand bereits wieder in der Tür: weil sie mit Rick verabredet sei zum Tischtennis-Spielen, tja. Ob er nicht Lust habe, am Samstag mitzukommen, ins Kreisheimathaus, zu »Papillon«[66]?

Mitzukommen?

Wagte sie's? Ihn und diesen Rick *gemeinsam* abzuschleppen – Rick, den Tiger, den Torwart, den Mörder, den Tänzer, den Tischtennis-Spieler? Und noch dazu nach Tecklenburg? Beinahe wäre Gregor erneut auf die Gardine losgegangen, beinahe; statt dessen saß er sprachlos, ein Unterlippenmonster, das die Welt nicht mehr verstand. Das die Tropfkerze anzündete, das nichts Kitschigeres wußte, als *Need Your Love So Bad* aufzulegen und seine drei Kostbarkeiten vor sich aufzubauen: das Photo. Den Brief. Den Raben.

Wieso war er eigentlich so in sie?

Bis über alle fünf Ohren?

Wo sie doch ganz offensichtlich *keine* hervorstehenden Wangenknochen hatte und auch sonst mit Larissa nicht mithalten konnte.

Und obwohl ihm Nadine nun schon den zweiten Flicken auf die Lee-Jeans genäht hatte.

Kein Zweifel, die Kopfhitze nahm zu

, und auch andernorts wurde's Gregor oft mächtig heiß, mächtig eng, wenn das Tier in ihm wühlte und ihm einzureden suchte mit lauter gewölbten Worten, daß er jetzt endlich handeln müsse. Trotzdem zögerte er und zögerte, weil er nicht denselben Fehler machen wollte wie die andern: Alle, alle hatten sie die Nerven verloren und sich, mehr oder minder unvermittelt, vor Kristina aufgebaut, hatten ihr den Weg verstellt – kein Wunder, daß sie sich davon bedrängt fühlte, daß sie zurückwich! Vor wenigen Wochen war ja – als achtzehnter? als fünfundzwanzigster? als hundertdreißigster? – sogar Vögler fällig gewesen; und der fuhr seither, wie zur Belohnung, auf einem alten Motorrad herum und zeigte seiner Gitarre die viele Gegend, die man hier hatte.

Wenn sie aber selbst Vögler abschlägig beschied, wieso sollte dann einer wie Gregor verschont werden? Nein, einer wie Gregor hatte nur insofern eine Chance, wenn er, ohne viel Aufhebens von sich zu machen und gewissermaßen zufällig, an Kristinas Seite weiterlief, nebenherlief, bis er irgendwann zu ihrem Weg dazugehörte – naja, jedenfalls nicht mehr so leicht davon wegzudenken war: und dann! Erst dann! Vielleicht.

So dachte er. Doch nicht mehr lange.

Mittlerweile nämlich war auf Charlis Schultern
schon eine violette Ratte gekrochen! Und verschreckte erfolgreich kleine Mädchen.

Mittlerweile nämlich behauptete Max
, daß er mit Jasmin gehe! Wenngleich er Beweise bislang nicht hatte beibringen können.

Mittlerweile zählte Ecki
genausowenig wie früher, und seitdem ihn keiner mehr verprügelte, vor dem Freitags-Kick, guckte er etwas verloren in die Landschaft.

Mittlerweile war Erps
deutlich kleiner als Gregor! Andrerseits trug er ebenso lange Koteletten wie Kötte und dazu Blümchenhemden, andrerseits rauchte er Reval, wiederholte mit großer Gelassenheit die 11. Klasse.

Mittlerweile ging Lutti
wirklich mit einer! Einer Henrike oder Henriette, über die Gregor sofort in Umlauf setzte, sie sei dumm wie Brot und –

– bloß Arne
war noch Arne und blieb Arne, der einzige außer Gregor, der nicht von der Stelle kam; freilich saß der eine fest beim »Kater«, der andre zwischen Mops und Riesenschnauzer, freilich rutschten dem einen die Augen tiefer und tiefer in die Höhlen, während der andre, sooft

72

er auch ins Fotofix fuhr, keine sichtbare Veränderung feststellen konnte, keine sichtbare Verbesserung.

Mache ich vielleicht was falsch? fragte er sich. Und erhöhte die Anzahl der morgendlichen Liegestütze.

Weil er jedoch auf keinen Fall was falsch machen wollte
, ging er mit. Zu »Papillon«, ins Kreisheimathaus. Zu »Cabaret«[67]. Zu »Stille Tage in Clichy«[68]. Und verwickelte Rick anschließend in Gespräche über Novalis und Rimbaud und ... all das, wovon der keinen Schimmer hatte.

Trotzdem war's immer häufiger angebracht, Herrn Dr. Arnold[69] abzustrafen.

Weil er jedoch auf keinen Fall was falsch machen wollte
, kaufte er die Platte von *Pink Floyd*: die mit der Tropfsteinhöhle, den Krähen; schrieb sein »Aber da draußen in Feldern oder« so oft ab, bis er zufrieden war, und fuhr damit nach Wechte.

Das Gebell rund um den Hof von Kipp-Oeljeklaus, das vormals mindestens »sehr groß« geklungen hatte, entpuppte sich als »mittel«.

Die Geburtstagsparty, die wegen Regen in ihrem Zimmer stattfand, entpuppte sich als Gedränge bekannter Gesichter, gemischter Gefühle; wieso Vögler allerdings in derartiges Gelächter ausbrechen mußte, als Gregor die Szene betrat, war nicht aus ihm rauszukriegen.

Kristinas Setzkasten, von dessen winzigen Bügeleisen, Messinggrammophonen, Glasmurmeln, Sandfläschchen sie manchmal erzählt hatte, entpuppte sich als Dokumentationsstelle der letzten Weltspartage: Lupe und Meterband besaß Gregor selbst, sein Miniaturaschentonnen-Spitzer war bereits im Abfall gelandet.

Und weil er sich rechtzeitig an die Hünerkopf-Geschichte erinnerte, nämlich daran, wer damals das Schulterklopfen geerntet *und wer nicht*, mischte er sich beherzt unters Publikum, protzte und prahlte und nützte die erste Gelegenheit, die sich bot, um Ricks Geschenk runterzuputzen:

»*Heart Of Gold*, tja, also wenn ihr mich fragt: *Neil Young*, das ist schon fast *James Last*.«

Kristina jedoch wußte diesen Vergleich nicht angemessen zu würdigen, und als er sich an ihren LPs zu schaffen machte, fiel ihm ausschließlich Klassik in die Hände.

Zu guter Letzt lagen sie im dunklen Zimmer herum, jeder in seinem Winkel und Wagner gegen alle.

Ausgerechnet Wagner.

Aber wenigstens nur die Ouvertüren.

Ja, während Willy für das Gute kämpfte in der Welt
(hatte er nicht auch mit der Tschechoslowakei inzwischen einen Vertrag geschlossen?),[70] solange Willy alles im Griff hatte, konnte man sich um die wesentlichen Dinge kümmern, konnte man ungestört Musik hören. Als die ersten Takte von *I'd Rather Go Blind* erklangen – Gregor brauchte nach dieser Geburtstags-Pleite dringend etwas für seine Ohren –, als das Leuchtkreuz leuchtete und leuchtete und immer weiter leuchten würde, da wurde ihm auf eine merkwürdig unaufgeregte Weise klar, was seit einem Jahr, was wenigstens seit einem halben Jahr schon hätte klar sein sollen: daß es mit der Leuchtkreuzbetrachtung nicht länger getan sein durfte mit dem Musikhören! Daß es in dreizehn Tagen, auf dem großen Tecklenburger Herbstfest, daß es zu handeln galt! Daß er die rohe Frage dann stellen mußte, selbst wenn sich's damit ein für allemal ausgefragt haben würde.

In akribischer Ausführlichkeit zählte er sich auf, vom ersten Kaugummi, den sie ihm angeboten, bis zum gestrigen Abschiedsblick: was als eindeutiges Zeichen gewertet werden durfte.

Und was nicht.

Schließlich konnte er nicht sein ganzes Leben
mit Abwarten vertun, wahrscheinlich plante dieser Rick bereits werweiß-was. Gregor, vor Entschlossenheit ganz erleichtert, riß an der Schnur, die das Aus bedeutete für Mister Hit.

Doch beinahe wäre alles an einem Pickel gescheitert
, einem ausgewachsnen Mistkerl von Pickel, angesichts dessen sogar der Physiklehrer – der stets mit Kreide warf, wenn er jemand beim

Essen erwischte oder beim »Playboy«-Blättern – angesichts dessen sogar der Physiklehrer auf seinen Wurf verzichtete:

»Der könnte ja platzen!«

Wenn aber bereits Gregors eigne Klassenkameraden das für witzig hielten, dann würden sich die Tecklenburger erst recht amüsieren. Außerdem war seine Lee-Jeans mal wieder gerissen und, weil sich Nadine um einen gewissen Rolli seit kurzem kümmerte, kein angemeßner Flicken aufzutreiben. Auch die neuen Turnschuhe wollten, obwohl Gregor jede Pfütze ausnutzte, und wollten, obwohl Gregor vor und nach der Schule einen Umweg über alle Sandkästen in allen Spielplätzen nahm, und wollten, obwohl er sie nachts immer optimal faltenträchtig verkeilte zwischen Stapeln von Lesering-Bänden, und wollten einfach nicht werden.

Und dann spielte Rick
auch noch den Diskjockey. Seltsamerweise gefielen die Lieder, die er auflegte, den Leuten, und sie drängten sich derart dicht auf der Tanzfläche, daß man doch wieder bloß eines konnte: abwarten und warme Biere trinken, abwarten und Würste-ohne-Senf vertilgen.

Gegen Mitternacht erzählte Kristina
, statt endlich mal was zu seinem Gedicht zu sagen, daß sie *Seasons In The Sun* so toll fände, und als Gregor, obwohl er solche Schnulzen regelrecht haßte, und als Gregor das dem DJ klargemacht hatte, da winkte sie *ihm* zu – nämlich Rick, der den Musikwunsch drei Lieder lang mit der Bemerkung boykottiert hatte, daß er solche Schnulzen regelrecht hasse! Zurück an dem Platz, wo er vorhin mit ihr gestanden war, fühlte sich Gregor erst recht verkannt, tanzte sie doch mit –

– irgendeinem Blödmann, den er sich nicht erinnerte, jemals gesehen zu haben, tanzte mit einem Blödmann, der ihr dermaßen dreist die Hüften betatschte, auch beim nächsten Lied noch, obwohl das gar kein Schieber war: daß man nur eines konnte. Und beim nächsten Lied auch.

Zwei Stunden später, weil sein Vorderrad keinen Deut weniger schleifte als während des ganzen Hinwegs, handelte Gregor schließlich: und trat voll Wut dagegen. Indem Tecklenburg aber 200 Meter über dem Meer liegt, Lengerich hingegen 80, hatte er ziemlich Fahrt drauf, und die Platzwunde an seiner Stirn mußte noch in der Nacht genäht werden.

Was denn los gewesen sei
, tat sie tags drauf ahnungslos und lud ihn, ohne seine Ausflüchte im geringsten ernst zu nehmen, lud ihn raus nach Wechte: Die eine Flasche müsse er mitbringen, die andre besorge sie, wie immer.
Mittwoch, der 26. September, fünf Uhr.

Wie immer
, ach ja? Als er an ihrem Tischchen saß, vor der Kerze, den Käsewürfeln, dem Brot, den zwei Gläsern, an denen sie soeben ausgiebig geschnüffelt hatten und genippt, da ließen ihn alle Adjektive im Stich.
Kurz und artig?
Dick und rund?
Dünn und eckig?
Wie sollte man, unter diesen verqueren Umständen, wie sollte man bloß Weinprobe spielen? Zum Glück rief einer von Kristinas Blödmännern an, und sie verschwand im Erdgeschoß. Von wo ihr helles Lachen fast pausenlos hochdrang.
Und der Geruch von Kochfisch, das Geklapper von Geschirr.
Gregor leerte sein Glas und wußte nicht weiter.
Neben dem Setzkasten, auf einem Bücherbord, waren Muscheln und Korken und ein kleiner Stoffbär und »Vom Winde verweht« und Kistchen & Kästchen und ein Stapel Briefe und getrocknete Blumen und ein Horoskop für Juni und ein Teebecher mit einer dicken schwarzen Drei.
Darunter, leicht abgerückt von den Klassik-LPs, lag neben *Neil Young* und *Pink Floyd* die leere Hülle von *Seasons In The Sun* – ein Geschenk? Ach, das tat ja sowieso nichts mehr zur Sache.
Gregor trat ans Fenster und blickte der schiefergrauen Wetterwand entgegen, unter der die Felder ganz flau wurden. Die Felder, die er so liebte, die Birkenreihen dazwischen Pappelreihen, die er so liebte, die kleinen Wege, es hätte alles so schön sein können.

Ein Traktor fuhr ins benachbarte Gehöft.

Durch die Wiesen, Richtung Buddenkuhle, glitt ein roter Punkt.

Kristina – nein, sie legte ihm nicht etwa unversehens die Hand auf die Schulter; sie stand nur plötzlich hinter ihm.

Stand nur plötzlich vor ihm.

Drehte sich eine Haarsträhne um den Finger.

Wie immer.

Fuhr ihm so unvermittelt, daß es schmerzte, über das Pflaster auf der Stirn.

Lag in seinen Armen.

Draußen, in Weil der Stadt, schepperte eine leere Fanta-Dose durch den Rinnstein.

Draußen, in Untersiebenbrunn, stand der Brüller und brüllte sein Lied.

Draußen, in Wechte, klatschte der Wind gegen die Wäscheleine und Gregor wäre fast umgestürzt unter der Wucht des Aufpralls und alle Farben wurden weiß und alle Dinge wurden Eis und nichts war naß neinein oder pelzig oder sonstwas sondern war nichts – –
der absolute Gefrierpunkt – – –
und wie er da wieder rausgekommen war, aus dieser fühllosen, farblosen Leere, ließ sich im nachhinein nur damit erklären, daß der Himmel gar nicht so blau geworden, wie Gregor kurz geglaubt hatte, und die Welt weiterhin grün geblieben und die Wege darin grau: daß die erste Regenbö gegen's Fenster gefahren und es Kristina jählings aufgefallen war, daß sie fröstelte. Daß es ihr jählings eingefallen war, einen Pulli zu holen, einen weißen, einen gnadenlos weißen Pulli zu holen.

Und daß die wenigen Schritte zum Schrank genügten
, um tief, tief die Luft einzusaugen; als sie zurück am Fenster war, gegen das die Tropfen jetzt regelmäßig pladderten, wagte's Gregor nicht, das Schicksal ein zweites Mal herauszufordern: Kristina blickte zu Boden – aha, ein Signal, sie wollte sich distanzieren! –, und man schnaufte die ganze Luft aus.

Auch im Erdgeschoß kapierten die Dinge, daß es weiterging mit dem Geklapper und Gedöns und

als Gregor sein Rad nach Hause schob im Regen
, machte sogar sein Herz schon wieder mit, hörte er durch ein dichtes Brausen in den Ohren sogar schon wieder das Meer.

Vielmehr: das Hin & Her in seiner Muschel.

Nein: das Hupen der Autos, wenn sie vorbei an ihm spritzten.

Fand zurück an die Burwiesen, direkt vor den neuen Farbfernseher, in dem das Leben flimmerte, irgendein Länderspiel – oder sollte das eine Demo sein? Wogegen auch immer, Atomkraft oder Vietnam, wofür auch immer, Mitbestimmung oder die Aufnahme diplomatischer Beziehungen zu Polen,[71] Gregor sah nichts als flirrende Farbmuster und verkroch sich in seine Mundhöhle, in die Geschmacksnerven seiner Zunge. Unvorstellbar, daß man damit je wieder sprechen, daß man damit je wieder essen konnte.

Aber man konnte es
, man mußte es, selbst wenn man bloß tagein still sitzen wollte tagaus: im äußersten Winkel des Gartens, hinter der Thujahecke, wo man Herrn Dr. Arnold[72] so lange toben ließ, bis der sich, auf der andern Seite der Erschöpfung, still dazusetzte, und man wirklich verschwunden war für die Welt. Und seinen Satz summen konnte, seinen Satz über die Schmerzen, wie sie weder Pferd noch Stein ertragen.

Zu Boden hatte sie geblickt. Unvorstellbar, daß man je wieder sprechen konnte.

Aber man konnte es
, man mußte es, selbst wenn man bloß tagein im Bett liegen wollte tagaus: und auf ein Wunder warten.

Oder unvermittelt aufschnellte, als hätte man die rettende Idee gefunden: und eine neue Tube Uhu-hart besorgte, um das blaue Rehkitz zusammenzukleben.

Oder dem Blick des Fremden standzuhalten suchte, der aus dem Spiegel kam, sobald das K verflog – aus einem blassen Blankogesicht, das keine Ausreden akzeptierte.

Oder über ihrem Photo einschlief.

Oder aufschreckte, inmitten der Nacht, inmitten des Tags, und sich zuflüsterte: *Einmal* zumindest hab ich sie »gehabt«. Lutti nicht. Max nicht. Charli nicht. Erps nicht. Vögler nicht. Das kann mir niemand nehmen … Und obwohl man sich am liebsten darauf beschränkt hätte, diesen einen Gedanken das restliche Leben über zu denken, wurde man früher oder später stets von der Erkenntnis aufgestöbert, daß *ein* Kuß weit schlimmer war als gar keiner: *Da* wäre noch Raum für Hoffnung gewesen, da hätte sie längst angerufen. Statt es jedoch selbst zu tun – das verriete ihr ja, wie sehr man's nötig hatte! –, packte man sein Rad und fuhr in die Felder von Wechte, belauerte das Schicksal.

Wie, das war alles, was Gregor tat?

Das war alles.

Aber, weiß-Gott, das war zuwenig!

Das war es.

Denn solch ein Blick auf den Boden
, in solch einer Situation! heißt doch überhaupt nichts.

Für einen, der »eindeutige Zeichen« sammelte, der für sie lebte oder an ihnen starb – für einen wie Gregor schon. Zudem hatte der erst vor wenigen Tagen zu begreifen begonnen, daß Nichthandeln manchmal falscher sein konnte als Falschhandeln; zudem hatte der erst noch ein paar Jahre vor sich, in denen er das *besser* begreifen mußte; zudem und zudem und zudem: traute er sich nicht. Träumte statt dessen davon, nachts eine jener langen Leitern, wie man sie aus bayrischen Heimatfilmen kannte, an Kristinas Fensterbrett zu lehnen: und ihr einen derartigen Schreck zu verpassen, daß sie notwendigerweise *jedem* um den Hals fallen mußte.

Sogar so einem wie ihm.

Statt es aber zu tun
, statt es aber zu tun, statt es aber zu tun, fuhr Gregor
– ohne Max, der mit seinen Bemühungen um Jasmin voll ausgelastet war;
– ohne Erps, der sich seit neuestem mit Nadine zu verabreden suchte;
– ohne Lutti, der mit einer Adeltraud ging oder Edeltraud;

– ohne Charli, der frech behauptete, ein »Rendezvous« zu haben (wahrscheinlich war er bloß pleite);

– ohne Arne, der lieber seinen Blaufilter aufschraubte;

– und ohne Kötte, Vögler sowieso: *ohne uns* fuhr Gregor in den »Blauen Bengel«, den er einen Sommer lang arg vernachlässigt hatte. Eine dicke Negerin, die bei ihren dicken Darbietungen einen Rest an Unterwäsche anbehielt, verteilte Kirschlollis mit grünen Stielen, und während man überall zu lutschen begann, fiel Gregor auf, daß die Männer hier genauso aussahen wie Herr Kohnhorst oder Herr Schallenberg oder Herr Schattschneider sen., der vielleicht nur deswegen nicht mit an der Bar saß, weil er wieder einen Weltspartag vorbereiten mußte. Und: daß die Animiermatronen mit ihrem ewigen Beine-Übereinanderschlagen, Zigaretten-in-Zigarettenspitzen-Stecken, Lippen-Nachziehen und Haare-Hochwühlen auch nur drei oder vier Nummern mehr drauf hatten als, sagen wir mal, die Schöpker-Schwestern. Und: daß die Sofas und Stühle an den Lehnen fast ebenso abgewetzt waren wie beim »Kater« – kein Wunder, daß Larissa inzwischen das Weite gesucht hatte, in Paris wahrscheinlich oder in New York.

»Wie gefällt dir Osnabrück?« wurde Gregor von einer angesprochen, die schon vor Jahresfrist dasselbe gefragt hatte, und ausgerechnet in diesem Moment ließ die Negerin *doch* noch die letzten Stoffreste runterfallen.

»Naja, wenn ich mir Osnabrück so ansehe«, hörte sich Gregor sagen, »dann finde ich's im Moment ziemlich unprickelnd«. Wo denn Larissa abgeblieben sei?

»Larissa? Nie gehört.«

Und auch die Tresenschlampe, die ja seit eh & je hier das Pils servierte und den Korn, sogar die Tresenschlampe schickte lediglich ein dunkles Gelächter aus dem Schlund und zog die Schultern hoch.

»Aber ich habe ihr was zu sagen!«

Wieso er das hatte, brauchte sich Gregor nicht mehr zu überlegen, denn da wuchs André dicht neben ihm empor:

»Dann verpiß dich, Jungchen, und laß dich nie wieder blicken!«

Trotzdem

fuhr er diesen Herbst, diesen Winter so oft, wie's taschengeldmäßig möglich war, nach Osnabrück, ging durch die Straßen und genoß es, daß ihm nirgendwo eine Frau Rethemeier entgegenkam, eine Frau Dellbrügge, Frau Lutterbeck oder gar: ein Max Schmedt auf der Günne. Der einzige, der ihm begegnete bisweilen, war der Milliardär – im »Schinderhannes«, der »Gaststätte zur Nonne« oder der »Bierorgel«, wo's genauso schummrig zuging wie im »Blauen Bengel«; und dann tranken sie eine Weile, jeder für sich, und ließen einander in Frieden: Die Frauen, die irgendwo hinter ihrem Rücken die Wäsche wechselten, störten auch Gregor schon lange nicht mehr.

»Ich würde doch zu gern wissen«, dachte er einmal aus Versehen laut nach: über Kristina und wie's ihr eigentlich möglich gewesen, eine ganze AG, ach was, eine ganze Stadt, ach was, eine ganze Generation in Bann zu schlagen – was hatte eine wie sie, das andre nicht hatten, außer, zu Beginn der Geschichte, eine Zahnspange?

»Ich würde doch zu gern wissen«, dachte er aus Versehen sehr laut nach, »was das Geheimnis ist von solchen Mädchen.«

Das sei 'ne ziemlich haarige Angelegenheit, fühlte sich der Milliardär angesprochen und auch gleich zu einer Antwort berufen: Im Grunde stinke's zum Himmel, jedenfalls bei den meisten, aber –

»Entschuldigung«, bemerkte Gregor das Mißverständnis: Er habe nicht nach dem Geheimnis von Frauen gefragt, »sondern nach dem von Mädchen«.

»Guter Witz«, grinste der Milliardär in sein Glas, als Gregor längst schon wieder im Zug saß.

Manchmal freilich

lief Gregor auch noch an schwarzweißgefleckten Kühen vorbei, an den Schattenrissen von Telegraphenstangen und erzählte sich was von Pferden und Steinen. Manchmal freilich lief Gregor auch noch durch den Wald und wunderte sich, wohin all die Bäume verschwunden waren, die er dort früher gekannt.

Manchmal freilich
, wenn er am Fenster stand und den Baggern zusah, die aus der Brombeertaiga eine Serie von Baugruben machten – das ganze Niemandsland hinterm Haus, bis zum Schwimmbad, würde im nächsten Sommer also nach Garageneinfahrten riechen und Vorgartenmäuerchen und beigem Klinkerglück –, dann empfand er gar nichts.

Gar nichts?

Gar nichts. Und beschloß bestenfalls, daß die Zeit der Spiegelreflexkameras abgelaufen war und eine kleine Minox hermußte. Oder: daß er ein berühmter Schlagzeuger werden würde, dann könnte sie ja, dann müßte sie ja wohl.

Meistens allerdings
saß er mit seinem Nachhilfelehrer, seitdem sein Vater die Bilanzen in den Griff gekriegt und gleich richtig Ärger gemacht hatte: von wegen Abitur und warum Gregors Noten seit einem Jahr so nachgelassen hätten, saß mit seinem Nachhilfelehrer oder ohne ihn und lernte unregelmäßige Vokabeln, dachte darüber nach, was »das Faustische an Faust« war oder $C_6H_4COSO_2NH$. In der Nacht vom 11. auf den 12. April, als ihn Max besuchte und sie feierlich ihre Gedichte verbrannten,[73] in der Nacht vom 11. auf den 12. April, als sie einen Rückblick riskierten auf die letzten zwei Jahre: nicht etwa auf Berufsverbote, Watergate oder die Geiselgeschichte bei der Münchner Olympiade, nicht etwa auf den Grundlagenvertrag mit der DDR, die Aufnahme beider deutscher Staaten in die UNO,[74] das alles lief schließlich ohne sie; schon eher auf den »Letzten Tango«, den »Schulmädchenreport«,[75] den autofreien Sonntag während der Ölkrise, wo man sich, Tecklenburger *und* Lengericher, auf der Autobahn getroffen hatte mit Bollerwagen voller Fanta, Käsestullen, Wein,[76] und natürlich auch auf die Borussia, die letzte Saison den Pokal immerhin geholt –,[77] spät in der Nacht, als sie beim eigentlichen Thema endlich angelangt waren und Gregor schon mal das blaue Rehkitz herzeigte, das er ständig mit sich rumtrug: da zog Max unter »T« (wo er nach *Ten Years After* suchte) nichts Geringeres als *Seasons In The Sun* aus dem Plattenregal – dabei gehörte *Terry Jacks*, wenn überhaupt, unter »J«! Worüber Max kein bißchen läster-

te, vielleicht war er doch ein beßrer Freund, als Gregor immer gedacht hatte.

Dann legten sie auch gleich noch die Wagner-Ouvertüren auf.

Und merkten, daß sie nach wie vor ganz gut miteinander schweigen konnten.

Ja lief denn gar nichts

, diesseits und jenseits der Führerscheinprüfung? Dochdoch.

An der Fassade von W & H stand eines Tages Ⓐ,[78] wenig später Ⓚ, wenig später »Heil Bockwurst! Du dicker König!«.

Das Fotofix im Bahnhof wurde von Schwarzweiß auf Farbe umgerüstet.

Gregor rief bei Herrn Hünerkopf an und entschuldigte sich so lang und so breit für Taten, die er noch nicht mal selbst begangen hatte: bis der entnervt auflegte.

Gregor fing mit den Liegestützen wieder an, bei zwanzig.

Aber das zählte nicht.

Was vielleicht ein bißchen zählte

, war die Samstagsdisko im Jugendzentrum. Wo's Gregor gelang, einen heißen Schieber mit Astrid zu schieben, in der Tat: mit Astrid Schöpker, die ihn früher nicht mal beim Freitags-Kick beachtet hatte, und obwohl *Locomotive Breath* auflag und jeder mit Volldampf voraus stampfte, lehnte sie ihren Kopf an seinen Hals und blieb auch eine Sekunde länger an ihm dran als nötig, von der Schläfe bis zum Knöchel.

Das freilich war's gewesen. Weil er auf Köttes einladendes Schulterklopfen reingefallen und mitgetrottet war zum Kickern, will sagen: weil er Astrid stehengelassen und auch weiterhin stehengelassen hatte, obwohl Kötte längst kehrtgemacht, weil er sie stehengelassen hatte, um beim Kickern, typisch Schattschneider, wieder mal nur das Maul aufzureißen: über drohende Musterungsbescheide, über Numerus Clausus-Fächer, über Vögler, der in einer Band spielte und bloß »im Vorbeibrettern von seinem Bock aus« grüßte.

Um dann wieder mal nur das Maul aufzureißen, nur das Maul.

Aber halt, im Frühjahr lief
wirklich was: ein Tanzkurs,[79] zu dem jeden Dienstag ein Herr Knaul aus Osnabrück angereist kam und uns Foxtrott, Cha-Cha-Cha und Rumba, wenn schon nicht *nahe*, so doch *näher* brachte.

Lief, im Rückraum des »Windmöller-Potjörn«, lief ein Tanzkurs, zu dem ebenfalls kam: Kristina Kipp-Oeljeklaus aus Wechte. Ausgerechnet Ecki hatte sie überredet, »mal unverbindlich mitzumachen« − nach nassen Fliegerstiefeln roch's und nassen Parkas, draußen bollerte der Milchmann durch die Dämmerung, die Dämmerung jaulte hinterher, und Ecki brachte natürlich keinen Fuß auf den Boden, wenn's ans Auffordern ging.

Zum Abschlußball erschien Gregor in einem dunkelblauen Blazer mit Goldknöpfen, erschien mit einer Henrike oder Henriette am Arm, die dumm war wie Brot und bei der's nicht zu befürchten galt, daß sie auf den Boden je blickte; der Saal war vollgestopft mit künstlichen Blumengebinden und allem, was Rang & Namen zu haben glaubte, auch die AGler von früher hatten sich fast vollständig eingefunden. Nach der Polonaise, dem Verlesen der Namen und einigen Anfangsliedern, bei denen man sich im Gewühl darauf beschränken konnte, linkes-Bein-rechtes-Bein-linkes-Bein-rechtes-Bein zu machen − Gregor wollte sich gerade von seiner Henrike oder Henriette absetzen und mit Erps zum Männergespräch verdrücken −, rief man plötzlich zur Damenwahl, und da stand sie vor ihm.

Das war dann der erste, das war dann der einzige Walzer seines Lebens, der den Namen verdiente.

»Übrigens, dein Gedicht damals«, sagte sie noch, als sie ihren Danke-schön-das-war's-Knicks spielte, »wollt' ich dir schon lang mal sagen: hat mir gut gefallen.«

»Ach ja?«

Gregor suchte mit siebenundzwanzig Händen nach dem blauen Rehkitz (»für deinen Setzkasten«), aber auf die Schnelle war's in keiner seiner Taschen zu finden:

»Ach ja?«

Folglich lief er Rick, dem Tiger

, in die Arme, der jetzt Gefreiter war und pausenlos versicherte, daß man beim Bund nicht nur zu saufen lerne »wie ein Rohr mit drei Enden«, sondern auch, »ein Rohr zu verlegen«. Eine weitere Stunde mußte er mit Nadine tanzen, mit Ulli, Katrin, Frau Rethemeier und seiner Mutter (die fast jede Drehung nutzte, um ihm ins Gewissen zu reden: über die völlig! schwarz beschriebnen Wände, die völlig! zerfetzten Gardinen, das ständige! Gerülpse und ob er sich nicht endlich! von seiner verlotterten Jeans trennen wolle).

Eine dritte Stunde lang suchte er nach Kristina, um ihr zu gestehen, daß er das Rehkitz inzwischen zwar gefunden habe, leider aber sei das Bein wieder abgebrochen, wohl wegen des Gedränges, er werde also morgen sofort –
um ihr zu gestehen, daß ihm soeben klargeworden –
um ihr zu gestehen, daß –
                       – er den ganzen Abend bloß auf Max und Jasmin und Charli und Iris und Astrid getroffen war und, an ihrer Hand, auf Kötte, dessen Kiefer malmten.

Als ihn die Nachricht erreichte, daß man Kristina aufgespürt hatte, draußen, beim Knutschen, da gelang's Gregor, nicht sofort tot umzufallen.

Selbst als er dann im Hinterhof stand

, in einer stets wechselnden Traube von Voyeuren, starb er nicht, obwohl das, was er sah, viel mehr war als *ein* Kuß, viel mehr.

Ecki, um nicht zu heulen, suchte nach seinen derbsten bayrischen Flüchen, der Rest der Runde gab sich gelassen, womöglich schlug jemand vor, demnächst einen Kick gegen die Tecklenburger anzusetzen, die bräuchten's dringend. Und Gregor? Putzte ausführlich seine Brille. Und Gregor? Empfand's als sehr beruhigend, daß ihre Haare trotzdem blond schimmerten im Abglanz der nächsten Straßenlaterne, nicht etwa braun.

Nein, das tat keinen Deut mehr weh als alles, was er die letzten zwei Jahre erlebt hatte.

Hey

, kam's ihm auf dem Heimweg, ich werde die ganze Geschichte aufschreiben, damit ich sie endlich los bin. Und danach streich ich unsern VW völlig! schwarz, und fahre sehr! weit weg. Vielleicht finde ich ein totes Schwein.

Folglich setzte er sich noch in selbiger Nacht
neben die Tropfkerze, hörte eine Weile in seine Muschel hinein, durch die der 26. September brauste, dachte an den Baum, der bald wieder zweifarbig blühen würde, dachte an die Brombeeren hinterm Haus, die nie wieder blühen würden. Und verwandelte alles, was passiert war, was nicht passiert war, in Worte.

Das Leuchtkreuz leuchtete, und von der Decke fielen die ersten Töne in sein Zimmer, ganz hell und ganz leicht, als wäre man inmitten einer riesigen Tropfsteinhöhle.[80]

II

TANIA

Du hast recht, es gibt eine Reihe von Vornamen, die nicht nur in den Ohren klingen, sondern im ganzen Körper – doch einen einz'gen bloß gibt's, der ganz glatt ist, ganz glatt und ganz braun ist, der riecht und brennt und sich biegt und biegt und schließlich dich mit Haß erfüllt, weil du ihn ständig flüstern mußt, weil du ihn ständig stöhnst und keuchst und schreist und schweigst und träumst: Tania –

Am Vorabend der Schlägerei

, also am Freitag, denn in den »Popklub« fuhren wir immer samstags, hatten wir viel zu tun – summa summarum bis halb drei, wie Gregor tags drauf belehrt wurde vom Zabransky Leopold, der genau gegenüber wohnte im Rückgebäude und nur übern Hof schauen mußte, sobald ihm der Kuckuck aus der Uhr kam –, am Vorabend der Schlägerei hatten wir viel zu tun, bis sämtliche Hemdkrägen abgeschnitten waren, vom Flur vernahm man das gleichmäßige Schnarchen von John & Ann, vernahm bisweilen das Geschlurfe von Silvano, der sich ein Bier aus der Küche holte, durch die Wand der Nachbarwohnung hustete die Kreuzberger Hermine, und manchmal, bei einem besonders symbolträchtigen Schnitt, schrillte Eckis Gekecker durch die Luft, daß die Kerzenflammen zuckten: Bügeln, das war nicht gerade unser Hobby, und bei den Indienhemden, die wir heute mittag auf dem Naschmarkt[1] entdeckt hatten, gab's ohnehin keine Krägen. So gegen Mitternacht – vor uns, auf dem Sisalläufer, lag der Rest unsrer Kindheit, ein kümmerliches Häuflein – nahmen wir den zweiten Doppler[2] in Angriff und, zum letzten und entscheidenden Mal, unsre Hundert-Punkte-Liste-fürden-heiratswilligen-Jungerpel. Die las sich zwei Stunden später dann wie folgt:[3]

»1. *Ist sie wirklich schön*
   (nicht etwa bloß charmant, apart, hübsch, lieb, süß, sonstwas; herrscht wirklich Ruhe im Raum, wenn sie ihn betritt)? Maximal 13 Punkte.

2. Ist sie *wirklich* intellektuell (nicht nur: intelligent, schlau, klug, gebildet, belesen, bebrillt, sonstwas)? Maximal 13 Punkte.

3. Hat sie *wirklich* Temperament (ist sie mittelpunktsfähig – und hält sie das durch)? Maximal 10 Punkte.

4. Lebt sie *wirklich* selbst, oder wird sie gelebt (bzw. noch schlimmer: will sie für einen Mann leben, für ein Kind oder einen Kaktus)? Maximal 8 Punkte.

5. Ist sie *wirklich* scharf, oder tut sie lediglich so (bzw. noch schlimmer: ist sie's ausschließlich, solang sie sich als schöne Wienerin verkleiden kann)? Maximal 8 Punkte.[4]

6. Hat sie mit einem Mann *wirklich* genug (lebenslänglich)? Maximal 7 Punkte.

7. Hält sie's aus, daß wir zwar verdammt viel vorhaben in diesem Leben, aber kaum was, wofür man ordentlich Kohle kriegt (lies: daß wir mit unsern – heute, am 3. Juni 1977 – einundzwanzig bzw. achtzehn Jahren am liebsten schon in Rente gehen würden, um ausreichend Zeit fürs Eigentliche zu haben)? Maximal 6 Punkte.

8. Und zwar ohne zu meckern (sei's mit, sei's ohne Worte)? Maximal 6 Punkte.

9. Kann sie mit uns Pferde stehlen, ohne zu einer Frau zu werden, mit der man Pferde stehlen kann? Maximal 5 Punkte.

10. Verträgt sie was (ordentlich was), ist sie in der Lage, beim Kampfplaudern mitzuhalten (und traut sie sich vielleicht gar, das Glas zu klauen)? Maximal 4 Punkte.

11. Ist sie meisenfrei? Zumindest: Hat sie weniger Meisen als Trixi oder Kosima? Maximal 3 Punkte.

12. Begreift sie den Satz ›Schiller schlägt Goethe, wird aber von Hölderlin geschlagen‹?[5] Maximal 3 Punkte.«[6]

Das erschien uns gegen Ende des zweiten Dopplers
zwar plötzlich alles ganz einleuchtend und nicht weiter der Rede wert, hatte zuvor allerdings große Grundsatzgespräche erfordert, in deren Verlauf sowohl Ecki gründlich ins Kopfhaut-Kratzen geraten als auch Gregor nicht darum herum gekommen war, sein Lederarmband rauf- und runterzuschnüffeln.[7]

»Hoffentlich machen die nicht auch ihre Listen«, war Ecki schließlich nahe dran, die Nerven zu verlieren: »Listen über uns.«

Ach Ecki. Hatten wir nicht beschlossen, aus dem Alter raus zu sein, wo man solche Sätze sagte? Gerade weil man sie dachte, solche Sätze, weil man sie fast täglich dachte: ach Ecki. An solchen Kommentaren merkte man, und da mochte er noch so hochgeschossen mittlerweile sein, mochte noch so abgeschluderte Sakkos tragen und lange fettige Haarsträhnen, aus denen er die losgekratzten Schuppen jetzt rausschüttelte: daß er drei Jahre jünger war und blieb als Gregor. *Der* genehmigte sich eine Handvoll Erdnüsse, während sich

Ecki die Nagelhaut pulen, während sich Ecki die Nagelhaut abzupfen, während sich Ecki die Nagelhaut abbeißen mußte, kein Balken im ganzen Haus wollte knacken. Endlich erlöste ihn Gregor und: ging mit keiner Silbe auf seine Befürchtung ein. Sondern schlug vor, die Liste gleich mal praktisch anzuwenden.

Und hätte dann beinah selber einen falschen Satz gesagt, als Ecki glatte 90 Punkte für Kristina zusammenzählte, für die Fiebicher Angie dagegen, mit der er immerhin seit acht Tagen »ging«, nicht mehr als 65. Hätte sich dann beinah selber verplappert – und schwieg, schwieg mehr noch und heftiger über seine eignen Ergebnisse: Kosima, mit der längst Schluß sein sollte, erreichte respektable 81 Punkte; wohingegen die Wagesreiter Lotti, die er seit letztem Semester umlauerte, trotz ihrer violetten Fingernägel bloß auf 68 kam.

Und Kristina auf 89. Obwohl das doch tausend Kilometer schon hinter ihm lag.

Möglicherweise nickte Gregor deshalb so eifrig
, als Ecki andernabends meinte, er habe über gewisse Punkte der Liste nachgedacht, die seien wohl »noch suboptimal« … An der Mittelsäule lehnten wir auf der Empore, von wo man den einzig angemeßnen Kontrollblick hatte – weniger auf den »Popklub« als Ganzes, der konnte außer ein paar Plastikhockern an der Bar, ein paar planlos plazierten Postern, ein paar verpupsten Kunstledergruppen: der konnte nichts bieten. Sondern auf einzelne strategische Punkte desselben – auf die Treppe hoch zur Nußdorfer Straße, von wo's seit halb elf tüchtig runterströmte; auf die Tür zum Damenklo, in deren Spalt man subtile Entdeckungen mitunter machen konnte; und, vor allem, auf die Tanzfläche samt Balustrade, die als plüschbepolsterte Begrenzung darum herumgezogen und immer gut für einen Pausenhock war, wenn gerade mal *Obladi-Oblada* lief oder was andres, das wir als »Mädchenmusik« abtaten und, in der Hoffnung, daß es gleich wieder ernst und wichtig werden würde, vor Ort auszusitzen beschlossen.

Was man von hier oben *nicht* sah, waren einige tote Winkel und Seitenräume (wohin sich sowieso nur Fummler verdrückten); war fast der gesamte Tresen, an dem sich im Lauf der Nacht die Verlierer sammelten und wo man auch als Gregor in regelmäßigen Abständen auftauchte, um Getränkebons einzulösen; war das Reich des DJs mit seinen Schätzen, das in einer halbhohen Seitennische lag, abgeschirmt vor lästigen Reinredereien durch eine Glasscheibe. Als Stammgast aber hörte man ohnehin an der Abfolge der Nummern, wohin die Reise ging. Und war an der Mittelsäule somit perfekt plaziert.

Bis die Serie mit den *Stones* aufliegen, bis man mit vereintem Stampfen die Welt ins Vibrieren bringen würde und die Nadel des Plattenspielers zum Hüpfen: waren zwar noch zwei, drei Biere lang Zeit, trotzdem tönten jetzt die ersten Takte von *Titanic* aus den Boxen, und das war – obwohl ein Keyboard ja eigentlich bei einer Rockband nichts zu suchen hatte – das war eine Fanfare, ein absolutes Muß für jeden, der ein Ohr hatte: *Searchin'*! Gregor schob Ecki an den Schultern vor sich her und runter auf die Tanzfläche, dorthin, wo der Möslacher Ferdl bereits, breitbeinig verankert in der Verlorenheit des Refrains, mit seinem Oberkörper rauf und runter machte, dorthin, wo Walle mit monotonem Kopf-Kreisen, monotonem Haare-hin-und-her-Schleudern das Schlagzeugsolo illustrierte, diese Endlosschleife aus wirbelnden Bongos, Becken und dem metallischen Abzählreim einer Kuhglocke … Und als, etwa an der Stelle, wo das Keyboard erneut mit seinen einfachen Wahrheiten einsetzte, auch der Wegensteiner Poldi eintraf, da war der Kreis geschlossen: der Kreis der Samstagshelden, die's allen mal wieder so richtig zeigten.

Zumal diesen »schönen Wienerinnen«
, wie wir sie nannten, die hier in erster Linie ihre Kostüme! ihre Stöckelschuhe! präsentieren wollten und sowieso keine Ahnung hatten von Musik. Vom Rumrocken. Vom Glück, allein zu sein mit sich und dem Sound – *fast* so allein wie seinerzeit in Lengerich, freilich hatte man dort immer erst das Licht ausschalten müssen und die Jalousien runterlassen: vor den Blicken etwaiger schöner Wienerinnen, die damals noch Weiber hießen oder, bestenfalls, Mädchen; vor Blicken, die sie mittlerweile ja ausdrücklich werfen, werfen, werfen sollten – seht her, ihr! Die ihr höchstens hier mit euren ███

wackelt, statt mal was zu riskieren, statt mal ordentlich in die vollen zu gehen! Seht her – es muß ja nicht gleich so ungeniert sein, so dermaßen von oben bis unten, daß man aus dem Takt gerät; womöglich zeigten sie allerdings sogar mit dem Finger auf einen von uns, ehe sie ––– gemeinsam loslachten, daß man ordentlich den heißen Schreck bekam und heftig schwor, sich nurmehr! auf die Musik zu konzentrieren ... Und selbst dann, wenn man genug hatte und einen freien Platz an der Brüstung suchte, hielten sie dort jeden Zentimeter besetzt: lehnten, rauchten und, natürlich, gickelten sich gegenseitig ins Ohr ... Dabei hatte der DJ mit *Blue Suede Shoes* doch ganz offiziell zur Rock'n'Roll-Gymnastik aufgerufen, ein unzweideutiges Angebot an die Fachmänner, jetzt zu pausieren, sich zurückzuziehen von der Fläche – aber wohin? Ohne genauer hinzusehen, zwängte sich Gregor in die nächstbeste Lücke, an *Lazy Sunday Afternoon* würde der DJ nicht mehr lange vorbeikommen, Gregor war sicher, Gregor zupfte sich sein durchgeschwitztes Hemd von der Brust.

Und weil er sehr damit beschäftigt war, bemerkte er den Blick erst mit einiger Verspätung.

Den Blick von der Seite
, der einfach nicht aufhörte.
Obwohl Gregor jetzt an seinem Lederband hantierte.
Obwohl Gregor jetzt sehr angestrengt zwischen den Tanzenden hindurchstarrte nach irgendwem, den er hätte herbeiwinken können, also wohl hoffentlich für jeden erkennbar: nicht gewillt, sich stören zu lassen.

Obwohl Gregor jetzt – den Kopf zur Seite riß, mitten hinein in diesen Blick:
»Was'n los?«
»Wos los is, wüst' wissn?« äffte die Blickerin zurück, und obwohl sie ihn weiterhin so unverschämt direkt anschaute, wie man hier einfach nicht schauen durfte, und obwohl Gregor bereits an ihrem Tonfall merkte, daß er die falsche Frage gestellt hatte, machte sie's ihm *noch* deutlicher: »Los is, daß i – heerst', i hätt' da halt ewig zuaschaun kenna. Vurhin.«

So weiß nämlich, wie sie da neben ihm auf der Balustrade saß und strahlte, schimmerte, *konnte* sie das schlechterdings nicht gesagt, und wenn doch, dann: nicht ernst gemeint haben – so weiß, wie sie da neben ihm auf der Balustrade saß und strahlte, schimmerte, duftete nach all dem, was man sich gar nicht richtig anzusehen traute: weil's genug zwar an Gedanken, zuwenig aber an Worten dazu gab, an *schnellen* Worten, weil man völlig perplex war, daß Menschen solche Blicke, wie sagt man? warfen, warfen, *auf ihn* warfen, daß Menschen solche Sätze sagten, *zu ihm* sagten, auch wenn's ihm nachher keiner glauben würde:

»Alles klar.«

Mehr kriegte Gregor schlichtweg nicht über die Lippen, obwohl sie sich noch immer nicht abgewandt hatte –

weil sie sich noch immer nicht abgewandt hatte –

aber indem er das Lederband ein paarmal ums Armgelenk drehte, indem er ganz einfach aufstand, ganz einfach loslief, *irgendwohin* lief, wo's nicht mehr so weiß war, so gnadenlos weiß, konnte er sich einreden: daß *so eine* sowieso nie solo war, daß bei jeder längeren Abfuhr, die er ihr vielleicht hätte erteilen können – denn schöne Wienerinnen *mußte* man abfahrn lassen, darüber waren wir uns einig! –, über kurz oder lang ihr ████████ vorstellig geworden wäre, der personifizierte Haken an der Geschichte. Und daß sie folglich mit einem »Alles klar« noch zuvorkommend bedient war, denn irgendwie schien sie neu zu sein und keine Ahnung davon zu haben, daß schöne wie unschöne Wienerinnen nichts zu vermelden hier hatten: weil's im »Popklub« um Gitarrenriffs ging, um Schlagzeugbreaks, *weil's um uns ging*, die heilige Gemeinschaft derer, die jeden einzelnen Ton kannten und dazu ihre Seele aus dem Leib schüttelten. Selbst eine Angie hielt sich samstags gewissenhaft im Hintergrund (während sie den Rest der Woche doch regelrecht an Ecki klebte); und Kosima, der suchte Gregor seit Wochen klarzumachen, daß sie allenfalls ein Begleitumstand war.

Nicht bloß im »Popklub«.

Als Herr Schattschneider von der Toilette wiederkam
, war die Welt verändert: Noch immer zwar hing man in dichten
Trauben um die Tanzfläche, stand die Luft voll süßem Rauch, ließ
die Lichtorgel ihr ruheloses Rot, ihr Blau, ihr Grün schräg durch
den Raum flackern.[8] Aber nachdem er sich zurückgedrängelt hatte
zu seinem Stammplatz an der Säule, zwischen Ecki und den Möslacher Ferdl (die nicht mal die Köpfe wandten, als er sie beiseite
drückte), da erfaßte er mit einem Blick, was passiert war: Nur noch
fünf, sechs Figuren betänzelten das Terrain, freischaffende Bewe-
gungskünstler, und schienen überhaupt nicht mitzubekommen, daß
mitten unter ihnen, die Beine leicht gespreizt, die Arme hoch übern
Kopf erhoben, daß mitten in unserm
in unserm! »Popklub« eine weiße
eine gnadenlos weiße –
     – war das nicht die von vorhin, die mit dem
Blick? mit dem Blick von der Seite? der einfach nicht aufhörte: Bereits ihr weißer Overall konnte, in Zeiten der Flickenjeans und der
Hängehemden, bloß als glatte Provokation gewertet werden, und
ihre Art, sich zu bewegen, oje, das war –
     – jedenfalls was grundsätz-
lich andres als das, was eine Chwapil Kosima hier trotz ihrer 81
Punkte zusammenwippte, war auch was völlig andres, als Gregor
oder einer der andern Samstagshelden, sogar in seinen selbstverges-
sensten Momenten, hier je zum Besten gegeben hatte: Sie *rockte*
nicht, sie *tanzte*, denn mit den Beinen tat sie fast nichts und mit dem
Becken tat sie fast alles – unaufhörlich federte sie damit hüftete
kreisend herum um die eigne Taille, oje, und so eine hatte man abgefertigt mit einem achselzuckenden Dreisilber, *wenn überhaupt*,
wenn überhaupt, hatte sie glatt sitzenlassen, vorhin, während jetzt
natürlich andre auf den Plan gleich treten, *You Really Got Me Going*,
in den Ring gleich stürzen würden, die Gesichter reihum waren
schon ganz grau und ganz glatt und voll von gebleckten Zähnen.
Wie sie ihren Mund leicht öffnete und das Kinn so weit nach hinten warf, daß ihr die Haare schwarz um die Hüften klatschten, war
das – war das –
     – jedenfalls was grundsätzlich andres als eine schöne

Wienerin und alles andre, wofür Gregors Sprache Worte kannte, *schnelle* Worte; war vielleicht das, was man sich immer unter einer antiken Fruchtbarkeitsgöttin vorgestellt hatte, unter einer indischen Tempelnutte, einer ████████████, war ganz sicher das, was man verbissen stets bekämpft hatte mit der größten Verachtung, deren man fähig gewesen, das war: eine Frau. Eine *wirkliche* Frau; Gregor stieß Ecki in die Rippen, *You Really Got Me Going*, und zischelte was vom »Blauen Bengel«, doch das konnte der nicht begreifen, weil er damals ja nie mitkommen durfte.

Außerdem ging da die Schlägerei los.

Einer, der im Pulk bislang verharrt war
, im Wolfsrudel hinterm Balustradenzaun, einer, der's mit dem Zäheknirschen nicht mehr bewenden lassen wollte, stürzte sich ins Geschehen, auf den letzten, der noch übriggeblieben, der sich nicht verloren hatte ins Seitenaus, ins Dicht-an-Dicht der Voyeure, auf den letzten, der stur weiterstampfte mit geschloßnen Augen weitertapste, jede Tonfolge mit dem gleichen Ja-ja-ja benickend, ein Tapsbär in Trance, und wenn er sie doch mal kurz öffnete, die Augenlider, dann glitt sein Blick ins Wesentliche, blieb keine Sekunde an Oberflächen haften, an weltlichen Dingen wie etwa: an der Frau, die sich, eine Armlänge von ihm entfernt, über sämtliche Spielregeln hinwegsetzte. Trotzdem bekam er nun eine aufgelegt, daß es seine Art hatte.

Bekam eine Linke in den Bauch, eine Rechte ans Kinn, einen Tritt knapp neben den Hosenschlitz, und jetzt erst, im Vorwärtsfallen, begriff er, *Get Off Of My Cloud*, daß die Serie mit den *Stones* anlief, vielmehr: daß die Schläge tatsächlich *ihm* galten (oder eigentlich nicht ihm, sondern uns allen) und daß er sich irgendwo festhalten mußte und –

– den Wolf erwischte, der wild um sich wütete, den Wolf erwischte und mit sich zu Boden riß, vom Rudel am Rande kam noch nicht mal ein kollektives Aufjaulen, immerhin war der Sound plötzlich weg, war die Frau plötzlich weg und war der Barkeeper über den beiden, die verknäult ineinander verbissen vor einer Baßbox sich wälzten: und warf sie raus in die regenraschelnde Mitternacht, aufs glänzende Pflaster der Nußdorfer Straße, das heißt, ganz ohne Worte ging's dann doch nicht ab:

»Tania«, heulte der Wolf, während er in den Schwitzkasten genommen und ohne viel Aufhebens treppauf transportiert wurde, Richtung Ausgang, »Tania, du oide Flitschn«, und dann noch was, das wie »imma mußt' olle – «klang; der Barkeeper schnaubte zurück in sein Revier, zapfte genau dort weiter, wo er vor ein paar Handgriffen aufgehört hatte, und auch die Musik tat so, als sei nur mal eben kurz die Nadel gehüpft. Und »Tania«? Saß auf dem Plüschrand der Ereignisse, schlug die Beine übereinander, sah zu, wie sich die Tanzfläche schamlos schnell wieder füllte, hatte einen Overall an.

Und Silberstiefeletten mit Metallabsatz.

Alles klar?

Als der Möslacher Ferdl diesen sogenannten Zwischenfall zum Anlaß nehmen wollte, um schlechte Laune zu verbreiten: also was ihn betreffe, so sei ihm die Lust vergangen, ob wir nicht besser gleich zum »Baron« fahren sollten undsoweiterundsofort; da hätte ihm Gregor am liebsten ins Gesicht geschrien: Im Gegenteil, im Gegenteil! Heut habe er besondre Lust zu bleiben, davon verstehe der Ferdl halt nichts, heut habe er sogar Lust, so lang zu bleiben, bis – bis – wer-weiß-was passieren würde, in fiebernder Hast produzierte sein Hirn Szenarien, die, ob Feuersbrunst, Erdbeben, Wolfsrudeljagd, ausnahmslos damit endeten, daß sich eine gewisse Tania in die Arme eines gewissen Schattschneider flüchtete; als freilich auch Walle Anstalten machte, als auch der Poldi – als *wir alle* Anstalten machten, ging Gregor wenigstens noch schnell zum Klo. Sperrte sich in eine Kabine, flüsterte sein »Ich kann's ich kann's ich kann's!« und: ging zurück. Am Plüschrand der Ereignisse entlang, an lauter pausierenden Rücken, bis zu der Stelle, wo's weiß wurde, *gnadenlos* weiß, und er sich prompt verschluckte:

»Ich könnt dich ewig anschauen«, brachte er mit Müh & Not heraus, der ganze schöne Rest aber blieb ihm im Halse stecken oder sonstwo.

»Ollas kloar«, blickte sich die Frau nicht einmal nach ihm um und hatte einen Overall an.

Und Silberstiefeletten mit Metallabsatz.

Alles klar?

Dabei ist sie total unblond
und kommt folglich sowieso nicht in Frage, haderte Gregor mit seiner Vergangenheit, als er am Sonntag durch die leere WG strich, die Tür zum Zimmer von John & Ann stand unverschämt weit offen, und auch Silvano hatte bei diesem Wetter die Flucht nach vorn angetreten. Wie die Vögel heut wieder brüllten, man bekam richtig Lust, sich die Ohren zuzuhalten! Wie der Zabransky, quer übern Hinterhof, von Fenster zu Fenster, seinen Schmäh mit der Smejkal Emilie führte, der verhutzelten Amtsoberinspektorswitwe vom dritten Stock, man bekam richtig Lust, sich die Ohren zuzuhalten! Richtig Lust.

Warum das ziellose Hin-und-Her dann wieder mal vor dem Spiegel endete, der, über & über mit Zahnpastaspritzern besprenkelt, im Bad hing, war sicher nicht die allerdringlichste Frage. Warum er darin jedoch nach wie vor so aussah, als mache er gerade seine Aufnahmeprüfung fürs Gymnasium: der böse, der gefährliche, der welterfahrne Schattschneider Gregor – das war schon eher was, über das man in tiefes Schweigen verfallen konnte. Zwar fielen ihm die Haare inzwischen bis auf die Schultern, waren Hemden wie Hosen glaubwürdig ausgewaschen, glaubwürdig abgewetzt, hatte sich die Nickelbrille, mit der sein Leben ja erst begonnen, an den Bügelscharnieren grünspanmäßig stark verbessert. Aber was half das alles, wenn sich darunter, wenn sich darinnen, wenn sich dahinter noch immer der Gregor von einst verbarg; was half's, daß der neuerdings den Mund, mitunter gar: das Maul recht voll zu nehmen wußte (sofern dabei mindestens ein Ecki assistierte): Dieser ungrimmige Gesichtsausdruck machte jede noch so perfekt formulierte Frechheit zu einem parfümierten Furz! Nirgendwo Falten, nichts von einem stahlblauen Blick nach vorn: als ob er überhaupt nichts erlebt hätte! Wer wollte denn gleich aussehen wie Clint Eastwood[9]; andrerseits: Mit bloßem Abwarten würde's nicht getan sein.

Gregor nämlich hatte schon viel zuviel abwarten wollen, Gregor *wußte*, daß er schon viel zuviel hatte abwarten wollen, Gregor drängte's zu handeln: »Ich tu's ich tu's ich tu's!« zischte er seinem Spiegelbild zu, und er wußte auch wie: »Am selben Ort, zur selben Zeit.«

Da er folglich fast eine Woche zu überbrücken hatte, nagelte er erst mal seine abgeschnittnen Hemdkrägen an die Wand – nicht ohne sie zuvor ausgiebig zu beschnüffeln. Nagelte, obwohl heut Sonntag war und der Zabransky schon öfters bei ihnen vorstellig geworden, um die Sonntagsruhe anzumahnen, nagelte seine Krägen an die Wand, *weil* heut Sonntag war und zumindest die Kreuzberger Hermine dann gleich von der andern Seite dagegenklopfen würde. Und auch ihr Mann, der Otto.

Aber solange man hämmerte, ließ sich ein bloßes Klopfen leicht überhören.

Dabei ist sie total unblond

und kommt sowieso nicht in Frage, haderte Gregor mit seiner Vergangenheit, als er am Montag zwischen Walle und dem Möslacher Ferdl zur Mensa ging. Doch da der Ferdl eine Fahne hatte und Walle ein paar Jahre zu alt war und sich überall raushielt, wo wir andern gerade drinsteckten,[10] wäre's doppelt sinnlos gewesen, darüber ein Gespräch anzufangen. Überdies hatte die Morawa Franzi, die sonst immer in der »Ende des Erzählens?«-Vorlesung saß, heute offensichtlich was Beßres vorgehabt; mißmutig reihte sich Gregor in die Schlange vor dem Paternoster, der zu Powidltatschkerln hochfuhr oder Schulterscherzl mit Apfelkren: und hielt sich seine tägliche Haßrede auf all die sogenannten Kommilitonen vor ihm mit ihren hochgefönten Haaren, ihren Anzügen und sogar Krawatten –[11] keiner würde's in Lengerich wagen, so rumzulaufen! Oder in Osnabrück oder sonstwo in Deutschland; man wollte glatt meinen, daß sich »der Muff von tausend Jahren« an der Wiener Uni nicht nur »unter den Talaren« hielt.[12] Heut nachmittag, im Seminar zur »Theorie der Aufklärung«, gab's immerhin eine zweite Chance, die Franzi zu treffen. Und vielleicht einen Kleinen Braunen[13] anschließend mit ihr zu trinken … auch wenn sie keine Metallabsätze trug, aber wer tat das schon?

Ansonsten
war bis Donnerstag nichts los:

Am Dienstag, mitten in der Hofburg
, wo man in der Regel bloß mit Pferdeäpfeln zu rechnen hatte, fuhr
sich Gregor einen Platten und mußte sein Rad schieben. Entlang der
auf Kundschaft wartenden Fiaker, die ihm vom Kutschbock auch
noch hinterherschnalzten: akkurat das Schieben von Fahrrädern sei
hier verboten; übern Heldenplatz, der viel breiter und öder sich dehnte, sobald man Schritt für Schritt ihn queren mußte; am Parlament
vorbei und am Burgtheater, die beide – so mochte's Gregor scheinen,
aber vielleicht war er nur einfach enerviert, wie weit die Entfernungen
in dieser Stadt plötzlich wurden, wenn man zu Fuß unterwegs war:
vorbei am Parlament, am Burgtheater und am Rathaus, die alle drei
als häßlich schwarze Steinkolosse beidseits des Rings ruhten;[14] in die
Josefstadt schließlich hinein und bergan, bis zur Florianigasse 46.

Wenigstens mußte man sich dabei ausnahmsweise mal nicht
übers K.u.K.-Kopfsteinpflaster aufregen, regte sich Gregor auf; wenigstens konnte man dabei ausnahmsweise mal in Ruhe die alten
Hausfassaden ansehen, sah er stur geradeaus: die Hausfassaden, von
denen die K.u.K.-Fenstersimse bröckelten.

Als er im Hinterhof dann mit dem Flickzeug hantierte, um die
schlechte Laune wieder aus der Welt zu schaffen, wußte ihm nicht
etwa nur die Amtsoberinspektorswitwe Smejkal gute Ratschläge zu
geben, die von der Wohnung unter ihnen. Sondern schnaufend,
schwitzend war auch der Zabransky zur Stelle – als Hausbesorger,
der seine Sache ernst nahm, fühlte er sich sogar für so was zustän-
dig (»a Drama«, »a Katastrophn«, »a schrecklichs Mallör«) und wollte partout die TipTop-Tube nicht mehr aus der Hand lassen: »Geh
hearn S', zu zwaat dued ma sich doch doppüt so leicht!«

Und abends, im »Z-Club«[15], wo wir uns zum dritten Mal »Sola-
ris« ansahen,[16] tätschelte der Poldi erneut an Kosima herum. Ob der
sich notorisch an alles, was kitzlig war, ranmachte? Oder ob er
schlichtweg nicht kapiert hatte, daß Kosima noch »in festen Händen« lebte, in *seinen*, Gregors, Händen? Und was er wohl an ihr
fand, daß er dermaßen an sie rancharmierte?

Als Gregor sie nach Hause brachte, musterte er sie, soweit das aus den Augenwinkeln möglich, von oben bis unten: und fand, ohne einen Gedanken daran zu verschwenden, daß er früher sicher zu einem ganz anderen Ergebnis gekommen wäre, und fand nichts.

Am Mittwoch, während Meister Mertens, den die APO aus Berlin verjagt oder, andersrum betrachtet, der's vorgezogen hatte, seinen Singsang über die Restaurationszeit in den sicheren Sälen der Wiener Universität abzulassen,[17] am Mittwoch also, während der Professor vom Podium tirilierte und tschilpte und tremolierte und auch draußen ein richtig südlicher Tag aufzwitscherte am Himmel, da gab man's endgültig auf, in sinnlosen Halbsätzen hinterherzuschreiben. Und nahm die Rothaarige ins Visier, wie sie mit all ihren Beinen wippte. Anschließend fuhr man, ausnahmsweise, mit dem Wegensteiner Poldi ins Gasthaus »Schmid«, Neubaugasse, um sich eins jener berühmten Schnitzel einzuverleiben, die an *beiden* Seiten übern Tellerrand reichten.[18] Und um dem Poldi die Augen zu öffnen.

Jedenfalls so weit zu öffnen, bis der plötzlich die Bedienung herbeiwinkte und seine Rechnung verlangte.

Erst abends, als die Haustür, pünktlich Schlag acht, vom Zabransky verriegelt worden war und keiner mehr vorbeiklingeln konnte,[19] »nur auf a Achtel, wenn i derf«, kehrte die große Ruhe ein und Gregor vergrub sich in die »Ästhetische Erziehung«; aber irgendwie zog er Satz für Satz den kürzeren gegen Schiller, oder wieso half all das Unterstreichen, Unterringeln, Einkreisen von wichtigen Wörtern, ganzen Passagen, wieso half eigentlich keins der bewährten Mittel gegen diesen vertrackten Text? Gregor probierte's bäuchlings auf der Matratze (aber da taten seine Ellbogen bald weh); Gregor lehnte sich gegen den Schrank (aber der knarrte); er lehnte sich gegen das Bücherregal, das er letztes Jahr aus Brettern und geklauten Ziegelsteinen gebaut hatte (aber das geriet dadurch ins Schwanken); Gregor setzte sich an den Schreibtisch, der eigentlich ein kleiner ausrangierter Küchentisch war (aber da mußte er ins hellerleuchtete Wohnzimmer von gegenüber sehen, mußte

mit ansehen, wie der Zabransky samt Schraubenzieher auf die Kuckucksuhr losging); Gregor kroch zurück in den grünen Ohrensessel.

Und blickte die Blümchenmuster der Tapete rauf & runter.

Am Donnerstag
war dann immer noch nichts los; Gregor stritt sich eine Nachhilfestunde lang mit den »zwei kleinen Schweinchen«, wie John sie getauft hatte, den zwei kleinen prallbäuchigen Nervensägen ihres Vermieters; hing eine Weile in der Küche rum und stritt sich mit Silvano: übers Mülleimer-Runtertragen und wer das wann und auf welche Weise zu tun habe; selbst als er, nach seinem Mittagsschlaf, ziellos durch den Ersten Bezirk streifte, im ständigen Gefühl, was zu verpassen, da hörte er bloß, da sah er schließlich bloß den Brüller, der diesmal vorm Stephansdom stand: inmitten photographierender Japanerpulks, und die Bausubstanz anschrie.[20]

Abends beschnüffelte Gregor ein paar Regal-Heiligtümer – die Muschel, den Raben, die Spieluhr, die Schneekugel von Nadine – und stieß dabei auf die Maultrommel, die er so lange

Wie lange?

so lan-

ge vergessen hatte.

Sie schmeckte noch wie damals;[21] dann fuhr er zu Ecki, um dessen Umzug zu feiern.

Der Herr Beinhofer, der erst vor wenigen Wochen
, direkt nach dem Abitur, hierhergekommen war,[22] weil er sein Verfahren als Kriegsdienstverweigerer verloren hatte, weil er dem drohenden Einberufungsbescheid entgehen wollte[23] und sich, in Ermanglung eines präzisen Berufswunsches oder gar einer echten Leidenschaft – wie der Herr Schattschneider vor drei Jahren –[24] in Germanistik inskribiert hatte,[25] Ecki erklärte Gregor bereits beim ersten Viertel, daß er jetzt Eckart zu heißen wünsche.

Was Gregor »glatterdings« ablehnte: Ein Spitzname, und sei's auch kein besonders origineller, müsse als Kompliment verstanden werden, als Vertrauens-, ja Liebesbeweis; »Eckart« dagegen, du lie-

be Güte, das klinge fast schon so spießig wie »der getreue Ekkehard«[26], mit dem wolle er nichts zu tun haben.

Wieso dann er, Schattschneider, *keinen* Spitznamen habe?

»Das verstehst du nicht«, hörte sich Gregor von ferne sagen, »dafür bist du noch zu jung.«

Indem er seine Stimme vernahm, als wär's die eines Fremden und
als stünde er selber, ein zufälliger Beobachter, irgendwo daneben,
kam ihm die ganze Szene plötzlich so bekannt vor; nicht etwa nur
seine letzte Replik, auch Eckis Gesichtsausdruck, die muffige Luft,
das Rauschen einer Wasserleitung in der Wand – als hätte er das alles schon mal erlebt. Als Beobachter, als bloßer Beobachter; woraufhin Ecki – ja: Ecki![27] – kommentarlos seine »Herrenomeletts« servierte mit reichlich reingeschmollten Erdnüssen, Salamistücken,
Dill, Kümmel, Pfeffer, Paprika, gehackten Zwiebeln, Käsewürfeln;
im Anschluß daran, als lebensrettende Sofortmaßnahme, ein dop-
peltes Nannerl[28] und, bei zweitem bis viertem Viertel und sich he-
bender Stimmung, einige Fragen an Gregor, ob's denn »normal« sei:
daß (1) es an der Uni gar keine Rote Zellen gebe, wie z. B. in Marburg, wo Max studiere, sondern gerade mal eine Art AStA;[29] daß
(2) sich hier – soweit er's mitgekriegt habe bei seinem fragmentari-
schen Vorlesungsbesuch – niemand auf die *Frankfurter Schule* berufe,
daß (3) niemals und nirgends ein *Happening* anstehe oder ein *Sit-in*,
daß (4) die schönen Wienerinnen weder Latzhosen[30] trügen noch
Clogs noch Birkenstöcke, sondern, was solle man davon nur halten,
Schuhe mit hohen Absätzen?

Nichts. Selbstredend nichts solle man davon halten, so Gregor:
überhaupt nichts.

Und daß (5) Angie, mit der er ja seit zwei Wochen erst zusammen sei, schon mal vorgeschlagen habe, ihn zu ihren Eltern mitzu-
nehmen.

Sieh an, dachte Gregor, so schnell sind die hier. Aber er sagte:
»Paß bloß auf.« »Wer mit seinen Alten keinen Stunk hat, der will
selber bald Kinder.«

Und daß (6) ihm sein Vermieter, war Ecki, dem's mehr um die
eignen Fragen als um Gregors Antworten ging, bereits beim nächsten Punkt: daß ihm sein Hauptmieter einen »Kasten« aufzuschwät-

zen versuche für dieses kleine möblierte Zimmer und sich gewundert habe, wieso er, Ecki, der Untermieter, keinerlei Begeisterung dafür aufbringen wolle: Was ein Kasten hier denn solle? Erst als er seinerseits um einen Schrank gebeten – er, Ecki, der Untermieter –, habe sich das Mißverständnis aufgelöst: in großem Gelächter;[31] und es sei doch wirklich nicht die schlechteste Aussicht, daß der Wiener Dialekt derart für Heiterkeit sorgen würde in den nächsten Jahren.

Etwa an jener Stelle des Abends faßten die beiden einen Entschluß, der sie binnen weniger Wochen von erträglichen zu unerträglichen Maulhelden mutieren ließ: den Entschluß, einen zweiten Doppler zu entkorken.

Und dazu dann: eine Liste anzulegen.

Eine Liste der lachfreudigsten Wörter, ausgehend von den allfälligen deutsch-österreichischen Fehlverständnissen, eine Liste aus lauter leichten bis mittelschweren Verdrehungen, deren eigentlicher Sinn jedem und, vorzugsweise, jeder Außenstehenden verborgen bliebe, eine Art »Überösterreichisches Geheimlexikon der Sprache«:

1) *Versuchen, so oft wie möglich*
   Preziositäten wie »Paradeiser«, »Polster«, »Fleischhauer« einzustreuen, vor allem »oja« statt »doch«, »ba-ba« statt »tschüs«; »weiches B und hartes B«.

2) Wörter, die bereits als bloße Wörter für Gelächter sorgen:
   - Lallbär, Lallaffe: Großmeister der Sprache, also im Grunde nur wir beide (Achtung: Lalläffchen = weibliches Unwesen)
   - Lauser: Kellerschelm (à la Weißfuchs[32] und was wir eben sonst so trinken)
   - rascheln, reisen, schnüren: jede Art von Fortbewegung
   - Schlaps: Schlips
   - Schnatz, Schnartzel: Schnitzel
     (muß fortgesetzt werden)[33]

3) Unaussprechbarkeiten:
   - Pseudolocker-Verklemmtes: Liebe machen, GV haben, mit jemand in die Kiste springen usw. – und am allerschlimmsten ███████ etc. pp. (Aber was dann? Am unverfänglichsten vielleicht »erkennen«?)

- Altertümelnd-Gespreiztes: Laube, plaudern, speisen, Frucht, Obst, hurtig, flugs

  (muß fortgesetzt werden)[34]

4) Gratis-Sätze (der Leerbiß in der Pizza):

- »Ich leide an Monadologie/Priapismus.«
- »Die Redundanz deiner Sentenz potenziert sich zur Irrelevanz.«
- »Modernes Existieren ist schwierig geworden.«

  (muß fortgesetzt werden)[35]

Denn es war ja eine ausgemachte Sache
, daß man jene überösterreichischen Wörter und Wendungen – samt all denen, versteht sich, die sukzessive noch entdeckt wurden – so häufig ins Gespräch einbaute, bis das selbst einem Möslacher Ferdl, der Inkarnation wortkarger Gutmütigkeit, auf die Nerven ging. Wenn nicht gar auf den ... Magen schlug; für Gregor und Ecki jedoch war's der Beginn einer sogenannten wunderbaren Freundschaft; und wenn man drüber wegsah, daß Ecki sich redlich mühte, ein ziemlich friedensbewegter Körnerfresser zu werden, ein ziemlich militant nichtrauchender Körnerfresser,[36] daß er ständig an sich herumknisperte und sogar einzelne Haare aus seinen Augenbrauen herauszupfte, aus seinen Ohrläppchen, sobald er die Fingernägel durch hatte und sich die Schuppen vom Schädel geschüttelt:[37] dann war's wirklich befriedigend, daß es jetzt *einen* gab, der an der rechten Stelle loslachte und an der falschen nicht.[38]

Selbst wenn dieser eine nun nicht mehr Max hieß und auch noch nicht Eckart: sondern Ecki.

Ja, der Wein möpselte auf der Zunge
und brachte den Geist zum Moussieren; im Grunde jedoch war's der Widerwille vor gewissen Wörtern, der Lustgewinn an gewissen Wörtern, nasal intoniert möglichst oder mit gutural rollendem L, der sie verband. Und die ständige Besorgnis, in der wirklichen Wirklichkeit zu kurz zu kommen, »erkenntnismäßig«; freilich konnte man sich dazu an jenem Primärdonnerstag, dem Entschluß-zur-Liste-Donnerstag, dem viele Donnerstage folgen sollten, die

dem wirkenden Wort gewidmet waren –, freilich konnte man sich an jenem 9. Juni auf Standardformulierungen beschränken:

»Wetten? daß sie am Samstag wieder kommt?«

Und Kosima? gab Ecki zu bedenken: Ob die nicht auch käme?

Woraufhin sich Gregor möglichst indigniert erkundigte: wer denn, bitte sehr, die Kosima sei.

Woraufhin Ecki möglichst umständlich darüber räsonierte: daß es sich, vorausgesetzt, seine Informationen seien noch aktuell, nur um die Chwapil Kosima handeln könne, die auch beim letzten Mal, beim vorletzten Mal – na, die mit dem Glockenrock!

Die mit dem rosa Dingsbums!

Die mit den langen braunen –

»Sie sind dunkelblond!« harschte Gregor dazwischen.

Die mit den langen dunkelblonden Haaren, fuhr Ecki fort: Und daß er bislang der festen Meinung gewesen, sie sei Gregors ████ ██████████.

Der äußerte sich dazu nicht, der rauchte. Trank. Machte dann sehr ungnädig eine Handbewegung:

»Und wer ist, zum Beispiel, die Boruta Trixi? Wer ist die Franzi, die Sperl Theres und wie sie alle heißen?«

»Außer daß sie jeden Samstag im ›Popklub‹ einlaufen, fällt mir zu denen nichts ein.«

Diesmal mußte Gregor nicht schweigen, nicht rauchen, nicht aus erzieherischen Gründen zu den Erdnüssen greifen:

»So seh ich das auch! So seh ich das auch!«

Am Morgen danach

herrschte rund um Gregors Matratze dichter Bodennebel, was soviel heißen sollte wie: Das Kolloquium zur »Theorie der Aufklärung«, wo's – neben der Rothaarigen – sonst immer die Sperl Theres zu observieren galt, genaugenommen: ihre enormen Ohren, wie's ja wohl auf überösterreichisch heißen mußte,[39] das Kolloquium fiel wegen schlechter Sicht aus. Gregor begann den Tag erst gegen elf, ließ den letzten Restalkohol im Schiller-Seminar verdampfen, in der Nähe der Morawa Franzi, und währenddessen, das war das Allerbeste, zog Silvano aus der Floriani-WG aus – immerhin vierter Stock, und falls er den Lift benutzen wollte, mußte er pro Fahrt einen Schilling investieren –, währenddessen bezog Silvano eine Garçonnière[40] in nächster Nähe, ohne daß Gregor mitschleppen mußte.

Nie wieder Silvano: der jeden dritten Abend die Küche blockierte mit seiner stundenlangen Spaghetti-Maccheroni-Tagliatelle-Kocherei!

Nie wieder Silvano: mit dem's jeden zweiten Abend Diskussionen gab übers dreckige Geschirr, über die Haare in der Badewanne, die Kippen in der Spüle!

Nie wieder Silvano: der jeden Abend im Verdacht stand – zählte man heimlich mit, wie viel er trank und wie selten er zum Klo ging –, ins Waschbecken zu pinkeln![41]

Nie wieder Silvano: das war das Beste, was an einem vernebelten Tag wie diesem passieren konnte, ganz von allein passieren konnte, ohne daß man einen Finger dafür krümmte, das war das Allerbeste.

Als Gregor dann zu Hause eintraf
, war die Neue schon und Silvano noch immer da: Zusammen mit John & Ann standen sie rund um den Küchentisch, rund um einen Guglhupf, und genossen das Leben. Oh ja, den Kuchen habe Kosima vorbeigebracht, ob er auch ein Stück wolle? Oh nein, sie habe »eine ziemlich *große* Weile« hier gewartet, habe sich schließlich zu einem Liebesbrief entschlossen, man schob ihm, kauend, schluckend, eine Papierserviette zu, auf der sich ein paar kuchenbekrümelte Papierserviettensätze fanden:

»Lieber G., Du bist seit kurzem so anders? Irgendwie komme ich gar nicht mehr an Dich ran. Weißt Du eigentlich, daß wir morgen unser Halbjähriges haben? Ich würde Dich gern zum Essen einladen…« – bloß das nicht, morgen war der Tag der Tage, gleicher-Ort-gleiche-Zeit!

»Ich bin Carol«, sagte die Neue und war nicht gerade das, was man sich unter einer Neuen vorgestellt hatte, genaugenommen: war eine bebrillte Summe all dessen, was man sich nie & nimmer unter einer Neuen vorgestellt hatte: »Und du – bist du ein ›das‹?«

»Er *ist* ›das‹«, eiferte John mit seinem abgebrühten schottischen Akzent, während seine Freundin Ann, die kein Wort Deutsch sprach außer »Scheiteß«,[42] aber irgendwie fast alles verstand, während Ann in die Hände klatschte.

»Ich bin selbstverständlich ›der‹«, erklärte Silvano und genehmigte sich das x-te Bier aus dem Kasten, ohne einen Strich auf der Liste zu machen, »und Carol ist ›die‹ –«

»– und wir beide sind gleichfalls ›die‹«, beeilte sich John und bezwirbelte vor Vergnügen seine Schnurrbartenden, ohne daß da eigentlich Enden im spitzen, bezwirbelbaren Sinne gewesen wären: »nämlich Plural-›die‹, Ann und ich. Folglich bist du –«

»Ich bin ›das‹«, begriff Gregor, denn die große Deklinationstafel, die seit heute am Küchenschrank klebte – Carol behauptete, sie brauche dies tägliche Der-dessen-dem-den-Undsoweiter, um ihr Deutsch »zu trainieren«, und John ließ sich davon späterhin zu einer Drohung inspirieren –, die große Tafel am Küchenschrank war ja gar nicht zu übersehen. Nicht zu übersehen und auch nicht mehr zu verhindern war, daß hier eins jener Spontanfeste seinen Lauf nahm, an deren Ende sich Gregor stets, aus welchen Gründen immer, in der Minderheit befand: zusammen mit dem Kreuzberger, dem Kreuzberger Otto von nebenan, der zwar spätestens um fünf nach zehn damit beginnen würde, gegen die Wand zu klopfen, aber ...

... das würde nichts mehr dran ändern können, daß die Neue: »assistant teacher« war, was sonst. Daß allerdings auch sie aus Schottland stammte, wäre nicht unbedingt nötig gewesen. Sicherlich – griff sich Gregor, gewissermaßen schicksalsergeben, ein Bier (obwohl er sich für heute einen Apfelsafttag verordnet hatte): sicherlich, er hatte nicht dagegengestimmt, als es darum gegangen war, wer als nächstes in Silvanos Zimmer ziehen würde; wahrscheinlich würde er aber bald selber als »assistant teacher« arbeiten müssen, damit man wenigstens über die gleichen Witze lachen konnte. Weil er hingegen froh war, erleichtert, erlöst, daß Silvano endlich eine eigne Wohnung gefunden hatte, beschloß er, sich über nichts mehr zu ärgern, sogar darüber nicht, daß Silvanos neuer Vermieter gestern rausgerückt war mit der Neuigkeit: daß er *doch* keine Badewanne einbauen lassen werde, immerhin verfüge Silvano über fließend! kaltes Wasser, was man nicht von jeder Wiener Wohnung behaupten könne.

»Schade, daß du ausziehst«, gab sich Gregor einen Ruck, »aber wenn du weiterhin so oft duschst wie bisher, dann sehn wir dich ja wenigstens alle zwei Wochen.«

Der Tag der Tage
begann mit der Erkenntnis, daß John seine Drohung wahr gemacht hatte: War man endlich angekommen in der Toilette – wie jeden Morgen zählte Gregor sieben Schritte durch den Hausflur, zwölf Stufen treppab, vier weitere Schritte –, hatte man die Toilettentür endlich auf- und wieder hinter sich zugesperrt, hing dort tatsächlich ein großes weißes Merkblatt, mittels zweier schneller Striche bestens gerüstet für zukünftige Spontan-Ferkeleien in Englisch, Italienisch, Deutsch. Eine Art *unter*österreichische Parallelaktion zu Gregors und Eckis Geheimlexikon, in deren mittlere Spalte John einen seiner Lieblingsflüche gesetzt hatte –, was wohl die Nachbarn und Herrschaften Mitbenutzer dazu sagen würden, namentlich der Zabransky: a Katastrophn? Schließlich war's ja auch deren Klo.[43]

Als sich Gregor die Hände wusch – das Waschbecken war in einem Winkel des Stiegenhauses, und, wie jeden Morgen, blickte ihm dabei jemand aus dem Spiegel zu, dessen Blick kaum auszuhalten war –, als sich Gregor die Hände trocknete, pinscherte der Kerl vom Kreuzberger das Stiegenhaus runter, pinscherte, schnüffelnd, um Gregors Hosenbeine herum; schon hörte man das Geschnaufe seines Besitzers, schon sah man seine Zopfmusterstrümpfe, seine Kniebundhose, sah das karierte Hemd, hochgekrempelt bis zum Ellbogen, und die behaarten Unterarme, sah *den kompletten Kreuzberger* einschließlich seines Hutes, von dem die Wanderabzeichen leuchteten: sah und wußte, daß man jetzt laut und fröhlich zu grüßen hatte.

Auf dem Sofa im Flur
, in tiefen zufriednen Zügen Richtung Pinnwand atmend, lag Silvano, und als Gregor sich die erste Flirt[44] angezündet hatte, verspür-

te er keine geringe Lust, ihm in seinen italienischen Mund hinein-
zuaschen. Auf dem Frühstückstisch verschuldete er einen Auffahr-
unfall mit der Milch, und die Augen drückten dermaßen gegen den
Rest des Kopfes, daß er sie – wäre er Ecki gewesen – herausgepult
und ins erstbeste Glas mit kaltem Kaba geworfen hätte. Wandwärts
hörte man die Kreuzberger Hermine, wie sie, von ihrem Kranken-
bett aus, den Otto durch die Welt dirigierte und auch den Kerl, der
manchmal klein dazwischenbellte. Hatte Carol nicht behauptet, sie
könne kickern? Als sie jedoch nach silbernen Schuhen gefragt wurde, war sie mit kleinen bebrillten Augen dagesessen:
      »Pardon me?«

Trotzdem
stand Ecki pünktlich um halb acht vor der Tür, erschreckend ausge-
schlafen, gekämmt, rasiert, und Gregor hätte ihn am liebsten stehenlassen, wäre am liebsten zurückgekrochen in den Ohrensessel,
um sich mit seiner Maultrommel Mut zuzuspielen (»Ich will's ich
will's ich will's!«): um halb acht Uhr abends.
      Jede Menge Einträge für die Liste habe er mitgebracht, legte Ecki
gleich los, und Gregor erschrak über die grellgrüne Duftwolke, die
mit ihm über die Schwelle drängte:
      »Welche Liste?«

»Und so einer will
ein echter Lallbär sein?« fragte Ecki zurück und zog sich im Vorbeigehen, während Gregor sehr beschäftigt war mit Einatmen, Ausatmen, Einatmen, zog sich ein Bier aus dem Kasten, ohne einen
Strich zu machen: Jede Menge neuer Einträge habe er dabei, von
»Gecko« bis »not the bean«, und an der trixihaften Art, wie er mit
seinem Zettel durch die Welt wedelte, merkte man, und da mochte
er noch so grün heute riechen, daß er drei Jahre jünger war als Gregor. Und drei Jahre jünger blieb:
 - faunen: »faun hier nicht so rum«, »du Faun!«
 - Prallhauser (»Prallhauser im grünen Flaschenwald / Bist schon
   viel' hundert Viertel alt, / Dein ist all' Land, wo Doppler stehn, /
   Läßt dich nur Säugetieren sehn.« – »Aua.«)[45]

Weitere Selbstbezeichnungen:
- Hüter des Grals
- »Ich bin zwei Öltanks«
- fliegender bzw. liegender Holländer

Und zum Thema »Erkennen«:
- Pürzel: ███████ (auch »Gesäß« klingt schrill)
- Ohren: ███████ (»Holz vor der Hütte« ist so daneben, daß wir's fast schon wieder sagen müßten)
- schrammeln, rumsen, stricken: ███████ (»Man könnte eigentlich *jedes* Verb −«)

»Aufhören!« entrüstete sich Gregor
, »entrüstete sich«: Ob er bloß noch an das eine denke?

Jedenfalls roch er nur nach dem einen, nach seinem neuen Rasierwasser, und rieb sich, leicht indigniert, eine wichtige Stelle auf dem Rücken:

»Nun tu mal nicht so! Als ob du *nicht* scharf auf sie wärst!«

»Auf die Tania?« Gregor erschrak: »Du auch?«

Ach Gregor, hatten wir nicht beschlossen, aus dem Alter raus zu sein, wo man solche Fragen fragte? Gregor legte die Maultrommel weg, griff sich Eckis überösterreichischen Notizzettel, roch daran und erklärte (ohne mit dem Riechen aufzuhören), daß er befürchte, daß er ernstlich befürchte, nicht etwa nur »scharf« auf sie zu sein. Zwar habe er sich, selbstverständlich, nicht »verliebt«, wohl jedoch, wie sagt man? »verknallt«.

Eckis Gekecker klang noch genauso schrill wie zu Lengericher Zeiten, nur riß es leider nicht mehr so hastig ab:

Woher er das denn wisse? Wäre er nämlich tatsächlich verknallt − Ecki setzte die Flasche an, um eine Pause zu machen, durch die bloß das Bier gluckerte, Ecki setzte die Flasche ab, wischte sich mit dem Handrücken über die Lippen −, wäre Gregor nämlich tatsächlich verknallt, würde er nicht bloß ständig von ihren schwarzen Fingernägeln rumfaseln und ihrem weißen Dingsbums.

»Vergiß die Schuhe nicht, Ecki; aber daß auch du −«

Neinein, *verliebt* sei er in Angie, nach wie vor, und das könne er beweisen: Jeden Abend nämlich um genau dreiviertel zehn, einundzwanzig-Uhr-fünfundvierzig, da dächten sie aneinander, Angie und er – bis zehn vor zehn, einundzwanzig-Uhr-fünfzig, und das sei der Beweis.

»Hm«, konzedierte Gregor und legte Eckis Zettel beiseite, denn Kosima kam in seinen Gedanken lediglich dann vor, wenn sich's länger nicht vermeiden ließ: So gegen zehn würden wir samstags doch immer, beispielsweise jetzt gleich, zum »Popklub« fahren, wie er's an solchen Tagen denn mit dem Denken halte?

»Ich trinke meine Flasche aus«, trank Ecki seine Flasche aus, zupfte einen bedeutungsvoll beiläufigen Blick lang an seiner Taschenuhr herum, bemühte sich um einen kostbaren Tonfall: »Und bevor ich für fünf Minuten in tiefes, tiefes Schweigen verfalle, frag ich dich noch: Welchen Blödsatz des Tages nehmen wir eigentlich diesmal?«

»Ich dachte an: ›Hast du heut schon deinen Hamster zerschnetzelt?‹«

»Sehr fein«, fand Ecki, aber er lachte nicht. Wahrscheinlich dachte er schon.

Doch dann
lief tatsächlich *Dreamer* statt *Daydream Believer*, liefen *Queen* und *10cc* und *Steely Dan*, und Gregors Gesicht wurde immer glatter – sollte man auf so was etwa seine Lebenszeit verschwenden? Sollte man abwarten und eine Runde Shit rauchen, den sie auf dem Klo als »Spez« verhökerten und der nichts brachte außer einer trocknen Kehle? Sollte man sein Glück beim DJ versuchen, eine fast unlösbare Aufgabe, oder ausnahmsweise die Kosima, wie würde Ecki dazu sagen? anfaunen; obwohl die doch heute gleichsam doppelt überflüssig war:

»Na, Kosi? Hast du heut schon deinen Hamster zerschnetzelt?«

Statt wenigstens überrascht zu tun, auf Wiedersehensfreude hatte ja keiner spekuliert, fauchte sie zurück:

Er könne wohl nach wie vor nur eines: im Weg stehen und mittelwitzige Sprüche reißen?

»Das ist aber –«, holte Gregor zu einer größeren Belehrung aus, denn schöne Wienerinnen mußten belehrt werden, da waren wir uns einig; Ecki jedoch stupste ihm so heftig in die Seite, winkte so schnell ab (Laß mal, hat keinen Sinn bei der), ging so zielstrebig zur nächsten weiter, daß Gregor lediglich dastand, als müsse er sich gerade eine größere Belehrung gefallen lassen, und Kosima mit zusammengekniffnem Nickelbrillenblick[46] betrachtete: So mäßig, wie er sie von letztem Samstag in Erinnerung hatte, sah sie gar nicht aus, wahrscheinlich weil sie sich gerade in Rage redete:

»Waast, wos *du* darauf antwortn dätst? ›Die Relevanz deiner Sendenz botenziert sich zur – zur – –‹! Geh, leck mi!«

Bravo, Kosima, Zugabe! Die Blödsätze der vergangnen Wochen hatten ihr sichtlich gutgetan, aber, bei allem Respekt, natürlich mußte's trotzdem heißen –

»Naa! Ned guat!« lachte sie eine Spur zu laut, und genau diese eine Spur sah sie sofort schlechter aus: Ned guat! Wenn man »mit so am Dampfplaudera, so am Sprüchlklopfa«, sie mußte Luft holen, »mit so aaner Flaschn wia dir! verbandelt« sei: *das* täte niemand gut. Ob er nicht endlich gewillt sei und in der Lage, »a stinknormale Beziehung« zu führen?

Ein schneller Rundumblick, das hatte doch wohl keiner mitgekriegt? Lediglich das rote Gesicht vom Möslacher Ferdl leuchtete aus mittlerer Distanz; und als das schleppende Schlagzeug-Intro von *Waiting For The Wind* aus den Boxen hallte, konnte man so tun, als hätte man sich ohnehin gerade auf die Tanzfläche begeben wollen.

Bei *Pogo In Togo*[47] ließ sich sogar schon wieder ein wenig Hoffnung schöpfen.

Und als dann irgendeine B-Nummer von *Never Mind The Bollocks* lief und danach ein Titel, den Gregor zum ersten Mal hörte – *Get A Grip On Yourself* –, da war's also doch noch nicht zu Ende mit dem Rock, im Gegenteil, im Gegenteil, da schien's für 4:03 Minuten erst richtig loszugehen.

Für 4:03 Minuten.

»Was hältst'n du von Hamster Stroganoff?« fragte Ecki zum Schluß schnell die Sperl Theres, denn irgendwer mußte's ja büßen, daß Tania den kompletten »Popklub« versetzt hatte. Tania ... immerhin hatten wir's jedem jetzt klargemacht, daß sie früher als

Stripteasetänzerin aufgetreten war, als begnadete Stripteasetänzerin, die in Osnabrück mit Ambra gesalbt worden und Moschus.

Kein Mensch konnte sich freilich hier vorstellen, wo Osnabrück lag, und also machten wir, daß wir wegkamen: mit Gregors Tausendmark-VW, der wie ein Panzer durch die Nacht knatterte. Machten uns davon, Richtung »Baron Dravnidschek«.

Dort
gab's nicht etwa bloß Schmalzbrote (wie beim »Kater«) oder Pommes (wie in der »Börse«), sondern einfach alles – von Speckfisolen über Krautfleckerl und Fleischpalatschinken bis zum ausgewachsnen Tafelspitz oder, je nach Gusto, Beuschel mit Serviettenknödel; dort gab's Brokatvorhänge, goldfarbne Tapeten und ovale Spiegel, gab's dunkelrote Plüschsessel, Marmortischchen, mehrere Kristalluster von der Decke, und zwar ausnahmslos auf diese verschludert verschlissne, abgeschmuddelte, fleckige, durchgesessne, wacklige, staubbedeckte Weise, die mit Gleichmut von verlornem Glanz kündet; sogar ein K.u.K.-Zuckergußrelief lief knapp unter der Decke rundum.[48] Und: Es gab den Ho, der mit geschliffnem Blick die Oberaufsicht übers Ganze führte und mit jener scheinheilig glattpolierten Untertänigkeit, wie sie Ecki sofort begeistert bewunderte und wie sie Gregor längst für selbstverständlich nahm. Nein, der Ho war kein Kellner, der Ho war Diener, und zwar in des Wortes vollendetster Bedeutung – er war Herrscher. Einer von der gnädigen Sorte allerdings, der nur sehr selten, mittels kurzem Hin-und-her-Wedeln des Serviettüchels, gegen renitente Gäste vorging, die partout nicht abwarten wollten, bis er sich ihrer annahm. Auch die Tatsache, daß ihm der Möslacher Ferdl – oder war's der Poldi gewesen? – vor vielen, vielen Samstagabenden den Ehrentitel Ho verliehen hatte, entlockte ihm, der einmal Josef Hodina geheißen haben mochte und an den restlichen Tischen Herr Josef hieß, allenfalls ein Lächeln.

Und so saßen wir also; der Wein möpselte auf der Zunge; der Wegensteiner Poldi erzählte dem Walle in seiner weitschweifig witzigen Art, daß eine gewisse Tania, soweit er's recht verstanden, bei den Piefkinesen[49] in Champagner gebadet worden sei; und es schwiegen

dazu in absteigender Linie: Gregor; Ecki; Kosima; Angie; der Möslacher Ferdl. *Nicht* schwieg dazu: die Wagesreiter Lotti, die sich
diesmal einen Pfeifenraucher aus dem »Popklub« mitgenommen
hatte, einen Zawodsky Peter mit roter Fliege und Vollbart, den sie
uns gleich vorstellte.

»Hocherfreut«, grummelte Gregor und hängte sein »Heribert
Fürchtegott Rotz vom Rumpell« dran, freilich freute sich heute
nicht mal er selber darüber.

»Dito«, brummelte Ecki hinterher, »Paolo Leberecht Potz von
Pimpernell. Du darfst Eckermann zu mir sagen.«

»Die zwaa san aber harmlos«, faßte die Lotti für Herrn Zawodsky zusammen; obwohl sie violette Fingernägel hatte, obwohl sie laufend linksrum lachte – wie die Schöpker-Schwestern, und dazu
brauchte sie nicht mal 'nen Joint –, strengte sie dann wieder schwer-
punktmäßig an: Was man denn von der Honigpumpe halte,[50] ob
der Christo den Reichstag in Berlin tatsächlich verpacken dürfe?[51]

»Meinetwegen gern«, beschwichtigte der Zawodsky dermaßen
schnörkellos, als würde er die Lotti schon seit vier Stunden kennen
und nicht erst seit einer halben: »Solang er hier nicht unser Parlament einwickelt, soll er nur.«

Indem die Stimmung aber noch immer nicht so war, wie sich's um
diese Uhrzeit gehörte, fiel in der Nische[52] der Altvorderen, wie wir
sie nannten, ein volles Bierkrügerl um, das hatten sie davon! Von
ihren dauernden *gesellschaftsrelevant-systemkritisch-herrschaftsfreien*
Fragestellungen; dabei übersahen sie stets das Nächstliegende,
Nächststehende. Und Walle, der ein paar Jahre älter war als wir –
nur ein paar, wie gesagt, aber die ließen sich eben nicht wegretu-
schieren –, Walle nutzte die Gelegenheit, um sich vom Ho einen
Lumpen geben zu lassen: und sich rüberzuwischen zu seinen »Genossen«. Weil wir's vorgezogen hatten (statt mit ihm über die nächsten Entführungsopfer der RAF zu spekulieren),[53] das Pro & Con-
tra von Mazzagran zu erörtern, von Kaisermelange, von Maria
Theresia.[54]

Und sonst? Betranken wir uns mehr oder weniger lustlos bis zur
Sperrstunde um vier, bis der Uhren-Dieter erwachte und sein
Sprüchlein abschnarren durfte:

»Heut is Sonntag, da is Affnjogd in Afrika«, erhob er sich mit derselben routinemäßigen Pünktlichkeit wie der Kuckuck im Hinterhof der Florianigasse – ein sogenanntes Original, zerknittert, verwetzt, abgeschlurft und trotzdem wohl knapp erst über dreißig, einer dieser Träger von schmalen, rostroten Lederschlipsen, unter Hos besonderem Schutz stehend, der nächtelang auf seinem Stammplatz hinkümmerte, schräg vor der Vitrine mit den Mehlspeisen, und nichts verzehrte außer ein paar spendierten Marillenbränden: »Da wird der Urwald gekehrt, meine Herrschoften.«

Er schwankte zwischen den Tischen umher und tat so, als wolle er uns rausfegen aus dem »Baron«, dabei wußte jeder, daß er uns bloß animieren wollte, zur Uhr zu blicken – einem aufgerüsteten Franz Joseph-Bild überm Ausschank, mit dem er sich einen Namen gemacht –, dabei wußte jeder, daß wir uns jetzt noch ein letztes, ein kostenloses Achtel genehmigen würden. Denn der Wegensteiner Poldi hatte soeben das Spiel verloren: endlich mal der Richtige, auch wenn er sich gar nicht angemessen ärgerte, dieser! dieses Kommerzialratsöhnchen, das sich im Gasthaus »Schmid« zu fein gewesen war, die Zeche zu prellen – ob er beim Pinkeln wenigstens mitbekommen hatte, daß ein neuer Frauenname überm Waschbecken prangte, neben »Das Leben ist eine Aneinanderreihung von Zwischenräumen« und »T., du schönes Schwein, mach mich zur Sau«? Ob ihm beim Zurückkommen wenigstens auffiel, daß die Lotti, von der er uns seit Monaten einreden wollte, sie sei in ihn verliebt, *in ihn*! daß sich die Lotti samt Zawodsky abgesetzt hatte an den Nachbartisch, zum »Milliardär«, der trotz seiner schulterlangen weißen Haare die zentrale Anlaufstelle hier war für jeden, der ein Problem hatte? Und ob er am Ende wenigstens bemerkte, wie überflüssig Kosima wurde, als Ecki mit Angie abgezogen war, ob er wenigstens bemerkte, daß Gregor ganz fundamental fremd und böse dasaß und das Sprücheklopfen den andern ausnahmsweise überließ?

Und daß er immer wieder an den Plastiknelken roch, die auf dem Tisch standen?

Niemand, am allerwenigsten der Poldi
, bekam schließlich mit, wie sich Gregor gleich anschließend, die Gegenstände wurden schon wieder grau, über den Dachfirsten verrutschte der Himmel, wie sich Gregor seiner Begleiterscheinung entledigte, im VW-Panzer und ruckzuck, man konnte's einfach nicht länger rausschieben: Daß sie zu Hause Gesundheitssandalen trage, perfiderweise kombiniert mit Strumpfhosen, was einen ja nachgerade dazu zwinge, deren verstärkte Spitzen anzusehen; daß einem auch sonst kaum das Herz aufgehe, wenn man ihre Kleinmädchenklamotten so ansehe, und was andres schon gar nicht; daß sie ständig Fanta für ihn einkaufe, bloß weil er ihr mal von den Rülpswettkämpfen in Lengerich erzählt habe; daß sie beim gemeinsamen Fernsehen nichts Aufregenderes wisse als sofort einzuschlafen: *und überhaupt, und überhaupt*! Das sei beim besten Willen nicht zu ertragen, es täte ihm leid.

Und er ließ nicht eher locker, als bis ihr in völliger Lautlosigkeit die Tränen runterliefen: Nunja, hm! Das solle sie jetzt nicht persönlich nehmen. Er sei eben ein Dampfplauderer, ein Sprüchlklopfer, sei nicht zur Liebe talentiert. Sondern, allenfalls, zur Freundschaft.

Als Kosima dann endlich ausstieg, hatte sie noch immer keinen weißen Overall an.

Und keine Stiefeletten mit Metallabsatz.

Zum Playmate-Seminar lud der Wegensteiner Poldi
, wie jeden Monat, sobald er seine Sonnenbrille aufgesetzt und zur Endstation einer südöstlichen Tramlinie gefahren war: dorthin, wo der Balkan begann – und mit fistelnd verstellter Stimme in einer Trafik[55] das neue Heft verlangt hatte. So jedenfalls stellte sich Herr Schattschneider, der seit drei Tagen solo war und erste Anzeichen von Einsamkeit an sich registrierte, von Reue, vielleicht sogar von Schuldgefühlen, so jedenfalls stellte sich Herr Schattschneider das vor, als er mittags aus den Polstern sich mühte – wieder mal hatte's gar keinen Sinn zu hetzen: Für die Mensa war's zu spät.

Bis zum besagten »Seminar« andrerseits war's noch eine Weile hin, die nicht mit bloßer Bettlaken-, Taschentuch- und schließlich Selbstbeschnüfflung überbrückt werden konnte. Auch auf der Innenseite seines Lederarmbands, die schon deutlich dunkler geworden als die Außenseite, ließ sich nicht länger als ein paar traumverlorne Minuten herumkratzen. Und das Gesamtergebnis, ein schwarzklebriges Lederschweißgemisch unterm Daumennagel, inhalieren: zweifellos einer der aufregendsten Gerüche seit Vertreibung aus dem Brombeerparadies, zweifellos.

In der sicheren Gewißheit, daß »das Leben« nichts andres war als eine Aneinanderreihung verschiedner mittlerer, großer und sehr großer Gerüche, wischte Gregor sein Bücherregal (wobei die alten Klassikerausgaben vom Naschmarkt, insbesondere, wenn man sie aufklappte und die Nase so weit wie möglich in sie hineinsteckte, die tiefsten Rätsel verströmten), wischte das bißchen Bretterboden beidseits des kleinen Sisalläufers (der allerdings, es ließ sich nicht überriechen, fleckenweise ziemlich nach Füßen, Wein und Sisalläufer stank), wischte den Ölofen (der ein Winterübel war, das immer irgendwo leckte und selbst im Sommer, es ließ sich nicht überriechen, fleckenweise ziemlich nach Ölofen stank). Schließlich putzte er sogar das Klo im Stiegenhaus und wunderte sich darüber, daß Johns unterösterreichische Liste überhaupt noch hing. Wunderte sich erst recht, daß neben den zahlreichen englischen Ferkeleien auch eine erste Eintragung auf deutsch vorgenommen war.

»Verfluchte Scheiß-██████████!«

Ob diese Schrift dem Zabransky? gehörte oder gar dem Kreuzberger?

Zur besten Kaffeezeit

, als Gregor schon sieben Sätze an »Ästhetischer Erziehung«: vielleicht nicht verinnerlicht, aber immerhin: unterstrichen hatte, da klingelte's und … vor der Tür stand sein schlechtes Gewissen, das einen Guglhupf loswerden wollte. Und sich dazu mit einem roten Lippenstift, einem Leinenkostüm und spitzem Schuhwerk ausstaffiert hatte.

»Ach, Kosi, du weißt doch, daß ich Stöckel hasse.«

»Des hat da Ecki aber völlig anderst g'schildat.«

»Er heißt übrigens Eckart.«

Wenn sich nicht binnen weniger Augenblicke der frühere Anflug von Einsamkeit in ein tiefes Gefühl der Befriedigung verwandelt hätte, das Richtige getan zu haben, wenn Gregor nicht vor lauter Besorgnis, man könne ihm seine spontane Erleichterung ansehen, bloß auf den Kuchen geblickt hätte, sondern auch auf die Hände, die diesen hielten, *für ihn* hielten, dann wäre ihm sicher nicht entgangen, wie sehr sie an ihren Fingerspitzen nach ihm verlangten, im leuchtendsten Rot.

Und wie sehr sie dabei zitterten.

Vier Stunden

, in denen die Wörter »Gesundheitssandalen«, »Fanta«, »Fernsehen« und »stinknormale Beziehung« auffällig häufig fielen, vier Stunden später, da der Rest der Nation »Aktenzeichen XY«[56] erwartete, erschien Gregor zum Playmate-Seminar in der Grinzinger Straße. Gefragt, ob sie sich heut nacht wieder ans »Deitsche-Duschn« machen würde, winkte ihn Frau Wegensteiner – so humorlos konnte eine Mutter drauf sein! – gleich weiter ins Obergeschoß.

Dort war Ecki, der erst das zweite Mal mitmachte, bereits heftig dabei, dem Poldi in Erinnerung zu rufen, daß Miss Mai ja nicht gerade als ein »Ohrenwunder« in die Geschichte eingegangen sei –

Ohrenwunder? fragte der Poldi.

– und noch so manches mehr, bei dem der hermeneutische Ausgangspunkt einer Interpretation, bei dem subjektive wie objektive Konnotationen eine nicht zu unterschätzende Rolle spielten.

Miss Mai, pflichtete Gregor bei, der's in solchen Momenten bedauerte, daß er nicht auch, wie Ecki, kollegstufengestählt an die Sache rangehen und deshalb kaum etwas andres konnte, als die Dinge beim Namen zu nennen: Miss Mai, puh, fast hätte man bei der sagen müssen, sie habe eine Notlösung anstelle der Ohren.

Ohren! begriff der Poldi und bemühte sich, den traurigen Blick dessen zur Decke zu werfen, der's wirklich leid ist: Große »Duttln«, die seien spätestens ab dreißig ein Problem. Und wo man mit Hängeduttln zu kämpfen habe, sei die Hänge████ nicht weit.

Walle brachte »beschwipste Früchte« mit und der Möslacher Ferdl einen Beutel H-Milch, weil er wußte, daß er bei einem »Seminar«, wo *wirklich* was gesoffen wurde, ums Kotzen nicht rumkommen würde: Die Zufuhr von Alkohol vertrug er zwar wie kein zweiter, in seinem Magen jedoch wuchs irgendein Verhängnis heran, das sich nur durch viel Milch abwenden ließ, vorübergehend.

Wie jeder sein Glas in der Hand hielt
, zog der Poldi unter vorfreudigem Gezote die Flügeltüren zum Nebenzimmer auseinander – als Söhnchen residierte er in gediegen möblierter Herrlichkeit: in zwei riesigen Räumen samt extra Schlafkabinett –, und dort hing dann, wo bei andern maximal ein vernebeltes Photo von David Hamilton seinen Platz hatte, hing ohne Ausrede und frech auf Mitte gepinnt: die aktuelle Ikone, Miss Juni.

»Steil«, summierte der Ferdl seinen Eindruck, was bemerkenswert redselig war für einen, der sich ansonsten drauf beschränkte, als gutmütig zu gelten und rote Haare zu haben. Und ein bißchen vor sich hin zu böckeln, ein bißchen.

»Hier bin ich Mann, hier derf ich's sein«, jubelte der Poldi und strahlte: »Ned woa, bei der brauchst' ned amol a Kaprizpolsterl, um die Wisaasch abzudeckn?«[57]

Doch Walle, grade deshalb wahrscheinlich, weil er insgeheim eher an »politischer Veränderung der Verhältnisse« interessiert war, bestand auf Wissenschaftlichkeit und – das gehörte zum Ritual – begann, uns zu siezen. Begann, unsre hermeneutischen Ausgangspunkte abzufragen, die er stichpunktartig auf einem Blöckchen mitnotierte:

»Meine Herrschaften, was will uns dieses Playmate sagen?«

Nach einigen hochnotwissenschaftlichen Versuchen
, ein Resümee zu ziehen, vergaben wir unsre Haltungsnoten, legten den Wallungswert fest; und weil uns die vielen Viertel und Achtel aus dem Weinkeller von Herrn Wegensteiner sen. schon gehörig zugesetzt hatten, fielen immer häufiger Sätze, die keiner außer uns verstand –

»I hol an neichen Kellerschelm (oda wia ihr des nennt), aber da Ferdl hält inzwischen die Meiserln ab.«

– und ob wir selber sie verstanden, unsre überösterreichischen Gesprächsbeiträge, darf ebenfalls bezweifelt werden, doch darauf kam's schließlich nicht an. Nebenbei spielten wir Wer-zum-Pinkeln-will-muß-erst-mal-eine-der-beschwipsten-Früchte-Essen: die als Aprikosenhälften, als Pfirsichhälften in Walles Gin-Glas auf uns warteten, und wenn einer fällig war – es war laufend einer fällig! –, versuchten die Zurückgebliebnen, zu raten, wer denn gerade fehlte: höchste Zeit, ein R in jedes Wort hineinzupraktizieren, Hornig, Kerkse, Lerbkuchen; höchste Zeit auch für den Ferdl und seinen Milchbreutel.

Als er zurückkam, bleich, blinzelnd, mit roten Augenrändern, war der Poldi auf die Tischplatte gesackt, paffte Walle Heiligenringe um Eckis Kopf (»Wie Kant schon sagt: Schönheit schließt Geilheit aus; aber das weißt du natürlich noch nicht, du Oberschlaule«), schlug Gregor vor, allen Wörtern ein »schatapa« oder, besser noch, ein »schataparapatascha« vorauszuschicken.

Aber das leuchtete jetzt niemandem mehr ein.

Statt dessen mobilisierte man die letzten Reserven für den Schlußteil des Abends und begab sich zum Mitternachtsschauspiel auf den Balkon: um Poldis Mutter zuzusehen, wie sie sich mit einem langen Gartenschlauch dranmachte, die Deutschen zu duschen.

Denn die Wegensteiners hatten das Pech, direkt neben einem bekannten Heurigenlokal zu wohnen, dem »Feuerwehr-Wagner«, und das bedeutete allabendlich, neben rotweißen Glühbirnen-Girlanden und einer immerwährenden Schrammelei, bedeutete mitunter gar grüppchenweise: Deutsche, die sich in ihrem Tatendrang auch nicht von einem Gartenzaun aufhalten ließen, Deutsche, die nach dem Besuch im »Feuerwehr-Wagner« und vor der Heimfahrt im Bus noch mal schnell hinters Gebüsch sprangen, hinters Gebüsch der Frau Kommerzialrat, das ihnen dicht und dunkel dünkte, Deutsche, die, kaum hatten sie die Hosen herabgelassen, feststellen mußten, daß sie die Rechnung zwar mit dem Wirt, nicht jedoch mit dessen Nachbarin gemacht; und unter dem Beifall einiger Balkongesellen (die obendrein mindestens so trunken waren wie sie selber!) eiligst davonfluchten – nach Deutschland, wo sie hingehörten.[58]

Wie gutgelaunt die Geigen dazu schrammelten, die Ziehharmonika! Als wären die Musiker bestens im Bilde gewesen, wem sie da zum Tanz aufspielten.

Wieso er anderntags neben einer Baustellenlampe erwachte
, die obendrein brannte, das brachte Gregor nicht mehr ganz auf die Reihe. Weil »das Leben« lediglich eine Aneinanderreihung verschiedner Baustellenlampen war? eine Aneinanderreihung verschiedner beschwipster Früchte?

Der Gang zum Klo, sieben Schritte geradeaus, zwölf Stufen bergab, vier Schritte geradeaus – und drinnen dann der Zabransky Leopold, der, anstelle eines »Besetzt!«, Johns Lieblingsfluch vorlas.

Das Warten auf den Zabransky, der nicht abließ, laut aus der unterösterreichischen Liste zu zitieren, a Katastrophn; und als die Wasserspülung endlich losrauschte, pinscherte der Kerl vom Kreuzberger treppauf.

Es schnaufte.

Vier Schritte geradeaus
, zwölf Stufen bergan, sieben Schritte geradeaus, in Gregor wuchs ein Gefühl: Hatten sie sich etwa –?

Wuchs den ganzen Samstag nachmittag, das Gefühl, und abends, als er auf Eckis Klingelzeichen wartete, als er vergeblich auf Eckis Klingelzeichen wartete, war's kein Gefühl mehr, sondern Gewißheit: Ja, sie *hatten* sich.

Gestritten, *wirklich* gestritten.

Nein, nicht über Kristina, der sie beide beharrlich nachtrauerten.

Sondern über Tania.

Von der Ecki, der freilich nach dieser Bemerkung besser bloß Eckart genannt werden sollte, steif & fest versichert hatte, er sei mit ihr verabredet.

»Wo willst du sie denn treffen?« war's Gregor schließlich zu dumm geworden.

»Na, im Ersten Bezirk!« hatte Eckart wieder mal bewiesen, daß er drei Jahre zu jung war: »Im Ersten Bezirk, wo denn sonst!«

Ja, sie hatten sich. Gestritten
, wirklich gestritten, und Eckart kam an diesem Samstag nicht. Zunächst war Gregor guter Hoffnung gewesen, daß er mit ein bißchen Maultrommeln die frühen Abendstunden würde überbrücken können. Dann machte er jedoch schlapp und mußte in den »Z-Club«, um sich »Falsche Bewegung« anzusehen – und danach fast nicht mehr zu wissen, ob er nun auf Tania scharf war oder auf Nastassja Kinski.[59] Und ob er's rechtzeitig noch in den »Popklub« schaffen – selber-Ort-selbe-Zeit! – oder sich gleich herausstellen würde, daß die entscheidenden Minuten bereits verpaßt waren, daß mittlerweile Eckart –

– der in seinem lilarot gestreiften Indienhemd heut ganz besonders aussah wie ein Körnerfresser, ein militant geduschter, gefönter, rasierter, betüpfelter Körnerfresser –

– daß mittlerweile Eckart? auch nichts weiter tat als all die andern Samstagsnächte: an unsrer Säule lehnte, *allein* an unsrer Säule lehnte, *dermaßen* allein an unsrer Säule lehnte, daß Gregor zu ihm hinging; und obwohl ihn Eckart gleich um eine Flirt anschnorrte – Eckart der Nichtraucher! –, gab er sich so, als sei nie was gewesen und würde nie was sein: nie was *hier* sein, abgesehen davon, daß wir bald losrocken, daß wir's bald wieder allen zeigen und uns anschließend, im »Baron«, den Rest geben würden, abgesehen davon, daß wir uns jetzt schon mal für Sonntag mittag auf dem Naschmarkt verabredeten,[60] im Hinblick auf ein anschließendes Nudelglück in der »Gärtnerinsel«[61].

Kaum aber lief *Summer In The City*, verstellte uns die Boruta Trixi jeden Zugang zur Tanzfläche und machte ungeniert Anstalten, ein Blatt Papier aus ihrer Handtasche hervorzukramen –, daß als nächstes garantiert *Black Night* aufliegen würde, störte sie nicht im geringsten:

»He, ihr zwaa Hübschen, da Hamsta Stroganoff!« wedelte sie bedeutungsvoll mit dem Blatt Papier, und in ihrem knielang gefälteten Kleid sah sie aus, es fehlte lediglich das Häubchen, wie eine dichtende Krankenschwester, ihre Wangen glühten vor Eifer: He, der Hamster Stroganoff, der reime sich auf »soff« und »Zoff«, was sie auf die Idee gebracht habe –

Gregor, in Ermangelung eines vorbereiteten Blödsatzes, stotterte schnell was von einer Diplomarbeit, deren Titel er – kein Scherz, Trixi! – vor Wochen in den Karteikästen der Nationalbibliothek aufgestöbert und der ihn bis heute beschäftigt habe: »Zur Eischalenstabilitätsberechnung unter besonderer Berücksichtigung der Deformation«, man stelle sich vor! Ob sie das nicht auch zu ein paar Versen inspirieren könne?

»Du, ge!« haschte die Trixi mit ihren betintenkleksten Fingern ins Leere: »Imma duast' uns bloß vaoaschn!«

Mit schwarzen Fingernägeln konnte eben nicht jede aufwarten.

Selbst die Wagesreiter Lotti nicht
, obwohl die wenigstens seit Wochen, weiß der Teufel warum, violett lackiert war.[62] Und ein Ringel-T-Shirt anhatte, das drei Nummern zu eng saß. Wieder führte sie diesen Zawodsky im Schlepptau hinter sich her, diesen schnitzleresken Menschen, der Jus[63] studierte und, alle Achtung, seine Pfeifen auf Lunge rauchte. Andrerseits aber zur vollen Minute so laut lachte, daß man richtig schlechte Laune kriegen konnte.

Als dann auch noch die Chwapil Kosima vorbeischäkerte, am Arm des Wegensteiner Poldi untergehakt
– der hatte sie sicherlich dafür bezahlt! –
– die hatte ihn sicherlich dafür bezahlt! –
als dann auch noch die Kosi mit dem Poldi vorbeitändelte, war Gregor drauf & dran, ganz fundamental fremd und böse zu werden.

Und genau in jenem Moment kam sie

die Treppe runter
in einem, Eckart hätte sich beinah blutig gekratzt, kam in einem engen, Gregor hätte beinah hineingebissen in sein Lederband, kam in einem schwarzen Rock, der vorne bis dorthin geschlitzt war, wo man sich gar nicht mehr hinzuschielen traute! Und nach ein paar kurzen, wie's scheinen wollte: suchenden Blicken, kam noch einige Stufen näher einige Schritte, kam bedrohlich nah, den ganzen Weg entlang der Tanzfläche
– Eckart vergaß vor Schreck weiterzukratzen –

und hinauf zur Empore
– Gregor vergaß vor Schreck weiterzuschnüffeln –
kam direkt und ohne jeden Vorwand, Umweg, Zwischenstop, kam
direkt zu auf, kam direkt zu auf die Mittelsäule, kam direkt zu auf
die Mittelsäule und auf – Eckart.
    Nein, auf Gregor.
    »No? Mogst' mi a heit no ewig anschaun?«
    Gregor nickte:
    »Gestatten: Tobias Knaut, der Stammler genannt.«
    Soweit hatte er sich vorbereitet, während vierzehntägiger Selbst-
gespräche auf diversen Park- und Hörsaalbänken.
    »Und meine Hobbys sind: alleine essen und laut sprechen.«
    »A Spaßettelmocha, da Tobias. Hearst', mogst' tanzen?«
    »Mindestens«, faunte Eckart dazwischen, »und ich bin …«, aber
da war der Zug bereits abgefahren. Zweieinhalb Lieder später – und
das hieß im Klartext: auf offner Strecke von *All Right Now* – hatte
Tania schon wieder genug und keinerlei Hemmungen, ihrem sogenannten Tanzpartner ganz leicht, ganz leicht und ganz beiläufig,
ganz leicht und ganz beiläufig und ganz selbstverständlich gegen die
Unterlippe zu schnippen. Mit ihrem schwarzen Zeigefingernagel.
    Einen ziemlich eindeutigen Mund tät er ja haben, der Tobias.
Wenn er mehr über sich erfahren wolle, müsse er freilich auch mehr
von sich zeigen.

Nicht mal die Zeit für Erklärungen ließ sie ihm
, für knappe Entschuldigungsfloskeln gegenüber Eckart, für hastige
Verabschiedungsfloskeln gegenüber Ecki
: daß er das alles zwar nicht verstehe –
: jedenfalls so schnell; früher habe's fast zwei Jahre gedauert und in
    einem einz'gen Kuß geendet, jetzt seien gerade erst zwei Wochen
    rum und es würde –
: bestimmt nicht auf den »Baron« hinauslaufen und ebensowenig
    wahrscheinlich auf die »Gärtnerinsel« und vermutlich –
                                                      – war Gre-
gor froh, daß er überhaupt noch den passenden Schlüssel fand, als er
vor seinem VW-Panzer stand.

Froh war er auch

, als er am nächsten Morgen aufwachte und: neben seinen Tennis-
schuhen diese Silbersandaletten lagen und neben ihm die Frau, die
sie getragen, und alles war nicht nur ein Traum gewesen, den er
knapp überlebt hatte … Wie sie vom Scheitel bis zur Sohle, wie sie
mit ihren sämtlichen Armen und Beinen schlief, als wär's das Natür-
lichste der Welt: Obendrein auf seiner –

auf seiner!

auf seiner Matratze. Gregor stützte den Kopf in die Hand, Gregor
fragte sich, warum ihre Haut bloß so braun war, wieso sie dermaßen
duftete? Beugte sich über die vielen Körperteile, die neben ihm lagen
und ausnahmslos Tania hießen, roch hier und dort und da und – wußte keine Antwort. Schleckte in seiner Ratlosigkeit ein bißchen an ihrem Nacken – bloß ein bißchen, damit sie nicht aufwachte –, und wie
sie sich trotzdem mit einem unwilligen Seufzer von ihm wegdrehte,
durchfuhr's ihn doppelt: dieser! Geschmack jajaja dies! dunkle Stöhnen, prompt rauschten dazu auch die ersten Bilder brausten aus seiner Erinnerung herbei und immer weitere, ungeheuerlich sich über-
stürzende, von denen man bis gestern noch nicht mal geahnt hatte,
daß es sie geben könnte, eine wilde Bilderflut, die jetzt in jäh sich tür-
menden Wellen durchs Gehirn wogte an die geblähten Nasenflügel
brandete durch die hellwachen Ohrgänge gischtete über die Geschmacksnerven der Zunge hinabrieselte in den trocknen Schlund
und durch die gesamte dunkle Körperwelt hindurchsickerte bis in
jede einzelne Pore der Haut, auf daß sich die Härchen sträubten.

»Ich hätt dich stundenlang ansehen können«, flüsterte er ihr in
die schwarzen Haare und wollte sagen: Schlaf weiter, bitte schlaf
weiter, während sie, noch mit geschloßnen Augen, nach einem der
vielen Körperteile tappte, die Gregor hießen, und zurückflüsterte:

»Hearst', wüst' mi ois a ganza?«

Wasdennnochwiedennnochwasmeinstndamitabernatürlich!

Wasdennnochwiedennnochwasmeinstndamitohnein, bitte nicht,

██

██

██████████████████████████, um Himmelswillen, nun hatte sie sicher
auch seine Seele, wie sagt man? genommen.

Als er dann den großen Blutfleck bemerkte
, der genau dort im Bettlaken war, wo er am allerwenigsten hingehörte, nämlich in dessen heikelster Mitte, nämlich auf *der* Seite, wo
er selber gelegen bis soeben, wo er wieder jetzt lag – außerhalb des
Kinos war Gregor nie ein derart unübersehbarer Blutfleck zu Gesicht gekommen –, da zog er's doch vor, den Rückzug einzuleiten in
die gesicherte Sachlage eines ganz gewöhnlichen Sonntag mittags.
Und sein Kaprizpolster über jenes – jenes – – – sollte's ein Zeichen
sein, daß irgendwas nicht ordnungsgemäß absolviert worden? daß
irgendwas nicht stimmte? jedenfalls: zu schieben.

Bereits vom bloßen Betrachten bekam er Fieber.

Bevor er sich aus seinem Zimmer schlich, lauschte er lang in den
Flur, Richtung Küche, ob nicht die kluge Carol irgendwo mit ihrem
Leben beschäftigt war. Und dann wieder, wie gestern nacht, ein klei-
nes spitzmausmäßiges »Hello« zum besten gab:

»So früh schon zurück? Bist du etwa krank, Gregor?«

»Schau aaner diesen Stammla an«, hatte Tania noch eins draufge-
setzt: »Tobias haaßt?«

Oh, wie alles in ihm
an ihm schmerzte, scheuerte und schrie, was irgend schmerzen konnte, scheuern, schrein. Während Ecki übern Naschmarkt knibbelte,[64]
in der »Gärtnerinsel« vor sich hin zupfte, vor sich hin pulte und sein
Feind wurde, inszenierte Gregor eine Cornflakes-Katastrophe auf
dem Küchentisch; und während John herbeigetrippelt kam, eine
leere Weinflasche in der linken, ein abgelöstes Etikett in der rechten Hand,[65] und beim Helfen *What A Wonderful World* sang, beim
»Helfen«, trat Tania in den Tag hinein und suchte ihr Schminkzeug.

Einen halben Nachmittag später
, nachdem er ihr am Südbahnhof schnell noch seine Adresse auf den
Unterarm geschrieben und sie ihn mit großen schwarzen Augen dabei angeblickt hatte – als ob sie sich verwunderte über seine offensichtliche Hoffnung, seine Naivität, seine Unerfahrenheit im Ab-
schiednehmen –, war Gregor sehr damit beschäftigt, das Schicksal
zu hüten.

»Dieses Bett ist besetzt«, verkündete er jedem, der an seine Zimmertür klopfte; und indem ihm die Hitze in die Wangen stieg, in die Lippen, die Stirn, die Handflächen, widmete er sich den enthemmtesten Schnüffeleien, vom Lederband (erst außen, dann innen) übers Bettlaken (diesseits des Blutflecks, jenseits des Blutflecks) bis zu all den Dingen, die Tania kurz berührt haben mochte (Türklinke, Stoffrabe, Spieluhr, Lehne des Ohrensessels), am Ende war er drauf & dran, in seine eigne Unterhose reinzuschnüffeln.

Denn Tania war, kaum leise genug zu denken, Tania war, kaum laut genug zu denken, Tania war: eine Frau. War die erste, die richtig roch, nicht bloß nach Deospray und Charlie.[66] War die erste, die richtig schmeckte, nicht bloß nach Ratlosigkeit und –

Wie bitte?

Nein, er wolle nichts essen, nichts trinken.

Ja, das Schwitzen sei normal.

– und nach der eifrigen Beteuerung, es sei ganz wunderbar gewesen. War die erste, bei der alles so geschah, wie's immer schon hätte geschehen sollen, war die erste, die völlig unverquält und ohne Rechenschieber ████ ██████████████████████, wo andre noch damit beschäftigt waren, Liebeserklärungen einzuklagen und Streicheleinheiten: Tania! Beim bloßen Denken ihres Namens krümmte sich Gregor, am liebsten hätte er sich gegen die Wand geworfen und wild dagegenge████: he, Kreuzberger! Wenn du wüßtest!

Wie bitte?

Nein, er wolle nichts essen, nichts trinken.

Ja, alles *vor* Tania, das war nur schmerzendes Als-ob gewesen, nur wechselseitiges Verfügen über die jeweiligen Geschlechtsorgane (wenn er das Zitat von Walle recht in Erinnerung hatte): he, Kosima! Wenn du wüßtest!

Wie bitte?

»Du hast dich wohl ein wenig übernommen? mit deiner ›Ästhetisierten Erziehung‹?« feixelte Silvano, ehe ihn Carol hinauswarf. Manchen fehlte einfach das Gespür dafür, wann's mit dem Duschen genug sein mußte.

Als das Fieber nach zwei Tagen nachließ
, beschloß Gregor, wegen anhaltender Anderweitigkeit den Belage-
rungszustand über sich zu verhängen: und blieb folglich weiterhin
im Bett, hörte zum dreißigsten Mal *In My Time Of Dying* und wie
sie alle hießen, die Weltauf- und -untergänge von *Physical Graffiti*.
Ob sie ihm wirklich einen Brief schreiben würde, wie versprochen –
ein WG-Telephon konnte man sich mit diesen wunderbar schottischen »assistant teachern« ja nicht leisten –, oder ob sie längst? Ah,
wie die Gitarre plötzlich lossägte, nachdem sie eine ganze Weile so
getan hatte, als gäbe's nichts mehr mitzuteilen! Wieso war *so eine*
ausgerechnet auf ihn? Und wieso war sie, zwei Wochen später, erneut und ohne sich mit irgendwelchen Mätzchen aufzuhalten? Ah,
wie das Schlagzeug reinschepperte, als fiele ein Stapel Blechbüchsen
in sich zusammen, wie's dann ganz rund und zielstrebig losstampf-
te! War er vielleicht bloß Mittel zum Zweck gewesen, ein kleines
Komma in ihrem Leben, das einen neuen Nebensatz einleitete? einen alten ans Ende brachte? Ah, dieser ewige, dieser unerbittliche
Baß! Was auch immer, wer auch immer der Haken sein mochte an
der Geschichte – eine Tania gab's nicht doppelt, für die würde man
sich vielleicht sogar das eine oder andre Mal auf den Kopf stellen
müssen, ach was, ganz gewiß und jeden Tag aufs neue. Aber war
man für eine solche Frau denn, wie's so furchtbar treffend hieß, war
man denn Manns genug? Ah, diese Schmerzensschreie, wie sie,
klein und heiser, immer wieder dieselben Worte skandierten! War
man denn Manns genug, ohne eine einzige Falte im Gesicht, ohne
breite Schultern, Butler, Nadelstreifenanzug, ohne einen Haufen
gurrender Nebenfrauen, die ihr vor Augen führen würden, daß *sie*'s
war, die das große Los gezogen, und nicht umgekehrt? Ah, und jetzt
dieser Schluß, dies Alles-was-du-Hast von Schlagzeug und Gitar-
ren! Ob er ihr wenigstens vorspielen sollte, vorspielen *mußte*, was er
nicht war, hatte, konnte? Um nicht bloß als »Spassettelmacher« zu
fungieren, als Juxnummer für zwischendurch, bis wieder, kaum leise
genug zu denken, ein *wirklicher* Mann in der Nähe war? Ah, und
dann der leere Raum am Schluß des Liedes, in den die Stimme runterfiel, und wie nur noch die große, die ganz große Stille übrigblieb
… bis ein Hüsteln sich wieder regte! Ob er sie beim nächsten Mal?

Ja, genau so, genau so.
Vielleicht.

Doch der Brief, den Carol ans Bett brachte
, war bloß von Max:
»Also Dein Kram schafft Dich, will ich gern glauben, aber mein
Kram schafft mich auch! O.k., ich werde kommen und das Gröbste
richten, muß allerdings erst die Sache mit Katarina auf die Reihe
bringen. Sie will echt ihr Studium stecken, weil sie ein Angebot von
der Lufthansa hat (wen wundert's!), und dann wird's zappenduster
hier in den heil'gen Hallen: vor lauter selbstgestrickten Schafwoll-
pullis und Ökolatschen und – Du weißt schon.
Wenn Du mir allerdings erzählen willst, daß Du sogar Pfennig-
absätze neuerdings tolerierst, werd ich nervös; hab noch zu deutlich
im Ohr, wie Du bei unserm letzten Treffen darüber gelästert hast!
Und daß Du's genießt, die ›schönen Wienerinnen‹ mit ›Blödsätzen‹
abzuhärten, wie Du's nennst, ist, nach allem, was ich mit Dir durch-
gemacht habe, schlicht unglaubwürdig. Denk doch mal an Wechte!
Übrigens, was soll das: ›Ich bin ein realidealistischer Restromantiker
mit wirkungsästhetischem Ansatz‹? Heißt das: ›Ich bin völlig durch-
geknallt‹?
Alter Spinner, alter. Weißer Overall, silberne Stiefeletten, o.k.,
o.k. Aber auch eine Frau im weißen Overall, auch eine Frau in Silberstiefeletten hat zwei Beine, auf denen sie an Dir vorübergeht.
Und im Zweifelsfall: ██████, nicht schrauben!
Max, 17. Juni 1977 (Demo, Demo, Demo in der ganzen Altstadt!)«[67]

Wenn der wüßte! Schließlich gab's nicht nur
weiße Overalls, sondern schwarze Röcke mit Schlitz, nicht nur silberne Stiefeletten, sondern silberne Sandaletten, und mit ██████
██████ konnte man, bewiesnermaßen, ganz andres erleben als er,
Max, bei dieser Katarina …
Als Gustl und Karli, die »zwei kleinen Schweinchen«, nach der
Schule hereinquiekten und sofort begannen, alles zwischen Ohrensessel und Plattenkiste mit viel Sachkenntnis und Liebe zum Detail

auseinanderzurüsseln, begriff Gregor, daß sein Fieber jetzt endgültig vorbei sein mußte, und rappelte sich auf:

»Wenn ihr weniger als 20 Fehler beim Diktat macht«, scheuchte er Gustl aus dem Berg Chipstüten, die für Carols Einweihungsfest bereitlagen, »dann dürft ihr an meinen Zitronenbüchern riechen.« Das taten sie denn auch, freilich sofort, und Gregor hätte sie umarmen können vor Glück, hätte sie versohlen können vor Unglück.

Aber daß er's gerade mit einer Frau zu tun bekommen hatte, die's allenfalls sonst auf Kinoleinwänden oder Litfaßsäulen gab, und daß das mehr als genug, daß das fast zuviel für ihn war: hätten sie durch eine Umarmung nicht verstanden. Und daß er kein Mann, sondern ein Junge ohne Eigenschaften war, der bis vor kurzem selber einem Nachhilfelehrer auf die Nerven gefallen, und daß das nicht genug war, bei weitem! nicht genug, um eine derartige Frau zu halten: wäre ihnen durch eine Tracht Prügel ebensowenig klarzumachen gewesen wie seine Befürchtung,

Tania könne sich am Samstag sonstwo rumtreiben
, bloß nicht im »Popklub«. Die sich natürlich bestätigte.

Ja, im nachhinein wollte's Herr Schattschneider schon immer gewußt haben.

Wohingegen Herr Beinhofer nach wie vor so tat, als sei überhaupt nichts passiert. Kein Wort über den Naschmarkt, die »Gärtnerinsel«, keine einzige Silbe, ach was, kein halber Blick, der irgendwas in Richtung Tania angedeutet hätte. Gregor wollte ihn umarmen vor Glück verprügeln vor Unglück.

Aber das hätte Ecki vermutlich verstanden, und so war's sicher gut, durch den Gebrauch vielsilbiger Worte das Wesentliche zu verschweigen. War sicher besser, sich für den zweiten Teil der Nacht ins Abseits zu begeben, zwischen die Nische vom Uhren-Dieter, wo nichts als ein leeres Stamperl auf dem Tisch stand, und die des Milliardärs, wo man heftig damit beschäftigt war, einen Haufen Tageszeitungen *und* einen Karfiolauflauf[68] zu verschlingen. War sicher das Beste, sich in unsre Liste zu verkriechen, sonst hätte man sich vielleicht ja was zu sagen gehabt, war das Allerbeste, sich aufs Unaussprechbare zu konzentrieren, Abteilung Altertümelnd-Gespreiztes:

- Perlen der deutschen Poesie, der deutschen Prosa
- Kritische Wälder anbringen: das Gesprächssegel setzen
- Fruchtbringende Gesellschaft, Pegnesischer Blumenorden: wir!
- Afterweisheit: Afterphilologie studieren
- Sich die Ferse beseelen; einen Schuh machen
- Und als möglicher Blödsatz zum Abwimmeln:
  »Komme gerade vom Frauenhaus in Kairo und, tja, was soll ich sagen ...«

»Geh heat's«, ließ der Milliardär da kurz ab von Zeitung und Karfiol, beugte sich über die Rücklehne seiner Sitzbank zu uns herüber: »Woit's eich net gleich um die Hausbesorgerhockn dort bewerbn?«

Und ließ sich laut die Freude aus dem Hals herausplatzen – wer so laut lachte, so lang lachte, wer so laut und so lang über so was lachte, so laut und so lang über so was in diesem Alter lachte, der konnte eigentlich nicht mal Millionär sein –, sogar der Ho war drauf & dran, nach seinem Serviertüchel zu greifen. Doch während sich Gregor und Ecki noch möglichst vielsagende Blicke zuwarfen, schlug's vier. Der Urwald wurde gekehrt.

Da der Aufzug nur dann ein Aufzug war

, wenn man einen Schilling in den Schlitz neben der Tür steckte; da ihn Gregor also aus Prinzip, sei's auch kurz vor Morgendämmerung, boykottierte und statt dessen jede zweite Stufe benützte, erhielt der Abend noch seine plötzliche Pointe: in Gestalt einer schwarzen Gestalt. Am Treppenabsatz, etwa auf Höhe des Etagenklos. Und selbstverständlich ging in jenem Moment das Dreiminutenlicht aus.

Aber ehe's wirklich Ernst und Gregor schlagartig nüchtern werden konnte, hörte er –

roch er –

und als er den Lichtschalter erneut gedrückt hatte: sah er – ein Häuflein Mensch, völlig in sich zusammengehockt, den Kopf zwischen den Knien, und weil weiter unten ein Hut lag, ein fröhlicher Hut mit vielen bunten Wanderplaketten, war das der Kreuzberger Otto von nebenan. Der sich die letzten Seelenreste aus dem Leib sabberte, will sagen: puren Magensaft, den grün schillernden Gestank von Alkohol – eine bittre Lache tropfte drei, vier Stufen hinab.

Mittendrin lag sein Schlüsselbund.

Obwohl man schon vom bloßen Hinsehen das Würgen kriegte und obwohl's dieser Kreuzberger nicht anders verdient hatte, dieser Küchenwandklopfer, legte ihm Gregor die Hand auf die Schulter. Der Kreuzberger drehte ihm ein dankbares Gesicht zu: eine Furchenlandschaft, überheitert von der Heiligkeit des Rausches, auch wenn dazu ein dünner Speichelfaden vom Mundwinkel runterglitzerte bis auf die Joppe mit den Hirschhornknöpfen.

Indem das allerdings auf Dauer nichts nützen würde, überwand sich Gregor ein weiteres Mal und fischte den Schlüsselbund – mit der nackten Hand, wie sonst! – raus aus der grünen Bescherung, sperrte die Kreuzbergersche Wohnung auf. Und wehrte den Taumelnden ab, der ihm um den Hals fallen wollte mit den Worten:

»Vafluchte Scheiß-███████████, vafluchte!«

Als Gregor die eigne Tür hinter sich zuzog
und den Ekel gleich dreifach abzuduschen gedachte – wandwärts regte sich die Hermine und auch der Kerl gab sein kleines Gezeter dazu –, sah er den Brief mit der fremden Handschrift. Sah den *Expreß*brief mit der fremden Handschrift:

»Tobi-Tobi-Tobi!

Du erlaubst Dir die Frechheit und gehst mir nicht mehr richtig aus dem Kopf (das ist gar nicht gut)! Ich möchte Dich nämlich wirklich gern wiedersehen! Jetzt geht's zwar nicht, bin schon ausgebucht, aber zu Eurer Party komm ich ganz bestimmt! Also bis zum 9. Juli!«

Am liebsten hätte Gregor sofort seinen Rotstift, wie sagt man? gezückt, um a) sämtliche Rechtschreibfehler anzustreichen und b) den verkorksten Satzbau zu begradigen, aber dann blieb er an der Unterschrift hängen, einem zauberhaft lapidaren »Ba-ba, Tania«, und wußte nicht mal mehr, ob er c) zuerst weiche Knie kriegen oder d) den Brief abschlecken sollte von oben bis unten: Fünf Ausrufezeichen, *das* war die eigentliche Botschaft, Gregor zitterte vor Angst. Vierzehn Tage noch, um jeden einzelnen Satz der »Ästhetischen Erziehung« mit der Maultrommel zu widerlegen. Dann, auf Carols Fest, würde er – egal, wie viele blonde »assistant teacherinnen« da aufkreuzen sollten –, er würde's! was auch immer sie von ihm verlangen mochte, er würde's! tun.

Nie wieder halbe Sachen! Vorläufig. Vielleicht. Nein: ganz bestimmt.

Daß es jedoch derart voll werden könnte
, hatten sie selbst in ihren größenwahnsinnigsten Berechnungen nicht vorausgesehen: Schon gegen elf gingen die Dopplervorräte zur Neige. John, der Oberschotte, zog mit der restlichen Gemeinschaftskasse los, um am nächsten Straßeneck, beim »Café Hummel«, zusätzliche Rot- bzw. Weißfüchse[69] aufzutreiben, eine Frau, die keiner kannte, richtete im Bad einen regelrechten Verkaufsstand ein für Kleider, Kupferkram, Kleinkunst aus der Dritten Welt. Und die Gäste, deren überwiegenden Teil man ebensowenig kannte, schoben sich rastlos durch die Räume, auf der Suche nach der Sensation, dem Eklat oder zumindest dem Badezimmer, und manche, die mitten im Gedränge nur immer wieder an ihre eignen Grenzen stießen, manche, die bereits um diese Uhrzeit wußten, daß sie auch den Rest der Nacht nichts erleben würden: kauften sich dort einen Ring, ein Päckchen Nicaragua-Kaffee, eine geschnitzte Haschischpfeife. Die wenigen, denen eine Art Türsteher, sorgfältig auf schlampig hingetrimmt inklusive Stirn- und Lederarmband, den Weg verstellen wollte mit einem halbherzigen »Gestatten: Günther Göthe«, ignorierten ihn fast ausnahmslos; im Stiegenhaus verzettelten sich Ecki und Angie mit dem Kerl vom Kreuzberger, der, japsend vor Glück, wechselweise an ihnen hochpinscherte, während der Kreuzberger daneben stand, den Kopf schüttelte (»Graf Bobby!« »Also wirklich!« »Wer wird denn glei'!«), den Hut lupfte und sich den Schweiß von der Stirn wischte; eine leicht angetrunkne Carol berichtete, die Klo-Liste, und zwar in allen Spalten, sei schon voll; der Möslacher Ferdl machte mit seiner Wasserpistole Jagd auf die schönen Wienerinnen; der Wegensteiner Poldi schleppte eine Neue an, die Felizitas hieß und trotzdem blonde Haare hatte. Bis zur Hüfte. Und von der er wieder mal überall durchsickern ließ, daß sie ganz eindeutig hinter ihm her sei, ganz eindeutig.

So gegen Mitternacht – Gregor machte gerade die Platten, die

Tänzer gerieten gewaltig ins Stampfen, als wären sie im »Popklub«, als legten sie's extra drauf an, die Nadel zum Hüpfen zu bringen – so gegen Mitternacht kam Kosima, die ihm kürzlich noch kleine Zettel untern Scheibenwischer geklemmt hatte, und preßte sich tapfer ein: »Du, i ärger mi nimma über di, 's nutzt ja nix«, preßte sich tapfer einen Gesichtsausdruck ab. Freilich versäumte sie's dann, sich rechtzeitig von ihm abzudrehen, freilich sah sie ihn dann viel zu blauäugig an, sah, wie er ständig an ihr vorbei-, wie er plötzlich durch sie hindurchblickte, sah in *seinen* Augen, wie sie binnen Sekundenbruchteilen zu einer Erinnerung zerdunstete, die er mit erleichtertem Ausatmen von sich fortpustete: Denn jetzt, endlich, fand die Sensation statt, in einer beängstigend hoch abgerißnen Jeans, die gerade mal die Beckenwölbungen kaschierte, in einem beängstigend kleinen Tuch oder was immer es war, das sie um ihre Ohren gebunden –
um Ohren und Rücken gebunden, im Nacken verknotet hatte, nackt ansonsten bis zu den Fußsohlen, so daß sich der Möslacher Ferdl nicht entblöden konnte, »steil«, gleich auf das wenige zu spritzen, was an Kleidung bei ihr zu treffen war. Vor Wut schlug ihm Tania die Nase platt.

Weit gefehlt

: forderte ihn auf, unterm dünnen Wasserstrahl sich wiegend, mitunter sogar ziemlich viel Zunge nach ihm herausstreckend, forderte ihn mit Händen & Füßen auf – im Handumdrehen bildete sich um die beiden ein Kreis, Gregor verbarg seine Nase in einer Plattenhülle, saugte sich die Lungen voll –, forderte ihn mit all ihren Körperteilen auf, sie auch hier noch abzukühlen, dort noch und da … war die Pistole leer und der Ferdl zog, teils belacht, teils beklatscht, davon. Doch wieso setzte Tania nicht wenigstens jetzt ihren Weg fort: hin zu Tobi-Tobi-Tobi, der sich extra den Brustkorb blähte hinterm Plattenspieler, wieso begann sie statt dessen, mit den nassen Schultern zu kreisen? Die Hände an ihren Hüften langzustreichen? Wieso drehte sie ihre Blicke nach innen, tief hinein in ihre glitzernde Nacktheit, und: tanzte – war sie denn der Musik wegen gekommen?

Oder um sich vor unser aller Augen als ein einziges riesiges, wie sagt man? ▮▮▮▮▮▮▮▮▮▮▮▮ zu offenbaren; die rosigrunden Gesichter reihum wurden ganz fahl und ganz lang und voll von gebleckten Zähnen. Waren's ihre schwarzen Fingernägel und wie sie hoch überm Kopf sie spreizte und drehte,[70] an der dampfenden Luft herabkratzen ließ und wieder hinauf, war's ihr rotierendes Becken, waren's ihre weich federnden Fußbewegungen, daß uns heißkalt das Gefühl durchstrudelte, der Fußboden würde im nächsten Moment davonvibrieren, selbst wenn man sich am entferntesten Ende des Raumes festzuhalten suchte: an einer Lieblingsplatte?

»Wer *die* hat«, machte sich einer hinterm DJ ungefragt Luft, »der ist zu beneiden.«

»Der ist zu bemitleiden«, hätte der DJ gern widersprochen, mußte sich aber bücken und das Tonband vorspulen, weil er unter diesen Umständen auf keinen Fall *A Whiter Shade Of Pale* spielen durfte. Der in seinem Rücken hingegen ließ nicht locker, beugte sich sogar zu ihm runter:

Andrerseits könne man so eine gar nicht *haben* – solche ▮▮▮▮▮ ▮▮▮▮▮ seien öffentliches Kulturgut. Die Hofburg absperren dürfe man ja auch nicht oder das Parlamentsgebäude.

»Aber verpacken vielleicht, verpacken!« hörte sich Gregor sagen. Jetzt erst erkannte er ihn an seinen bunt karierten Hosen, erkannte Walle, der den ganzen Abend bislang insistiert hatte: auf den Morden von Stammheim und der Frage, ob sich ein Linkshänder wie Andreas Baader mit der rechten Hand erschießen würde (oder gerade deshalb).[71] Nun hatte man endlich ein Thema, das *beide*, vielmehr: hatte plötzlich ein Problem, das beide interessierte:

»Sag mal, Walle, sind das dahinten nicht zwei Bullen?«

Unverkennbar, und neben ihnen hutzelte ein winziges Weiblein, die Smejkal Emilie vom dritten Stock, schimpfte auf sie ein; die Herrschaften Ordnungshüter hingegen ließen sich kein bißchen stören bei der Betrachtung der vielen Körperteile, die vor ihnen tanzten und ausnahmslos Tania hießen. Carol, die befürchtete, v.i.S.d.P. zu sein,[72] signalisierte mit beiden Armen, daß die Musik runtergedreht werden müsse: schleunigst; und weil der DJ das als

Wink des Himmels empfand oder zumindest als rettende Idee, blendete er nicht mal sanft aus.

Fast schien's, als ob selbst die Herrschaften protestieren wollten, doch als Tania sich, darin hatte sie ja Übung, verdrückt hatte und sofort ein chaotisches Geschiebe und Gedränge entstand, als wisse man gar nicht so recht, wo der Abend und wie er jetzt überhaupt noch weitergehen könne: da nutzten die beiden die Gelegenheit, um endlich ernst zu machen mit der Ordnung und dem Hüten und den allerletzten Rest der Gemeinschaftskasse einzufordern:

Bei der Frau Amtsoberinspektorswitwe, bittschön, habe der Luster im Takt mitgeschwungen, entschuldigten sie sich, ließen die Blicke schweifen, entschuldigten sich erneut.

»Solang da Luster no schwingt«, zoteten sie schließlich augenzwinkernd ab, »solang a no schwingt, hängt a ja no«.

Trotzdem war die Luft raus
, obwohl Silvano gleich wieder anfing, wahllos nach allen ▮▮▮▮ zu zupfen; und weil sich's John schon zwischen den leeren Dopplerflaschen bequem gemacht hatte und schottische Trinklieder sang, ließ sich das besonders gern gefallen: Ann. Hinter den Plattentellern hantierte Carol und sorgte dafür, daß die meisten der Gäste ebenso grußlos, rasch und unerkannt verschwanden, wie sie aufgetaucht waren; sichtlich genoß es der Uhren-Dieter, nun völlig freie Hand zu haben hinsichtlich des Erdäpfelsalats und einiger weiterer Buffetreste; der Möslacher Ferdl widmete sich der H-Milch; der Wegensteiner Poldi, unverdrossen die Felizitas bearbeitend, kegelte sich die Augen aus nach einer Frau, die, obwohl fast nackt bis zu den Fußsohlen, so tat, als unterhielte sie sich mit Ecki; Ecki rauchte, Ecki schrillte, Ecki gestikulierte, Ecki glänzte vor Glück. Und Gregor? kniete vor seinem Kleiderschrank, unter dem er beizeiten ein paar Reserve-Bomben[73] versteckt hatte, für den Fall der Fälle, den er – nach allem, was heut abend passiert, was heut abend *nicht* passiert war – jetzt für gegeben erachtete. Wie er sich aber gerade eine Flasche unterm Schrank rausrollte, Haßreden führend, blies ihm von hinten jemand in die Haare. Und roch nach Sandel, nach Schweiß, nach –:

»Du wüst mi woi einladnan auf a Glasl?«

Doch Gregor fand's nicht witzig, wenn man ihm in die Frisur pustete, und Füße fand er nicht witziger, da halfen die schwarzen Zehennägel keinen Deut: Sofort legte er los, ließ lange Satzreihen ab über den Ferdl, den Poldi, über Walle, Silvano, John, schließlich und endlich und vor allem über Ecki, der weiterhin an der Stelle stand, wo sie sich bis eben mit ihm – mit ihm –

– *unterhalten* hätte, ein bißchen unterhalten hätte, was glaube er denn! Weil Gregor allerdings noch immer vor dem Schrank hockte, plazierte Tania ihren Fuß auf seinem Oberschenkel und machte damit dermaßne Wellenbewegungen, um den Ballen langsam! kreisend, von der Ferse langsam! abrollend bis zur Spitze und zurück … daß Gregor keinerlei Möglichkeit mehr fand, seine Darlegungen an ein grammatikalisch korrektes Ende zu führen. Sondern emporschnellte. Um dann im Stehen, sichtlich erleichtert, ihren Berührungen, ihren *öffentlichen* Berührungen nicht länger ausgeliefert zu sein, um dann im Stehen mit der Wahrheit rauszurücken: Kein einziges Mal! sei sie heut zu ihm gekommen.

Phhh! antwortete Tania, ob sie ihm das Kompliment gleich zurückgeben dürfe? Sie schüttelte sich ihre schwarzen Haare zurecht: Die ganze Zeit über, zu seiner Beruhigung, habe sie ihn allerdings im Auge behalten. Ihr fiele sowieso kein andrer Mann mehr auf.

»Mann?« maunzte Gregor ein wenig stolz, ein wenig empört: »Ich bin doch, also wir sind doch, also, vom Typus her argumentiert, ist doch zum Beispiel Ecki, der ist doch ein – «

»Wer red't denn vom Ecki. Maanst' ned, daß 's höchste Zeit warat, in Silvano aus dei'm Bett aussez'stampern?«

Ja, es war höchste Zeit.

Beim Blick in den blattgoldbelaubten Spiegel

, der überm Emailbecken hing im Stiegenhaus – sieben Schritt geradeaus, zwölf Stufen bergab, vier Schritt geradeaus –, beim morgendlichen Händewaschen-und-in-den-Spiegel-Blicken entdeckte Gregor: das Gesicht mit diesen sattsam bekannten, diesen erschreckend fremden Augen, die man kaum ertrug, das Gesicht mit diesem Hals, unter dem

, um den eine dünne Silberkette lag: Beim In-den-Spiegel-

Blicken-und-Blicken entdeckte Gregor eine dünne Silberkette – und zwischen seinen Schlüsselbeinen: ein kleines Silberkreuz. Durch die Wand rief der Kuckuck des Zabransky, im Hinterhof lag der Tag und wußte nicht wohin, Gregor kratzte sich am Kinn, irgendwo ging eine Tür auf, Gregor rieb die Kette, das Kreuz zwischen Daumen und Zeigefinger – und zwar so lange, bis er daran riechen konnte: nämlich an der Kette, irgendwo ging eine Tür zu, nämlich am Kreuz, irgendwo drehte ein Schlüssel im Schloß, nämlich an den Fingern, irgendwo fiel ein Schilling in einen Schlitz, Gregor steckte sich das Kreuz zwischen die Lippen, irgendwo ruckelte der Aufzugskorb an, fast wollte's von ferne nach Maultrommel schmecken: Da fuhr's ihm durch die Adern. Daß er jetzt ja verlobt war, was immer das heißen mochte.

Vielleicht auch bloß »verlobt«.

Während er, ein Prallhauser im grünen Flaschenwald
, seinen Weg zurück suchte durch den Wohnungsflur, wunderte er sich über den dichten Bodennebel, der heute herrschte, wunderte sich über das brennende Licht, die runtergerißne Pinnwand, die beiden Jeans, die verknäult daneben lagen, wunderte sich über Ann, die – durch eine einzige angelehnte Tür von ihrem eignen Bett und John getrennt – sehr friedlich mit einem gewissen Silvano auf dem Sofa schnarchte: Richtung transsilvanisches Erwachen; beinah wäre Gregor vor lauter Verwunderung in die Scherben der Küchentürverglasung getapst, wo Tania gestern nacht, als die letzten gegangen waren, wo Tania heute nacht, wo sie sich währenddessen! wo sie sich völlig unbeeindruckt von all den Glassplittern: das Halskettchen abgenommen hatte und ihm das Lederarmband, und er war dagelegen wie ein kleines Kind und hatte's nicht glauben können:

»Aber es ist nur 'n Spiel, oder?«
Und Tania – wenn's nach Gregor gegangen wäre, dem »real-idealistischen Restromantiker« – hätte genickt, hätte ihm mit einer der Scherben ein Herz in die Bauchdecke geritzt, hätte genickt und sich selber ein Herz reingeritzt, hätte genickt und sich ganz ganz fest an ihn gedrückt; aber nein, nach Gregor war's natürlich nicht

gegangen und auch kein bloßes Spiel: Tania hatte *nicht* genickt, hatte vielmehr mit ihren Zähnen gelacht und sich ganz ganz fest an ihn gedrückt, so fest, daß ihm noch jetzt vor lauter Erinnerung lauter Rs in lauter Wörter rutschten (Verlorbung, Karter, gurten-Morgen!); und als er zurückglitt unter die Bettdecke, neben ihren atmenden Körper, war alles tatsächlich kein Traum, den er knapp überlebt hatte, sondern: *sah* er sein Lederarmband, um *ihr* Handgelenk herumgewickelt.

Was hatte er da nur wieder getan?

Vielmehr: Was war ihm da nur wieder geschehen?

Dann erinnerte er sich an ihren Beschluß, niemandem davon zu erzählen.

Natürlich war es das

, ein Spiel! Wenigstens einen Sahnehaubensommer lang, vielleicht auch den Winter danach; spätestens jedoch, als Gregor das erste blaue Auge verpaßt bekam, begriff er's, warum Tania in jener Nacht nicht genickt hatte.

Bis es soweit war, hatte er zwar noch einige Bombenanschläge und Entführungen Zeit, sagen wir, bis zum 29.4.1978.[74] Aber an seinen Nerven nagte es weit vorher, denn obwohl der 77er-Sommer so kühl und so feucht war wie seit Jahren nicht mehr, war er so lang wie nie zuvor. Dabei tat Tania gar nichts Besondres, war eigentlich bloß da, wenn überhaupt: Denn spätestens Sonntag abends verschwand sie am Ende eines langen, schmerzlich langen Gedankenstrichs, der vom Südbahnhof, über die Stadtgrenze hinaus, ins Niederösterreichische bis nach Wiener Neustadt reichte, wo sie ... nein! *Das* nicht, angeblich; wo sie bis Freitag, spätestens Samstag, bei ihrer »Mamsch« wohnte, angeblich; wo sie jeden Morgen zur Arbeit ging, angeblich; als Zahnarzthelferin, angeblich; wo sie irgendeine unglücklich verlaufne »Beziehung« verdaute, angeblich, die vor kurzer Zeit in die Brüche gegangen ... War er das nicht, der Haken an der Geschichte?

Auf entsprechende Nachfragen allerdings wich sie stets mit einem geschürzten »Phhh« aus oder einem unwillig geseufzten »Ach Tobi«, hielt sich auch sonst alle Hintertüren offen, wo sie doch sein!

Gregors! Lederarmband trug. Wenngleich keiner von beiden je darauf zu sprechen kam, was eigentlich damit gemeint war – eine Verlobung oder eine »Verlobung«. Oder eine Verlorbung, die sich am nächsten Morgen vor lauter Bodennebel erübrigt hatte.

So viele Nachfragen
, so viele Fragen, die ihr Gregor nicht stellen konnte: Warum sie ausgerechnet dies und jenes getan, dies und jenes nicht getan, gesagt, gedacht hatte; freilich mochte er's drehen & wenden, wie er wollte, mochte seinen beiläufigsten Tonfall anschlagen und zu den entlegensten Fremdworten greifen, damit sie nicht merkte, wie sehr er ihrer Antworten bedurfte – Tania *merkte* es, merkte es blitzschnell, was er im tiefsten Innern von ihr zu hören hoffte, und sie schreckte nicht mal davor zurück, ihm, Herrn Gregor Schattschneider, dem begnadeten, dem überösterreichischen Großmeister der Sprache, Mitglied jeder Fruchtbringenden Gesellschaft, Hüter des Grals, ihm! in unbeiläufigstem Tonfall und ohne ein einziges Fremdwort zu verwenden, die einzig ehrliche Frage vorzuformulieren, die einzig ehrliche Frage samt ihrer Antwort darauf: Was *so eine* wie sie eigentlich von *so einem* wie ihm wollte, wieso sie nicht längst auf & davon war, seit sie erfahren hatte, daß er noch nicht mal einen Tobias Knaut abgab, daß er nichts hatte
»Geh du Stammla! Fesche Typen …«
und nichts war
»… hab i eh scho vü z' vü kennag'lernt, und du …«
daß er nichts wußte
»… bist hoit anderst«
und nichts konnte als: im Weg stehen und mittelwitzige Sprüche reißen.
Ja, das immerhin konnte er, das immerhin tat er, und zwar mit Vorliebe auf Tanias Kosten: Um ihr nicht zu Füßen zu liegen und, über kurz oder lang, zum bloßen Spassettelmacher zu verkommen, der bei Gelegenheit durch einen andern ersetzt wurde, mußte man ihr zeigen, daß man nicht im entferntesten auf sie angewiesen war, mußte man *sie* lächerlich machen, wo immer es ging. Die einzige Chance, eine derartige Frau zu halten, wenigstens für einen Gregor,

wie er sich selber sah, bestand darin, sie so häufig wie möglich von sich fortzubeleidigen.

Dabei tat Tania
gar nichts Besondres, war eigentlich bloß, bis ins Knochenmark hinein, *war da*. Das reichte. Kaum betrat man an ihrer Seite irgendein Kaffeehaus, irgendein Beisl – Gregor vermied's nach Möglichkeit, sich mit ihr im »Baron Dravnidschek« zu zeigen oder im »Popklub« –, wurde's sogar auf den billigsten Plätzen lebendig; kaum hatte man einen freien Tisch gefunden, servierte der Kellner den ersten Apfelkorn:

»Von aaner da Herrschaften an da Bar.«

Dabei trank Tania keinen Tropfen Alkohol, saß abendelang vor einem Himbeershake oder Ribislsäftchen[75], so daß man selbst als Gregor nur gute Miene machen konnte und abwarten: vor fünf, sechs Almdudlern[76] etwa, vor fünf, sechs Lagen Nullkommajosef[77]; wo er doch vor lauter Lust am Leben von Tisch zu Tisch getänzelt und in jedes Bierglas hineingesprungen wäre, vor lauter Lust und Stolz und Wut und Haß und Eifersucht.

Aber die Angst war stärker, daß er, gesetzt den Fall, er hätte sich sein Standardquantum an einem solchen Abend gegeben, den Ereignissen um Tania nicht mehr gewachsen war – und vor allem den Ereignissen *mit* ihr, die unausweichlich auf ihn zukommen würden: Fast wollte Gregor meinen, daß es auch mal schön gewesen wäre, sich miteinander zu besaufen, um dann ganz friedlich, Arm in Arm, den Rest der Nacht zu verschlafen. Und wahrscheinlich, kaum leise genug zu denken, hätte er mit diesem Vorschlag, so er denn je gewagt hätte, ihn zu machen, von Tania etwas ganz andres als einen verächtlichen Blick geerntet, oder warum sonst legte sie manchmal den Kopf so komisch schief und schaute ihn so langsam an, als ob, als ob – – – nein! Solche Sekunden durfte man gar nicht erst zulassen, die sorgten nur für zusätzliche Verwirrung. Wo man doch »vollauf« damit beschäftigt war, seinen Phantasien, wie sagt man? zu frönen, *ohne* den Kopf dabei schief zu legen, *ohne* Tania dabei anzuschauen, als ob, als ob – – – nein: Sich miteinander zu besaufen, ins Kino zu gehen, auf eine Party *und den Rest der Nacht dann zu ver-*

schlafen, das durfte man sich höchstens an Wochentagen ausmalen; am Freitagabend mußte man bereits am Südbahnhof, wo Tania mit dem Zug von Wiener Neustadt ankam, mußte man aufpassen, nicht schon vom bloßen Anschauen ███████████████! Mußte ein paar peinliche Stunden lang nüchtern bleiben, mußte so tun, als amüsiere man sich bestens, sogar über:

»I hob zwaa Singulare, aber wos is da Blural vom Blural?«

Der Apfelkorn-Spendierer brachte seinen zweiten Singular gleich selber vorbei, sichtlich bemüht, sich auf den Beinen zu halten, oder es vielmehr geschickt vorspielend: um sich bei erstbester Gelegenheit auf einen freien Stuhl fallen zu lassen (während Gregor auch dies zweite Stamperl sofort in sich hineinkippte – als ob er derartige Zwischenspiele *damit* hätte beschleunigen können!), um sich bei erstbester Gelegenheit auf den Stuhl neben Tania fallen zu lassen, um sie mit möglichst »betrunkenen« Bewegungen zu betatschen, egal wo, egal wo, von Kopf bis Fuß war sie auf Triebe eingestellt, *schien* sie auf Triebe eingestellt: Sie sah danach aus, sie roch danach, sie hörte sich so an, ein überdimensioniertes Glücksversprechen, ein Fleisch gewordner, wie sagt man? ███████. Im Grunde wirkte alles immer nackt an ihr, zum Schein nur bedeckt von einem Rest an gutem Geschmack; und selbst der würde plötzlich verdampfen unter ihrer Ausströmung, wenn man ihn lang genug bestarrte – war's denn verwunderlich, daß auch die andern das sahen, rochen, hörten, die Kiffer in der »Gärtnerinsel«, die Trinker im »Café Hummel«? Daß sie die Nüstern sich vollsaugten, herumwetzten auf ihrem Erkenntnistrieb, die Gelegenheit belauerten? Oder eben sich hervorwagten aus der Tiefe des Raumes, einen dritten Apfelkorn zum Vorwand nehmend, den Versuch eines Witzes:

»Host' scho g'hört, daß die wieda amoi a Flugzeug entführt ham? Stö da vor, die woin zwanzig Punkte für die Vienna.«

Zum Glück hatte Tania von Fußball
keinen Schimmer;[78] doch wenn Gregor vielleicht der Hoffnung war, daß ihre Wirkung bei Tageslicht verblaßte, so wurde ihm die schnell ausgetrieben. Wie eine antike Fruchtbarkeitsgöttin, wie eine indische Tempelnutte, eine ███, eine *wirkliche* ███, wandelte

sie an seiner Seite durch eine Welt, die unter ihren Schritten zur
Scheibe wurde, wie eine Einladung, eine Aufforderung, eine glatte,
sehr glatte Nötigung – halt! Das *tat* sie wahrscheinlich gar nicht
oder, zumindest, *wollte*'s nicht oder, zuallermindest, wollte's nicht
ständig; wollte viel lieber nach Gregors Hand greifen oder, noch lieber, daß Gregor nach der ihren gegriffen hätte – in aller Öffentlichkeit! –, wollte »Geborgenheit«, »Vertrautheit« und wie derlei langsame Worte auch immer heißen sollten, wollte jedenfalls das, was
Gregor gerade nicht wollte –

was Gregor sich *nicht auch noch* zu wollen traute, wo er doch »vollauf« damit beschäftigt war, seine Phantasien bei sich zu behalten, wo
er doch regelrecht Schmerzen hatte! Ja, mit einer Kristina, vielleicht
sogar mit einer Kosima hätte man – in aller Öffentlichkeit, wohlgemerkt! – Arm in Arm gehen können; aber das durfte, das konnte
man mit einer Tania nicht oder, genaugenommen: das durfte man
nicht wollen. Selbst wenn sie plötzlich stehenblieb und den Boden
bestampfte – was sie, weiß-Gott, des öfteren tat! –, selbst wenn sie
ihn mit beiden Händen an den Schultern packte und tüchtig rüttelte (»Tobi, aufwachen! Wir san doch net in eim von deine Biacha!«
oder »Spinnst'n du oder wos, bitte, glaubst'n eigentlich, wer i bin?!«
oder »Sog amal, host' di bei andern aa so ang'stellt?«), selbst wenn
sie ihm, vor aller Welt, eine regelrechte »Szene« machte, daß er
sich schier verkriechen wollte, nicht-da-sein wollte, ließ sich Gregor letztlich nicht dazu bewegen, den Ernst der Lage zu unterschät-
zen:

»Ist doch nur 'n Spiel, oder?«

Trotzdem betrat er dann hinter ihr
, besitzerstolzgeschwellt, den »Bräunerhof« oder das »Kleine Café«,
und überwachte, wie sie's alle in Sekundenschnelle kapierten bis
zum letzten Sandler, Schachspieler, Pensionisten, wie sie sich beeil-
ten, ihr eine Kaisermelange zu ordern, einen Kleinen Braunen mit
Schlag, und jeder konnte sehen, daß sie mit ihren langgefeilten Fingern[79] nicht nur eine Porzellantasse zu ergreifen wußte, eine Ku-
chengabel, ein Praliné von Demel. Mit *so einer* sollte man sich unterhalten? Wo man doch jeden Moment Gefahr lief, daß einem von

hinten jemand auf die Schultern schlug und gratulierte oder ihm – Gregor wunderte sich, daß es nicht längst passiert war – eine Überraschungssekunde lang in die Augen blickte und dann, indem er sich umdrehte zu seinen Kartenbrüdern am entferntesten Tisch und das Tönen anhob, der ganzen Geschichte ein Ende bereitete: He, alle mal herhören! Sitzt hier doch tatsächlich der kleine Gregor aus Lengerich: der, der nie ran durfte! Der, der nie was hatte mit einer, he, alle mal herschauen! Jetzt glaubt er wohl ernsthaft, sich ungestraft neben *so eine* setzen zu dürfen!

Wie immer, wenn Unbefugte in seine Hoheitsgebiete eindrangen und ihre Universalkomplimente zum besten gaben, würde der große, der gefährliche, ob seiner Sprachgewalt von allen schönen Wienerinnen gefürchtete Gregor binnen weniger Worte zu dem zusammenschnurren, als der er sich im Scherz einst vorgestellt hatte: zum erbärmlichen Stammler, der noch gut bedient war, wenn ihn Tania nicht auf der Stelle mit einem Blick bedachte (»So a Flaschn!«) und verließ. Der noch sehr gut bedient war, wenn sie die ungebetenen Tischherrn so lang verlachte, bis die von allein sich trollten, ganz ohne Prügelei. Der noch außerordentlich gut bedient war, wenn sie ihm anschließend mit ihren schwarzen Fingernägeln langsam! den Hals hochstrich um den Adamsapfel langsam! herum bis unters Kinn und

    ihn mit einem abschließenden Stups ermunterte, »jetz wieda a bißl a intellenteres Gschau« zu machen. Oder gar, kaum zu ertragen, den Kopf an seine Schulter legte und die Augen schloß, in aller Öffentlichkeit.

Mit *so einer* sollte man sich unterhalten? die so langsam blicken konnte, daß man fast ins Schwitzen geriet, die schon hundertmal, mindestens, »was gehabt« und wahrscheinlich auch jetzt noch an jedem Fingernagel zehn weitere hatte, die von Montag bis Donnerstag »ran durften«! Obwohl sie verlobt war oder »verlobt«; was ja wohl nichts andres heißen konnte, als daß … sie auch irgendwann würde heiraten wollen, zumindest »heiraten«, und wenn's ganz deutlich kommen sollte: daß sie auch irgendwann würde Kinder kriegen wollen. Denn davon phantasierte sie in ihren aufdringlich gutgelaunten Hauptsätzen des öfteren, Subjekt-Prädikat-Objekt, und wie

man eine solch beängstigend lebenstüchtige Logik in Anführungs-
zeichen setzte, wußte sich Gregor beim besten Willen nicht vorzustellen.

Mit einem Wort: Er saß in der Falle.

Und mit so einer sollte er
sich unterhalten!? Sollte zumindest so tun, als ob er sich unterhielte? Etwa darüber, daß er's aufgegeben hatte, diesen asketischen
Schiller zu verstehen? Daß er jetzt Balzac las, Stendhal oder eigentlich alles, was sich auf dem Naschmarkt runterhandeln ließ auf 50
Schilling, und daß er nichts, nichts, nichts davon durchhalten konnte bis zur letzten Seite? Wo er doch alles andre von ihr wollte als
Worte, davon hatte er selbst genug, wo er doch alles andre von ihr
wollte als ein Gespräch, wo er doch sehr schnell für sich entschieden
hatte, daß sie dafür schlichtweg zu dumm war – zu dumm, ein einziges Wort auf hochdeutsch rauszukriegen, zu dumm für den Konjunktiv, für Futur II und Plusquamperfekt, zu dumm natürlich für
Metaphern, für indirekte oder gar überösterreichische Rede: zu
dumm wahrscheinlich, um ihre eigne Adresse fehlerfrei zu schreiben! Dermaßen dumm, daß es schon wieder scharf war, vielleicht
auch: dermaßen scharf, daß es schon wieder dumm war; Gregor
wunderte sich manchmal regelrecht, daß sie drei zusammenhängende Sätze über die Lippen brachte.

Aber das tat sie, selbst dreitausend zusammenhängende Sätze waren kein Problem für sie: Bereits-jetzt-warte-sie-auf-September-
wenn-ihre-Mamsch-das-neue-Mon-Chérie-mitbringe-vom-Zielp
unkt[80]-den-gäb's-in-Wiener-Neustadt-nämlich-auch-und-der-irrs
te-Moment-sei-der-wenn-die-Schokolade-am-Gaumen-gerade-so
weit-abgeschmolzen-sei-und-der-Likör-herausflösse-vorausgesetzt
-man-zerkaue-dabei-gleichzeitig-den-Boden-des-Schokoladenman
tels-mit-dem-Aroma-der-vollgesaugten-Kirsche-ja-dann-wisse-m
an-doch-für-ein-paar-Momente-warum-man-bei-der-Mamsch-no
ch-wohne …

Gregor indessen stand nicht auf Mon Chérie, sondern auf After
Eight. Stand darauf, wie sie den Kopf manchmal so komisch schief-
legte und ihn anschaute, *langsam* anschaute, wie sie ihre Hand in die

seine legte mitsamt ihren sämtlichen Fingernägeln, *langsam* hinein-
legte, stand auf ihre Haut, die Wangenknochen, die dunkle Stimme,
die sogar ihren derben Dialekt in eine Abfolge wunderbar fremd an
ihm vorbeirauschender Klänge verzauberte –, Gregor stand nicht
auf Mon Chérie, sondern auf Tania.

Freilich hütete er sich
, mit ihr darüber eine Diskussion anzuzetteln. Nein, mit Frauen, die
nie abzulenken suchten vom Wesentlichen, die nie ihre Kochkünste
rühmten oder über ihren Chef stöhnten, mit Frauen, die in Silbersandaletten und bauchfreien Minikleidern über den Bürgersteig
schwebten, der unter ihrem Schatten lang und länger sich dehnte –,[81] mit Frauen konnte es nicht um Inhalte gehen, das hatte Gregor schnell entschieden, da genügte ein gleichmäßiges Geplätscher
von Worten: In Tanias Gegenwart hieß es lediglich Abwarten und
Almdudler trinken, hieß es lediglich, genau hinzuhören, wenn sie
ihr Zahnarzthelferinnenweltbild entfaltete, auf blinde Flecken darin zu achten für den bevorstehenden Ernstfall, hieß es, vor allem,
sich von der Macht ihres bloßen Aussehens, ihres bloßen Auftretens
zu befreien, indem man, Wochenende für Wochenende, nach
Schwachstellen darin forschte, auf die man den Finger legen würde
im bevorstehenden Ernstfall, hieß es, Fehler zu finden
: in ihren schwarz schummernden Kajal-Augen – die viel zu ver-
    gnügt beständig blitzten;
: auf ihrer Haut – die viel zu braun schimmerte;
: in ihren nachtschwarzen Haaren – die erstens extrem unblond und
    zweitens ganz sicher gefärbt waren;
: auf ihren permanent glänzenden, permanent leicht geöffneten Lip-
    pen – die Sätze, Sätze, Sätze formulierten …
»Tobi, du hörst ma gar net zu«, unterbrach sie sich nicht selten
selber, und dann würde's solch Unerträglichkeiten wie »Tobi, i wü
um maaner söibst wüen geliebt werdn«, »Ach da Herr Student! Tuat
so, als ob a die Weisheit mit'n Löffe gfressen hätt!« oder »Waaßt',
Tobi, wann i di net so siaß findn tät, nacha hätt i di scho längst!« und
dreitausend weitere Unerträglichkeiten zu hören geben, auf die man
beim besten Willen nichts antworten konnte – noch dazu, wenn

147

man sie dabei ansehen mußte. Tania ihrerseits schaute ihm, wie sagt man? prüfend in die Augen, schüttelte den Kopf:

»Sag amal, du stehst woi nimma auf mi, seit ma valobt san?«

Aber da mußte sie selber lachen.

Denn natürlich gab's noch
die Nächte, gab's die Nächte natürlich, die Nächte. In denen Gregor all das vergaß, was er sich tagsüber einredete, gab's die Nächte, in denen er überhaupt alles vergaß, die Nächte voll von Sandelholzgeruch, von Haut und Haar und hundert ungeflüsterten Sekunden. Selbst wenn Tania längst wieder ihr flanellnes Nachthemd übergestreift und sich in seine Arme gekuschelt hatte – und das war leider nie zu verhindern, im Gegenteil: als es Dezember wurde und sich die Probleme mit dem Ölofen nicht länger beschönigen ließen, bestand sie sogar auf einem wechselnden Paar Schafwollsocken, das ihr die Mamsch, so wenigstens stellte sich Gregor das vor, von Woche zu Woche hinterherstrickte – selbst dann! wenn Tania zusammengewickelt neben ihm lag, es fehlten gerade noch die Handschuhe und die Pudelmütze, gingen die Nächte in seinem Kopf weiter, die Nächte natürlich, die Nächte, über die sich Ecki zu vorgerückter Stunde, nach viel Gelächter über Johns unterösterreichische Liste, die seit Carols Fest verschwunden war und akkurat an jenem Abend erneut auftauchte, da wir mal wieder über der unsern, der überösterreichischen, zusammensaßen: allerdings bloß als weißes Blatt Papier, auf dem die zwei trennenden Striche säuberlich mit Lineal gezogen – wo waren wir stehengeblieben? Beim Gelächter und den vielen Vierteln, die Ecki schon intus hatte, als er jäh aufhörte, sich die Schuppen aus den Haaren zu schütteln, und nach Tania fragte:

»Wie ist sie denn so, *erkenntnis*theoretisch?«

»Och, weißt du«, blähte sich Gregor in seinem Ohrensessel, »sie ist eher, wie soll ich sagen, eher erkenntnis*praktisch*.«

Wieviel Punkte sie eigentlich erreiche? wollte Ecki zumindest wissen: auf der Hundert-Punkte-Liste-für-den-heiratswilligen-Jungerpel?

Als ob man die auf solche Frauen anwenden könne! rügte Gregor: Die seien doch völlig jenseits aller Listen!

148

Denn peinlich war ihm die ganze Geschichte
nach wie vor, am besten, sie fand unter Ausschluß der Öffentlichkeit
statt, am zweitbesten, die Öffentlichkeit war so breit, daß man sich
darin verstecken konnte: im Südbahnhof, wenn Tania aus dem Frei-
tags-, dem Samstagszug herausstieg und mit ihren Stiefeletten die
ganze Halle in ein silbernes Licht tauchte. Hinter den Grabsteinen
des Zentralfriedhofs. Auf einer abgelegnen Parkbank in Schön-
brunn, einem Spazierweg durch den Wienerwald, am Rand eines
Spielplatzes, nachdem der letzte Vater mit dem letzten Knirps da-
vongezogen war. Zwischen den Buden im Prater auf dem Riesenrad,
während man wartete, daß Silvano fertiggeduscht, daß Carol ihre
getüpfelten Unterhosen zum Trocknen über die Türklinken ge-
hängt, daß John sämtliche Doppler, die noch vom Fest im Flur rum-
standen, nach Etiketten geordnet hatte…
Denn peinlich war Gregor die ganze Geschichte nach wie vor,
schließlich stand sie in krassem Widerspruch zu allem, was er die
vergangnen Jahre verkündet und was er selber versucht hatte zu sein:
Tania, es ließ sich leider, obwohl man's jeden Morgen, Mittag,
Abend aufs neue versuchte, es ließ sich leider nicht leugnen, Tania
war kein Mädchen, sondern eine Frau – hätte er sich *öffentlich* für sie
entschieden, wäre das einer krassen Kehrtwendung gleichgekom-
men, einer Widerrufung seines realidealistischen Programms, seines
restromantischen Weltentwurfs. Tat er's aber nicht (und natürlich
tat er's nicht, damit er wenigstens wochentags weiterhin in gesi-
cherten Verhältnissen leben konnte), so hieß es ab Freitagabend ab-
zutauchen, hieß es Ausreden zu ersinnen und zeitaufwendige Um-
wege. Manchmal, wenn er sich mit Tania solcherart, von Beisl zu
Beisl, immer näher herangewartet hatte an die Florianigasse 46,
wollte er sie am liebsten prügeln vor lauter sogenannter Lust; und
weil er kein Lederarmband mehr hatte, beschnüffelte er sein Handgelenk. Tania, es ließ sich zum Glück nicht ändern, war kein Mädchen, sondern eine Frau.

Spätestens dann
war er ihr wieder ausgeliefert, verlor all das an sie zurück, was er mit
Hilfe des Satzbaus in den Stunden zuvor gewonnen hatte, vermeint-

lich gewonnen hatte; denn daß ihn Tania als »Sprüchlklopfa« nicht sonderlich ernst nahm (»Tobi, drück di net imma so mariniert aus!«), ja, daß es im Grunde *sie* war, die sämtliche Treffen arrangierte und nach Belieben platzen ließ, daß *sie*'s war, die ihm ihren Rhythmus aufzwang und ihn auch tagsüber völlig in der Hand hatte: das bekam Gregor gar nicht mit.

Bekam bestenfalls mit, daß »das Leben« womöglich nichts andres war als eine Serie von *Erkenntnis*prozessen, und daß es nichts Erlösenderes gab als den Moment, wo selbst die schnellsten Worte sich auflösten in ein, wie sagt man? Gestammel. Ob er allerdings, unhörbar leise lediglich zu denken, »Manns genug« war, das auf Dauer durchzuhalten?

Denn Tania schien sich ja geradezu in den Kopf gesetzt zu haben
, ihrem Tobi-Tobi-Tobi in schonungsloser Direktheit den letzten Rest an Kindheit auszutreiben, schien, zumindest während der wesentlichen fünf oder zehn Minuten des Freitags, des Samstags, alles andre war sowieso nichts als Ablenkungsmanöver, schien ihm ein Tier mit sieben Zungen und zwölf Beinen, und nichts von dem, was sie dann tat, wenn sie's tat, haftete auch nur der Hauch des Verbotnen an, des Verderbten: Nein, sogar in ihren raffiniertesten Verkrampfungen schien sie die reine Natur, wohingegen Gregor – immer Gregor blieb. Immer Gregor blieb, der sich am liebsten so schnell wie möglich aus der Affäre und auch gleich wieder angezogen hätte, wo eine Tania noch nackt durch die ganze Wohnung – und eines Samstags Silvano in die flinken Finger lief, der plötzlich hinter Ann durch den Flur huschte (dabei war Ann doch am Vorabend mit John nach Salzburg abgefahren: Man verstehe die Welt!).

Tania. Selbst wenn sie ihre Tampons, Slip-Einlagen, Pillen-Packungen sonstwo rumliegen ließ, tat sie so, als sei das völlig normal, ja, sie stampfte widerwillig auf den Boden, daß es jeder in der ganzen WG, ach was, jeder im ganzen Haus mitbekommen mußte: wie ihr Gregor klarzumachen suchte, daß es das eben nicht sei, sondern höchst, höchst unnormal! Und daß man sich dafür und überhaupt für alles, was damit zusammenhing, im Grunde schämen müsse, daß man derlei noch nicht mal beim Namen nennen, geschweige überall liegenlassen könne, daß man – aber wie hätte *so eine* wie Tania das verstehen können! Verstehen, daß man »für all das« eine neue, eine überösterreichische Sprache erfinden mußte, um wenigstens seine ärgsten Bedürfnisse unter arglosen Worten zu verbergen, Abteilung Unaussprechbares:

- Nase (das Wort verdankte man Laurence Sterne): jemand an der Nase herumführen, die Nase über jemand rümpfen/gestrichen voll haben, Nasi-goreng!
- Ohrensausen, Ohrenschmaus: jemand in den Ohren liegen, das Fell über die Ohren ziehen, sich die Nacht um die Ohren schlagen, Ohrenschützer!
- Die Mupfel, das feuerrote Fliwatüt
- Ich glaub, mein Schwein pfeift …

… undsoweiterundsofort; wenn er eine jener Formulierungen allerdings versuchsweise in den Mund nahm, schaute sie ihn lediglich schief an und verkündete, er sei »hoit doch a recht a Siaßa« oder, noch schlimmer, lachte mit ihrem ganzen Körper.

Wie sollte man dermaßen viel Frau aushalten? Wo man doch erst 21 war und sich nach einem Mädchen sehnte. Wenn nicht gar: nach einem zweifarbig blühenden Baum.

Das ging einige Monate

so hin. Das einzige, was sich ansonsten tat – abgesehen davon, daß Gregor mal zum Abschied eins seiner Regalheiligtümer in Tanias Hand drückte, die Spieluhr, auf der man die ersten Takte der »Kleinen Nachtmusik« herunternudeln konnte,[82] und Tania ihm um den Hals wortlos fiel und dort auch eine ganze Weile blieb –, das einzige ansonsten, was Gregor die Semesterferien über tat: Er empfing einen Brief von Max – da hatten sie diesen Ponto von der Dresdner Bank längst umgelegt,[83] da hatten sie, sozusagen als Ausgleich, auch einen Herrhausen von der Deutschen Bank entführt (erstaunlicherweise aber lebend wieder rausgerückt) –[84] und er beantwortete ihn. An einem Montagvormittag, während er völlig benommen noch war vom Wochenende und sich sehr bemühen mußte, den Namen Tanias wenigstens aus jedem zweiten Satz rauszuhalten. Und den

Freiraum zu füllen mit Überlegungen zur Frauenformel, an der sie in ihren Briefen wechselweise feilten, zumindest mit dem Ersten Florianischen Gesetz:

»FP = (VE + 10E + 10I) · 1/t + (5A + K/G + GE) · 10/t + GM · t«[85]

Max schrieb sofort zurück, kündigte seinen Besuch an – und diesmal klang's so, als meine er's tatsächlich ernst:

»Das muß ich selber sehen. Du scheinst ja bereits auf dem Zahnfleisch zu leben.«

Erst einmal kamen freilich
Gregors Eltern, um zu überprüfen, inwiefern ihr Einziger die monatlichen Zuwendungen in Seminarscheinen angelegt hatte; weil sie das aber am Freitag, den 25. November, taten, hatte die Uni einen Skandal und Gregor endlich eine erste Ahnung davon, daß die Tage irgendwann zu Ende sein könnten, die Tage, die nur aus Musik bestanden und aus überösterreichischem Gelächter: Alle Veranstaltungen fielen aus, da sich im Lauf des Vormittags die Nachricht verbreitete, der alte Palmers sei entführt worden und auch zwei Theaterwissenschaftler hätten ihre Hände dabei im Spiel gehabt. Eine Hörerversammlung wurde einberufen, um *Solidarität* zu bekunden und zwei bis drei *Resolutionen* zu verabschieden.

Das heißt: um zu diskutieren, *mit wem* man sich solidarisch erklären wollte und ob's eine Grußbotschaft an die Entführer nicht auch täte.

Um zu diskutieren, ob Resolutionen überhaupt das geeignete Mittel seien, das es in einem derartigen Fall zu ergreifen gelte.

Um zu diskutieren, ob man dem, der »so an hirnrissigen Scheiß grad verzapft« hatte, nicht das Stimmrecht entziehen müsse.

Um zu diskutieren, ob man weiterdiskutieren solle.

Um abzustimmen, ob man darüber abstimmen solle.

Nein! meldete sich Gregor zu Wort: Erst müsse *diskutiert* werden, ob man darüber abstimmen solle. Und wollte damit sagen: He ho! Tania trägt Unterwäsche von Peter Palmers – oder gar keine.

Prompt mahnte Walle den »sittlichen Ernst« an, der Genosse möge sich doch, höchste Zeit, der *bestehenden Herrschaftsverhältnisse* bewußt werden, wiewohl er, Walle, der gebürtige Stuttgarter, nicht etwa bloß *irgendwo* befriedigt, sondern auch *betroffen* darüber sei, daß der Terror nunmehr sogar im windgeschützten Wien Einzug halte …

»Du, das macht mich jetzt ganz traurig«, maulte der Genosse. Dann wurde abgestimmt.

Und von seinen Eltern
, die abends mit ihm »in die berühmte Oper« gehen wollten, konnte Gregor natürlich auch nichts andres erwarten als Elternhaftigkeit: Wieso er sie denn belogen? und in sechs Semestern lediglich sechs Scheine gesammelt habe? Ob er den Rest der Zeit etwa beschäftigt gewesen, von all seinen schönen! Hemden die Krägen abzuschneiden? Ob er's wohl besonders originell finde, die Krägen an die Wand zu nageln? und lauter Ts in seine schöne! Schreibtischplatte zu schnitzen? Ob er sich mit dieser Armeejacke wirklich angemessen gekleidet fühle für »Die Macht des Schicksals«; warum er denn derart nach Zigaretten stinke und, wenn sie's ihm offen sagen dürften, auch nach Bier? Was nichts weiter heißen sollte als: So werde er's nie zu was bringen, wann er denn gedenke, »gedenke«, sein Studium endlich abzuschließen?

»Ihr sagt es!« schrie Gregor, daß es durchs Stiegenhaus hallte, »am liebsten nie!«

Bis er merkte, daß seine Eltern am Treppenabsatz stehengeblieben waren, um sich eine kleine Verschnaufpause zu gönnen: zwei verschreckte Gestalten, die viel lieber mit dem Lift gefahren wären; bis er begriff, daß sie gar nichts, gar nichts gesagt hatten zuvor, da katzbuckelte ihnen der Kreuzberger entgegen:

»Küß die Hand, gnä' Frau«, nahm er kurz Haltung an und lupfte seinen fröhlichen Hut: »Gratuliere zum prächtigen Dschunior, Herr Direkter.«

Dabei war der »Herr Direkter«
nach wie vor bloß *stellvertretender* Direktor. Kaum daß er wieder abgereist war samt Gregors Mutter, die kein einziges Mal an jenem Wochenende rumgemuttert hatte, setzte sich Schattschneider jun. an seinen Schreibtisch. Nachdem er ein dreiundzwanzigstes T hineingeritzt hatte, dermaßen lange ging das also schon hin, stand er

auf. Maultrommelte ein wenig, dachte sich sein Sprüchlein – »Ich muß ich muß ich muß!« –, setzte sich erneut hin und schrieb:

»Tania, leider hast du diese Wangenknochen, auf die ich abonniert zu sein scheine, seitdem ich sie vor hundert Jahren bei einer gesehen habe, die Larissa hieß, kann sein, daß ich die mal erwähnt habe, weil – na, egal. Ich gebe zu, daß du irgendwie der Vorbote einer neuen Zeit sein könntest, einer Zeit ohne Rockmusik und ohne Diskussionen darüber, ob weiterdiskutiert oder abgestimmt werden soll. Einer Zeit ohne ›Ästhetische Erziehung‹ – die widerlegst du ja bereits durch ein einziges ›Phhh‹.

Ich gebe sogar zu, daß du eine Antwort bist, eine unüberhörbare, unübersehbare Antwort auf das, was ich mich seit ein paar Jahren gefragt habe. Allerdings weiß ich nicht, ob ich die Antwort überhaupt schon will, und wenn ja: ob ich sie aushalte.

Manchmal beneide ich Ecki darum, daß er eine Freundin hat, die nicht alles ›beantwortet‹, was er sich so fragt, die auch einen simplen Kuckuck in der Uhr hat (und keinen Kolibri) – ich wünschte, ich hätte *so eine*!

Es ist mir indes klargeworden, daß du niemals das werden kannst, was die Angie seit je für ihn ist, und deshalb wär's wohl das Beste für uns beide – «

An dieser Stelle
zerriß Gregor den Brief, nahm ein neues Blatt und schrieb:

»Ach, Tania, wenn ich an den Gecko denke, der neulich, vor dem Hundertwasserhaus[86], mitten auf dem Trottoir einen Kopfstand vor dir machte, und alle standen um uns rum, weil sie – gleichfalls am liebsten kopfgestanden wären, dann verstehe ich, warum du keine einzige Freundin hast.

Genau das allerdings ist es, was auch mich stört: So viel Frau, so viel *öffentliche* Frau ist einfach zuviel, weißt du, das erinnert mich an eine Larissa, die ich als Schüler absolut heiß fand, wahrscheinlich aber nur deshalb, weil ich's nie aushalten mußte, neben ihr durch den Volksgarten zu gehen oder in die »Gärtnerinsel« oder vielmehr: mit ihr.

Liebe Tania, ich habe lange hin und her gebrütet und bin zu dem Schluß gekommen, daß es wohl das beste wäre – «

An dieser Stelle

zerriß Gregor den Brief, nahm ein neues Blatt und schrieb:

»He, Tania, ein Wochenende ohne dich ist kaum durchzuhalten, alles in mir reimt sich auf Gut und Böse – aber ob ich in dich, wie sagt man? verliebt bin, bezweifle ich deshalb nicht weniger. Weißt du, mein Ideal ist ganz blond und zurückhaltend und ziemlich unerreichbar; wenn ich dagegen an dich denke

(und an die Kosima, nur zum Vergleich – mein Gott, hat die sich angestellt!)

, dann frage ich mich schon seit einiger Zeit: Wieso bist du eigentlich so professionell, das muß doch seine Gründe haben??! Mit welcher geradezu, Pardon, zielstrebigen Rücksichtslosigkeit du die Dinge anpackst, das lernt man doch nicht im Kommunionunterricht! So *dermaßen* zielstrebig, *dermaßen* zielsicher, daß man sich im Grunde hassen müßte: weil man sich ständig vorstellt, wann man wieder, wie man wieder –«

An dieser Stelle

zerriß Gregor den Brief und ging, nein: hastete, nein: rannte zur nächsten Telephonzelle. Tatsächlich war sie zu Hause (was hatte das nun wieder zu bedeuten? Egal!) und es wurde – nach einigen schwierigen Minuten, in denen Tania über alles mögliche reden wollte, bloß nicht über das, weswegen er angerufen hatte – wurde ein ganz elephantöses Gespräch, das sämtliche Schillingstücke verschlang, derer Gregor habhaft werden konnte, »habhaft«:

Am Freitag! würde sie … na gut, ihm zuliebe würde sie … sie würde ihn »mit aaner Straußnfeder karessiern oder mit die Spitzln von meine Hoa«, sie würde sogar »a Glaserl Schampus schlürfn, ausnahmsweis«, aber bloß, um ihn dann »abz'bussln mit'n voin Mund«, sie würde … würde-ihren-kleinsten-Slip-anziehen-um-ihn-bereits-auf-dem-Bahnsteig-vor-allen-Leuten-auszuziehen-und-

-noch-auf-dem-Bahnsteig-würde-sie-

-und-später-»auf-d'-Nacht«-würde-sie-ihn-mit-ihrem-Sandelholzöl-massieren-und-weil-sie's-ja-schon-ein-wenig-komisch-fände-daß-er-ständig-nur-an-»so-was«-dächt

e-und-obendrein-der-Meinung-sei-*sie*-tue-das-auch-oja-und-weil
-sie's-*noch*-ein-wenig-komischer-fände-daß-man-mit-ihm-nie-ein
-ernsthaftes-Gespräch-darüber-führen-könne-würde-sie-die-Gele
genheit-nützen-und-ihn-zur-Rede-dabei-stellen-ohne-

»Du, apropos Slip«, fiel ihr Gregor schnell ins Wort: »Ist dieser
Palmers eigentlich inzwischen frei?«[87]

Zu der Zeit, da der Brüller
in der kleinen Parkanlage zwischen Kunst- und Naturhistorischem
Museum stand und sich mit seinen langgezognen Schreien Erleichterung verschaffte; im Jänner also, da's *richtig* Winter wurde und
richtig unerquicklich mit Gregors Ölofen; genaugenommen *Ende*
Jänner, da ganz Wien für ein paar Tage von einem Hauch aus
Schneekristallen beknistert war und Gregor mit dem Gedanken
spielte, die Chwapil Kosima, sozusagen als Ausgleich zu Tania und
ihren zu befürchtenden Seitensprüngen, als kleines prophylaktisches
Trostpflaster für die ins Haus stehenden Entdeckungen: wieder mal
███████████████, doch dann sehr schnell merkte, daß sie jede Art
von Tätlichkeit fehlinterpretierte als Liebesbeweis; zu der Zeit demnach, da er seine Finger von der Kosima zurückzog und auf der Morawa Franzi plazierte: ab & zu bloß und unter der Woche bloß und
an solchen Wochenenden bloß, wo ihn Tania sowieso versetzt hatte
vertröstet, und *nur so*, zum Abschluß etwa einer Prallhauserei und
völlig unverbindlich; da kam's zu einem ersten ernsteren Zwischenfall.

Zum Glück nicht im »Baron Dravnidschek«, denn Gregor handelte sich damit Lokalverbot ein.

Sondern in der »Gärtnerinsel«
, dem Beisl am Naschmarkt, wo sich die Billigesser trafen, die meist
in Personalunion auch Billigtrinker waren und zum erheblichen Teil
Billigraucher, dem Beisl, wo's die richtige Musik gab und richtig
dicke Luft und Holztische mit Bierlachen drauf – dem Beisl, mit
einem Wort, wo sich die sogenannte Szene traf und, seitdem Gregors Samstagstouren wegen hemmungsloser Anderweitigkeit ausge-
setzt waren: wo immer häufiger dieser »piefkinesische Baby-Oasch

mit Ohrwascheln« auftauchte, der sich so herrlich Mühe gab, er-
wachsen auszusehen, und an seiner Seite jedesmal »a vadammt stei-
la Zahn, i glaub, mi laust a Döiphin!« der ihm längst schon »zogn
ghörat, dem Nullkommajosef-Brunzer, hearst'? Naa, ned da Döiphin!«
Der Tischherr des Tages, der mit derlei direkten Beschimpfungen
um Tania, wie sagt man? buhlte, schien deutlich über dreißig und
daher sowieso suspekt. Weil er sich allerdings mit einem schmalen
rostroten Lederschlips
Lederschlaps
Lederschatapalaps
geschmückt hatte, war's ganz eindeutig: der Uhren-Dieter, der Uhren-Dieter! Oder jedenfalls: sein Doppelgänger, der zwar ebenso
deutlich nach Nannerl[88] stank wie das Original, im Gegensatz zu jenem aber pausenlos redete, ein regelrechter Lippenfürst, außerdem
ließ er mit keiner Silbe durchblicken, daß er Gregor kannte! Sondern hatte's sehr wichtig mit Der-Kampf-geht-weiter und Prost-
auf-die-Märtyrer-von-Mogadischu und: »Buback, Ponto, Schleyer –
da nächste is a Bayer«,[89] wobei er dermaßen vorwandlos an Tania
herumschnüffelte, daß dies allein schon Anlaß genug war. Gregor,
dem sich in solchen Situationen nach wie vor das wirkende Wort
versagte, Gregor saß heute doppelt verwirrt neben dem Gang der
Ereignisse: Ob der Uhren-Dieter hier nur eine Show abziehen und
sich in dem Moment, wo man drauf reinfiel, die Schenkel beklopfen
wollte? Oder ob's ihm, schlicht & ergreifend, um dasselbe ging wie
all den Tischherrn vor ihm, nach ihm?
Immer wieder Fragen, die man nicht stellen konnte, immer
wieder Fragen, die sich Tania nicht im geringsten stellte, die Tania
nicht im geringsten davon abhielten, sich eine Oktave höherzula-
chen.

Und zwar auf
, wie's wohl hoffentlich keinem entgangen war, auf extrem dämliche
Weise! So daß Gregor den Uhren-Dieter fast vergaß, so daß Gregor
ganz fundamental fremd und böse wurde und die Gelegenheit nutzte, um sich mal wieder zu versichern, wie dumm seine sogenannte

Verlobte war: dumm wie Brot, wie Blumenerde, wie ein Pfund Fa-
schiertes, wie die Straßenverkehrsordnung, wie eine rote Ampel am
Gürtel[90] nachts um halb drei, dumm wie ein Lymphknoten, ein
Hydrant, ein Guglhupf, zu dumm, um einen Wecker zu stellen, um
aufrecht am Boden zu stehen, um sich in der Nase zu bohren,
dümmer sogar als die Trixi, der Poldi, der Uhren-Dieter, dieser voll-
trunkne –

– wie bitte? Wagte's der tatsächlich, seinen neuen Feind
um eine Flirt anzuschnorren? um Feuer anzuschnorren? Wagte's,
indem er ihm den Rauch voll ins Gesicht blies, ein Gespräch anzuzetteln: über »die Jugend von heute« und daß das alles kleine ange-
paßte Feiglinge seien, mit denen kein Fliegenschiß mehr zu gewinnen sei?

Aber ja, der meinte *ihn*, meinte den großen Schattschneider
(ohne freilich noch immer die leiseste Andeutung gemacht zu haben, daß er ihn kannte), meinte den gefährlichen Schattschneider,
der sich mit Mühe beherrschte, nicht an seinem leeren Handgelenk
zu drehen.

Solche Schlaffis wie er, so der Uhren-Dieter bzw. sein Double, die
wüßten gar nicht mehr, wie ein ordentlicher Molotowcocktail geba-
stelt werde! Wenn sie eine typische Handbewegung machen sollten,
ha, dann zeigten sie nicht etwa das *Peace*-Zeichen, wie sich's für einen aufrechten Linken zieme, sondern zwei ausgestreckte Zeigefinger, haha: den Doppeldruck auf *Record*- und *Play*-Taste, oja, solche
Schlaffis wie er.

Na bravo, das war's. Herr Schattschneider stieg wortlos auf, besorgte sich an der Theke eine schöne lange spitze scharfe Schere und
schnitt dem Uhren-Dieter die Kehle durch.

Nun! Dann eben die Krawatte; und auf dem Nachhauseweg
, kaum daß er zwei rote Ampeln überfahren hatte, zwei *dunkelrote*
Ampeln, und wer-weiß-was als nächstes überfahren hätte, kaum
daß Tania angefangen hatte, ihm Sätze, Sätze, Sätze an den Kopf
zu werfen (er-solle-ihr-nicht-immer-Sachen-unterstellen-die-man-
ihm-Tobi-ihm-wahrscheinlich-unterstellen-müßte-wenn-er-an-ih-
rer-Stelle-wär-denn-für-Szenen-wie-die-vorangegangne-könne-*sie*

-schließlich-am-allerwenigsten-das-Problem-liege-vielleicht-an-ih
m-Tobi-ihm-Tobi-ihm-in-solchen-Situationen-würde-sie-ja-nicht
-gerade-ein-Feuerwerk-an-Blödsätzen-von-ihm-erwarten-aber-we
nigstens-mit-einem-Gestammel-könne-er-sie-doch-unterstützen-
da-), bekam er eine blinkende Kelle zu sehen –

»Sag mal, Tania, sind das nicht die Bullen?«

– und eine Vollbrem-
sung später die Herrschaften Ordnungshüter höchstselbst. Die sich
sehr wunderten, daß er noch nicht mal eine Fahne hatte.

Als die beiden jedoch Ernst machten mit der Ordnung und dem
Hüten und dem Einfordern aller Art von »Papieren«, »weil die
Österreichische Straßenverkehrsordnung, bittschön, auch für deit-
sche Autofohra a Geltung hat«, mußte Gregor feststellen, daß man
ihm in der »Gärtnerinsel«, wohl während des Gerangels mit dem
Uhren-Dieter, der zumindest das abgeschnittne Schlips-Ende zu-
rückhaben wollte –, daß man ihm die Brieftasche aus dem Parka ge-
stohlen hatte: und mit ihr Paß, Führerschein, sämtliche Bibliotheks-
ausweise – »soso, des G'schichterl kenn ma. Dann vielleicht
wenigstens des gnä Fräun?«

Wie's Tania fertigbrachte, all die Eindeutigkeiten der folgenden
fünf Minuten mit freundlichem Lächeln zu überhören, wie sie's
schaffte, ihren »Verlobten« mit matten hundert Schilling auszulö-
sen, das überstieg dessen Menschenkenntnis um ein beträchtliches.

»Dreiundzwanzig und scho so a aus'kochts Luder«, zoteten sie
schließlich augenzwinkernd ab, »müss' ma des net auch mit am
Geldstraferl belegn, Schurli?«

Dreiundzwanzig? Gregor gab Gas. Dreiundzwanzig? Da sich die
Herrschaften bei der Lektüre von Tanias Daten jedoch ausgiebig
Zeit gelassen hatten und folglich kein Grund zur Annahme bestand,
sie hätten nur irgendwas dahergeredet: wußte Gregor seit diesem
Moment, daß es der Auspuff wirklich nicht mehr lange tun würde.
Vielmehr: daß ihn Tania die ganze Zeit belogen hatte.

»Tobi, bitte, schau mi net so an. Is eh nur a Joahr. – A Joahr und
drei Monat, o. k.«

»Tobi, hob i da eigentlich scho gsogt, daß i di total siaß find? Du bist
da aanzige Mann – o. k., da aanzige Bursch, für den i aafoch ollas –«

»Aafoch ollas!«

»Tobi, vastehst', i dät sogoa mit dir z'sammziagn, wann'st wüst, i würd di sogoa –«

»Gregor, sag endlich was!«

Kaum war er wieder allein

, nagelte Gregor den halben Schlips an die Wand, nicht ohne ihn vorher ausgiebig zu beschnüffeln und weil heut Sonntag war. Nein: obwohl heut Sonntag war und der Kreuzberger Otto nie mehr geklopft hatte seitdem.

Hinter der Wand wartete die große Fermate, nicht mal ein Kukkuck rief übern Hof.

Kaum war's Montag

, hüstelte die Hermine aber wieder kräftig drauflos und: tauchte vor der deutschen Botschaft ein verdächtiges Subjekt auf, das sich nicht ausweisen konnte – deshalb sei's ja hierhergekommen! – und trotzdem einige Wachtposten zu überzeugen suchte, daß es weder Sympathisant war noch harter Kern.[91] Seit wann, erdreistete sich das Subjekt und fragte zurück: seit wann werde der Staat denn »mit einem derartigen Aufwand an Bullerei« gegen die geschützt, die mit ihm was zu regeln hätten? Ob diesmal der deutsche Botschafter entführt worden wäre? entführt werden solle? Oder ob man sonstwas verpaßt hätte?[92]

Gern hätte sich Gregor mit einem möglichst nasal intonierten »Gestatten: bin der Bundesbeauftragte für Datenschutz!«[93] vorgestellt, als er im Windfang des regelrecht abgeriegelten Gebäudes zum wievielten Mal seine »Papiere« vorzeigen, als er, ersatzweise, die Geschichte der geklauten »Papiere« erzählen – und schließlich auch seine Hosen runterlassen sollte: um zu beweisen, daß er zwar ein verdächtiges Feuerzeug, aber keine Zündschnur dabeihatte.

Zum zweiten Mal stieg da jedoch die Ahnung in ihm auf, daß die goldnen Jahre wohl an ein Ende gekommen waren, und er hielt seinen Mund.

Den Rest des Tages lehnte sich Gregor ins Fenster
, sah dem Zabransky Leopold zu, wie er samt Schraubenzieher auf die Uhr losging, sah der Smejkal Emilie zu, wie sie ein kleines Windrad in ihren Blumenkasten steckte, und sinnierte über die Tatsache, daß diese Woche das Wintersemester zu Ende ging: Nicht mal zur »Theorie der Aufklärung II« konnte man eine abgabefähige Seminararbeit improvisieren. Würde folglich keinen einzigen Schein erwerben. Mußte aber trotzdem in Lengerich anrufen, um sein »schrecklichs Mallör« zu beichten, mußte eine telegraphische Geldanweisung erbitten. A Drama. A Katastrophn.

Und das alles wegen einer Frau, die morgens eine halbe Stunde brauchte, um sich das Gesicht bunt einzufärben, einer Frau, die dabei von »Dalli-Dalli« schwärmte und von Elton John und dem Baby irgendeiner Nachbarin und von Snickers und ihrem Hund(!) und Robert Redford und einem »Häusl im Grünen« und dem Fernsehorchester, »vom Karajan diktiert«[94], und ihrem Traum, einmal im Leben, einmal nur, auf dem Opernball zu tanzen –, das alles wegen einer Frau, die völlig indiskutabel war! Völlig indiskutabel, selbst in erkenntnistheoretischer, in erkenntnispraktischer Hinsicht, oja, selbst in der!

Allein das Schlimmste, die tödliche Beleidigung: Älter war sie nun auch, ein ganzes Jahr und drei ganze Monate! Erdreistete sich, ihn »süß« zu finden, sprich: putzig, niedlich, harmlos, ungefährlich, völlig unbedeutend! Sogar ihre »hoch- und heiligg'haltne Freiheit« würde sie für ihn aufgeben – ob sie ihn mit solchen Sätzen in Sicherheit wiegen wollte? Sogar zusammenziehen würde sie mit ihm: Gut, daß er das gleich kategorisch abgelehnt hatte.

Gut, daß er *alles* kategorisch abgelehnt hatte; Gregor setzte sich an die Checkliste-für-den-heiratswilligen-Jungerpel, kam im ersten Durchgang mit viel gutem Willen auf 29 Punkte, was ihm sehr schmeichelhaft erschien für *so eine* und demzufolge ein Mangel der Liste. Beschloß dann im Alleingang, für die Beantwortung jeder Frage nicht nur eine positive, sondern auch eine entsprechend negative Maximalzahl festzulegen.

Und kam damit auf minus 18.

Es wurde Zeit, daß dies alles ein Ende nahm.

Bis es soweit war

, mußten wir uns allerdings noch ein paar weitere Bombenanschläge gefallen lassen, bis, sagen wir, 16.2.1979. Fast ein ganzes Jahr; und
als es dann soweit war, hätte Gregor alles gegeben, um …

… sogar den
kleinen Zettel hätte er ihr gegeben, den kleinen Zettel, den er am
30. April beschrieb mit lauter langsamen Worten, am Tag nach dem
»Ersten Wiener Stadtfest«: den Zettel, den er seither – als Talisman?
als letztes Argument, wenn's schließlich soweit wäre? – mit sich
rumtrug in der Hosentasche. Und den er trotzdem nie hervorkramte im entscheidenden Moment.

Der 29. April jedenfalls

begann ganz scheinheilig mit einer Nachmittagsvorführung von
»Saturday Night Fever«[95], begann mit Herrn Schattschneiders hartnäckigen Versuchen, Tania durch seine Schwärmerei von diversen
weiblichen Nebenrollen klein oder wenigstens kleiner zu kriegen.
Wobei's wieder mal bei den Versuchen blieb. Tania ließ sich ihre
gute Laune einfach nicht verderben, im Gegenteil: sie amüsierte
sich über ihn, *über ihn*; und als ihn das nur zu immer entlegneren
Fremdwörtern greifen ließ, machte sie ihm – mitten im Kino, in aller Öffentlichkeit! – eine deutliche Szene: *Dermaßen* dumm, wie er
sie gern hätte, sei sie zwar noch nicht, wolle aber versuchen, es ihm
zuliebe zu werden. Einige Sport-Gummis[96] später jedoch legte sie,
aus unheiterstem Himmel, die Hand auf seinen Arm und, während
sich Gregor noch sehr intensiv für sie schämte, auch den Kopf an
seine Schulter!

Als sie sich dann durch die Menschenmassen gewühlt hatten,
mitten im Ersten Bezirk, wo bislang allenfalls der Brüller ein Echo
aus den K.u.K.-Hausfassaden herausgelockt hatte, als sie sich bis
fast zur Bühne vorgerempelt hatten vorgerüpelt, um dort Ecki (mit
Angie) und den Poldi (ohne Felizitas) und die Sperl Theres (mit ihren Ohren) und den Möslacher Ferdl (an der betintenklecksten
Hand, sieh an, der Boruta Trixi) zu treffen, war das »Erste Wiener
Stadtfest« schon in vollem Gange: *XTC* und *Professor Nuts* hatten
sie bereits verpaßt, von *Bounty Killer* bekamen sie noch die Ab-

schlußnummer mit und wie sie ihre Instrumente dabei zerlegten –, Ecki zupfte ein wenig Luftgitarre und Gregor bewies es uns zum hundertsten Mal, daß er viel lieber Schlagzeug gelernt hätte als »Theorie der Aufklärung III«.

Während die Bühne umgebaut wurde für *Immanuel Cunt*, den Haupt-Act der Veranstaltung, während wir andern uns auf die K.u.K.-Pflastersteine niederließen und Eckis kritische Betrachtungen über Nutzen und Nachteil von Open-air-Konzerten aussaßen, Eckis kritische Betrachtungen über die Wiedergeburt des Rock aus dem Geiste des Punk, zog sich der Poldi einen Joint rein und war auf der Stelle *high*. Oder spielte's geschickt vor, um sich desto direkter an Tania ranzumachen:

»Scheiß mi an, da 77er von Untersiebenbrunn haut wieda voi rein, eins-a, des Zeig kannst glatt nach Tanger exportiern...«

Eins-a war's dann sicher auch
, wie der Frontmann von den *Cunts*, einer mit grüngefärbtem Irokesenschnitt, wie der Frontmann schon beim dritten Lied und ohne mit dem Singen aufzuhören, dem »Singen«, wie der Frontmann von der Bühne runtersprang, wie er sich seinen Weg bis vor Tania bahnte, sie am Handgelenk schnappte und sie, ununterbrochen »Wonnafack! Wonnafack!« ins Mikrophon bellend, aufs Podium hochzog, wie er sie umtänzelte unter dem Gejohle der Menge umschwänzelte, eins-a. Wirklich unerträglich freilich war, daß Tania – ohne eine Sekunde zu zögern – anfing, ein Zittern durch ihre Schultern zu schicken, ein kreisendes Beben in ihr Becken, daß sie sich den Mantel von den Schultern runtergleiten ließ und ihre Hände an den Strumpfhosen hinauf: daß sie *mitmachte* und ganz offensichtlich? ihren Spaß dabei hatte, Gregor eins auszuwischen.

Der aber, mit der Nacht in beiden Fäusten, boxte sich zur Bühne, wischte so behende vorbei an den Roadies, die gerade von einem Rudel Pogo-Tänzer beschäftigt wurden, daß er sich tatsächlich noch auf den Sänger stürzen konnte, ehe ihm der Lauf der Welt von hinten eine verpaßte.

Und während ihn die Roadies richtig fertigmachten, rissen die *Cunts* ihre Version von *I Can't Get No* runter.

In der Florianigasse 46

war John heftig damit beschäftigt, die Etiketten all der Doppler ab-
zulösen, die von freundlichen Gästen zu Carols Einweihungsfest
mitgebracht, die in den Wochen danach, meist anläßlich spontaner
Küchensitzungen, leergetrunken worden und seither ein permanen-
tes Flurärgernis waren. Bis John – ausgerechnet heute! – sich der Sache angenommen und … uns beinahe noch vorgerechnet hätte, welche Werte da in der Wanne schwammen; selbst als wir Gregor schon
zur Hälfte ins Badezimmer hineingeschleppt hatten, sammelte er
seine Schätze lediglich unter Protest aus dem Wasser:

Im Zielpunkt[97] nämlich nähmen sie ausschließlich die eignen
Flaschen zurück, nicht die mit fremden Etiketten. Aber man könne
sich doch das viele Pfand »nicht durch den Lappen gehen lassen«!
Deshalb habe er vorhin die entsprechende Anzahl Flaschen von
unsrer Hausmarke …

Es war Ann, die ihn ziemlich ungeduldig am Arm nahm und aus
dem Verkehr zog.[98]

Irgendwann

, da waren wir längst wieder gegangen, war Gregor längst wieder
draußen aus dem Bad (und John wahrscheinlich wieder drinnen), irgendwann, da hatte Tania längst seine sämtlichen Blessuren mit Sal-
ben, Ölen und, vor allem, den Streichelspuren ihrer Hände versorgt,
irgendwann sah ihr Gregor ins Gesicht, und zum ersten Mal mußte er dabei nicht an das denken, was ihm sonst immer sofort dazu
einfiel:

Als Kind, er wisse's noch genau, habe er drei Anläufe genommen,
ein Märchen mit dem Titel »Die Geschichte von der abgehauenen
Hand« zu lesen, habe sich aber dermaßen gefürchtet, daß er nie über
die erste Seite rausgekommen sei …

So schief legte Tania ihren Kopf, so schief, daß er einfach weiter-
erzählte von seinen Kinderängsten: vor Dunkelheit, vor Kellern, vor
dem Zahnarzt, dem Religionsunterricht, vor »großen« und »sehr
großen«, wenn er ehrlich sei: auch vor »kleinen« und »sehr kleinen«
Kerlen, überhaupt vor *allen* Tieren außer Kanarienvögeln, vor *allen*
Menschen außer Max und Ecki, und besonders vor –

Hier fiel's ihm endlich auf, daß er sich beinah verplappert hätte; aber weil ihn Tania weiterhin mit ihren dunklen Augen ansah, weil sie weiterhin den Kopf so schief hielt und ihn so langsam ansah, als stecke selbst in ihr ein kleines Mädchen, mit dem man Picknick in einem Weizenfeld machen konnte und überhaupt all das, wobei man sich höchstens mal verstohlen anblickte, sagte er noch schnell:

»Du, wenn ich manchmal – wenn ich'n bißchen ruppig bin, dann eigentlich nur, weil – weil ich's vielleicht gar nicht sein will, ja?«

»Weil ich dich so – – – weil ich dich – naja: ganz o. k. finde.«

Einen Abend später ritzte er zum 47. Mal ein T in seine Schreibtischplatte. Und schrieb den Zettel.

Als Max am Freitag
mit gehöriger Verspätung eintraf, die deutschen Grenzer nahmen ihren Beruf zur Zeit sehr ernst, als Max auch noch erst seinen BW-Schlafsack auf dem Flursofa entrollte und dabei mit Silvano ins Witzeln geriet, als wären sie alte Bekannte: fand Gregor außer einem blauen Auge gar nichts mehr vorzuweisen, das ihm Respekt verschafft hätte. Mit gewaltiger Verspätung trudelte er endlich im »Baron« ein, zumindest hatte er auf diese Weise verhindert, daß wir uns zuvor schon im »Popklub« trafen,[99] und indem er seinem Gast die Frau im bauchnabelfreien Kleid[100] als »eine Bekannte aus Wiener Neustadt« vorstellte, sorgte er dafür, daß sich Max seine achteckige Brille absetzen, daß Max seine achteckige Brille ausgiebig putzen mußte.

Wie laut die Franz Joseph-Uhr plötzlich tickte!

Wie laut der Milliardär plötzlich mit seinem Topfenpalatschinken herumhantierte!

Wie laut der Ho plötzlich die Kaffeemaschine aufbrodeln ließ, als ob er den Uhren-Dieter wecken wollte, der, offnen Mundes, über der Lehne seiner Sitzbank hing!

Samt einem halben Schlips.

Über dessen andre Hälfte er uns noch immer eine Erklärung schuldete.

»Wenn die Zahnarzthelferinnen hier alle so schöne Löcher im Kleid haben«, zog sich Herr Schmedt auf der Günne nach einigen blamablen Begrüßungsbusserln die Brille wieder übers Geschau und, während er sein Kinn kurz Richtung Tania riß, bauchnabelwärts, blickte sich bei jedem von uns nach zustimmender Mimik oder Gestik um, »dann hätt' ich überhaupt keine Angst mehr vor'm Bohren.«

Der Möslacher Ferdl grunzte; die Boruta Trixi produzierte einen spitzen Laut; Tania roch nach Sandelholz; Gregor klopfte das Blut durch die Schläfen (»Ich schlag dir gleich drei in die Schnauze!«) und seine Ohren hörten, wie sich sein Mund nach Katarina erkundigte. Freilich war Max schon derart ins Schlenkern geraten, daß er die Warnung gar nicht mehr mitbekam. Peinlich, sehr peinlich, wie er nach ein paar abfälligen Kurzkommentaren zu Katarina (mittlerweile sei sie tatsächlich »abgeschmiert ins Spießertum, Marke Lufthansa«), wie er das ganz große Wort ergriff und nicht mehr losließ: wie er schließlich sogar die endlosen Debatten im bundesdeutschen Parlament referierte, als wär's um das Ende der Rockmusik dabei gegangen, wichtig wichtig, nicht bloß um irgendwelche Anti-Terror-Gesetze[101], und wie er sich mit einem Mal an Tania wandte und sie fragte, was denn »sie als Österreicherin« vom Strauß hielte?

»Oh, recht vü, vor allem von da ›Fledermaus‹.«

Max kippte den Kopf in den Nacken und stülpte eine solch ungebührliche Lache nach außen, daß der Ho die Augenbrauen lupfte und kurz mit seinem Serviertuch herüberwedelte.

»Kristina, was macht Kristina?« rettete Ecki, Angie wurde rot; Tania roch nach Sandelholz.

Och, die! Vögler habe 'nen Unfall gehabt mit seinem Bock, ob er je wieder Gitarre spielen könne, das sei –, dagegen seine Schwester Jasmin, hm, die sehe noch genauso griffig aus wie früher, richtig ▬, und seit der Schleyer weggemurkst worden – hier wollte Walle protestieren, kam allerdings nicht zu Wort –, habe selbst der »Kater« Angst, daß sein Telephon abgehört werden könnte, andrerseits! wenn er da an Johann Strauß denke, haha, wenn er da an den ganzen schwarzen Rest der CSU denke und dessen Chancen bei österreichischen Zahn-

»Was macht Kristina?« rettete Ecki; Angie wurde rot; Tania roch nach Sandelholz.

Was die schon groß machen solle! plusterte sich Max; eine Schweigesekunde lang sah's so aus, als ob er sich daran erinnerte, daß Ecki früher regelmäßig verprügelt worden und daß das im Grunde ein sehr schöner Brauch gewesen: Vielleicht hänge sie in Gorleben rum[102] oder sonstwo auf'ner Demo, falls wir hier auf dem Balkan überhaupt wüßten, was 'ne ordentliche Demo sei, ordentliche AKWs hätten wir ja auch keine und … »wieso trinkst du eigentlich die ganze Zeit Almdudler, Schattschneider, ist das nicht was für Todeskandidaten?«

Eher was für Totschläger, dachte Gregor: für Totschläger, die jeden Moment zuschlagen können.

Denn zu seinem, wie sagt man? blanken Entsetzen
roch Tania heute ganz besonders nach Sandelholz und ging bereitwillig auf Max ein, auf Max und seine schalen Scherze – bis der Urwald gekehrt wurde.

Desgleichen am Samstag, als Max unbedingt im »Sacher« Sachertorte essen und auf den Turm des Stephansdoms raufsteigen mußte, um »in euer verschachteltes Wien von oben 'n bißchen Ordnung zu bringen«.

Desgleichen am Sonntag, als wir eine Tour an den Neusiedler See machten, ins »Vogelparadies Lange Lacke«[103]. Wo Max zu einer bedenklichen Hochform auflief in puncto Dreideutigkeiten-ablassen-und-selbst-am-meisten-drüber-Lachen. Wo Gregor zu einer bedenklichen Hochform auflief in puncto Heimliche-Haßreden-führen-und-sich-ansonsten-in-rätselhaftes-Schweigen-Hüllen. Wo seine »Bekannte« zu einer bedenklichen Hochform auflief in puncto Laufend-Blödsätze-des-Tages-ablassen-und-es-nicht-Merken, wo sie sich in ihren abgerissnen Jeans zwar als höchst langbeinig erwies, vornehmlich aber als doofbeinig.

Es wurde Zeit, daß dies alles ein Ende nahm.

»Wir sollten vielleicht an unsrer Liste weitermachen«
, versuchte Ecki, den bösen, fremden, fatal vor sich hin paffenden Herrn Schattschneider aufzumuntern, nachdem wir uns, noch am Sonntagabend, zu viert in einen Fotofix am Südbahnhof gepreßt

und Maxens sämtliche Hände sofort danach angefangen hatten, sich von Tanias Körperteilen zu verabschieden.

Was denn das nütze?

»Listen-Machen nützt immer«, behauptete Ecki, »mehr sogar als die Listen selbst«. Außerdem sehe man sich dabei mal wieder.

Aber auch er verabschiedete sich von Tania, kaum daß Max von ihr abgelassen hatte, und Gregor konnte währenddem in aller Ausführlichkeit den Tabak aus seinem Zigarettenstummel herausbröseln. Konnte in aller Ruhe seinen Zeigefinger beschnüffeln, seinen Daumen.

Als der Pfiff ertönte und der Zug anruckelte, war er so damit beschäftigt, daß es ihm beim besten Willen nicht möglich war zu winken.

»Wenn man sich das dämliche Guckloch in deinem Freitagskleid[104] nur lang genug anschaut, kriegt man richtig Lust, für dich Sozialhilfe zu beantragen«, schrieb er, kaum daß Max zwei Tage später, mit dem Fotofix-Streifen Lebewohl winkend, für immer verschwunden war – zwei Tage, in denen sich Gregor hauptsächlich an den zusammengeknüllten Socken abgearbeitet hatte, die sein, nunja: sein früherer Freund überall in der Wohnung rumliegen ließ, zwei Tage, in denen er sich morgens, mittags, abends anhören mußte, jetzt sei's völlig klar, wie er »auf so 'ne durchgeknallte Frauenformel« kommen mußte –, »mit dem Innenmuster deines dämlichen Samstags-Jacketts könnte man glatt ein Badezimmer tapezieren«, schrieb er, kaum daß Max davongefahren war, und diesmal zerriß er den Brief nicht. Trug ihn vielmehr in großer Geschäftigkeit zur Post, als ob er sich mit dem sofortigen Einstecken des Briefes auch bereits der Adressatin entledigt hätte.

Dann saß er in seinem Ohrensessel.

Maultrommelte.

Betrachtete die kleine Yuccapalme, die ihm Tania zum Geburtstag geschenkt hatte und die so aufdringlich überflüssig rumstand im Weg stets stand, daß sie eine metaphorische Interpretation geradezu herausforderte. Saß, maultrommelte und interpretierte, bis ihn der Elf Uhr-Kuckuck des Zabransky zur Besinnung brachte: Er würde sie ganz einfach nicht mehr gießen, die Palme.

Denn daß ihm langsam die Puste ausging
, daß er nahe dran war, zum Esel zu werden oder zum Wolf – wie sein Vorgänger, über den sich Tania ausschwieg seit fast einem Jahr (»Hearst', wos wüst'n ausgerechnet imma mit dem? Der woar do wirkli ned wichtig!«) – ja, daß er längst zum Esel geworden *und* zum Wolf, der bei jeder Gelegenheit durchdrehte, das fühlte er an diesem Dienstagabend deutlich.

Aber schon am Mittwoch mittag, kaum hatte er vierzehn Stunden geschlafen, spürte er's eine Spur undeutlicher; und als er mit der Morawa Franzi im Gasthaus »Schmid« saß – mit der Morawa Franzi, bitte, was ja vor 48 Wochen noch das vierthöchste der Gefühle gewesen wäre! –, da dachte er ununterbrochen daran, wie ihm Tania mit den Spitzen ihrer Stiefeletten ganz leicht, ganz leicht und ganz beiläufig, ganz leicht und ganz beiläufig und ganz selbstverständlich, gegen –
und wie er vor lauter Absätzen –
und wie er vor lauter Beinen –
: während er also vor seinem Riesenschnarzel saß und kaum was runterkriegen konnte, widmete er sich nostalgischen Gefühlen, in denen silberne Dinge keine geringe Rolle spielten. Sah zur Franzi, als hinge er an ihren unentwegt Klugsätze formulierenden Lippen, wo er sich doch ein paar schreckliche Minuten lang gegen den Gedanken stemmen mußte, er habe mit dem gestrigen Brief den größten Fehler seines Lebens gemacht, wo er doch am liebsten rausgestürmt wäre und zu besagtem Postamt, besagtem Briefkasten davor, der ihn heimtückisch anschweigen würde, wo er doch am allerliebsten in dessen Schlitz hineingekrochen wäre hinterhergekrochen …

… ach Franzi, wenn du ahntest, wie klug es sein konnte, *keine* Klugsätze zu sagen, wie wunderbar klug die Dummheit sein konnte! Oder sollte's etwa was andres als Dummheit sein, das Tania in jeden entgegenkrähenden Kinderwagen reinblicken ließ mit großen stillen Augen? Was andres als Dummheit, das sie von teakfurnierten Wohnzimmerschränken schwärmen ließ, von einem Urlaub mit ihm, Gregor, in Jesolo oder an der Costa Brava? Was andres als Dummheit, das ihr diesen gnadenlosen Dialekt auf die Zunge legte, diese gnadenlos gute Laune ins Gesicht? War sie vielleicht nur deshalb so dumm, weil –

weil – –

weil – – – wie sie's damals, im Kino, und zwar so laut, daß es keiner überhören konnte, dreist behauptet hatte, weil sie's tatsächlich gar nicht war? Sondern, kaum leise genug zu denken, weil Herr Schattschneider sie lediglich so sehen wollte?

»Gregor, dei Schnitzerl is jetz sicha koit!«

Gegen eine Frau

hilft bloß eine andre Frau – dieser Satz fiel ihm ein, als er im »Café Hummel« anschließend die Wagesreiter Lotti traf: dieser Satz, den ein gewisser Max seit Jahren als Zauberformel verkündete, ein gewisser Max, mit dem er vor langer, langer Zeit befreundet gewesen. Ob auch eine schöne Wienerin helfen würde? Oder solch ein Zwischenwesen wie die Lotti mit ihren violetten Weltweisheiten, die ja vor 48 Wochen noch das höchste der Gefühle gewesen wären? Und jetzt – nurmehr violett waren. Oder ob der Satz im Falle einer »Bekannten aus Wiener Neustadt« heißen mußte: Gegen eine Frau helfen bloß *zwei* andre Frauen?

Gregor sah die Lotti an, als hinge er an ihren unentwegt Vokale & Konsonaten formenden Lippen, wo er doch ein paar schreckliche Minuten lang nach einer zweiten Person suchte, die, zusammen mit der Lotti, das Gewicht einer »Bekannten« egalisieren konnte.

Wo er doch partout keine fand.

Wo er doch auf dieselbe ergebnislose Weise den Satz erprobte: Gegen eine Frau helfen bloß *drei* Frauen.

Wo er doch feststellte, daß er mit seinem Abschiedsbrief die größte Dummheit, ja: Dummheit seines Lebens begangen hatte. Gegen eine Frau helfen bloß *viele* Frauen? Gegen eine Frau helfen bloß *alle übrigen* Frauen? Gegen eine Frau –

»Gregor, dei Kaffee is jetz sicha dotal koit.«

In dieser Nacht

schlief Gregor wenig. Stellte sich vor, mit wem Tania, höchstwahrscheinlich! gerade nach Sandelholz roch. Lauschte der Kreuzberger Hermine, wie sie durch die Wand hustete.

Aber was, bittesehr
, hatte sie denn früher schon immer getan? Nämlich Tania, nämlich von Sonntag nacht bis Freitag nachmittag? horchte er tief in sich hinein, als er tags drauf mit dem Wegensteiner Poldi und »seiner« Felizitas den Paternoster hochfuhr zur Mensa: Was hatte sie neuerdings denn sogar immer öfter an Wochenenden getan – »rein beruflich, Tobi, spü net scho wieda die beleidigte Leberwurscht« –, *was tat sie da*, während er offensichtlich abgemeldet war, zweite Wahl, was tat sie dermaßen ausgebucht seit ein paar Monaten, wer war denn erste Wahl?

»Gregor, deine Eiernockerl san sicha scho ganz eiskoit!«

Wenn sie ihn nämlich bereits bei der Angabe ihres Alters belogen hatte, verschanzte er sich in seinem Ohrensessel und hörte eine von Eckis *Camel*-Platten an, wenn sie ihn *einmal* belogen hatte, dann …

… war's wirklich höchst angebracht, ihrer sogenannten Freiheit mal gründlich, wie sagt man? auf den Zahn zu spüren: am *über*nächsten Freitag, kaum daß Tania sich den Bahnsteigsgaffern in voller Montur präsentiert und eine halbe Umdrehung später in Gregors offne Arme geworfen hatte; höchst unangebracht war's freilich, daß all seine Fragen von ihr mit der schlimmstmöglichen Antwort abgefertigt wurden:

»Tobi, hearst', wos is'n des für a – für a prallhauserisches Rumgefaune! Von *so eim* wie dir, des mocht mi jetz richtig sprochlos.«

Doch der Reihe nach. Erst mal kam
, per Expreß, sie liebte das, kam eine Woche zuvor ihr Antwortbrief:
»O.k., ich werde mir für dieses Wochenende was andres vornehmen. Wenn Du dagegen behauptest, daß ich mir eh bloß eine flüchtige Affäre mit Dir vorgestellt habe, dann laß Dir gesagt sein, daß es da geeignetere Männer, jawohl: Männer gegeben hätte. Als ich im ›Popklub‹ damals zu Dir gekommen bin, warst Du vielleicht nur eine verrückte Idee für mich, ein spontanes Gefühl, inzwischen

allerdings, weißt Du, denke ich bei fast allem, was ich tue, an Dich und über Dich nach und auch über unsre wunderbar-komische Beziehung, aus der ich nie richtig schlau werde. Fast ununterbrochen versuchst Du, mich vor Deinen Freunden zu ignorieren oder sogar herunterzuputzen. Trotzdem, ich kann's einfach nicht ändern, spüre ich seit dem Moment, als ich dich vor dem Kasten sah (eh klar: auf Eurer Party), daß Du der erste in meinem Leben bist, mit dem ich sogar – aber das lehnst Du ja strikt ab. Weißt Du denn nicht mehr, was das Kettchen um Deinen Hals bedeutet? Und weißt Du nicht, daß ich Dich damit ███████████████████████ ███████?«

Dochdoch, das wußte er.

Als er zur nächsten Telephonzelle gegangen, nein: gehastet, nein: gerannt war und als er dann mit ihrer Mamsch gesprochen hatte, wußte er auch, daß der Zug bereits abgefahren war. Und daß Tania, wie immer, nicht gesagt hatte, wohin.

Also gab's diesen Abend
am Südbahnhof nur die falschen Waggons, aus denen die Falschen stiegen; also gab's diesen Abend nur einen Brief, der roch.

Und eine Kreuzberger Hermine, die durch die Wand hustete.

Also gab's am Samstagnachmittag
, nach Wochen des Aneinander-vorbei-Lebens: Herrn Beinhofer, die Liste und Graf Bobby. Der vor der Tür plötzlich stand und, kaum hatte Gregor einen Spalt geöffnet, am liebsten sofort in die Wohnung hineingepinschert wäre – »wer wird denn glei!« schalt der Kreuzberger, und Gregor stellte seinen Fuß in den Spalt.

»Grüß-Gott«, katzbuckelte der Kreuzberger und hatte keinen Hut auf, den er hätte lupfen können. Dabei waren Gregor und Ecki soeben dabeigewesen,

- den ganzen 68er-Schmu von wegen *Gesellschaftsveränderung, dialektische Herangehensweise, Establishment* (»Wer zweimal mit der derselben pennt ...«),

in ihre Liste aufzunehmen, waren soeben dabeigewesen, die ersten Einträge in Sachen

172

- Erkenntnistheorie: sich gatten (»Gestatten: meine Gattin!«), bei-
wohnen, sich lieben

vorzunehmen, waren soeben bei den ganz-und-gar-unaussprechba-
ren Worten

- *sämtliche* Vokabeln für ███████; am ehesten vielleicht »Ge-
mächt«? »Monokel«? »My Ding-A-Ling«?
- »Ich liebe dich«

waren soeben dabeigewesen.

»Grüß-Gott«, katzbuckelte der Kreuzberger und »Tschuldigen
die Störung« und »Wissen's, die Hermine«.

Irgendwo wurde ein Schillingstück in einen Schlitz geworfen.

Mit dem Grafen Bobby

durch den Wienerwald zu spazieren, »Graf Bobby« rufend, »Willst
du wohl!« und »Wer wird denn gleich«, war nicht gerade das, was
sich Gregor unter einem gelungnen Samstagnachmittag vorstellte.
Aber besser, als den Grafen die ganze Zeit in der Wohnung auszuhalten – wer weiß, wie lange die im Krankenhaus brauchen würden,
um der Kreuzberger Hermine das Husten abzugewöhnen, und
wenn sie tatsächlich schon Blut gespuckt haben sollte ... –, besser,
als den Grafen auf dem eignen Sisalläufer zu sehen, zu hören, zu riechen, womöglich hob er sein Bein und pinscherte in die Plattenkiste hinein, besser war's allemal.

Wenn nur die vielen Kerle nicht gewesen wären, die's plötzlich
auf der Welt gab, die vielen Kerle, vor denen der Graf auf-und-da-
von-, die vielen Kerle, denen er hinterherrennen mußte!

Was die Sache für eine Weile erträglicher gestaltete, war Eckis
Idee, die neuen Einträge der überösterreichischen Liste gleich mal
praktisch anzuwenden:

»Du Getüm!« rief Ecki mitten in die Natur hinein, dorthin, wo
sie am lautesten kläffte, »willst du wohl!«

»Du Fant!« befahl Gregor, »willst du wohl!«

»Du Geheuer!« drohte Ecki.

»Pörend!« schimpfte Gregor.

»Mutigend«, resümierte Ecki.

Etwa an jener Stelle des Nachmittags faßten die beiden keinen

Entschluß. Als ein Gewitter aufzog, nutzten sie die Gelegenheit, um sich mal wieder richtig naßregnen zu lassen: und miteinander zu schweigen.

Wie in alten Zeiten.

Fast wie in alten Zeiten

, denn als sie Graf Bobby abgeliefert hatten beim Kreuzberger, der sich vielfach für den Gefallen bedankte und von seiner Hermine erzählte, die »fürs erste« ein Vierbettzimmer im AKH[105] bewohnen müsse, und beinah auch noch von seiner Hermine erzählt hätte, wie er sie an einem Gewittertag wie diesem in die Arme geschlossen, und beinah auch noch von seiner Hermine erzählt hätte, wie er sie nun schon zweiunddreißig Jahre in den Armen halte, das heißt, die letzten dreißig Jahre zunehmend seltner, das heißt –

–als sie den Grafen Bobby, das Getüm, wieder hinter einer wunderbaren Wand wußten, durch die er sie bisweilen mit einem kleinen Gebell an sich erinnerte; als sie, bei einem ersten und zweiten Viertel, verschiedener von Johns Lieblingsflüchen gedacht hatten: machte sich Ecki daran, den Weinkorken zu zerkrümeln. Und mitzuteilen, daß er sich von Angie getrennt habe.

Machte sich daran, die Korkenkrümel zu zerzupfen, zu zerrupfen, eine Flirt zu schnorren und herauszuplatzen mit der Wahrheit: daß er »schon immer viel lieber die Nagelprobe bei *so einer* wie Tania« gemacht hätte; ob sie wirklich nicht vor diesem & jenem zurückschrecke, wie's der Poldi behaupte, vor diesem & jenem und, vor allem, noch nicht mal vor diesem & jenem?

Woher der Poldi denn das wissen wolle?

Woher? Na daher, daß. Die müsse man doch bloß ansehen und wüßte. Ecki vergaß seine Zigarette, sortierte die Krümel ersten, zweiten, dritten Grades in verschiedne Häufchen. Wüßte sofort. Na, das sähe man eben.

Was sähe man?

Naja. Daß alles, was Tania so tue, daß alles. Stets auf das eine hinauslaufe. Etwa nicht?

Gregor sah eine Schweigesekunde lang so aus, als ob er sich daran erinnere, daß Ecki früher, vor dem Freitags-Kick, immer ein bißchen durchgeprügelt worden und daß das ein sehr schöner Brauch gewesen:

»Och, du, man gewöhnt sich«, am besten, Eckart probiere das einfach mal aus: Er, Gregor, überlege bereits seit längerem, an wen er seine »Bekannte aus Wiener Neustadt« abschieben könne.

ECKI   Im Ernst?

GREGOR   Sei doch alles eh nur ein Spiel, oder?

ECKI   Für diesen Freundschaftsdienst stünde er zur Verfügung; und obwohl er dabei so aufopferungsvoll herumgestikulierte, bis die Häufchen ersten, zweiten, dritten Grades vom Tisch gefegt waren, verschlug's ihm dann doch das Gekecker, als ihn

GREGOR   wegen der paar Brösel anbrüllte: daß er vor zwei Wochen erst gekehrt und keine Lust habe, nächste Woche schon wieder!

Meine Güte, das trat sich doch fest.[106]

Weil's also nurmehr eine Sache von wenigen Wochenenden war
, bis es soweit sein würde –
Bis was soweit sein würde?
Bis es soweit sein würde, ging Herr Schattschneider noch an diesem Abend, nach langen Monaten der unfreiwilligen Abstinenz, ging in den »Popklub«, festen Willens, möglichst unsüß zu sein und Fakten zu schaffen. Statt sich auf die Empore zu stellen, an die Mittelsäule, um abzuwarten, was da kommen wollte – das hatte er wirklich lang genug gemacht! –, statt sich gar mit Eckart darüber zu mokieren, wie der Wegensteiner Poldi nun schon im elften Monat um die Kulterer Felizitas herumhüpfte: setzte er sich an die Bar, direkt neben die Trixi, bei der würde's ein leichtes sein, und ließ sich eins ihrer Gedichte vorlesen. Und noch eins. Und weil das ohne ein paar Krügerl nicht auszuhalten war, lief dann alles schneller als geplant.

»Die hast du doch früher bloß mit dem Arsch angesehn?« zischelte ihm Eckart ins Ohr, während er die Chwapil Kosima an den Schultern vor sich herschob, Richtung Tanzfläche.

Dazu geigte zupfte klimperte sang aus synthetischen Goldkehlchen das *Electric Light Orchestra*, und überhaupt brach hier in allen

Ecken und an allen Enden eine Zeit an, die nicht mehr die unsre war. Aber jetzt ging's ja auch nicht mehr um Musik.

Sondern um die Boruta Trixi
, und einen Samstag später um die Sperl Theres, diesmal sogar direkt vor Tanias Augen, sie sollte's ruhig sehen, daß er sich ebenfalls was auf dem sogenannten Kerbholz zusammensammelte: für den Fall der Fälle, wenn's denn endlich ans Auspacken gehen würde, ans Abrechnen, Gegeneinander-Aufrechnen – doch der Reihe nach. Erst mal kam am Freitag, nach einer Trixi-Woche, in der Gregor mit dem Gedanken rang, »das Leben« sei womöglich nichts andres als eine Aneinanderreihung von reinen und unreinen Reimen, erst mal kam der richtige Zug, aus dem die Richtige stieg: kam Tania, fiel ihm in die Arme und kapierte einen kompletten Abend lang nicht, daß es ihm ernst war mit seinen Fragen, *daß er mit ihr reden wollte*, statt stets nur abzuwarten, bis es wieder soweit war:

»Tobi, hearst', wos is'n des für a – für a prallhauserisches Rumgefaune! Von *so eim* wie dir, des mocht mi jetz richtig sprochlos.«

Fast hätte sie sogenannte Anstalten gemacht, womöglich auf den Boden gestampft, umarmte ihn statt dessen und fragte ohne jeden ironischen Unterton: ob er sich nicht endlich dazu bequemen könne, auf sein »mariniertes G'stammel« zu verzichten und eine ganz normale Beziehung mit ihr zu führen? Eine Beziehung, in der jeder …

… und auch am Samstag beharrte sie darauf: in der jeder seinen Freiraum behalte, sie habe da einschlägigste Erfahrungen, und eigentlich war das ja sogar eine ziemlich deutliche Antwort. Also ging Gregor, nach nahezu einem Jahr des Versteckspiels und festen Willens, nie wieder ein echtes Gespräch mit Tania zu versuchen, ging *mit ihr* in den »Popklub«. Statt sich aber auf die Empore zu stellen, um neben ihr zu warten, um neben ihr auf sie zu warten, setzte er sich an die Bar, direkt neben die Sperl Theres – genau: die mit den Ohren. Und weil die ohne Eischalenstabilitätsberechnung nicht auszuhalten war, klappte dann alles reibungslos.

»Die hast du doch früher nicht mal mit dem Arsch angesehen?« zischelte ihm Eckart ins Ohr, während er die Chwapil Kosima von der Tanzfläche zurückschob, zur Mittelsäule: wo die ganze Zeit Tania lehnte und so tat, als wäre sie mit sich selbst beschäftigt.

Oder dem Möslacher Ferdl.

Dem Wegensteiner Poldi.

Mit Walle.

Dem Zawodsky.

Und natürlich, kaum daß Gregor sie eine Weile aus den Augen verloren hatte, während der ihm die Theres einzuflüstern suchte, daß sie's schon immer gespürt habe, wie er sie anguckte: und natürlich mit Eckart.

Nein: mit Eckart und Kosima.

Nein: mit Kosima. Was die zwei sich wohl die ganze Zeit zu bekichern hatten?

Wie fett! Tanias Lippen wie feucht! dabei durchs Dunkel leuchteten, dies Gegenteil alles Blonden, Kühlen, Kaschierten, dies ekelhaft Eindeutige, Bereitwillige – bitte bedient euch, ich bediene mich auch: Eine *Serie* an schönen Wienerinnen, die würde sicherlich sich irgendwann aufsummiert haben zum großen, zum erlösenden Gegengewicht.

Aber außer daß sie mit jedem herumlachte, tat Tania den ganzen restlichen Abend nichts. Wartete sogar an der Treppe. Nahm sogar Tobis Hand. Und ließ sie nicht mehr los, auf dem Weg zum »Baron«, im »Baron« und danach.

»Es ist nur 'n Spiel«, fragte Tobi, »oder?«

Als er am Sonntagabend wieder zum Gregor wurde, belutschte er vor lauter Ratlosigkeit das kleine Kreuz an seinem Halskettchen.

Vielleicht ist »das Leben«

nichts andres als eine Aneinanderreihung von ███████, dachte er einige Wochen später, Wochen, in denen er, ab & zu bloß und von Montag bis Freitag bloß und an solchen Samstagen bloß, wo ihn Tania sowieso versetzt hatte oder mit dem Möslacher Ferdl an der Säule lehnte, mit dem Poldi, dem Zawodsky, mit Eckart oder Kosima – Wochen, in denen er ein paar weitere nonverbale Sympathieerklärungen an schöne Wienerinnen abgegeben hatte. Der böse, der gefährliche, der welterfahrne Gregor, der nur mit dem Finger schnippen mußte, schon –

– war er haufenweise mit Problemen eingedeckt. Bei einem Gastmahl, das Carol für allerlei befreundete »assistant teacher« gab, ungetoastete Toastbrot-Sandwiches mit Salatblättern anstelle der Wurst, kam er mit einer ins Gespräch, die so aussah, als sei sie noch nie erkannt worden, und wenn doch, als wäre sie nicht dabeigewesen: nickiblauglockenrockbuntturnschuhweiß. Sie sagte Warum-nicht, sie habe nichts dagegen. »Im Lauf der Zeit«[107] solle zwar einer dieser typisch deutschen Filme sein, aber vielleicht könne Gregor währenddessen ja den einen oder andern Witz einstreuen.

»Sie heißt Janet«, erklärte der jedem, der nicht rechtzeitig weghörte, und Tania zeigte er sogar das J, das er zwischen die vielen Ts geschnitzt hatte.

Zu seiner großen Überraschung
landete er als nächstes aber in den Armen der Kulterer Felizitas, und das war herrlich geschickt, weil er damit gleichzeitig ein sogenanntes Exempel statuieren konnte: am Wegensteiner Poldi, der auf der Empore vor sich hin köchelte, während Gregor mit seiner, Poldis, Dauerflamme auf irgendein *When A Man Loves A Woman* rumschob, während Gregor in all den blonden Haaren der Felizitas roch, daß er leichtes Spiel haben würde, während er spontan beschloß, leichtes Spiel zu haben.

»Wie weit mogst'n no gehn?« zischte ihm Tania ins Gesicht, während sie sich vom Zawodsky Peter auf die Tanzfläche schieben ließ, fast schien sie Anstalten zu machen, an ihrem Lederarmband zu schnüffeln oder dran rumzudrehen oder sonstwie zu zeigen: daß es endlich klappte!

»Och, nicht weit«, ließ Gregor die Felizitas los und markierte mit beiden Zeigefingern in der Luft, wie weit er bei ihr gehen wolle.

»Phhh«, drehte sich Tania davon, es klappte, es klappte! »Des is wirkli net weit.«

»I orbat oba ohne Netz«
, gestand ihm die Felizitas, das heißt, sie sagte sicher »Du, das da des scho kloar is: i nehm oba nix« oder was ähnlich Animierendes, daß

man sich am liebsten weit weggewünscht hätte, raus in die regen-raschelnde Mitternacht, raus aufs glänzende Pflaster der Nußdorfer Straße, raus. Dafür freilich war's zu spät und Gregor folglich sehr damit beschäftigt, dem Poldi zuzuzwinkern und sich die ganze Angelegenheit ein wenig schöner, nein eigentlich: schärfer zu saufen.

»Übahaupt, daß da's nur waaßt, du bist mei ersta.«

Immerhin fand sie dann eine frische ferkelrosa Zahnbürste für ihn, einen gepunkteten Waschlappen und allen Anlaß, zu bezweifeln, daß er sich für sie interessiere:

»Bist' net eh mit da Lotti zsamm, da Wagesreiter Lotti?«

»Mit *der*? Ausgerechnet?«

Woraufhin sie ihm was von einem Zäpfchen erzählte, auf das man zehn Minuten warten müsse, und daß man währenddessen Du-gehst-durch-einen-Wald spielen könne;[108] woraufhin sie nach einer der hundert schwarzen Katzen haschte, die dauernd von ihren Kratz- und Kletterbäumen runtersprangen; woraufhin sie die Bettdecke mit einem entschloßnen Ruck zurückzog, ein Handtuch auf dem Laken plazierte, verschwand. Oh, man sollte sich in Startposition begeben aufs lindgrün leuchtende Frottee, sollte sich allen Ernstes? ausziehen? komplett? oder bloß bis zur Unterhose? oder sollte *auch* erst mal duschen? Mit wem wohl mochte Tania gerade … nach Sandelholz riechen?

»Oiso, du gehst durch an Woid«, schlang ihm eine nach Limonen duftende Felizitas von hinten die Arme um den Hals: »Wia sicht'n der aus?«

»Grün, sehr grün.«

»Du kommst zu an Wossa?«

»Blau.«

Neinein, so ginge das nicht! monierte die Felizitas und haschte dabei nach einer ihrer hundert – das heißt: drückte Gregor mit sogenannter sanfter Gewalt aufs Bettlaken, das heißt: aufs Handtuch, wo man's nicht länger übersehen konnte: daß sie einen beigen BH anhatte (1.) – wer trug denn heutzutage noch BH? –, daß sie eine hautfarbene Strumpfhose anhatte (2.) und darunter (3.), bös gequetscht durch die Strumpfhose entstellt, einen beigen – wie sollte man das nun wieder nennen? Am ehesten vielleicht »Schlüpfer«?

Schlüpfer! Herr Schattschneider schloß die Augen und wünschte sich …

So ginge das nicht! insistierte die Felizitas und haschte dabei nach Gregors Brille: Er müsse schon ausführlicher antworten, wenn er kein Spielverderber sein wolle, sonst könne man ja nirgends anfangen mit dem Interpretieren! Der Wald, das sei nämlich sein momentanes Lebensgefühl, das Wasser, das seien seine Emotionen gegenüber Frauen und – als nächstes fände er dort einen Schlüssel?

Einen *goldnen* Schlüssel! der so groß sei wie ein – wie ein – na egal, und da er ihn nicht einstecken könne, trage er ihn wie eine – wie eine – na egal: trage ihn vor sich her, über die sieben Berge und vorbei an den sieben Zwergen, bis ins hinterste Sibirien, wo's ein prächtiges Arbeitslager gäbe, in dem er am liebsten jetzt schon wäre, und er stelle sich vor das Haupttor, in das er seinen –

»Du, Gregor, i glaub', die zehn Minutn san um.«

Nichts wie weg! beschloß Herr Schattschneider
, der Unerquicklichkeiten überdrüssig und zum eiligen, ach was: überstürzten, ach was: panischen Abbruch seiner Bemühungen bereit (»Du bist ganz einfach zu eng, vergiß es.« »Wir können ja Freunde bleiben.«). Tapste auf etwas Weiches, das nicht der Schalter des Nachttischlämpchens sein konnte, tapste auf etwas Hartes, das der Schalter des Nachttischlämpchens war, sah gerade noch, wie sich die Felizitas, unter Absonderung eines leisen Maunzens, das Handtuch über die Ohren zog.

Nichts wie weg! beschloß Herr Schattschneider, als er sich aus dem Staub gemacht … und, nach eiligem, ach was: überstürztem, ach was: panischem Packen seines Rucksacks, an der Westautobahn seinen Finger in die Freiheit hielt, genaugenommen, an der BP-Tankstelle davor.

Bin ich denn nicht mehr der, der jeden Tag nach Wechte fuhr? fragte er sich, während er an einer von Gott und, vor allem, der Welt vergeßnen Auffahrt knapp hinter München stand (Adelzhausen? Odelzhausen? Udelzhausen?): ein realidealistischer Restromantiker? Oder hab ich mich in mein Gegenteil verwandelt?

Ist »das Leben« vielleicht nichts weiter als eine Aneinanderreihung von Zehnminutenpausen, fragte er sich, während er an einem Stuttgarter Rastplatz festsaß, auf sonnendurchglühtem Teer, und seine Maultrommel traktierte: eine Aneinanderreihung, schlimmstenfalls, von Zweistundenpausen?

Als er, der Tag hing ihm bedenklich tief bereits im Rücken, einen Lift bis zur holländischen Grenze bekam, war's mit einem Mal entschieden, wohin die Flucht gehen sollte, und als er in Amsterdam einlief, auf der Rückbank eines VW-Busses, der sich im Lauf der Fahrt bis zum letzten Sitzplatz mit Trampern gefüllt hatte, war ihm immerhin schon klargeworden,

1. daß mit schönen Wienerinnen nichts auszurichten sein würde gegen eine Tania,
2. daß alles also ganz anders werden mußte, ganz ganz anders,
3. daß er »zu diesem Behufe« ein paar deutliche Postkarten verschicken mußte, notfalls Briefe, und
4. daß er dabei mit der Boruta Trixi anfangen würde, die hatte nun lang genug mit ihren Ergüssen genervt und sich's »weidlich« verdient, eine Antwort darauf zu kriegen:

Selbstbildnis einer schönen, klugen Frau
(in Erinn'rung an einige Poeme derselben)

Grüß-Gott, ich heiß' Trixi, bin fröhlich und fein,
Doch drinnen im Herzen, da bin ich gemein,
Kann sehr gut die Welt der Erwachs'nen verstehen,
Drum müh' ich mich nicht, einen Sinn drin zu sehen:

Ich klecks' Euch gewaltige Kleckslein des Nachts,
Sie reimen nicht glatt, doch was soll es denn, ach(ts),
Bin schließlich die Muse, von Dichtern geküßt,
Und reime, wie *ich* will – damit ihr es wißt!

Die Zeilen hier mögen von meiner Brunst zeugen,
Behamstert euch dran und berauscht euch im Reigen
Gewaltiger Verslein, füllfederentschlüpft
Der Trixi – ba-ba! – deren Seele hoch hüpft![109]

Durch und durch vom Gefühl durchrieselt
, das einzig Richtige getan zu haben, steckte Gregor sein Werk in einen Briefkasten
, steckte Gregor noch einige weitere Werke in einige weitere Briefkästen: ein Fest des Abschiednehmens
, widmete sich Gregor bei einer Grachtenrundfahrt den Hausfassaden
, widmete sich Gregor bei einem Grachtenrundgang den Hausfassaden, genaugenommen: den Hochparterre-Nutten, den Tiefparterre-Nutten, die so selbstverständlich in ihren Schaufenstern thronten, daß er, Schritt für Schritt, schon wieder ins Zweifeln geriet, ins Bezweifeln all der schönen neuen, sei's lyrischen, sei's prosaischen Antworten auf seine alten Fragen
, widmete sich Gregor den Nutten, die so selbstverständlich hinter ihren Schaufenstern residierten, daß der Fragen eher mehr wurden als weniger: Wieso, zum Beispiel, kam er wieder & wieder an diese Glastür zurück, hinter der sich *eine von denen* ganz langsam! die schwarzen Haare kämmte? Wieso hoffte er auf ein Wunder, während er draußen stand auf der Straße im kehligen Gepöbel der vorbeiflanierenden Kegelklubs, aus allen Bars drang Musik, die Dämmerung hing voller bunter Lichter, während er stand und ihr zusah, die kein Interesse hatte an Wundern, sondern: am erstbesten dicken Mann, der an ihre Tür klopfte, ihm gleich kostenlos ein Lächeln schenkte? Wieso konnte Gregor dann trotzdem nicht weitergehen, wieso mußte er eine halbe Stunde lang ihrem Schemel huldigen, dem Kamm, den sie wie zufällig darauf abgelegt, dem ovalen Handspiegel daneben, dieser ganzen entsetzlichen Leere des Raumes, die bis obenhin sicher durchwoben war von einem schwarzen Duft? Und wieso, kaum daß sie aufs neue Platz genommen und der Dikke, sein Sakko knöpfend, im nächtlichen Nichts verschwunden, wieso blieb Gregor, kaum daß er sich vergewissert hatte, ob alles seine Ordnung hatte und sie sich langsam! durch die Haare kämmte: wieso blieb er, kaum daß er's fünf Schritte Richtung Jugendherberge geschafft hatte, am übernächsten Schaufenster schon wieder hängen? aus dem sich eine herauslehnte, die ganz & gar nicht so aussah, wie man's erhofft hätte, eine, die ganz & gar weltlich war: wie eine Parkuhr, ein Fensterleder, ein Apfelbutzen und... also *nichts* von alle-

dem, was einen Gregor durch und durch von dem Gefühl hätte durchrieseln lassen, das einzig Richtige zu tun – wieso?
Vielleicht heißt sie wenigstens Jacqueline, dachte Gregor.

Zwei Tage später
, in denen er sich vornehmlich von Heringsbrötchen und sauren Gurken ernährt hatte (für die indonesischen Imbißbuden reichte das Geld nicht mehr), zwei Tage später saß er in einer braunen Kneipe, deren Fußbodenbretter mit Sand bestreut waren, gewöhnte sich an den Geschmack des Himbeerbieres und an die Vorstellung, daß man nicht auf jede Frage eine Antwort brauchte. Während die Volksmusik aus den Lautsprechern, so schien's, von Lied zu Lied volksmusikmäßiger wurde und alles um ihn herum kiffte, als sei Erntedankfest in Untersiebenbrunn, überkam ihn die Lust, eine Tabelle zu machen.
Und noch eine.
Und noch eine.
Überkam ihn die Lust, seine drei Tabellen nebeneinander zu bringen und damit Ordnung ins Chaos – was sich in Tabellenform auflisten ließ, das würde sich auch in der wirklichen Wirklichkeit nicht mehr ins Prätabellarische entziehen können –, überkam ihn die Lust, stolz auf sich zu sein und ein nächstes Himbeerbier zu bestellen:

Janet	*Felizitas*	*Tania*
blond	blond (und zwar sehr)	Fehlanzeige
bin zumindest verdingsbumst	mir Wurscht	reines Hoseninteresse
rätselhaft	harmlos bis nervensägig	peinlich
Mädchen	weder/noch	Frau
Latzhosen	schönewienerinnenmäßig	Silberdinge
wahrscheinlich dürftig	katastrophal	*Top Of The Pops*, zugegeben
Akzent!	keine Extras	braune Haut, braune Stimme, brauner Geschmack, brauner Geruch (Scheiteß!)

Als Gregor wieder in Wien eintraf

, um einige Gulden ärmer, einen Schaufensterbummel aber immerhin reicher, durch anhaltenden Verzehr von Himbeerbier bzw. sauren Gurken gewissermaßen gefügig gemacht und, in Ermangelung nahrhafter Alternativen, voll von guten Vorsätzen: ließ er sich von Carol Pfefferminzsoße servieren mit einem halben Hahn, von der Morawa Franzi anschließend Fritattensuppe und ein Herrengulasch, von der Wagesreiter Lotti zum Abschluß einen Topfenstrudel, jedenfalls das, was die Zawodsky Peter davon übriggelassen; dann knatterte er mit seinem VW-Panzer durch die kastanienüberblühten Straßen, Richtung »Popklub«.

Natürlich war sie da. Mitten auf der Fläche, in ihrer silbernen Röhrenhose, dem silbernen Ohrenschützer, mit silbern geschminkten Lippen, ein tiefer Haß des ganzen Saales lag auf ihr. Und auf Ecki, der vor hinter neben ihr, *19th Nervous Breakdown*, und auf Eckart, der – ja was denn? Nicht etwa *rockte*, was wohl das mindeste gewesen wäre, sondern: plötzlich fuhr's schräg durch Gregors Kopf, als habe er das alles schon mal gesehen: Tanias kreiselndes Becken, über dem die Bauchdecke braun glitzerte, Eckart, der vor hinter neben ihr – ja was denn? versuchte, es ihr gleichzutun, sprich: *zu tanzen!* Als habe er das alles schon mal gehört: das nervös loshämmernde Klavier, den sirenenhaft warnenden Baß, den beschwichtigenden Frauenchor, das hineinpolternde Schlagzeug, den anschwellenden Bocksgesang: *We Love You*, und auch das Zähneknirschen reihum. Als habe er das alles schon mal gerochen: den Rauch, den Schweiß, den Trockennebel und eine Ahnung von Sandelholz darin, ja, das alles hatte er ganz sicher schon mal erlebt, und im nächsten Moment, so erinnerte er sich, würde Eckart sein Versprechen einlösen, würde: Hand anlegen.

Ausgerechnet dieser Fant, dieses Geheuer, dieser lausige Links-██████████!

Doch als Walle unverhofft vor Gregor aufwuchs und ihm in allen Farbschattierungen schilderte, wie sie den Möslacher Ferdl vor fünf Tagen abtransportiert hätten, mitten aus dem Seminar, so richtig mit Blaulicht, sein Magengeschwür sei geplatzt, nun liege er im AKH[110], seit gestern übrigens nicht mehr auf der Intensivstation –,

doch als Walle endlich wieder abzog und die Aussicht freigab auf?
eine Trixi, wie sie sich, wutblitzenden Blickes ein Blatt Papier durch
die Luft wedelnd, zur Mittelsäule hin bewegte: da war Eckart verschwunden. War Tania verschwunden.
It's All Over Now, gleich würde die Nadel hüpfen.

Verschwunden blieben die beiden auch
, als sich die Serie mit den *Stones* längst erledigt hatte. Waren nicht
im Klo, nicht an der Bar, nicht in irgendeinem Kunstleder-Winkel
, zum Glück,
waren nicht im »Baron«, wo der Zawodsky, kaum daß Gregor den
roten Vorhang hinter der Eingangstür zur Seite geschoben und ein,
zwei sirrende Sekunden lang mit allem gerechnet hatte, wo ihm der
Zawodsky sofort quer durch den Raum entgegenlachte: ob er noch
immer hungrig sei? Der Milliardär habe einen Tausendschilling-
schein spendiert, gerade würde ihn der Ho mit einem ordentlichen
Haufen Erdäpfelsalat garnieren; wo ihm der Zawodsky sofort so
laut entgegenlachte, daß der Uhren-Dieter hochschreckte und mit
leerem Marillenbrandblick nach der andern Hälfte seines Schlipses
tastete.
    Aber dann wollte keiner was gesehen haben.
    »So a resches Stückl!« tadelte der Milliardär: Das tät man halt
nicht aus den Augen lassen, wo's einen Franz Josef nicht vom Johann unterscheiden könne! Gregor hätte sich's doch an einem Finger ausrechnen müssen, daß er auch irgendwann mal verwechselt
würde.

In Eckarts Wohnung
, die man von der Straße bequem einsehen konnte, war's genausowenig, das »resche Stückl«,
    war nicht in der »Gärtnerinsel«,
    im »Bräunerhof«,
    im »Kleinen Café«,
    in der »Jazz-Gitti«,
    der »Jazzspelunke«,
    dem »Café Europa«,

dem »Café Hummel« ... Als ihm die Adressen ausgingen, drehte Gregor seinen Kassettenrecorder auf maximale Lautstärke, *What's Going On*, und fuhr die Südautobahn runter bis Wiener Neustadt. Was er bislang ja strikt abgelehnt hatte; fand überraschend schnell dort die Dr. Bierbaumergasse: inmitten einer friedlich schlafenden Vorgartenlandschaft am Rande der bewohnten Welt, fand Tanias Namen neben einem Klingelknopf, aber wohin man auch blickte, jedes Fenster spiegelte lediglich einen vernieselten Ausschnitt der Nacht. Außerdem wohnte hier ja nicht zuletzt die Mamsch.

Ich halt's nicht aus, stöhnte Gregor, als er seinen Panzer dort geparkt hatte, wo die Schatten am schwärzesten ineinander wühlten: Ich kann nicht mehr ich will nicht mehr, murmelte er, als er sich auf der Rückbank in eine Schlafstellung zu falten versuchte: Das ist zuviel an Frau, das ist Nötigung.[111]

Draußen war Sonntag. Wenn der Regen nicht so laut aufs Autodach getrommelt hätte, wär's bestimmt zu hören gewesen: wie der Urwald gekehrt wurde.

Inmitten eines Traumes

, bei dem silberne Dinge keine ganz geringe Rolle spielten, mußte man, erstens, ein paar lustvoll aufs Autodach prasselnde Schläge in die Handlung einbauen – »da Herr meinen wohl, weil a aus Deitschland kommt, derf a sei' Schüssl mittn im Akademiepark oostö'n?« –, und mußte, zweitens bis drittens, nicht nur eine erkleckliche! Strafe bezahlen, sondern sich vor allem dafür rechtfertigen, daß man bloß einen »vorläufigen Ersatzpaß« hatte, einen »vorläufigen Ersatz-Führerschein«.

Als man dann in der Dr. Bierbaumergasse klingelte, schlug sofort einer dieser Kerle an, und der volle dunkle Klang ließ keinen Zweifel daran, daß er mindestens unter »sehr groß« fallen würde, mindestens.

Er

tat's. Obwohl ihm Frau Adametz ständig »Der duat nix! Der duat nix!« hinterherschimpfte und »Aus! Percy! Aus!«, wich Gregor ein paar Schritte von der Gartentür zurück, an die sich, von der andern Seite, der Kerl mit seinen Vorderpfoten stemmte.

»San Sie 'leicht –«, rief Frau Adametz, während sie mißtrauisch einen Blick an ihrem Riesenschnauzer vorbeizuwerfen suchte: auf die Flickenjeansüberraschung, die allem Anschein nach gekommen war, den Untergang des Abendlandes zu verkünden: »San Sie 'leicht – da Krajicek Ernstl? Dann scher'n Sa si zum –«

Gregor wußte, daß er jetzt laut und fröhlich zu grüßen, daß er jetzt laut und fröhlich seinen Namen zu nennen hatte; Frau Adametz entfuhr ein »Ach, da Herr Dokta, habedehre!«, unter Absonderung zahlreicher Entschuldigungsformeln schlappte sie zum Gartentor, schob den Kerl beiseite, der auf der Stelle in ein schwanzwedelndes Nichts zusammenwinselte, wischte sich ihre Hände in der Schürze ab, bot Gregor, übers Gartentor hinweg, ein gutgelauntes Grüß-Gott-da-Herr, ein gutgelauntes Sie-werde-das-Mißverständnis-gleich-beheben und einen gutgelaunt geschüttelten Händedruck:

»Datsächlich, des glatte Gegenteil.« Sie legte den Kopf schief, um den Herrn Doktor noch besser ins Visier zu bekommen, und lachte: »Natürlich net vom Ernstl, maan i.«

Bevor Gregor ins Grübeln geraten konnte, ob das als Lob aufzufassen war oder als Tadel, öffnete sie das Tor, schob ihm Percy zum Streicheln hin. Wirklich, Percy tat nichts, abgesehen davon, daß er stank, daß er mit großer Zunge nach Gregors Händen langte und auch ein paar Versuche unternahm, an ihm hochzuspringen, in seinem Gesicht rumzuschlabbern. Was ihm nur zum Teil ausgeredet werden konnte. Am liebsten hätte sich Gregor von oben bis unten an der Schürze abgewischt, aber Frau Adametz war schon wieder auf dem Rückweg, der Herr Doktor möge sich nicht genieren, sie wär' eh gerade dabei, einen Frühstückskaffee aufzubrühen. Ob er etwa Zucker nähme?

Allerdings war's ihr dann doch komisch
, daß der Herr Doktor –
   Er sei gar kein –!
»A geh hearn S', die Tania hat erzählt, Sie san a echte Konifere und oiso wird s' amal wos Bessers.«
   Aber –

Nichts »aber«; freilich wär's ein bißchen sehr seltsam, daß der Herr Doktor sich bei ihr erkundigen müsse, wo seine – seine – –

Seine Verlobte! entfuhr's Gregor, und prompt sah ihn Frau Adametz – wie sie den Kopf schief legte, konnte man ins Grübeln geraten, ob sie etwa Ähnlichkeit mit ihrer Tochter hatte –, sah ihn mit wassergrauen Augen an: und lachte ihn aus:

»A Spassettelmacher!« drohte sie ihm mit dem Finger: Wo ihre Tania die Freiheit über alles liebe, seit sie … von Männern jedenfalls erst mal genug hätte. Da käm' jetzt *er* daher, der Herr Doktor, und tät' behaupten! Ob er etwa Zucker nehme?

Gregor nahm Zucker. Viel Zucker.

Wer denn der Ernstl sei? fragte er
eine Tasse später. Die Uhr überm Spülbecken tickte nicht, der Wasserhahn tropfte nicht, trotzdem legte Percy seinen Kopf auf Gregors Füße und stank.

Der Ernstl? Mit den Fingerkuppen ihrer linken Hand schlug Frau Adametz ein paarmal auf die Tischplatte, eins-zwei-drei, schnaufte: Bloß nicht mit *dem* dürf' er ihr kommen. Der hätt' ja einen dermaßnen Terror veranstaltet. Der Krajicek Ernstl. Zu nachtschlafner Zeit. Und wochenlang. Einmal sogar wär' er, das wüßt' sie von ihrer Tania, in einer Diskothek auf den erstbesten – bloß nicht mit *dem* dürft' er ihr kommen!

Ob Tania deswegen … genug habe? wollte Gregor nachsetzen, aber Frau Adametz winkte bereits ab, wassergrau schraubte sich ihr Blick durch Gregor hindurch, in eine ferne, beßre Welt:

Wegen so einem ███████████████████████ wie dem Ernstl doch nicht. Oh nein, das wär' schon ein andres Kaliber gewesen, der Herr Wybiral, eine gestandne Erscheinung! Fesch hätt' er halt ausgesehen, kein Wunder, das Geld, um sich immer fein rauszuputzen, hätt' er ja gehabt … – »nehmen S' 'leicht an Zucka?«

Gregor nahm Zucker. Viel Zucker. Draußen, im Vorgarten, sorgte die Sonntagssonne dafür, daß es überall zu glitzern anfing, zu glühen, selbst drinnen, in der Küche, gingen langsam einige Lichter auf. Nicht der Frau Adametz, die schwärmte sich um Kopf & Kragen: »Alfi hier, Alfi dort«, ein paar Jahre lang wär' der Tania nichts

andres in den Kopf gekommen als ihr Verlobter, und auch der hätt'
nur Augen für seine Zukünftige gehabt, auf roten Rosen hätt' er sie
gebettet, auf breiten, behaarten Händen getragen, bis – – – naja.

Frau Adametz klirrte ihr Tasse so endgültig auf den Unterteller –
um sie einen Gedankenstrich später ins Spülbecken zu stellen –,
daß es Gregor nicht wagte sitzen zu bleiben. Sogar Percy erhob sich
und kam unterm Küchentisch hervor:

»Die große Enttäuschung, von der sie nie sprechen will?«

Frau Adametz nickte. Überallhin hätt' ihr der Alfi nachspioniert,
der Herr Wybiral, von einem Tag auf den andern, vor knapp zwei
Jahren, *alles* wär' ihm zuwider plötzlich gewesen und verdächtig,
selbst die harmlosesten Termine mit irgendwelchen Photographen,
bis sie, die Mutter –

»Photographen?«

– dem Herr Wybiral jeden zweiten Tag was hätt'
vorlügen müssen, indem-daß er rauf & runter geritten wurde von
seiner fixen Idee, kein Wunder, schließlich wär' er nicht mehr der
Jüngste gewesen, der Alfi! Hätt' sich wohl gedacht –

– und genau an
dieser Stelle begann's auch in Frau Adametz wieder zu denken, zu
*be*denken, daß es wirklich keinen Grund gab, die ganze Katastrophe
einem Wildfremden zu erzählen, der in seiner abgerißnen Armeejacke obendrein aussah wie – wie – das Gegenteil, zumindest, vom
Herrn Wybiral und trotzdem kühn behauptete, er wär verlobt: ein
Spassettelmacher.

Mit den Fingerkuppen klopfte sie auf die Tischplatte, vier-fünf-
sechs, wischte sich die Hände in die Schürze, als ob sie den schmutzi-
gen Rest der Geschichte damit von sich hätte abtun können, sah einen
wassergrauen Moment lang aus dem Fenster, raus übern Vorgarten,
über die Dr. Bierbaumergasse, den gegenüberliegenden Vorgarten,
durch die Fassade des dazugehörigen Doppelhauses hindurch und
hinein in ein Land, wo sich ihre Tania nicht mehr mit solch abgerißn-
nen Gestalten einlassen würde wie seit zwei Jahren, sondern … Die
Uhr tickte nicht, der Wasserhahn tropfte nicht, Percy stank.

»Dabei sehnt sa si doch so nach an Monn! Nach an bißl an heis-
lichn Glück. Geborgenheit«, klopfte Frau Adametz sieben-acht-

neun auf die Tischplatte, »ka Wunder, hot's ois a Kind ja so wenig g'habt, ohne an Votta«.

Ob er noch einen Blick
werfen dürfe? In Tanias Zimmer? bat Gregor und schob Percy von sich fort.

Er durfte. Himmelblau tapeziert war's, das Zimmer, mit weißem Schleiflack ausstaffiert und bewohnt von einer Plüschtierherde, die sich – Schlafbären, Schlafhasen, Schlafkatzen und rosarote Panther, Elephanten, Pinguine, ein Nilpferd in Latzhosen, ein Walroß mit Kind, ein Wildschwein, jede Menge Koala- und Eisbären – in paradiesischer Eintracht vom Bett übern Teppichboden hinzog bis zu einem Schminktischchen, auf dem's vielhundertfach funkelte. Für den, der's damit noch nicht kapiert haben sollte, gab's ein Regal mit Büchern – »Latte Igel«, »Dr. Dolittle«, »Fünf Freunde« –, die auch Gregor gelesen, ach was: geliebt, ach was: nachgelebt hatte, ach was: Für den, der's beim Anblick des Schminktischchens noch nicht kapiert haben sollte, gab's Photos an den Wänden. Photos von einer Frau, die, ob im Abendkleid, ob im Bikini, dem Betrachter unmißverständlich klarmachte, daß man hier mehr zu bieten hatte als weißblaue Glücksvisionen und jede Menge Knöpfe im Ohr.

»Die Photos«, flüsterte Gregor, »der Herr Wybiral – «

Wie gesagt, wurde Frau Adametz unruhig: Die Tania würd' schließlich seit gut zwei Jahren nebenbei als, wie tät' man das heißen? als Modell arbeiten. Wieso das der Herr Doktor nicht wüßte? Wo er angeblich mit ihr? Haha, ein Spassettelmacher.

Erst als Gregor im Vorgarten stand, fiel ihm wieder ein, weswegen er gestern nacht überhaupt losgefahren, weswegen er die Nacht im Akademiepark verbracht; und als er seine Frage gestellt hatte, war sich Frau Adametz *wirklich* sicher, drei Tassen Kaffee an den Falschen vergeudet zu haben:

Was der Herr Doktor denn *überhaupt* wüßte? Die Tania wär' doch jetzt in ihrer eignen Wohnung, mitten in Wien! Ob er ihr letzte Woche nicht beim Umzug geholfen hätt'?

Percy schüttelte sich, warf einen verächtlichen Blick auf den

Herrn Doktor und, hinter seinem Frauchen, zog sich ins Haus zurück. Der Herr Doktor schloß die Augen.

Wie ihm dann in dieser wunderlichen Wiener Neustadt
zum zweiten Mal das Polizeiauto ins Blickfeld geriet, saß ein Mensch auf dem Rücksitz und zeigte ihm grinsend seine Handschellen. Gregor grinste zurück, spätestens jedoch in der Florianigasse begann der sogenannte Ernst des Lebens auch für ihn: in Gestalt der Kulterer Felizitas, die in der WG-Küche ein Solidaritätsgespräch mit Carol führte.

Statt also alle 23 Wiener Bezirke nach Tania abzusuchen
, mußte sich der Herr Doktor mit der Felizitas ins »Café Hummel« begeben und dabei obendrein so tun, als ob er sich nach ihren Katzen erkundige.

»Ach Gregor, du … host ma vü gem …«

Die Felizitas schwitzte vor Glück, man hatte lediglich die Wahl, sich in sie zu verlieben oder richtig wütend zu werden.

»Host mi vaändert, du … host mi zu mia söba brocht …«

Die Felizitas schwitzte, die Felizitas grabschte nach Gregors Hand; man hatte lediglich die Wahl, schnell ein weiteres Viertel zu bestellen oder an Tania zu denken (»Selbst in *so einer* steckt ein kleines Koalabärchen. Steckt eine Plüschmaus, ein Schlafhase, ein Nilpferd mit –«).

»Du, brauchst' ka Ongst ham, i wü da dei Freiheit ja lossn … sogar mit da Lotti …«

Die Felizitas schwitzte, die Felizitas kriegte den gläsernen Blick, die Felizitas roch nach Limonen, der Solosäufer am Nachbartisch sah von hinten aus wie –

»Gib unsra Freindschaft Zeit …«

– wie der Kreuzberger!

»Zeit, zan sich entwickln …«

Tatsächlich, wie der Kreuzberger Otto.

»Du, i wü's no amoi mit dia vasuchn …«

»Wir könnten vielleicht«, zog Gregor seine Hand weg und bestellte ein viertes Viertel, »wir könnten vielleicht Du-gehst-in-einen-Wald spielen.«

Beim nächsten Klogang der Felizitas
nützte er die Gelegenheit, beglich schon mal die Rechnung und: stellte dabei fest, daß sie jede Runde mitgehalten hatte, alle Achtung.

Stellte fest, daß sie diesmal erheblich länger brauchte als sonst, daß der Solosäufer auch von vorn wie der Kreuzberger Otto aussah – und daß er sich vergeblich mühte, mit dem Zeigefinger ein paar fröhliche Löcher in seinen Hut zu bohren, wobei er ganz friedlich »Scheiß- █████████████, Scheiß- ███████████████« vor sich hin summte. Kaum aber war Gregor auf ihn zugetreten und hatte ihn begrüßt, kam Bewegung in den Kreuzberger, nahezu zeitgleich stülpte er sich den Hut über, lupfte sein »Gesäß« ein, zwei Zentimeter vom Stuhl, lupfte den Hut ein zwei Zentimeter vom Kopf, buckelte den Oberkörper ein, zwei Zentimeter zur Tischplatte runter, ließ sich zurückfallen, nahm den Hut ab, wischte sich den Schweiß von der Stirn. Fragte sehr freundlich Richtung Gregor, was der Unterschied zwischen einer Meise sei und einer Elster.

Statt die Antwort abzuwarten, begann er freilich aufs neue, in seinen Hut hineinzubohren, und da man sogar als Felizitas längst hätte zurück sein müssen, ging Gregor ins Klo. Fand dort eine Frau, über und über bekleckert mit ihrem Kummer (»Ach du ...«), es kostete erhebliche Überwindung, mit Toilettenpapier das Gröbste wegzuputzen. Hoffentlich würde sie ihm nicht um den Hals fallen!

Aber das konnte sie gar nicht mehr. Indem er sie rausschleppte, winkte ihm der Kreuzberger mit der Antwort hinterher:

»Wann dia a Meiserl ins Guckloch hupfd, dann glaubst', di laust a Döiphin!«

Die ganze Nacht über
mußte er der Felizitas die Hand halten, während sie ihr Innerstes nach außen stülpte, sei's als Magensaft, sei's als monoton murmelndes Lamento:

»Sog ma mein' Fölla, du, i mog di doch so, Waunsinn, is mia schlecht, do is do nix eng, geh-bitte ...«

Nie wieder! schwor sich Gregor, als sie am Morgen endlich eingeschlafen war und er sich, zum zweiten Mal, davonmachen konnte: Nie wieder! werde ich so was tun, nie wieder!

Als er die Treppe in den vierten Stock hochstieg, hüpfte ihm ein fröhlicher Hut mit hundert Löchern entgegen, gefolgt von einer Schar schwarzer Katzen, gefolgt von Silvano, der nur »pssst« machte. Auf dem Schreibtisch, quer über den vielen geschnitzten Ts und Js, lag zur Belohnung ein Zettel. Ein Zettel mit einer neuen Adresse und allerhand altbekannten Kommafehlern.

Graue Luft. Kuckucksrufe. Von ferne das Meer, das Meer.

Oder was immer es war, das da rauschte.

Weil er aber wußte

, daß Tania noch nicht mal einen Topf mit Wasser zum Kochen bringen konnte, fuhr er vorher zum Gasthaus »Schmid«. Und weil das wegen Faulheit geschlossen hatte wegen Platzangst Steinschlag Kugelblitz Hochwassergefahr! fuhr er bis zur nächsten Stadtbahnstation, wo er sich eine Burenwurst in den Bauch schob, eine Klobasse und eine Käsekrainer, scharf übersenft, und als ihm anfing, schlecht zu werden: ein Ottakringer hinterher (oder war's ein Gösser?).[112] Dann begab er sich in den 15. Bezirk, Goldschlagstraße, stieg in einem knarzenden Treppenhaus die Dunkelheit hinan, durch Kraut & Rüben & Knoblauch & Zwiebeln, und, demonstrativ mit ihrer Einladung »zum Abendessen« fächelnd, betrat Tanias neue Wohnung:

»Gestatten: Alfi Wybiral, dein Verlobter. Ich bin der Haken an der Geschichte.«

»Phhh«, machte Tania. Zum Glück hatte sie ihre Silbersandaletten an.

»Schönen Gruß vom Krajicek Ernstl.«

»Und von da Mamsch«, griff Tania mit ihren schwarzen Fingernägeln[113] nach Gregors Halskettchen, genaugenommen nach dem kleinen Silberkreuz, und zog ihn daran, wie einen widerborstigen Riesenschnauzer, über die Schwelle. Spitzte ihre Lippen und blies ihm ziemlich viel Luft ins Gesicht.

Aus einem blauen Teppichboden

bestand die Wohnung, aus einem schleiflackweißen Tischchen (mit der »Kleinen Nachtmusik« mitten drauf, immerhin!), bestand aus zwei schleiflackweißen Stühlen, einer gewaltigen Kleiderschrankwand, deren Schiebetüren verspiegelt waren von oben bis unten.

»Und die Tiere?« fragte Gregor: »Wo sind deine Tiere?«

»Aa Esel is jedenfois scho da«, sagte Tania und zeigte ihrem »Verlobten« auch noch das Bad, wo ein riesiges Photo über der Wanne hing – eine Schwarzweißfrau im Ledermantel, dessen pelzbesetzter Kragen sich bis zu den Wangenknochen hochklappte, darunter war sie nackt. Nun! Das Wesentliche zwar ließ sich lediglich erahnen, trotzdem schlug's Herrn Schattschneider mit aller Wucht ins Gesicht. Und sonstwohin; erst als er, zurück im Speisewohnschlafzimmer, die kreisrunde Schaumstoffmatratze entdeckte, die offensichtlich als Bett fungierte, erst als er sie ausgiebig beschnüffelt hatte, stand ihm wieder eine zweideutige Bemerkung zu Gebote: über Eckart. Ob's denn eine *solch* runde Sache mit dem sei, ob der überhaupt was könne?

»Wennst' maanst, ob a Möbel schleppn kann: Des kann a.« Der Tobias Knaut dagegen (»waaßt' eh: da Stammla«), der könne in dieser Hinsicht schier gar nichts.

Tatsächlich wollte sie ihm weismachen, daß ihr Eckart bloß beim Umzug geholfen habe;[114] er, der Tobias, habe sich neuerdings ja um Beßres zu kümmern.

Zum »Popklub« sei sich's aber noch ausgegangen, oder wolle sie leugnen?

Er wisse doch, daß sie für ihr Leben gern tanze.

Und danach? Was sie denn weiters für ihr Leben gern mache!?

»Danach? Phhh – woa i do, da Ecki hot mi haambracht.«

»Natürlich hat er dich heimgebracht![115] Er heißt übrigens Ekkart.«

»Ach Tobi. Waaßt' nimma, wos *des* haaßt?«

Sie hielt ihm ihr Handgelenk vor die Nase, von dem der dunkle Geruch des Lederbands aufstieg, und Gregor wußte, was das hieß.

Dann gab's das Abendessen

, das heißt: kurz nachdem Tania eine Packung Spaghetti ins kochende Wasser geschüttelt hatte, klingelte das Telephon. Während sie in den Hörer flötete kicherte gurrte, suchte Gregor in aller Ausführlichkeit die Wände nach einem Photo ab, für das er sich nicht schämen mußte.

»Stöi da vua, die mochn a Sedcard von mia!« umarmte sie ihn mit einem Mal von hinten, hüpfte an den Herd und … servierte einen völlig zerkochten Nudelklumpen, ohne jeglichen Versuch einer Soße: »Oba des geht di eigentli nix an.«

Mit *so einer* sollte man jetzt? derweilen sie einem zigfach von den Wänden auf die Gabel schaute? Gregor dachte an all die Wochenenden, wo sie ihn versetzt hatte vertröstet, an all die Wochentage, wo die Mamsch behauptet hatte, sie wüßte selber gern, wo ihre Tania heute abend …

Einen neuen Job habe sie übrigens auch schon! strahlte sie und probierte's gar nicht erst, aus dem dampfenden Kloß auf ihrem Teller ein paar Einzelnudeln herauszudrehen: Bei einem Doktor Schafmann, oja, so heiße der wirklich, ein Zahnarzt im Sechzehnten[116], weil –

– Gregor damit rechnete, daß sie ihm über kurz oder lang eine Szene wegen der Felizitas machen würde und weil er dem vorbeugen wollte, lachte er möglichst abfällig, nickte er möglichst kennerhaft gen Schaumstoffmatratze:

Wie sich denn ein Schafmann anstelle? Wenn's zur Sache gehe?

»Sog amoi, Tobi!« Tania sprang auf, so daß ihre abgerißnen Jeans ins Blickfeld gerieten, ihre braunen Oberschenkel (was die Angelegenheit nicht besser machte): »Wos draamst'n in da *Nocht*?«

»Und überhaupt!« verlautbarte Herr Schattschneider dermaßen unaufgeregt, dermaßen sachlich, wie's nur ein fremder, böser, ein durch & durch unsüßer Weltmann zuwege brachte: »Was hat'n eigentlich der Wegensteiner Poldi an dir rumzufingern, treibst du's momentan mit jedem oder –«

– einen Moment lang sah's so aus, als würde sogar eine Tania mal in Tränen ausbrechen, einen zweiten Moment lang, als würde sie nach der Schüssel greifen, um sie an die Wand zu werfen.

Dann aber saß sie jählings, die Schüssel mit der restlichen Spaghettipampe, saß über Gregors Kopf.

195

Wie er sich mit Tania zwischen den Scherben wiederfand
, den Nudeln, hatte sie ihm schon den rechten Arm mit ihrem Gürtel an ein Tischbein gefesselt, »gefesselt«, und wie sie sich aus dem Herrenhemd herausriß, das bislang vor ihrem Bauchnabel verknotet war, hielt Gregor brav auch das linke Handgelenk hin.

Als sie, bloß noch mit ihren Silbersandaletten bekleidet, vor ihm auf & ab stöckelte
auf & ab
auf & ab
, wie einzig eine Tania zu stöckeln vermochte, so ganz aus der Hüfte heraus, ohne jedes äffische Rumgepürzel, da biß er sich bereits in die Unterlippe. Sie aber, statt ewig so weiterzumachen, blieb direkt vor ihm stehen über ihm und: begann, auf ihn herabzuschimpfen, oja-sie-wüßte-wohl-wie-sehr-er-auf-solche-Klischees-stehe-und-ü berhaupt-auf-alle-Männerphantasien-obwohl-er-ja-drauf-beharre- daß-er-ein-kleiner-Junge-sei-und-also-strenggenommen-noch-ga r-keine-Männerphantasien-haben-könne-aber-es-tue-ihr-leid-ihre -eignen-Vorstellungen-gingen-nun-mal-in-eine-andre-eine-*ganz*- andre-Richtung-sie-denke-*nicht*-ständig-an-das-eine-und-gerade- jetzt-zum-Beispiel-an-alles-andre-als-ans-ob-er-das-nicht-end lich-in-seinen-überösterreichischen-Schlauschädel-reinkriegen- könne-sie-sei-nämlich-kein-Abziehbild-sondern-ein-Mensch-wie- er-und-sie-habe's-so-satt-so-satt-wo-sie-doch-nur-eine-total-nor male-Beziehung-führen-wolle-wie-jede-andre-auch-warum-man- sie-partout-nicht-lasse-in-der-Tat-in-der-Tat-sie-mache-verda mmt-noch-mal-Photos-das-schließlich-sei-*ihre*-Sache-und-wenn- sie-das-damals-nicht-sofort-aufs-Tablett-gebracht-habe-dann-sei- das-gleichfalls-ihre-Sache-immerhin-gäb's-gute-Gründe-dafür- oder-vielmehr-schlechte-sehr-schlechte-und-was-den-Namen-Wy biral-betreffe-so-wolle-sie-den-nie-wieder-aus-seinem-Munde- hören-nie-wieder-und-auch-keinen-andern-Namen-und-wenn-er- jetzt-nicht-auf-der-Stelle-aufhöre-ihr-laufend-irgendwelche-Affä ren-anzudichten-mit-irgendwelchen-Männern-die-sie-nicht-die- Bohne-interessierten-und-wenn-er-nicht-sofort-aufhöre-ihr-hin terherzuspionieren-und-ihre-Mamsch-auszufragen-und-alles-ka

puttzumachen-dann –

        – holte sie an dieser Stelle vielleicht Luft, und Gregor blickte sie mit seinen Augen an. Sie aber, statt endlich wieder loszustöckeln, auf & ab, auf & ab, sie aber stupste ihn mit der Schuhspitze in die Seite und noch mal und noch mal, so daß es richtig unangenehm wurde, und schrie den Herrn Verlobten dabei an, den Herrn Doktor, den Herrn Tobias Knaut, daß es jeder im ganzen Haus hören mußte: ob er endlich gewillt sei und in der Lage, »a stinknormale Beziehung« zu führen?

Natürlich!

Mit allen Konsequenzen?

Mit allen!

Woraufhin sie sich ganz! langsam ███████████████

███████████████████████████████████████

███████████████████████████████████████

███████████████████████████████████████

███████████████████████████████████████

███████████████████████████████████████

███████████████████████████████████████

███████████████████████████████████████

███████████████████████████████████████

███████████████████████████████████████

███████████████████████████████████████

███████████████████████████████████████

███████████████████████████████████████

███████████████████████ nein! Das alles tat sie eben nicht, zog sich sogar wieder was an, hockte sich neben ihn und, ehe ihr die Tränen kamen, kuschelte sich wie ein Plüschtier über ihn und fragte:

»Wüst mi wirkli ois a ganza?«

Wie denn sonst

, streichelte sie Gregor, als er seine Hände freigeknibbelt hatte, wen denn sonst, eine »stinknormale Beziehung« werde er mit ihr führen, was denn sonst.

Zusammenziehen und

einen richtigen Haushalt führen: würde sie aber, sie habe sich's überlegt, erst mal noch nicht wollen, fuhr sie ihm mit den Spitzen ihrer Fingernägel das Rückgrat runter – sie lagen vor dem Spiegelschrank, auf dem kreisrunden Ding –, und dann drückte sie Gregor den Wohnungsschlüssel in die eine, den Haustürschlüssel in die andre Hand. Wehe, er mache irgendwelchen Blödsinn damit, ihre Freiheit sei ihr heilig, selbst als – selbst als seine – –

Gregor nickte sehr oft.

Wenigstens solang sie nicht zusammengezogen seien.

Gregor nickte sehr oft.

Sie blickte ihn an, hob dabei ihr Handgelenk an die Lippen und hauchte ganz leicht, ganz leicht und ganz beiläufig, ganz leicht und ganz beiläufig und ganz selbstverständlich einen Kuß auf das Lederband. In drei Tagen folglich würde's soweit sein.

Für die Haupt- und Staatsaktion

im Wiener Rathaus, 21. Juni, weil! Österreich bei der Fußball-WM auf Deutschland traf, meterhoch war eine Leinwand aufgebaut für die Direktübertragung … 3:2 stand's, als der Schiedsrichter abpfiff, wie konnte das passieren, 2:3, der Saal tobte über Gregor hinweg.[117] Auch auf dem Weg in die Goldschlagstraße fand sich niemand, der seinen VW-Panzer mit dem offensichtlich piefkinesischen Kennzeichen unbehelligt passieren ließ: Man hupte, zeigte ihm das Ergebnis mit den Fingern, und sobald eine Ampel auf Rot sprang, kurbelte man das Fenster runter und kündete davon, daß die Welt wieder in Ordnung sei.

»Wenn ihr alle wüßtet«, tobte Gregor gegen die Windschutzscheibe, »daß ich jetzt nicht bloß 'nen österreichischen Alten hab! Sondern sogar 'ne österreichische – – 'ne ›stinknormale Beziehung‹!«

Eigentlich hätte ihm während dieser endlos langen Fahrt klarwerden können, daß man gegen Österreicher selbst zu elft mitunter den kürzeren zog.

Einen zweiten Sahnehaubensommer lang
war's freilich erst mal so, wie's immer schon hätte sein sollen mit Tania: Irgendwie gelang's Gregor, alles einfach geschehen zu lassen,
mitzuspielen statt dagegen; und als Eckart beim Playmate-Seminar
beiläufig, sehr beiläufig wissen ließ, daß er jetzt mit Kosima liiert sei,
oja: mit der Chwapil Kosima, da geriet sogar diese – nunja: Freundschaft wieder ins Lot.

»Die hat doch gerade ihr Abitur gemacht, oder?«

»Ihre Matura«, belehrte Eckart, der Nichtraucher, und schnorrte
eine Flirt.

Ob er denn auch an sie jeden Abend, ab Viertel vor zehn, ob er
nach wie vor denke?

Ab einundzwanzig-Uhr-fünfundvierzig, nickte Eckart und schloß,
um das Glück anzudeuten, das in jenen fünf Minuten für ihn lag,
schloß die Augen, saugte sich bis in die Lungenspitzen voller Rauch.

Als wäre er niemals im AKH gelegen, biß der Möslacher Ferdl in
die Ecke seiner Milchtüte; Walle wartete; der Wegensteiner Poldi
meinte, Zeit sei's fürs Mitternachtsspektakel, und machte sogenannte Anstalten.

»Aber was findest'n an der?« fragte Gregor und erhob sich.

Eckart blies den Rauch aus sich heraus und versuchte, Gregor von
unten herauf so anzublicken, als sähe er von sehr weit oben auf ihn
herab:

»Das verstehst du nicht mehr. Dafür bist du zu alt.«

Einen knappen Sahnehaubensommer lang
vergaß Gregor sogar seine Maultrommel. Vergaß all die Spiegel, aus
denen ihm die Eigenschaftslosigkeit hätte entgegengrimassieren
können, vergaß die Blicke fremder Männer und all ihre Hände,
die ihm, plötzlich, schwer, auf die Schulter geschlagen werden konnten (»He, olle moi herhörn, sitzt da doch datsächlich ...«). Einen
knappen Sommer lang, bis er, man lag auf dem kreisrunden Ding
vor dem Spiegelschrank, durchs geöffnete Fenster fiel feucht und
schwer schon der erste Geruch des Herbstes, vom Gürtel[118] herüber
rauschte »das Leben«, bis er eines Tages wieder mit seinen Fragen
begann (was *so eine* wie sie eigentlich von *so einem* wie ihm wolle,

wieso sie nicht längst…) und Tania widerwillig etwas zu Protokoll gab wie: weil er »so unzasteert« sei, »so grod heraus«, »so unvaduam«, *deshalb*, und: sie müsse jetzt schlafen.

Gregor aber wollte verdorben sein, vom Leben gezeichnet und ungerade heraus, Gregor wollte gefährlich sein, fatal fremd, unberechenbar, böse, ein Mann mit vier Fäusten. Folglich lag er diese Nacht so lange neben ihr wach, die gleichmäßig atmete, bis… er merkte, daß sämtliche Sandelholzgedanken wieder da, daß die letzten Monate lediglich ein Traum gewesen waren, den er hiermit überlebt hatte.

Doch der Reihe nach.

Einen sehr knappen Sahnehaubensommer lang
vergaß Gregor, seine Bücher zu beschnüffeln, seine Socken, sein Handgelenk. Gab eifrig Nachhilfestunden für die zwei kleinen Schweinchen; assistierte beim Bau von Eckarts Hochbett; empfing Tanias Postkarten aus Kreta, Mallorca, Mauritius und chinesisch koloriertes Briefpapier von der Kulterer Felizitas:

»Du Kind, Du unwahrscheinliches Kind Du, wie konntest Du mich nur so traurig machen, wie konntest Du mich nur so glücklich machen … Wär's am Donnerstag nicht mal Zeit, all die Krügerl zu trinken, die Du mir versprochen hast?«

Nein
, denn da vertilgte man Schinkenfleckerl, Marke Floriani. Ergötzte sich an einem Kellerschelm, Marke Goldhügel, ergötzte sich überösterreichisch an

- Doll und Mur
- Mürzzuschlag
- Schutzhaus zur Zukunft[119]
- Weinhaus Wunsch
- Tresentarzan

ergötzte sich an einem zweiten Goldhügel, an Graf Bobby, dessen kleines verstörtes Bellen bisweilen durch die Wand drang, und am

- täglichen Kampf ums Überlegen
- A-hörnchenhaften der schönen Wienerin …

»Es gibt 'ne Art von Mädchen«, hörte sich Gregor unvermittelt sagen, »mit der ich befreundet sein *will*, und eine«, hörte er, »mit der ich befreundet sein *kann*.«

»Aber du bist mit 'ner *Frau* befreundet«, korrigierte Eckart, und weil er wieder Ecki werden wollte, verzichtete er darauf, seine Taschenuhr rauszuziehen: Wenngleich »befreundet« den Sachverhalt nicht richtig wiedergebe, er wisse wohl, daß Gregors sogenannte Beziehung kaum mehr als eine komische Gelegenheitsgeschichte sei, eine ██████████████-Geschichte, eine, naja, ███████████ ███-Geschichte, wie solle man sagen?

»Kannst du schweigen?«[120] fragte Gregor, und …

Eckart
sagte nichts, nicht mal sein »Ich glaub', mich laust ein Delphin«.

… dann mußte er natürlich sein Kettchen zeigen, mußte begründen, warum er nicht längst mit Tania zusammengezogen, warum er mit ihr, trotz allem, nicht richtig verlobt war. Sondern »verlobt«.

Sieh an, dachte Eckart, dermaßen schnell kann's gehen. Aber er sagte:

»Paß bloß auf.« »Wer mit seiner ›Mamsch‹ keinen Stunk hat, der will selber bald Kinder.«

Ohne sich ein einziges Mal zu kratzen, hörte er Gregor zu, der sich in lauter langsamen und schnellen Worten über Tania beschwerte, über die »Freiheit«, die sie ständig einklagte
– die Freiheit wovon? –
– die Freiheit wozu? –
über die Photos, die sie ständig von sich machen ließ: Mehrfach habe er an ihren Wänden den Beweis gefunden, daß sie noch nicht mal davor zurückschrecke, daß sie sogar Oben-ohne posiere! öffentlich zur Schau sich stelle! entblöße! prostituiere! braun wie sie sei, und mindestens dabei nach Sandelholz rieche, nach Sandelholz *mit dem Photographen* rieche, wer könne schon kontrollieren, was auf diesen südlichen Inseln so passiere … Gregor warf einen langen Blick auf die Yuccapalme. Dann bat er Eckart, nein: Ecki um einen

Gefallen, nicht länger sei's auszuhalten, er bräuchte endlich Beweise:

»Mach sie an. Mit allen Mitteln.«

Bräuchte endlich Gewißheit: über eine Frau
, sozusagen seine eigne Frau, die sich nicht ein einziges Mal über die Felizitas beschwert habe, geschweige denn über die Franzi, die Trixi, die Theres, wenn das nicht verdächtig sei! Bräuchte Gewißheit über eine Frau, die nie da war, wenn er spontan vorfuhr in der Goldschlagstraße – oder, noch schlimmer, die da war, aber nicht öffnete – und die tags drauf lediglich den Kopf schief legte, wenn er sie so ansah, als würde er gleich die rohe Frage stellen. Letzte Woche, als er sich mit Walle »Deutschland im Herbst«[121] angeschaut habe, sei er in ihren Hinterhof anschließend eingedrungen und: habe Stöhngeräusche erlauscht aus ihrem Speisewohnschlafzimmerfenster. Vielleicht! auch aus dem der Nachbarwohnung. Und was das Allerschlimmste sei: Er habe sich mit Janet verabredet.

»Der im himmelblauen Dingsbums?«

Genau der.

Nach einem halben Jahr an Absagen? entblödete sich Ecki, nein: Eckart und keckerte kratzte knibbelte noch immer nicht.

»*Schon* nach einem halben Jahr!« rückte Gregor zurecht: In *die* sei er *wirklich* verliebt, die lohne jeden Aufwand. Fast könne er sich sogar vorstellen, unter einem Baum mit ihr zu liegen, in den Himmel zu sehen und –

Realidealistisch oder restromantisch? wollte Eckart weitersticheln; doch da der Kuckuck rief, mußte er feststellen, daß es bereits einige Stunden später war, als er dachte; und weil's sowieso keinen Sinn mehr hatte, nach der Taschenuhr zu nesteln, nickte er bloß.

Irgendwann in dieser Nacht
, die dem Zabransky Leopold etliche besorgte Extrablicke übern Hof abforderte, bezweifelte Gregor in langen, kompliziert gebauten Sätzen sein Talent zum Glücklichsein; aber ehe er sich am Weinkorken festschnüffeln konnte oder in einer Plattenhülle, erinnerte ihn Eckart an die einfachen Wahrheiten einer Hundert-Punkte-Liste.

Freilich bekam zu dieser Uhrzeit bereits jedes Mädchen die volle Punktzahl, sogar jede Frau. Woraufhin man versuchte, deren Wallungswerte gegeneinander aufzurechnen, und als selbst das zu keinem wissenschaftlich haltbaren Ergebnis führen wollte, kam Eckart auf die rettende Idee: eine Ewige Bestenliste aller Beteiligten,[122] »unter Berücksichtigung der jeweiligen Komplettphänomene«, ausgehend von jährlichen Abschlußtabellen, aus denen dann, mittels schlichter Addition der entsprechenden Platzziffern, die aktuelle Hitparade errechnet werden konnte, die Ewige Bestenliste.[123] Das war zwar eine beträchtliche Additionsmühe und eine Menge Arbeit (und der Wein möpselte entsprechend auf der Zunge), las sich allerdings noch vor dem Morgengrauen wie folgt:

Gregor		*Eckart*	
1) Kristina	(37)	1) Kristina	(53)
2) Janet	(31)	2) Tania	(19)
3) Larissa	(27)	3) Angie	(17)
4) Die Rothaarige	(22)	4) Kosima	(16)
5) Lotti	(19)		
6) Franzi	(18)		
7) Tania	(17)		
8) Kosima	(7)		
9) Nadine	(5)		

Ein bißchen sehr überrascht waren sie schon
, als sie sich vor dem Einschlafen ihre Bestenlisten vorlasen, aber für weitergehende Gefühle war's einfach zu früh, Eckart fand gerade noch Zeit, um seinerseits ein Geheimnis zu verraten: Auch er schreibe neuerdings, eine Art Weiberroman übrigens,[124] Gregor spiele darin die Rolle des Antihelden, und draußen, überm Dachfirst des Hinterhauses, verfunkelten die allerletzten Sterne.

In dieser Nacht war's zum ersten Mal, daß Gregor schweißgebadet aufwachte und nicht wußte warum.

Als ihn Janet dann erneut versetzte
, hielt sich Herr Schattschneider nicht allzulange mit Eischalenstabilitätsberechnungen auf, sondern schob ein paar Schillinge ins

nächstbeste Telephon. Und landete mit der Chwapil Kosima – oja, auch ein Ecki packte mal seinen Rucksack und stellte sich an die Westautobahn –, landete mit der Chwapil Kosima und vielen schwarzhemdigen schwarzhosigen Menschen in einem kahlen Raum namens Kulturatelier, landete in einer Performance:

»I hob zwaa Singulare, ober wos is da Blural vom Blural?« wiederholte der Performer, ohne sich oder irgendwas andres vom Fleck zu bewegen, »geschlagene« zwanzig Minuten lang, und erst als man das Tuscheln anfing, das Zwischenrufen, das Ostentativ-die-Vorstellung-Verlassen, hatte er ein Einsehen, schritt er auf einen Kühlschrank zu, das einzige Requisit inmitten der Bühne:

»I hob zwaa Singulare«, legte er beide Hände an den Kühlschrank, und wie er, nach einer unendlich währenden Sekunde, dessen Tür aufriß – sah man, daß er randvoll geladen war mit Schwechater-Bomben: »Und dees is da Blural vom Blural! Na servas, des hätt' ma.«

Als er sich seine Flasche abgeholt hatte – und eine für Kosima, die praktischerweise kein Bier trank –, unterhielt sich Gregor freilich lieber über Singulare:

»Weißt du eigentlich, daß dein Ecki ziemlich scharf auf sie ist?«

»Seid's ees doch olle!« wehrte sich die Kosima: »Du vielleicht ned?«

Das konnte Gregor nun besten Gewissens und ganz offiziell abstreiten. Wohingegen Eckart – ob ihr eigentlich klar sei, daß sie, die Kosima, in seiner Top-Ten auf dem letzten Platz rangiere?

Fast wollte's scheinen, als ob sie den stummen Blick kriegte, das Augenglitzern, das schmale Lippenzittern.

Wohingegen Eckart – ob ihr eigentlich klar sei, daß sie, die Tania, in seiner Top-Ten auf dem zweiten Platz liege?

Fast wollte's scheinen, fast.

Wenn er ihr einen Rat geben dürfe, von Exfreund gewissermaßen zu Exfreundin: Es täte ihr sicher nicht schaden, mal ein Auge auf Tania zu werfen. Und das andre auf Eckart.

Fast wollte's scheinen, fast. Doch mit einem entschloßnen »›Top-Ten‹, ›Top-Ten‹, her do auf!« bestampfte die Kosima den Boden: Schon damals habe sie's aufgeregt, daß er zu allem & jedem eine Li-

ste anlegen mußte. Eine Tabelle. Irgendwas statistisch Zusammengelognes, um seine Ahnungslosigkeit zu kaschieren. Was dagegen die Tania betreffe, so könne sie ihn beruhigen: Sie verstünden sich beide prächtig, seitdem sie sich über seine, Gregors, Eskapaden im »Popklub« ausgetauscht hätten, jawohl: Eskapaden, jawohl: prächtig, und überhaupt –
— war's jetzt Viertel vor zehn, einundzwanzig-Uhr-fünfundvierzig! Gregor hatte fünf Minuten lang Zeit, das Silberkreuz zu belutschen und eine überösterreichische Replik zu finden.

Das sollte dann die letzte Nacht mit Tania sein
, in der noch Hoffnung war. Wider Erwarten hatte sie seinem stürmischen Klingeln nachgegeben – seinem *Klingeln*, denn »irgendwelchen Blödsinn« mit dem Wohnungsschlüssel zu machen, war ja tabu –, und indem sie ihm schlaftrunken um den Hals fiel und ein wenig desorientiert in seiner Ohrmuschel herumzüngelte, stieg in Gregor eine Ahnung auf … daß ihn Kosima vielleicht nicht mal belogen hatte, daß sie sich vielleicht wirklich mit Tania verstand, »prächtig« mit Tania verstand: die's ja auch bereits wagte, ihm in Flanellnachthemd und Wollsocken die Tür zu öffnen, die's wagte, ihm ungeniert jetzt ins Gesicht zu gähnen und ███████████ ███████████████████████, um Himmelswillen, woraufhin sie sogar ██ ██████████████████████████████, Gregor durchblitzte der Gedanke, daß er Janet wahrscheinlich nur deshalb dermaßen überirdisch fand, weil sie so was nie tun würde. Oder weil sie diesen Akzent hatte. Weil sie diese süßen, ja: süßen Fehler in ihre Sätze einbaute, die ihr bloß ein Tölpel korrigieren würde. Wohingegen Tania ████████████████████████████, einfach ekelhaft; wenn's nicht so dunkel gewesen wäre, hätte man sich für sie schämen müssen.

»Bleib do bei mia«, gähnte die Frau, mit der er eine »ganz normale Beziehung« führte, als er sich jählings aufrappelte.

Wenig später knatterte Gregor im VW-Panzer durchs herbstlich übernieselte Wien und fühlte nichts.

Es wurde Zeit, daß dies alles ein Ende nahm.

; denn am Abend des Tages, da Gregor seinen neuen Paß von der Botschaft abgeholt – wie gern hätte er ihn gegen ein einziges Hauptseminarzeugnis eingetauscht! – und sich ernstlich gefragt hatte, ob sie mittlerweile in Deutschland wohl alle öffentlichen Gebäude rund um die Uhr bewachen mußten; vielmehr: denn am Abend des Tages, da er seinen neuen Führerschein abgeholt und jede Minute damit gerechnet hatte, daß ein RAF-Kommando die Botschaft stürmen und einzig ihn, Gregor Schattschneider, als Geisel nehmen würde: am Abend dieses durchaus deutschen Tages versetzte ihn Janet nicht.

Sondern, nickiblauglockenrockbuntturnschuhweiß, saß neben ihm, als *Manu Dibango*[125] die Bühne betrat und hinter ihm eine riesige Trommel, an die ein kappenbunter Trommler geschnallt war: *Suleymane Touré*, der innerhalb von sechzig Minuten dafür sorgte, daß Gregor seinen Traum begrub. Seinen Traum, doch noch durch irgendein Wunder zum Schlagzeuger erwählt zu werden; denn *wie* jener Mensch auf seine Trommel einschlug, hart und schnell mit den Handkanten, hart und hell mit flachen Fingern, übern Rahmen übers Fell, knöchelfröhlich, ballenzärtlich, wie er mit der einen Hand dem Rhythmus der andern widersprach und dabei sogar Obertöne erzeugte Untertöne: zerstörte in Gregor jede Hoffnung, daß er zu was Höherem berufen sei als zur Maultrommelei.

Im »Feuerwehr-Wagner« bei Liptauer und Wein, während er sich, Glas für Glas, mit seinem Schicksal wieder anfreundete, gestand ihm Janet, daß ihr derlei Getrommel vor allen Dingen »Panik im Nacken« bereite, daß sie vor dem Einschlafen bete und daß sie's überhaupt nicht schön finde, wie sein oberster Hemdknopf ständig offenstehe. Dazu trug sie Brustbeutel und blonde Haare, wollte ständig wissen, was das Silberkettchen bedeute, nämlich das Kreuz daran – ob er gleichfalls?

Oh nein, winkte Gregor großzügig ab, das sei nichts weiter als ein Geschenk zur Kommunion, von seiner Tante Eusebia, das sei sozusagen nichts.

Weil sie aber den Kopf so komisch schief hielt und die Schrammeln so selig dazu schrammelten, als wären sie bestens im Bilde, wem sie da gerade aufspielten, öffnete er den Verschluß des Kettchens und – nein, es bedeute ihm wirklich nichts – schloß ihn wieder in Janets Nacken.

Weil sie den Kopf so komisch hielt.

Daß sie mit ihm den Lift hochfuhr
– man hätte heute sicher mehr als einen Schilling dafür investiert –, lag offiziell nur an der Art & Weise, wie Gregor seinen VW-Panzer durch die Gassen manövrierte: ohne Licht und im Schritt-Tempo, also allem Anschein nach als einer, der, wie sagt man? heilfroh sein konnte, wenigstens in die Florianigasse zurückgefunden zu haben. Und weil er ihr von einem Sofa im Flur erzählt hatte –

– das dann freilich: von John belegt war. Fast hätte Janet mit dem Beten angefangen, begnügte sich schließlich mit der Forderung, ihr Gastgeber solle die Augen fest zumachen und im Ohrensessel übernachten.

Bestand zuletzt noch auf einem gepunkteten Waschlappen, einer frischen ferkelrosa Zahnbürste – und rollte sich ganz rund in Gregors Bettdecke hinein. Scheiteß!

Am nächsten Vormittag
war's soweit. Weil sich der Rest der WG samt Silvano zum Streiten in der Küche eingefunden und weil Gregor große Bedenken hatte, sich mit Janet im »Café Hummel« zu zeigen, wo ihn der Kellner sicherlich begrüßen und sich nach dem »reschen Stückl« erkundigen würde, mit dem er sonst hier aufzutauchen pflegte: schob er Janet in einem Einkaufswagen, der sich, weitab von jedem Zielpunkt, auf dem Gehsteig gewissermaßen für sie bereitgehalten hatte, bergab Richtung Frühstück, Richtung »Bräunerhof«; und kurz vor dem Burgtheater begegnete ihnen: der Brüller, der seine minutenlangen Schreie gegen's Eingangsportal schickte. Will sagen, kurz hinterm Burgtheater, inmitten der zehntausend blühenden Rosen im Volksgarten, inmitten der zehntausend Rentner, die auf glänzenden Bänken saßen und die Hälse drehten, begegnete ihnen: Tania.

Als hätte er die komplette Szene
längst erlebt oder zumindest geträumt, also stets im vorhinein wissend, was die nächste Sekunde bringen würde, und trotzdem mit gelähmten Gliedern machtlos ihr entgegenstarrend, erkannte
erkannte?
Gregor die hochgesteckten Haare, das nackte Gesicht, die vielen konvexen und konkaven Versprechungen schlüsselbeinabwärts bis zum Bauchnabel, zum handspannengroßen Ausschnitt des Kleides, in dem ihre Bauchdecke bebte,[126] erkannte
erkannte?
den Mann links neben ihr, der einen Photokoffer trug, ein Stativ, den Mann rechts neben ihr, der ein schadenfroh hämisches? zufriedenes sattes? Grinsen im Gesicht trug, und augenblicklich verwandelte sich Janet in eine Sandkastengespielin mit zopfblondem Haar und baumelndem Kindergartentäschchen um den Hals. Aber sie begriff sofort, und behende! stemmte sich raus aus dem Einkaufswagen, der stockenden Erklärungen von Gregor hätte's gar nicht bedurft. Tania begnügte sich zunächst damit, braun bis unter die Fingernägel zu sein und partout keine kleinen Mädchen wahrzunehmen.
Wie die Rosen dufteten!
Dann erblickte sie das Kettchen an Janets Hals. Gregor schwankte einen Schritt zurück, suchte nach Halt, und als Tania auf Janet ganz langsam! zuging, wie in Zeitlupe, bekam er auch irgendwas zwischen die Finger, drückte zu.
Fast wollte er aufschreien, wie Tania vor Janet stand, wie Tania mit ihren schwarzen Fingernägeln nach dem kleinen Kreuz griff, wie Tania mit einem kurzen Ruck das Kettchen von Janets Hals riß, wie Tania sich zu ihm drehte, ihrem sogenannten Verlobten, wie ihm Tania in die Augen blickte, ihrem sogenannten Verlobten, wie ihm Tania das zerrißne Kettchen vor die Füße warf, wie Tania sich abdrehte, wie der Kies weiß aufknirschte unter ihren Schritten.
Voller ███████████████████ schaute er ihr hinterher.
Bevor er sich nach dem Kettchen bückte, wußte er bereits, daß seine Hand blutete. Bevor er, wie im Traum, darüberschleckte, wußte er, daß sie schmeckte.
Wie die Rosen dazu dufteten!

Auch die nächste Szene
war kurz.

»Male chauvinist pig!« sagte Janet mit einer kleinen tonlosen Stimme und gab dem Einkaufswagen einen Tritt. Als ihr Gregor hinterherblickte, brüllte der Brüller noch immer. Nun allerdings vernahm er ihn wieder. Wie die Rosen dufteten!

Die nächsten sieben Tage
hatte Gregor viel zu schnüffeln, viel zu schlecken; sobald er sich den Schorf aus den Handflächen gekratzt hatte, glaubte er, jeden einzelnen Dorn zu schmecken, in den er gegriffen. Warum ging Tania nicht ans Telephon? Selbst nach Mitternacht meldete sich ausschließlich ihr Anrufbeantworter, den sie von einem Phototermin in Florida mitgebracht hatte,[127] und unermüdlich erzählte ihm Gregor, daß er das Kettchen sofort zum Reparieren gebracht habe, daß mit Janet »überhaupt nichts« gewesen und »das Ganze« sowieso nichts weiter als ein dummes Mißverständnis sei.

Hätte er vielleicht all seine Gefühle auf ein Reiskorn schreiben und es ihr schicken sollen? per Expreß, wie sie's so liebte? Oder geschah's ihr eigentlich recht, daß nichts geschah, nichts?

Abgesehen davon, daß er fast jede Nacht aufwachte und wußte warum.

Erst am Geburtstag vom Möslacher Ferdl
sah er sie wieder, pünktlich um null Uhr im »Baron Dravnidschek«, als die Korken knallten, und wie um ihn zu schonen, trug sie nichts Silbernes, nichts Bauchnabelfreies und auch sonst nichts, was seine Erinnerung an die Rosen im Volksgarten herausgefordert hätte.

Gregor dagegen trug ein Halskettchen mit einem kleinen Kreuz. Trotzdem! schämte er sich ihres Körpers, ihres Geruchs, ihres Sprechens, ihres Verstummens.

Als der Urwald gekehrt war, fuhren wir mit ein paar schönen blauen Wienerinnen raus an die schöne blaue Donau: auf Ferdls Pritschenwagen liegend, in die riesige Nacht hinaufschweigend, und wie die Sterne so über unsern Köpfen dahinrauschten und die Straßenlaternen in regelmäßigen Abständen dazwischenhuschten, hätte's fast noch ein restromantischer Abend werden wollen. Irgendwann war's dann aber nicht genug, das Autoradio aufzudrehen, am Ufer zu sitzen und dem Wetter zuzuprosten, das hintern Horizont hinableuchtete; irgendwann konnte's keiner mehr mit ansehen, wie sich Eckart[128] an Tania ranmachte, »mit allen Mitteln«; irgendwann galt's, zu Taten zu schreiten: Der Poldi zwar hatte die Idee, Gregor allerdings griff sie gern auf.

Das Schlimmste freilich war
, daß Tanias Silhouette sich verteufelt gut ausnahm, als sie, ohne jedwede Hast, aus dem Wasser herausstieg, in das man sie soeben, die nicht mal gekreischt dabei hatte gestrampelt, mit vereintem Hauruck geworfen –

Das Schlimmste freilich war
die gierig malmende Stille, als das Klatschen verschluckt worden von der vielen Luft linksrechts und Gregors beide Backen sofort anfingen zu –

Das Schlimmste freilich war
die restliche Nacht, in der Gregor gar nicht wußte, wohin. Mit seinem Abscheu, seiner Verachtung, seinem Haß, so sehr, wie sagt man? begehrte er sie, mit seinem Haß am Ende auf sich selber, während er Tania doch am liebsten ██████████████ hätte und während sich die, durch allerlei geschmeidige Drehungen, Wendungen und auch! durch einen Biß in seinen Arm, kaum leise genug zu formulieren, beharrlich entzog, sich »verweigerte«!

Ob ihm mit der öffentlichen Ohrfeigung von vorhin, bettelte der Gregor, nicht genug heimgezahlt sei?

Ob sie's ihm nicht endlich glauben wolle, bedrängelte sie der Gregor, daß »nie was gewesen« mit dieser Janet, die sei wahrscheinlich noch Jungfrau, jedenfalls schaue sie so aus.

Nein, bestürmte sie der Gregor, das sei *nichts* prinzipiell andres als mit der Felizitas, der Franzi, der Theres!

Wieso, beflehte sie der Gregor, sei das Maß voll?

»Tania«, beflüsterte sie der Gregor, »hab ich dir eigentlich schon gesagt, daß ich dich – daß ich –– daß dir das bauchfreie Kleid besonders gut steht?«

»So kann's nicht weitergehen«
, stützte sich Gregor auf die Ellbogen und nahm seinen Gregorkopf in beide Hände; langsam wurde's wieder lebendig in den Schlafsäkken rundum.
»Ach, Tobi, i kennt ma's aa onders vurstön mit dia.«
Ihre Silberkette schnürte ihm die Kehle; dabei war das erst der September.

Selbstverständlich fanden sogar noch im Oktober
, November, Dezember die ganz normalen Tage statt: Gregor trank sich durch den »Z-Club«, den »Baron«, das »Café Hummel«, doch er wußte nicht mehr so recht warum. Faunte sich durchs Playmate-Seminar, doch er wußte nicht mehr so recht warum. Bestampfte die Tanzfläche im »Popklub«, unterhielt sich mit dem Zabransky über die neuen Toilettenweisheiten auf der unterösterreichischen Liste, unterhielt sich mit dem Kreuzberger über die Hermine, über das Husten der Hermine, das ihnen beiden fehlte, unterhielt sich mit Walle, mit dem Ferdl, bisweilen mit Eckart – vorzugsweise über Unaussprechbares, Abteilung Erkenntnistheorie –, und wußte nicht mehr so recht warum. Schlidderte schlurfte schleppte sich durchs Programm des Wintersemesters und … die Rothaarige entpuppte sich als eine Slavicek Sissy; am Dienstag, in »Theorie der Aufklärung IV«, saß er ganz hinten, damit er sich ungestört seinen Eischalenstabilitätsberechnungen widmen konnte; in der Romantik-Vorlesung gab's die Wagesreiter Lotti, die sich an einen Vorarlberger ranmachte, einen Vor-arl-ber-ger, bitte schön, und letztlich wußte er auch mit all seinen sonstigen Trixis nicht mehr so recht wohin. Sehnte sich nach einer Krankheit, dermaßen müde war er, und einmal – tief in der Nacht, der Hausbesorger haderte sicherlich schon mit seinem Kuckuck – stöberte ihn die heimkehrende Carol am Küchentisch auf, wo er über einem Chamois-Photo zusammengesackt war. Und über einer Liste, dem Fragment einer Liste:

Wie Frauen achten?

1. wenn sie ernsthaft glauben, daß sie ihre Probleme mit einem Guglhupf lösen können?
2. wenn sie Franz Joseph mit Franz Josef mit Johann verwechseln?
3. wenn sie klüger sein wollen als der Klugsatz der Woche?
4. wenn sie Gedichte schreiben?
5. wenn sie nicht rechtsrum lachen können?
6. wenn sie Katzen haben?
7. wenn sie beten?
8. wenn sie Slavicek Sissy heißen?
9. wenn sie –

– so neugierig sind

, vervollständigte Carol den letzten Punkt: daß sie diese Liste erst mal lesen müssen, bevor sie den Listenmacher wecken und ins Bett bringen.

Als Gregor endlich wach war, tapste er nicht etwa nach der Liste, sondern nach seiner Nickelbrille:

Ja, das Photo zeige ein ganz normales Mädchen; was wir damals an ihr gefunden hätten, man könne's darauf nicht erkennen. Oder ob wir alle inzwischen bloß blind geworden?

Carol lehnte sich an den Küchenschrank und überlegte, ob Gregor »der«, »die« oder bereits »das« war.

Zwei Jahre! sei er in sie verliebt gewesen, und nichts habe er die ganze Zeit über von ihr gewußt, nichts. Woraufhin er sich geschworen, daß ihm so was nie wieder passieren dürfe. Seither führe er seine Listen. Über alles, was er eben mitkriege, mädchenmäßig. Frauenmäßig. Denn täte er's *nicht* …, hier erinnerte sich Gregor an »Wie Frauen achten« und nahm den Zettel aus Carols Hand: Denn täte er's nicht, dann wär er verdammt aufgeschmissen, jawohl, verdammt allein mit den Fakten, dann würd er sich ja, wie früher, selbst betrügen.

»Du, ich muß verdächtigen«, schob ihn Carol fast zärtlich raus aus der Küche, rein in sein Zimmer, »daß dir deine Listen nicht viel helfen.«

Zwar blieb Gregor stehen und starrte sie an – als ob sie heute gar nicht mal so spitzmausmäßig ausschaute –, sah jedoch nicht sie, sondern? ein Weizenfeld, einen Sonnenuntergang, einen zweifarbig blühenden Baum – und Carol spürte das.

Auf die Idee
, mit Tania zu reden, kam Gregor zwar auch. Doch die wenigen Treffen mit ihr verliefen, wie sagt man? unerquicklich. Ergebnislos. Im Sande. Sie brauche Zeit! Brauche Zeit, um sich »über so ollerhond kloaz'werdn«! Brauche Zeit, brauche Abstand, brauche Ruhe! schüttelte ihn Tania ein ums andre Mal ab, war mit einem Fuß schon immer in der Tür, auf dem Sprung zum nächsten Termin: Bitte nicht dies endlos »marinierte G'stammel«, das verderbe ihr völlig die Laune!

Dabei wurde sie, wie sagt man? von Tag zu Tag begehrenswerter, an dem sie ihm aus dem Weg ging; beim erneuten Berechnen der Ewigen Bestenliste rutschte sie hoch bis auf Platz Zwei – knapp hinter Kristina! Gregor, voll von Entsetzen, schlug seine Faust gegen die Wand, daß der Kreuzberger Otto erschrak und das Rascheln begann, daß Graf Bobby erschrak und ein kleines Fragezeichen bellte.

Weil Eckart indessen das neue Hochbett
mit Kosima einweihen mußte, und zwar auf empörend unbegrenzte Zeit, hatte man in eigner Regie herumzuspionieren, und der offensichtliche Mißerfolg sämtlicher Auflauerungs- und Beschattungsversuche trug nicht gerade dazu bei, Gregors Mißtrauen zu zerstreuen, im Gegenteil: *Derart* raffiniert war die also … Der Gedanke, daß Tania in den Tagen, den Nächten, da sie unauffindbar blieb, was andres machen könnte, als sie mit ihm – kaum leise genug zu denken – gemacht hatte, Plus-quam-per-fekt! lag ihm fern. Näher lag der Griff zur Maultrommel, näher lag's, von schwarzen Katzen zu träumen und silbernen Schuhen, von fröhlichen Hüten und halben Schlipsen, näher lag's, seiner Yucca ein paar gelbe Blätter vom Stamm zu zupfen, seiner Yucca zu erzählen, daß mit Janet wirklich nichts gelaufen sei, sie könne das ja bezeugen, und mit der Felizitas erst recht nichts.

Wie, das war alles, was dieser Schattschneider tat?

Das war alles.

Aber, weiß-Gott, das war zuwenig!

Das war es.

Irgendwann begriff das selbst
ein Gregor – und beschloß, mehr zu tun. Wenngleich nur sehr selten, wenngleich nur sehr heimlich und obwohl er stets, wie sagt man? drei Kreuze machen mußte, sobald er's hinter sich, sobald er's getan hatte, Plus-quam-per-fekt. An Tagen nämlich, da Tania weg war und, nach sogenanntem menschlichen Ermessen, weg *blieb*. Mal an einem Dienstagmittag. Mal tief in der Nacht von Sonntag auf Montag.

Immer, wenn er die Wohnungstür hinter sich zugezogen hatte, das Herz klopfte ihm bis in den Hals, saugte er die Luft ganz tief in sich hinein. Schlich sich an den Schrank, schob die Spiegel auseinander und steckte seinen Kopf in den erstbesten Stapel Unterhemden, Handtücher, Pullover. Inhalierte. Erst dann betrieb er, wie er's nannte, Spurensicherung – durchwühlte den Mülleimer, durchschnüffelte die Schmutzwäsche, kontrollierte den Kühlschrank. Ärgerte sich über die abgelaufnen Verfallsdaten der Früchtejoghurts. Zählte die Mon Chérie-Stückchen, die Lippenstifte, die verbrauchten Tempo-Taschentücher. Erschrak geradezu, wenn er was fand, mit dem er nicht gerechnet hatte, ein neues Paar Schuhe, einen Deostift anstelle des gewohnten Deosprays, gar einen Brief: Anstatt ihn zu lesen, schob er ihn schnell wieder von sich fort, als ob er ihn dadurch hätte ungeschehen machen können. Anfangs, freilich durfte er sich da nicht schon festgeschnüffelt haben, verstellte er mitunter eine Kleinigkeit, das Fläschchen Sandelöl, die Bonbonniere, den Tannenzweig mit der Adventskerze, als verschlüsselte Botschaft gewissermaßen; weil allerdings die Spieluhr mit der »Kleinen Nachtmusik« noch nach Wochen neben der Spüle stand statt auf dem Schleiflacktischchen, statt *mitten* auf dem Schleiflacktischchen, wohin sie Tania doch längst hätte zurückstellen sollen! kam er davon wieder ab.

Eigentlich hätte ihm das zu denken geben müssen, aber zum Denken kam er hier nicht. Schließlich mußte er jedesmal auch die Wände überprüfen, die vielen Photos von ihr, die sie aus den unter-

schiedlichsten Zeitschriften herausschnippelte und überall hin-
pinnte! Oh, heißkalt stets aufs neue schmerzte das durch die Schläfen, wie sie sich, schwarzweiß oder in Farbe, auf einem Elephanten-
rücken mit Sonnenmilch bekleckste, vor dem Eiffelturm ihr Kostüm
aufknöpfte, zwischen Sanddünen nach einem Parfumfläschchen
sich dehnte – immer mit einem Blick, der sich bis in die Eingeweide
des Betrachters senkte ... Mit akribischer Versessenheit registrierte
er jedwedes neue Dokument ihres zweifelhaften »Lebenswandels«,
Lebens-Wandels; keins aber konnte an die Qualen reichen, die das
riesige Photo über der Badewanne bereitete: das Photo einer offensichtlich nackten Frau, pro forma bemäntelt mit ein wenig Leder,
bepelzt mit ein wenig Kragen, die Lippen leicht offen ––– für alle,
die den Anblick ertrugen ...

Je länger Gregor vor diesem Bild verharrte, um so lauter knackte's
jedesmal im Treppenhaus, um so heftiger schreckte er auf. Erst draußen in der Goldschlagstraße wollte das Klopfen im Hals langsamer
werden leiser; dabei hatte's doch nie länger als eine Viertelstunde gedauert, das Schnüffeln, das Schauen, das Zusammenzucken.

Wohingegen Tania tagelang
nur ein Name noch war, ein Klang im Ohr, ein Duft im Traum, ein
Wort auf Papier. Ihre Postkarten von den Seychellen, den Malediven,
den Kanarischen Inseln und ihre zwei lächerlich kurzen Briefe korrigierte er indessen nicht eher, als er sich in Doktor Schafmanns Ordi-
nation eingefunden hatte, unter dem Vorwand, er habe Zahnschmer-
zen: korrigierte sie mit einem roten Filzstift, zerschnitt sie in gezackte
Puzzleteile und schickte sie, gut gemischt, in die Goldschlagstraße.
Denn der Schafmann hatte ihm doch tatsächlich eröffnet,
a) sein linker oberer Weisheitszahn drücke auf den Rest des Gebis-
    ses und folglich aufs Gemüt und folglich gehöre »an d' frische
    Luft, so boid wie möglich«,
b) »das Fräun Adametz« habe nicht länger als ein paar Wochen bei
    ihm gearbeitet, bedauerlicherweise, und er, der Herr Schatt-
    schneider, sei »woarli net da aanzige«, der sich nach ihr bis jetzt
    erkundigt.
Hatte man's nicht schon immer, immer gewußt? Man hatte. Hät-

te man nicht schon viel früher, wo nicht alles längst verwarzt war und verquarzt, hätte man nicht schon viel früher den Mut aufbringen sollen, einen Weisheitszahn einzutauschen gegen die Wahrheit? Man hätte.

Seltsamerweise
gab es sich zwei Tage später die Ehre, das Fräun Adametz: Ohne sich drum zu scheren, daß ihr Silvano nicht etwa nur die Tür aufgemacht hatte, sondern ihr, badetuchumschlungen, mit tropfenden Haaren, bis in Gregors Zimmer hinterhergepatscht war, warf sie ihrem sogenannten Verlobten eine Handvoll Papierschnipsel ins Gesicht – obwohl der doch gerade den zwei kleinen Nachhilfeschweinchen erklärte, es gäbe Stachelbeer-, Kirsch- und Zitronenbücher und sie dürften an sämtlichen Sorten probelecken, wenn sie weniger als 30 Fehler machten im Diktat.

»Woit' nur moi schaun, obst' jede Wochn brav dei J auf'n Schreibtisch 'kritzelt host.«

Da staunten die zwei kleinen Schweinchen, als sie die Schnipsel zusammenrobbten, grunzend vor Eifer, und sofort ein paar Teile fanden, die zusammenpaßten. Während sie nebenbei erfuhren, daß ihr Nachhilfelehrer a Dampfplaudera, a Haftelmacha, a g'scherta Hommö *und überhaupt* war, a g'söichta Off. Ob er sich nicht ändern wolle?

»Du, hearst', i glaub', i hob
a bißl z' vü Obstand g'hobt«, biß ihm Tania fünf Stunden später, will heißen: nach ausführlicher Beschimpfung, bei der zumindest! die ganze Florianigasse zuhören konnte, und anschließender Darlegung, wie eine »stinknormale Beziehung« ihrer Meinung nach auszusehen hatte *und wie nicht* – biß ihm genau dort in den Arm, wo er noch immer leicht verfärbt war, »irgendwie bist' hoit doch a recht a Siaßa«.

Und dann

war alles wieder gut
und der Kreuzberger klopfte nicht und der Luster der Amtsoberinspektorswitwe schwang nicht und Silvano rumorte nicht und der Zabransky wunderte sich nicht.

216

»Wos d' net waaßt, des mocht di wenigstens net – narrischa ois d' eh scho bist«, schnippte sie ihm zum Abschied ganz leicht, ganz leicht und ganz beiläufig, ganz leicht und ganz beiläufig und ganz selbstverständlich seine Fragen von der Unterlippe. Da merkte Gregor, daß es fast wieder Weihnachten war.

Wenn bloß der linke obere Weisheitszahn nicht dermaßen gepocht hätte.

Nach der Winterpause
war das Husten wieder in der Wand, war der Ölofen kaum in Gang zu bekommen, war die Yuccapalme zur Hälfte vertrocknet, war der Kühlschrank eine traurig summende Höhle – Gregor hätte's nicht gewundert, wenn sich der Erpenbecksche Knochenschinken, der ihm von seinen Eltern kurz vor der Abfahrt zugesteckt worden, sofort in ein Echo darin aufgelöst hätte. Auf seinem Schreibtisch lagen
– eine Tania-Postkarte: Von einem Tag auf den andern, es täte ihr leid, sei ihr »eine größere Sache« angeboten worden, die wohl, es täte ihr leid, etwas länger dauern werde; sie freue sich aber jetzt schon wieder sehr auf – Tobi-Tobi-Tobi, ihren ██████████ ██████ Stammler!
– ein Brief vom Wegensteiner Poldi: der zum Playmate-Seminar lud (seit wann tat er das denn schriftlich?) und ankündigte, es sei zwar »ein miserabler Jänner«, hingegen »ein hochinteressanter Dezember«. Er bitte darum, diesmal keine Kellerschelme mitzubringen, sondern ausreichend Zehnschillingmünzen – an Silvester habe er »das Spiel« kennengelernt, noch immer dröhne ihm der Kopf, und mehr verrate er nicht.

Demzufolge ging Gregor zurück in die Küche, machte einen Strich auf der Liste und ließ sich Carols gesammelte Vermutungen referieren, warum John dermaßen überstürzt ausgezogen sei: »Hals über den Kopf« und ohne Ann.

»Oiso a Ohrnwunder
is' ned«, verriet der Poldi jedem zur Begrüßung, und Gregor wunderte sich, daß auch die Angie, die Kosima, daß auch die Morawa Franzi, die Boruta Trixi, die Sperl Theres – ja genau: die! – einge-

laden waren, sogar die Kulterer Felizitas. Bisher galt das Playmate-Seminar doch als Herrensache?

Er habe sich erlaubt, schüttete der Poldi die Gläser voll, den Dezember hängen zu lassen, nur so zum Vergleich, schließlich sei man vor Weihnachten nicht mehr dazu gekommen.

Als wir dann die Flügeltüren zum Nachbarzimmer auseinandergeschoben hatten; als wir uns, jeder mit seinem Viertel in der Hand, vor »Andrea Sanders« drängten (denn Miss Januar beachtete natürlich niemand), als die Trixi einen spitzen Laut produzierte; als die andern schönen Wienerinnen hinterherschrillten in freudigem Unisono und von allen Seiten, plötzlich, schwer, Hände auf Gregors Schultern schlugen; als der Ferdl sein »steil« sagte, als Eckart was vom »Erwartungshorizont« keckerte, von »komplexer Konstruktion«, »semantischer Differenz«, »syntaktischer Korrelation«: gelang's Gregor, nicht sofort tot umzufallen. Sondern so zu tun, als ginge das Leben weiter, als müsse er sogar darüber lachen, laut und lang – es war nur ein Spiel, oder? –, auch wenn er sich dabei recht taub in der linken Gesichtshälfte vorkam, recht fremd und fundamental fad. Selbst als der Poldi die unteren Stecknadeln von »Andrea« abzupfte, um ihre »Angaben zur Person« vorzulesen von der Rückseite des Photos –

»87-60-89‹ ... ›Mannequin‹ ... Sie sagt, sie hot a aanzigs Problem: ›Eigentlich mag's blond sein und zurückhaltend und ziemlich unerreichbar‹!«

– selbst als wir jeden Satz von ihm mit ausführlichen Heiterkeitsbekundungen bedachten, jeden Satz von »Andrea« –

»Die ganz große Liebe möcht i noch etwas hinausschieben. Sie schränkt ein.‹«

»Natürlich hatte ich schon ein' festen Freund‹ – *hatte!* Sag amal, Schattschneider, äh, sagn S' amal, ham S' uns net imma weismochn woin, daß S' gar net so richtig, na? zsamm san mit ihr?«

– selbst dann verspürte Gregor kein Bedürfnis, sich sogleich auf den Poldi zu stürzen, der konsequent weiterzitierte:

»In Diskotheken kama wohl fesche Typen kennenlernen, doch

dem Mann fürs Lem begegnet man dort nicht‹ – auch nicht im ›Popklub‹?«

Nein, Gregor stand lediglich da und – als habe er's schon hundertfach gesehen, wie Walle sein Blöckchen hervorkramte, schon hundertfach gehört, wie er begann, uns zu siezen: »Meine Herrschaften, was will uns dieses Playmate sagen?« – und starrte auf Miss Dezember oder vielmehr: durch sie hindurch, die gnadenlos gutgelaunt an der Wand hing. Nein, peinlich war ihm das nicht im geringsten, ebensowenig war er wütend, entsetzt, sondern allenfalls: verwundert darüber, welch zotige Bemerkungen er sich machen hörte, welch zotiges Gelächter, und wie leicht ihm dabei wurde, wie leicht. Als sei er befreit mit einem Schlag erlöst von sämtlichen Ahnungen, Vermutungen, Gewißheiten, mit denen er so lang sich zermürbt, als hinge vor ihm der Beweis, daß alles stets gestimmt hatte, was er sich für sein Leben gern widerlegen hätte lassen – und gleichzeitig ein Trost, ein Versprechen, daß es nun wirklich nicht mehr schlimmer kommen konnte: Mit der gesamten Männerwelt hatte sie ihn betrogen, für *jeden* zog sie sich aus, der 50 Schilling investierte – sie besorgte's jedem! jedem! jedem! In Zukunft würde's völlig überflüssig sein, auf einzelne Alfis und Ernstls allergisch zu reagieren, auf Apfelkornspendierer, Zahnärzte und Photographen.

»Mir g'fallen Männer««, rächte sich der Poldi noch immer, »›ich glaub, daß Fraun sexuell die gleichn Freiheitn haben sollten.‹ Finden S' net auch, Schattschneider?«

Schon hundertmal, mindestens, hatte Gregor die Frage bejaht, obwohl er sich jetzt ganz taub dabei in der linken Gesichtshälfte vorkam, ganz fremd und fundamental fad.

Es war Walle
, der das Interesselose am heutigen Wohlgefallen vermißte, der darauf drängte, die Diskussion abzubrechen und »das Spiel« zu spielen, sein Hals sei durstig. Anstatt also unsre Haltungsnoten zu vergeben, setzten wir uns alle um einen Tisch, der flächendeckend vollgestellt war mit Schwechater-Bomben, und ließen eine Flasche nach der andern kreisen: mal im, mal gegen den Uhrzeigersinn. Der *vorletz*te, der aus ihr getrunken hatte, mußte einen Zehner in die Kasse

einzahlen, und binnen Rekordzeit befanden wir uns in der Laune, Listen anzulegen: Listen von schönen Frauennamen, weniger schönen und unschönen; von glaubwürdigen Namen, weniger glaubwürdigen und unglaubwürdigen – Gregor sah sich mechanisch jeden Zuruf notieren, als habe er nur dann ein Problem, wenn ihm die Bleistiftspitze abbrach. Irgendwer schlug noch vor, beim Deitsche-Duschn zuzuschauen, aber das kapierte schon keiner mehr.

Gregor, kaum hatte er
am nächsten Morgen? Mittag? Nachmittag? den großen Fleck bemerkt, der genau dort im Bettlaken war, wo er am allerwenigsten hingehörte, nämlich in dessen heikelster Mitte, kaum hatte er das viele Rosarot als Kulterer Felizitas identifiziert, fragte sofort, was passiert sei.

»Hoffentlich nix«, kriegte die kaum die Augen auf: »Ach du …«

Mit Schmerzen im Schädel
, Schmerzen im Rücken und müde bis in den kleinen Zeh hinunter, machte sich Gregor – das dritte Mal! – davon, Schritt für Schritt der Erinnerung entgegen an den gestrigen Abend: an den Wein und das Bier und den Marillenbrand und … wie der Poldi hüftkreisend eine Zwischeneinlage vor seiner Pin-up-Wand gegeben, wie der Ferdl die Zeitansage in Tokio angerufen, wie Tania dazu stets stolz über uns hinweggeblickt und –
– ob man nun die K.u.K.-Hausfassaden ansah oder nicht, das K.u.K.-Kopfsteinpflaster oder nicht, an diesem Bild war Schluß mit der Erinnerung, hier hing man fest und kam nicht dran vorbei: an diesem überdeutlich ins Gedächtnis eingebrannten Bild einer 50 Schilling-Tania; und wie er ihm so schutzlos ausgeliefert war, so ganz ohne Möglichkeit, die Augen zu schließen: fiel Gregor plötzlich auf, daß das Lederarmband darauf fehlte, das Lederarmband an ihrem Handgelenk. *Sein* Lederarmband!

Indem er einen der Zettel vom Vorabend
in der Brusttasche fand, kamen ihm – der Kuckuck des Hausbesorgers rief ein paarmal ermunternd übern Hof: so lau war die Luft an

jenem Januartag, so lau, daß alle Fenster offenstanden –, indem er den Zettel mit seinen Bleistiftnotizen entknüllte, kamen ihm zunächst noch etliche Marillenbrandsequenzen in den Sinn, bei denen eine gewisse Kulterer Felizitas assistierte, dann eine ganze Serie von völlig unter- oder überbelichteten Nahaufnahmen, dann ziemlich viel Nichts, und mitten aus dem Nichts: die Tränen. War er denn kein Mann mittlerweile? Der sich auf den Zettel zu konzentrieren suchte, den Zettel mit

Namen, die man nicht erfinden kann
Slavicek Sissy
Schmolinski Gerda
Rumpell Heribert Fürchtegott Rotz vom
Zabransky Leopold (gibt's wirklich)
Hünerkopf Franz (gibt's auch)
Sanders Andrea
Wagesreiter Lotti
Hinterschwörer Karla
Schattsch–
      – spätestens jetzt ließen sich die Buchstaben trotz heftigen Naseschnaubens nicht mehr entziffern: Es mußte als bewiesen gelten, daß Gregor kein Mann war. Sondern weinte wie ein kleiner Junge aus der Photo AG, der auf seinem Lieblingsbild den entscheidenden Fehler entdeckt: das fehlende Lederband. *Sein* Lederband.

Das restliche Wochenende
verkroch er sich ins Bett, war mit bösem Erwachen beschäftigt, horchte in die Stille nach dem Sturm, verdampfte seinen Restalkohol und wußte warum.
    Wußte nicht warum.
    Wußte's.
    Wußte's nicht.
    »Ich kann's ich kann's ich kann's!« flüsterte er sich zu und hatte keine Ahnung, was er denn eigentlich können wollte.
    »Ich will's ich will's ich will's!« flüsterte er sich zu und hatte keine Ahnung, was er denn eigentlich wollen mußte.

Verhängte den Apfelsaftzustand über sein weiteres Leben, ließ sich in einem fort *I'd Rather Go Blind* vorspielen und besprach sich mit seiner Yuccapalme.

Manchmal war der Rest der WG ganz laut, manchmal ganz leise.

Am Montag räumte er sein Regal um und
, als wäre er sein eignes Nachhilfeschweinchen, versäumte's dabei nicht, versuchsweise das eine oder andre Zitronenbuch zu beschlekken. Weil das nicht wirklich helfen wollte, ließ er sich vom Doktor Schafmann einen Termin geben und versuchte in diversen Trafiken rund um die Endstation einer südöstlichen Tramlinie: den Dezember-Playboy aufzutreiben.

Am Mittwoch
gab er das auf.

Am Donnerstag
, als er sich wieder im Bett versteckt hatte und hoffte, Fieber zu bekommen, kam ein dicker Brief statt dessen von der Felizitas: der Januar-Playboy. In seinem Eifer habe der Poldi vergessen, daß die zwölf Playmates der vergangnen Monate in der Jänner-Nummer noch mal versammelt werden, zwecks Wahl zum Playmate des Jahres, und das entsprechende Bild von Andrea, nunja, eigentlich könne's ihr egal sein, *un*eigentlich jedoch habe sie's einfach wissen wollen: und das Heft gekauft.

Als Gregor das Photo gesehen
und ausgiebig beschnuppert hatte, war's ihm endlich klar, daß er Tania verpacken, *sofort* verpacken mußte; aber da das nicht ging – solche Frauen waren eben öffentliches Kulturgut, die Hofburg absperren ließ sich schließlich auch nicht: daß er mit ihr reden, *sofort* reden mußte! Seinetwegen sogar mit der Januar-Andrea, die sich, rosenumrankt, im selben Kleid vor seinen Augen räkelte vor aller Augen, das sie im Volksgarten getragen hatte, bei der Begegnung mit Janet und dem Einkaufswagen. Dasselbe bauchfreie Kleid![129]

Mit zwei kleinen Unterschieden: Zum einen trug sie's auf dem Photo kaum mehr, und zwar auf derart überzeugende Weise, daß Gregor minutenlang vergaß, über die linke Gesichtshälfte zu streichen, die sich so fremd anfühlte, so flau.

Zum zweiten hatte sie auch für dieses Bild das Lederband abgestreift. Und das! war nun wirklich der Beweis.

Doch er fand sie nirgends

, darin hatte er ja leidlich Übung, versank vergeblich in den Polstern diverser Kaffeehäuser, belauerte die roten, grünen, braunen Plüschbänke, die milchig leuchtenden Glühbirnen, die Falten, vor allem, in den schweren samtenen Portieren – »da Herr Chef sein heit a bisl indisponiert?« –, führte Haßreden; und je länger er den Playboy durchschnüffelte, desto klarer wurde ihm: daß er um Viertel vor zehn an Tania dachte, einundzwanzig-Uhr-fünfundvierzig, aber auch um Viertel *nach* zehn, um halb elf, um elf ... daß er immer! an sie dachte, vielleicht war »das Leben« nichts andres als eine Aneinanderreihung von Gedanken an eine Frau, die's nicht gab, nicht –

»No aans?«

Natürlich! In Ermanglung der großen, der einzigen Alternative widmete sich Gregor der Eischalenstabilitätsberechnung; als er, auf ein allerletztes Krügerl, beim »Baron Dravnidschek« vorstellig wurde, saß rund um den Tisch, auf den samstags der Uhren-Dieter schweigend seine Stamperl stellte: eine Horde schnatternder Japaner. Gregor rauchte; Gregor beroch sein Handgelenk, den Bierfilz, die Plastiknelken; Gregor sah den Japanern zu, wie sie sich, mit geröteten Bäckchen, zum Gruppenbild arrangierten, sah dem Ho zu, wie er der Reihe nach ihre Photoapparate umgehängt bekam und wünschte sich –

»No aans?«

Der Urwald wurde an einem Donnerstag

bereits um zwei gekehrt, mit einem Mal sah sich Gregor durch die Goldschlagstraße stolpern

durch ein Stiegenhaus poltern, in dem's nach Kraut & Rüben stank, in eine Wohnung reinholpern, die: vor allem leer war, sehr leer. Nach wie vor stand die »Kleine Nachtmusik« am völlig! falschen Platz, der Herr Doktor wurde recht ungehalten: fetzte den Playboy in die eine Ecke, die Spieluhr in die andre, und weil sie davon nicht kaputtging, trampelte er drauf rum, warf erneut, stand plötzlich im Badezimmer, vor dem Ledermantelpelzkragenphoto und wurde noch viel ungehaltner, wurde, wie sagt man? zum Walroß, zum Wildschwein, zum Nilpferd: angesichts der Frau, nach der er sich den ganzen Abend gesehnt, und hatte keinen Knopf im Ohr; schnaufte, drohte; und weil er nur immer dies Lächeln anstelle einer Antwort bekam: schlug er zu.

Schlug ein zweites Mal zu, ein drittes Mal – die Scherben rasselten so herrlich hinab –, und schon war er überm nächsten Wechselrahmen, schon hielt er einen Hocker in seinen vier Fäusten, mit dem er sich beim Wild-an-die-Wände-Wüten (ohne's zu bemerken) selbst ein paar Platzwunden verpaßte, den Rest riß er mit bloßen Händen runter.

Auf dem Fußboden schließlich hin und her wimmernd, entdeckte er Schubladen, die er bislang übersehen, und wie er sich in sie reinwühlte, stieß er auf Briefe, Visitenkarten, auf »Brigitte«, »petra«, »freundin« und andre Frauenzeitschriften, stieß auf Photos, Photos, Photos, die er ratlos beschnüffelte, beschleckte, verstreute, endlich sogar auf eine Reklame für Spiegelreflexkameras, die mit Tanias blau gefärbten Brustwarzen warb, mit ihren blau gefärbten Lippen, ihrem blauen Lächeln – *solch* ein Modell war sie also –, und zerriß und zerknüllte und zerfetzte so lange, bis er ein Stück Papier in die Finger bekam, auf dem sie vollständig bekleidet sich zeigte: in einem Ledermantel mit Pelzkragen …

Wie sich die Wände plötzlich wölbten, wie seine Hände plötzlich nicht mehr recht wußten, wohin sie griffen, wie seine Augen plötzlich nicht mehr recht glaubten, was sie sahen!

Ob man sich womöglich? übergeben mußte?

Ob man sich mal kurz hinlegen sollte, für einen kleinen Moment?

»Weißt du, wenn ich schon so 'ne Geschichte hinter mir hätte«, brach's nach einem Blick auf das bißchen Hals aus ihm raus, das zwischen ihrem hochgeschlagnen Kragen hervorleuchtete, »dann könnt ich das vielleicht alles ganz locker wegstecken … und wenn ich *noch* 'n paar solche Geschichten hinter mir hätte«, lag er flach auf dem Teppichboden, zwischen Hochglanzschnipseln, den Scherben des Spiegelschranks, dem Rest des Hockers, und sah dem Blut zu, wie's aus seinen Knöcheln quoll, »dann fänd ich's vielleicht sogar richtig spannend … aber … beim *ersten* Mal, da hat man doch … hat ein Recht drauf … wie im Kino … am Ende … hat noch ein Recht drauf, ganz einfach … wie von der Kosima damals oder meinetwegen … von dieser Felizitas …«

Ehe er sein Recht bis zum letzten Punkt eingeklagt hatte, war er eingeschlafen.

Neinein

, anderntags war alles nicht nur ein Traum, den er knapp überlebt hatte, wurde er nicht von einer heimkehrenden Tania gefunden; nach langen leeren Stunden erwachte er mit pochenden Schläfen, und seine linke Wange fühlte sich so an wie totes Fleisch. Gleichmäßig rauschte der Lärm vom Gürtel durchs gekippte Fenster, und im Hauseingang schräg gegenüber stand einer, stand und rauchte. Weil's schon viel später war, als es sein sollte, verließ Gregor recht rasch den Fünfzehnten Bezirk und begab sich in den Sechzehnten, zum Doktor Schafmann.

Der zog ihm nun endlich den Zahn. Den linken oberen.

Erst danach

beschloß Gregor, die Verwüstungen in Tanias Wohnung nicht etwa durch hektische Aktivitäten ungeschehen oder immerhin: teilweise rückgängig zu machen, sondern, gewissermaßen als Installation zu belassen, als Protokoll einer Performance, als wortlose Erklärung, wie eine »stinknormale Beziehung« seiner Meinung nach auszusehen hatte. Und wie nicht. Ohnehin wäre er für heute kaum zu was anderem gekommen, als über sein pelziges Zahnfleisch zu schlekken, in seinen pochenden Kiefer hineinzulauschen.

Wahrscheinlich ist »das Leben«, so dachte er, als er vor dem Einschlafen mal wieder *Echoes* hörte und dabei sehr ein Leuchtkreuz an der Decke vermißte: wahrscheinlich ist »das Leben« sowieso nichts andres als eine Serie von Entgleisungen.

Als Gregor seinen Frühstücks-Tee zu trinken ansetzte
und sich noch wundern wollte, daß er nur die *halbe* Tasse auf seinen Lippen spürte, baute er einen Unfall mit der Müsli-Packung: Aus dem linken Mundwinkel lief's ihm lauwarm das Kinn runter, und als er vor dem Badezimmerspiegel stand, wollte er's nicht glauben. Daß ihm von dort, zahnpastaübersprenkelt, nicht etwa die tägliche Variation der Eigenschaftslosigkeit entgegenblickte, sondern: eine linke Gesichtshälfte, die völlig! aufgedunsen sich blähte wie ein Ballon – so mußte das tote Schwein ausgesehen haben, das Eckart vor Jahren am Strand gefunden! Eine linke Gesichtshälfte, in der sich alles, alles ins Konvexe gestülpt hatte, ins Faltenlose, Funktionslose; unter einer zum Platzen gespannten Haut quoll das Fleisch: ein riesig angeschwollner Wespenstich anstelle einer Wange, darinnen ein winziges Auge, dessen Lider sich nicht mal mehr weiten konnten.

Während die rechte Gesichtshälfte: wie immer war.

Doch die Ärzte im AKH
machten die Sache nur noch schlimmer. Eine halbseitige Gesichtslähmung, die erfordre eben ihre Spritzen, ihre Infusionen, das sei schon ein bißchen was andres als eine Grippe, das dauere schon ein bißchen länger als eine Grippe, bei jedem fünften lebenslänglich, er solle sich nicht dermaßen zieren. Sondern dableiben. *Gleich* dableiben.

Was denn die Ursache sei »für so was«, der Auslöser, der Anlaß, der Grund?

Nunja, der Streß, die Veranlagung, beim Facialis-Nerv wisse man nie. Bestimmt auch der gezogne Weisheitszahn, *ganz* bestimmt. Immerhin hätte er recht gute Chancen, der Herr Schattschneider, den Nerv wiederzubeleben und sein Gesicht damit zu wahren, bloß müsse er brav seine Bewegungsübungen machen, den Rest übernähmen sie.

Gregor glaubte, der Brüller stände direkt unterm Ordinationsfenster und brülle sein unendliches Lied.

Jeden Morgen
, gleich beim Wecken, bekam er eine Kissenrolle in den Nacken geschoben und eine stricknadeldicke Spritze in den Adamsapfel, daß es knirschte. Während die eine Schwester langsam! die Spritze aus ihm rauszog, setzte ihm die andre bereits frische Kanülen in die Arme, für all die Infusionen, die im Verlauf des Tages anstanden.

Dann ließ man ihn allein mit seinem Handspiegel, seiner Übungsanleitung, und er hatte reichlich Zeit, sich mit dem linken Auge zuzuzwinkern, mit dem linken Mundwinkel zu zucken, die linke Stirnhälfte zu runzeln – oder vielmehr: dies zu versuchen! – und sich sukzessive die Wahrheit dabei einzugestehen: die Wahrheit über seine Angst vor Frauen, die keine Mädchen mehr waren.

Die Wahrheit über seine Angst, neben einer solchen Frau zum Stammler zusammenzuschnurren, zum Spassettelmacher.

Die Wahrheit über seine Angst, von einer solchen Frau verlassen zu werden.

Die Wahrheit über Tania – und auch darüber, daß er zu jeder ganzen, halben, viertel Stunde dachte: Wie, wenn plötzlich die Tür aufginge?

Doch gnadenlos und Tag für Tag trat bloß Tante Eusebia auf den Plan, besichtigte sein gedunsenes Gesicht, nützte die Gelegenheit, ihm vorzurechnen, daß er sich seit über einem Jahr nicht mehr bei ihr gemeldet habe, geschweige *an*gemeldet zum Kaffeetrinken. Was denn aus *so einem* mal werden solle?

Nichts! Aus so einem solle
nichts und *wolle* nichts werden, nichts! schrie Gregor, daß der Tante das Messer aus der Hand fiel. Bis er merkte, daß sie gerade dabei gewesen, einen Apfel für ihn zu schälen: eine verschreckte Gestalt, die am liebsten nur still dagesessen und die ganze Zeit Äpfel für ihn geschält hätte; bis er begriff, daß sie gar nichts, gar nichts gesagt hatte zuvor, war eine ganze Woche vergangen. Eine Woche, während der die Behandlung mitunter schon ein wenig Wirkung und der Handspiegel ein winziges Zucken zeigte im linken Mundwinkel, Nasenflügel, irgendwo auf der prall gequollenen Fleischfläche, für die man nichts sehnlicher sich wünschte als die frühere Eigen-

schaftslosigkeit –, war eine ganze Woche vergangen und neben dem Bett stand sein, nunja: sein Freund Eckart, der überhaupt nicht mehr an sich rumkratzte. Der sehr viel von Kosima schwärmte und sehr wenig von der überösterreichischen Liste –, wenn's Gregor nicht etwa »die Sicherungen jetzt auch auf der rechten Seite raushaue«, dann wolle er vorschlagen, die Liste zu schließen, es gäbe Wichtigeres in diesem Leben.

»Seh ich arg schlimm aus?« antwortete Gregor.

»Fast so wie sonst«, grinste Eckart.

Aber auch Carol tauchte wenig später
auf und schenkte ihm einen abgeschnittnen Kragen, vielleicht war mit einem Menschen weiblichen Geschlechts ja doch irgendwann mal eine ganz normale Freundschaft möglich; selbst seine Eltern kamen und brachten eine große Packung After Eight mit; als Gregor gerade merkte, wie sehr er sich freute, klopfte schon der Kreuzberger Otto, übersetzte die Wanderabzeichen auf seinem neuen Hut, beschwerte sich über »d' Ruh von nebenan«, beklopfte dermaßen lange die Wand zum Nachbarzimmer, bis ihn eine Schwester zur Raison brachte; die Wagesreiter Lotti gab violette Weltweisheit zum besten, insbesondere hinsichtlich der Unterschiede zwischen *Ready made*, *Objet trouvé* und *Environment*; Hand in Hand mit Ann kam Silvano, und wenn er sie nicht gerade zwickte, erzählte er von seinem Umzug in die Floriani-WG, die Garçonnière bewohne jetzt John; sogar der Möslacher Ferdl ließ sich die Gelegenheit nicht entgehen, setzte sich aufs Fußende von Gregors Bett (»Manchmal bin i so misanthropisch, da mog i nix trinken«), zwinkerte von dort jeder weißbekittelten Person zu, als sei er ein guter Bekannter, und böckelte vor sich hin;

ob's denn stimme
, daß er verlobt sei, fragte Walle, der ein paar Jahre älter war als wir, nur ein paar, wie gesagt, aber … dann konnte man sich derart gut mit ihm über die ganze Geschichte unterhalten, daß Gregor richtig erschrak, als Walle mitteilte: zum Sommersemester ginge er zurück nach Stuttgart, um dort endlich! seine Lehramtsprüfung anzupak-

ken; John bezwirbelte beide Schnurrbartenden und bemühte sich, witzig zu sein (»Die Zeit des Etikettenschwindelns ist vorbei«); der Zabransky schnaufte, schwitzte, (»a Drama, a Katastrophn, a schrecklichs Mallör!«), meinte ...

... daß er nachgedacht habe über die Hundert-Punkte-Liste, daß er sie radikal zusammengestrichen habe, die Hundert-Punkte-Liste-für-den-heiratswilligen-Jungerpel, daß er ganz klar sagen und Gregor ans Herz legen müsse:

Volle Punktzahl gäbe's für die Frau, die man liebt. Keinen einzigen Punkt dagegen für den Rest.

»Und so was wie Aussehen und Knete und − «

» − ist alles in dieser einen Frage enthalten«, insistierte der Zabransky, und jetzt erst fiel's Gregor auf, daß auf dem Besucherschemel längst wieder Eckart Platz genommen hatte, daß es längst wieder Eckart war, der insistierte:

»Ist alles in dieser Frage enthalten: Liebe ich sie wirklich?«

Ja ich tu's ich tu's ich tu's wirklich
, entschied sich Gregor nach einem Jahr, sieben Monaten, neunundzwanzig Tagen und dann auch gleich dafür: ein neues Leben zu beginnen, ach was, ein völlig neuer, ein beßrer Mensch zu werden, der ausschließlich Almdudler trank, *mit* Tania, und nicht immer so zu tun, als sei nichts mit ihr, nichts *Eigentliches*.

»Ich will's ich will's ich will's!« flüsterte er sich zu, selbst seine linke Gesichtshälfte konnte mittlerweile schon wieder ziemlich entschlossen mitflüstern. Zusammenziehen würde er mit ihr; eine stinknormale Beziehung führen ohne Wenn & Aber und vor allem: ohne Gänsefüßchen! Diese ganze verwarzte verquarzte Pseudo-»Verlobung« würde er − würde er −− was auch immer, die Zeit des Etikettenschwindels war vorbei. Sobald er draußen sein würde!

Doch darauf hatte er
zwei Wochen noch zu warten; und auch Tania tauchte erst kurz vor seiner Entlassung auf, als sein Gesicht halbwegs symmetrisiert wie-

der war. Schwarz eingeledert von A bis Z: stand sie mit einem Mal in der Tür, Gregor hätte sich am liebsten vom Tropf gerissen, so heftig spürte er, daß ... sie einen völlig unspektakulären Wintermantel trug, von wegen schwarzes Leder! Von wegen Pelzkragen! Nichtsdestoweniger heftig spürte er: daß er nicht länger krank war, sobald er sie sah.

»Tania!« spürte er's, »ich – ich –«

»Woa ja net zum Übersehn«, winkte die ab und blieb an der Tür stehen: Ein neues Schloß habe sie sich schon einbauen lassen.

Wie dunkel ihre Stimme klang, plötzlich störte ihn selbst der Dialekt nicht mehr.

Sie sei nicht gekommen, um eine endlose Diskussion anzuzetteln, blickte sie an Gregors Gesicht vorbei, auf einen Hemdkragen, der überm Bettgestell hing: Nein, das habe mit einem Mann, Pardon: mit einem Jungen, das habe mit *so einem* wie ihm keinen Sinn.

Wie dunkel ihre Stimme klang, plötzlich ... wußte Gregor, daß er das, was sie gleich sagen würde, längst gehört hatte, oft gehört hatte, und daß er nichts dagegen würde vorbringen können, nichts.

»Waaßt', Gregor, i bin hoit da Meinung ... i bin, wia-r-i bin ... und net wie du maanst, daß i sein soit ... und noch oi dem ... wie soll i sogn ... seh i hoit kaan' Weg mehr, daß ma zamkumman kennan ... *wirklich* zamkumman kennan ... oiso vasteh mi bitte net foisch ... i wü, daß ma Schluß mochn.«

Draußen, in Bad Iburg, klatschte der Wind gegen die Wäscheleine.

Draußen, am Killesberg, schepperte eine Fanta-Dose ins Tal.

Draußen, vorm AKH, stand der Brüller und unter der Wucht des Tons wäre Gregor fast vom Bett gerutscht und alle Gefühle liefen spitz zu in einem silbern stechenden Punkt und es tat gar nicht weh neinein und drückte sich nicht durch die Kehle sondern war ganz taub – –
das absolute Nichts – – –
und wie sie da wieder rausgekommen war aus diesem Nichts, das sich langsam! zurückverwandelte in ein Krankenzimmer: war im nachhinein nur damit zu erklären, daß sie sich umgedreht hatte und die Türklinke runtergedrückt. Sie sie sie sie sie! Tania.

Aber aus Gründen, die er sich nicht erklären konnte, fand Gregor das Lederband in einer seiner vier Fäuste. Und als er, Stunden später, Grimassen üben wollte, zeigte ihm der Handspiegel, daß an seinem Hals – daß ihm das Silberkettchen fehlte. Da wußte er *wirklich*, daß jetzt, nur in absoluter Lautlosigkeit zu denken, daß jetzt »Schluß« war. Oder eigentlich Schluß.

Etwa zwei Monate, nachdem Nina Hagen
im »Club 2« jedem gezeigt hatte, wie man sich in Zukunft selber zu ███████████ hatte,[130] etwa drei Monate, nachdem die letzten Kastanienblütenträume verblüht waren, etwa sechs Monate, nachdem Herr Schattschneider das AKH als »geheilt« verlassen mußte: bestand seine Yucca ausschließlich aus gelben Blättern, die sicher hart und traurig im Wind geraschelt hätten, wenn's denn in Gregors Zimmer was andres gegeben hätte als Gregor. Als Gregor und den Ohrensessel. Als Gregor und den Ohrensessel. Als Gregor und den Ohrensessel.

»Des ist a ziemlich hagliche
Angelegnheit«, meinte der Milliardär, als er sich die Geschichte angehört hatte: Denn als Gregor auf den Uhren-Dieter zugetreten war, einen halben rostroten Lederschlips in der Hand, und sich entschuldigen wollte, da hatte der Uhren-Dieter rundweg abgestritten, daß er die »Gärtnerinsel« überhaupt kenne. Solche Schlaffis wie er, Gregor, wüßten ja nicht mal mehr, wie ein Marillenbrand ordnungsgemäß gekippt werde.

An diesem Abend im August stand Herr Schattschneider eine Weile vor dem Badezimmerspiegel und betrachtete die Essensreste in Silvanos Zahnbürste –

strich sich schließlich mit Anns »Rouge Pur«
den kleinen Fingernagel neu und kratzte ein frisches T hinein. Dann machte er eine Liste, eine Neun-Punkte-Liste-für-Leute-die-genug-auf-ihrer-Maultrommel-gespielt-haben-und-sie-hiermit-neben-die-Muschel-legen-ins-Regal:

231

1. *Rauchen aufhören, sofort*
2. Den kleinen Zettel vernichten
3. Yucca wieder gießen, sie kann ja nichts dafür!
4. Den ganzen Kram aufschreiben, damit ich ihn endlich los bin
5. VW: neuen Auspuff einbauen
6. Abhauen. Zu Max nach Marburg? Oder nach Stuttgart (soll aber eine Weltstadt sein)?
7. Lederband loswerden
8. Sich nie wieder im Bett verkriechen in der Hoffnung, beim Aufwachen nicht mehr da zu sein
9. Nie wieder eine Liste machen, es nützt nichts!

Folglich setzte er sich noch in selbiger Nacht
neben seine Baustellenlampe, vor den Zettel, den er über ein Jahr mit sich herumgeschleppt hatte, folglich erledigte er als allererstes Punkt 2; zuvor freilich transformierte er alle Verben vom Präsens ins Imperfekt und ins Perfekt, *fast* alle:
»Du, Tania, ich habe dich deshalb so schlecht behandelt, weil ███████████████████████████████████████ ███████████████████████████████████████ ███████████████████████████████████████ ███████████████████████████████████████ █████. Und da ich's dir nicht sagen konnte, habe ich's dir aufgeschrieben für den Fall der Fälle: Tania, ich liebe dich.«

Nachdem er minutenlang an seinem Lederband geschnüffelt hatte – es wollte ihm vorkommen, daß dessen Geruch kaum je so aufregend gewesen wie heute –, wickelte er es um den Zettel und stopfte beides in die letzte, die finale Zigarettenschachtel.

Vergrub sie im Topf seiner Yuccapalme, zündete sich die letzte, die finale Flirt an, dachte an den Duft der Rosen im Volksgarten, den er bald wieder riechen würde, dachte an den Duft des Sandelholzes, den er nie wieder riechen würde.

Nein, das tat keinen Deut mehr weh als alles, was er die letzten zwei Jahre erlebt hatte.

Wenigstens konnten die Punkte 1, 2, 3
und 7 als erledigt gelten, wenigstens konnte man beschließen, sich als nächstes den vierten Punkt vorzunehmen. Vielleicht ist »das Leben«, dachte Gregor, nichts andres als eine Aneinanderreihung von kleinen Zetteln, die man nicht rechtzeitig aus der Tasche hervorholt – ob das ein guter Schlußsatz wäre?

Hinter der Wand wartete die große Fermate, nicht mal ein Kukkuck rief übern Hof.[131]

III

KATARINA

*Er hat recht, eine Reihe von Namen gibt's, die nicht nur
hübsch sind, sondern schön – doch einen einzigen bloß gibt's,
der so fehlerlos leuchtet, als fiele sein Licht auf ihn herab aus
einem fernen marmornen Jahrhundert, einen einzigen, der
so kühl an ihm vorüberklingt, daß niemals er zu denken
wagte, er habe ihm gegolten, ihm! einen einzigen Namen –
weitab von allem, was nach Erde schmeckt, nach Achsel-
schweiß und dunklen Worten: Katarina –*

Zwei Tage nach Silvester
, also am 10. Dezember, kurz nachdem sich Gregor ein drittes Wasserglas bestellt hatte einen dritten Espresso, war sie nicht länger zu
übersehen. Beharrlich zwar konzentrierte er sich auf die Ziele des
neuen Jahres – seitdem er mit Walle bei einer ihrer Kneipkuren auf
die Idee gekommen war, dies ganze mißliche Silvester mit all seinen
mißlichen Mischgefühlen gleich jetzt & sofort hinter sich zu bringen: gleich jetzt & sofort, am 8. Dezember '84, kaum daß Walle eine
feste Anstellung als Lehrer bekommen und Gregor, nach Monaten
des Hinterherlaufens, des Hinterhertelephonierens: Katarina zum
ersten Mal auf eine Tasse Tee getroffen hatte, Katarina! seitdem …
hatten die beiden bereits zum fünften Mal in Folge Rückschau gehalten und, sobald sie sich ihr Motto ausgedacht fürs kommende
Jahr, mit einem Sektkorken Richtung Decke geknallt, dorthin, wo
die Strohblumensträuße klebten. Trotzdem! blieb die fremde Frau,
am Tisch vor der Fensterfront, blieb, am Tisch unter dem silbern
schillernden Lüftungsrohr,[1] blieb sitzen – das Rückgrat ganz gerade, so daß sie schon durch ihre Haltung zum Ausdruck brachte, wie
sehr sie über allem schwebte, was aus der Kaffeetasse schlürfte und
laut zu lachen wagte beim Zerkauen der Kirschkuchen, die Beine
in wohlgeordnet abgekippter Parallelaktion, so daß Gregor hätte
wetten mögen: Sie ist's, kein Zweifel möglich, Katarina! Nur die
konnte selbst von hinten dermaßen distanziert wirken, dermaßen
unansprechbar unberührbar unerreichbar, daß einem vor lauter Begeisterung kein einziger der guten Vorsätze mehr einfallen wollte,
den man fürs neue Jahr gefaßt – wenn die Haare nicht gewesen wären! Die Haare der fremden Frau, die bedeutend blonder als die von
Katarina durch den Dämmerdunst leuchteten; wenn das Kostüm
nicht gewesen wäre, das zwar gut auch an einer Katarina vorstellbar
war, aber eben gerade deshalb bewies, daß die Frau am Fenster –
Gregor zögerte keine Sekunde, sie schon aufgrund ihrer Rückenan-
sicht mit den schönsten Adjektiven zu versehen, begriff er doch mit
einem Mal, daß er wer-weiß-wie-lang auf eine solche Chance hingelebt hatte, nicht etwa, um sie dreist zu nutzen, das taten bloß Anfänger, sondern um sie mit einem langen Blick zu feiern –, wenn die
Schuhe nicht gewesen wären, die zwar gut auch an einer Katarina

vorstellbar waren, aber eben gerade deshalb bewiesen, daß die Frau am Fenster selbst von vorne fatal und fremd bleiben würde, von einer Schicht hauchdünnen Eises womöglich überzogen: Zu befürchten stand, daß es angesichts derart vollendeter Unnahbarkeit gar keine guten Vorsätze mehr geben konnte, obendrein für einen, der bald 33 werden würde und das Leben als etwas durchschaut hatte, in dem's nichts weiter zu gewinnen gab, nichts weiter zu verlieren – wenigstens solang sie hier saß, fünf Meter jenseits der reinen Vernunft, den Blick geradeaus auf die Straße, die vorbeihastenden Passanten gerichtet oder auf den Bierdeckel, den sie mit der Linken zerzupfte: immerzu geradeaus, auf daß man bloß ihre hochgesteckten Haare sehen konnte.

Und den Hals darunter, gewiß.

Dabei gab's für Gregor nichts Schrecklicheres
, als eine offensichtlich schöne Frau von hinten nur zu sehen. Als sie zum zweiten Mal nach der Dose mit dem Süßstoff griff und, vor allem, *mit der andern Hand* die Spendertaste drückte, wie's nur eine Katarina machte, hätte Gregor erneut wetten mögen, mußte sich freilich im selben Moment eingestehen, daß er schwitzte. Daß er Gefahr folglich lief, sein Hemd vorzeitig an die Schmutzwäsche zu verlieren – obwohl er's erst den dritten Tag trug und es gerade, heut früh jedenfalls, und es genau den leichten Körpergeruch hatte, den er so liebte! Ob's den andern hier, die eifrig taten, als wären sie ins Gespräch vertieft oder in die »Stuttgarter Zeitung« oder ein Kuchenglück, ob's den andern nicht längst aufgefallen war, daß er, der lässige, der leidenschaftslose, der gleichgültige Gregor Schattschneider, der nicht mal mehr rauchte, so sehr stand er über den Dingen: daß er ins Schwitzen geriet, nur weil eine Frau am Fenster – was sollte *das* denn? –, nur weil sie bereits am Bezahlen war?

Wenn die Kellner vom »Stella«
nicht gar so gut im Ignorieren gewesen wären, im Gäste-Ignorieren-die-auch-gern-zahlen-Wollen – Gregor fiel, indem er sich erhob und möglichst entschloßne Handbewegungen machte, sein Motto

für '89 wieder ein: *Into The Great Wide Open*[2] –, wenn die Kellner vom »Stella« nicht gar so gut im Verrechnen gewesen wären, im Verrechnen-beim-Wechselgeld-Rausgeben: vielleicht wäre dann mehr von ihr zu sehen gewesen als der Pappschnipselhaufen, den sie neben einer Teetasse zurückgelassen. *Ihren* Pappschnipselhaufen, den Gregor versucht war, im Vorbeigehen in die Manteltasche einzustreichen, um daraus zu Hause, mit der Andacht dessen, der einen Eiffelturm aus 50 000 Streichhölzern zusammensetzt, wieder einen Bierdeckel zu kleben. *Ihren* Bierdeckel.

Aber dann dachte er just in jenem Moment an Katarina, wie sie vielleicht gerade vor ihrem Kleiderschrank stand und partout nichts Passendes darin finden konnte für den heutigen Abend.

Als wolle sie ihm eine zweite Chance gewähren

, sortierte die Frau, kaum dreißig Meter Richtung Bohnenviertel entwischt, sortierte sie ihre Einkaufstaschen, Einkaufstüten von der einen Hand in die andre, aus dem Fünf Uhr-Himmel nieselte flau eine Ahnung davon, daß es auch dieses Jahr nichts werden würde mit »weißer Weihnacht«, und also war von der Frau bloß auszumachen: die Rückenpartie eines jener Lackmäntel, wie man sie aus der letzten »Vogue« kannte.

Und ihre Unterschenkel, gewiß.

Indem er ihr hinterherhastete in die Leonhardstraße, befürchtete Gregor, daß er sie niemals von vorne sehen, befürchtete Gregor, daß er sie plötzlich von vorne sehen, daß sie sich umdrehen und als unschön erweisen würde, befürchtete Gregor, daß sie sich umdrehen und als schön erweisen würde; trotzdem überkam ihn, der Rest des Tages fuhr ihm anthrazitfarben ins Gesicht, überkam ihn beinahe die Lust zu pfeifen – man war noch immer nicht zu alt! Um sich, in der nächsten Sekunde womöglich, den Mantel vom Leib zu reißen und ihn, über einer Pfütze womöglich, vor ihr auszubreiten; zwar ahnte man, daß sie gleich in einem Taxi verschwinden würde hinter einer Straßenecke in Luft sich auflösen am Ende eines kurzen, schmerzlich kurzen Gedankenstrichs, aber solang sie's nicht tat, durfte man wieder siebzehn sein, durfte auf ein Wunder hoffen und die Kerle vergessen, die mit ihren verschiedenfarbnen Lebensäußerungen den Blick ansonsten hier nach unten bogen, auf daß man nirgendwo hineintrat, durfte sein Hemd verschwitzen und mit sich selber wetten: daß es eben doch keine andre sein konnte als Katarina; wie sie erhobnen Hauptes an den Nutten, nicht etwa: vorüberging, sondern: vorüber*schritt*, an den Nutten, die jetzt, nach Einbruch der Nacht, mißmutig aus ihren Höhlen hervorkrochen, aus der »Bierorgel«, der »Gaststätte zur Nonne«, dem »Schinderhannes«; wie sie stolperte; und wie sie, Gregor war noch am Überlegen, ob er herbeispringen sollte, wie sie schon wieder ihre Tüten umsortierte – die fremde Frau auf halbhohen Pumps, wie sie ausschließlich Frauen tragen dürfen, die sich zu fein sind, so jedenfalls sah's Gregor, oder solche, die wissen, daß sie bereits bei halbem Aufwand alle andern überragen. Im vorbeistreifenden Licht der Autos erglänzten ihre Strumpfhosen, ihr Lackmantel, und nicht allein ihr Gang, auch ihre Art, nach linksrechts nicht zu blicken, während sie in die Esslinger Straße hineinlief, erinnerte von fern an Katarina, damals, vor vier Jahren, als er ihr einen ganzen Sommer lang hinterhergeschlichen, bis sie sich überhaupt erst mal nach ihm umgesehen hatte. Und seither? War ihm völlig die Fähigkeit abhanden gekommen, seinen Pulsschlag im ganzen Körper zu spüren – ihm, dem abgeklärten Gregor Schattschneider, den nichts mehr vom Hocker reißen oder aus der Bahn bringen konnte: Schließlich schritt die Frau ja nicht irgendwohin, sondern Richtung Charlottenplatz, wohin auch er, zwar nicht: zu schreiten, aber immerhin: zu gehen hatte, *sowieso* zu gehen hatte, vorbei am Seifen-Lenz, an bett & art[3], vorbei am TUI-Profi-Partner, vorbei am Bäcker Na-

-nu! fast wäre Gregor
auf sie draufgeprallt, so abrupt hatte sie angehalten vor dem Bäcker Nast, und wie er einen schnellen Schritt zur Seite tat –
und wie er dabei in was Weiches trat –
und wie er einen Fluch ausstieß und ein Zitat –
war sie hinter der Ladentür verschwunden. Gregor strich sich seine Sohle an der Bordsteinkante ab, fluchte erneut, als er sehen mußte, daß sie, die Bordsteinkante, dadurch nicht etwa braun, sondern gelb wurde, *senfgelb*, trat in eine Pfütze und patschte darin herum, nicht

ohne sich »verstohlen« umzublicken: In der beschlagnen Schaufensterscheibe schimmerten schwarze Schemen.

Entschlossen stieg er aus der Pfütze und heftete sich an ihre halbhohen Hacken, als sie – wahrscheinlich war er gerade mit den gelben Resten an seinem Absatz beschäftigt gewesen – als sie schon wieder drei, vier Schritte Richtung Charlottenplatz zurückgelegt hatte, Richtung Sanitätshaus Geisselmann, Richtung U-Bahn-Treppe, auf deren Stufen man bereits den Penner sehen konnte ... Gregor, mit blanken Nervenenden hinterherhuschend, Gregor, in Sekundenbruchteilen wahllos Kleinigkeiten registrierend, die neonrotweiß blinkenden Buchstaben der Schmuck-Schatulle, die dunkelgrün spiegelnde Fassade des Schwabenbräu-Hochhauses, das sechsspurige Geräusch des Langen Samstags, wie's, im Wechsel der Ampelphase, an- und ab- und anschwoll, sogar eine Duftspur ihres Parfums – es roch phantastisch fremd – vermeinte er in sich hineinzusaugen, während er doch wußte – es roch phantastisch fremd und blond – während er doch zu wissen glaubte – es roch phantastisch fremd und blond und kühl –, daß man bei diesem Regen gar nichts riechen konnte außer Regen und Stuttgart – es roch phantastisch fremd und blond und stark und kühl – und daß ihm das alles so bekannt vorkam: das Sehen, das Hören, das Riechen, das Wissen und insbesondere die Art, wie sie vor ihm davonzulaufen schien, die Art, wie er hinterherlief, so bekannt. Als sie dann aber *nicht* die Rolltreppe zur U-Bahn runter nahm, sondern abbog! in die Kanalstraße einbog! die geliebte Kanalstraße, *seine* Kanalstraße, vorbei an der »Kiste«, am Schriftstellerhaus, da wußte Gregor nicht mal mehr, ob's noch regnete oder schon schneite, wußte nicht mal mehr, ob sie noch lief oder schon stehengeblieben war: vor der Hausnummer 6, wo ihr, es war wohl ein schlechter Scherz, wo ihr zu allem Überfluß die Schlüssel runterklimperten, Gregor! schnellte nach vorn:

»Hätte nie geglaubt, daß eine solche Frau hier –«

»*Ogott*«
, erschrak die und drehte sich um: »G.! Mich so zu –!« Sie lächelte ganz leer: »Wo du doch weißt, daß ich –«

»Ich weiß«

, ergänzte Gregors Mund – DATEI KANN NICHT IN SICH SELBST FORMATIERT WERDEN![4] – und Gregors Hand gab ihr Gregors Schlüsselbund, anstatt den ihren aufzuheben: Neuer Mantel, neue Schuhe, war's tatsächlich schon so weit gekommen, daß er sie nicht mal mehr erkannte? die er doch vom Scheitel bis zur Sohle einst auswendig gelernt einschließlich aller 27 Leberflecke, die er doch noch immer, sogar an ihren Diät-, an ihren Migränetagen, die er doch noch immer, selbst an ihren Sweatshirt-, an ihren Lesetagen, wenn sie stundenlang nur auf dem Futon lag und den Rest der Welt vergaß, die er doch noch immer, mindestens, »liebte«? Neue Haarfarbe, neues Parfum, war's tatsächlich schon so weit gekommen, daß es ihm vor Enttäuschung, beinahe: vor Wut jetzt »die Worte verschlug«, wie sie vor ihm das Stiegenhaus hochknarzte, vor Wut, weil *sie's* war! und nicht die fremde Frau, die sie bis soeben gewesen? Während sie ihrerseits mit jeder Stufe redseliger wurde, von ihren neuen Strähnchen schwärmte und all dem, was sie sich strumpfhosenaufwärts gekauft hatte für heut abend; beim neuen Seidenbody (»Häkchen, G., denk dran«) hausmeisterte ihnen allerdings Herr Scheuffele entgegen und machte gar kein Hehl draus, daß er sie im Spiegel entdeckt hatte: in einer Art Autospiegel, den er, kurz nach dem Tod seiner Frau, schräg überm Fenster seiner Dachwohnung montiert hatte, auf daß er stets im Bilde war, wer sein Revier betrat oder verließ. Baute sich breitbäuchig am Treppenabsatz vor ihnen auf, blaurot gemusterter Jogginganzug, blaubeige gemusterte Nylonsocken, leicht angeschmuddelte weiße Frotteepantoffeln mit kleinen blauen Ankern, und drohte, fingerspitzenwirbelnd, daß er's ihnen nun wirklich zeigen werde! Was bei einer Kehrwoche gewischt und was gekehrt sein wolle, schließlich müsse alles seine Ordnung haben; und zur Strafe dafür, daß sie sich diesen Samstag gedrückt hätten, zum wiederholten Male! seien sie auch nächste Woche dran:

»Sie misset d'Bihne kehre ond d'Kellertrepp ond's Droddwahr, hen-Se verstande? Ond i werd des fei – «[5]

»Sie werden das kontrollieren«, setzte ihm Katarina so wohlartikuliert entgegen, daß er die linke Hand vom linken Ohr sinken ließ

und vor Glück, sie verstanden zu haben, den Weg freigab: Leider-
leider, zwängte sie sich an ihm vorbei, tät's ihnen halt grade etwas
pressier'n, ade.

»I? Was hoißt hier dressiere?« rief ihr Herr Scheuffele nach und
wölbte sich wieder die Hand hinters Ohr. Aus dessen rätselhafter
Mitte ein Büschel Haare weiß hervorquoll.

»*Pressier'n*« *tat's Katarina dann freilich überhaupt nicht*
, als sie ihre Einkäufe präsentierte: Ohne zu ermüden, schritt sie
durch den kleinen schummrigen Flur, auf & ab, auf & ab, und weil
sie dabei ganz wunderbar aussah, sagte ihr Gregor, sie sähe ganz
wunderbar aus, nickte dazu das eine oder andre Genau! und
belauschte gleichzeitig Herrn Scheuffele, wie er über ihnen her-
umschlurfte, wie er den Fernsehsessel zurechtrückte, die Position
der Satellitenschüssel kontrollierte, die er – nahezu zeitgleich mit
dem Spiegel – zwischen seinen beiden Hinterhoffenstern angebracht hatte, wie er das Altglas sortierte, die Fertigpizza aus dem
Eisfach holte und den Herd vorheizte, die letzten Kästchen im
Kreuzworträtsel füllte, jeden Buchstaben sich selbst diktierend, die
Flusen von der Staubsaugerdüse zählte, immer bestrebt, die große
Unordnung der Welt von seinen eignen »vier Wänden« fernzuhalten
oder gar, doch da spielten die andern Mieter leider viel zu wenig mit,
von denen der gesamten Kanalstraße 6 … So jedenfalls interpretierte ihn Gregor: all seine kleinen Geräusche und, insbesondere, die
kleinen Pausen zwischen den kleinen Geräuschen; als es Zeit war für
den deutschen Schlager, machte sich Herr Scheuffele an seiner Mu-
siktruhe zu schaffen und ließ ein deutliches *Mit siebzehn hat man
noch Träume* durch die Decke dröhnen oder *Am Tag, als der Regen
kam*, auf daß Katarina, wie jedesmal, mitten in der Bewegung in-
nehielt, auf daß sie mit einem »Lauter, Scheuffele, lauter!« einfiel
und –

– mitnichten: in wohlgebauten, wohltemperierten Sätzen wissen ließ, sie wolle Gregor keine Vorwürfe machen. Sondern bloß
ihre Verwunderung zum Ausdruck bringen, ihre Verwunderung
darüber, daß er nicht mal mehr für fünf Minuten Interesse an all den
schönen neuen Sachen habe, das sähe sie genau, nicht mal mehr für

fünf Minuten Interesse *an ihr* habe, ob sie so häßlich schon geworden? oder warum er sie gar nicht mehr wahrnehme? geschweige bewundre, auf Händen trage, wie früher, mit ihr flirte?

Sie stellte sich vor den Flurspiegel und suchte nach Fehlern, entdeckte einen Pickel, ließ sich in die Arme nehmen.

»Du bist wunderbar«, flüsterte Gregor *und er meinte's auch so*; als er jedoch ihren Kopf an seine Schulter drücken wollte, entwand sie sich mit einem besorgten »Paß auf, dein Kragen!«, atmete demonstrativ ein (»Sag mal, bist du vielleicht? In dieses Wort getreten, in dieses unaussprechbare Wort?«), atmete demonstrativ aus, entzog sich Richtung Badezimmer. Wahrscheinlich, um ihren Cover-up-stick zu suchen.

Indes man sich einen Stock höher
mit einem entschloßnen *Das kann doch einen Seemann nicht erschüttern* tröstete, war Katarina schon wieder in der Küche und, die Kragenspuren in ihrem Make-up hatte sie perfekt überschminkt, setzte mit aller Sorgfalt und einigen frischen Feigenstücken, Zitronenscheiben, setzte eine neue Kefirkultur an.[6] Als wenig später die »Mamá« anrief und wissen wollte, was sich »ihre Kati« denn gekauft habe (»Nein, *Pelz*mäntel sind *out*«), da hob ein herrliches Geschnatter an und der Pickel, Gregor und was immer es an ihm auszusetzen gab, waren vergessen.

Katarinas Mutter, Gregor holte Luft, die spätestens morgen erneut anrufen würde und
übermorgen vorbeikommen und
überübermorgen anrufen und!
Gregor holte Luft – *Über sieben Brücken mußt du gehn*, Scheuffeles Lieblingsplatte, die er niemals versäumte aufzulegen – Gregor ließ die Luft wieder raus, vom Absatz herauf roch's, jaja, roch's leicht gelb, *senfgelb*, von seinen Achselhöhlen herauf roch's, jaja, roch's leicht verschwitzt: beides noch lange kein Grund, sich umzuziehen. Statt dessen wühlte er ein wenig in Katarinas Zeitschriftenstapeln, zog einen Katalog daraus hervor (»Welt der Erotik – Sexy Dessous!«) und, schwankend, ob er durch die Zähne pfeifen oder eine laute Frage Richtung Telephon loslassen wollte, stellte fest, daß

keins von beidem angeraten und Katarina sowieso schon wieder weiter war: beim Betuschen der Wimpern, beim Betüpfeln des Dekolletés, beim Besprayen des –

Wer hätte das gedacht.

Gregor schlug die Beine über Kreuz, beugte sich zu seinem Absatz, atmete ein, atmete aus, atmete ein und: trug den Katalog in sein Zimmer, den würde er sich genauer ansehen müssen, noch heute abend. Auf dem Rückweg klopfte er an die Badezimmertür, in deren Milchglasscheibe es mitunter schimmerte – langsam wurde's Zeit, wenn sie einigermaßen pünktlich kommen wollten –, klopfte und, indem er sich um einen vorfreudigen Unterton mühte, sang ihrer beider Zauberwort:

»Hegel?«

»Hegel,[7] nur noch der Lippenstift.«

Dann trat sie in den Flur, drehte sich um ihre eigne Achse, und Gregor fand's ganz wunderbar.

»›Ganz wunderbar‹

, immer findest du alles bloß ›ganz wunderbar‹!« äffte ihn Katarina in dem Moment nach, als der Motor endlich angesprungen war, und man hörte bereits, wie sie all das wiederholte, was sie seit Wochen wiederholte, hörte ihr zu oder vielmehr: *tat* so, als ob man zuhörte, da sie doch wortlos noch damit beschäftigt war, geradeaus zu starren, da doch nichts zu vernehmen noch war als das Hin & Her der Scheibenwischer. Nichts als das Klatschen der Regentropfen, wie sie, halb Wasser, halb Schnee, in schweren Flocken auf den Scheiben zerschlugen; grün schillerte die Nacht an ihren Rändern, wo sie im Schein der Straßenlaternen als Bürgersteig zerschmolz; wie's dann den Killesberg hochging, war's allerdings soweit: Wobei Katarina nach jedem Satz die Luft einzog, jawohl, *stinken* würde er *stinken-stinken-stinken*, ausgerechnet er, mit seiner »Schnüffel-Meise«! So weit sei's schon gekommen mit ihnen beiden, daß er sich nicht mal mehr …

… den Anschein gab, als ließe er seine Blicke über die Villen streifen, die sich beidseits der Straße hinter Hecken, Zäunen, Garageneinfahrten zu verstecken suchten, draußen zwar war die Welt auch nichts andres als eine graue kalte Wand, an der die Wassertropfen runterperlten, aber wenn Katarina ihre Beschwerdeliste abarbeitete – was sie stets in wohlgebauten Sätzen tat und in wohltemperierter Lautstärke, als ob's ihr echt am Herzen lag –, dann war's für jemand, der den Status quo verehrte, war's das Beste, nicht geboren zu sein, war's das Zweitbeste, sehr frühzeitig mit der Suche nach einem Parkplatz zu beginnen. Und so zu tun, als wär's im Grunde nicht der Rede wert:

- daß er, seitdem sie ihn kenne, ausschließlich schwarze Sachen trage (sie sagte »Sachen«);
- ob er etwa einen auf Nihilist machen wolle oder sonstwie auf ungeduscht geheimnisvoll?
- und daß er sie nicht mißverstehe: sie schaue ihn genauso gern an wie am ersten Tag und genauso aufmerksam (»Meinst du denn, ich hätt's nicht gesehen? Daß du dich heut nicht mal rasiert hast!«); doch eine derart simple, ach was: einfallslose, ach was: lieblose Garderobe mache halt nichts her für einen Mann (sie sagte »Mann«) von über dreißig;
- neinein, das sei keine »Frage der Finanzen«, sondern eine des Geschmacks, des Stilbewußtseins;
- und wenn er sich partout aufs Geld hinausreden wolle, so brauche er ja bloß endlich »einer geregelten Arbeit nachzugehen« (sie sagte tatsächlich »einer geregelten Arbeit nachzugehen«);
- oder ob er vielleicht vorhabe, sein restliches Leben als Berufsjugendlicher zu verbringen?
- ob er vorhabe, sein restliches Leben nicht mehr aufzuhören mit dem Gepfeife? Was sie nämlich ganz nervös mache;
- und damit das klar sei, denn irgendwie scheine er's nicht zu kapieren, was sie ihm seit Monaten beizubringen suche: Hofiert wolle sie werden, wie jede Frau, Komplimente wolle sie kriegen, wie jede Frau;
- und wenn er nicht mehr wisse, wie das gehe, dann müsse er heut abend bloß die Augen offenhalten und die Ohren, sie sei's leid.

Gregor stellte den Motor ab, und wie ihr der Atem in furiosen weißen Wolken aus dem Mund fuhr, da durchfröstelte ihn die Gewißheit, daß neben ihm die schönste Frau saß, die er je gesehen. Die schönste Frau, für die man vielleicht auch mal von seinen Prinzipien abrücken konnte und den Kauf eines *grauen* Hemdes erwägen. Bevor er ihr jedoch sein Angebot machen (und sich um einen verliebten Tonfall bemühen) konnte, überraschte sie ihn mit einer Aufforderung:

Sie sei's leid. Wenn er's nicht mehr wisse, wie's gehe, das Flirten, das Ganz-im-altmodischen-Sinne-mit-ihr-Flirten, er werde's nicht glauben, aber darauf stünden die Frauen nun mal: dann müsse er's wieder lernen, genug Versuchsobjekte stünden auf Willis Fest ja zur Verfügung.

»Auf *deinem* Fest, K.!« verbesserte Gregor, merkte indessen, daß es mit dem Verbessern diesmal nicht getan sein würde: »Flirten. Und wenn ich mich dabei – – –?«

Das sei gar nicht so verkehrt, überraschte ihn Katarina: Hauptsache, er demonstriere seine Fähigkeiten dann auch wieder mal *ihr* gegenüber.

»Mensch, K.«, wollte ihr Gregor endlich übern Wangenknochen streichen, wich aber zurück vor all dem raffiniert abgepuderten Rouge: »Gerade eben, als ich dich angesprochen hab vor der Haustür, da –«

»Und was mir schon lange stinkt«, entwand sie sich seinen zaghaften Zärtlichkeitsversuchen, »das ist –«

Doch das sah er selbst, daß sein 2 CV ein wenig verloren dastand zwischen den glitzernden Golfs und Saabs und dem 190er-Benz von Lou.

»Herzlich willkommen zu deiner Party«
, öffnete Willi eigenhändig die Tür – Willi Vossenkuhl, ein Kordhosenträger, der auch heute dermaßen drauflosstrahlte, als habe er sich die Haare gerade eben aus den Nasenlöchern gezupft: »Ah, Strähnchen, stehn dir ausgezeichnet!«

Indem er Gregor seinen Kerl zum Streicheln hinschob und der sofort an ihm hochzuspringen suchte hochzuschlabbern (»Verpiß dich, Percy«), konnte sich Willi, die Lippen spitzend, über Katarina stülpen, konnte ihr mit einem englischen Wortspiel zur Beförderung gratulieren, vom Wohnzimmer drang schütteres Stimmengewirr, drang auch, sofern man gewillt war, sich hoffnungsfroh zu stimmen:

drang das eine oder andre Geräusch, das als Versuch eines Gläserklirrens, Versuch eines Gelächters zu verstehen war. Flurwärts rannten, rollten, robbten Kinder, darunter eine Handvoll Vossenkuhlscher Töchter; Percy ließ kurz ab von Gregors Schuh, wo's recht bedeutsam heute für ihn roch, legte den Schädel schief und überlegte; Willi selbst ließ kurz ab von Katarina (»Ah, neues Parfum, steht dir ausgezeichnet!«) und winkte mit gefeilten Fingernägeln ein »Hallo-le« Richtung Gregor. Nein, ein schwarzes Jeanshemd trug er nicht, im Gegenteil, hatte sich dermaßen mit Kaschmir und Kalbsleder ausstaffiert, wahrscheinlich steckte er sogar in maßgeschneiderten Unterhosen, daß sich Gregor schwor: wenn *er* mal über vierzig sein sollte, dann! würde er wer-weiß-was anziehen, aber darauf achten, daß im Innenfutter stets der Name einer angesagten Mailänder Marke stünde, *das* würde er nicht.

»Is' er da?« fragte Katarina und hängte sich bei Willi ein, schließlich galt er als ihr Patenonkel, wenn nicht als ihr Ersatzvater, wenn nicht –

– als jemand, bei dem's angeraten war, die Augen offenzuhalten und die Ohren, vor allem, wenn's Katarina »leid« war.

Selbstverständlich war er da

, schließlich hatte man ihn extra engagiert, und als man das Wohnzimmer betrat, ein Arrangement aus englischen Möbeln, Bodenvasen, Bücherwänden und einigen Aktstudien, die Willi aus einem früheren Leben in seine Professorenexistenz herübergerettet hatte, stand er bereits umringt von dreißig bis vierzig handverlesnen Gästen: ein überraschend kleiner, ein überraschend wohlgenährter Mann, der von der Seite wie Marlon Brando aussah und von vorne, so jedenfalls interpretierte ihn Gregor, wie einer von denen, die inner- und außerhalb der Kaufhäuser ihr Zaubertischchen aufschlagen und unter Zuhilfenahme von Küchenmessern, Obstpressen, Sekundenklebern, Dampfbügeleisen das Glück vermehren.

»Unsre neue«, klopfte Willi gegen den Rahmen der Wohnzimmertür, »unsre neue Chefstewardeß«,[8] irgendwer fing an zu klatschen, Katarina deutete einen Knicks an, setzte den ersten Schritt aufs Parkett.

Obwohl er doch weidlich wußte
, was da kommen mußte, hätte sich Gregor am liebsten die Brillengläser schräg gegen die Augen gedrückt, um noch schärfer zu sehen: wie die wenigen Meter zur Mitte des Raumes genügten, um Katarina in das zu verwandeln, was er sich früher immer unter einer Primadonna vorgestellt hatte, einer Diva, einer: *Dame*, wie jeder ihrer Bewegungen, von einem Moment zum nächsten, eine große Gewißheit entströmte und ein Stolz, dessen fernster Abglanz sich in seinem, Gregors, Gesicht sammelte: Genau! das war es, ganz genau! Eben noch hatte sie sich, anläßlich der Entdeckung eines Pickels, als die häßlichste Frau der Welt empfunden, eben noch war sie, beim Auswiegen der Müsliration für morgen früh, in eine selbstvergeßne Betriebsamkeit geraten, schon schlüpfte sie in die Rolle, die all das vergessen machte, die *überhaupt alles* vergessen machte: die Rolle einer Frau, in deren Gegenwart es nichts gab als ebendiese Gegenwart, die Rolle einer Frau, deren Erscheinen jedesmal für eine generelle Schrecksekunde

Schweigesekunde

Gedenksekunde

sorgte, in der man die eigne Mittelmäßigkeit ganz deutlich durch die Hälse pumpen hörte und Katarina sich darauf beschränkte, sehr fremd zu sein, sehr blond und sehr stark und sehr kühl, die Rolle einer Frau, die ihr Glas nicht etwa: in die Hand nahm, sondern: ergriff, die sich nicht etwa: durch die Haare strich, sondern: durchs Haar, nicht etwa: dem Mann im Frack ihr Gesicht zuwandte, sondern: ihr Antlitz, und ihn damit nicht etwa: anlächelte, sondern ihm, allenfalls, den Anflug eines leeren, hinreißend leeren Lächelns schenkte. Eines Lächelns aus Augen, so verwirrend unsymmetrisch geschnitten und so blau, als wären sie aus einem Film, eines Lächelns, das bis auf ihre Taille, das bis auf ihre Fogal-Strümpfe[9] hinabglitzerte, die allein schon schweigenswert waren, und erst in den Spitzen ihrer Stöckelschuhe sich verlief ... Genau! Das war es, ganz genau! auch wenn der eine oder andre sich jetzt zu räuspern wieder wagte, war das Ende der Gemütlichkeit: Wer nicht vor ihrer Schönheit erschrak, scharte sich um sie; wer das Schöne begriff als des Schrecklichen Anfang, der scharte sich um Lou;

und wer den Schrecken bereits hinter sich hatte und vor sich die große Gleichmütigkeit, der hielt sich ans Buffet und hieß Gregor.

Denn Gregor verliebte sich zwar
, selbst heute noch, bei jedem ihrer Auftritte neu – kostbarer Stillstand der Zeit, pulsende Hoffnung, daß es ihm irgendwann gelingen würde, nur noch *diese* Katarina zu erleben, nicht mehr die andre, die ihren Kefir rührte und dicke Bücher auswendig lernte –, denn Gregor verliebte sich zwar bei jedem ihrer Auftritte neu. Inzwischen allerdings nicht länger als für ein paar Minuten: dann *erinnerte* er sich, dann *wußte* er wieder, und da mochte ihr Auftritt noch längst nicht beendet sein, daß er *keine* fremde Frau vor sich hatte, für die er sich, weiß-Gott! schon irgendwelche Kopfstände hätte einfallen lassen. Sondern eine, die er im Lauf der Jahre auswendig gelernt einschließlich ihrer 31 Leberflecke, eine, die sich spätestens in der Kanalstraße jene klassischen halbhohen Pumps abstreifen und über ihre »kaputten Füße« stöhnen und überhaupt: sich zurückverwandeln würde in jemand, den er noch immer, mindestens, »liebte«.

Außerdem hatte er heut abend ja ganz offiziell Ausschau zu halten. Nach »Versuchsobjekten«.

Alle andern allerdings, die noch nicht wußten
, noch nicht wissen mußten, durften sich an Katarinas Glanz versuchen, der eine nahm das Gladbecker Geiseldrama als Aufhänger,[10] der zweite den dubiosen Tod von Uwe Barschel in der Hotelbadewanne,[11] der dritte verriet ihr seine gesammelten Vermutungen darüber, aus welchem Weltwinkel sich »der Russe« als nächstes zurückziehen werde,[12] und Gregor stellte fest, daß Katarina tatsächlich recht hatte: Keiner, außer ihm, trug noch Nickelbrille; jeder, außer ihm (der darüber freilich aus K.s Zeitschriften bestens informiert war), trug englische oder italienische Stoffe, die meisten dazu sogar schon wieder Schlips und Bügelfaltenhosen.

Dabei war's doch längst entschieden, daß derlei heute glatt vorbeizielte an Katarinas Eleganz, daß ein überraschend kleiner, ein überraschend wohlgenährter Mann im Frack, im *schlecht sitzenden*

Frack, sehr viel beßre Karten hatte als all die fogalisierten Mitbewerber in ihrer maßgeschneiderten Herrlichkeit.

Aber das merkte wahrscheinlich nicht mal Katarina selber.

Natürlich war ein Fest bei Vossenkuhls
alles andre als dem Zeitgeist verpflichtet: Abgesehen von einer einzigen Ausnahme stand man nicht etwa, schwarz gewandet und mit möglichst kritischen Falten zwischen den Augenbrauen, am Buffet und widmete sich Willis Malt Whiskys; nein, man *redete* miteinander, redete: der lehrstuhlbestallte Gottsucher[13] mit dem Grappasäufer von nebenan[14] mit Walle mit einer mannstollen Gräfin[15] mit einem laut bisweilen aufblökenden *Leningrad Cowboy*[16] mit der Frau vom Schriftstellerhaus mit einem Verleger, der im Ruf stand, seine Bücher eigenhändig zusammenzubinden vermittelst eines roten Fadens[17] … Fast wollte's Gregor scheinen, als ob nur derjenige kurz den Mund hielt, der ihn gerade mit einem Krebsschwanz beschäftigte oder einem Schluck Trollinger[18], nur diejenige, die sich darauf beschränken konnte, ihr leeres, verwirrend leeres Lächeln zu zeigen, ihren schrägen Blick, den man als Neuling allzugern mit einem leichten Schielen verwechselte; Lou dagegen kokettierte mit sämtlichen Körperteilen; Walle paffte Heiligenringe um seine Worte; Kinder rannten, rollten, robbten; Percy zog seine Bahn; in der Vitrine stießen die Gläser aneinander und erzeugten ein beständiges kleines Klirren; jeden Moment schrillte eins der fünf Telephone; und mittendrin, in seinem englischen Lesesessel, saß Willi, der Schuhe mal wieder entledigt und strumpfsockenselig, ein Kämpfer für die Fußfreiheit, und ließ sein Hundertmarkslachen erschallen, dermaßen ansteckend erschallen, daß man sogar als Gregor große Lust verspürte, sich einfach mitreißen zu lassen im Geschwirr der Vokale, Konsonanten. Selbst mit der Frau vom Schriftstellerhaus hätte er sich heute unterhalten, seiner Kanalstraßennachbarin, obwohl er sie eigentlich seit Jahren nicht mehr grüßte.[19] Aber wenn ihm schon mal eine Frage gestellt wurde, dann garantiert die falsche:

»Hat eure Ente endlich den Geist aufgegeben?«

»Was macht'n deine Magisterarbeit? Kriegst du die wenigstens im nächsten Jahr fertig?«

»Sucht ihr tatsächlich 'ne Wohnung hier auf'm Killesberg?«
»Sag mal, was findet'n die an dem?«

Nämlich Katarina
, nämlich an diesem überraschend kleinen, überraschend wohlgenährten Mann im Frack, im *schlecht sitzenden* Frack, von dem sie sich bereits zwei Gläser lang hofieren hatte lassen, von dem sie nun um die Hüfte gefaßt – aus Willis viel zu kleinen Boxen wimmerte irgendein *When A Man Loves A Woman* – und in entschloßner Behäbigkeit hin & her gewiegt wurde vor & zurück geführt: und zwar dermaßen jenseits allen Taktgefühls, daß sich Gregor die Schenkel klopfen wollte; Katarina aber, ihren Tanzpartner um Haupteslänge überragend, ließ sich mit einem schiefen Blick aus halbgeschlossnen Lidern übers Parkett dirigieren – vielleicht lag's an den neuen Strähnchen, daß sie noch perfekter wirkte –, als habe ihr Gregor niemals was über Musik erzählt und darüber, was ging, was nicht ging und was ganz & gar nicht ging. *Der* tat so, als schenke er sich einen neuen Whisky ein, als suche er nach Eiswürfeln (die's bei Willi, wie er wohl wußte, nicht gab), und wenn er sie in diesem Moment auch nicht wirklich hatte, spielte er sie doch mit Leidenschaft: die große, die ganz große Leidenschaftslosigkeit. Schließlich würde am Ende, was immer geschehen sein mochte, würde *er* mit Katarina nach Hause fahren, was hätte er da den Eifersüchtigen markieren sollen? Oder den, der sich an einer andern schadlos hielt, wozu sie ihn ja ausdrücklich ermuntert, ach was, angehalten, ach was, ermahnt hatte?

Obendrein wenn in Willis Wohnzimmer, so oft man sich auch umsah, einfach keine »Versuchsobjekte« zu entdecken waren.

Als Katarina allerdings auf den Gedanken verfiel
, sich ein drittes Glas einschenken zu lassen und, das Glas in der Linken, ihren Tanzpartner an der Rechten, auf Gregor zuzutreten –

»Das also ist der große Mister Cox«; freilich habe er bereits »gestanden«, daß er eigentlich Gottlieb heiße, Gottlieb Ruckaberle …

– da wurde's doch leicht feucht unter Gregors Achseln. Nach einem strengen Haarwasser roch's, als Cox seine Verbeugung machte, als Cox mit überraschend warmer, mit überraschend weicher Hand zugriff. Und so schnell nicht wieder lockerließ:

Ob's denn stimme, daß Gregor »dieses zauberhafte junge Mädle« »selbigsmol« derart hartnäckig verfolgt habe, durch alle Läden der Fußgängerzone und über Wochen hinweg, daß ihr richtiggehend angst & bange geworden?

Das sei wohl stark untertrieben, suchte Gregor, seine Hand zurückzuziehen.

»Ond? Wie lang tun-Se sich nachher scho kenna?«

Brutto oder netto? konnte sich Gregor aus dem Griff lösen, wischte sich den warmen weichen Händedruck an seiner Hose ab, bemühte sich um einen kaltblütigen Gesichtsausdruck. Durch Gottlieb Ruckaberles restliches Haar schimmerte rotgefleckt die Kopfhaut, Revers und Schultern seines Fracks, von kleinen weißen Schuppen besprenkelt, schimmerten auch. Als er vernommen, wie lange Katarina bereits vergeben, *anderweitig* vergeben war, bekamen seine herumhuschenden Blicke dies fogalisierte Leuchten, oder vielmehr, hatten's vorher schon gehabt, längst vorher:

»Heilig's Blechle, da sen-Se für an Reigschmeckta aber scho recht lang hängeblieb, im Ländle.«

Er habe guten Grund gehabt, suchte Gregor zu flirten: *sehr* guten sogar; Katarina hingegen betuschelte gerade den Hausherrn, der, vom Buffet zurückkehrend, erst ihr und anschließend sich selber ein Schinkenröllchen in den Mund schob.

»An *scheene* Grund vor allem«, konterte Cox in einem langsamen Honoratiorenschwäbisch, das ihm zwar keine Anmut, jedoch eine unbestreitbare Würde verlieh, lachte dann freilich jäh los »wie eine dicke rote Plastikente« – so jedenfalls interpretierte's Gregor, vom Wunsche beseelt, dem Plastikentenlachen mit einer schnellen knappen Handgreiflichkeit ein Ende zu bereiten; selbst Katarina schluckte, drehte an ihrem Ring, zupfte ein wenig ziellos an der Fliege ihres Verehrers herum:

»Nun müssen Sie aber auch mal was verzaubern!«

Dem Herrn Ruckaberle indessen war's damit nicht sonderlich eilig:

»Noh nedd huudle«, tapste er schließlich hinter Katarina her.

»Prost Neujahr, nachträglich«
, biß Lou in Gregors Ohrläppchen, schob ein paar Schüsseln und Flaschen beiseite, setzte sich aufs Buffet, verlangte Feuer. Während ihr Unterschenkel wippte, während ihr Unterschenkel wippend wußte, während ihr Unterschenkel *in jeder Pore wußte*, daß er ein Unterschenkel war, machte sich Meister Cox am gegenüberliegenden Ende der Vorstellung in allerumständlichster Manier an ein Päckchen Karten, mischte, ließ abheben, mischte, legte den einen, den andern Stapel aufs Klavier, mischte, zeigte die unterste Karte, mischte – selbst der *Leningrad Cowboy* mit den spitzen Schuhen, selbst Willi in seinen Socken paßte nach Kräften auf, ob wenigstens *irgendwas* mit rechten Dingen zuging.

»So richtig gut rasiert bist du ja nicht«, zerflüsterte Lou die allgemeine Stille, schichtete ihre Schenkel um, achtete aufs Parkett: Dabei hätte Gregor doch früher – und bei jenem »früher« spitzte sie ihre goldnen Lippen, als wär's gestern erst gewesen und nicht bereits vor vier, fünf Jahren: bis plötzlich, bei einem Einkaufsbummel durch die Fußgängerzone, diese Person vor ihnen aufgetaucht und Gregor nicht mehr zu halten gewesen war ... Dabei hätte er doch früher, gleich nach dem Begrüßungskuß, nichts Beßres stets zu tun gewußt, als den Rasierapparat auszupacken und, »echt antörnend«, an eine Steckdose zu hängen.

»Du weißt genau, warum«, rechtfertigte sich Gregor, ohne zu kapieren, daß Lou von ihm inzwischen alles andre als eine Rechtfertigung wollte, »und außerdem hast du wieder mal 'ne Laufmasche.«

Daran, an ihrer Achtlosigkeit gegenüber sogenannten Kleinigkeiten, ihrer mangelnden Liebe zu den Dingen, wie's Gregor gern ausdrückte und dafür stets mit einem »Nun sei doch nicht so deutsch« von ihr zurechtgerüffelt wurde, daran merkte man eben, daß Lou nie mehr als eine – wäre man noch in Wien gewesen und hätte Listen geführt – daß Lou nie mehr als eine, maximal, Siebzig-bis-achzig-Punkte-Frau[20] werden würde. Wohingegen Mister Cox die Ordnung der Dinge zu schätzen wußte und den Gastgeber aufforderte, eine beliebige Spielkarte zu benennen. Lous Zeigefinger schlängelte sich, Knopf für Knopf, an Gregors Hemd hinunter:

»Sag mal, bist du vielleicht?« ließ sie sich kein bißchen verunsi-

chern, schließlich blickte sie auf annähernd ein Jahr Gregor-Erfahrung zurück und bildete sich ein, zu wissen, wie man mit einem wichtigtuerischen Rechthaber umging, einem rechthaberischen Wichtigtuer, weiß-Gott, dem man's noch immer nicht verziehen hatte, wie er von einem Tag zum andern, nur weil diese Person ...
»oder was stinkt hier eigentlich so?«

Unverdrossen am Klavier mischte Cox, selbst eine Katarina paßte mit ihren Augen, den Lippen, den Fingern, die unablässig an ihrem Ring drehten, selbst eine Katarina vergaß sich und paßte auf, während er mischte und

mischte ...

mischte ...

mischte ...

und plötzlich: den kompletten Stoß schräg in die Luft schickte, quer durch den Raum, so daß ein heftig prasselnder Sekundenregen auf Lou und Gregor runterkartete, die als einzige am Buffet geblieben waren, am andern Ende des Ereignisses. Wie Katarinas Blick erblaute! ihre Lippen sich nach vorne spitzten! ihr Ring vergaß, sich weiterzudrehen: als Willi nun mit zehn gefeilten Fingernägeln nachzusehen kam, ob seine Karte tatsächlich in der Flasche stecke. In der halbvollen Whiskyflasche, aus der sich Gregor soeben noch nachgegossen hatte.

»Glenmorangie, meine Herrschaften«, griff Willi nach der Gelegenheit, betätschelte kurz ihr Etikett, hob sie mit der zärtlichen Vorsicht dessen in die Höhe, der eine antike Amphore, einen Pokal voller Rotwein, ein Neugebornes präsentiert: »ein Single Highland, was Feines und übrigens«, er zwinkerte Gregor zu, »niemals auf Eis. Niemals.«

Dann stellte er die Flasche wieder ab, versuchte sachte, sachte, sich in ihr Innres reinzufingern.

»Es *ist* die Herz-Dame!« rief er, kaum daß er eine eng zusammengerollte Karte aus dem Flaschenhals herausgepult hatte. Aber da stand Cox bereits, beifallbeplätschert, mit einem neuen Stapel in der Hand und deutete seinen Bückling an.

Daß man sich auf dem Heimweg stritt
, war klar.

Es sei sehr geschmacklos gewesen

, wie sich diese-blöde-Kuh-von-Lou in ihrem, Katarinas, Beisein mit Gregor verabredet und ihn dabei »die ganze Zeit« knapp neben die Lippen geküßt habe in die Mundwinkel hinein.

Es sei sehr geschmacklos gewesen, wie sich dieser-Tantentäuscher-von-Cox in seinem, Gregors, Beisein von Katarina verabschiedet habe mit: »Wer die Schönheit angeschaut mit Augen, ist dem Fähltritt schon anheimgegäben.«[21]

Heftig nasalierend versuchte Gregor, Ruckaberles Akzent nachzuahmen, weil er sich aber seit Jahren weigerte, selbst hier in der Hauptstadt des Schwäbischen, etwas anderes als Hochdeutsch zu sprechen (und das auch bei seinen Gesprächspartnern zwingend voraussetzte), mißlang ihm das so gründlich, daß Katarina lachen mußte. Daß ihn Katarina ungewohnt heftig umarmen, daß ihm Katarina einen ungewohnt heftigen Kuß geben mußte; noch im Stiegenhaus dementierte sie eifrig (»Schau ihn doch einfach an! Also wirklich!«) und schüttelte sich ganz ostentativ bei einer gewissen Vorstellung. Als man allerdings angekommen war im zweiten Stock, wußte sie was von einem bengalischen Königstiger zu berichten, wußte was von einer Hundeleine, an der ihn Herr Ruckaberle bisweilen spazierenführe, und wußte *nicht*, ob sie ihm das glauben solle. Als sie sich vor den Flurspiegel stellte und von oben bis unten durchmusterte, ihr täglicher Abschied vom höheren Selbst, wie's Gregor nannte, war freilich nicht zu übersehen, daß sie sich ihren Pickel aufgekratzt hatte; der Anrufbeantworter erzählte, ihr erster Einsatz als »unsre neue Chefstewardeß« sei auf Dienstag vorverlegt – Frankfurt/Abu Dhabi/Kuala Lumpur/Singapur/Bangkok/Frankfurt –, und daraufhin, von einem digitalen Piepston eingeleitet, die Mamá habe eine »kleine Überraschung«, übermorgen komme sie damit vorbei und …

… spätestens *das* war es, das Signal für Gregor, davonzunuscheln in sein Zimmer, das Signal für Katarina, hinterherzuzischeln (»Jetzt? Was mußt *du* denn noch arbeiten?«) und sich dem zweiten, dritten, vierten Piepser zu widmen.

Gregor aber verkroch sich hinterm Schreibtisch und, weil er nicht mit ihr gemeinsam ins Bad und schon gar nicht ins Bett – oder eher: nicht gemeinsam ins Bett und schon gar nicht ins Bad wollte, widmete sich der »Welt der Erotik«, die sich während Katarinas Schminkstunde aufgetan hatte.

Wie lang sie dann in der Tür gestanden und ihn beobachtet hatte, der vom *Kavaliersdelikt* (»Busenfreier Spielanzug mit appetitlicher Schleife am Po. Selbst die Rüschen täuschen keine Unschuld vor. 86% Polyamid, 14% Elastan«) über *Keep cool* (»Slip ouvert. Mit phosphorisierter Spitze – leuchtet im Dunkeln«) bis zur *Schwarzen Witwe* (»Hochgradig verführerischer Drei-Akter: unterfütterte Bügel-Hebe, Strapse und String«) vorangeblättert hatte – beileibe nicht aus Lust, dafür waren die offerierten Teile denn doch zu bemüht, nicht aus notorischem Interesse, aus gelangweilter Gewohnheit, sondern weil er noch immer die große Offenbarung ersehnte in Form eines Photos befürchtete: die scharfe Frau, die *trotzdem* schön war, die schöne Frau, die *trotzdem* scharf war; wie lang sie schon im Türrahmen gelehnt und ihn beobachtet hatte, der sich zu erinnern glaubte, daß beim *Pausenfüller* (»Blickdichte Woll-Straps-Strümpfe mit Zopfmuster an der Seite«, was es alles gab!), spätestens beim *Heiligen Johann* das Summen der elektrischen Zahnbürste aus- und kurz danach dies gleichmäßige Geräusch aus der Kloschüssel eingesetzt hatte, das er so haßte … wie lang sie schon gelehnt und beobachtet hatte, mechanisch an ihrem Ring drehend, unterm geöffneten Morgenmantel nichts als 34 Leberflecke und drei weißglänzende Stoffdreiecke – hatte er die nicht gerade gesehen? –, *das* hätte er sie am liebsten gleich gefragt; als sie dann aber, kaum daß er sie endlich wahrgenommen, auf ihn zutrat, barfuß und mit derart überdehnten Bewegungen, daß er drei, vier Herzschläge lang fürchtete, sie würde ihre jüngste Drohung wahr machen und ihm einen Striptease vorführen, da blieb ihm der Mund bloß offenstehen, da entwich ihm bloß heiße Luft: Denn solch ein Anblick, er war sich sicher, würde in keinem Katalog zu finden sein.
Und?
ABBRECHEN, WIEDERHOLEN, IGNORIEREN?
Gregor wußte, daß sie längst kalte Füße hatte [22] und daß er trotzdem von ihr hingerissen und einem großen Glück gerade erfüllt war

und irgendwas sagen mußte oder besser noch: tun und daß er das nicht konnte und von einem großen Unglück gerade erfüllt war.

Und?

ABBRECHEN, WIEDERHOLEN, IGNORIEREN?

Katarina, deren Gefühlsgedanken in rascher Abfolge ihr Gesicht überhuschten, sie heulte nicht los, sie stampfte nicht auf, sie warf ihm nichts an den Kopf, sondern: streichelte ihm mit ihren Nagelspitzen durch die Haare (»Wenn sie so kurz sind, mag ich sie besonders«) und –

– roch nicht mal wie ein Joghurtbecher, nein: hinterließ die gleiche Duftspur wie die fremde Frau vom »Stella«, von der Leonhard-, der Esslinger Straße. Bevor sie im Flur verschwand, am Ende eines kurzen, schmerzlich kurzen Gedankenstrichs, drehte sie sich um – »Du hast mich heut überhaupt nicht schön gefunden« – und hinterließ eine vollendete Leere im Türrahmen.

Hinterließ eine stille Verzweiflung.

Eine Erinnerung an früher, als sie noch nicht diesen Ehrgeiz entwickelt hatte, immer perfekt auszusehen, perfekt zu sein, immer. Eine Erinnerung an früher, als er noch nichts wußte von der anderen, der privaten Katarina, die sich in der öffentlich inszenierten, der makellosen Katarina verbarg wie in einer schützenden Hülle, an früher, als er noch an die Inszenierung *glaubte*, als er die Inszenierung noch für die Sache selbst nahm und K., jedenfalls in seinen Augen, immer perfekt *war*, immer. Ja früher! Da hatten sie's manchmal gar nicht geschafft aufzustehen, hatten ███████████████████ ███████████████, früher.

Hinterließ eine Ahnung, daß –

Hinterließ eine Gewißheit, daß er eine ziemliche Macke hatte und daß er die Sache, weiß-Gott, nicht besser machte, wenn er sich jetzt wieder, voll Mißbehagen und allzeit bereit, in Hohngelächter auszubrechen, durch die »Welt der Erotik« wühlte – *Rüssel-Rudi … Sexomat Grand Luxe … Machokiller …* hier, *Schäm dich*: »Kesses BH/Slip-Set in glänzendem Satin. Da bleibt kein Auge trocken.«

DM 49,90 und DM 39,90.

Schäm dich, so was hätte sie doch früher nie getragen? Oder sollte man sich zunächst mal fragen, warum sie sich wann überhaupt wo den Katalog besorgt? Wer hätte aber auch ahnen können...

... daß Gregor gut 30 Stunden später
, am Montagmorgen, seinem schwärzesten Tag entgegendöste? Während Katarina mittels Badezimmertür, Klospülung, Brausestrahl, Zahnbürste, Badezimmertür, Wasserkessel, Kühlschranktür, Teetasse, Fön, Geschirrspülbecken, Schlüsselbord, Schuhschrank für den vertrauten Geräuschpegel sorgte, allenfalls akzentuiert durch den Klang eines Lippenstiftes, der ihr ins Waschbecken klimperte, durch eine verwehte Verkehrsfunkfanfare aus dem Küchenradio, das rhythmische Vibrieren der Fußbodenbalken (wenn sie ihre Flurgymnastik machte), das sich in einem plötzlichen Knacken mitunter entlud: Während Katarina ihren diversen Aerobic-, Sauna-, Hand- und Fußpflege-Terminen entgegenlebte, lag Gregor und lag und lauschte auf die ordnungsgemäße Abfolge der Töne, spekulierte über deren Pausen (jetzt ist die Bodylotion dran ... jetzt die Tagescreme ... der Konturstift ... die Wimperntusche ...), und als die Tür schließlich ins Schloß schnappte, rollte er sich Richtung Frühstück.

Länger als sonst freilich
begrübelte er dann ihre Zahnseide, das Hühneraugenpflaster, die Wärmflasche, den Rubbelhandschuh in der Dusche: Übermorgen
würde sie abfliegen nach Singapur
und eine knappe Woche später
wieder da sein
als wäre nichts geschehen
und als nächstes flog sie nach New York vielleicht
nach Chicago
San Francisco
um nach weiteren acht Tagen
erneut hierher zurückzukommen, ins Bohnenviertel, das sie so verabscheute, wohingegen er? Festsaß, festsaß in der Kanalstraße, festsaß unterm Scheuffele, der jede Minute loslegen konnte mit seinem *Theo, wir fahr'n nach Lodz* oder gar dem fürchterlich beschwingten

Tanze mit mir in den Morgen, festsaß überm Salon Nico, zwischen lauter denkmalgeschützt dahingammelnden Häusern, und »Vogue« las, »petra« las, »Brigitte«, »Cosmopolitan« und was Katarina sonst so angeschleppt hatte zurückgelassen und: sich über die aktuellen Schlipsbreiten informieren ließ, über Hosenaufschläge, Kragenlängen, all das, was sich Katarinas Zeitschriften von einem Traummann erwarteten, sich die aktuellen Frühjahrsfarben zeigen ließ, die Absatzhöhen, Pflegeserien, all das, was sich ihre Zeitschriften von einer Traumfrau erwarteten und dem Katarina, stets in Sorge, häßlich zu sein oder jedenfalls nicht schön, *nicht schön genug, um die Schönste zu sein*, hinterher- oder eigentlich vorauseiferte; mochte sich Gregor noch so sehr einbilden, daß er den Stapel lediglich deshalb durchblätterte, um routinemäßig festzustellen, daß Katarinas Befürchtung auch in diesem Monat nicht zutraf, um routinemäßig festzustellen, daß *seine eigne* Befürchtung nicht zutraf, er fühlte doch, daß er dabei vor allem eines tat: Er saß hier, er saß fest.

Ehe er den Gedanken zu Ende denken und in ein wunderbares Selbstmitleid verfallen konnte, hatte er sich allerdings in Bewegung gesetzt, auf der Suche nach wer-weiß-was, und weil er wer-weiß-was nicht finden konnte: auf der Suche nach *Schäm dich* – hoffend, daß er sich getäuscht hatte, hoffend, daß er sich *nicht* getäuscht hatte und die Etiketten der Satindreiecke tatsächlich eine Welt der Erotik verheißen würden oder wenigstens drei Zipfel davon.

Doch weder den BH fand er noch den Slip – im Wäschekorb nicht, im Kleiderschrank nicht, zwischen ihren japanischen Lackdöschen nicht und den Fächern, ihren Baileys-Flaschen, sogar einige ihrer Bücher zog er aus dem Regal – Bücher, die auch er mal gelesen, ach was: geliebt, ach was: nachgelebt hatte – und schob sie zurück: Inmitten ihres Zimmers stand er und wußte nicht weiter.

Schließlich durchsuchte er den Schuhschrank im Flur, hob jeden ihrer 48 Pumps hoch, als ob sich darunter eine Welt der Erotik verstecken ließe, am Ende – wohl wissend, daß er längst nicht mehr *Schäm dich*, sondern *wer-weiß-was* suchte – am Ende, als er seinen Kopf in einen ihrer Fogal-Strümpfe gesteckt hatte – ah, das roch nicht bloß nach Bi, sondern nach 8% Lycra, 11den, Zwickel aus Seide, Ferse eingestrickt, Spitze verstärkt –,[23] am Ende, als er seinen

Kopf in die Mikrowelle gesteckt und das Regal mit dem Süßstoff, den getrockneten Pflaumen, den Bierhefetabletten gründlich durcheinandergebracht hatte, stand er. Atmete. Fixierte das große Marmeladenglas, in dem der Kefir lebte, und es überkam ihn die Unlust zu pfeifen, so durch die Schneidezähne durch und mit viel Luft, wenig Ton.

Dann konnte er aber doch nicht widerstehen, hob den Deckel des Marmeladenglases, beugte sich, wie immer, tief hinab, daß er beinahe mit seiner Nasenspitze das Zitronenstück berührte, das ganz oben schwamm,[24] erschrak, wie immer, vor dem vergornen Geruch, für den ihm auch heute kein passendes Adjektiv einfallen wollte, und, voll Ekel und Zufriedenheit, atmete ein.

Indem er sein Hemd von gestern

, das eigentlich nicht mehr zu retten war, auf den Haken vorm Schlafzimmerfenster hängte: zum Auslüften, entdeckte Gregor etwas, das zwar weder *Schäm* noch *dich* noch *wer* noch *weiß* noch *was* sein konnte, dessentwegen sich's aber sicher lohnte, Katarinas Opernglas zu holen.

Als er's wieder im Blickfeld hatte, das Etwas, das es gestern dort nicht gegeben hatte – trotz aller Übung tat er sich schwer, auf Anhieb das Glas in die richtige Richtung zu führen: bekam zuerst, gewölbte Giganten, die Oberlichter vom Bäcker Nast ins Visier, dessen Rückgebäude schräg unter ihm in den Hof hineinragte, strich dann rasch durchs glatte Geäst von Sträuchern, Bäumen und die fensterlos fleckige Wand empor, die dahinter aufragte, strich über die Ecken & Kanten des großen Neubaus, der den Hof auf der gegenüberliegenden Seite abschloß, über beige verputzte Flächen, blaugerahmte Fenster, Türen: und hatte das Etwas wieder gefunden.

Ein Windrad, das in einem leeren Balkonkasten steckte. Ein buntes Windrad, das sich bisweilen drehte, bisweilen schnell drehte, bisweilen nicht drehte.

Aber das war's auf Dauer

auch nicht, was er suchte. Grund genug, sich wieder ins Bett zu begeben.

Nicht um zu schlafen
, gewiß nicht, sondern um auf Scheuffeles Geschlurfe zu lauschen, um das Mobile zu bepusten, das Katarina von ihrem ersten Auslandsflug mitgebracht hatte – ein Schwarm rotgelber Papp-Enten, der unter Gregors Atemstößen in rotgelbe Aufregung geriet.

Nicht um zu schlafen, sondern um den Lichtreflexen zuzusehen, wie sie sich langsam ins Zimmer schoben, und dabei so zu tun, als warte man, warte auf eine Frau, die von hinten fast wie Katarina aussah und von vorne auch …

Nicht um zu schlafen, sondern um die Augen zu schließen, um zu hoffen, daß diese Frau noch stundenlang wegbleiben würde, tagelang, wochenlang, während man auf den Glockenschlag der Kirche lauschen konnte, auf die Stimmen des Hinterhofs, der Nachbarwohnungen …

Nicht um zu schlafen, sondern um sich zu verkriechen unter ein Gewebe aus kurzen Tönen, kurzen Traumsequenzen, kurzen Gedanken, nicht um zu schlafen, sondern: um nicht da zu sein.

Für all die Notrufe zum Beispiel
auf dem Anrufbeantworter: An »seiner Magisterarbeit« nämlich tat Gregor längst keinen Strich mehr, wie jeder wußte außer Schattschneider sen., war nur pro forma weiterhin eingeschrieben in Philosophie. Trotzdem hatte er zu tun, hatte, wie er sich jeden Tag versicherte, sehr viel zu tun, sehr Wichtiges zu tun, seitdem er Willi versprochen, ihn niemals wieder, vor welcher Öffentlichkeit auch immer, als Katarinas »Ex-Weltmeister« zu verdächtigen, und Willi ihm daraufhin die Hiwi-Stelle[25] an der Uni besorgt hatte:[26] Erstens habe er, Willi, Katarina damals nur *gezeichnet*, zweitens das Bild noch nicht mal aufgehängt, drittens sei sie zu jenem Zeitpunkt schon volljährig gewesen, sprich, zu eignen Entscheidungen durchaus in der Lage, und viertens nichts weiter dabei. Gregor tue besser daran, seinen kritischen Geist auf was Sinnvolles zu lenken – »zum Beispiel auf diesen PC«, der liefere täglich neue Fehlermeldungen, und das dazugehörige Handbuch, das sei eine Frechheit, also: wenn er wolle? könne er sofort anfangen, die Stelle sei bereits bewilligt …

Seither kontrollierte Gregor eifrig BATCH-Dateien, richtete MA-

KROS ein und DRUCKFORMATVORLAGEN, räumte FESTPLATTEN auf, wer auch immer bei ihm anrief in Sachen Software-Sorgen, der wurde umgehend –
oder weniger umgehend, kam drauf an, wie viele –
– oh, nur drei Kandidaten heute! Eine romanistische Sekretärin (wie viele FILES verkraftet meine CONFIG.SYS?), ein soziologischer Assistent (AUTO-EXEC.BAT; PATCH; NLSFUNC); und Willi Vossenkuhl höchstselbst, der – »Mensch, Gregor, sei doch nicht so stur« – eine Einführung in WINDOWS erbat.

Gregor setzte sich in seinen Ohrensessel, lauschte dem Dauerrauschen des Verkehrs, wie's vom Charlottenplatz in die Kanalstraße strömte und sich dort mit den Stimmen derer mischte, die aus dem U-Bahn-Schacht kamen, zupfte seiner Yuccapalme ein paar gelbe Blätter ab und erklärte ihr, daß Willi sich sein WINDOWS gefälligst selber beibringen solle. Schließlich habe er, Gregor, das komplette MS-DOS 3.3 (samt WORD 4.0) im Angebot: von APPEND bis XCOPY. Womit, und Willi wisse das sehr wohl, ein WINDOWS völlig überflüssig sei.[27]

Gregor sah seine Yucca an und schwieg. Die Yucca sah Gregor an und schwieg auch.

Kaum daß er

, an der Wohnungstür sich abstützend, durch den Spion äugend, auf Treppenhausgeräusche lauschend, kaum daß er sich vergewissert, daß er niemandem zu begegnen und ihm, vor allem, ein vernehmliches Grüß-Gott zu entbieten haben würde, holte sich Gregor seine Brezeltüte vom Nast. Dann fuhr er hinauf nach Degerloch, um sich im Sportbad Tröstung zuzukraulen.

Nachdem er's jedem dort gezeigt hatte, daß »Midlife-crisis« für ihn nichts als ein Wort war, über das man in Katarinas Zeitschriften neuerdings viel zu lesen bekam, nachdem er's jedem gezeigt hatte, fuhr er wieder runter, in die verdunstet träumende Talsohle namens Stuttgart, und weil er noch immer nicht wußte, ob der Tag mit einer Döner-Tasche, mit Currywurst-spezial oder einem Floridaburger weitergehen sollte, machte er eine Art Spaziergang von Imbißbude zu Imbißbude, vom Wurstbrater am »Brunnenwirt« durch die vorweihnachtlich schaffige Fußgängerzone bis zum Udo-Snack, vielleicht regnete es und die Penner räkelten sich in den Warmluftschleusen der Warenhäuser, vielleicht regnete es nicht, und trotzdem standen die Buden des Weihnachtsmarktes überall im Weg, die Glühweintrinker und Gebrannte-Mandeln-Esser; es sangen die Landfrauen, ein Rudel Nikoläuse, ein singendes klingendes Löweneckerchen[28] und Brot-für-die-Welt; die Blockflötenmädchen sangen nicht und auch nicht der dicke Bernhardiner. Dafür schepperten die kleinen Jungs mit ihren Spendenbüchsen, stellten sich jedem in den Weg, der an ihrem Kerl vorbei wollte, ohne ihn zu streicheln.

Und dann landete er doch wieder
beim Metzger Wild in der Schulstraße, statt der erhofften Dampfnudeln gab's als Tagesgerichte: Gaisburger Marsch beziehungsweise Saure Kutteln.

Damit nicht genug. Anstelle der alten Eisele hantierte ein stoppelköpfiges Mädchen an der Essensausgabe, kaum volljährig, und sie machte nicht nur alles verkehrt, was eine Neue eben so verkehrt machen konnte, sondern riß dazu auch in breitestem Schwäbisch ihre Sprüche.

Denn heute war, obgleich es Gregor noch nicht sehen konnte, heute war der schwärzeste Tag seines Lebens, ein Montag, ein 12. Dezember, draußen schleppten die Menschen ihre Einkaufstüten treppauf zur Königstraße, treppab in die Schulstraße, ein Tag, an dem's kurz nach zwölf war und also keine ganz große Überraschung, daß plötzlich Walles Glatze rot in der Menge aufleuchtete, rot dann auch seine Hornbrille, der sauber ausrasierte Kinnbart –, schon winkte er mit seiner Schultasche, schon tat sich die Schiebetür glasklar vor ihm auf, schon stand er neben Gregor.

Obendrein in bester Laune: Seine Schneiderin, die von ihm in loser Folge mit kariertem Küchenvorhangstoff bestückt wurde, hatte wieder mal eine dieser Nick Knatterton-Hosen fertiggestellt, die Walles Markenzeichen waren, und Walle fühlte sich schöner und jünger denn je. Prompt fand er die Nachfolgerin der alten Eisele »gar nicht übel«, wie sie den Leuten Fleischküchle und Maultaschen in der Brühe aufschwatzte, weil die Tagesgerichte ausgegangen waren und der Nachschub auf sich warten ließ; fand sie »erfrischend«, wie sie schließlich ihr Terrain hinterm Tresen verließ, zwischen den drei Stehtischchen sich durchlavierte und nach hinten wischte, Richtung Küche, während die Schlange bis auf die Schulstraße reichte und mächtig Kälte reindrückte. Gar nicht übel, erfrischend – vermutlich war sie *das*, die »Midlife-crisis«: maßgeschneiderte Flatterhosen tragen und ein Atomkraft-nein-danke auf dem Schulranzen, Jahr um Jahr eine Handvoll Hanfsamen in seinen Balkonkästen vergraben und dabei trotzdem stets so tun, als sei man für alles Neue aufgeschlossen, selbst für schwäbelnde Verkäuferinnen:

»Irgendwo patent. Irgendwo mal was andres, du Oberschlaule.«

Wie fröhlich seine Glatze schimmerte! Wie wunderbar sich die roten Fleischwülste über seine roten Brillenbügel bogen! Wahrscheinlich war heute Walles Glückstag, es gab Gaisburger Marsch *und* Saure Kutteln. Gregor blickte stur schaufensterwärts ins Menschengewühl, aus dem in regelmäßigen Abständen ein Fußball in die Luft stieg.

»Scheener Dag no!« rief ihnen die Neue ungebeten hinterher.

»Ade-le«, rief Walle
, »wieso *noch*?« rief Gregor. Fast wäre er stehengeblieben und hätte die Hände in die Hüften gestemmt.

Nachdem er ziemlich viel Zeit
mit einem Krückenmenschen vertan hatte, dessen Fußball ihn bereits den ganzen Gaisburger Marsch über beschäftigt hatte: mit einem offensichtlich »behinderten« Krückenmenschen, der sich mitten auf der Stiege zur Königstraße postiert hatte –

nachdem er ziemlich viel Zeit
mit einem offensichtlich »spastischen« Krückenkünstler vertan hatte, der – man wollte meinen, daß ihm seine dünnen, nach innen eingeknickten Beine jeden Moment zusammenklappen mußten – der in behender Gleichgültigkeit einen Fußball hin & her hüpfen ließ: zwischen seinen beiden Krückenenden, dem Kopf und, seltner, sei-

nen Oberschenkeln, während alles um ihn herum die Treppenstufen raufhastete, runterhastete –

nachdem er ziemlich viel Zeit
mit einem Krückengenie vertan hatte, weil er's nicht wahrhaben wollte, daß in dessen Programm keine falsche Bewegung vorgesehen war, und ihm dann, entnervt, kein einziges Zehnpfennigstück in den Hut geworfen hatte, erledigte Gregor sein Pensum: Mit der romanistischen Sekretärin, deren Stimme sehr fremd und sehr blond und sehr stark und sehr kühl klang, vereinbarte er gleich einen Termin, wer weiß, vielleicht war sie ein »Versuchsobjekt«, mit dem sich's lohnte. Und mit Willi – vereinbarte er nichts! Weil bloß eine seiner Töchter abhob. Und weil er, Gregor, einfach keine Lust hatte, WINDOWS zu lernen, obwohl man's ihm ständig aufnötigen wollte seitens der Uni: keine Lust.

Von oben entwickelte sich Scheuffeles Nachmittagswestern, eine wilde Schießerei, und Gregor fühlte sich so müde, daß er ins Bett beinah hineingekrochen wäre.

Als die Türglocke ertönte
, war er freilich schon längst wieder herausgekrochen, hatte mit Katarina in der Küche gesessen und einen Ingwertee getrunken, erster Liebesbeweis, hatte ihr die Füße massiert, zweiter Liebesbeweis, bis ihr vor Wohlbefinden kleine Grunzlaute entwichen waren, dritter Liebesbeweis. Zwar wollte's ihm noch immer nicht klarer werden, warum er ausgerechnet heute sein sollte, der schwärzeste Tag seines Lebens, und nicht etwa nur ein weiterer in der Reihe von grauen Tagen, die ja wenigstens ihre Brezelpausen hatten und warme Heizkörper. Trotzdem verschwand er in seinem Zimmer, verschwand unterm Kopfhörer, wollte endlich wissen, wollte hören, ob der Klang einer CD wirklich »voller«, »klarer«, »rauschärmer« war als der von Platten. Wie's allerorten mit einer Penetranz behauptet wurde, vor der man schließlich kapituliert und auch einen von diesen CD-Playern angeschafft hatte, d. h. *bezahlt* hatte ihn Katarina, natürlich. Wenn man derlei mit Kaffeelöffeln ausmessen wollte, gehörte ihm hier ja sowieso fast nichts: die metallnen Stühle nicht, die Halogen-

lampe nicht, die Schaufensterpuppe im Eck, das lackschwarze
Gähnkästchen neben dem Futon, der Futon selbst, auf dem sich
Katarina stundenlang um ihre »Satanischen Verse« herumwickeln
konnte,[29] bestenfalls ab & zu, quer übern Flur, in Gregors Zimmer
rüberwinkte und –
                    – auch der dreieckige Eßtisch nicht, um den sie
heut abend wieder sitzen und sich von Katarinas letzten Kapiteln erzählen lassen würden: Gregor, dem Bücher so fremd inzwischen
erschienen, so lästig, so überlästig, abgesehen von seinen Handbüchern, würde tun, als höre er zu; Frau Schmolinski, ihr Gläschen
Baileys fest ins Auge fassend, würde regelmäßig mit einem »Jaja, ein
gutes Buch« beipflichten, mit einem »Da erlebt man mehr, als wenn
man ständig in der Welt herumfliegt«; Katarina dagegen –
                                                    – hopste
mit einem Mal hoch, als hätte's geschellt, hopste herbei und rüttelte an Gregor herum (»Sie kommt!«), hopste hinweg, wurstelte sich
aus den Wollsocken heraus, glitt in ein Paar dieser halbhohen
Pumps hinein, brachte sich vor dem Flurspiegel ins Halbprofil, das
eine Bein leicht angewinkelt; schon wie sie die wenigen Meter zur
Wohnungstür zurücklegte, *ging* sie nicht mehr, sie *schritt*, schon wie
sie ihrer Mutter die Wange hinhielt, hatte sie ein Antlitz anstelle
eines Gesichts, wie sie sich um die eigne Achse drehte und in die
Hände klatschte, als sie sah, welche Ausmaße die »kleine Überraschung« hatte: stand Gregor neben ihr – genau! genau! – und wußte's wieder, wenigstens für ein paar Sekunden, warum er ihr mona-
telang nachgegangen, warum er ihr manchmal noch immer, in
Gedanken, hinterherging.
    Die »kleine Überraschung«: ein altes japanisches Schminktisch-
chen, das vor allem aus perlmuttern eingelegten Schubladen bestand. Die »unsre frischgebackne Chefstewardeß, ich freu mich so
für dich, Kati« der Reihe nach aufzog:
    »Also Mamá!«
    Die saß, das Rückgrat ganz gerade, die Beine in wohlgeordnet ab-
gekippter Parallelaktion, apricotfarbnes Kostüm, zwei schwarze
Striche anstelle der Augenbrauen, an jedem Finger ein Ring: die saß
und ließ ihre »Kati« gewähren, wie sie nacheinander drei alufolien-

verpackte Teller mit der Haupt- und drei mit der Nachspeise aus den Schubladen hervorholte, dazu drei kristallne Enten, die, gewissermaßen unter ihren kristallnen Flügeln, drei Servietten trugen. Gregor fuhr mit dem Zeigefinger über die Perlmuttmuster des Tischchens, die Wölbung der Serviettenringe, doch schon beim Hauptgericht merkte er, daß Frau Schmolinski – nach der Scheidung hatte sie sich ihres Mädchennamens erinnert, und jetzt hieß sie so, wie sie aussah: Doktor Gerda Schmolinski (»Sie dürfen Gerda zu mir sagen«) –, noch beim Dessert bemerkte Gregor, daß sie wieder ihre Mundwinkel herunterzog und diesen Blick auf die Dinge kriegte, der eine Sekunde zu lang auf allem haftenblieb: auf der Spüle (glanzlos, wasserfleckig, stumpf), auf dem Kühlschrank (sicher nicht abgetaut), dem Abfalleimer (voll), der Mikrowelle (noch immer nicht an der Wand verdübelt) ... Gleich würde ihr Blick auf Gregors Socken fallen, die er nicht abließ, über Stuhllehnen und Heizkörpern zu belüften, streng nach System; gleich würde ihr Blick auf Gregors Socken liegenbleiben, und spätestens dann würde's an der Zeit sein, ihre »Kati« zu bedauern, die in dieser kleinen, dunklen Dreizimmerwohnung »hausen« mußte, ob sie sich nicht endlich »was Beßres« suchen sollten?

Frau Schmolinski: ihr einziger Pluspunkt war, daß sie aus Pommern stammte und ihre Ratschläge also nicht auf schwäbisch erteilte. Kaum hatte Gregor den letzten Bissen absolviert von dieser süßländischen Kreation, die man in jeder Edelwirtschaft neuerdings aufgepriesen bekam,[30] entschuldigte er sich. Und ging in den »Brunnenwirt«.

Dorthin mitgekommen

war Katarina lediglich ein Mal, und da hatte sich die Belegschaft, wie zur Begrüßung, was Besondres einfallen lassen: Zwei der Nutten wälzten sich parterre, d. h. die eine ein wenig mehr als die andre, die ihre Rivalin schließlich, als handle sich's um eine Schweinehälfte, am Fußgelenk packte und übern Boden schleifte – in der Musikbox herrschte *Ein bißchen Frieden* und auf den Plätzen wurde geschunkelt –, übern Boden schleifte und bis zur Schwingtür, sich ihrer entledigte mittels finalem Fußtritt, auf den nächstbesten Tisch sprang, daß es runterscherbte, ihre weißen fleischigen Arme in die Luft stieß und ein Siegesgegröl. Woraufhin sich eine graumelierte Eminenz an der Theke als des Kampfes Ursache zu erkennen gab: »Hald dai Gosch, Helga, du hasch mich emmer gern khett, du Drecksmensch.«

Das war der »Himbeer-Bäschtle«; und der! nein der! im weißen Hemd, auf dessen Brusttasche »take it easy« stand, der kriegte von ihm gerade einen spendiert und war der Kellner; wohingegen der dort hinten! der immerfort redete und groß herumgestikulierte, als würde ihm irgendwer zuhören, der war …

… Gregor, mit hastig geflüsterten Spekulationen über die Vorgeschichte der Schlägerei suchte er Katarina zu beruhigen, suchte sie in den geheimen Zauber des Ortes einzuweihen, indem er die Strohblumensträuße benannte, die an der Decke klebten, die grob gehäkelten Stores benannte, die Mittelsäule, an der sich künstliche Sonnenblumen emporrankten. Bevor er jedoch zu den Fußballwimpeln hinter der Theke gekommen und zu dem, der dort zapfte und ganz sicher ein Mörder war:[31] setzte sich einer mit Truckerkappe und tätowiertem Halsansatz an ihren Tisch und, ohne die Zeit mit einem Prolog zu vergeuden, kam zum Wesentlichen:

»Also, manche Weiberärsch’, die sen soo scharf, do ko’sch grad Alkohol draus deschtilliere!«

Das war nun endgültig zuviel für Katarina (dabei zielte des Kappenträgers Bemerkung sicher auf Helgas Weiberarsch oder den von Ulla, die längst zurückgekommen war und weitertrank), und sie beharrte darauf: entweder noch in die »Kiste«, »auf ein Gläschen«, oder gleich ins Bett. Wie man sie überhaupt »in so was« habe ausführen können.

Als ob’s beim »Brunnenwirt« ums »Ausführen« ginge! Nicht mal den Ewigen Luden hatte ihr Gregor zeigen können, der aussah wie ein pensionierter Barkeeper aus der Nachbarkneipe, aus dem »Schinderhannes«, der »Bierorgel«, der »Gaststätte zur Nonne«, von jedem aber ehrfürchtig als »der Milliardär« betuschelt wurde. Und mit der steinernen Miene des Volltrunknen dahindöste, direkt neben der Toilettentür, obwohl ihn keiner je einen einzigen Wodka hatte kippen sehen.

Seither

ging Gregor wieder allein, und das hatte gewiß seine Richtigkeit. Auch heute nacht schaffte er's erst um Viertel vor drei, als der Kellner beide Schwingflügel der Eingangstür aufgerissen und sich mit dem hereinschwappenden Kälteschwall von Tisch zu Tisch bewegt hatte, um die Sperrstunde und damit zusammenhängende »drastische Maßnahmen« anzukündigen – und tatsächlich schreckte er ja nicht davor zurück, halbvolle Schnapsgläser und sogar Bierkrüge einfach vor dem säumigen Säufer auf den Kopf zu stülpen beziehungsweise, je nach Laune, selber auszutrinken –, auch heute nacht schaffte's Gregor erst um drei, die Stiege hochzuknarzen; und nachdem er sich dabei gefragt hatte: wie soll man denn über sieben Brükken gehen, wenn man immer schon nach der fünften betrunken ist (die Tequilas mal nicht mitgerechnet)? und sich geantwortet hatte: Pack die Badehose ein! was er für ein großartiges Bonmot hielt und eines Treppenhausgelächters durchaus wert: nachdem er sich gefragt, geantwortet und Applaus gespendet hatte, beschloß er in spontaner Glücksaufwallung, seine Meisterschaft im Würzen der Fertigpizza unter Beweis zu stellen. Beschloß er; dann aber schlingerten ihm zwei Katarinas aus dem Schlafzimmer entgegen, jede mit einer Miene, die sich mühte, nicht vorwurfsvoll zu sein, und schlangen ihm ihre vier Arme wortlos um seinen einzigen Hals. Ihre Haut schmeckte nach fettarmer Milch.

Der schwärzeste Tag im Leben
des Gregor Schattschneider: Eine Pizza zu würzen war ihm nicht gelungen, und auch das Flirten hatte er noch keineswegs erlernt. Aber fest entschlossen, es zu tun, das war er.

Nach einer knappen Woche
, die, neben den unvermeidlichen Aufräumarbeiten in volks- und betriebs-, sport- und naturwissenschaftlichen Computern, hauptsächlich aus einer Enttäuschung (romanistische Sekretärinnen! Nach wie vor gab's welche, die an Birkenstock und Friedenstauben glaubten!) und ansonsten darin bestanden hatte, jeden zweiten Abend Katarinas Kefirkultur neu anzusetzen – sobald er die ganze

Geschichte in eine ihrer Flaschen geseiht, sobald er die Zitrone ausgesondert hatte und die Feigenstückchen, auf daß nichts als der weißglibbernde Pilzhaufen übrigblieb, für dessen Unersättlichkeit er gleich neues Wasser, neuen Zucker, neue Feigenstückchen undsoweiter beschaffen würde,[32] ging er gern in die Hocke und zischte ein »*Du* bist's also, der diesen unbeschreiblichen Geruch produziert!« –

nach einer knappen Woche, die ansonsten darin bestanden hatte, sich beim Mobile-Pusten, Windrad-Gucken, Brezel-Essen, Hemden-Lüften für den Flirtfall Mut zuzureden: Falls ich noch immer ein Mann ohne Eigenschaften sein sollte (ja, ein Mann! Fürs Junge-Sein bin ich nicht mehr jung genug, oder?), dann doch wohl vor allem einer ohne *negative* Eigenschaften: Ich rauche nicht (mehr), rülpse nicht (mehr), pinkle nicht (mehr) im Stehen, nicht (mehr) bei offner Tür, trinke viel (mehr), aber selten, frage nicht (mehr) »war ich gut«, ha! bin der ideale Durchschnittsmann, pflegeleicht und ohne Macken, d. h. mit einem Minimum an Macken, das mich auf durchschnittliche Weise undurchschnittlich erscheinen läßt, ha! Sie werden alle mit mir flirten wollen, alle, vorausgesetzt ... –

nach einer knappen Woche, die ansonsten darin bestanden hatte, Katarinas Zeitschriftenstapel abzuarbeiten, war's soweit. Nachdem Gregor noch schnell die neueste »Elle« und sogar eine »Carina« daraufhin durchgeblättert hatte, ob er wirklich, wirklich, wirklich nichts versäumte, und nebenbei darüber aufgeklärt worden war, daß

☞ eine Frau nicht mehr als acht Sekunden braucht, um das Wesentliche über einen Mann aus dessen Gesichtszügen herauszulesen;

☞ die »moderne« Geliebte keinen Lippenstift benutzt, kein Parfum;

☞ 39% der Männer, aber nur 30% der Frauen unter Eifersucht leiden;

☞ figurnahe Kleider mit hautfarbnen Strümpfen »im nächsten Frühjahr einfach *alles* möglich machen«;

klingelte – wer wagte's denn jetzt noch? Wo er gerade am Gehen war! – klingelte Frau Schmolinski: Wenn ihre »Kati« morgen zurückkomme aus Nairobi (oder Kampala?), dann wolle sie wenigstens zuvor die Mikrowelle installiert haben (»Was *Sie*, lieber Gregor, ja irgendwie nicht hinzukriegen scheinen«), wolle Platz gewissermaßen schaffen für Weihnachten, neinein, Hilfe brauche sie keine, er könne ruhig gehen. Vorausgesetzt, sie zog ihre schwarzen Augenbrauenstriche in die Höhe, die Kehrwoche sei diesmal gemacht, an der Tür hänge das Schild?

Also machte Gregor die Kehrwoche und kam zu spät.

Kam zu spät zum Flirten; aber Lou kam noch viel später
, das gehörte zur Inszenierung dazu, und wenn man dann ernsthaft ins Zweifeln geriet (Ob der Barkeeper schon was merkte?) und vom Zweifeln an den Rand des Verzweifelns: trat sie mit solcher Selbstverständlichkeit übern Horizont, daß man einen erlösenden Augenblick lang ganz geblendet war von so viel Frau …

… von so viel Schwarz: Ledermantel (leicht abgeschabt und der Länge nach offen), Body (Wolford? Hanro? Malizia?), Leggins, Schnürstiefeletten – nein, keinerlei Chance, mit einer derartigen Lou nicht aufzufallen, weder im »Stella« noch andernorts. Dabei war sie eigentlich nur ein Genie der Verpackung, und selbst hier fehlte ihr der Wille zur Vollkommenheit: goldner Lippenstift, goldner Lidschatten, goldner Glitterpuder auf den Wangen – *gut*; sah man aber genauer hin (und Gregor war versessen drauf, genauer hinzusehen), so wurde die Verpackung schnell fadenscheinig, ließ Lous schmale Lippen durchscheinen, ihre Schlupflider, die breiten Wangen, die trotz ihrer Breite, ein Jammer, jeglicher Wangenknochen entbehrten – *nicht gut*; ganz zu schweigen davon, daß sie's immer irgendwie schaffte, einige Härchen an ihren Beinen zu übersehen, die dann, Gregor fühlte sich persönlich beleidigt, von der Strumpfhose platt gedrückt wurden, ganz zu schweigen davon.[33]

Daß sie sich auf Gregors Barhocker setzte
, obwohl der ja, bis auf eine kleine Fläche zwischen seinen Beinen, von Gregor belegt war, so daß man sie, die sich mit dem Rücken sofort anlehnte, zur Begrüßung in die Arme nehmen mußte, verriet

unmißverständlich, daß sie heut abend mehr sich vorgenommen hatte, als drei Campari-Orange lang Konversation zu betreiben.

Nachdem sie sich ein bißchen an Katarina abgearbeitet hatte (»Peelt sie sich auch jede Woche brav?«; »Als Pickelcreme würd ich ihr Clearasil empfehln«; »Wann heiratest'n ihre Mutter?«), wobei sie's nicht versäumte, in regelmäßigen Abständen ihre schwarzen Locken von der einen zur andern Schulter zu schaffen, kam sie zum unterhaltsamen Teil des Abends: belehrte Gregor mit großen grünen Augen, daß man Yuccapalmen ab Dezember *leise* zu gießen habe (um sie nicht aus dem Winterschlaf zu wecken); daß man Hunde wie Katzen gleichermaßen lieben müsse (weil man eins von beiden im Grunde selber gewesen sei in einem frühern Leben); und verbrauchte überhaupt auf jede Frage vierzig vielversprechende Nebensätze, stichelte derart gezielt an Gregor herum und fuhr ihm derart vorwandlos durch die Haare (»Wenn sie so kurz sind, mag ich sie besonders«), daß sie, gewiß! ein perfektes »Versuchsobjekt« abgegeben hätte, vorausgesetzt ...

... es wäre nicht mit einem Schlage eins gewesen im herrlich verläßlichen Stuttgart: Zeit, in eine der drei Kneipen zu wechseln, die noch nicht Sperrstunde hatten, wo Lou dann, gewiß! ein perfektes »Versuchsobjekt« abgegeben hätte, vorausgesetzt ...

... es wäre nicht eh schon alles längst gelaufen zwischen den beiden. Wozu flirten, fragte sich Gregor, wenn sich Lou lediglich an Katarina rächen wollte: für *damals*, wo er sich »Hals über den Kopf«[34] in die Fußgängerzone abgesetzt hatte und sie, Lou, »Hals über den Kopf« ihren Jugendfreund geheiratet, um nicht so alleine stehenzubleiben.

War's hier erst, in einer der drei Kneipen, die noch nicht Sperrstunde hatten, daß des schwäbischen Spießers Wunderhorn in weinseligster Weise sich an allen Tischen und Tischchen entleerte, daß ein beflißner Achdeles-Frohsinn[35] sich entduckte, entdeckelte, Luft verschaffte? und daß Lou einen Fuß aus dem angeblichen Schnürschuh herauszog und sich, nicht ohne dabei ihr Glas zu beschlotzen,[36] und sich, nicht ohne Gregor zu ermahnen, dem Drang zu schwitzen jetzt ja nicht nachzugeben, ansonsten würde sich das

Lüften seines Hemdes erübrigen, und sich, nicht ohne Gregor zu ermahnen, ihr Feuer zu geben, und sich, unterm Tisch zwar, hinaufstreichelte langsam hinaufdrückte an seinem Bein hinaufdrängte, bis Gregor ihren Fuß packte und zurückschob.

»Und du wählst dir als Motto ausgerechnet *Into The Great Wide Open*?« blies sie ihm den Rauch ins Gesicht und steckte ihren Fuß, als habe sie nur eben nachgeschaut, ob die Kombination von Strumpfhosen und Zehen tatsächlich dermaßen komisch aussah, wie Gregor behauptete, steckte den Fuß in ihren Schuh zurück: Ach Gregor, du Feigling. Was wohl *Tom Petty* von so 'nem *Heartbreaker* halten würde? Man könne doch jetzt wirklich mal, »an diesem wunderschönen Samstagabend«, da »die wunderschöne Katarina« im wahrsten Wortsinn ausgeflogen sei, man könne doch wieder mal, du kleiner süßer Angsthase, ohne jedwede Ansprüche aneinander, das tue schließlich niemand weh.

Mit der Frau eines Freundes schon gar nicht! rechtfertigte sich Gregor und meinte: mit 'ner Frau, die mit ihrem Ladyshave so sparsam umgeht, du-spinnst-wohl.

Er würde Katarina nie was vorlügen können! rechtfertigte sich Gregor und meinte: mit einem von diesen bunten Noppen-Dingern aus deinem Bastkörbchen, du-spinnst-wohl.

Was denn *ihr*, Lous, Mann zu »so was« sagen würde? rechtfertigte sich Gregor und meinte: um sich danach »Puschel« nennen zu lassen, du-spinnst-wohl.

»Zu ›so was‹?« Lou lehnte sich nach hinten, stieß beide Ellbogen spitz in die Luft, verwühlte die Hände nackenwärts, haarwärts, taxierte einen Punkt knapp neben Gregor: »Der betrügt mich doch momentan selber.«

Gregor erschrak. Hatte sie früher nicht diesen unbändigen Willen gehabt, diese Kraft, den Dingen ins Gesicht zu blicken, sich nicht mit ihnen abzufinden, zu arrangieren – wofür er sie immer beneidet und, vielleicht, auch ein bißchen geliebt hatte, früher?

»Mein ›Mann‹!« Lous Zigarette war zu Ende und die Schachtel leer: Gerade *weil* sie ihm gegenüber stets die Ahnungslose spiele, wisse sie lückenlos Bescheid; ihrer beider »Konfliktvermeidungslust« (sie sagte tatsächlich »Konfliktvermeidungslust«) sei vielleicht das einig Lustvolle, was nach drei Jahren Ehe geblieben. Im übrigen, sie könne einfach keine Dauerbeziehung führen, keine monogame Dauerbeziehung:

»Nicht mal mit dir.«

Zum Abschied biß sie ihm
in die Unterlippe und, indes er mit Verblüfftsein beschäftigt war, fuhr gleich noch mit ihrer flinken Zungenspitze über seine Zähne.[37] Genau unterm hausmeisterlichen Spiegel des Herrn Scheuffele. Als sie's endlich einsah und davonhupte − der Penner am U-Bahn-Schacht schreckte auf eine Weise hoch, als sei's ihm heute nacht gelungen, über sieben Brücken zu gehen −, als sie endlich davonglitzerte in ihrem Benz, fiel Gregor ein, daß Walle stets behauptete, sie habe einen Rüssel anstelle der Lippen.

»Wenn ❤ glaubst, ❤ kommst ungeschoren davon
, so hast ❤ dich getäuscht«, stand in Lippenstiftschrift auf dem Flurspiegel, beim dritten Lesen wurde Gregor nüchtern. Zum Glück lag sie schon, fest eingeschlafen, in einem Lederbody lag sie, zur Hälfte lediglich von der Decke bedeckt, lag auf dem Bett − hatte sich denn dies ganze verdruckste Möchtegernstuttgart heut eingeledert? Vom Charlottenplatz summten die Motoren, vom Hinterhof her klackerten die Nastschen Teigrührmaschinen. Schloß man die Augen und saugte die Luft tief ein, konnte man sich den Duft von Frühstücksbrezeln einbilden oder, je nach olfaktorischer Finesse, den von Rhabarberkuchen. Machte man die Augen wieder auf, standen da ein halbvolles Glas, ein leeres Glas und ein Sektkübel, in dessen Eiswürfelwasser ganz ohne Hoffnung eine Baileys-Flasche dümpelte. Sekundenlang versuchte sich Gregor einzureden, daß ihm nach Lous Auftritt eigentlich nichts Beßres hätte widerfahren können. Aber K.s vorhersehbare Reaktion (»Vorsicht, Häkchen, keine Druckknöpfe!«; »Nicht so fest!«; »Nicht so schnell!«; »Nicht so −«) lähmte jede spontane Regung; und wie er sich über sie beugte, um ihr die Decke bis zu den Schultern hochzuziehen, warf der Lederbody plötzlich Falten, bekam Ärmel, erwies sich als nichts weiter denn ihr Lieblings-Sweatshirt: Donald und Daisy, im Mond-

licht gerade noch zu erkennen, hatten ihre Schnäbel ineinander verschränkt und sich schrecklich lieb.

Daneben lag die Wärmflasche.[38]

Gregor sah die Wärmflasche an und schwieg. Die Wärmflasche sah Gregor an und schwieg auch.[39]

»Nie … bist du da«

, wollte sich Katarina kaum wachflüstern lassen, »ich hab … auf dich gewartet … und jetzt …«

Als sie allerdings erfuhr, mit wem Gregor »die Nacht verbracht« –

»Die *halbe* Nacht, K.! Und ja gerade *nicht* verbracht!«

»Mit dieser blöden Kuh!«

»Muß ich nun flirten lernen? Oder nicht?«

»Aber doch nicht mit *der*!«

– wurde sie ungewöhnlich munter, schmiegte sich in Gregors Arme, fuhr mit ihren Fingernägeln an seiner Wirbelsäule rauf & runter, wie früher. Bis sie feststellte, daß sie mit Contactlinsen geschlafen hatte, sich mit einem Seufzer aus Gregors Armen herauswand – einem wunderbaren Seufzer! – und im Bad verschwand.

Während sie dort Geräusche erzeugte und Pausen (jetzt war die Reinigungsflüssigkeit dran … jetzt die Aufbewahrungsflüssigkeit … die Handcreme) …

während sie zurücktapste übern Flur …

während sie zu Gregor krabbelte unters Deckbett …

während sie beim Lästern über Lou so richtig an ihm herumräkelte, wurde ihm klarer & klarer: daß es ganz in ihrem Sinne sein mußte, wenn er sie nicht mit den fahlen Fakten langweilte. Sondern sich Lou als ein Phantom aufbaute, mit dem er – K. zuliebe! K. zuliebe! weit öfter flirtete und weit heftiger als mit der tatsächlichen Lou, ausschließlich K. zuliebe! Im Windschatten ihrer Eifersucht könnte er dann in Ruhe, könnte völlig unbemerkt, könnte –

– zum Beispiel: ihre kleinen kalten Füße massieren, erster Liebesbeweis, die kleinen kalten Zehen und den kleinen kalten Punkt auf der Sohle, knapp unterm Ballen, der sie, zweiter Liebesbeweis, stets leise aufgrunzen ließ. Könnte zum Beispiel: sich erzählen lassen, dritter Liebesbeweis, sie sei kurzfristig eingeteilt worden für einen Rückflug über Kairo, und so sei sie eben einen Tag früher als geplant … jaja, die Mikrowelle, sie habe ihrer Mutter dabei sogar noch geholfen … und morgen müsse sie wegen dieser blöden Kuh … müsse mit ihm ein ernstes …

»Hegel?«

… Hegel,[40] o. k., aber … damit er's nur wisse: Manche Weiber … geschichten würden … … würden nie verjähren … …

In gedehntesten Fermaten verriet sie ihm, ihr sei's heut geglückt, den Kühlschrank abzutauen, was nichts anderes bedeuten konnte, als daß sie sich mal wieder auf Diät gesetzt hatte. Und daß der Abend zu Ende war.

Im neuen Jahr
wurde alles natürlich anders und wurde alles besser. Der Schatten des Schwabenbräu-Hochhauses zog sich Zentimeter um Zentimeter zurück, das Windrad drehte sich, drehte sich nicht, mitunter war dazu im Opernglas ein weißhaarig winziges Hutzelweib zu beobachten, wie's, nahezu reglos, auf dem Balkon stand und rauchte. Gregor lag unterm Mobile, Gregor beugte sich übern Kefir, Gregor saß in seinem Ohrensessel, Gregor bereitete sich auf den Flirtfall vor: Ich habe keinen Bauch, keinen Bart, bin kein Fußballfan, weder Macho noch Softi, frage nie »Bist du gekommen«, ha! Sie werden alle mit mir flirten wollen, vorausgesetzt … Katarinas Mutter rief täglich an, stand zweimal, dreimal pro Woche vor der Tür oder, schlimmer, bereits dahinter, wenn Gregor nach Hause kam, und zog – unter dem Vorwand, selbstgebackne Plätzchen nachzuliefern oder die weihnachtliche Munddusche zu verdübeln – zog ihre Augenbrauenstriche in die Höhe, was wollte man von einem Menschen, der Doktor Gerda Schmolinski hieß, andres erwarten?

Im neuen Jahr
wurde alles natürlich anders und wurde alles besser. Katarina experimentierte mit Trennkost, experimentierte mit Clearasil, experimentierte mit Duftölen, die sie aus Damaskus mitgebracht: Freilich

erregte das bei Gregor nichts als ungute Erinnerungen, über die er sich partout weigerte zu reden, woraufhin Katarina meinte, sie wolle ihm keine Vorwürfe machen. Aber daß er dauernd so unspontan sei, so vernörgelt, daß er sie »nicht mehr genug als Frau« wahrnehme, wo dies doch das einzige sei, das er überhaupt noch an ihr registriere: *das* solle er sich hiermit wenigstens gesagt sein lassen.

Und die Neue beim Metzger Wild (»Drugget-Se doch nedd so!«; »Was wellet-Se?«; »Wardet-Se, i gugg emol!«; »Henn-Se's nedd gloiner?«), als ob das irgendwas an ihr hätte retten können, erschien eines Mittags mit weißgefärbten Stoppeln hinter der Theke. Walle entlockte ihr das Geständnis, sie heiße Karla, und er beharrte drauf, daß sie das Gesieze bleibenlasse – wahrscheinlich war sie das, die Midlife-crisis.

Ende Januar, als die Seite 278 erreicht war, klappte Katarina die »Satanischen Verse« zu – wo sie früher zwanghaft jedes Buch ausgelesen hatte bis zur bittren Neige! – und überräkelte Gregor mit dem Wunsch, verführt zu werden:

»Immer tust du so, als hättest du zu tun! Dabei tust du doch gar nichts!«

Anstatt ihren Ring zu drehen, anstatt sich mit Gregor darüber zu streiten, ob er tatsächlich an einem »Weiberroman« arbeite oder sich bloß dauernd damit wichtig mache, sprang sie vom Futon, würgte ihm den Computer ab (gerade als er drauf & dran war, die letzte Stufe von TETRIS zu knacken)[41] und wurde ungemütlich. Lediglich mit ihrem Lackmantel bekleidet und den Dezemberpumps, nötigte sie ihn zu einem Mitternachtsspaziergang ins »Monument«: setzte sich ein Lächeln ins Gesicht und, ohne den Türsteher eines Blickes zu würdigen, bahnte sich ihren Weg in diese Installation aus Glas und Marmor und Gipsreliefs, ließ ihren Mantel am Rande der Tanzfläche runtergleiten – Gregor nickte sein Genau! Punktgenau! – und hatte dann doch ein graues Schlauchkleid drunter an. Sinnlos, seelenlos hüpfte der *House* aus den Boxen, Gregor tat so, als bewege er sich im Rhythmus, und war nicht der einzige, dem die Gedanken durcheinandergerieten. War nicht der einzige, der sich »verstohlen« umblickte. An der Bar schimmerten schwarze Schemen.

Die Bar
, das Schälchen mit den Erdnüssen, die Barfrau, das Lächeln der Barfrau, die Getränkekarte. Gregor, die Getränkekarte, das Lächeln der Barfrau, das Schälchen mit den Erdnüssen. Die Barfrau, das Lächeln der Barfrau, Gregor – indem er bemerkte, daß er sich allenfalls zwei, drei Sol[42] hier würde leisten können, durchrieselte ihn das Gefühl, er sei vielleicht ein bißchen *underdressed*, vielleicht gar ein bißchen fehl am Platze;[43] und er sehnte sich zurück in die stampfenden Horden einstiger »Popklub«-Tage. Sehnte sich nach Katarina, wußte aber, je länger er sich sehnte, desto weniger, nach welcher: nach der Eiskönigin, deren Pracht so fehlerlos zwischen den Kunstnebelschwaden aufschimmerte, zu schön, um wahr zu sein, zu schön, als daß man sich vorstellen durfte, sie zu berühren, gar anzufassen; oder nach dem kleinen Mädchen im Donald-und-Daisy-Sweatshirt, das sich ganz fest an ihn rangekuschelt und ihn schrecklich liebhatte? Nach dem kleinen Mädchen, mit dem er's immer abgelehnt, ein gemeinsames Leben aufzubauen, einen gemeinsamen Alltag, auf daß es sich, das kleine Mädchen, so häufig wie möglich in sein Gegenteil verwandeln würde.

Prompt beschwerte sich Katarina
, und ihre Sätze waren nicht ganz so wohlgeordnet wie sonst, ihre Lautstärke nicht ganz so wohltemperiert, Gregor habe bloß Augen für die Barfrau gehabt, die ihn mit ihren dämlichen Versuchen, den Strahl aus dem Cola-Zapfschlauch rüber bis auf die Tanzfläche zu lenken, auf allerplumpste Weise habe anmachen wollen. Seine »Versuchsobjekte«, die solle er sich gefälligst nicht in ihrer Lieblingsdisko aussuchen.

Ob er sich wenigstens tüchtig ins Hemd geschwitzt habe? Seine »Lüft-Meise« (sie sagte »Lüft-Meise«) ginge ihr, damit er's nur wisse, inzwischen nämlich ziemlich auf den ██████ (sie sagte tatsächlich »██████«), und weil sie gerade dabei sei: desgleichen sein ständiges Gepfeife, manchmal habe sie den Verdacht, er wolle sich mit seinen Schrullen lediglich interessant machen. So oder so, ihre Beziehung, die habe dringend, man lese ja viel darüber neuerdings, die habe dringend ein wenig Glasnost nötig, Glasnost und, vor allem, Perestroika.[44]

Zugegeben, der Colafleck auf ihrem Kleid saß wirklich akkurat dort, wo er nicht sitzen sollte.

»Mit a baar Herzle druff, was willsch' meh«, brachte Karla die gewünschte Serviette sogar vorbei, und anstatt zu erröten bis in die Stimmbänder, boxte sie gegen Gregors Schulter: als wär sie ein Sandkastenkumpel, der beim nächsten Sonderwunsch bedeutend tätlicher werden würde.

Weil ihm eine schlagfertige Replik erst Stunden später kam (nachdem er sich im Sportbad ein großes Warum-nicht! Warum-nicht! zugekrault hatte), weil ihn Walle auch noch gegen die andre Schulter stieß und Karlas turnschuhfedernden Frechdachsschritten hinterhernickte, fiel Gregor nichts weiter ein, als tatsächlich mehr zu wollen: eine Fanta.

Wieder kam Karla damit gleich raus aus ihrem Reich und rüber zu den Stehtischchen, verstellte ungeniert die Sicht aufs Krückengenie, so daß man bloß dessen Fußball über ihrem Stoppelkopf herumspringen sah: und blieb stehen.

Warum?

Darum.

Wahrscheinlich war gerade niemand sonst im Laden, der Hunger hatte, wahrscheinlich war gerade Donnerstag, und bis der nächste Kunde kam, hatte sie Gregor, hatte sie Walle schon eine ganze Reihe an Sprüchen vorgekrächzt, die sie ihrer »Lola«[45] beigebracht:

»I bach dr oine«, »Du Seggel du«, »Läck mi am Aarsch«, »So isch's noh au wiedr«.

Klein war sie, flachbrüstig war sie, kehlte sogar beim Lachen ein schweißtreibendes Schwäbisch in die Welt – ein Kuriosum, wenn überhaupt, aber –

Blaß war sie, sehnig war sie, selbst bei nichtigstem Anlaß boxte sie gegen Gregors, gegen Walles Schulter, Brustkorb, Arm, ein nettes Kuriosum, bestenfalls, aber –

Harmlos war sie, viel zu harmlos, und laut, viel zu laut – ein sehr nettes Kuriosum, maximal, aber –

Schade eigentlich, daß sie sich von ihren Fingernägeln ernährte.

Schade eigentlich, daß sie Karla hieß.

Schade, daß sie sich dort, wo bei einer Lou, einer Katarina allenfalls ein kleiner Brillant blitzte, mehrere Metallringe durchs Fleisch gesteckt hatte.

Schade, daß die Fanta-Dose irgendwann leer war.

Schade

, daß sich Gregor schon kurz darauf in seinem Auto wiederfand, auf einer Dienstfahrt(!) nach Kornwestheim(!), und merkte: gar nicht schade, daß irgendwas in seiner Ente völlig verschwitzt roch, irgendwer! Daß es dermaßen viel Wetter draußen gab für Anfang Februar, man konnte das Fenster hochklappen und das Radio aufdrehen! Daß der Metzger Wild nicht Katarinas Lieblingsdisko war! Und er, Gregor, nicht etwa nur der ideale Durchschnittsmann, der Mann ohne *negative* Eigenschaften: Er mußte, mußte, mußte auch *positive* Eigenschaften haben, *jede Menge positive Eigenschaften*, oder warum sonst hatte ihn Karla ständig geboxt? Viel öfter jedenfalls als Walle? Weil sie mit ihm flirten wollte?

Weil das ihre Art zu flirten war?

Weil sie ab heute immer, zumindest immer wieder, mit ihm flirten würde, vorausgesetzt …

… er ging ab heute immer

, zumindest immer wieder, ging hin (»Selber-Ort-selbe-Zeit«) und hielt seinen Mund. Gegenüber K., sonst würde die gleich für schlechte Laune sorgen, würde alles verderben. Wo er doch bloß flirten lernte!

Warum aber ausgerechnet

mit der?

Warum nicht! Warum nicht!

Daß sich Gregor seither fast täglich durch die Schulstraße grinste

, Richtung Bubenspitzle, geschmelzte Maultaschen, Ofenschlupfer mit Vanillesoße, und zwar deutlich *nach* zwölf, manchmal gar nach *eins*, um Walle zu entgehen und »freie Hand« zu haben (»Selber-Ort-andre-Zeit«), fiel vorerst niemand auf. An manchen Mittagen, wenn er vergessen hatte, aus dem vorderen Fenster zu spitzen durch den Spion zu spähen ins Treppenhaus hinauszulauschen, lief er Nico in die Hände, der vor seinem Salon auf Kundschaft wartete –

»He Nico! In Kornwestheim gibt's dermaßen viel Wetter!«

»Hallo-le, dätsch ned amol an pfiffigere Hoorschnitt brauche?«[46]

– oder

Herrn Scheuffele, der überprüfte, ob in der Papiertonne auch wirklich bloß Papier war und in der Restmülltonne der Restmüll –

»Grüß Gott, Herr Scheuffele! Gehn wir heut abend wieder über sieben Brücken?«

»Mit siebe Krücke, Herr Schattschneidr?«

– oder

er winkte dem Penner am U-Bahn-Schacht oder grüßte ins Schaufenster vom Bäcker Nast oder – Warum-nicht! Warum nicht! – die Frau vom Schriftstellerhaus oder spielte mit dem Gedanken, sich am U-Bahn-Schacht aufzustellen samt Pappschild (»▮▮▮▮▮▮▮▮ ▮▮▮▮▮▮▮▮▮▮«) und jedem der Vorbeihastenden eins gratis auf die Schulter zu patschen.

Die Lust zu pfeifen

, mitzupfeifen, überkam ihn sogar, wenn ein erstes *Schuld war nur der Bossa Nova* durch die Decke drang, ein *Schöne Maid, hast du heut für mich Zeit*. Während Katarina über allen Wolken schwebte, unter Palmen wandelte, am Hotelpool sich sonnte oder mit ihrer Mamá telephonierte, arbeitete Gregor Stapel für Stapel an alten »Für Sie« ab – die Lust, sich der großen Nachmittagsmüdigkeit zu widmen, war ihm gänzlich fremd geworden – und begriff dabei, daß

☞ Selbstberührungen und Präsentationen einzelner Körperteile untrügliche Anzeichen von Verliebtheit sind;

☞ der Wechsel von Anziehendem und Abstoßendem in ein und derselben Person ihren Attraktionswert erhöht;

☞ das »verflixte siebte Jahr« in Wirklichkeit bereits das vierte ist und entsprechend hoch die Trennungsrate;

☞ Kata-

-rina an einem Mittwoch zurückkommen würde und heute, vor lauter Das-Leben-ist-schön hatte er's völlig verschwitzt, heute ein Mittwoch war! Was ihm die Laune nicht etwa verdarb, im Gegenteil, die hohe Kunst des Ankommens beherrschte sie perfekt.

Obwohl's Scheuffele verpaßte, ein *Über den Wolken muß die Freiheit wohl grenzenlos sein* beizusteuern, schnüffelte sich Gregor den restlichen Nachmittag durch sein Sortiment von (ein-, zwei-, drei-, viermal getragnen, ein-, zwei-, drei-, viermal gelüfteten) Socken, Hemden, Hosen, schließlich wollte er neben Katarina nicht völlig abfallen, und wie er sich dazu durchgerungen hatte, das eine und andre frische Kleidungsstück für diesen Anlaß zu opfern, fand er – ebenso beiläufig, wie er bisweilen neue Boxershorts, Krawatten(!), Taschentücher im Schrank entdeckte, versehen mit roten Herzchen oder akribisch verzetteltem »Ich ❤ dich nämlich« – fand er, sinnigerweise zwischen seiner Unterwäsche, einen »Playboy«, dessen Photostrecken er auf der Stelle studierte und mit akribischem Desinteresse. Wobei er's fast versäumte, rechtzeitig zum Flughafen loszufahren.

So was hätte sie doch früher nie?

Die hohe Kunst des Ankommens
beherrschte sie perfekt. Obwohl ihr angeblich das Herz zerspringen wollte, kam sie jedesmal in wohltemperierten Halbtonschritten auf Gregor zu, nicht etwa aufgeregt winkend, nicht etwa ihr Tempo beschleunigend, nicht etwa lächelnd, allenfalls strich sie sich eine Strähne aus der Stirn, warf das Haar über die Schulter: so schön, daß Gregor der Glücksschrei steckenblieb im Halse – undenkbar, daß sich eine derartige Erscheinung je zum Kehrwoche-Machen herablassen konnte –, fast nur noch in Gedanken berührten sich ihrer beider Wangen ... Und ausgerechnet an einem solchen Begrüßungsabend, da Gregor drauf & dran war, den »Playboy« und so manch andres zu vergessen, ausgerechnet heute kramte sie, kaum daß man den Willkommensbraten ihrer Mutter (der sich, alufolienverpackt, vor der Haustür vorgefunden), kaum daß man ein paar Sektkelche hinter sich hatte, kramte ein halbes Dutzend »Emmanuelle«-Videos aus ihrem Gepäck, »made in Thailand, G.«,[47] und das ging nun wirklich nicht.

Daß sie daraus aber ableiten wollte, Gregor würde sie »nicht mehr begehren«, und eine regelrechte Szene machte – mußte sie denn in jeder Hinsicht ein Genie der Inszenierung sein? –, das kippte den Abend völlig: Nie! würde er sich um sie bemühen, sich nie! eine kleine Überraschung für sie einfallen lassen, noch nicht mal ab & zu! spränge er über seinen Schatten und ginge freiwillig mit ihr ins »Monument«; und wenn sie sich selber was ausgedacht habe, um wieder mal einen unbeschwerten Abend mit ihm zu verbringen, dann schalte er auf stur; wahrscheinlich hätte er sich einer-wie-Lou gegenüber ganz anders verhalten ...

wäre mit einer-wie-Lou wohl sowieso längst weggezogen aus diesem Kanalloch, diesem rattigen, runtergewohnten Bohnenviertel ...

was ihm denn an ihr, Katarina, nicht mehr passe ...

ob er nicht wenigstens auch, gefälligst, der Meinung sei, einer von ihnen beiden müsse sich ändern ...

sie wisse bloß noch nicht, wer ...

Bevor sie der Jetlag zum Verstummen brachte, lief ihr keine Träne ins Gesicht (»Ich hätt' dich halt ... so gern ...«).

Lang saß Gregor auf der Bettkante, lang. Beobachtete, wie sich ihr Brustkorb regelmäßig hob und senkte, wie sich ihre Gesichtszüge entspannten. Beugte sich über sie, sah sie an, lang. Drückte ihr einen Kuß knapp neben die Lippen, in den linken Mundwinkel hinein. Drückte ihr einen Kuß knapp neben die Lippen, in den rechten Mundwinkel hinein.

Ging an seinen PC – HALLO WORD: ESC – AUSSCHNITT – OPTIONEN – VERBORGENER TEXT ... – und legte eine neue Datei an:

»Vierundzwanzig Paar Schuhe
, und keins davon mit flachen Absätzen! Dabei tut's ja schon weh, wenn sie die Beine übereinanderschlägt! Möglicherweise ist's aber zuviel verlangt, daß eine Fogal-Frau wie K. auch noch erotisch sein will.

Vielleicht wär alles einfacher, wenn sie nicht manchmal so überirdisch gut aussähe; vielleicht ist Schönheit nur ein Ablenkungsmanöver, ein Hindernisgrund, eine Ausrede mehr? – Oder woher sonst diese Sehnsucht nach Schmutz, Schweiß, weg aus dieser Welt der polierten Japanmöbel und der duftenden Achselhöhlen? weg auch aus dieser Kontrastwelt der Wärmflaschen und Wollsocken, dieser kleinen heilen Welt aus Papp-Enten und unsatanischen Versen? Wenn sie doch mal Turnschuhe tragen würde, ganz normale Turnschuhe, wenn sie doch mal Jeans tragen würde, ganz normale Jeans, wenn sie doch mal ungezupft bleiben würde ungebräunt ungeschminkt, sich die Fingernägel abschneiden würde, statt sie zu lakkieren: wenn sie sich endlich zeigen würde, wie sie wirklich ist!

Ganz anders L.«

Gregor saß und schaute aufs Cursor-Zeichen, wie's ihm verlangend entgegenblinkte. Aus der Decke die Männerstimmen hörten sich an wie die von Talkmastern und andern Schwerverbrechern, oft schepperte der Scheuffele mit seinem Gelächter dazwischen. Natürlich hätte Gregor anstelle des »L.« ein »K.« setzen müssen, aber das ging ja nicht, weil es für »Katarina« reserviert war. Natürlich hätte Gregor jeden x-beliebigen Buchstaben wählen können, gleichwohl gefiel ihm irgendwas an der Tatsache, daß er selbst hier, in seiner geheimsten Datei, das Spielchen weiterspielte: und »L.« tippte, wo er doch ganz gewiß nicht Lou damit meinte …

»Wie anders L.!

Dies dreistnaive, sehnenwendige Kuriosum mit der verschmollten Schnute und den unrasierten Unterschenkeln! den viel zu kräftigen Unterschenkeln – kein Vergleich zur Ideallinie! ›Mit a baar Herzle druff‹ – die Nonchalance eines Tanzbärs. Selbstverständlich keine Alternative zu K.!«

Er nannte die Datei ÜBER SIEBEN BRÜCKEN MUSST DU GEHN und versteckte sie unterm NORTON COMMANDER:[48] D:\TOOLS\ NORTON\ÜSIEBRÜ.TXT. Und sah sich Katarinas thailändische Mitbringsel an: mit akribischem Desinteresse.

So was hätte sie doch früher nie?

Kurz nachdem sich Karla einen Nasenstein
hatte einsetzen lassen, einen kleinen künstlichen Rubin, über den sich herrlich lästern ließ – so heiß waren die Mittage mitunter im wackeren Stuttgart, als wäre der Winter über Nacht zum Sommer geworden und demzufolge, jedenfalls forderte's Gregor bei Fleischküchle und Fanta, höchste Zeit für einen Frühlingsbeauftragten –

kurz nachdem sich Katarina einen Nachmittag lang
über Gregors Opabrille aufgeregt hatte, über die Kachelaufkleber an
der Spüle (die Gregor seit ihrem Einzug versprochen habe abzukrat-
zen), über die Vorhangmuster im Schlafzimmer, die durchgelegne
Matratze (wenn da nicht bald »was geschähe«, würde sie ernstlich
erwägen, auf ihren Futon umzuziehen) –

kurz nachdem im Balkonkasten von gegenüber
das Windrad verschwunden war – an seiner Stelle wucherte's jetzt
grün, und mittendrin stand hölzern, stand handspannenhoch ein
Pinguin, dessen Flügel sich drehten, sich nicht drehten –

also wohl im März
, fiel's Karla schließlich auf, daß Gregor bereits eine ganze Menge
über sie rausgebracht hatte und sie noch schier gar nichts über ihn:

Auf welchem Flohmarkt man denn derart scharfe Opabrillen
kriege?

Wieso er früher nur was gegessen habe, seit einigen Wochen aber
jedesmal eine Fanta trinke?

Warum er ausnahmslos schwarze Sachen trüge (»Sachen«)?

Ob er etwa Künstler sei?

Kaum zu glauben, wenn man solche Sätze hörte, daß sie schon
zwanzig sein wollte; wahrscheinlich sah sie in Walle aufgrund seiner
karierten Hosen und der Glatze einen Clown. Oder einen Professor.
Oder beides.

»Noi, dr Walle isch bloß Lährer am Agnes-Gymnasium«, wußte
Karla: »Mädlesschul'. Katholisch.«

Und er käme weiterhin um zwölf; wohingegen Gregor – warum
eigentlich, warum? – seit Wochen erst dann antanze (sie sagte »antanze«), wenn fast alles weggegessen und kaum noch was los sei.

Kaum zu glauben. Sobald sie an sein Stehtischchen trat, roch's
von ferne nach Lederarmband. Schade, daß sie dauernd Turnschuhe trug, daß sie sich mit neun Ohr- und neuerdings gar einem Nasenring schmückte (wie Gregor nicht ablassen konnte, ihn zu nennen), schade, daß sie, wer weiß, als nächstes eine Sicherheitsnadel
durch ihre Wange stecken würde, durch ihre Zunge womöglich.

Schade, daß sie diesen unaussprechbaren Namen hatte, der jeden Illusionsversuch im Keim zunichte machte: Karla! Hinterschwörer! (»Hädsch liebr ›Leutheusser-Schnarreberger‹[49]?« hatte sie seiner empörten Nachfrage getrotzt: »Odr sonst äbbes Ausgfallens?«) Schade.

Das alles sei nicht so ruckzuck, so mit 'nem simplen Jaja-Neinein zu beantworten, vertagte Gregor seine Antworten: Aber wenn sie's wirklich interessiere, dann könne er's ihr gern in Ruhe auseinander-dividieren. Bei einem Glas Bier oder fünf.

»Ausanandrdividiera?« fragte sie.

»Verkuttle«, klärte Gregor und warf ihr die leere Fanta-Dose zu.

Ganz recht, auseinanderdividieren
müsse sie ihm jetzt mal einiges: von wegen Katarinas Vater, dem notorischen Ich-kann-das-Wort-nicht-Aussprechen, der sich abge-setzt schließlich habe mit einer andern, einer Ich-kann-das-Wort-nicht-Aussprechen; müsse ihm die Augen mal öffnen von wegen Katarina selbst, die ziemlich dick als Kind gewesen, richtig fett, und die sich noch immer, sie als ihre Mutter wisse das genau, im Grun-de ihres Herzens als häßliches pickliges pummliges Entlein fühle … Als sie plötzlich vor der Tür gestanden, hatte Gregor sie mit dem Hinweis abwimmeln wollen, ihre »Kati« sei heut abend im »Mo-nument«; als Frau Schmolinski darauf erwidert hatte, sie wisse sogar, mit wem, war klargeworden, daß sie seinetwegen gekom-men, ausnahmsweise, und auf dem Weg zu Katarinas Baileys-Fla-schen hatte er vor sich hin gepfiffen, so durch die Schneidezähne durch.

Beim ersten Gläschen war Frau Schmolinski dann bereits rausge-rückt mit ihrem Anliegen: Nicht der tropfende Hahn vom Spülbek-ken, der braune Streifen im Toilettenabfluß, auf Höhe des Wasser-pegels, nicht die Tatsache, daß Gregor keinen festen Beruf ergreifen, kein Haus bauen, keinen Baum pflanzen, kein Kind zeugen wollte, nein! daß ihre »Kati« in letzter Zeit immer häufiger mit andern Männern ausgehe – mit wem, tue nichts zur Sache –, *das* habe sie auf den Plan gerufen. Ob sich Gregor denn nicht dran erinnre, daß Katarina eine Frühgeburt gewesen, daß sie beinah autistisch geworden und es lediglich aufgrund ihrer, Gerda Schmolinskis, täglichen Klinikbesuche, als Ärztin habe sie die Gefahr schließlich sofort erkannt! und es lediglich aufgrund ihrer täglichen Fürsorge *nicht* geworden?! Und daß sie trotzdem auf eine Weise einsam sei, die »Kati«, von der sich Gregor anscheinend keine rechte Vorstellung mache, oder warum sonst kümmre er sich so schlecht um sie? Ob er denn gar nicht mitbekomme, wie oft sich Katarina bei ihr, der »Mamá«, ausweinen müsse?

Sieh an, dachte Gregor, so besitzergreifend kann eine Mutter drauf sein; aber er sagte: Das müsse sie ihm, bitte sehr, doch ein bißchen genauer auseinanderdividieren, und schenkte nach.

Ganz recht, auseinanderdividieren müsse sie ihm jetzt mal einiges! Frau Schmolinski vergaß völlig, ihre Brauenstriche in die Höhe zu ziehen, müsse ihm die Augen mal öffnen von wegen K.-und-die-Männer, von wegen K.-und-ihre-Angst-vor-Männern, jajaja, da staunen Sie, ihre Angst, ihre Angst, die sie, die Mutter, insofern verstehe, als sich auch K.s Bruder kurz drauf davongemacht habe, nach Berlin, keiner wisse, was er dort treibe: wahrscheinlich APO, Kreuzberger Nächte usw.; müsse Gregor die Augen mal öffnen, daß ihre »Kati« in den entscheidenden Fällen bislang sitzengelassen wurde, gutgut, und sie selbst, die Mutter, ebenfalls; ob er überhaupt wisse, daß K. kurz vor dem Abitur mit ihrem Französischlehrer –

– Gregor

schenkte nach –

– und dann mit dem früheren Geschäftspartner ihres eignen! Vaters –

– Gregor schenkte nach –

– und auch weiterhin bloß mit älteren Männern, *deutlich* älteren Männern –

– wer-weiß-wieviele Baileys getrunken habe: *Diese* Flasche jedenfalls war leer und Frau Doktor Gerda Schmolinski beeilte sich mit ihrem Schlußwort: Ob er K. nicht endlich? Die sehne sich so »nach geordneten Verhältnissen« (sie sagte tatsächlich »nach geordneten Verhältnissen«), die sehne sich so »nach was Kleinem« (sie sagte tatsächlich »nach was Kleinem«); und wenn sie nur wollten, stünde ihnen die ganze

Villa zur Verfügung. Das Bohnenviertel, das sei doch auf Dauer nichts für jemand vom Killesberg.

Als sie schließlich in ihrem schönen weißen Audi verschwunden war, hatte Gregor gerade noch Zeit, sich ins Bett zu verkriechen; schon schlich Katarina herein (»schlich«) und glitt zu ihm unter die Dekke. Verlor keine Silbe über das geschlossne Fenster, die aufgedrehte Heizung, sein drohendes Geschnorchel, sobald er sich auf den Rükken wälzte. Lang lag sie wach, nach Glas und Gipsreliefs riechend, wo sie ansonsten eine ungeheuer aggressive Art hatte, müde zu werden und, mitten im Geplapper, einzuschlafen – ihre Atemzüge, würden sie nicht irgendwann langsamer werden, schwerer?

»Ich will mal von dir«, flüsterte sie unverhofft: In einem Café, warum nicht im »Stella«, wolle sie von ihm angesprochen werden; sie sei verheiratet, werde sie ihm erzählen, und ihr Mann, den sie sehr, sehr liebe, gerade auf Geschäftsreise; Gregor solle einen erfolgreichen Werbetexter spielen oder Börsenmakler oder *Banker* (!), der sie zum *candlelight-dinner* (!) einlade, der sie schließlich mit in sein Penthouse nehme und – ob er nicht auch finde, daß sie mal dringend wieder einen solchen Abend bräuchten, einen ganzen Abend »nur für uns zwei beide«?

»Hab ich dir heut eigentlich schon gesagt, daß ich dich –?« suchte Gregor nach Worten, die man bloß flüstern kann, in seinen Ohren aber klang's wie: »In ein *wirkliches* Penthouse, du? Oder doch lieber zu uns?«

Vom Hinterhof her hörte man, wie die Nastschen Teigrührmaschinen ihr Tagewerk begannen.

Trotzdem war Katarina auch am nächsten Abend nicht mit einem Werbetexter verabredet, am übernächsten Abend nicht mit einem Börsenmakler: sondern mit einem Steward? Piloten? Fluggast? der sie zwischen Honolulu und Karatschi angesprochen hatte, zwischen Rio und Reykjavik?

Oder mit Willi?

Gregor nahm sich viel Zeit, seine Brille zu putzen. Seine Socken vom Heizkörper auf die Stuhllehne, von der Stuhllehne auf die Papierzufuhr des Druckers, von der Papierzufuhr des Druckers auf den Heizkörper umzusortieren. Viel Zeit, das Hemd vom Vortag vors Schlafzimmerfenster zu hängen und das vom Vor-Vortag zurück in den Schrank. Viel Zeit, ins Mobile zu pusten. Dem Drehpinguin beim Drehen, beim Nicht-Drehen zuzusehen.

Am Nachmittag, kaum daß er sich im Sportbad zu einem Entschluß durchgekrault hatte, holte er sich frische Brezeln vom Nast, setzte sich in den Ohrensessel und erzählte seiner Yuccapalme.

Die Liebe ist ein seltsames Spiel.

Lehnte sich aus dem Fenster, gerade bog die Frau vom Schriftstellerhaus ums Eck, ging an der »Kiste« vorbei und, wohin sonst, ins Schriftstellerhaus hinein.

Aber dich gibt's nur einmal für mich.

Kurz danach trat sie, gefolgt vom Frühjahrs-Stipendiaten[50], wieder auf die Straße.

Du.

Ging zur U-Bahn-Treppe, vorbei an dem Penner, an seinem Pappschild (»Ich schäme mich«), seinen prall gestopften Plastiktüten, seinem Kerl, der zwar nie bellte, um so aufdringlicher allerdings schaute.

Der Kerl hatte ein rotes Tuch um den Hals, und Scheuffele, zumindest beim Refrain, hatte Lust mitzusingen: *Du, oh Du-u-uh!*

Als Katarina von ihren diversen
Sonnenstudio-, Jazz Dance-, Ganzkörperbürstenmassagen- und Gesichtsreinigungsterminen zurückkam, suchte Gregor sofort, seinen Entschluß in die Tat umzusetzen – stichelte an ihr herum mit Eifer, verbrauchte auf jede Frage vierzig vielversprechende Nebensätze, fuhr ihr vorwandlos durch die Haare (»Strähnchen, hm. Stehn dir wirklich ausgezeichnet«), boxte sie versuchsweise in die Rippen, legte seinen Arm um ihre Hüfte: bis sie sich mit einem gereizten »Was ist denn in dich gefahren?« aus seiner Umarmung löste.

Blieb gerade noch die Zeit für ein paar laute Vier Uhr-Worte, für ein paar leisere Fünf Uhr-Worte bei einem Becher Ingwertee und den geflüsterten Sechs Uhr-Beschluß, »demnächst mal« in einen

Nachtklub seiner Wahl zu gehen und anschließend in einen Waschsalon ihrer Wahl: samt Sektkübel, Kassettenrecorder und dem Versprechen, sie werde den schärfsten Strip dort hinlegen, den Gregor
je gesehen. Auf einer Waschmaschine, nachts um halb vier.

Oder hätte er so tun sollen, als sei er eifersüchtig? Katarina, die
bereits ihr Ausgehkostüm zurechtgelegt, die bereits ihr Fußbad ein-
gelassen und dabei, Strähne für Strähne, ihr Haar überprüft hatte –
vielleicht suchte sie ja wirklich bloß deshalb dermaßen eifrig nach
gespaltnen Spitzen, weil sie hoffte, dem verlornen Vater von einst
wiederzubegegnen? In einer der schwankenden Gestalten, die sich
ihr neuerdings nahten Nacht für Nacht?

»Abend für Abend, G., nun übertreib nicht.«

Weil er dann weder in der französischen
noch in der deutschen »Vogue« eine Frau finden konnte, die auch
nur annähernd an Katarina herangereicht hätte – das wäre schon
beim schnellen Durchblättern zu sehen gewesen –, und weil er nebenbei nichts weiter erfahren hatte als

☞ »was Männer garantiert abtörnt« (alles süß/goldig finden, ständig hinterhertelephonieren, gemeinsame Zukunft verplanen,
pausenlos mit Freundinnen kichern);

☞ »was Frauen garantiert abtörnt« (weiße Socken, ein Bier nach
dem andern reinschütten, offnes Hemd mit Goldkettchen, laufend von »Verfloßnen« erzählen);

weil er dann weder in Katarinas Schuhen noch im Kefirglas noch in
der »Welt der Erotik« noch im Innern der Wärmflasche finden
konnte, wonach er suchte, probierte er's im »Brunnenwirt«. Spielte
dort ein Plochinger Waldhornbräu[51] lang mit dem Gedanken, ausnahmsweise mal wieder eine Liste anzulegen, »Was Männer *wirklich*
abtörnt«: der Kalorienfahrplan in der Küche, alufolienverpacktes
Essen, Verzweiflung über 200 Gramm zuviel oder über Pickel, die
kein Mensch sieht, Ingwertee, »Schmolinski«, *Schäm dich*, der Satz
»Käse mit Kümmel entbläht, G.« …

Unverdrossen an der Decke blühten die Strohblumensträuße, unverdrossen am Zapfhahn waltete der Mörder, unverdrossen um die
Mittelsäule – *Ich will keine Schokolade, Blau, blau, blau blüht der En-*

zi-an – foxtrotteten Ulla (mit einem Freier), Helga (mit ihrem neu-en Zuhälter?), Gabi (mit einem Freier) und ließen sich als Françoise hofieren, als Jennifer, Jeannette. Irgendwer hieß auch heute abend Charli und bestellte vier Wodka-Apfelsaft auf einmal; Gregor malte sich aus, wie Katarina gerade das »Monument« betrat (wieviel Marmor verträgt der Mensch?); der Himbeer-Bäschtle beschrieb dem Kellner – aber er sprach absichtlich so laut, daß alle am Tresen mithören konnten –, wie er seine »Weiber«, er nickte Richtung Säule, gezwungen habe, im Kreis um ihn herumzukriechen, nackt und auf allen vieren, eine Feder im ████████████, und ihn dazu immer-fort zu fragen: »Ben-i ned a scheener Pfau?«

Na dann Prost.

Gregor stellte sich vor, wie Katarina ihren Lackmantel zu Boden gleiten ließ; stellte sich vor, wie sie auf die Tanzfläche schritt, das Gesicht ganz aus Marmor, stellte sich vor, wie sie an der Bar saß, das Gesicht ganz aus Marmor, stellte sich vor … die Schwingtür schlug auf und ein Mensch mit Truckerkappe und tätowiertem Halsansatz winkte dem Milliardär und daraufhin Ulla, die ihren Freier mitten in der Drehung stehenließ (*Es gibt kein Bier auf Hawaii*), nach drau-ßen hastete. »Was Männer *wirklich* abtörnt«: Gleichgültigkeit ge-genüber Pickeln, die jeder sieht, unrasierte Unterschenkel, ständig vom Motorradfahren reden und daß die Saison bald wieder losgeht, »Niederschwörer«, Nasenring, der Satz »Scheener Dag no!« und ei-gentlich alles, was sie sagt: »Ausdappe, strablig, gotzig, grattle«, pro-tokollierte Gregor auf einem Bierdeckel, »Bixaeffnr, heb emol, gell da glotsch, sodele-etzedle« notierte er auf dem nächsten, und nach der Sperrstunde, anstelle von ein bis zwei entgegenschlingernden Katarinas, erwartete ihn mitsamt seinen SIEBEN BRÜCKEN und SIE-BEN TÜCKEN (was er für ein großartiges Bonmot hielt und eines Zimmergelächters durchaus wert) nichts als WORD:

»Wo steht noch ein Stöckelschuh
, der sich auszutrinken lohnt? Irgendwo zwischen der bloßen Fort-bewegung in Turnschuhen und dem Dahinstelzen auf Zwölf-Zentimeter-Absätzen, irgendwo zwischen Chanel-Jäckchen und Wühltisch-Radlerhosen liegt der magische Grenzwert weiblicher

Wirkungsästhetik: K. hat ihn weit überschritten; L. bleibt Meilen drunter – gewinnt aber enorm bei der Vorstellung, daß sie fürs Nägellackieren ihre Zehen *nicht* zwischen die Zinken eines dieser Zehen-Nägel-Lackier-Kämme preßt: weil sie niemals & nichts an sich lackiert.

Übrigens verrät sie sich durch: abrupte Bewegungen (vgl. die letzte ›Für Sie‹!), abrupte Themenwechsel, abrupte Blickwechsel (Sekundenblick, Blinzelblick). Wenn's doch mit K. auch mal so unbeschwert heiter und lustvoll verquatscht wieder wäre wie mit – «

Als Gregor ihre Schritte im Stiegenhaus
vernahm, machte er sich sehr rasch ans Abspeichern, und als sie die Tür öffnete, riß der Bildschirm sein letztes C:_ mit sich ins Dunkel der Hardware, dorthin, wo die Bugs schmatzen.

»Na, wie war's mit dem Bischof von Togo?« versuchte er zu flirten und dabei möglichst eifersüchtig auszusehen.

»Er kann ein weiches Ei mit einer Spielkarte köpfen«, glühten Katarinas Wangen und ihr leeres Lächeln war, wie's Gregor scheinen wollte, nicht völlig leer: »Er hat mir's vorgemacht, und auf dreißig Meter trifft er angeblich immer noch.«

»Er sagt, Karten sind menschliche Wesen: Sie atmen wie wir, und sie wollen, daß man sie höflich behandelt.«

»Stell dir vor, den Kreuz-Buben, den hat er aus dem kompletten Stapel rausgefischt! Obwohl er überhaupt nicht wußte, welche Karte ich mir gewünscht hab.«

Ah, Meister Cox und ein zumindest zauberhafter Abend, so weit war's schon gekommen. Vielleicht blickte Gregor wirklich einigermaßen überzeugend, denn plötzlich – sie war gerade bei »Gottliebs« bengalischem Königstiger (sie nannte ihn »Gottlieb«), war bei »Gottliebs« *Schilderung* seines bengalischen Königstigers und der Hundeleine und ob sie ihm das Ganze glauben solle – plötzlich umarmte sie Gregor und sah ihm verliebt ins Gesicht: Keine Sorgen bräuchte er sich zu machen, »Gottlieb« könne zwar sehr charmant sein, aber wenn er was getrunken habe, sage er zum Beispiel – heftig nasalierend versuchte sie, Ruckaberles Akzent nachzuahmen – sage zum Beispiel »Liliputaner on Schwule sen au Mensche« oder

»D'Menscher sen halt Menscher«[52] und überhaupt alles mögliche, das sie, Katarina, *wirklich* abtörnend fände ... Überdies könne sie jedes Gefühl unter Kontrolle halten – »außer bei dir, G.«.

Ohne weitere Vorankündigung fand der vereinbarte Strip statt, ganz ohne Waschmaschine, Sekt und Sound, sie trug ihre drei weißglänzenden Satindreiecke, trug sie nicht, roch nach rosaroter Seife und machte ihre Sache perfekt.

Machte sie gar nicht schlecht.

Nicht so schlecht, wie Gregor immer befürchtet hatte.

▉▉▉▉▉▉▉▉▉

, ▉▉▉▉▉▉▉▉▉▉▉▉▉▉▉▉▉▉▉▉▉▉▉▉▉▉▉▉▉▉▉▉▉▉▉▉▉

▉▉▉▉▉▉▉▉▉▉▉▉▉▉▉▉▉▉▉.

»Aber das Ding mit dem Tiger«, küßte sie Gregor auf seinen Lieblingsleberfleck, »das war doch gelogen, oder?«

Nein. Katarina schmiegte sich in seine Arme: Jedenfalls nicht mehr als alles andre.

»Ich denke, wir wollten uns nie anlügen?«

Eben, gähnte Katarina.

Angeregt wahrscheinlich durch die Avantgarde-Modeschau
, zu der sie am 19. März extra nach München gefahren war (und von der sie sich, es sollte also »alles möglich werden in diesem Frühjahr«, ein »figurnahes« Plastikkleid mitgebracht hatte samt hautfarbnen Strümpfen – und für Gregor einen Donald-Button), gab's wenige Stunden vor dessen erstem Kneipenabend mit Karla eine Privatvorführung in der Kanalstraße 6: Katarina präsentierte den kompletten Inhalt ihres Kleiderschranks, nach Sachgebieten geordnet und den Flur rauf & runter inklusive Drehung vor dem großen Spiegel, während Gregor am andern Ende des Laufstegs lag, auf dem Futon, ein großes Genau! nickte oder ein Sehr-Genau! oder gar ein Ganz-Genau! und so tat, als überlege er sich allen Ernstes Noten, die er der Reihe nach auf einem Blöckchen notierte: Denn Katarina beabsichtigte, jedes Teil, das unter der Durchschnittsnote liegen würde, in die Altkleidersammlung zu geben,[53] schließlich wolle sie nicht hinter ihre eignen Maßstäbe zurückfallen ... Als Gregor nach den Blu-

sen und vor den Badeanzügen gewisse Ermüdungserscheinungen signalisierte, brach sie aus dem Stand in lauter ungeordnete Sätze, um nicht zu sagen: in Geschrei aus (Früher sei ihm das nie passiert; er finde sie eben doch nicht mehr schön usw.), versuchte dann in wilder Trotzaufwallung, ihn zu »verführen« (aber dazu waren ihre Bewegungen viel zu rasch, zu eckig, zu gewollt) und beruhigte sich endlich bei: einer Tasse Ingwertee, der gemeinsamen Planung eines Griechenlandurlaubs.

Nein, mit wem er heute abend verabredet sei, fragte sie nicht, und Gregor konnte guten Gewissens drauf verzichten, von Lou rumzudrucksen.

Nein, mit »Gottlieb« wolle sie sich ganz gewiß nicht mehr treffen (und sich seinen Tiger zeigen lassen, haha); überhaupt, sie habe erst mal genug vom »Ausgehen«: Sie bleibe zu Haus.

Wohingegen sich Gregor jetzt sehr zügig durch sein Sockensortiment schnüffeln mußte, durch sein Hemdensortiment; als er sich rasiert hatte, saß Katarina vor einer Fünf-Minuten-Terrine und telephonierte mit ihrer Mutter.

»Ich lerne Flirten«, flüsterte er ihr zum Abschied ins andre Ohr.

»Aber vergiß nicht«, hielt sie den Hörer zu, »deine Kenntnisse auch mal auf mich anzuwenden.«

Daß sich Karla für diesen Abend
nicht gerade die Augenbrauen zupfen würde, daß sie mit ihren zerbißnen Fingernägeln, den ausgetretnen Turnschuhen, einem abgewienerten Mantel und ihrem frechsten Gegrinse aufwarten würde, das konnte einen Gregor nicht erschüttern; daß sie sich allerdings mit völlig nacktem Kopf zu präsentieren wagte, mit einer Sinéad O'Connor-Glatze[54], wie sie beim zweiten Bier erklärte, das machte ihn: ratlos. Hier, am »Palast der Republik«, einem ehemaligen Klohäuschen, um das sich an solch lauen Abenden wie heute zu Hunderten die Überbleibsel dessen scharten, was vor zehn Jahren so was wie »die Szene« gewesen wäre – Althippies, Altachtundsechziger, Alt-MGler[55], Altmüslis, Altpunks, die sich mit ihren Flaschen überall auf den Gehsteigen breitmachten –, hier fiel sie ja nicht weiter auf. Aber schon im »Stella« würde man sich mit ihr nicht zeigen

können, Gregor blickte sich mehrfach um, ob ihn wirklich niemand kannte. Wider Erwarten krähte sie vom ersten Satz an munter drauflos, »Brooschd«, als hätte sie nichts zu verlieren, nichts zu gewinnen, verbrauchte auf jede Frage vierzig vielversprechende Deftigkeiten (»Saukärle«; »I schlag-dr glei d'Gosch voll«; »Schwätz koin Schofscheiß«), stichelte an Gregor herum, fuhr ihm durch die Haare (»Sen z'lang, viel z'lang«). Versäumte's aber auch nicht, ab & zu eine kleine Schnute zu ziehen und Gregor anzublicken mit ihren braunen Augen; wahrscheinlich hatte sie früher nur so getan, als könne sie ihre rechte nicht von der linken Hand unterscheiden.

Während Gregor erfuhr, daß sie demnächst ihr Motorrad wieder anmelden würde, stellte er sich Katarina vor, wie sie sich mit einem heißen Lavendelmilchbad tröstete, während ihm Karla von ihren täglichen Hanteln erzählte, ihren Morgen- und ihren Abend-*Situps*, sah er Katarina zu, wie sie sich die Hornhaut vom Fußballen rubbelte, während Karla von »Lola« und den Ringkämpfen mit ihrem Zwillingsbruder schwärmte, sehnte er sich nach Katarina, die Gurkenscheiben auf ihrem Gesicht verteilte und auf ihn wartete (ja, auf ihn!), während ihm Karla eröffnete, sie »dät gern amol mit am Blaulicht durch d' Keenigstraß' brettra, daß d' Passanta links ond rechts weghopfed«, saß Gregor in Gedanken bei Katarina, die sich für ihn die Nägel feilte (ja, für ihn!)...

... saß er de facto
, denn draußen wurde's nun schattig, saß im »Palast der Republik«: neben einer kahlköpfigen Verkäuferin, einer kahlköpfigen Verkäuferin mit neun metallnen Ringen im Ohr, einer kahlköpfigen Verkäuferin mit neun metallnen Ringen im Ohr und einem roten Rubin in der Nase, saß und erfrischte sich an einer Zwischenlage Tequila, »Brooschd«, saß und merkte nicht, wie er in sein Hemd hineinschwitzte. Jahrelang habe sie drei Schlafbären zu Bett bringen, also in drei Taschentücher einwickeln und dann unter ihr Kopfkissen schieben müssen; hinter ihrem, hinter Gregors, hinter *ihrer beider* Rücken lachten Lederjackenträger und waren durstig; jahrelang habe sie drei Schlafbären wecken, also unterm Kopfkissen suchen

und aus ihren Taschentüchern wickeln müssen; hinter ihren Rücken lachten Lederjackenträger, verstummten, stürmten raus ins Freie, zu einem parkenden 190er-Benz – durch die Scheiben vom »Palast« konnte man deutlich sehen, wie sie mit ihren Schlüsseln übern Lack fuhren –, kehrten unter großem Gelärme zurück und pieksten mit der abgebrochnen Antenne in Karlas Mantel herum: Ob sie nicht Lust habe mitzukommen? In den Schloßgarten, zum »Wurscht brate« – mit 'ner 190er-Antenne, *das* könne ihr »där Saggbeißr-da« (Gregor) doch »sei Läbbdag ned« bieten.

Ein halbes Bier später – Karla verriet gerade, daß sie als kleines Kind vor dem Einschlafen lange Gebete abgeleiert habe, immer in Angst, sich zu versprechen, was den Tod ihrer Eltern zur Folge gehabt hätte –, ein dreiviertel Bier später flog ein Aschenbecher in Gregors Rücken; der Barkeeper bezüngelte in aller Ausführlichkeit die Barfrau, und auch die andern Gäste taten weiterhin so, als kriegten sie nichts mit; Gregor versuchte nachzudenken. Wohingegen Karla von ihrem Hocker herunterrutschte, zum lautesten der Lederjackenträger ging – das Klatschen der Ohrfeige erinnerte Gregor an das Klatschen einer Ohrfeige –, zurückkam, auf ihren Hocker hochkletterte: Ebenfalls tödliche Folgen hätte das Berühren oder gar Übertreten der Fliesenränder im Badezimmer gehabt, und als ihr Vater dann wirklich gestorben sei vor neun Jahren, da habe sie sich lang die Schuld dafür gegeben, will sagen: da schlug's eins im herrlich verläßlichen Stuttgart.

Weil indes die »eigentlichen« Fragen
noch nicht mal gestellt waren, mußte Karla ihren Freund anrufen, um ihn auf ein weiteres Bier zu vertrösten.

Aber natürlich, sie habe eine »feste Beziehung«.

Ab wann man denn von einer »festen Beziehung« sprechen könne?

Ab dem vierten Tag; und an ihrem sechzehnten Geburtstag sei sie zu ihm gezogen.

Also der Blonde beim Metzger Wild, der an der Fleischtheke, das sei der Juniorchef, das sei der Jogi, das sei er. Und wenn ihr's Gregor nicht glaube, dann könne sie ihm einen Baum zeigen – im Schloßgarten, beim »Wurscht brate«–, in den habe der Jogi ein großes »J+K« reingeschnitzt, ein großes »1983«. Ob Gregors Freundin auch so eifersüchtig sei?

Eifersüchtig? Freundin? Welche Freundin?

Auf dem Weg zum »Brunnenwirt«
trat Gregor in dies Wort, dies unaussprechbare Wort, und selbst wenn er's nur in Gedanken getan haben sollte, bemerkte er's nicht. Der Mörder zapfte ihnen ein Plochinger Waldhornbräu, Chris Roberts sang *Eine neue Liebe ist wie ein neues Leben,*[56] irgendwie jedoch waren alle ganz aufgeregt, rannten dauernd zum Milliardär, dessen Gesicht immer gelber wurde, immer glatter. Wenn Gregor nicht hätte erzählen müssen, daß er schwarze Sachen trage, weil er »von Berufs wegen« an einem Weiberroman arbeite; daß er Fanta trinke, weil man darauf am besten rülpsen könne; daß er neuerdings so spät erst zum Imbissen »antanze« (er betonte das Wort, als könne er Karla dadurch nachträglich eine Rüge erteilen), weil er abends stets versuche, über sieben Brücken zu gehen, »Brooschd«; wenn sich Karla nicht plötzlich auf die Zehenspitzen gestellt und ihm mit ihren braunen Augen rücksichtslos aufmerksam ins Gesicht gesehen, wenn's nicht in unregelmäßigen Abständen von fern nach Lederarmband gerochen hätte: dann wäre Gregor aus dem Hin & Her (Ulla, Helga, Gabi), dem halblauten Gefluche (dicker Mann an der Musikbox), dem Krücke-in-die-Luft-Stoßen (Milliardär), dem Take-it-easy-Grinsen (Kellner), dann wäre Gregor aus den verschiedenen Bemerkungen, die man sich heute von Tisch zu Tisch zuwarf, gewiß *noch* schlauer geworden, hätte sich die *ganze* Geschichte zusammenreimen können: vom Himbeer-Bäschtle. Der hier, vom »Brunnenwirt« aus – wie Gregor während der letzten Jahre so manchem Hin & Her, so manchem Fluchen, Krücken-Stoßen, Grinsen entnommen hatte –, der hier, vom Tresen aus, das Rotlichtviertel verwaltet hatte. Und dessen graumelierter Dickschädel. Gestern, vorgestern, vorvorgestern? Von irgendwem irgendwo. Jedenfalls gut zehn Meter entfernt von seinem Körper. Aufgefunden worden.

Ob ihm schon mal jemand gesagt habe – boxte ihm Karla in die

Rippen, wenigstens stand sie nicht mehr auf Zehenspitzen –, daß er mit seiner linken Gesichtshälfte viel mehr grinse als mit der rechten?

GREGOR Kopfschütteln, Abwinken, Ruhe-bitte.

KARLA Man könne's aber gar nicht übersehen.

GREGOR Der Himbeer-Bäschtle sei eigentlich ein unscheinbares Männchen gewesen.

KARLA Wen unscheinbare Männchen denn interessieren täten.

GREGOR Abwinken, Ruhe-bitte, schließlich ginge's um einen Kopf, der –

KARLA Ob ihm, Gregor, der Kopf nicht auch arg locker auf den Schultern säße?

KARLA Und ihm ein wenig Pumpen nicht guttäte?

GREGOR »Pumpen«?

KARLA Pumpen.

Ungefragt griff sie nach Gregors Oberarm, zog eine Schnute, ließ ihren Mantel am Rande der Tanzfläche runtergleiten, pelzte sich ihren Pulli ungefragt vom Körper ungebeten: Seitdem sie in Stuttgart wohne, gehe sie ins Body & Soul, dreimal die Woche, ob er mal fühlen wolle?

Ehe Gregor desinteressiert tun konnte, hatte sie schon ihr T-Shirt bis zur Schulter hochgekrempelt, hatte sie schon ihren Arm abgewinkelt, hatte ihm schon ihren Arm entgegengewölbt. Schnell griff Gregor zu, ließ seine Hand ein, zwei prüfende Sekunden lang auf ihrem kleinen harten Fleisch herumdrücken, nickte ein großes, ein sehr großes Genau! Gab sich freilich sofort wieder den Anschein, als würden ihn lediglich interessieren: der Kellner, der Milliardär, der dicke Mann an der Musikbox (*Es fährt ein Zug nach Nirgendwo*).

Oder der Himbeer-Bäschtle, der gerade, graumeliert, dickschädelig, durch die Schwingtür trat.

Zum Abschied gab ihm Karla
die Hand. Vor allem den Daumen, mit dem sie zwei Mal ganz leicht an eine Stelle drückte, von der Gregor bis zu jener Sekunde überhaupt nicht gewußt, daß es sie gab, daß es darin jede Menge Nervenenden gab, mit denen sich jede Menge empfinden ließ. Und für

die das Lexikon anderntags nur Wörter wie »Zwischenknochenmuskel«, »Daumenanzieher«, »kurzer Daumenbeuger« bereitstellte, was ihr ganz & gar nicht gerecht wurde, dieser kleinen Stelle zwischen Daumen und Zeigefinger, *seinem* Daumen und *seinem* Zeigefinger, dieser kleinen nackten Stelle, auf die Karla zum Abschied gedrückt hatte, zwei Mal.

Als er unter die Decke kroch zu Katarina und sich, ohne die Zeit mit einem Prolog zu vergeuden, sofort ihrer verschlafnen Arme bemächtigte, ihrer verschlafnen Schenkel, um zum Wesentlichen zu kommen, ███████████ ████████████████████, war das endgültig zuviel für sie:

»Nicht so fest! Nicht so fest! Nicht so – «

»Wahrscheinlich hat sie auch bis vor kurzem
›mariniert‹ und ›intellent‹ und ›Konifere‹ gesagt«, schrieb sich Gregor ÜBER SIEBEN BRÜCKEN, »aber dafür könnte ihr ███████ dermaßen durchtrainiert sein, wie's der von K. im Traum nicht werden wird, verflucht!

L.   Lachfreudigfreches Gekumpel, erdiger Brutalocharme, auf befreiende Weise normal.

K.   Splendid isolation – ›das Design bestimmt das Bewußtsein‹. Neonfassade der 80er, nicht *eine* Reserveträne im Reißverschluß.

L.   So ebbes, hano/hanoi/ha-jo/ha-jetz/Pfeifedeckl! Dees hot me doch scho arg pfupfert!

K.   Hegel-Harmonie. Undenkbar, sie wegen einer schnellen Nummer aufs Spiel zu – «
                                    – diesmal erwischte sie ihn *vor* dem Abspeichern, Gregor behauptete, Notizen für einen Weiberroman zusammenzutragen, und sie behauptete, gerade vom Friseur zu kommen. Ob er die frischen Strähnchen nicht sähe?

Und ob er nicht selber endlich das Bedürfnis habe, zu Nico runterzugehen ins Parterre, seine Haare seien, wie solle sie sagen, sie seien etwas, hm. Gregor hatte das Bedürfnis, ihr die Bluse runterzureißen und in ihren Oberarm reinzubeißen. Traute sich aber nicht und redete sich geschwind ein, daß ihn Katarina sowieso von sich stoßen würde (»Meine Frisur! Denk an meine −«; »Nur auf den Hals, bitte! Denk an mein −«). Während er erfuhr, daß er heute ganz besonders schrecklich nach Chlor röche, stellte er sich vor, was Karla sagen würde, wenn man ihr das T-Shirt runterriß, während ihm Katarina von ihrer Lust erzählte, all seine Socken einfach mal rauszuwerfen, auf die Kanalstraße, sah er Karla zu, wie sie sich von ihm das T-Shirt runterreißen ließ (ja, von ihm!) und ungefragt ihren Arm abwinkelte ungebeten, während Katarina von Willi schwärmte und wie er ihr neulich in den Mantel geholfen, die Tür aufgehalten habe, sehnte sich Gregor nach Karla, die ihm ihren Arm entgegenwölbte (ja, ihm!), während ihm Katarina eröffnete, daß sie seinetwegen schon 300 Gramm zugenommen habe, weil sie sich so oft trösten müsse, stand Gregor in Gedanken neben Karla und: biß zu.

Bevor der Streit allerdings richtig losgehen konnte, machte sich der Scheuffele bemerkbar (*Marmor, Stein und Eisen bricht*); Katarina schrie auf: »*aber unsere Lie-hi-be nicht*«, mußte lachen. Hatte diesen Katarinablick, diesen unsymmetrischen, diesen blauen, diesen Blick. Den man selbst nach vier Jahren noch mit einem leichten Schielen verwechseln und für den man alles hingeben, alles tun würde, was man als Mann ohne Eigenschaften je geben konnte, tun.

Gregor schaute Katarina an − *Beiß nicht gleich in jeden Apfel* − und schwieg. Katarina schaute Gregor an und schwieg nicht.

»*Soll ich mir etwa auch*
Locken drehen?«, »Soll ich mir etwa auch die Haare schwarz färben?«, »Soll ich etwa auch so ordinäre Fummel tragen?« − wie Lou, diese-blöde-Kuh-von-Lou, »wie soll ich denn sein, daß du mich wieder liebst?«

Gregor schaute Katarina an, und beinah hätte er ihr gesagt, sie sei ganz wunderbar, jedenfalls in solchen Momenten wie diesem.

Katarina schaute Gregor an, und beinah hätte sie ihm gesagt, er sei ganz & gar nicht wunderbar, jedenfalls in solchen Momenten wie diesem.

Trotzdem schenkte sie ihm dann
eine der drei Kristall-Enten samt Serviette (»Tick, Trick oder
Track?«), und bei ihrem Abschiedsspaziergang durchs verhaßte, geliebte Bohnenviertel räumte sie ein, gar nicht recht zu wissen, was
sie am Chlorgeruch plötzlich so störe.

Der Ingwertee in der Küche.

Das Gläschen Baileys in Gregors Zimmer.

Das Gläschen Baileys in Katarinas Zimmer.

Der Futon.

Die »marie claire«.

Gregors Hand in Katarinas Nacken.

Die Vorstellung, wie Katarina in diesem weißen Wickelkleid aussähe und in jenen getigerten Pumps.

Katarinas Kopf an Gregors Schulter.

Gregors Frage, ob sie sein »linksseitiges Grinsen« schon bemerkt
habe.

Katarinas konzentriertes Weiterblättern in der »marie claire«, die
ihr soeben, die Gregor soeben, die *ihnen beiden* soeben offenbaren
wollte,

☞ daß der Trend zur Zweitfamilie geht;

☞ daß es keine Freundschaft gibt zwischen Mann und Frau;

☞ sondern bloß ein Davor, bloß ein Danach;

und Katarinas Antwort:

»Was meinst'n, warum ich mich damals in dich verliebt hab?«

Den kleinen Pinguin
, den ihr Gregor noch schnell als »seinen neuen Freund« vorstellte,
kannte sie dagegen nicht.

Daß in dessen Flügeln zwei völlig verschiedne Temperamente
walteten, ja daß der eine mitunter in »rasende« Rotation verfiel,
während der andre mit keiner einzigen Umdrehung reagierte, entdeckte Katarina.

Lediglich unter Protest packte sie ihre Lufthansa-Tasche, lediglich unter Protest ließ sie sich zum Flughafen bringen.

Auf der Rückfahrt über die Weinsteige, als das eifrige, das uner-
müdliche Stuttgart zwischen seinen Trollingerbergen dermaßen

frühlingssonnensüchtig emporfunkelte (er dachte tatsächlich »frühlingssonnensüchtig«), fiel Gregor die große Leere an, und er hätte einiges gegeben, wenn's ihm möglich gewesen, Katarina hinterherzufliegen, als ob er noch nie zum Metzger Wild gegangen wäre.

Aber es war ihm nicht möglich
, und Gregor –

      – falls er nicht gerade vor kleinen, mittleren, großen PCs das Glück vermehrte, falls er nicht gerade einem Arm hinterherkraulte, in den er »sei Läbbdag ned« beißen würde, das Telephon an sich vorbeiläuten und die Abendnachrichten an sich vorbeireden ließ (es passierte ja sowieso nichts in der Welt); falls er nicht gerade Katarinas Kefir mit neuem Wasser, neuer Zitrone versorgte (»*Du bist's* also ...«) oder vor dem Flurspiegel stand, seinen Arm abwinkelte, erschrak; falls er nicht gerade Kehrwoche machte, Frau Schmolinski zusah, wie sie den Kühlschrank abtaute, den Wasserhahn mit einer neuen Dichtung versorgte; falls er nicht gerade darüber sinnierte, womit ihn die »Männer Vogue« am liebsten eingekleidet und was ihm »Harper's Bazaar« am liebsten eingeredet hätte (☞☞☞) –

      – Gregor ging auch weiterhin jeden Mittag hin, zum Metzger Wild, und *lernte*.

Falls er nicht gerade Karlas »fester Beziehung« zusah, dem Jogi, wie er, ein stiller Träger von karierten Holzfällerhemden (die um den Brustkorb diese Querfalten zogen), wie er zwei Theken weiter hinten mit Inbrunst im Fleisch wühlte; falls er nicht gerade der Fanta-Dose zusah und sich ganz sicher war, daß Karla bedruckte Baumwollunterhosen trug und ihr Freund wahrscheinlich sogar welche mit Text (»Komme gleich wieder«; »Wegen großer Nachfrage verlängert«): falls er sich nicht gerade sehr nach Leberflecken sehnte.

Vor allem nach einem ganz kleinen auf der Bauchdecke, knapp neben dem Nabel.

Gleichzeitig mit Katarinas Postkarten
-»Gruß aus L. A.« kam Eckarts Brief aus München:[57]

    »Daß mir mein Prof., kaum daß ich die Diss. abgegeben und noch *vor* dem Rigorosum, eine Assi-Stelle angeboten hat,[58] wird Dich wohl kaum beeindrucken. Eher schon, daß ich bei meinem letzten Besuch in Lengerich plötzlich vor Kristina stand, nämlich, stell Dir vor, mitten in der Welt-der-Erotik, die jetzt auch bei uns in der Fußgängerzone eine Filiale eröffnet hat![59] Zunächst wollte ich sie gar nicht erkennen, so beiläufig fingerte sie sich durch das Sortiment an Plastik ███████████, so unaufgeregt, als hätte sich's um die Auslage des Gemüsetürken gehandelt. Besonders enttäuschend waren ihre Haare – keine Spur von blond![60]

Eigentlich aber schreib' ich Dir wegen Marietta! Neulich habe ich sie in ihrem Feldafinger Salon kennengelernt, bei einer »Tombola der Geschmacklosigkeiten«! Und dabei ein aufblasbares Nilpferd gewonnen![61]

(...)[62]

Du siehst, es lohnt sich wirklich, das Angebot noch mal zu überdenken – einen Umzug nach München (oder gleich nach Feldafing) wirst Du/werdet Ihr nicht bereuen! Mein Prof., bei dem ich die Assi-Stelle antrete (sobald ich den Weiberroman beendet habe, der mir unter der Hand in alle möglichen Richtungen davonwuchert!),[63] findet jedenfalls nach wie vor, daß hier ein PC-Hiwi überfällig ist.«[64]

Und dann, auf einer Karte mit drei nackten Männerärschen (so was hätte sie doch früher nie?):

»Wenn ❤ wüßtest, wie viele Anrufe ich mir verkniffen habe! Manchmal bin ich dermaßen allein, daß ich mich in den erstbesten Steward verknallen könnte. Wieso schaust ❤ mich denn ständig mit diesem Gesicht an? Gestern nacht (bei mir war's freilich Tag), als ich bei ❤ anrief (nicht bloß *ein* Mal!), da dachte ich, ❤ bist tot oder in Lous Bett und extrem lebendig. Mit wie vielen fremden Männern muß ich noch ausgehen, bis ❤ endlich kapierst, was ich von ❤ will?«

Kapieren? Endlich? Was denn kapieren?

Am Vorabend seines Geburtstags
– er würde 33 werden, also hobbitmäßig volljährig[65] – saß Gregor lang in ihrem Zimmer, auf dem Futon, mit Blick auf ihr japanisches

Schminktischchen, genaugenommen auf das metallgerahmte Poster, das darüber hing: Donald Duck, unterm Arm ein riesigrotes Herz, dessen Spitze bis in den Sand reichte, schleppte sich durch die Wüste, das heißt, hielt erschöpft gerade inne, weil er, quer zu seiner Marschrichtung, auf Spuren gestoßen war. Auf Fußabdrücke, *Enten*fußabdrücke, und eine schmale, wie mit einem Messer gezogne Rille daneben: Am Abend des 21. April saß Gregor auf dem Futon, mit Blick auf das Poster, genaugenommen: auf seine Hand, die kleine Stelle zwischen Daumen und Zeigefinger, drückte darauf herum.

Bis er plötzlich aufsprang, bis er sich Katarinas Enthaarungscreme aus dem Badezimmer holte.

Und dann zur Kenntnis nehmen mußte, daß an ebenjener Stelle kein einziges Härchen war, das man noch hätte entfernen können.

Wo er doch am liebsten die ganze Stelle entfernt hätte. Und nurmehr zum »Brunnenwirt«-Imbiß gelaufen wäre, für eine Currywurst-spezial. Ohne Fanta. Ohne alles.

Bis er soweit war
, hatte er allerdings noch einige Grundsatzerklärungen lang Zeit, Grundsatzerklärungen, die man als Bonner Politiker neuerdings gern in den Hauptstädten des Warschauer Paktes abgab – sagen wir, bis Anfang September.

Am Abend des 21. April saß Gregor lang in seinem Zimmer, im Ohrensessel, mit Blick aufs Regal: auf die Ziegel, die er damals weiß angestrichen hatte, Katarina zuliebe. Morgen würde sie sich – für ihn! ausschließlich für ihn! – zur Eiskönigin verwandeln (in einem weißen Wickelkleid, in Tigerpumps?), sie würde ihm Schweizer Schokolade schenken, eine Seidenkrawatte mit Tick, Trick & Track, ein kleines japanisches Möbelstück, von fern vielleicht an eine Lampe erinnernd; er würde die getrocknete Lou-Rose verschwinden lassen, die bereits heute vor der Tür gelegen, und das Duftbrieflein, in dem sie ganz unverhohlen ein »Gedächtnis-██████« anregte, würde sich gezielt in Pikkolo-Stimmung versetzen, während Katarina einen Hahn kochte, einen Hahn mit Pfefferminzsoße womöglich, wie letztes Jahr.

Neineineinein! Er würde alles dafür geben, alles dafür tun, was man als Mann ohne Eigenschaften nur geben konnte, tun, daß es wenigstens morgen ein Tag ohne untemperierte Sätze wurde (»Du schaust mich gar nicht mehr richtig an«; »Du bist so weit weg«), er würde sich duschen, rasieren, von oben bis unten frisch einkleiden, um einen verliebten Gesichtsausdruck bemühen, und am Abend, vor dem Einschlafen, würde er nichts beteuern müssen außer seinem unerschütterlichen Glauben an die schwäbische Dialektik:

»Hegel?«

»Aber natürlich, K.: Hegel.«

Kaum hatte sich das schaffige, das schlaue Stuttgart an seinen Hängen wieder mit einem frischen Hellgrün überzogen, kaum strebten durch den Oberen Schloßgarten, teichwärts, entenwärts, die Kinderwagenmütter; kaum hingen im Mittleren Schloßgarten wieder diese bunten Noppen-Dinger im Gesträuch; kaum waren im Unteren Schloßgarten wieder die Lederjacken-, die Nichtlederjackenträger am »Wurscht brate«: überkam Gregor die Unlust zu pfeifen, so richtig mit viel Luft und durch die Schneidezähne durch.

Das hätte jedoch nichts geändert. Seit dem großen Streit an seinem Geburtstag behauptete Katarina, er sei in eine andre verliebt, sie spüre's genau, und Gregor mochte das in langen oder kurzen Sätzen abstreiten, mochte argumentieren, appellieren, beteuern, schwören – einmal, zum Glück war's dunkel, »stockdunkel«, wären ihm beinah die Tränen gekommen, als Katarina ihr Bettzeug zusammenraffte und sich für den Rest der Nacht auf den Futon verzog –, Gregor mochte um Begründungen bitten, um Beweise, sie blieb bei ihrem schlichten Sie-wisse-das-eben-und-er-lüge-sie-sowieso-nur-an.

Oh, es gab auch gute Tage. Tage, an denen sie sich abwechselnd das Opernglas reichten und darauf warteten, daß sich *beide* Flügel des Pinguins drehen würden. Tage, an denen Gregor nach einem Punkt auf K.s Fußsohle suchte, der sie aufstöhnen ließ. Tage, an denen er, ganz vorsichtig, ganz zärtlich, nach andern Punkten suchte, die sie aufstöhnen ließen. Mit einem Mal freilich konnte sie sich, noch ehe man recht wußte, welches das falsche Wort gewesen, konnte sich in den Tagesablauf hineinschieben: die Schweigesekunde, mit der alles wie weggewischt sein würde, das bis soeben gegolten, die Schweigesekunde, mit der die Grundsatzerklärungen stets begannen, die zwei-, vier-, fünfstündigen Grundsatzerklärungen.

Deren Ergebnisse, deren Nicht-Ergebnisse berichtete Gregor – »der lässige, der leidenschaftslose, der gleichgültige Gregor«, der sich fast wieder Zigaretten gekauft hätte, so sehr entglitten ihm die Dinge – berichtete Gregor seiner Yucca, berichtete seiner Yucca und ÜSIEBRÜ.TXT, um zumindest sich selber zu überzeugen.

Katarina. Stellte er ihr eine rote Rose nebens Kefirglas, konnte sie in Gelächter ausbrechen (»Seit wann läßt'n du Blumen sprechen?«), konnte ihm unterstellen, er wolle sie bloß in Sicherheit wiegen; zerbrach er die Rose voller Wut, rettete sie deren Teile in einer Vase und hörte nicht auf, ihren Ring zu drehen (»Ich würd's dir wirklich gern glauben«). Spielte er den Charmeur und machte ihr Komplimente (»Für dich ist Midlife-crisis wohl bloß eine Erfindung aus der ›petra‹?«), setzte er sich zu seiner Yucca und schwieg (»Tut mir leid, daß ich nicht Lou bin«), zog er sein Lieblingssakko für sie an (»Na, beschwingt dich deine Affäre so?«), begnügte er sich mit seiner ausgewaschnen Jeansjacke (»Bei mir hast du's anscheinend nicht mehr nötig«): alles, alles war derart »verkuddelmuddelt« – wie Karla es zusammenfaßte, als er ihr gestanden, er habe *doch* eine Freundin (die er sehr, sehr liebe, eine erfolgreiche »Chefstewardeß« und also meistens unterwegs) –, daß es Gregor im Grunde überhaupt nicht überraschte, als er, ausgerechnet in »Burda Moden«, eine Frau entdeckte. Eine Frau (weißer-Hut-weißes-Kostüm-weiße-Strümpfe-weiße-Schuhe), die vielleichtvielleicht noch fremder und blonder und stärker und kühler war als Katarina. Zumindest hatte sie nicht diese verbißnen Mundwinkel.

Gregor. Fuhr er ins Degerlocher Sportbad, versuchte er, vor einem Entschluß davonzukraulen.

Wie er nach einer Woche
, in der er sich zwischen dem Curry-spezial-Brater am »Brunnenwirt« und »Bernie's Nudelbrett«[66] rumgetrieben hatte, auf der Suche nach einer langen oder breiten Wurst, wie er wieder beim Metzger

Wild vorstellig wurde an der Mittagstheke, da fragte ihn Karla halb neckisch, halb vorwurfsvoll, ob sie ihm mal sein Lieblingsgericht kochen solle. Oder warum er so selten nur noch zu ihr käme?

Zu ihr!

Als ob sie geahnt hätte, daß sie ihm mit jenen zwei kleinen Worten zuvorkommen mußte, ihm und seinem Entschluß. Ihm und seinem Entschluß und der Mitteilung des Entschlusses.

»Hädsch liebr Saure Kuddle odr en Gaisburger Marsch?«

Bevor's darauf eine Antwort gab

und überhaupt auf manches in ihrem und seinem und Katarinas Leben, standen erst noch jede Menge Juni und Juli, standen erst noch drei Festtage ins Haus: K.s dreißigster Geburtstag, zuzüglich Vor- und Nachgeburtstag, allesamt gespannt erwartet (»Du, morgen hab ich Vorgeburtstag, freust du dich?«). Zwei Paar Schuhe kaufte sie sich, entgegen Gregors Bitten, am Vorvorgeburtstag zwecks Selbstbeschenkung; ein drittes, gefährlich getigert, das er kurz nach ihrem Baileys-Futon-»marie claire«-Nachmittag besorgt hatte, verpackte er in hoffnungsfroh glitzernden Papieren.

Der Vorgeburtstag endete

in einem gemeinsamen Fußbad. Und, Schlag Mitternacht, in einem Haufen hoffnungsfroh glitzernder Papiere.

Der Geburtstag begann

mit einer Hydrokultur vor der Wohnungstür, in deren dicht aufschilfenden Stengeln dreißig Luftballons verknotet waren (Micky Mäuse, Minnie Mäuse, Dagoberts, Tick, Trick, Track und natürlich mehrere Donalds); daneben, unter einem Berg an Marzipankugeln, Rumkugeln, Keksen, Pralinen versteckt – »Also Mamá!« – ein Karton und ein weißes Wickelkleid von Yves Saint Laurent, das K. am liebsten gleich angezogen, gleich anbehalten hätte.

Wäre nicht noch der Karton mit den getigerten Pumps gewesen.

Wäre nicht noch der Karton mit den getigerten Pumps gewesen.

Wäre nicht noch der Karton mit den getigerten Pumps gewesen.

Beim anschließenden Sektfrühstück
– man hatte nicht an Alufolie gespart – leerte Gregor fast eine Flasche; als Frau Schmolinski endlich in ihrem schönen weißen Audi verschwunden war, überraschte er Katarina mit seinem Vorschlag.
Aber er habe doch sicher schon zuviel getrunken! wehrte K. ab, ihr Gesicht verlor für einen Moment deutlich an Farbe und ihre zwei Arme schlangen sich um seinen einen Hals: Warum denn ausgerechnet nach Weil der Stadt?[67] strichen ihre vielen Fingernägel an seiner einen Unterlippe entlang, bis sie in eins-zwei-drei Bartstoppeln hängenblieben, die Gregor übersehen hatte: Warum's denn ein Ausflug in den Schloßgarten nicht auch täte?

Weil der Stadt
kämmerer den Schlüssel vergraben hatte – so erklärte er ihr den Namen, der ihn seit Jahren beschäftigte, und seinen Wunsch, ihm heute, wann sonst hätte's einen geeigneteren Tag geben können, gemeinsam auf den Grund zu gehen: Weil der Stadtkämmerer den einzigen Schlüssel des einzigen Stadttores, so erklärten sie sich wechselweise den Namen, während sie durch einen hellwachen Schwabenjuli in das kleine Örtchen hineinspazierten und Katarina, mit ihrem gewaltigen Glanz alles vergessen machend, was man nur allzugern vergaß, und Katarina *selber* schließlich vergaß, an ihrem Ring zu drehen: Weil der Stadtkämmerer den einzigen Schlüssel des einzigen Stadttores, wie jeden Abend, draußen vor der Stadtmauer vergraben hatte, und weil er fast die ganze Nacht dazu gebraucht, um die von Kepler vorhergesagte Maximaltiefe zu erreichen, 149 Meter, verschlief er das Trompetensignal am nächsten Morgen, verschlief's auch am übernächsten Morgen; und bis ihn – durch anhaltendes Glockengeläut alarmierte – Häftlesmacher[68] aus Weilimdorf[69] gefunden (und geweckt!) hatten, mußten die Stadtbewohner fast eine Woche lang als Gefangne ihres Kämmerers innerhalb der eignen Mauern verbringen: bei Linsen und Spätzle und Linsen und Spätzle und Linsen und Spätzle. Woraufhin ihre Geschichte von Mund zu Mund ging, ländlauf, ländleab. Und spätestens nach der dritten Silbe für höhnisches Gelächter sorgte:
»Weil der Stadt-«

309

»Jaja! Wir wissen schon!«

Daß der Ort des Geschehens *vor* Inkrafttreten des Volkshumors einmal so ähnlich wie Deizisau, Notzingen, Beutelsbach geheißen hatte, daran erinnerte sich später als einziger: Herr Kepler. Herr Kepler, der sehr unter Schuldgefühlen litt und sich fest vornahm, seine Logarithmentafel nicht mehr am Erdinnern zu erproben, sondern – ein Wink des Himmels, wer weiß ! – an Gegenden des Weltalls, wohin es so schnell keine Kämmerer verschlagen konnte.

Am liebsten hätte Gregor die Geschichte über die Jahrhunderte hinweg bis zum heutigen Tag weiter- und weiter- und in den Nachgeburtstag hineingesponnen, am liebsten wäre er gar nicht mehr nach Stuttgart zurückgefahren, wo unweigerlich seine eigne Geschichte

wo unweigerlich seine eins-zwei-drei eignen Geschichten würden fortgesetzt werden müssen, am liebsten wäre er für immer hiergeblieben mit dieser wunderbaren Frau im Arm und hätte eine *neue* Geschichte

hätte *eine* neue Geschichte mit ihr angefangen. Aber Katarina überraschte ihn mit einem Vorschlag.

Daß sie dann tatsächlich in »Gefährliche Liebschaften«
gingen, Nachtvorstellung, verdarb freilich alles, weil Gregor danach von Uma Thurman schwärmte[70] und Katarina das zum Anlaß nahm, nicht mehr in den Waschsalon, sondern nach Hause zu wollen und dort bereits im Treppenhaus über diese-blöde-Kuh-von-Lou loszustreiten: Schon immer sei's ihr verdächtig vorgekommen, wie lang sich Gregors Treffen mit ihr hinzogen (»Vergiß endlich die Lou! Wie oft soll ich's dir sagen, daß sie mir völlig – «); folglich habe sie sich einfach mal mit ihr verabredet; und diese-blöde-Kuh-von-Lou habe ihr prompt ins Gesicht gelogen, daß sie ihn, G., am Abend ihrer Privatmodenschau, er erinnre sich hoffentlich, es sei vor fast vier Monaten gewesen, daß sie ihn gar nicht getroffen habe! (»Also gut, paß auf, es war – «) Neineineinein!! Sie lasse sich jetzt nicht schon wieder mit 'ner Lüge abspeisen; diese-blöde-Kuh-von-Lou habe sich ganz offen damit gebrüstet, er, G., würde ihr sehr witzige Komplimente machen (»Soll ich nun flirten lernen oder – «); ob

er tatsächlich glaube, sie, K., sei so naiv und würde nichts merken?! Eine kleine Verliebtheit ab & zu (»Jetzt hör aber auf, ich bin doch nicht−«), das passiere ihr auch (»Wie bitte?«), die Schuld indessen liege im *zweiten* Blick, den müsse man sich eben verkneifen; und natürlich habe diese-blöde-Kuh-von-Lou genauso dreist gelogen wie Gregor (»Deine Eifersucht ist ja −«); daß er nun schon seit wer-weiß-wann ein Verhältnis mit ihr unterhalte, das −

»− ist ja pathologisch!« wollte der die ganze geballte Wut der letzten Monate in seine Faust legen, in einen Schlag seiner Faust an die Wand, justament in jenem Moment war sie freilich wieder mal drauf & dran, die Kontrolle über ihren Satzbau zu verlieren (»Weißt du vielleicht 'ne elegantere Art, mir die Zehennägel zu lackieren!?«) und dabei dermaßen schön, daß er von einer Sekunde zur andern fast in einen Glückstaumel geraten wäre, so sehr schoß ihm ihr Anblick ins Gehirn, übern Rücken, in sämtliche Nervenenden. Auch wenn ihm Katarina keinen der hastig herausgestammelten Sätze jetzt glaubte: Sätze, in denen die Worte »Fleischkäs« und »Maultaschen« recht häufig, die Worte »neun Ohrringe und 'nen Nasenstein«, »Glatze« und »stell dir mal vor!« noch häufiger und die Worte »nicht daß du denkst, mit der wär was gewesen«, »nie & nimmer«, »ganz & gar überhaupt nicht!« am häufigsten vorkamen.

K.   Wie sie ihm das glauben solle, wo er sie sogar mit seinem Weiberroman belogen und seit Jahr & Tag: keine Zeile daran geschrieben habe, keine Zeile.

Im Bett weigerte sie sich, ihre Füße an den seinen zu wärmen, die Frage nach dem Weiberroman beschied sie mit ihrem Sie-wisse-das-eben und diejenige nach Hegel mit einem barschen:

»Nein, Wittgenstein.«

Darauf wußte Gregor nichts zu sagen, rechnete schon mit dem Schlimmsten (Futon), aber Katarina setzte lieber noch eins drauf:

»Wovon man nicht sprechen kann, darüber muß man schweigen.«[71]

So was hätte sie doch früher − so was hätte sie doch gar nicht?

Bereits am Abend des Nachgeburtstags
war sie mit einem ihrer neuen »Bekannten« verabredet. Und ließ
sich, dieser Meinung jedenfalls war Gregor, ein paar weitere Spruch-
weisheiten beibringen.

Dabei hätte sie ruhig auch mal zu Hause bleiben können und
sich von ihm die Zehennägel lackieren lassen (»Was meinst'n mit
weißt-du-vielleicht-'ne-elegantere-Art?«), hätte ruhig auch mal zu
Hause bleiben können und mit ihm gemeinsam schweigen. Hätte.
Doch auch mal. Mit ihm.

Daß die Lüge zur Liebe gehöre
, wollte ihm – eben hatten sie noch ganz friedlich ihre Portion
Kesselfleisch in sich reingekrautet und dabei von alten Wiener
Zeiten geschwärmt –,[72] daß die Lüge zur Leidenschaft gehöre, zu
jeder Art von Leidenschaft, wollte ihm ausgerechnet Walle – eben
hatten sie sich noch ganz friedlich über das Krückengenie gewundert, wie's seit einem halben Jahr seinen Fußball in jeden Himmel
hüpfen ließ –, daß die Lüge zum Leben gehöre, zu *jedermanns* Leben, wollte ihm ausgerechnet Walle eröffnen, der bekennende Poly-
gamist.

Ob er deshalb so spät heute zum Essen gegangen sei: um ihm,
Gregor, mit einer Binsenweisheit aufzulauern?

Ja, sagte Walle. Und: Lou habe ihm berichtet, sie sei von »ihrer
Freundin« Katarina angerufen worden, beschimpft worden, um Rat
gefragt worden, zum wiederholten Mal; K. sei »völlig durch den
Wind«, seitdem sich Gregor ständig hinter ihrem Rücken mit –
Karla treffe?

Eine kleine kostbare Pause wollte Walle setzen, wollte Gregor die
Gelegenheit geben, sich mit einer Richtigstellung zu blamieren,
hielt die Pause allerdings nicht länger aus, als ein Fußball von einem
Himmel zum andern braucht:

Das nämlich glaube Lou, nachdem sie sich einiger Halbsätze von
Gregor (die er mitunter nach dem dritten, vierten Biere fallenlasse),
nachdem sie sich einiger Halbsätze erinnert habe – »und das soll sie
auch glauben«, grinste Walle. Sogar seine Glatze, so jedenfalls interpretierte's Gregor, sogar seine Glatze grinste mit: Denn mit Kar-

la treffe er sich ja selber, also raus jetzt mit der Sprache: Mit wem Gregor denn −?

»Wovon man nicht sprechen kann«, fiel dem erstaunlicherweise bloß ein, als hätte er irgendwas zu verbergen.

»Darüber muß man sein Maul halten, du Oberschlaule, *aber mit einem wie mir*!«

Walle strahlte bis in die untersten Karos seines Weltbürgertums: Denn das »Maul halten«, das könne er. Was zum Beispiel Lou betreffe, so habe die nicht den leisesten Schimmer von seinem Doppelleben und sei demzufolge glücklich mit ihm »wie einst im Mai«.

Sicher?

Absolut sicher.

Sicher?

Absolut sicher.

Hm. Früher, als bekennender Kantianer, sei er doch nicht dermaßen notorisch gewesen?

Früher, wer sei schon wie früher − etwa Gregor? Und: Wie sich »Karla« denn so mache, ob sie »was wegschaffe«?

War's ein Zufall, daß genau in diesem Moment und ohne daß Gregor zuvor das Zeichen gegeben hatte: eine Fanta-Dose übern Tisch geschoben wurde?

War's eine Art Besitzerstolz, die Walle ins Blut schoß und von ihr, die bereits wieder zur Theke federte, war's Wissen oder Größenwahn, der ihn von Karla schwärmen ließ?

War's eine Art Eifersucht, die Gregor ins Blut schoß und − Karla rührte im Kartoffelsalat, bis er ein leises Schmatzen hören ließ, wischte übers frische Geschirr, zupfte an den Servietten −, war's Wichtigtuerei oder eine Wahrhaftigkeitsaufwallung, die ihn von Katarina schwärmen ließ und davon, daß er seine Prinzipien habe, und K. auch? Dringend rate er Walle, sich ein Beispiel an ihm zu nehmen, sich mal wieder ein bißchen für die *eigne* Frau zu begeistern, die versuche seit Monaten, ihn, Walles besten Bekannten, zu einer Gedächtnis-███████ zu überreden, jawohl: zu einer Gedächtnis-

»Lou? Dieses −? Dieses −!«

Mit einer Glatze

, deren Glanz vollständig verflogen, mit einer Glatze, die dermaßen matt und müde aussah, als habe sie niemals und werde niemals glänzen können, zog Walle ab durch die Schiebetür, am Krückenkünstler vorbei, die Stiege hoch zur Königstraße, vergaß sogar, sich auf dem Treppenabsatz umzudrehen und Karla zuzuwinken: die das schmutzige Geschirr von den restlichen Stehtischchen abräumte mit viel Geklapper, »so a Glomb«, und nicht ohne Gregor im Vorbeigehen, »hobbla«, anzurempeln.

Am andern Ende des Raumes streichelte der Jogi übers nackte Fleisch, die Kühldüsen rauschten, an der Wursttheke stand eine Frau und wußte nicht, was sie wollte. Karla stellte das schmutzige Geschirr in eine graue Plastikwanne:

»Däädsch-mr nedd gschwend helfa«, blickte sie sich kurz über die Schulter, Richtung Gregor, »ond dei dreckigs Gschirr brenga?«

Gregor nahm den letzten Schluck aus der Fanta-Dose, was ihm noch kein einziges Mal auf eine restlos befriedigende Weise gelungen war, fast wollte er meinen, die Dosen hätten einen fundamentalen Konstruktionsfehler. Oder er selber, jedenfalls als Fanta-Trinker: Gregor scheiterte am letzten Schluck, legte das Plastikbesteck auf seinen Teller, die Dose daneben, und als Karla mit der Wanne an ihm vorbei wollte zur Küche, trat er ihr in den Weg:

Ob sie etwa ganz vergessen hätte, ihm den Baum zu zeigen? Den Baum mit dem großen »J+K«?

Sie erinnerte sich freilich erst

, als Katarina die Stretching-Kurse aufgegeben, ihren Ernährungsplan zerrissen und eine Fußreflexzonenmassage abgebrochen hatte; als Gregors Heuschnupfen ausgestanden war für dies Jahr und sie selbst wieder einen Stoppelkopf, aschblond bis aschgrau, vorweisen konnte anstelle der Frühjahrsglatze. Eine ihrer Radlerhosen trug sie und ein kleingeschrumpftes T-Shirt, zur Begrüßung schielte ihr Gregor auf den bloßen Schenkel, den bloßen Oberarm, den bloßen Bauchnabel und ließ sich auslachen. Also war's Mittwoch, der 26. Juli, umlagert von Lederjacken- wie Nichtlederjackenträgern saßen sie vor dem »Palast der Republik«, manchmal zogen schwere

Schwaden vorbei, manchmal der Rest eines rohen Rasierwassers, und der Baum im Schloßgarten war längst vergessen.

Anfangs gelang's Karla, die Liste ihrer Kinderängste zu komplettieren (versteckte Mörder hinter jedem Vorhang; krabbelnde Tiere, vor denen man sich lediglich unter lückenlos eingeschlagner Bettdecke sicher »wähnen« konnte); über »Lola« wußte sie schon bedeutend weniger und über ihren »Nasenring« überhaupt nichts Neues mitzuteilen. Nachdem er zwei neue Flaschen geholt hatte, erkundigte sich Gregor nach »unserm gemeinsamen Freund Walle«.

KARLA   Sie stehe doch nicht auf Bart!

KARLA   Sie stehe doch nicht auf Glatze! Nicht mal mehr bei sich selbst.

KARLA   Nichts sei mit dem gewesen, »aber au übrhaupt nix«. Abgesehen davon: daß sie ihm eine Ohrfeige versetzt habe, als er ihr »an d'Wäsch« wollte.

KARLA   Also der Walle, »a nädder Kärle« sei er ja schon. Warum sollte sie sich nicht trotzdem mit ihm treffen, ab & zu?

Ihr Repertoire an Errötungen war enorm, nach einer Zwischenlage Tequila fuhr sie durch Gregors Haare (»Wenn-se so kurz sen, mag-es bsonders gern«), blickte ihn mit ihren braunen Augen an, blickte zu ihrem Motorrad, versuchte, einen schlechten Scherz zu machen:

KARLA   *Prinzipien*, die habe sie freilich auch.

KARLA   Und erst der Jogi.

KARLA   Der sei ziemlich stark.

KARLA   Da könne sie für gar nichts garantieren, wenn –

KARLA   Aber dies linksseitige Grinsen, das sei ihr schon »saumäßich sympathisch«; ob das was damit zu tun habe, daß Gregor ein Künstler sei?

Kaum zu glauben. Nachdem sie sich ihres wechselweisen Wohlwollens versichert hatten – Katarina lag längst im Bett und betrommelte ihre Wärmflasche –,[73] nachdem sie sich versichert hatten, daß sie ihrer jeweiligen »festen Beziehung« in jedem Falle treu bleiben wollten, war's Zeit, stolz auf sich zu sein.

War's Zeit, den Jogi anzurufen, den Jogi zu beruhigen, den Jogi zu vertrösten. War's Zeit, eine »Ehrenrunde« auf dem Motorrad zu drehen, die Weinsteige rauf bis Degerloch: und dort die mitgenommnen Bierflaschen zu leeren, runterzugucken in den ehrgeizig funkelnden Talkessel, war's Zeit, gemeinsam zu schweigen.

Weil sich Karla lediglich einen Nierenschutz über ihr
T-Shirt geschnallt hatte, blieb auch während der Rückfahrt ihre Hüfte, an der sich festzuhalten lohnte; und weil sie ihren Führerschein erst seit einem Jahr, ihre Hände also ständig an der Bremse hatte, kamen sie beide mit ein paar Schürfwunden davon, als ihnen, kurz vor dem Bopser[74], ein schwarzer Golf GTI entgegendröhnte: auf der verkehrten Spur und sie »um ein Haar« hiphops genommen hätte.

Grund genug, im »Brunnenwirt« noch eins-zwei-drei Lagen zu ordern – wieviel blaue Flecken verträgt der Mensch? – und die Löcher in Gregors Sakko, in Karlas Radlerhose zu betasten; der Mann mit der Truckerkappe rutschte auf Knien vor Helga herum, hinter Helga her und redete auf sie ein; der Dicke von der Musikbox (*Siebzehn Jahr, blondes Haar*; *Mein Freund, der Baum*; *Am Tag, als Conny Kramer starb*) stellte sein halbvolles Bierglas auf die Theke, ging; ein andrer kam rein, kam zur Theke, leerte das Glas; der Himbeer-Bäschtle spendierte; Karla machte Gregor Vorhaltungen, daß er sich anfangs mit ihr bloß heimlich getroffen habe, der Jogi, der wisse von Anfang an Bescheid, es sei ja nichts.

Dagegen verwahrte sich Gregor; das rechnete ihr Gregor hoch an; dem hatte Gregor nichts hinzuzufügen.

Ihr Repertoire an Errötungen blieb enorm; sie kritzelte, wie nebenbei, ein winziges Herz auf den Bierdeckelrand, der Kellner sagte ihr, es sei Viertel vor drei, Gregor steckte den Bierdeckel ein.

GREGOR   Schade, daß sie Karla hieße.
GREGOR   Schade, daß es so sei, wie's eben sei, und daß daraus nichts werden könne.
GREGOR   Schade, daß er kein Talent zum Doppelleben habe.[75]
GREGOR   Es sei doch aber »auch mal was«, stolz auf sich zu sein, »mit Fug & Recht« stolz.

Hätte Herr Scheuffele diese Nacht seinen Spiegel
befragt, es wäre ihm sicher nicht entgangen, daß Gregor von einer fremden Frau, daß Gregor von einer anderen fremden Frau nach

Hause gebracht wurde. Hätte Herr Scheuffele diese Nacht seinen Spiegel befragt, es wäre ihm sicher nicht entgangen, daß der Kuß, den die fremde Frau auf Gregors Wange hastig drückte, daß der Kuß: nur ein Küßchen war, nur ein Küßchen.

Als sie davonhupte – der Penner am U-Bahn-Schacht schreckte auf eine Weise hoch, die man bereits kannte –, als sie davonglitzerte auf ihrem Motorrad, fiel Gregors Blick auf den Kerl, der die Plastiktüten bewachte. Mit spitzen Ohren bewachte und einem roten Tuch um den Hals.

Dann aber, der 27. Juli, ein Tag mit ungebührlich
viel Himmel, flirrende Luft überm Teer, südlich. Daß Katarina die aufgerißne Jeans im Flur entdeckte und, hieran zwangsläufig anschließend, das zerfetzte Sakko, wäre vielleicht noch nicht hinreichend gewesen. Daß sie dagegen auch einen mit ♥ bemalten Bierdeckel in dessen Innentasche finden mußte (»G+K«) und ihn Gregor, der ihr, halbschlaftrunken, was von einem Bauchnabel-ohne-Leberfleck entgegenmurmelte, und ihn Gregor ins Gesicht zu werfen suchte: das war nun wirklich der Beweis.

Wie's brummte und summte in seinem Schädel!

Nicht so scheinheilig! solle er hier tun. Zwischen Mann und Frau gäb's keine Freundschaft, trommelte sie mit ihren Fäusten auf seine Bettdecke (»K.! Ich bin deine Wärmflasche«), roch nach Hüttenkäse: Nur ein Davor gäb's und ein Danach.

Entweder Gregor hatte's gestern zum ersten Mal geschafft, über sieben Brücken zu gehen, oder der Sturz war ihm doch aufs Gemüt geschlagen, aufs Gehirn. Während Katarina, schwer atmend, abwartend, welche Blöße er sich als nächstes aussuchen würde, an ihrem Ring drehte, den –

Übrigens! habe sie ihn seinerzeit nicht etwa aufgefordert, sich ein Verhältnis zuzulegen, sondern bloß, das Flirten neu zu lernen. *Für sie* neu zu lernen.

Während sie an ihrem Ring drehte, den er ihr –

Ach was! Längst, längst habe er sie betrogen, sie wisse sehr genau Bescheid, und wenn nicht mit dieser-blöden-Kuh-von-Lou, so eben mit dieser-blöden-Kuh-von-Hinterschwörer.

Während sie an ihrem Ring drehte, den er ihr vor viereinhalb Jahren –

Daß sie nicht lache! sie gehe doch nicht einfach zum Metzger und schaue sich »die Bescherung« an, das genüge ihr nicht, sie fordre ein Treffen, ein Treffen unter *sechs* Augen, und zwar sofort.

Während sie ihren Ring abzog, ein aseptisches Lächeln, und aufs Nachtkästchen kullern ließ: den Ring, den ihr Gregor bei ihrem zweiten Treffen an den Finger gesteckt hatte (»Mach mal schnell die Augen zu«), den Symbolring.

Gregor fragte sie, ob irgendwas mit ihrem Biorhythmus heut nicht stimme.

Gregor hatte Durst.

Gregor hatte blaue Flecken, die ihm groß und wichtig erschienen.

Gregor hatte eine Stirn, die pochte, Gregor fragte Katarina, wieviel Enten es eigentlich wären, die da täglich, die da nächtlich überm Bett herumflögen, Gregor schwor, »daß nichts war, ganz & gar überhaupt nichts«.

Katarina lachte ein kurzes helles leeres Lachen, ihre Beine sahen müde aus: Nein, mein Lieber! Wenn wirklich »nichts« mit dieser Hinterschwörer! gewesen sei, werde ihr diese Hinterschwörer! das ja wohl selber sagen können. Heute abend. Im »Stella«.

Gregors Kopf! ACHTUNG! ALLE DATEN IN DEM PLATTENLAUFWERK D: WERDEN GELÖSCHT! FORMATIERUNG FORTSETZEN? Und seine ganze rechte Seite! ACHTUNG! REIHENFOLGE DER DISKETTEN STIMMT NICHT! RICHTIGE DISKETTE EINLEGEN ODER FORTFAHREN, WENN RICHTIG! WENN BEREIT, EINE BELIEBIGE TASTE BETÄTIGEN! Und nun spielte auch der Anrufbeantworter gegen ihn, zitierte ihn dringend zu Willi an die Uni, es gäbe da einen Beschluß.

Katarina stand im Flur, ungeschminkt, barfuß, und dachte gar nicht dran, ein kleines Mädchen zu sein. Sondern beobachtete mit blauen Augen, wie Gregor versuchte, in den Tag zu kommen. Wie er sich, nach mehrfachem Hin & Her zwischen Heizkörper (Socken) und Fenster (Hemd), neben ihrem Nachtkästchen wiederfand:

»Wenn er *nach* meiner Rückkehr noch hier liegt«, deutete er auf den Ring, »dann werf ich ihn in den Neckar.«

Aber erst mußte er in die Küche, an den Kühlschrank, und wie er die Flasche wieder abgesetzt hatte, merkte er, daß er ausgerechnet an eine von denen geraten war, in die Katarina immer ihren Kefirtrank abfüllte.

Als er am frühen Nachmittag
, nach einem sehr langen Gespräch über WINDOWS und einem sehr kurzen übers »Stella«, zurückkommen wollte mit der frohen Botschaft (»Also um acht. Wirst ja sehen«), war der Penner verschwunden, und vor den Tüten stand sein Kerl, paßte auf.

War der Penner samt Pappschild und Blechbüchse verschwunden, und vor Nicos Schaufenster stand der schöne weiße Audi, tat nichts.

Der schöne weiße Audi von Frau Schmolinski.[76]

Als Gregor den Schlüssel ins Wohnungsschloß steckte, hörte er drinnen ein tuschelndes Geraschel, ein raschelndes Getuschel, als er die Tür aufdrückte, blickte ihm ein Gesicht entgegen mit nichts als Augen und Knochen, stemmte sich ihm ein Körper entgegen, den er nur aufgrund des weißen Wickelkleides erkannte, stemmte ihn zurück ins Stiegenhaus:

Nein, momentan könne er nicht hereinkommen, sie bräuchten noch ein bis zwei Stunden. – Ja, sie halte das nicht länger aus und deshalb …

… stemmte sich auch Gregor nicht länger dagegen. Wenigstens einen letzten gemeinsamen Gang um ein paar Häuserecken gewährte sie ihm, und da war nichts Spitzgiebliges, Verwinkeltes, Bohnenviertliges mehr wie all die Jahre zuvor, sondern bloß eine Menge alter Steine, von denen der Putz blätterte, durchsetzt mit Beton und Hinterhöfen, aus denen die Balkonwäsche leuchtete. Das Abspannwerk Altstadt. Der Seifen-Lenz. Das Backhäusle. Die Kunstaugenpraxis Rainer Nägele. Eine Änderungsschneiderei ohne Namen. Daneben der Secondhand-Laden, in dem sie, die Weinstube, in der sie, der Grieche, bei dem sie, die gestreifte Markise, hinter der sie, die Schlosserei, mit der sie, der Antiquitätenladen, an dem sie, die Boutique, vor der sie: mal was gekauft, getrunken, gegessen, gesehen, verhandelt, stehengeblieben und sich gestritten, verloren hatten. Der Duft von frisch zersägtem Holz. Der Gestank von Pisse. Kopfsteinpflaster. Und Katarina, in ihren Fogal-Strümpfen[77] und dem weißen, dem gnadenlos weißen Wickelkleid, immer einen halben Schritt voraus. Auf einem Spielplatz rannten viele kleine Menschen und kreischten, manchmal hüpfte ihnen der Ball in den Himmel. Vor dem Maschendrahtzaun, dort, wo die Tischtennisplatte stand, drängten dreißig, vierzig Jungtürken um zwei, die sich knutschten, wahrscheinlich rauschten die Birkenkronen dazu, und Gregor, ganz in Schwarz, stets einen halben Schritt hinterher:

Nun verstehe er die Welt nicht mehr, es sei doch nichts –?

Warum sie denn ausgerechnet zu ihrer Mutter –?

Wo er gerade das geforderte Treffen –?

Ob er ihr heute schon gesagt habe, daß er sie –?

Hegel!

Katarina heulte zwar nicht, aber wie sie Gregor ansah, mit großen leeren Pupillen aus großen schiefgeschnittnen Lidern, begriff er mit einem Mal, daß sie nie eine Eiskönigin gewesen war – vor viereinhalb Jahren nicht, auf Willis Fest nicht, im »Monument« nicht, an ihrem Geburtstag nicht, nie. Und daß es sich ausgehegelt hatte.

Während Frau Schmolinski ihren schönen
weißen Audi vollstopfte mit Kisten und Kasten und Katarina, drehte Gregor im Schloßgarten seine Runden, teichwärts, entenwärts, ohne irgendwas zu sehen außer Kinderwagen, Kerlen, lachenden Dritten. Nichts, nichts fühlte er in diesen »ein bis zwei Stunden«, *wußte* vielmehr bloß, daß er dringend etwas fühlen sollte. Wunderte sich nicht mal, daß er's nicht tat, *wußte* vielmehr bloß, daß er sich wundern sollte. Überlegte statt dessen: was nach Katarinas Auszug in der Wohnung fehlen würde; ob sie etwa schon ihr japanisches Schminktischchen mitgenommen hatte; ob er in Zukunft die Miete alleine aufbringen konnte oder ob er sich dazu einen Untermieter suchen mußte. Und: daß er wenigstens jetzt einen Grund wissen wollte, weswegen er gerade … oje, wie das klang: gerade verlassen wurde. Wenigstens jetzt!

Gregor blieb stehen, der Dealer von der nächsten Parkbank sah ihm erwartungsvoll entgegen, gurrte sein »Wannasmock? Wannasmock?«, Gregor atmete tief ein: nicht etwa den Geruch der Bäume, den Geruch des Wassers, den Geruch der Schwäne, der Enten, den Geruch der Damenhüte und der Rollstühle und der Väter und der Butterbrote – sondern das alles zusammen, *den Geruch des ganzen Sommers*, und wie er wieder ausatmete, stand's fest: daß er wenigstens jetzt, im nachhinein, einen Grund haben wollte, weswegen er gerade … oje, wie das klang.

»Gudfränd«, schnarrte ihm der Dealer hinterher, »gudstaff.«

Zurück in der Kanalstraße 6

, war sein Kopfweh weg, war der Ring weg, die Lufthansa-Tragetasche, waren jede Menge Blusen-Röcke-Slips-Kostüme weg (er zählte nurmehr 19 Paar Schuhe), war die Schaufensterpuppe noch da, das Mobile noch da, das Schminktischchen, sämtliche Lackschalen, Lackdosen, der Kefir, das Opernglas. Gregor sah sofort zu seinem Pinguin hinüber, erleichtert, daß dort alles beim alten geblieben; wie zur Bestätigung stand sogar das Hutzelweib auf dem Balkon und rauchte.

Gegen siebzehn Uhr ging er übern Flur, auf Höhe des großen Spiegels dachte er, daß er den Scheuffele mal mitnehmen könne in den »Brunnenwirt«, schon wegen der Musik; daß er lang nichts mehr von Carol gehört habe; daß ein leerer Schuh ziemlich traurig aussähe und man ihm eigentlich was Liebes sagen müßte; daß die Martinshörner in Wien blauer klängen; daß es immer bloß bergab ginge mit den Tomaten; daß der Himbeer-Bäschtle inzwischen gewiß geköpft sei.

Gegen achtzehn Uhr acht, als er in seinem Zimmer angekommen war, glimmerte ihm, grau und weiß, der Bildschirm entgegen:

»Lieber G., vielleicht erdrücken Dich meine Ansprüche an eine Beziehung, mag auch sein, daß mir im Moment schlichtweg die Kraft und die Nerven fehlen, um so zu erscheinen, wie Du es gerne hättest. Doch obwohl ich weder schwarze Haare habe noch einen Nasenstein, was mir in den letzten Monaten als entscheidender Mangel klargeworden ist, kann und will ich mich mit unsrer derzeitigen Situation nicht abfinden. Weil ich Dich allerdings auch nicht länger bedrängen möchte, soll jeder jetzt den Freiraum haben, den er anscheinend braucht. Wenn Du mich wirklich liebst, wie Du seit Monaten behauptest, wirst Du mich schon finden. K.«

Gregor putzte seine Nickelbrille.

Gregor sortierte seine Socken um.

Gregor rief bei Willi an, neunzehn Uhr sechsundzwanzig, aber da hob nur eine der Töchter ab, und die konnte er ja kaum fragen, ob er noch mal nachdenken könne. Über WINDOWS. Und überhaupt.

Statt auf den Killesberg zu fahren

(wozu hätte er das sonst seit viereinhalb Jahren verweigert!), ging er ins »Stella«, neunzehn Uhr achtundvierzig, schließlich gab's keine Möglichkeit, das abzusagen.

»Ruf-se doch aa!« empörte sich Karla: »Ruf-se doch aa! Mir senn doch emmer blos ganz gmiadlich zsammaghoggd ond henn midanandr gschwätzd!«

Beide bekräftigten ihren Beschluß, zwanzig Uhr fünf, es bei einer »Freundschaft« zu belassen; nachdem sie sich ihre Schürfwunden gezeigt hatten ihre blauen Flecken, tranken sie sich Mut an und kamen sogar überein, »sich nie mehr zu sehen«.

Nie mehr?

Außerhalb der Stadtmetzgerei Fritz Wild.

Also gut, nie mehr.

Brooschd.

Arm in Arm und sehr entschlossen

marschierten sie Richtung »Brunnenwirt«, um die »Trennung« zu feiern, vorbei an den Nutten, die vor ihren Höhlen herumstanden, vor der »Bierorgel«, der »Gaststätte zur Nonne«, und die Brüste in die Scheinwerferkegel der vorbeischleichenden Autos schwenkten, vorbei. Ein halbstarker Herr, der aus ebenjener Seitenstraße heraustorkelte, in der, vierzig Meter weiter, der »Brunnenwirt« gewesen wäre, stolperte, noch ehe er den gegenüberliegenden Gehsteig erreicht hatte, und fiel, wenige Meter schräg vor dem »Schinderhannes«, fiel auf die Fahrbahn, mit dem Gesicht mitten hinein in seine Currywurst-spezial. Blieb liegen, machte keinerlei Anstalten, sich hochzurappeln. So daß man in den Autos zu hupen begann, so daß man – schließlich ruhte bei stockendem Verkehr jegliche Erwerbstätigkeit – um Gregors Hilfe bat, so daß man, zu viert, den Herrn von der Kreuzung herunter- und in die nächste Querstraße hineinzog; dort, an eine Mauer gelehnt, eröffnete er ihnen mit verschmiertem Ketchup-Grinsen, er ginge jetzt ins »Monument«, da gäb's die schärfsten Weiber aus ganz Stuttgart: welche mit und welche ohne Lackmantel. Im Abwenden fiel Gregors Blick auf den Rohbau am Ende der Szene.

Wie er übern Bauzaun kletterte
, durchrauschte ihn rasch und dunkel eine kindliche Aufregung, dann aber fand er wieder keine Penner, keine Leichen. Als er im dritten Stock und bei der Erkenntnis angelangt war, daß er's wohl schon damals, in den Rohbauten von Lengerich, verpaßt hatte, sich beim Überfall einer feindlichen Clique als Held zu erweisen, roch's von fern plötzlich nach Lederband.

Gregor trat an eine der Fensteröffnungen, stützte sich aufs Mauerwerk, lehnte sich hinaus: Da lag er, der Herr, und schlief.

Karla zwängte sich neben ihn, stützte sich auf seine linke Schulter, lehnte sich hinaus: Ja, da lag er.

Wie heiß der Juli neuerdings sein konnte, selbst mitten in der Nacht, ein Ozonloch hatte auch Vorteile.[78]

Hatte auch Vorteile.

So heiß, daß man besser sein Sakko auszog, wollte man Gefahr nicht laufen, das Hemd darunter zu verschwitzen. Gregor griff nach Karlas Hand, schob sie von seiner Schulter, stemmte sich hoch, behielt ihre Hand in der seinen. Karla drückte

mit dem Daumen

zwei Mal

ganz leicht

auf die kleine nackte Stelle, von der Gregor wochenlang vergessen hatte, daß es sie gab, daß es darin jede Menge Nervenenden gab, mit denen sich jede Menge empfinden ließ: vor allem der Drang, den Druck zu erwidern

mit dem eignen Daumen

zwei Mal

ganz leicht

auf *ihre* kleine Stelle, der Drang dann, mit der andern Hand nach einer größeren Stelle zu tasten, die zwischen den Radlerhosen aufschimmerte und dem Saum ihres T-Shirts, der Drang, die ganze
Frau –

– von sich zu stoßen, als er merkte, daß er sie gerade, daß sie
ihn gerade –

– so entschlossen wieder an sich riß, wie er sich's immer
vorgestellt hatte, draußen lachte wer, lärmte wer, ging wer vorbei.

Während sich eine Radlerhosenhüfte hart an Gregor preßte,
während eine Hand mit abgebißnen Fingernägeln unter sein Sakko
fuhr, das Rückgrat empor, während sich ein Oberschenkel zwischen
seine Beine preßte, während ihm mit einem raschen Ruck das
Hemd aufgerissen wurde, daß die Knöpfe in die Betonnacht davon-
prasselten, während ihm eine Hand durch die Haare fuhr, während
ihm mit einem raschen Ruck der Kopf nach hinten gerissen wurde
und irgendwas in seinen Hals biß –, Gregor konnte sich kaum noch
der Standardfragen erinnern, die jetzt zu stellen waren, der Regelan-
fragen, die ausnahmslos mit einem unwirschen »A wa!« weggewischt wurden, einem »Ha-jo!«, »Ha-freile!«, »Ja saag amol!« und
»Kärle, schwätz koin Bäpp!«. Schon stand sie, nackt bis auf die
Turnschuhe, vor ihm, schon umklammerte sie seinen Nacken,
schlang ihm beide Beine um den entsetzt beglückten Unterkörper,
und seine Hände hatten zwei, drei Griffe lang Zeit, sich darüber zu
wundern, wie leicht eine Frau sein durfte, die ▮▮▮▮▮▮▮▮▮
▮▮▮▮▮▮▮▮▮ »Där Hoßalada isch jo midd Gnebfla!«
▮▮▮▮▮▮▮▮▮▮▮▮▮▮▮▮▮▮▮▮▮▮▮▮▮▮▮▮▮
▮▮▮▮▮▮▮▮▮▮▮▮▮▮▮▮▮▮▮▮▮▮▮▮▮▮▮▮▮
▮▮▮▮▮▮▮▮▮▮▮▮▮▮▮▮▮▮▮▮▮▮▮▮▮▮▮▮▮
▮▮▮▮▮▮▮▮▮▮▮▮▮▮ »Hano, wie hemmer's denn?« ▮▮▮
▮▮▮▮▮▮▮▮▮▮▮▮▮▮▮▮▮▮▮▮▮▮▮▮▮▮▮▮▮
▮▮▮▮▮▮▮▮▮▮▮▮▮▮▮▮▮▮▮▮▮▮▮▮▮▮▮▮▮
▮▮▮▮▮▮▮▮▮.

Und weil sie weder »zu ihr« noch »zu ihm« konnten, blieben sie bis zum frühen Morgen, und weil man sich sowieso nirgends hinlegen konnte, fand sich keine Zeit zum Verschlafen.

Nachdem er sie auf einem langen Spaziergang durch den Schloßgarten (»I ben halba hee!«) bis zu einem Baum und, an den Schaufensterfronten der Königstraße zurück (»Herrgottnomol, wia i aussäh!«), bis zur Schulstraße begleitet hatte (»Jetz isch mer älles egal, soll mi dr Jogi doch mit seiner Eifersucht zu Fleischkiachle verwurschtle«), kroch er, acht Uhr dreiunddreißig, kroch er in sein menschenleeres Bett.

Fast bis zum Abend
versteckte er sich vor seinen halbschlafnen Glücksvisionen, unterbrochen bloß durch das Klingeln des Telephons, ein besonders lautes *Wir zwei fahren irgendwo hin* oder *Ein Bett im Kornfeld*, versteckte sich vor seinen halbwachen Horrorvisionen, vor einer kleinen verschwitzten Verkäuferin, die ihn verhöhnte, die ihn immer wieder verhöhnte, weil er nur mit halber Kraft gegen ihre ekelhaft harte Bauchdecke geboxt hatte, und die sich währenddessen immer wieder
, vor einer kleinen verschwitzten Verkäuferin, die ihn zwang, die ihn immer wieder zwang, in ihren ekelhaft harten Arm zu beißen, und die sich währenddessen über ihn
, vor einer kleinen verschwitzten Verkäuferin, die ihm ihre ekelhaft harte Zunge in den Hals stieß – schon ihre Küsse grenzten an Körperverletzung –, die ihm immer wieder ihre ekelhaft harte Zunge in den Hals stieß und ihm währenddessen ihre schief ausgetretnen Turnschuhe
, bis zum Abend versteckte er sich.

Dann stand er auf und suchte
Katarinas Aspirin. Suchte Katarinas Arnikasalbe für seine blauen Flecken, Kratzspuren, Schürfwunden; fand weder das eine noch das andre; fragte sich, ob das, was er die letzten 48 Stunden erlebt hatte, wirklich passiert war oder lediglich innerhalb seines Kopfes, möglicherweise genau an der Stelle, wo's pochte ohne Unterbrechung drückte ohne Unterbrechung hämmerte ohne Unterbrechung

gegen's Stirnbein schabte. Befragte sich, befragte das Hemd von gestern, möglicherweise genau an den Stellen, wo die Knöpfe fehlten, befragte die Hornhautraspel, den Korb mit der Schmutzwäsche, den Inhalt des Abfalleimers, des Schminktischchens und ließ sich von der »petra« erläutern, daß

☞ Frauen beim »Seitensprung mit einem Dritten« meist an ihren eigentlichen »Partner« denken;

☞ Männer dagegen sogar beim »Geschlechtsverkehr mit ihrer Partnerin« an Dritte;

☞ beide, seitenspringende Männer wie Frauen, ihr eignes Verhalten für weitaus moralischer halten und

☞ länger leben

☞ aufgrund der Ausschüttung eines Glückshormons;

☞ falls –

– gleichzeitig nicht, gab Gregor der »petra« zu bedenken, falls phasenversetzt nicht ein Unglückshormon ausgeschüttet wurde, das dem Glückshormon die Waage, exakt die Waage hielt. Und dafür sorgte, daß man *gar nichts* empfand, weder Glück noch Unglück, Stolz noch Scham, weder das Gefühl, das einzig Richtige getan zu haben, noch Reue, Skrupel, Schuld: denn Gregor fühlte nichts, fühlte vielmehr bloß, daß er dringend etwas fühlen sollte, wunderte sich nicht mal, daß er's nicht tat, wunderte sich vielmehr, daß er eine Stimme plötzlich hörte, die »Ich bin ein kühler glatter Stein« sagte, immer wieder »Ich bin ein kühler glatter Stein«, diese Stimme, die er irgendwoher kannte, immer wieder.

Jedenfalls so lange, bis er in den Flur ging, den Anrufbeantworter abzuhören, auf dem Frau Schmolinski in immer dringlicheren Formulierungen um Rückruf bat: Nicht mal jetzt empfand's ihre »Kati« anscheinend als notwendig, sich selber um ihr Leben zu kümmern.

Als Gregor den Kefir neu ansetzen wollte, mußte er sich, kaum daß er den Deckel des Glases hochgehoben und seine Nase bis fast auf das Zitronenstück gesenkt, das obenauf schwamm, mußte er sich übergeben.

Wenigstens würde er in Zukunft
stets bei geschlossner Tür schlafen können, bei geschlossnem Fenster und auf dem Rücken liegend: Mit diesem klaren Gedanken begann der Samstag, aber bereits beim Putzen der Brille wurde die
Welt wieder unscharf. Betrachtete man das Mobile, so entdeckte
man dort, unablässig sich wiegend, drehend, auf & nieder wippend,
entdeckte am Ende jedes der leicht gebognen Metallstäbe: Karlas
kleinen harten Körper; blickte man in Richtung Pinguin, so sah
man zunächst eine Baumkrone, dann zwei Vögel, schwarz, die
sich darin zu schaffen machten, und schließlich, im Balkonkasten
von gegenüber: daß alles seine Ordnung hatte, oh ja, aber dahinter
tauchte, und da mochte der eine Flügel noch soviel Wind machen,
daneben tauchte sehr schnell auch die Silhouette von Karlas kleinem
harten Körper auf. Obwohl's in Gregors Schädel heute gar nicht
mehr nur schabte, hämmerte, drückte, pochte, obwohl in Gregors
Schädel heute manchmal eine völlige Lautlosigkeit herrschte, eine
flirrende Stille.

Gregor ging zum Schuhschrank, fixierte die schwarzen Lackpumps und versuchte –

er ging zum Kleiderschrank, fixierte den schwarzen Lackmantel
und versuchte –

er setzte sich auf den Futon, schloß die Augen und versuchte,
sich vorzustellen, daß er das, was er mit Karla erlebt (oder vielleicht
auch gar nicht so erlebt, vielleicht überhaupt nicht erlebt!) hatte, genausogut mit Katarina hätte erleben können – und hörte eine Stimme gehässig aufkrächzen, eine Stimme, die er irgendwoher kannte:
»Aber doch nicht mit so einer! Aber doch nicht mit so einer!«

Wie er in die Wüste des Donald-Posters starrte, sah er Karlas
kleinen harten schweißbeperlten widerlich zähen wilden Körper.

Ob Katarina vielleicht gerade zum Metzger ging und sich mit
eignen Augen davon überzeugte? Immer wieder beschimpfte, bedrohte ihre Mutter den Anrufbeantworter (genau deswegen ließ ihn
Gregor ja konstant angeschaltet!), und wenn er neben dem Apparat
stand, während sie aufs Band sprach, dann sah er förmlich, wie sich
ihre Mundwinkel nach jedem Satz tiefer und ihre schwarzen Augenbrauenstriche höher zogen: so daß er fast etwas empfunden hätte.

»Ich bin ein kühler glatter Stein!«
tippte, ach was, hackte, ach was, boxte Gregor in seinen PC, obwohl
er eigentlich was Hemmungsloses über Rohbauten schreiben wollte und die berauschende Wirkung von behaarten Beinen, verschwitzten Achselhöhlen, ausgeleierten Doppelripp-Höschen –

»Ich bin ein kühler glatter Stein!«
tippte, ach was, hackte Gregor in seinen PC, obwohl er eigentlich
was Hämisches über das Ende der Designermode schreiben wollte
und darüber, daß Leberflecken nichts als »goldig« oder »lieb« seien,
bestenfalls »interessant«, niemals jedoch –

»Ich bin ein kühler glatter Stein!«
tippte Gregor in seinen PC, obwohl er eigentlich was Humorloses
über japanische Schminktischchen schreiben wollte, über japanische
Lackdöschen und -kästchen und -schälchen, und daß das alles in
Wirklichkeit kleine gelbrote Papp-Enten seien, wahrscheinlich sogar Wärmflaschen, wahrscheinlich –

       – hörte er in diesem Moment
Lous Stimme, wie sie den Anrufbeantworter beredete, er möge, bitte, zugeben, daß Gregor neben ihm stehe: Gregor! Er werde doch
nicht gerade Kehrwoche machen? Nur ein Scherz, Gregor. Ihr sei
»zu Ohren gekommen«, es gehe ihm – bestens? Von Katarinas Mutter. Übrigens habe die anschließend gleich noch Walle sprechen
wollen. Der sich indes geweigert habe. Wie auch immer: Wenn er
Trost bräuchte, sie sei bereit.
 Wieso Trost? Alles, was Gregor brauchte, waren eine Schaufel,
ein Besen, ein Putzlumpen, ein Eimer Wasser. Samstag!

Alles, was Gregor brauchte
, waren die Ewigen Bestenlisten aus seinem früheren Leben (wer,
bitte sehr, verbarg sich hinter dem Namen Gisi? Leni? Miriam?),
um sie, die chronologische Reihenfolge wahrend und jede für sich,
ohne Hast, in möglichst kleine Schnipsel zu zerreißen – deutliche
Befriedigung. Sonntag!
 Die Maultrommel, den Stoffraben, die Schneekugel, den Bern-

steinanhänger, den abgeschnittnen Kragen, die Kerzenwachskugel, den Kerzenwachswürfel, den Sektkorken, das kleine getrocknete Seepferd, das Kleeblatt, das Messingglöckchen, die Glasmurmel, das Taschentuch mit dem B, die rote Mensch-ärgere-dich-Figur, das Lebkuchenherz: sämtliche Regalheiligtümer packte er in eine Tüte und trug sie runter zur Mülltonne. Trug sie runter, ohne zuvor durch den Spion geschaut, ins Treppenhaus gelauscht, einen Blick aus dem vorderen Fenster geworfen zu haben: und begegnete, Grüß-Gott, Herrn Scheuffele. Von dem er sich kehrwochenmäßig loben, von dem er sich auseinanderdividieren ließ verkuttle, daß es selbst in den nächsten Tagen noch nicht regnen werde, von dem er schließlich gefragt wurde, wie's denn sonst so gehe:

»Macht Ihne des viele Wetter ned au zum schaffe?«

Gregor antwortete, daß er früher, als kleiner Junge, am Maschendrahtzaun zum Nachbargrundstück Wicken angepflanzt habe (»█████? Herr Schattschneidr, was nehmet-Sie denn für Wörter in' Mund?«), ganz recht, weil die so schön bunt gewesen seien. Dann seien die Strübbes eingezogen und mit ihnen Herr Doktor Arnold, woraufhin Gregor keine Wicken mehr gemocht habe.

Mit der linken Hand wölbte sich Herr Scheuffele eine riesige Hörmuschel hinters Ohr (»Herr Schattschneidr, *Sie* sen mr jo oiner!«) und nickte eifrig. Gregor schaute die kleinen blauen Anker auf seinen Frotteepantoffeln an und schwieg. Die kleinen blauen Anker schauten Gregor an und schwiegen auch.

Immerhin könne er die gleiche Initiale
in ihre ████ reinbeißen, meinte Walle, nachdem er Gregor von Grießklößchensuppe über Gemischten Braten bis zur Weinsoße eingeredet hatte, daß Katarina zwar seine, Gregors, Traumfrau sei, aber eben »nichts wegschaffe«. Kaum freilich gerate er, Gregor, mal an eine, die »was wegschaffe«, kriege er gleich die große Krise, ginge nicht mehr ans Telephon, öffne die Tür erst, wenn man fünf Minuten Sturm geklingelt habe, und erzähle einem dann, daß jeder Audi zu zerkratzen und er selbst nicht mehr ganz bei Trost sei (»Sich-innen-drinnen-anfühln-wie-'n-kühler-glatter-Stein!«). Ob er noch 'nen Weißherbst[79] nehme?

Gregor klapperte auf seinem Teller herum und bereute, daß er auf Walles Einladung reingefallen war: Nun saß er hier fest, in der »Kiste«, um die er bis heute seinen täglichen Bogen gemacht hatte, obwohl's so nahe gelegen wäre, auch mal reinzugehen, und ständig kamen weitere Gäste und füllten den kleinen holzgetäfelten Raum mit ihrem Anblick, ihrer Körperwärme, ihren lauten Worten, lauten Parfums, ständig sprang die Bedienung herbei und bat die Kauenden, Schluckenden, enger zusammenzurücken oder gar sich umzusetzen: Gregor war auf diese Weise schon zwei Plätze näher an den Kachelofen geraten, Walle hingegen nur einen, so daß sie sich zur Nachspeise diagonal gegenübersaßen und jeder am Tisch mithören konnte (die Bedienung dazu: »Hano, bei ons isch's äbbe eng«). Die »Kiste«, eine Art schwäbische Schwitzhütte,[80] und wenn einer der Rostbratenesser hinaus und aufs Klo ging, dann sah man ihn, durch eine Maueröffnung hinterm Ausschank, gewissermaßen wieder hereinkommen, manch einer nestelte da bereits.

WALLE   Ob's Gregor nicht auch gemütlich hier fände, fast wie zu Hause?

WALLE   Was denn an seiner ganzen Geschichte dermaßen schlimm sei? So was passiere doch, man solle nicht übertreiben, aber zumindest: in Stuttgart alle zwei Minuten.

WALLE   Warum er die letzten Tage nicht beim Wild gewesen? Karla habe nach seiner, Gregors, Telephonnummer gefragt und er, Walle, habe behauptet, er wisse sie nicht auswendig.

WALLE   Ob sich's wenigstens gelohnt habe? Wie Karla denn gewesen sei, ob sie wirklich?

WALLE   Ob Gregor nicht mal aufhören könne, sich nach Lou zu erkundigen, was die damit zu tun habe? Ob er ihm etwa schon wieder einen Bären aufbinden wolle von wegen »Gedächtnis-██████«?

Walle. Wahrscheinlich gab er sich nur deshalb so besorgt, um morgen mittag den großen Tröster beim Wild zu spielen. Keine einzige Zigarette ließ er sich abschnorren, es sei ja wohl das letzte, in solch einer Situation das Rauchen anzufangen: Das sei keine wert, keine! Im übrigen, Frau Schmolinski dränge mit Macht auf ein Treffen, ein Gespräch unter sechs Augen, das habe er hiermit ausgerichtet.

Die Tüte mit den Regalheiligtümern
, die Gregor gestern in die Mülltonne gestopft hatte, wühlte er, kaum daß er sich von Walle verabschiedet, wühlte sie wieder raus, stellte sie neben seinen Ohrensessel.

Stellte sie auf die andre Seite des Ohrensessels.

Stellte sie hinter den Ohrensessel.

Indem er die alten Baileys-Flecken auf dem Bettlaken beschnüffelte, fiel ihm ein, wie er K. zum ersten Mal gesehen hatte, von hinten, und wie sie sehr fremd gewirkt hatte und sehr blond und –

sehr blond?

sehr blond und sehr stark und sehr kühl, wiewohl ihre Haare viel dunkler fielen, *damals*, als sie keine Strähnchen hatte …

– und wie er ihr nachgegangen war, bis sie, völlig unvermutet, sich umgedreht hatte: Deutlich sah er sie vor sich in ihrem taillierten Anzug, sah den schlanken Schlips und diese verrückten Augen, und beinahe hätte er wieder was empfunden. Montag!

Auch am Dienstag, am Mittwoch, am Donnerstag
mittag ging er, vorbei an den Plastiktüten und dem Kerl, der Wache stand am U-Bahn-Schacht und mit seinen Ohren, seinen Augen, seiner Nase in die Welt hineinlauschte, -äugte, -schnüffelte, ging vorbei und dann sonstwohin, einmal sogar in Bernie's Nudelbrett.

Ging zum Schwimmen.

Zum Institut für Allgemeine und Vergleichende Literaturwissenschaft (FDISK, Konfigurieren einer Festplatte, heikel), zum Institut für Geographie, für Mineralogie, für Musik (RECOVER, REPLACE, RESTORE).

Ging zum Schwimmen, zum Schwimmen.

Dann & wann aß er ein bißchen Brezel.

Dann & wann trank er ein bißchen Kefir, als hätte er sich noch mal übergeben wollen.

Dann & wann saß er auf dem Futon, hörte sich Katarinas CDs an – *Madonna, Michael Jackson, Cher, Whitney Houston*: knisterfreier, klarer Klang, das schon.

Wenigstens würde er sie nie mehr beim Feilen der Fußnägel überraschen. Würde nie mehr diese Hühneraugenpflaster finden. Nie mehr diesen Ton von der Toilette hören.

Warum aber
ging Gregor nicht endlich in die Schulstraße, zur Stadtmetzgerei Fritz Wild?

Weil er die Staubschicht von seiner Yuccapalme wischen mußte, mit Daumen und Zeigefinger, Blatt für Blatt.

Weil er Katarinas Süßstoff ausprobieren mußte.

Weil er, insgeheim hoffend, ein unerhörtes Ereignis mitzubekommen, insgeheimer jedoch hoffend, nicht mal die geringste Veränderung feststellen zu müssen, weil er, beginnend bei »seinem« Balkonkasten, aus dem in dicken Trauben die Blüten herausdrückten, und von dort sich stockwerkweise vorwärts arbeitend, weil er all die Fenster von gegenüber, weil er all die geraffelten gerüschelten Gardinen mit all den frischbetüterten Kakteen, Geldbäumen, Azaleen beobachten mußte, damit die Dinge ihre Ordnung hatten.

Weil er eine Postkarte von Lou empfangen mußte
, ein in Schwarzweiß ▇▇▇▇▇▇ Paar, umrahmt von der (in Schreibschrift gedruckten) Botschaft: »Invitation à … une nuit inoubliable … avec petit déjeuner«.

Weil er
seinen täglichen Kontrollanruf erwarten mußte. Was, so jedenfalls interpretierte's Gregor, was hätte man von einer Doktor Gerda Schmolinski auch anderes erwarten können?

Weil er so müde war
, so müde.

Weil er in Katarinas Mobile
, unablässig sich wiegend, drehend, auf & nieder wippend, weil er in Katarinas Mobile, am Ende mancher der leicht gebognen Metallstäbe, schon wieder eine Ente entdeckte, eine Ente. Und in der Wüste, jedenfalls wenn er sie nicht allzu lang fixierte, schon wie-

der Donald, schon wieder ein riesigrotes Herz, schon wieder die
Wüste.

Deshalb. Und weil er sowieso keine Angst davor hatte. Am allerwenigsten vor dem Jogi. Deshalb.

Und weil er sich bei Lou für ihre Postkarte »bedanken«
, weil er sich mit ihr verabreden mußte. Donnerstag!

Nachdem er sich im Sportbad ein Warum-auch-nicht zugekrault
hatte, ein Wenn-sie's-denn-unbedingt-will, fand er auf dem Küchentisch, direkt neben Lous »Invitation«, ein kleines grünes Schächtel-
chen: Champagnertrüffel. Fand ein Blatt Papier, offensichtlich der
Versuch einer Kopie: der Versuch, einen Kopf zu kopieren – man erkannte die Lippen, die plattgedrückte Nasenspitze, Haare –, der Versuch, *ihren* Kopf zu kopieren! Und auf der Rückseite des Versuchs:

»Lieber G., ich würde gern zu Dir zurückkommen. Können wir
uns vielleicht übermorgen am Schloßplatz treffen, um fünf, Du
weißt schon, am Pavillon vor dem Königsbau? Eigentlich hatten wir
doch geplant, in Urlaub zu fahren? Deine K.«

Gregor zerfetzte Lous Karte und ließ die winzigen Schnipsel run-
terregnen auf Nico. Der gerade vor seinen Salon getreten war, um
sich bei der Frau vom Schriftstellerhaus über die anhaltende Hitze
zu beklagen und beim Sommer-Stipendiaten,[81] der dabeistand.
Statt dessen schauten sie jetzt alle drei hoch und schwiegen. Gregor
schaute runter und schwieg auch.

Die Kopfschmerzen
waren nur noch ein Schatten mit scharfen Rändern, als er das Haus
verließ; und nachdem er, vom Scheuffele auf immer kleinere
Schnipsel hingewiesen, die komplette Postkarte aufgeklaubt und in
die Papiertonne geworfen hatte – bei einer solchen Hitze habe man
anscheinend die seltsamsten Anwandlungen –, da waren sie völlig
verschwunden. Die Kopfschmerzen.

Diesmal kam Gregor wirklich
zu spät: kam, sah und entgeisterte sich. Hatte sie früher nicht diesen
unbändigen Lebenswillen gehabt, diese Kraft, den Dingen einen

Glanz zu verleihen, sie nachgerade zu beseelen mit ihrer Aus-
strahlung zum Leben zu erwecken – wofür er sie immer beneidet
und, vielleicht, auch ein bißchen geliebt hatte, früher? Oder lag's
bloß an den Kratzspuren auf ihrem Benz? Offensichtlich mut-
willigen Kratzspuren, von denen sie sofort berichten mußte, es
werde von Tag zu Tag schlimmer. In ihrer Aufregung versäumte sie
eine viertel Stunde lang völlig, sich nach der »wunderschönen«
Katarina zu erkundigen und nach der »unschönen« Karla (sie sagte
tatsächlich »unschön«, später, als sie ihr Auto vergessen hatte): Ob
sich Gregor nicht »was Beßres« hätte aussuchen können?

Noch später fiel ihr ein, daß sie sich, »zur Feier des Abends«, ein
wenig von Walles Balkonkastenernte eingepackt hatte; fiel ihr ein,
daß sie unbedingt von ihrem Bastkörbchen im Gästeklo berichten
mußte – er wisse schon, das mit den Underberg-Fläschchen, den
Tampons, den Tempo-Taschentüchern, oh, Gregor wußte sehr genau, wovon sie sprach, wovon sie nicht sprach: von den Carefree-
Einlagen und diesen bunten Noppen-Dingern, die auch, die auch,
die auch in ihrem Körbchen warteten, vermischt mit den restlichen
Aufmerksamkeiten, so daß sich Gregor immer möglichst lang verkniffen hatte –

– zu fragen: Louise Leimer-Stöckle, was hätte man
von einer Frau, die diesen Namen trug, andres im Gästeklo erwarten können? Vielmehr: *Wer* hatte ihr das Körbchen neulich –?

Lou griff nach Gregors Hand, bog ihm die Finger nach hinten,
bis es schmerzte.

GREGOR   Was willst'n nun wieder?

LOU   (*auf den Indonesier? Malaien? Filipino? deutend, der gerade mit einem großen Rosenstrauß das Lokal betritt*) Wenigstens 'ne Rose.

GREGOR   Ich hab' noch nie 'ner Frau –!

LOU   (*winkt*) Dann wird's Zeit.

GREGOR   Aber doch nicht ausgerechnet –!

INDONESIER-MALAIE-FILIPINO (*tritt an ihren Tisch, zieht eine rote
Rose aus dem Strauß, lächelt*)?

LOU   (*nimmt die Rose*) Keine Angst, ich eß' sie auch auf.

GREGOR   Du ißt sie auf?

LOU   Wenn das die einzige Chance ist, von dir mal 'ne Rose
                geschenkt zu bekommen?
INDONESIER-MALAIE-FILIPINO Drei Mark.
GREGOR   (*legt zwei Mark auf den Tisch, zu ihm*) Stimmt schon.
INDONESIER-MALAIE-FILIPINO (*nimmt das Geld, lächelt, ab*).

Zuerst versuchte Lou
, nur das eine oder andre Blütenblatt zu verspeisen, am Stengel zu
nagen (»Willst du auch?«), aber Gregor bestand darauf. Gar nicht
mehr so schlecht sah sie aus, als sie merkte, daß sie sich nicht länger
drücken konnte, als sie mit einem wütenden Blick, als sie mit einem
raschen Zuschnappen ihrer Zähne, als sie den Kelch knapp überm
Stengel ab-, als sie zubiß.
    Dermaßen laut! dachte Gregor, dermaßen laut! klingt das doch
sonst bloß bei 'nem Apfel. Donnerstag!

Bevor er allerdings reinging
, blieb er eine ganze Weile vor dem Krückengenie stehen. In den
Augenwinkeln registrierte er, wie Karla hinterm Schaufenster rum-
machte und ihm zusah, wie er zusah. Als er die Schiebetür endlich
aufschnurren ließ, trafen sich ihre Blicke, schnell drehte sich Gregor
ab, zur Fleischtheke: wo der Jogi gerade noch den Kopf senken
konnte.
    Linseneintopf.
    Das Stehtischchen, achteckig, rot.
    Der Plastiklöffel, weiß.
    Die Serviette, weiß, mit Herzle druff.
    Der Blick auf die Geschirrwanne.
    Der Blick auf die Suppenschüssel, auf den Semmelkorb, auf die
Kasse.
    Der Blick auf Karlas Turnschuhe.
    Der Blick auf die Frau, die sich beschwert, ihre Portion sei zu
groß geraten.
    Eine andre, die sich nicht entscheiden kann, was sie essen soll.
    Dann geht das Tagesgericht aus.
    Karla glüht hinter der Theke, Karla zwängt sich durch die Steh-

tischchen, Karla holt Nachschub aus der Küche, Karla glüht hinter der Theke. Bringt die Fanta-Dose, lang bevor Gregor fertiggelöffelt hat:

»Du, laß uns abhaua – am beschta glei' in d'Mongolei!«

Gregor ißt weiter, Gregor ißt weiter, Gregor ißt weiter. Karla zieht ihren Mund zu einer Schnute, Karla muß zurück hinter die Theke. Ein Mann, der sich beschwert, seine Portion sei zu klein geraten. Karla läßt das Wechselgeld fallen, eine Münze gerät in den Eintopf, großes Gezeter, großes Gelächter, eine Verkäuferin von der Wurst eilt zu Hilfe, eine zweite Person (mit Schöpfkelle) aus der Küche, Karla nützt das Durcheinander, kommt an Gregors Stehtischchen.

Gregor ist ein kühler glatter Stein.

»Du Saukärle!« zischt Karla.

»So isch's noh au wiedr«, zuckt Gregor mit den Schultern. Weil Karla aber noch immer nicht so aussieht, als habe sie's kapiert, und weil ihr Freund, zwei Theken weiter hinten, auch heut nicht abläßt, seine Kutteln und Kalbsnieren und Rinderzungen zu betätscheln:

»Sag mal, jeden Tag nur Fleisch? Die Würste bedeuten deinem Jogi-Chef wohl nichts?«

Karla zögert keinen Blick lang:

»Noi, solche Würschtla wie du nedda.«

Das Hemd
, von dem sie sämtliche Knöpfe abgerissen hatte, landete gleich anschließend in der Mülltonne, große Befriedigung. Warum? das war eine Frage, die sich Gregor nicht stellte. Gregor war kühl, Gregor war glatt, und wenn er ins Mobile hineinpustete, waren das, was da in Bewegung kam, fast ausnahmslos kleine rotgelbe Papp-Enten. Freitag!

Wie er, samstags um vier, seinen Donald-Button am Revers
, den Schloßplatz querte – über den Wegen flirrte der Staub, grau lag der Rasen, vom Dach des Künstlerhauses glänzte matt der goldne Hirsch, vom Dach der Alten Kanzlei glänzte matt der goldne Merkur –, wie er sich, samstags, vier Uhr neun, aufs gußeiserne Gelän-

der des Pavillons setzte, fragte er sich, welche Eiskönigin sie spielen würde: die im weißen Wickel- oder die im »figurnahen« Avantgardemodenkleid, auf daß »alles wieder möglich« wurde in diesem August? Die in getigerten Gregor- oder die in getigerten Schmolinski-Pumps?

Fast mit dem Glockenschlag entdeckte er, aus der Tiefe der Königstraße sich nähernd, die Silhouette einer Frau, einer Frau, einer Frau – so was, da gab's keinen Zweifel, war auf den ersten Blick erkennbar, auch wenn ansonsten bloß massenhaft Menschen unterwegs waren. Man merkte's einfach: am Gang, an der Haltung, an der großen Selbstverständlichkeit, und Gregor blieb nur deshalb auf dem Geländer sitzen, weil er auf diese Weise wußte, was er mit seinen Händen festhalten konnte.

Dann: eine ausgewaschne Jeansjacke, ein neonblauer Bubikopf, eine glänzende grellrosa Radlerhose, lange nackte Beine, bunte Turnschuhe - nicht etwa aufgeregt winkend, nicht etwa ihr Tempo beschleunigend, nicht etwa lächelnd, kam sie auf Gregor zu, in wohltemperierten Halbtonschritten: Die hohe Kunst des Ankommens beherrschte sie perfekt. Setzte sich zu ihm aufs Geländer und drehte an ihrem Ring.

»Ah, neue Haarfarbe, steht dir ausgezeichnet.«

Sogar die Fingernägel waren unlackiert. Wären nicht jene unsymmetrisch geschnittnen Augenlider gewesen, die Wangenknochen, der Leberfleck am Hals und der am linken Handgelenk, dann – hätte sie Gregor, er war sich völlig sicher, *trotzdem* sofort erkannt, *immer* erkannt, von hinten, von vorn, bei Nacht und schlechter Sicht, immer.

Lous Postkarte erwähnte sie gar nicht erst. Im Grunde sagte sie überhaupt nichts. Und hatte, nachdem auch Gregor nichts weiter zu sagen wußte als ein stumm genicktes Genau! Verdammt-Genau! hatte bloß eine einzige Bitte: nie wieder von »ihr« reden zu müssen.

»Aber von deiner Mutter!« sagte Gregor, und Katarina blickte ihn mit ihrem Lächeln an, von dem er nicht mehr hätte sagen können, ob's leer war:

Er wisse doch, daß sie, K., keine Freunde habe. Zu wem hätte sie denn ziehen sollen?

Weder nach Seifenschale roch sie noch nach N° 5,[82] sondern: nach nichts, nach nichts, und davon war Gregor sehr benommen, bekam gar nicht mit, daß er sein neues graues Hemd bereits durchgeschwitzt hatte.

Irgendwann saßen sie im Fotofix am Hauptbahnhof – auf dem Hocker Gregor und vor ihm, auf der kleinen Fläche zwischen seinen Beinen, Katarina, so daß man sie, deren Rücken kaum Gregors Brust berührte, in die Arme nehmen mußte; irgendwann standen sie vor dem Fotofix, und während in dessen Tiefen die Bilder heranwuchsen, erinnerte sich Gregor an Lous »heißen Tip«, ein indisches Lokal am Stadtrand. Katarina hatte nichts dagegen.

Die »Kalkutta-Stuben«
galten schon deshalb als eine Insider-Adresse, weil draußen keinerlei Leuchtschild lockte, hinunter ins Souterrain, weil der Wirt den Vorderraum mit heiligen Kühen, Schlangen, Affen (nichts-sehen-nichts-hören-nichts-sagen), mit kleinen, mittleren und großen Trommeln, Seidensaris, Silberringen, Silberdingen, mit rot, wahlweise grün blinkenden Taj Mahals, mit Stein-, Holz- und Kunststoff-Krishnas, ruhenden Vishnus und tanzenden Shivas vollgestopft hatte: womit er tagsüber, so jedenfalls interpretierte's Gregor, »schwunghaft Handel« trieb. Umstapelt von Tuchballen stand, gewissermaßen auch als einzige Lichtquelle, ein Fernsehapparat, der die Dinge zum Flirren und Schummern und Schrumpfen und Wachsen brachte; auf dem schmalen Trampelpfad, der zwischen den Waren nach hinten lief, galt es bei jedem Schritt achtzugeben, daß man über keins der fünf? sieben? siebzehn? kleinen Lebewesen stolperte, die dort kauerten und gegen die changierenden Wahrheiten des Bildschirms ankrakeelten.

Die »Kalkutta-Stuben« galten schon deshalb als eine Insider-Adresse, weil der eigentliche Speiseraum kaum größer war als ein Wohnzimmer und entsprechend möbliert – mit niedrigen nußbaumfurnierten Couchtischen, durchgescheuerten Sesseln, dem einen oder andern Kunstledersofa: auf daß es die Yuppies und Dinks und wie sie heißen mochten,[83] ächt schbitze fanden, isch ja geil. Phänomenal fremd sah Katarina aus, und als ihr der Wirt, ein

schwarzer Mann mit fetten violetten Tränensäcken, mit Hängebak-
ken, weit vorspringender feuchter Unterlippe, schief angeklipsten
roten Hosenträgern (»I am the boss«) und Schlurfpantoffeln, als ihr
der Wirt mit bellender Stimme panierte Riesengarnelen aufnötigte
anstelle der gewünschten Samosas, da hätte sie Gregor am liebsten
umarmt, so zart und zerbrechlich nickte sie zu allem mit ihrem blau-
en Kopf.

Am Hauptgang (Henne in dünner bzw. dicker Soße) pickte sie
ziellos herum; der schwarze Mann schleppte vom Nebenraum –
dort war die Küche, dort bellte er noch eine Spur lauter –, schleppte einen Golden Eagle[84] nach dem anderen herbei; und wie man an
den Nachbartischen kaum aufhören wollte zu kichern, die Hennen
in dünner, die Hennen in dicker Soße zu kommentieren, die sich,
egal was bestellt war, auf fast jedem der Tische einfanden, da hätte
sie Gregor am liebsten umarmt, so zart und zerbrechlich blickte sie
auf alles mit ihrem blauen Kopf.

Dann drückte sie eine Kerbe in den Kerzenrand, ließ das Wachs
herunterrinnen und zerrollte es zwischen ihren Fingern. Einige
Cashew-Kerne lang war Gregor ratlos, doch als der schwarze Mann
herbeipolterte, sich über ihren halbvoll zurückgehenden Teller zu
beschweren –

»Soll ich das etwa wegwerfen, oder was?«

– als ihr der schwarze Mann ein Lob abforderte für
»sein« Essen und ihr, zur Strafe, einen Nachtisch orderte, da lachte
sie plötzlich ganz hell und ganz klar, da lachte auch Gregor, da lachten sie beide. Strahlend ließ sich Gregor eine völlig absurde Summe
abverlangen, strahlend ertrug er das Geschimpfe des schwarzen
Mannes (über gewisse Gäste, die alles umsonst am liebsten hätten),
strahlend bugsierte er K. durchs wuchernde Warenlager im Vor-
raum, durch grabschende, zupfende Kinderhände; als sie ihn ins
Bett gebracht und sich, anstatt ihn zu »verführen«, zu ihm gesetzt
hatte und durch seine Haare streichelte: heulten beide endlich los.

Verpaßten beide völlig, daß es draußen leise zu rauschen begann,
und als Katarina auf den Killesberg zurückfuhr (»Gib mir noch 'n
paar Tage Zeit«), war's längst vorbei, das Rauschen. Und auch die
Straße wieder trocken.

Mit 'n paar Tagen

war's indessen nicht getan. Achtundvierzig Stunden später, 7. August, Sonne, das ehrsame, das betriebsame, das praktische, das sture Stuttgart lag unter seiner Dunstglocke und atmete flach, achtundvierzig Stunden später war Gregors Ente bepackt.

Thessaloniki: Das Gros der guten Vorsätze wurde verbraucht, als Katarinas rechte Contactlinse ins Abflußrohr rutschte. Daß sie nicht mehr Süßstoff, sondern Zucker in ihren Tee tat, fiel zunächst keinem auf.

Meteora-Klöster: Katarina entschloß sich, ihre Ersatzbrille zu benützen. Schweigemärsche.

Ruinen von Delphi: Wie laut sie plötzlich werden konnte, ohne jeden Anlaß sagte, rief, schrie sie dies Wort, dies unaussprechbare Wort. Mit dem Fuß stampfte sie allerdings noch nicht auf.

Delphi, Campingplatz: Widerstandslos ließ sie sich in die Arme nehmen, widerstandslos ließ sie sich in den Schlaf streicheln.
Durch Gregors Gehirn knisterte der Süden.

Seit jenem Tag, seit jener Nacht wollte sie vornehmlich eins: über »sie« reden, stets aufs neue und von vorn, vom allerersten Anfang an, über »sie« reden, als hätte man's noch nie getan, und stets aufs neue auch bis zum Ende. Kein Detail ersparte sie sich, ersparte sie Gregor, nahm ihm sogar das Versprechen ab, ihr sofort nach der Rückkehr diesen-Rohbau-da zu zeigen.

Gregor nickte sehr oft.

Nie wieder! schwor er sich, sobald sie endlich eingeschlafen war und er in seinen Schlafsack hineinschnüffeln konnte: Nie wieder! werde ich so was tun, nie wieder!

Als er ihr in seiner Not

einen Nagellack kaufte und ihr gleich selber, ein deutlicher Liebesbeweis, die Zehennägel lackierte (sie waren derart klein, daß er meist darüber hinausstrich), wartete sie freundlich ab, bis er fertig war, dann brach's aus ihr heraus: »›Zehen-Nägel-Lackier-Kamm‹, ›Zehen-Nägel-Lackier-Kamm‹« – daran sei doch bloß er schuld, er allein, und an allem andern auch; sie wolle, sie werde ausziehen, auf daß sie ihn vielleicht, in fernster Zukunft, erneut kennenlernen könnte, »als wäre nie was gewesen«; sie hasse diese-blöde-Kuh-von-Hinterschwörer, und lackierte Nägel hasse sie auch.

Gregor nickte sehr oft.

Als er ihr in seiner Not
einen Nagellackentferner kaufte, sagte, rief, schrie Katarina das Wort, das unaussprechbare Wort. Auf dem Schlachtfeld von Marathon, zwischen den Tempeln der Akropolis, am Isthmus von Korinth, auf der Burg von Mykene. Die »endgültige Trennung« beschlossen sie aber erst im Theater von Epidauros.

Saßen auf der obersten Sitzreihe, warfen Pistazienschalen auf die Stufen unter ihnen und sahen die Sonnen sinken.

Nicht, daß es nur große Worte
gegeben hätte, große Stille und eine defekte Lichtmaschine, derentwegen die Ente stets auf abschüssigem Terrain geparkt werden mußte! Nein, auch die kleinen Worte gab's, die kleine Stille, die ganz kleinen Worte und die ganz kleine Stille – fast stündlich wandelten sich die Beschlüsse, und dazwischen, »als wäre nie was gewesen«, blinkte die alte Harmonie auf: Noch am Nachmittag des 19. August, am Strand von Petadilion, spielten sie Stühle-Weitwurf; noch in der Abenddämmerung, auf dem Weg zur nächsten Taverne, hupten sie sich mit Vollgas durch eine Schafherde, daß die Tiere links und rechts weghüpften; und als Gregor vorschlug, die wechselweisen Schuldberechnungen einfach abzubrechen, *endgültig* abzubrechen, da nickte Katarina mit ihrem blauen Kopf.

Dann aber, bei gefüllten Weinblättern und einem süßen Samos-Wein, ließ sie ihn von einem Satz zum nächsten ins Leere reden, speiste ihn mit ein paar Standardbemerkungen ab und konzentrierte sich darauf, sämtliche Kellner zu fogalisieren. Ganz ohne Fogal, versteht sich: Seit dem Treffen am Schloßplatz, am Pavillon, lief sie in ihren Radlerhosen rum, ihren Turnschuhen, und die Beine rasierte sie natürlich auch nicht mehr.

Ob sie plane

, sich beim nächsten Mal vor seinen Augen gleich übern Tresen werfen zu lassen?

»Wollte nur mal«, antwortete sie auf Gregors Vorhaltungen, »wollte nur mal meinen magischen Grenzwert antesten.«

Der Strand war der Strand, das Meer rollte. Katarina platzte ein betrunknes Gelächter heraus, das so klang, als liefe ihr dabei keine einzige Träne über die Wangen. Wäre eine Kerze am Brennen gewesen, man hätte mit einem Streichholz kleine Kerben in ihren Rand drücken können, hätte das Wachs an ihr herunterlaufen lassen und mit zwei Fingerspitzen zu kleinen Kugeln, mit vier Fingerspitzen zu kleinen Würfeln geformt.

»Neunundzwanzig Paar Schuhe inzwischen«, nahm Katarina die Retsina-Flasche aus Gregors Hand und legte statt dessen, mit gespielter Zärtlichkeit, einen ihrer Turnschuhe hinein. Das Meer war das Meer war das Meer war das Meer, es zirpten Grillen oder zirpten nicht: »und eins davon mit flachen Absätzen«.

Hätten Sterne gefunkelt, man würde gestaunt haben, wie viele's davon gab. Hätte ein Wind geweht, man würde gestaunt haben, wie wenig's davon gab. Wäre Gregor nicht gerade damit beschäftigt gewesen, an ihrer Einlegesohle herumzuschnüffeln, Katarina würde auf »Oder ist das etwa kein Schuh?« verzichtet haben, »kein Schuh, der sich auszutrinken lohnt?«

Dermaßen dunkel war's, daß man gar nicht erst so tun mußte, als schaue man verdutzt, verständnislos, überrascht, erbost, entsetzt. Gregor saß, Gregor schwieg – COMP KATARINA:\ODERIST.TXT D:\TOOLS\NORTON\ÜSIEBRÜ.TXT –, und als er endlich mit seinem Wutanfall loslegen wollte, eröffnete ihm K., sie habe nicht nur seine Dateien systematisch kontrolliert, sobald er außer Haus gegangen – seit dem großen Geburtstagsstreit, dem großen Hähnchen-in-Pfefferminzsoßenstreit, er erinnre sich hoffentlich? – sondern auch, »kleiner Tip, G.«, die Wahlwiederholungstaste des Telephons, die zuletzt eingegebne Nummer.

Hätten sie noch eine Flasche Retsina gehabt, Gregor wäre gegangen, sie zu holen. Weil's aber nichts als Nacht gab, als Meer gab, als Katarinas Stimme und ihren Turnschuh, der einen sanften Geruch verströmte, blieb Gregor gar nichts andres übrig, als zu begreifen. Anstatt den Turnschuh freilich weit weg zu werfen, dorthin, wo die Schatten am schwärzesten ineinander wühlten, umklammerte er ihn mit beiden Händen:

Ob ihr wenigstens aufgefallen sei bei ihren Recherchen, daß seine Notizen über »L.« nie & nimmer auf Lou gepaßt hätten?

Deshalb sei sie ja so untröstlich gewesen, sagte Katarinas Stimme: Mit diesem »L.«, das habe sie sofort gespürt, sei eine andre gemeint gewesen; *daß* ihm ein Deckname jedoch notwendig erschienen, ein Deckbuchstabe, das habe ihr bewiesen –

Ob ihr denn nicht irgendwann mal die Stelle untergekommen wäre, die Stelle mit der »schnellen Nummer«?, in der er klipp & klar beschlossen hätte, sie unter keinen Umständen zu betrügen?

Da verstünde er aber wenig von der Eifersucht. Gerade *weil* nie was zu finden gewesen, das ihre Ahnung ausdrücklich bestätigt habe, sei sie immer eifriger geworden beim Suchen.

Noch im Morgengrauen brachen sie ihr Zelt ab, und bei den ersten Anzeichen einer besonders hartnäckigen Abenddämmerung waren sie, endgültig geschieden, auf dem Autoput.

Doch kurz hinter Zagreb

, an einer Jugoburger-Bude auf dem Seitenstreifen, meinten plötzlich beide, daß es vielleicht auch mit einem einzigen Jahr genug der Trennung sei; und weil die Straße kurz vor Ljubljana kaum mehr Schlaglöcher hatte und also viel zu schnell dorthin führte, wo das vereinbarte Trennungsjahr beginnen würde, bogen sie ab. Fünf Tage hetzten sie durch Phantasielandschaften, rastlos vorbei an Triest, Venedig, Orvieto, egal.

Katarinas blauer Blick, wie er bisweilen, von einer Sekunde zur nächsten, ganz grau werden konnte.

Ohrenbetäubendes Schweigen, bucklige Welt, das unaussprechbare Wort, Olivenhaine, Pinien, Nebensätze.

Katarina, sie schritt nicht mehr, sie ging.

Strich sich nicht mehr durchs Haar, sondern durch die Haare.

Hatte kein Antlitz mehr, sondern ein Gesicht.

Manchmal bot ihr Gregor seinen Arm, manchmal hängte sie sich bei ihm ein.

Manchmal tat Gregor so, als hielte er ihr eine Tür auf, als hülfe er ihr in einen Mantel, und manchmal lächelte ihn Katarina, nein eigentlich: grinste ihn Katarina dann an. Von Tag zu Tag erschien sie ihm zarter, zerbrechlicher, berührbarer, begehrenswerter, von Nacht zu Nacht wäre er bereit gewesen, einen höheren Preis für sie zu zahlen, und wenn sie gar gemeinsam in einer alten »Madame« blätterten und sich darüber lustig machten, daß

☞ der Mann bloß übers »Hodenatmen« zum Ganzkörper-Orgasmus kommt;

☞ die Frau dagegen bloß übers »Erfühlen der subtilen Energie ihrer Eierstöcke«;

dann spürte er's, daß sie's schaffen konnten. Und daß er selber damit anfangen mußte. Irgendwo bei San Gimignano, in einer Landschaft ohne Telephon, saßen sie und alle Horizonte hügelten so gleichmäßig dahin, daß man direkt Lust bekam, für immer hier sitzen zu bleiben, *gemeinsam* sitzen zu bleiben: da fielen sie sich erschöpft und wund und glücklich, um die Hälse und wollten nie mehr heim.

Wenigstens fanden sie vor ihrer Wohnungstür keine Alufolie. Sondern bloß einen wunderbar überflüssigen »Halbbitter«, mit dem sie – eigentlich hätte man die Flasche ja sofort aus dem Fenster werfen müssen – Gregors Kapitulation betranken: Ein neues Auto würden sie kaufen (vorzugsweise Audi, aber nicht in Weiß), würden umziehen (wenn nicht auf den Killesberg, dann vielleicht nach Degerloch?), Gregor würde aufhören rumzujobben und anfangen zu arbeiten (Computer-Umschulung?), würde das Schwimmen einstellen (wegen des Chlor-Geruchs), eine von diesen schicken Designerbrillen kaufen, einen Aids-Test machen und niemals mehr die Metzgerei Wild betreten.

Ja, das alles war er bereit, für sie zu tun.

Aber nur 24 Stunden lang
, dann ging er schon wieder, Katarina hob gerade ab nach Osaka, ging er schon wieder, ausschließlich Walles wegen, der plötzlich vor der Tür gestanden, ging schon wieder hin.

Wo er doch eben erst entdeckt hatte, daß dem kleinen Pinguin in den vergangnen Wochen, da keiner auf ihn aufgepaßt, ein Flügel abhanden gekommen war, und zwar der schnelle, der sich so gerne gedreht hatte. Während der andre Flügel – ganz deutlich in K.s Opernglas zu erkennen – völlig unversehrt geblieben: der langsame, der faule Flügel, der nunmehr wahrscheinlich überhaupt keine Notwendigkeit sah, sich zu rühren. Walle hingegen wußte, daß Gregor nicht mehr ans Telephon ging, daß er die Tür erst öffnete, wenn man ihn mürbe geklingelt; und Herr Scheuffele, die Frau vom Schriftstellerhaus und Nico wußten das auch.

WALLE   Dermaßen in Rage sei sie gewesen, daß sie ihre »Lola«
gegen die Wand geworfen habe; Gregor solle ihm jetzt
bloß nicht damit kommen, daß er Audis hasse und sich-
innen-drinnen-anfühle-wie-'n-kühler-glatter-Stein.

Also ging er schon wieder
, Walle zog's vor, ihn dabei nicht zu begleiten, ging er schon wieder, Walle zog's vor, nicht zu wissen, was ihn dort erwarte, ging schon wieder hin. Die Plastiktüten an der U-Bahn-Treppe waren verschwunden, der Kerl mit dem roten Halstuch, der sie bewacht hatte, auch. Also ging Gregor, 28. August, wolkenlos, windstill, dämpfig, ging schon wieder hin. Diese Hitze!

Als wär's nicht arg genug gewesen
, gab's Metzelsupp'[85], überm Eingang, auf rotem Grund, schwitzte das weiße Ferkel, und drinnen, im Laden, war's derart kühl, daß Gregor eine Gänsehaut bekam. Im Nacken einen Juniorchef, der so tat, als ahne er nicht, wer hier, einen Faustschlag entfernt, keinen einzigen Löffel runterkriegte, tat Gregor so, als sähe er Karla zu, die so tat, als klimpere sie im Besteckkasten herum. Ob sie ihn, das »Würschtla«, am liebsten gegen die Wand geworfen hätte? Wenn doch wenigstens mal die Glastüren aufgesurrt wären, wenn doch irgendwer das Geschäft betreten und irgendwas gekauft hätte!

    Gregor wunderte sich, wie laut die Kühldüsen von der Käsetheke rauschten, wie laut seine Uhr tickte, wie weißgeriffelt sein Unterarm aus dem Hemd herausstakte, bloß die Pfefferminzsoße fehlte. Indem er den Kopf wieder hob, stand sie vor ihm, schob eine Fanta-Dose über die Tischplatte, Gregor dachte: Den letzten Schluck krieg ich sowieso nicht raus! und schob die Dose zurück, schließlich hatte er sie nicht bestellt.

»Den volla Teller kann i ja net abreima!« zischte Karla, Gregor sah ihr über die Schulter, zum Fenster hinaus, zur Stiege hinüber, wo der Krückenkünstler seinen Fußball vom linken in den rechten Himmel schickte, und dachte: Du suchst einen Vorwand, gut, der Jogi soll weiterhin im dunkeln wühlen, gut, nun aber schnell, bitte, ich will dich vergessen, eigentlich gibt's dich gar nicht mehr.

»Morga han i an Termin bei dr evangelischa Beratungsstell', kommsch *do-nah* wenigschdns mit?«

Ich, wieso denn ich? sah Gregor zum Krückenkünstler und dachte: Dich müßte man mal! mit einem Hundertmarkschein, zum Beispiel, den man dir in den Hut wirft, dich müßte man mal dermaßen erschrecken, daß du deinen Ball vergißt, eine Zehntelsekunde vielleicht, das würde wohl reichen.

»Mensch, i han mei Sach' ned kriagt,[86] am Freitag ben i scho beim Frauaarzt gwesa!«

Herzlichen Glückwunsch, was geht's mich an? sah Gregor zum Fenster raus und dachte: Der Junior-Jogi schlachtschüsselt in der Tiefe des Raumes (er dachte tatsächlich »der Junior-Jogi schlachtschüsselt«), der Lauf der Dinge ist der Lauf der Dinge, ein kühler glatter Stein hüpft nun mal nicht von links nach rechts nach links nach rechts nach –

»Mensch, kapiersch des ned, i ben schwangr!«

Draußen, in Wiener Neustadt, stand der Brüller und brüllte.

Draußen, in Ringel, klatschte der Wind gegen die Wäscheleine.

Draußen, durch die Schulstraße, schepperte eine Fanta-Dose und spritzte bis auf Gregors Hose und der wäre fast zerborsten vor Gelächter und alle Gedanken zersplitterten und klirrten kehlwärts aus ihm raus und es war gar nicht lustig neinein oder komisch oder sonstwas sondern war nichts – –

die absolute Heiterkeit – – –

und wie er sie wieder den Hals runtergekriegt hatte, die spitzen Splitter, das ließ sich im nachhinein nur damit erklären, daß ihn

Karla in die Seite geboxt hatte. Und gegangen war, einen Eimer zu holen, einen Putzlappen.

Wohingegen sich Gregor verschluckte und rauslief und immer geradeaus und die Staffeln hoch zum Bopser und seinen Kopf schlug an dies steinerne Stuttgart, als wär's eine einzige graue Wand, bis ihm jemand ein Tempo-Tuch in die Hand drückte und fragte, ob er helfen könne.

Tags drauf saß Gregor in der evangelischen Beratungsstelle.

Als Katarinas Ankunftslächeln verflogen war
oder vielmehr das, ob leer, ob voll, was davon übriggeblieben, warf sie das kleine Glaspuzzleherz, das Gregor auf dem Samstagsflohmarkt für sie entdeckt hatte, aus dem Fenster, die rote Rose hinterher, und als ihr, kaum zwei, drei unaussprechbare Worte später, eine herumstehende Pfanne in die Hände fiel und von dort auf die Straße – es war die Stunde von Scheuffeles großer Nachmittagspause, kurz vor *Wir wollen niemals auseinandergehn* und *Er gehört zu mir*, von der Straße drangen Stimmen, die irgendwen für verrückt erklärten, drangen Stimmen, die nach einem Topf verlangten, einer Suppenschüssel, einem Fernsehapparat –, da überkam Gregor die Unlust zu pfeifen, so richtig durch die Zähne durch und mit viel Luft. Aber dazu ließ ihm Katarina gar nicht die Zeit: Ob er sich gefälligst daran erinnern wolle, daß sie! sie! sie selbst! sich immer ein Kind gewünscht und er das stets »abgebügelt« habe? Egal, schnurzpiepegal, *scheiß*egal, sie würde ja sowieso nicht zu ihm passen und nun sei wirklich Schluß! Schluß! endgültig Schluß! Das Telephon schellte. Gregor gab zu bedenken, man habe lang nichts mehr von Frau Schmolinski gehört, K. schrie ihn an (»Die soll's noch *einmal* wagen!«), Gregor hob ab und es war Tante Eusebia aus Wien, die nur mal wieder hören wollte, K. rupfte das Kabel aus der Wand.

Der Herbst-Stipendiat des Schriftstellerhauses,[87] der vor der Tür stand und vorsichtig anfragte, ob ihnen diese-Pfanne-hier gehöre, während die Reste des Telephons rausflogen (»Wer glaubt denn heute noch an Knaus-Ogino!«), während sich Katarina umsah, was sie als nächstes anpacken sollte, DEL *.*, während Katarina auf den Boden sank.

Nico, der in seinem hellblauen Nylonumhang vor der Tür stand und vorsichtig anfragte, ob er helfen könne (»Wenn scho, dann wär-i liebr wiedr für Babierschnipsl«); Herr Scheuffele, der in seinem Trainingsanzug vor der Tür stand und vorsichtig anfragte, ob er helfen könne (»Reget-Se sich doch ned so uff! Abr nachher räumet-Se's au wiedr weg, gell?«); die Frau vom Schriftstellerhaus, die in ihren schwarzen Klamotten vor der Tür stand und vorsichtig anfragte, ob sie helfen könne (»Hauptsach, Sie sprenget net selber, Herr Schattschneidr«).

Nichts dachte Gregor, nichts fühlte Gregor, nichts sagte Gregor. Selbst dann nicht, als ihm Katarina nochmals bestätigte, nun sei wirklich Schluß! aus! vorbei! In Zukunft schlafe sie auf ihrem Futon, und er solle's ja nicht wagen – im Grunde sei's ihr am liebsten, er zöge gleich zur »Mutter seines Kindes«.

Trotzdem
absolvierte Gregor den Termin beim zweiten Frauenarzt und erfuhr danach von Karla, daß ihr's »emmer so durmelich ond lommelich« sei, als ob sie »glei omhagle dät«. Und daß sie mächtig hin & her schwanke, ob sie's wirklich tun solle.

Ojeoje, was es denn da zu schwanken gäbe!

Gregor spielte mit dem Gedanken, sich am U-Bahn-Schacht aufzustellen samt Pappschild (»███████████████████████«) und jedem der Vorbeihastenden eins gratis in die Fresse zu schlagen. Das Radio erzählte ihm was von Leipziger Dienstagsmärschen[88] und er verstand es nicht.

»Weil sie dich erpressen will«
, heulte K., »die gibt sich noch lange nicht geschlagen!«

Nach der Hydrokultur (ausrupfen), dem weißen Wickelkleid (zerreißen), dem Schminktischchen (zerkratzen), der Waage, den Tigerpumps, den Tigerpumps, dem Kalorienfahrplan, dem Kefirglas waren die beiden Kristall-Enten dran, die beiden Serviettenringe: Katarina warf sie gegen den Heizkörper in der Küche, was ein dumpf vibrierendes Heizkörper- und hell zerschnatterndes Enten-Geräusch ergab; Gregor zögerte keine Sekunde und warf seine Ente (Tick, Trick oder Track?) hinterher.

Die Scherben gefielen ihnen gut.

»Die tut's nicht, diese-blöde-Kuh, die tut's nicht!«

»Sie tut's, K., ich versprech's dir.«

»Die tut's nicht.«

Dann tat sie's doch

, irgendein Ostblockland öffnete tags drauf seine Grenzen,[89] und sie war dermaßen weiß im Gesicht, daß sie die Klinik nicht verlassen durfte.

»Woisch«, hauchte sie aus ihren Kissen hervor, »du bisch halt erst dr zwoite Kärle en maim Läba.« Und: »'s wär halt von ons boide gwäse.«

Das war's aber nicht, was Gregor zu hören hoffte, das war's gewiß nicht. Auf dem Heimweg ging er durch die Fußgängerzone, ein rotweiß gestreiftes Hemd zu kaufen, ging zu Nico, der ihm gleich eine Kreppmanschette um den Hals legte einen hellblauen Nylonumhang, der ihm gleich mit beiden Händen durch die Haare strich.

Wie er's denn haben wolle, »e bißle pfiffigr«?

An den Seiten kürzer. Viel kürzer.

Und hinten?

Auch kürzer. Viel kürzer.

Und oben?

Hm.

Und oben?

Kürzer.

Als er vor Nicos Laden trat

und sich nochmals versichern ließ, sein Fassonschnitt sei »ächt schbitze«, jetzt sähe er endlich »nach was aus«: hörte er Katarinas Stimme durchs offne Fenster. Wie sie gluckste, wie sie lachte, wie sie Ach-du sagte und Kommt-drauf-an und Na-du-bist-mir-aber-einer.

Zwei Treppen später stellte sich heraus: daß sie ein neues Telephon angeschafft hatte, ein schnurloses in Donald-Gestalt. Gregor, nachdem er ein resümierend getrilltes Bis-dann abgewartet, hob an, ein Baileys-Besäufnis vorzuschlagen, Gregor, nachdem er ein mit spitzen Lippen vorgebrachtes So-so überhört, hob an, einen Exkurs ins »Monument« vorzuschlagen, Gregor, nachdem er ein sehr deutlich artikuliertes Sieh-einer-an gehört, ließ sich von Katarina in knappen Worten belehren, daß sie keine Zeit für derlei habe, sie gehe gerade, eine Wohnung zu besichtigen.

»Neue Frisur«, wandte sie sich noch mal nach ihm um, »steht dir ausgezeichnet.«

Gregor sah den Flurspiegel an und schwieg. Der Flurspiegel sah Gregor an und schwieg auch.

Nachdem er seine Yucca
hatte wissen lassen, daß er ganz sicher *kein* Mann ohne Eigenschaften mehr war, fuhr Gregor erneut hin – anderntags, heimlich, weil er Katarina versprochen hatte, »wenigstens mit dem Tag der Abtreibung jeden Kontakt einzustellen«; fuhr in Karlas Klinik, und als er sie, ein kleines Bündel Mensch, in sich verkrochen und mit verbißner Mundfalte, so angestrengt schlafen sah, wagte er's nicht, sie aufzuwecken. Kein bißchen nach Lederarmband roch sie mehr, eher nach ihrem Waschbeutel, der auf dem Nachttisch stand. Nach dem Innersten des Waschbeutels.

Daneben, Gregor hätte ihn am liebsten in die Hand genommen, traute sich aber nicht, daneben lag der kleine rote Rubin. Der kleine rote Rubin aus ihrer Nase.

Nichts, nichts fühlte er
in jenen »ein bis zwei Stunden«, da er an ihrem Bett saß und schaute, *wußte* vielmehr bloß, daß er dringend was fühlen sollte. Wunderte sich nicht mal, daß er's nicht tat, *wußte* vielmehr bloß, daß er sich wundern sollte.

Rüttelte dann plötzlich an Karla herum, bis sie die Augen ganz braun aufschlug, zuckte mit den Schultern, grinste.

Draußen, vor dem »Palast der Republik«
, wo er sich vom drittletzten bis zum letzten Espresso versicherte, daß es wirklich! unverständlich war, warum er nicht mit »was Beßrem« in einem Rohbau verschwunden: draußen, vor dem »Palast der

Republik« zeigte er viel Verständnis dafür, daß sich Karla jetzt ihre Ohrringe so lange nicht mehr einsetzen wolle und auch den Nasenring nicht – Gregor mußte laufend auf das winzige Loch in ihrem Nasenflügel starren –, wie sie ihre täglichen Wutanfälle habe, Wutanfälle wegen dieser-blöden-Kuh-von-Katarina, die sie, Karla, gezwungen habe, gegen ihre Überzeugung gezwungen habe … »'s wär halt von ons boide gwäse«. Zeigte viel Verständnis dafür, daß jemand andres jetzt auf seine linke Gesichtshälfte aufpassen müsse, auf sein linksseitiges Grinsen, im Notfall er selber. Bei der abschließenden Tequila-Runde, mit der sie feierlich besiegelten, sich nunmehr wirklich! nicht mehr zu sehen, Brooschd, war Gregor in Gedanken bereits in Degerloch, in der Ankunftshalle, und wartete eine Maschine nach der andern ab, trat einer verdutzten Katarina in den Weg, mit dem »halbbitteren« Klosterlikör in der Hand, und sagte ihr, daß alles überstanden sei.

»Nicht ganz«, korrigierte ihn K., als sie dann tatsächlich ankam, »aber bald.«

Und drehte nicht mal an – ach nein, diese Szene spielte erst im Oktober.

Auf eine dümmere Idee

, als die Schmuck-Schatulle aufzusuchen und einen neuen Ring für sie in Auftrag zu geben, einen »Neuanfangsring«, kam Gregor im September noch nicht. Mit großem Eifer war er freilich schon dabei, sein Gesicht zu verlieren, besorgte die aktuellen Audi-Prospekte und *Rosige Zeiten* (»Aufreizend transparenter Body in rassigem Rosa, wer möchte sich da nicht die Finger verbrennen, DM 69,90«), ließ sich von Anton Scheuffele kehrwochenmäßig loben, hörte den Anrufbeantworter so oft wie möglich ab (Wer war wohl »I ben's«?), drückte die Wahlwiederholungstaste, saß auf K.s Futon und sah in den Metallrahmen, der in den Ecken noch ein bißchen zerfetzte Wüste zeigte und knapp überm unteren Rand ein paar Fußstapfen.

Beschnüffelte das Innere des Wäschekorbs.

Das Innere der Wärmflasche.

Den Deckel der Clearasil-Tube.

Die Borsten der Zahnbürste.

Das Etui des Opernglases.

Kümmerte sich um das Gardinen-, das Zimmerpflanzenglück am gegenüberliegenden Ende der Welt, um das Hutzelweib, wenn's rauchte, wenn's nicht rauchte. Putzte seine Nickelbrille und versicherte sich, daß er sowieso keine Lust mehr habe, keine Lust, im Sportbad Entschlüssen hinterherzukraulen, keine Lust, im »Brunnenwirt« über fünf bis sieben Brücken zu balancieren. Und weil er nie wußte, wann Katarina kam oder ging, *von wem* sie kam und *zu wem* sie ging (»I ben's«?), ließ er sich von »Verena«, »petra«, »Brigitte« damit vertrösten, daß

- ☞ 30 Prozent aller bundesdeutschen Frauen im Alter von 30 Jahren 30 Männer »geliebt haben«;
- ☞ 10, 40 oder 95 Prozent der Männer, die in festen Beziehungen leben, mindestens ein Mal pro Jahr fremdgehen;
- ☞ bei gewissen Privatdetekteien schon für 200 Mark (zuzüglich Spesen) ein »Treue-Tester«/eine »Treue-Testerin« beauftragt werden kann, den eignen »Partner« zu verführen;

und schrieb den Flurspiegel mit einem ihrer Lippenstifte voll: »Mensch, K., kapier doch endlich, ich ❤❤❤❤❤ dich!«

Vom Hinterhof her hörte man, wie die Nastschen Teigrührmaschinen ihr Tagewerk begannen.

Daß die Institutsversammlung beschlossen hatte
, seine Hiwi-Stelle zum Ende des Wintersemesters zu streichen, genaugenommen: an jemand zu vergeben, der sich um UPDATES kümmern und, in erster Linie, WINDOWS installieren würde, überraschte Gregor nicht. Willi, strumpfsockend in seinem englischen Lesesessel sitzend, ein Kämpfer für die Fußfreiheit, war schlecht gelaunt, weil ihm »irgendein Chaot« das Auto zerkratzt hatte, immer schlimmer werde's in der Innenstadt. Immer schlimmer auch, was die Computer betreffe – wären sie nicht vor ein paar Jahren mit dem Versprechen angetreten, fortan sei alles einfacher, schneller, eleganter zu erledigen als mit der Schreibmaschine? Im Gegenteil, im Gegenteil, ständig müsse man »kostbare Lebenszeit« mit neuen Programmen vergeuden mit neuen Handbüchern, und bis man ei-

nem Fehler im System auf die Schliche gekommen – »BUGS heißen die Dinger, oder?« –, bis man den einen Fehler eliminiert habe, seien unter der Hand zwei neue installiert ...[90] Ob er, Gregor, unter diesen Umständen Verständnis dafür aufbringe, daß er mit seinem Beharren am Status quo leider nicht länger?

Gregor brachte Verständnis auf.

Eins der fünf Telephone klingelte.

Ein zweites der fünf Telephone klingelte.

Ich bin ein kühler glatter Stein, dachte Gregor, und zu Percy sagte er: »Verpiß dich!«

Ich bin ein Mann mit hunderttausend Eigenschaften, dachte Gregor, und zu Percy sagte er sehr laut: »Stell dir vor, du Arschloch, sie hat sogar die Mikrowelle zerdeppert.«

Ein drittes der fünf Telephone klingelte.

Ich bin ein Mann, dachte Gregor, und Percy schrie er an: »Fast all ihre Bücher, kapierste, fast all ihre Schuhe! hat sie weggeschmissen. Findste das in Ordnung, du Arsch?«

Keins der fünf Telephone klingelte, »neineineinein!« brüllte Gregor, »ich bin kein kleiner Junge«, und wehrte sich gegen Willis Umarmung.

Keins der fünf Telephone klingelte, »ich halt das nicht mehr aus«, schluchzte Gregor, »man muß doch auch mal was verziehen kriegen«, und ließ sich von Willi auf den Rücken klopfen, mit der flachen Hand.

Ließ sich von Willi einen Glenmorangie einschenken, ließ sich von Willi den Arm um die Schulter wickeln und erzählen: daß er diese Tage gleichfalls kenne, Tage, an denen man sich im Bett verkriechen müsse, ließ sich erzählen, daß er, Willi, nur deshalb so oft lache, so laut lache, weil ihm gar nicht danach sei; ließ sich bei einem zweiten Glenmorangie Willis Sammlung von Schweizer Armbanduhren und französischen Füllfederhaltern und japanischen Fächern zeigen und dabei immer wieder versichern, er, Willi, brauche »das alles« nicht, »den ganzen bürgerlichen Ballast«, er wäre viel lieber sein eigner Hiwi.

Bevor sie Rezepte zum Würzen von Riesenschnauzern austauschen und einen dritten Whisky trinken konnten, erinnerte sich

Willi allerdings an Wittgenstein, ja, der Abgabetermin rücke näher, der Verlag mache Druck, und er müsse jetzt, leider, zurück an den Schreibtisch.[91]

»Wovon man nicht sprechen kann«, schnaubte sich Gregor in sein Taschentuch.

»Darüber muß man schreiben«, nickte Willi.

Der neue Penner
am U-Bahn-Schacht hatte ein Pappschild vor sich aufgebaut (»Ich schäme mich«) und eine Blechdose; trotzdem brauchte's einige Tage, bis ihn Gregor bemerkte. Der nämlich war in diesem September, Oktober sehr damit beschäftigt, Sätze zu bilden, die mit »Willi ist echt ein netter Kerl, aber …« begannen. War sehr damit beschäftigt, sich Katarinas 42 Leberflecke herzusagen und zu versichern, daß es einen geheimen Punkt auf ihrer Fußsohle gebe. War sehr damit beschäftigt, sich auf immer neuen Streifzügen der wunderschönen Trostlosigkeit des Bohnenviertels zu vergewissern – jedesmal, wenn er beim Bäcker Nast vorbeikam, mußte er daran denken, wie Katarina gegen das Schaufenster gespuckt hatte:

»Verrecken soll sie!«

Und dazu jetzt jene vernebelt farblosen Herbsthimmel, in denen mit diffusem Rand die Sonne herumschwamm! Die toskanischen Hügelbeschwichtigungen ringsum! Die fortwährende Entenfütterung im Schloßpark! Die Zebrastreifen, an denen die Autos prompt hielten! Kann es sein, daß Gregor bereits Abschied nahm? Er saß auf dem Schloßplatz, am Pavillon, und gehörte nicht dazu. Er fuhr seine Ente in die Waschstraße und gewährte ihr, größtmögliche Liebesbeteuerung, die Luxusversion mit Einwachsen und Unterbodenschutz. Er stand vor dem Tagblatt-Turm und dachte, es sei der Rathausturm, und dachte, es sei der Turm vom Hauptbahnhof, und dachte. Er ging durch die Markthalle und suchte nach Dreck.

Vor allem aber ging er den falschen Frauen nach
, durch sämtliche Schuhgeschäfte, Kaufhäuser,
die ganze Königstraße rauf
und runter,

und gerade *weil* es die falschen stets waren und Gregor nie ins Schwitzen dabei geriet, spürte er langsam wieder was –

spürte er immer stärker –

spürte er's so stark, daß er sich mitunter nur durch langanhaltendes Pfeifen besänftigen konnte: wie sehr er Katarina liebte.

»Liebte«?

Nein: liebte.

»Wer zu spät flirtet«, schob ihm die – in ihren täglichen Turnschuhen war sie dermaßen schön, daß von interesselosem Wohlgefallen keine Spur mehr sein konnte – »wer zu spät flirtet«, schob ihm K. die *Rosigen Zeiten* zurück übern Küchentisch, »den bestraft das Leben.«[92]

Die Zeiten für *Rosige Zeiten* seien unwiederbringlich vorbei, nicht mehr den Hauch einer Hoffnung habe sie, wüßte selber gern, was er tun müßte, um sie »nicht zu verlieren«. Wahrscheinlich könnte er machen, was er wolle, es sei ihr egal.

Sag mir, wo die Blumen sind.

Zehn Minuten später: Schließlich sei sie schon tüchtig dabei, sich zu entlieben. Jawohl, das könne sie. Um sich dann neu zu verlieben. Vielleicht in ihn, Gregor.

Ich will 'nen Cowboy als Mann.

Zehn Minuten später: Manchmal freue sie sich richtig darüber, daß sie ihn nun bald loshabe.

Il silenzio.

Zehn Minuten später: sprachlos ein Spätlese-Lächeln zum Abschied; Gregor machte das Radio an, ließ sich von Sonderzügen erzählen, die, vollgestopft mit glücklich davongekommnen »Ossis« (das Radio nannte sie »Ossis«), hinter der Grenze erwartet wurden samt körbweise Butterbroten, Thermoskannen: und er verstand es nicht.[93] Während sich Katarina sonstwo erwarten ließ verköstigen verwöhnen, die ganze Nacht, den ganzen folgenden Tag, die folgende Nacht.

Zu regelmäßigen Telephonaten mit männlichen wie weiblichen Stimmen, die ausnahmslos sehr kurz ausfielen, führte die Betätigung der Wahlwiederholungstaste; der Anrufbeantworter wollte mit einem weiteren »I ben's« auf die Sprünge helfen; Gregor erzählte seiner Yuccapalme Sätze, die mit »Willi ist zwar ein prima Typ, aber …« begannen, sah durch den Spion, durchs Opernglas, mußte feststellen, daß der Pinguin verschwunden war, »über Nacht«, und fühlte nichts. Hörte dem Scheuffele beim Möbelrücken zu, lauschte ins Treppenhaus hinaus, in dem's mitunter eifrig raschelte.

Bahnte sich was an?

Doch was?

Daß das Telephon ausnahmsweise mal für Gregor klingelte und: von Frau Schmolinski berichtete, wie sie jetzt immer bei Lou anriefe, weil sie so lang nichts mehr von ihrer »Kati« gehört habe … war es das? Daß das Telephon ausnahmsweise mal für Gregor klingelte und: von Karla berichtete, wie sie jetzt immer Walle eine Fanta-Dose vorbeibringe, weil sie schon so lang nichts mehr … war es das?

Merkwürdig, daß an *der* Stelle seines Kopfes – Gregor verzog sein Gesicht zu einem besonders ausgeprägten linksseitigen Grinsen –, merkwürdig, daß an *der* Stelle seines Körpers, wo früher der Name Karla gebrannt hatte, daß dort nichts war als eine kleine nackte Leere, härchenlos, geruchsneutral;

merkwürdig, daß an den vielen restlichen Stellen seines Kopfes – Gregor dachte an die Frauen im »Stella«, in der Fußgängerzone, in »Vogue«, »Elle«, »Brigitte«, »petra«, »Madame« –, merkwürdig, daß an den vielen restlichen Stellen seines Körpers, wo früher alles mögliche gebrannt hatte, daß dort nichts war als Katarina, wie sie ihn anblaute mit ihren ungleich geschnittnen Augen, wie sie durch ihn hindurchblaute und ihm ohne alle Worte »nein« immer wieder »nein« sagte »nein«. Nur als er ihr einmal kurz berichtete, daß er in dem ganzen Trubel vergessen hatte, sich fürs nächste Semester rückzumelden, daß er folglich zwangsexmatrikuliert (und auch seine Hiwi-Stelle gestrichen) werden würde –, nur als er ihr einmal kurz berichtete, vergönnte ihm Katarina ein Ja:

Dann könne er ja einen richtigen Beruf jetzt ergreifen. Und anfangen mit Erwachsen-Werden.

Vielleicht in der Nacht

, da Gregor trotz seines grauen Hemdes nicht ins »Monument« reingelassen wurde und sich, wieder zu Hause, vom Radio schildern ließ, wie die DDR »mit gespenstischem Pomp« ihr vierzigjähriges Bestehen feierte;[94] vielleicht in der Nacht, da Gregor trotz seines rotweißen Hemdes nicht ins »Monument« reingelassen wurde und sich, wieder zu Hause, zu Hause, vom Radio schildern ließ, wie's klang, wenn hunderttausend Menschen in Leipzig »Wir sind das Volk« skandieren;[95] vielleicht in der Nacht, da er lieber gleich zu Hause, zu Hause, zu Hause geblieben war und sämtliche K.-Photos, K.-Briefe (einschließlich des letzten, der ihn in wenigen Worten aufforderte, sie nicht mehr mit »Problemzetteln« im Zahnputzglas, unterm Kopfkissen, am Badezimmerspiegel zu belästigen),[96] sämtliche kleinen und großen K.-Dinge der letzten fünf Jahre, in mehrere Plastiktüten verstaute und hinter seinen Ohrensessel stellte: fand er ihren Zimmerschlüssel wieder, den sie ihm beim Einzug in die Kanalstraße unters Kopfkissen gelegt hatte (»Das ist der Schlüssel zu meinem ♥, paß gut drauf auf«). Folglich verließ er die Wohnung nicht mehr und paßte auf, bewies sich seine Meisterschaft im Würzen der Fertigpizza und paßte auf, schaffte die letzte Stufe von TETRIS und paßte auf, verkroch sich unter einem Gewebe an kurzen Tönen, kurzen Träumen, kurzen Gedanken und paßte auf.

Wie, das war alles, was dieser Schattschneider tat?

Das war es.

Aber, weiß-Gott, das war zuwenig!

Das war es.

Denn vielleicht in der Nacht

, da das Radio von Erich Honeckers Rücktritt erzählte und daß in der SED eine »Wende« eingeleitet, ein »ernstgemeinter Dialog mit dem Volk« begonnen worden,[97] vielleicht in der Nacht, da das Radio von dreihunderttausend Menschen erzählte und wie sie in Leipzig für freie Wahlen »auf die Straße gegangen«,[98] wurde Gregor, so gegen vier, beim Aufpassen unterbrochen: durch Geschrei, das von der Kanalstraße durch sein Zimmer, den Flur, bis ins Schlafzimmer drang:

»I schlag-dr glei d'Gosch voll!«

»Du willsch wohl oin uff da Ranza?«

»Dem henk-i 's Greiz aus!«

Unterm rotweißen Neonblinken der Schmuck-Schatulle beschimpften sich vier Männer, von denen einer der Milliardär zu sein schien (»Fuffzich Riesa!«), gingen sich wechselweise an die Krägen oder vielmehr zu dritt an den des neuen Penners (»Firrzich Riesa, nu komm scho!«), rüttelten an ihm herum, schlugen ihm mit der Krükke des Milliardärs übern Rücken, bloß ein bißchen und bloß zum Aufwärmen (»Dreißich, mei letzts Wort!«), pinkelten plötzlich alle vier an die Hauswand, verschwanden.

Zwei Stunden später stand sie vor ihm, roch nicht nach Pfefferminze, und wahrscheinlich wirkte's ziemlich verschlafen, wie Gregor mit seinem Fund vor ihrer Nase rumfuchtelte: *Den* bräuchte doch sicher jetzt ein andrer?

Als sie, achselzuckend, den Schlüssel entgegennahm und gleich auf ihr Schminktischchen warf, hätte er's merken können, als sie dabei nicht im geringsten mit den Tränen kämpfte, hätte er's merken können, als sie nicht mal an ihrem Ring drehte, hätte er's merken können, und als er sie umarmte und sie sich mit einigem Unwillen und ungekannter Kraft herauswand aus seinem Umklammerungsversuch: da merkte er's endlich, daß es allerhöchste Zeit war, den Mut zur Niederlage zu schöpfen.

Weil der Teufel indessen

im Detail sitzt, in einer schlichten schwarzen Wahlwiederholungstaste, gab's noch einen vorletzten Höhepunkt in Gregors Geschichte mit K.:

»Ruckaberle«, sagte die Wiederholungstaste und jäh fiel's Gregor ein, daß auch er eine Stirn hatte, an die man sich schlagen konnte mit der flachen Hand. Also doch nicht Willi, natürlich nicht Willi, Gott-sei-Dank nicht Willi! Oder einer dieser Katzengoldbeaus aus dem »Monument« (Gregor dachte tatsächlich »Katzengoldbeaus«), sondern: ein überraschend kleiner, ein überraschend wohlgenährter Mister Cox! Ihn hatte sie vor wenigen Minuten angerufen, als sie – kurz nach halb neun – von ihrem ersten Langen Donnerstag[99] zurückgekehrt war, in raffiniert am Knie zerrißnen Jeans und … keiner einzigen Tüte, *ihn*! Herrn Gottlieb Ruckaberles Adresse von einer der Vossenkuhlschen Töchter rauszukriegen, dazu bedurfte es nicht viel; rauszufahren nach Weil der Stadt hingegen schon einiger Willensanstrengung mehr; und als Gregor einen schönen weißen Audi am Straßenrand sah, vermißte er sehr den Stadtkämmerer, der ihn beim Aussteigen hätte stützen können.

Ein Einfamilienhäuschen.

Ein Vorgarten mit Gitterkäfig, groß genug, gewiß, für einen Königstiger.

Ein Vorgarten mit leerem Gitterkäfig.

Der kurze Kiesweg, von steinernen Löwen gesäumt.

Die Terrasse, auf der eine Hollywood-Schaukel stand, ein Grill.

Dahinter das Fenster, hell erleuchtet.

Dahinter das Fenster

, hell erleuchtet, zwischen dessen geraffelten gerüschelten Gardinen ein Geldbaum stand, ein Kaktus, eine Azalee. Und ein überraschend kleiner, ein überraschend wohlgenährter Mann.

Mister Cox, im vielfarbig bestickten Seidenmantel, gab dem Geklingel, Gepolter und Gefluche schließlich nach – »Noh nedd huudle« –, und weil sich Gregor nicht traute, ihm sofort eine dorthin zu schlagen, wo er's am nötigsten brauchte: drängte er an ihm vorbei, vorbei an Bücherstapeln, halb entrollten Theaterplakaten, alten Stichen, Zeitungsartikeln, wahrscheinlich flatterten ein paar Tauben aus der Wanne, als er die Tür zum Badezimmer aufstieß, wahrscheinlich hoppelten ein paar weiße Kaninchen durcheinander, als er die Tür zur Küche aufstieß, Gregor drängte vorbei, drängte voran: bis er sie gefunden hatte, die ostentativ liegengeblieben war, mit einem ihrer nackten Beine seitlich über die Bettkante baumelnd, mit beiden Händen ein Melonenstück zum Mund führend, man vermeinte, jeden einzelnen der schwarzen Kerne wahrzunehmen. Statt auf seine Verwünschungen einzugehen (»Betrogen! habe *ich* dich nie!«), spreizte sie in empörender Langsamkeit das andre Bein unterm Bettlaken hervor:

Aber abgeschaut! habe er am Ende wenigstens was von ihr – und sie wippte mit ihren Knien hin & her –, nämlich das erfolgreiche Nachspionieren. Ob er jetzt etwa noch mehr abschauen wolle?

Die Tür zum Flur blockierte Mister Cox, mischte einen Stapel Spielkarten und mischte, man vermeinte, jeden einzelnen der roten Flecken auf seiner Kopfhaut wahrzunehmen. Gregor wußte nicht, was tun. Katarina, anstatt sich zumindest unter ihr Laken zu verkriechen, *nicht da zu sein*, Katarina schürzte die Lippen, verschränkte die Arme hinterm Kopf, Katarina.

»Also Ihr Mädle«, suchte sich Gregor Luft zu verschaffen und Ruckaberles schwäbisches Genäsel zu imitieren: »Also Ihr Mädle ████████ grad bollemäßig guet!«

Aber das, was er tatsächlich rausbrüllte, klang eher wie:

»Sie verdammter ███████████, Sie ██████████, Sie –«

– und um einen eifersüchtigen Unterton mußte er sich nicht bemühen.

Anstelle einer verbalen Entgegnung ließ der Meister seine Antwort durch die Luft sausen, sehr knapp an Gregors Gesicht vorbei, Richtung Restliche-Wassermelone-auf-dem-Obstteller-auf-dem-Nachtkästchen-neben-Katarina: wo sie steckenblieb in Form einer Spielkarte. Vorausgesetzt, Gregor hatte sich die ganze Szene nicht bloß eingebildet und war, nachdem er eine Viertelstunde um Herrn Ruckaberles Grundstück herumrandaliert hatte, und war, nachdem er von einer Nachbarin verscheucht oder von Ruckaberle verprügelt oder von Katarina verlacht worden, und war ergebnislos abgezogen.

Beinahe hätte er seine Gefühle an dem schönen weißen Audi ausgelassen, beinahe.

Daß er beim Nachhause-Rasen durch die Novembernebel nicht auch mit seiner Ente irgendeinen Totalschaden anrichtete, verdankte er allein der Logik dieser Geschichte, die noch einen letzten Höhepunkt für ihn vorgesehen hatte.

»Was geschehen ist
, war vielleicht dumm. Jedenfalls bin ich furchtbar von mir selbst enttäuscht und habe ein ziemlich schlechtes Gewissen Dir gegenüber. Ob ich Dich liebe oder hasse oder ob ich Gottlieb liebe oder lediglich in ihn verliebt bin oder bloß verknallt, das alles weiß ich

nicht. Manchmal habe ich Angst, meine Mutter könnte recht haben und ich sei regelrecht krank. Ich spüre überhaupt nicht mehr, was richtig ist und was falsch, und weil mich mit meiner Mutter nur noch der Autoschlüssel verbindet, weiß ich niemanden, den ich danach fragen könnte. Vertrauen darf ich aber nicht mal mehr mir selber. Ich wünschte, ich wüßte mit allem so gut umzugehen wie Du. Tag für Tag habe ich Kopfschmerzen, die Augen tun mir weh und das Schlucken –, ich könnte nicht mit Dir reden, dermaßen schwach fühle ich mich.

Ich glaube, es ist für uns das beste, daß ich jetzt endlich eine eigne Wohnung gefunden habe. Am Mittwoch (8. November), wenn ich zurück bin aus Sydney undsoweiter, werde ich ausziehen. Alles Liebe – Deine Katarina.«

Gregors größte Leistung bestand darin

, daß er K.s Küchentisch-Brief nicht beantwortete, daß er den Mund hielt, als sie in der Wohnung auftauchte mit ihren Umzugskartons (»A jeedz Häfale fended sai Deggale«; »Noh nedd huudle«; »So isch's noh au wiedr«), und sie statt dessen einlud in »Es ist nicht leicht, ein Gott zu sein« oder in »Sex, Lügen und Video« oder in »Der Koch, der Dieb, seine Frau und ihr Liebhaber« oder –[100] egal, sie nahm dankbar an. Und jeder hatte für ein paar Stunden begriffen, daß der Schmerz des andern genauso groß war wie der eigne.

Warum Gregor dann derart eifrig mitpackte
, mitschleppte, wußte er selber nicht, womöglich, weil sie nicht auf den Killesberg zog. Sondern »bloß« nach Degerloch, fast ums Eck vom Sportbad. Und womöglich auch, weil sie wieder einmal ihren Ring trug, den Ring, den er beinah in den Neckar geworfen hätte, so daß er ihr den neuen halbwegs beruhigt schenken konnte, den, der eigentlich einen Neuanfang hätte symbolisieren sollen. Viel erzählte ihnen das Radio vom Rücktritt der DDR-Regierung, und vom »Selbstbestimmungsrecht für alle Deutschen«[101] erzählte es noch viel mehr. Wie sämtliche Besitztümer, einschließlich des Fotofix-Streifens, mit Kaffeelöffeln ausgemessen und auseinanderdividiert waren, verkuttelt, und wie sie beide in ihrer, in *seiner* Restküche den

drittletzten »Halbbitter« tranken (»Wenn's dir richtig schlechtgeht, kannst du natürlich kommen«), drehte sie an ihrem neuen Ring; wie sie den vorletzten »Halbbitter« tranken (»Vielleicht ist's doch bloß für ein Jahr«), wollte sie ihm unbedingt auch was schenken und schaute hierhin und dorthin, aber da war ja inzwischen gar nichts mehr von ihr außer dem Enten-Mobile, das sie vergessen hatte; und beim letzten »Halbbitter« (»———«) sah er ihrem Lächeln an oder vielmehr dem, ob leer, ob voll, was davon übriggeblieben, daß

er nur einmal, ganz leicht, darüberstreicheln mußte, und schon

saß er im »Stella«, vor einem drittletzten Wasserglas, einem drittletzten Espresso, den Blick geradeaus gerichtet auf die Tische vor der Fensterfront, auf die Straße, die vorbeihastenden Passanten.

Die hohe Kunst des Ankommens
beherrschte sie perfekt. Obwohl ihr das Herz zerspringen wollte, betrat sie, in federnden Turnschuhschritten und ihrem Donald-und-Daisy-Sweatshirt, das Lokal, nicht etwa aufgeregt zwinkernd, nicht etwa kleine Gesten des heimlichen Einverständnisses machend, strich sich allenfalls kurz durch die blauen Stoppeln,[102] bevor sie sich an »ihren« Tisch setzte: so schön, daß Gregor der Unglücks-schrei im Halse steckenblieb – undenkbar, daß er gerade von dieser Tausend-Punkte-Frau, oje, wie das klang: verlassen wurde.

Ein vorletztes Wasserglas lang feilte er an seinem Satz, einen vor-letzten Espresso lang, begriff er doch mit einem Mal, daß er fünf Jahre auf einen solchen Moment hingelebt hatte; und als er ihr dann, in jeder Hand ein Gläschen Baileys, mit seinem Satz von der Seite kam, fertigte sie ihn zunächst mit der Bemerkung ab, daß sie ihren Mann (der für geraume Zeit jetzt leider weg sei) sehr, sehr lie-be. In den »Kalkutta-Stuben«, umbellt vom Wirt, umkichert von Hähnchenessern, umflattert von einem Schwarm Golden Eagles, eröffnete er ihr, daß er weder Werbetexter noch Börsenmakler sei: sondern ein sehrsehr erfolgreicher Bestsellerautor, der gerade ein verdammt kräftezehrendes Buch beende, einen Weiberroman, bei dem er's buchstäblich drauf anlege, daß gewisse »Stellen« nachträglich geschwärzt werden müßten, einen Weiberroman, den er mit Anmerkungen eines pedantischen, besserwisserischen, um nicht zu sagen, klugscheißerischen Herausgebers versehe, man kenne »die Burschen« ja, und warum solle man derlei nicht gleich selber erledigen.[103] Oh, Gregor verwandte auf jede Frage vierzig vielversprechende Nebensätze, stichelte gezielt an Katarinas Haarfarbe herum (»Ob blond, ob blau, ich steh auf diese Frau«), er verkniff sich nicht mal die Bemerkung, sein Abgabetermin rücke näher, der Verlag mache Druck, und er müsse nun, leider, zurück an den Schreibtisch.

Arm in Arm hupten sie sich in den verschlafen glitzernden Talkessel namens Stuttgart hinunter, Katarina roch sehr vertraut und sehr warm und sehr unblond, Katarina hauchte ihm ins Ohr: daß auch sie zurückmüsse an den Schreibtisch, an *seinen* Schreibtisch, einen Weiberroman wolle sie sich nicht entgehen lassen. Spätestens am Bopser war's dann das Beste, geboren zu sein, war's das Zweitbeste, sehr frühzeitig mit der Suche nach einem Parkplatz zu beginnen; spätestens vor der »Kiste« riß sich Gregor den Mantel vom Leib und breitete ihn, es war leider keine Pfütze da, breitete ihn auf dem Trottoir aus; spätestens vor ihrem, vor *seinem* Hauseingang rasselte er mit dem Schlüsselbund und verlangte lauthals nach Herrn Scheuffele:

»Spieglein, Spieglein an der Wand, wer ███████████████████ im ganzen Land?«

Rannte mit ihr dann um die Wette, hoch in das Penthouse des Bestsellerautors und in ein leeres Zimmer, wo er endlich erfuhr, wie schwer es war, einen *Schäm dich*-Slip mit bloßen Händen zu zerreißen (»Da bleibt kein Auge trocken, DM 39,90«). Und wie leicht es plötzlich war.

Das
war der letzte Höhepunkt in seiner Geschichte mit K. Nein, das tat keinen Deut mehr weh als alles, was er dieses Jahr erlebt hatte.

»Ich bin ganz schön verwirrt«
, lautete der Abschiedssatz von K., »jetzt weiß ich überhaupt nicht mehr, was ich machen soll.«

Die hohe Kunst des Auseinandergehens beherrschte sie nicht.

Am Absatz der U-Bahn-Treppe stehend, winkte sie, bis der Penner nervös hin & her zu rutschen begann, sprang dann zurück in die Kanalstraße, die Stiege hoch, fiel Gregor um den Hals und legte ihre nasse Wange an die seine.

Die hohe Kunst des Auseinandergehens beherrschte er nicht.

»Du bist ganz wunderbar«
, lautete der Abschiedssatz von K., gern hätte ihr Gregor mit dem Daumen, zwei Mal, auf die Stelle am Fußballen gedrückt, aber das ging nicht.

Schon saß er am Ende eines langen, schmerzlich langen Gedankenstrichs – in seinem Penthouse, in einer leeren Ecke eines leeren Zimmers und lauschte dem Nastschen Geklacker, den Geräuschen des erwachenden Hauses, des erwachenden Hinterhofes, mit nichts als *Schäm* in den Händen (das *dich* hatte K. mitgenommen) und einer Sehnsucht nach 47 Leberflecken, lauschte auf die ordnungsgemäße Abfolge der Töne, spekulierte über deren Pausen: Jetzt wäre die Bodylotion dran gewesen ... jetzt die Tagescreme ... das Makeup ... der Konturstift ... die Wimperntusche ...

Vorausgesetzt, Katarina hätte nicht längst aufgehört, sich zu schminken. Vorausgesetzt, es wären nicht bloß Scheuffeles Geräusche geblieben, Scheuffeles Pausen.

Und dies fogalisierte Flackern
, vorausgesetzt, man hätte sich selbst noch in die Augen blicken können.

Erst gegen Abend raffte sich Gregor auf
, moltofillte K.s Dübellöcher: Hatte sie mit jener letzten Aktion vielleicht nur Rache nehmen wollen? Sie hatte ... hatte nicht ... sie hatte ... hatte nicht ...

                ... sie hatte ... hatte nicht ... sie hatte. Gregor sperrte das Zimmer ab, hielt den Schlüssel eine ratlose Weile lang in Händen, »paß gut drauf auf«, und stopfte ihn am Ende, stopfte ihn in eine der Plastiktüten neben seinem Ohrensessel.

Während er

die ❤❤❤❤❤ vom Flurspiegel wischte – der Schuhschrank war weg, die Schaufensterpuppe, die Halogenlampe, und auch in der restlichen Wohnung gab's »herzlich« wenig, was man als die Summe von 33 Jahren, 6 Monaten, 17 Tagen, 17 $^1/_2$ Stunden hätte zusammenzählen können –, während er die Kachelaufkleber an der Spüle abkratzte und sich den braunen Streifen im Toilettenabfluß, auf Höhe des Wasserpegels, wenigstens schon mal näher ansah, erzählte ihm das Radio was vom »Fall der Mauer«, von einem »rauschenden Fest des Wiedersehens zwischen Ost- und Westberlin«.[104] Gregor kriegte eine Gänsehaut und wußte gar nicht, warum ihm die Tränen in den rotweißen Hemdkragen rannen.

Als die »Ostgoten«

, wie sie Walle getauft hatte (was er für ein treffliches Bonmot hielt und eines Kanalstraßengelächters durchaus wert), als die Ostgoten in hellen Scharen auch in Stuttgart einfielen, um Bananen und Radiowecker und Reizunterwäsche in ihre Trabbis zu stopfen, als allerorten man zusammenraffte, was zusammengehörte,[105] und sogar Herr Scheuffele von Wiedervereinigung sprach statt von ordnungsgemäßer Trennung des Abfalls in Papier- bzw. Restmülltonne, hatte Gregor noch zwei, drei Wochen Zeit: um den Donald-Button verschwinden zu lassen, im Hut des Krückenkünstlers. Um beim Hutzelweib von gegenüber zu klingeln und anzufragen, ob das, was man neuerdings bei ihr im Blumenkasten beobachten konnte – mit bloßem Auge könne man's leider nicht erkennen –, das Windrad von früher sei. Um sich selber zu fragen, ob man den Gedanken genieße, daß es nie wieder Zehen-Nägel-Lackier-Kämme, Rubbelhandschuhe, Fußbäder, Ingwertee, Wärmflaschen, Kefirpilze, Anrufbeantworter, CD-Player, Fernseh- und Videogeräte geben würde. Und ob Eisköniginnen, falls es überhaupt welche gab, ein leeres Lächeln hatten oder eins, das mindestens so voll war wie das von andern Frauen, mindestens.

Pustete man in das Mobile, fielen die Antworten mal linksrum, mal rechtsrum aus, zupfte man die gelben Blätter der Yuccapalme ab, hielt man mal gerade, mal ungerade Ergebnisse in Händen. Also zerriß Gregor den Lou-Zettel am Klingelknopf, winkte dem Penner zu, bog ums Eck von »Kiste« und Sanitätshaus Geisselmann, grüßte durchs Schaufenster vom Bäcker Nast, grinste versuchsweise einer entgegenkommenden Passantin ins Gesicht und ging die Esslinger Straße entlang, vorbei am TUI-Profi-Partner, an bett & art, dem Seifen-Lenz ... dem »Bohnenviertele« ... dem Backhäusle ...

... und in die Leonhardstraße hinein, vorbei am »Schinderhannes«, von wo man das Schild des »Brunnenwirts« leuchten sah, vorbei an der »Bierorgel«, der »Gaststätte zur Nonne«.

Ging zurück.

Kalt war's, man hätte gut einen Lackmantel tragen können, doch die Wolken zogen in die falsche Richtung. Fahle Himmel, schwere Verschattungen. Am schlimmsten die schrittweise Erkenntnis, daß man keinen einzigen Grund mehr wußte, weswegen man weiterhin festsitzen sollte in der Kanalstraße, unterm Scheuffele, überm Salon Nico, am allerschlimmsten die schrittweise Erkenntnis, daß man sich den Rest des Tages auf nichts als eine Brezel freuen konnte.

Indem Gregor aber auf dem gesamten Hinweg, auf dem gesamten Rückweg keinen einzigen schnellen Schritt zur Seite getan, mußte er am Ende sogar eine Weile suchen, bis er eins dieser Worte fand, eins dieser aussprechbaren Worte.

»Sag mal, bist du vielleicht?« fragte er sich so laut, daß der Penner aufblickte, »bist du vielleicht?«

Mit Befriedigung sah er, daß die Bordsteinkante, an der er sich die Sohle abstrich, nicht etwa braun, sondern gelb wurde, *senfgelb.*

Einen Tag bevor er mit eins-zwei-drei Sektkorken
Richtung Decke knallen würde, dorthin, wo die Strohblumensträuße klebten, einen Tag, bevor er sich von Walle zum neuen Jahr gratulieren lassen würde, bekam Gregor den offiziellen Brief – in manchen Fenstern brannten schon, treppchenförmig angeordnet, elektrische Kerzen, blinkten grüne Glühlampensterne, Rosetten –, bekam die offizielle Mitteilung von der Uni, daß seine Hiwi-Stelle in wenigen Wochen gestrichen werde: Nun konnte ihm eigentlich nichts mehr passieren.

Den anderntags, exakt zum 8. Dezember eintreffenden Brief von
Max, der ihm »einen guten Rutsch« wünschte, las er bereits mit großer Gelassenheit. Daß Max von seiner Münchenfahrt schwärmte
und insbesondere vom »Salon« einer Marietta, in den ihn Ecki ein-
geführt habe,[106] das erfüllte Gregor fast schon mit edler Einfalt und
stiller Größe. Als ihn Walle dann fragte, was er als Motto für 1990
vorschlug, fühlte er überhaupt nichts mehr und, überhaupt nichts
fühlend, strahlte überhaupt nicht:
   »*Into The Great Wide Open*, jetzt erst recht‹.«

Wie's auch für den Rest der Welt Silvester wurde
, hatte Gregor die letzten »Bazaars«, »Madames«, »Cosmopolitans«
durchgearbeitet, die in der Wohnung rumlagen, und sich ihrer, samt
»Welt der Erotik«, papiertonnenmäßig entledigt: mit der endgültigen Befriedigung, daß keine andre Frau je schärfer sein würde als
Katarina; mit der endgültigen Erkenntnis, daß

☞ keiner dieser ewig wiederkehrenden Artikel

☞ über Telephonsex, Tantrasex oder die Kunst, einen Vibrator zu
   warten,

☞ je wichtiger sein würde als die Beantwortung der Frage, warum
der Anruf auch heute ausblieb, in dem K. schluchzend gestand, daß
sie ohne ihn einfach nicht leben könne. Den Neujahrsglückwunsch
an ihre Mutter zerriß er, kaum daß er ihn geschrieben (»Sagen Sie
selbst, was hätte man von einem Menschen, der Gerda Schmolinski
heißt, schon anderes erwarten können?«); und weil auch sonst alles
seine Ordnung hatte, startete er ÜSIEBRÜ, CTRL + PGUP, ESC,
WECHSELN, ERSETZE: »L.« DURCH »Karla«, GRAPHIE: NUR WORT,
MIT BESTÄTIGUNG: NEIN, RETURN, und schrieb:

»Für einen Mann mit Eigenschaften
, obendrein einen, der die ›Midlife-crisis‹ (falls das nicht bloß eins
dieser neudeutschen Modewörter sein sollte) bereits hinter sich und
nichts mehr zu gewinnen, nichts mehr zu verlieren hat, ist die Zubereitung des Kefirs von großer Wichtigkeit. Man bedenke vor allem die sachgemäße Teilung der Kefirpilze, nachdem man die Flüs-
sigkeit abgegossen, bedenke, daß man sich an einer der beiden

Hälften, nämlich derjenigen, die man sich wegzuwerfen entschließt, des Mordes schuldig macht, zumindest der vorsätzlichen Tötung, zumindest der unterlaßnen Hilfeleistung; man bedenke, daß man auch die andre der beiden Hälften mit dieser für sie glücklichen Entscheidung keinesfalls milde stimmen wird, sieht sie doch sehr deutlich, was ihr – wenigstens zur Hälfte – nach Ablauf einer Gnadenfrist unweigerlich widerfahren wird. Der Kefir ist der natürliche Feind des Menschen, man tut gut daran, ihn nach der Teilung zu streicheln und ihm was Liebes zu sagen.«

Bevor Gregor die Datei löschte, von »Vierundzwanzig Paar Schuhe« bis »was Liebes zu sagen«, las er sie, Zeile für Zeile, allerdings erst noch mal durch.

Die Fernsehstimmen

, die von Scheuffeles Wohnung herunterdrangen, erzählten sicherlich auch nichts andres, als was beständig im Radio wiederholt wurde: »Das Volk trägt die Mauer ab«.[107] Nicht schwer war's, sich dazu einen Walle (mit glücklicher Glatze) und eine Lou (wie einst im Mai) vorzustellen, die unterm Brandenburger Tor dem neuen Jahr entgegenschunkelten, inmitten Hunderttausender von »Ossis« und »Wessis«; gar nicht schwer war's, sich vorzustellen, wie der Herr des »Roten Fadens« und die Frau vom Schriftstellerhaus und der *Leningrad Cowboy* und die männermordende Gräfin und der Gottsucher und der Grappasäufer ... wie sich bald jeder, jeder auf Willis Silvesterfete das Glas vollschütten und wie dann, Schlag Mitternacht, Mister Cox auftreten und sich melonenweise Tauben, Tiger, brennende Zigarren von Katarina aus dem »Hoßalada« hervorzaubern lassen würde. Überhaupt nicht schwer war's, sich vorzustellen, wie man gegen ein Schaufenster spuckte:

»Verrecken soll er!«

So weit war's schon gekommen, halb zehn, bei Scheuffele stieg die *Fiesta Mexicana* und Gregor beschloß, das selbstverhängte Alkoholverbot für heute abend auszusetzen. Ohne erst lange ins Treppenhaus rauszulauschen, durch den Spion zu lugen, ging er los; ohne Rücksicht darauf, ob die *Capri-Fischer* nun gerade aus- oder bereits wieder einliefen, schellte er an der Tür, schellte ein zweites, ein drittes Mal.

Er wolle sich für »neulich« entschuldigen, sagte Gregor und mußte sich nicht im geringsten um einen zerknirschten Gesichtsausdruck bemühen: für »Spieglein, Spieglein an der Wand ...«.

Herr Anton Scheuffele, eine Flasche Plochinger Waldhornbräu in der Hand, staunte ihn an.

Er wisse eine Kneipe ganz in der Nähe, sagte Gregor und mußte sich nicht im geringsten um einen herzlichen Unterton bemühen: Da gäb's genau dasselbe Bier. Genau dieselbe Musik.

Auf dem Weg zum »Brunnenwirt«
erzählte Scheuffele von seinem Freund, einem Holzpinguin im Hinterhof, der einen Sommer lang eifrig mit den Flügeln geschlagen: Seit einigen Wochen allerdings vermisse er ihn, vermisse ihn sehr.

Gregor: Zeit sei's für einen Winterbeauftragten, sonst gäb's an Silvester nie mehr Schnee.

Scheuffele (sich die Hand hinters Ohr wölbend, aus dessen rätselhafter Mitte ein Büschel Haare weiß hervorquoll): Dochdoch, den alten Penner, den von früher, habe er vor kurzem im Theater wiedergesehen und sofort erkannt, trotz des Smokings.

Irgendwer hieß auch heute abend Charli
und bestellte vier Wodka-Apfelsaft auf einmal, der Mörder hinterm Tresen hatte alle Hände voll zu tun; lediglich ganz hinten waren noch ein paar Plätze frei neben dem Milliardär, der als steinerner Gast das Geschehen diesseits und jenseits der Toilettentür überwachte.

Zuerst wollte der dicke Mann nicht von der Musikbox ablassen. Aber Gregor und Scheuffele waren zu zweit. Kaum hatten sie ihre erste Nummer gedrückt (*Marmor, Stein und Eisen bricht*), fingen Ulla, Helga und Gabi das Tanzen an, und fortan wählten sie immer abwechselnd – *Wir wollen niemals auseinandergehn, Ganz in Weiß, Kalkutta liegt am Ganges, Griechischer Wein, Azzurro, Liebeskummer lohnt sich nicht* – abschließend sogar, und das war schon kurz vor Mitternacht, *Über sieben Brücken mußt du gehn.*

Bevor Scheuffele einschlief – wieviel Brunnenwirt verträgt der Mensch? –, sahen sie noch (und versicherten einander mehrfach, daß sie sich nicht getäuscht hatten), wie der Himbeer-Bäschtle ein einziges Bier mit einem Hundertmarkschein bezahlte und keinen Pfennig Wechselgeld annehmen wollte; dann war's null Uhr null, Brooschd, der Mann mit dem tätowierten Halsansatz stülpte sich einen Sektkübel übern Kopf, daß die Eisstückchen auf die Tanzfläche prasselten, und umarmte jeden, den er zu fassen kriegte. Wie unbeirrt sich der Deckenventilator drehte! Höchste Zeit, dem Milliardär einen Tequila aufzudrängen, und der, anstatt Gregor zuzuprosten oder gar was Nettes zu wünschen fürs nächste Jahrzehnt, stieß seine Krücke auf den Boden:

»Dreißich, nu komm scho.«

»Das-ist-'ne-ziemlich-haarige-Angelegenheit«, schleckte sich Gregor das Salz vom Handrücken, genaugenommen von der Stelle zwischen Daumen und Zeigefinger, für die das Lexikon lediglich Begriffe wußte, kippte seinen Tequila, biß in die Zitrone: »Zumindest das hätten Sie ja sagen können. Oder so was Ähnliches.«

»Dreißich, mei letschts Wort!«

Trotzdem mußte

, solang der Kellner, »take it easy«, nicht die Flügeltüren aufgerissen und die Sperrstunde verkündet hatte, trotzdem mußte drauf gewartet werden, daß sich einmal das ganz Andere ereignen würde.

Weil es sich

aber auch heute nicht ereignen wollte, abgesehen davon, daß der Herr Anton Scheuffele, zusammengesackt über einem Haufen Bierdeckel, seinen eignen Einstand hier verschlief, blieb Gregor gar nichts übrig, als sich von jedem der Vorbeitanzenden eins gratis auf die Schulter patschen zu lassen und sich dabei der guten Vorsätze zu erinnern, die er am 8.12. gefaßt:

☞ Nie wieder ins »Stella«, nach Weil der Stadt oder Degerloch – es nützt nichts! (Eher noch nach München; warum eigentlich nicht?)[108]

☞ Nie wieder »Vogue« und wie-sie-alle-heißen – es nützt nichts! (Eher noch WINDOWS; warum eigentlich nicht?)

☞ Nie wieder versuchen, was andres als schwarze Sachen zu tragen

– es nützt nichts! (Eher noch Sich-keins-mehr-Pfeifen; nützt wahrscheinlich auch nichts)

Auf dem Heimweg kündigte man Herrn Scheuffele, der heftig mit dem Kopf dazu nickte, kündigte an: daß man die ganze Geschichte aufschreiben werde, unter Umständen ergebe das ja doch mal einen Weiberroman.

Folglich setzte sich Gregor noch in selbiger Nacht
neben seine kleine japanische Lampe, die er von K. zum Geburtstag bekommen, putzte eine Weile an der Nickelbrille herum, sah dem rotweißen Geblinke der Schmuck-Schatulle zu, der einen oder andern verspäteten Rakete, wie sie in einen leeren Himmel hinaufzischte, und schrieb kein einziges Wort. Dachte an den Geruch des Sommers, den man am 27. Juli wieder riechen würde, dachte an den Geruch des Kefirs, den man nie wieder riechen würde. Morgen, als erstes, galt's die Plastiktüten hinterm Ohrensessel hervorzuholen – es nützte ja nichts! –, galt's die Plastiktüten wieder auszupacken, alle.

Vielleicht.

Gregor schaute die Yucca an und schwieg. Die Yucca schaute Gregor an und schwieg auch.[109]

IV

ANHANG

1. Editorische Notiz

Im selbstgewählten Frauenchiemseer Arbeitsexil wollte Gregor Schattschneider seine Autobiographie schreiben, eine Chronik des Versagens, und, kein Zweifel, auch daran ist er gescheitert. Zwar sind seine Aufzeichnungen zum Teil schon von ihm selber bearbeitet, d. h. vielfach korrigiert, ergänzt, überschrieben, zerschnitten, neu zusammengeklebt, gestrichen, geschwärzt, zwar liegen uns Teile seines Manuskriptes in einer vorläufigen Endfassung vor, dennoch müssen wir uns vor dem Gedanken hüten, wir hätten es bei seinem »Weiberroman« mit einem abgeschlossenen und zur Publikation freigegebenen Werk zu tun – der Geschichte etwa eines Spätentwicklers, der sich bis vor wenigen Jahren noch als »*Schattschneider G. G.* Dichter« ins Stuttgarter Telephonbuch eintragen ließ und dies, auf Nachfrage, als seine erste Veröffentlichung bezeichnete.

Vielmehr hat man sich unter besagtem »Weiberroman« ein Konvolut handschriftlicher Notizen vorzustellen, das von ihrem Verfasser in den Jahren 1974 bis 1990 angelegt, ab den Sommermonaten des Jahres 1995 mehrfach überarbeitet und bereits Anfang des folgenden Jahres aus bisher unerklärten Gründen in besagtem Arbeitsexil, einem kleinen Pensionszimmer auf Frauenchiemsee, zurückgelassen wurde: 3481 selbständige Einheiten – vom einzelnen Wort auf der Rückseite eines Billetts der Chiemseer Fährschiffahrt bis zu mehrseitigen Niederschriften –, die vom Herausgeber in mühevoller Arbeit entschlüsselt, katalogisiert und entsprechenden Handlungssträngen zugeordnet werden mußten. Natürlich wäre es möglich gewesen, in einem nächsten Schritt alle Teile so zusammenzufügen, daß man deren Nahtstellen beim Lesen nicht mehr oder jedenfalls kaum bemerkt, daß man einen »durchgeschriebenen« Roman in Händen gehalten (und damit nicht zuletzt dem Verlag einen Gefallen erwiesen) hätte. Begründbar wäre dieses Verfahren schon allein damit gewesen, daß ein historisch-kritischer Liebesroman, weiß Gott, des Guten zuviel sein dürfte, eine Contradictio in adjecto und, gelinde gesagt, reichlich überinstrumentiert – noch dazu ein Liebesroman aus der Feder Gregor Schattschneiders. Einem Editionsgermanisten alter Schule, der gerade an Band VIII einer Gesamtausgabe des Briefwechsels R. Gernhardt/K. Bühler sitzt, einem Editionsgermanisten wie mir verbot sich ein derartiges Vorgehen jedoch von vornherein. Weder mir selbst noch dem Leser durfte ich die Mühe einer exakten Textedition ersparen, glaube freilich, damit der Sache gerecht geworden zu sein.

Besonders problematisch an Schattschneiders Konvolut ist – neben zahlreichen Zeichnungen, Tabellen, Gedichten, Briefen und aphoristischen Notaten, von denen im Verlauf der nächsten Jahre sorgfältig zu prüfen sein wird, ob und inwiefern sie überhaupt zum Textmaterial des »Weiberromans« dazugehören –, besonders auffällig *und ärgerlich* ist eine erkleckliche Anzahl von Fragmenten, deren entscheidende Wörter, Halbsätze, Sätze, Absätze auf eine Art und Weise geschwärzt wurden, die dem Leser den Eindruck vermittelt, sie seien der Zensur zum Opfer gefallen.

Doch welcher Zensur, ist zu fragen, wenn nicht der Selbstzensur? Tatsächlich hat Schattschneider jene Textpassagen zunächst *geschrieben*, wie sich an vereinzelt durchscheinenden Buchstaben unschwer erkennen läßt, hat sie zunächst *in allen Details geschrieben*, ehe er sie mit wechselnden Bunt- und Filzstiften so lange übermalte, bis nichts mehr davon zu entziffern war. Müßig zu sagen, daß es sich bei fraglichen Passagen zum Teil um sogenannte »Stellen« handelt, deren Frustrationseffekt beim Lesen lediglich durch Dechiffrierglück wettgemacht werden kann, wie D. Killy in seiner verdienstvollen Pionierarbeit auf dem Feld der Entschwärzung (s. Bibliographie) gezeigt hat.

Ob Schattschneider aus stilistischen Erwägungen oder aus purer Freude am Schwärzen schwärzte, muß zumindest so lange offenbleiben, bis sämtliche Stellen in ungeschwärzter Fassung vorliegen. Immerhin läßt sich aus deren jeweiligem Kontext schon jetzt erschließen, daß es sich *nicht* ausschließlich um pornographische bzw. soft- bis pseudopornographische Einschübe handelt, wie man sie bei einem »Weiberroman« erwartet. In Fragment XXL[12] legt Schattschneider einem nicht näher spezifizierten »Er« die Behauptung in den Mund, derartige Schwärzungen dienten allein der Luststeigerung; in Zeiten, da jede, »wirklich jede« diesbezügliche Möglichkeit der Äußerung bereits in gedruckter Form vorliege, tausendfach vorliege, sei ein stimulierender Effekt nicht durch Benennen, sondern nurmehr durch Verschweigen zu erzielen.

Was ich Schattschneider ja gern glauben wollte, würde ich ihn nicht persönlich gekannt haben; vielmehr ist zu vermuten, daß […].

Ob geschwärzt, ob ungeschwärzt, sämtliche Fragmente wurden vom Herausgeber durchgängig mit Nummern versehen und in acht Mappen erfaßt, die den rekonstruierten Teilen des Werkes entsprechen – nicht weniger als 1702 Einheiten, also annähernd die Hälfte des gesamten Textmaterials –, dazu in drei weiteren, die all das beinhalten, was (noch) nicht eindeutig zu klassifizieren war. Die Zuordnung eines Fragments zu einer der geplanten Geschichten des geplanten Romans (G1-G8) erfolgte ausschließlich nach systematisch-chronologischen Grundsätzen, in strengem Hinblick auf Linearität des Handlungsverlaufs, unter Verzicht auf jede Erwägung, wann ebenjenes Fragment geschrieben bzw. ob von Schattschneider etwa gar ein unlineares Erzählmodell erwogen worden sein könnte. Als taugliche Ordnungskriterien erwiesen sich sowohl Hinweise auf genau zu lokalisierende Handlungsorte und Ereignisse als auch das Auftauchen gewisser Figuren, insbesondere weiblicher Hauptfiguren:

Kristina (G1), Tania (G2), Katarina (G3), Marietta (G4), Julika (G5?), Nastassja (G6?), Tatjana (G7?), Jessica (G8?).

Damit ergab sich folgende Einteilung des Textmaterials:

Mappe G1: 175 Fragmente, davon die laufenden Nummern G1[1] bis G1[123] als »Kristina« auf S. 7-86 zusammengestellt

Mappe G2: 291 Fragmente, davon die laufenden Nummern G2[1] bis G2[192] als »Tania« auf S. 87-233 zusammengestellt

Mappe G3: 248 Fragmente, davon die laufenden Nummern G3[1] bis G3[172] als »Katarina« auf S. 235-371 zusammengestellt

Mappe G4: 352 Fragmente

Mappe G5: 204 Fragmente

Mappe G6: 160 Fragmente

Mappe G7: 175 Fragmente
Mappe G8: 97 Fragmente
Mappe TuZ (Texte und Zeugnisse) – insgesamt 917 Fragmente –
    mit den Abteilungen:
- TuZ / TaLi (Tabellen und Listen)
- TuZ / Z   (Zeichnungen)
- TuZ / Ly   (Lyrik)
- TuZ / Br   (Briefe)
- TuZ / A   (Aphoristisches)
- TuZ / S   (Sonstiges)

Mappe E (Erotika): 214 Fragmente
Mappe XXL (Nicht Zuordenbares): 648 Fragmente

Alles in allem liegen 3481 Fragmente vor, von denen gerade einmal 487, ein knappes Siebtel, hiermit der literarischen Öffentlichkeit zugänglich gemacht werden konnten – kein Wunder, daß sich Schattschneider während der Endredaktion des *Gesamt*romans »Hals über den Kopf«, wie Carol sagen würde (vgl. S. 217), davongemacht hat. Bleibt zu hoffen, daß sich kommende Forschergenerationen der Aufgabe einer *vollständigen* Aufbereitung des Materials stellen, auch wenn danach meine bescheidnen Versuche der Zuordnung in weiten Teilen als überholt gelten müssen.

Abgesehen von Textsplittern wie demjenigen auf S. 100 (»Ansonsten war bis Donnerstag nichts los«), deren Plazierung aufgrund ihrer Kürze wohl niemals restlos gesichert sein können, dürften somit aber zumindest die ersten drei Abschnitte von Schattschneiders Autobiographie (bzw. »Autobiographie«) in einer zitierfähigen Ausgabe vorliegen. Um den Text nicht mit den laufenden Katalognummern zu belasten, wurden die einzelnen Fragmente lediglich durch eine Leerzeile voneinander getrennt und ihre jeweiligen Anfänge als Überschriften abgesetzt und kursiviert. Bei strittigen Fällen hinsichtlich Auswahl und Anordnung der in Frage kommenden Abschnitte half dem Herausgeber nicht nur die Kenntnis von Schattschneiders Leben und bisherigem Werk (»Werk«), sondern vor allem eine Reihe von Tagebüchern, die sich in seinem Pensionszimmer fanden. Wo immer es angeraten schien, wurden Darstellungen der Romanfragmente durch Passagen der privaten Aufzeichnungen abgesichert, notfalls ergänzt, behutsam modifiziert oder gar weitergeschrieben; wo immer es unumgänglich war, wurden offensichtliche Verzerrungen der Tatsachen rückgängig gemacht: zugunsten der historischen Wahrheit, die diesem »Weiberroman« zugrunde liegt und die es gegen die Literarisierungsversuche seines Verfassers zu schützen galt. Vertreter der dekonstruktivistischen Arbeitsmethode unter meinen Kollegen mögen mir jene konstruktivistisch anmutende Vorgehensweise verzeihen, die freilich mit dem Verdikt »Biographismus« nur unzureichend charakterisiert wäre.

Ohnehin waren der Rekonstruktion der Wahrheit von vornherein gewisse Grenzen gesetzt: Da die meisten der von Schattschneider erwähnten oder gar ins Zentrum seiner Darstellung gerückten Personen noch leben, war deren Verschlüsselung mittels Umbenennung eine Conditio sine qua non –, für den wissenschaftlichen Gebrauch habe ich entsprechende Konkordanzen zu den Mappen G1, G2 und G3 angelegt (einsehbar im Verlagsarchiv). Darüber hinaus mußten, in Abweichung von Schattschneiders streng mimetischer Vorgehensweise, einige allzu deutliche Hinweise auf Eigenschaften bzw. Lebensverhältnisse der fraglichen Personen retuschiert oder aber den entsprechenden *literarischen* Figuren neue Eigenschaften beigegeben werden. Ausdrücklich sei betont, daß sämtliche Ähnlichkeiten mit lebenden Personen vom Verfasser zwar bedenkenlos hingenommen, vom Herausgeber dagegen in Absprache mit dem Verlag nach bestem Wissen und Gewissen wieder getilgt worden und demzufolge rein zufälliger Natur sind. Auch ein »Weiberroman« ist eben kein Entschlüsselungsroman, ist mehr Dichtung als Wahrheit.

Die Frage ist freilich, *wie viel* Dichtung er ist. Bei der Arbeit mit und an einem Manuskript, das vom Autor nicht in eine verbindliche Fassung gebracht worden, stellt sich, Zeile für Zeile aufs neue, die Frage der stilistischen Authentizität: Inwiefern können Formulierungen so, wie sie auf uns gekommen sind, als des Verfassers »letzter Wille« gelten, und inwiefern bedürfen sie dringender Überarbeitung? Wenn eine Handschrift Schichten aus verschiedenen Zeiten enthält, hat sich der Herausgeber in der Regel für die jüngste entschieden, auch wenn diese nicht selten die frühere(n) Fassung(en) verschlimmbessert; eine gewisse Angleichung der Texte an den heutigen Stand der Interpunktionsregeln, fallweise Eliminierung von Einsprengseln mündlicher Rede, von immer wiederkehrenden Lieblingsmetaphern und Lieblingswörtern (»und«!) gehörten zum Alltag des Edierens. Belassen wurde indessen eine Eigenart Schattschneiders, die abwechselnde Verwendung von erster Person Plural und dritter Person Singular: Derartige Passagen entzogen sich der Überarbeitung; mag Schattschneiders Vermischung von Wir- und Er-Perspektive dem geschulten Leser auch als unmotiviert erscheinen, mit der bloßen Forderung nach Einheitlichkeit läßt sie sich leider nicht aus der Welt schaffen (vgl. im übrigen meine Anm. 6 zu »Kristina«).

[…]

Zwar gibt es nicht *Texte*, wie wir mittlerweile von den Franzosen wissen, sondern lediglich *Lesarten* derselben und den wechselseitigen Austausch darüber im Diskurs der Lesenden; nichtsdestoweniger gibt es Autoren –, selbst wenn sie in ihr Werk laufend Hinweise einstreuen, sie seien gar nicht dessen Urheber gewesen. Von Schattschneiders Bemerkungen, den »Weiberroman« habe in Wirklichkeit ein gewisser Eckart Beinhofer geschrieben (z. B. S. 203, 304), lasse man sich ebensowenig täuschen wie von der entgegengesetzten Behauptung, er selber, Schattschneider, sei nicht etwa nur Verfasser des »eigentlichen« Romans, sondern auch von dessen gesamtem Anhang (S. 362 f.): Keine einzige Textanmerkung – und selbstverständlich auch nicht diese editorische Notiz – war Bestandteil seiner Manuskripte; mag sein, daß er einen kritischen Apparat konzipiert hat, in seinem Nachlaß findet sich dazu jedoch nicht die geringste Spur.

Trotz aller partiellen Befriedigung über gelungne Konjekturen, Korrekturen von orthographischen und sachlichen Irrtümern wie über manch völlig umgeschriebene Passage, beschließt der Herausgeber die Arbeit an seiner historisch-kritischen Edition nicht ohne ein leichtes Gefühl des philologischen Unbehagens: Viel mehr noch hätte man verbessern, begradigen und korrigieren können […] mich an dieser Stelle bei denen zu bedanken, die mir bei meiner Arbeit mit Rat und Tat zur Seite standen – stellvertretend für sie alle sei Leopold Wegensteiner, mein Assistent, genannt.

Und auch Marietta danke ich – dafür, daß sie mich in Ruhe gelassen hat.

[München, im Januar 1997]   [Eckart Beinhofer]

Nachschrift

Über der Edition von Schattschneiders Erstling und Einzling
scheint ein Unstern zu walten: Auch Professor Beinhofer konnte
seiner Aufgabe, wenigstens eine wissenschaftlich gesicherte *Teil*ausgabe des »Weiberromans« vorzulegen, nicht vollständig nachkom-
men; kurz vor Vollendung seiner Editorischen Notiz schrieb er noch
eine kryptische Postkarte an den Verlag, aufgegeben in Frauenchiemsee, und blieb seither, trotz aufwendiger Nachforschungen,
verschwunden.

Die Publikation seiner historisch-kritischen Arbeit war jedoch
bereits fest für das Herbstprogramm dieses Jahres eingeplant, und
so bat mich der Verleger, die noch ausstehende Schlußredaktion zu
übernehmen: Schließlich käme ich mit meinem eignen Roman
»nicht zu Potte«, und wenn ich mir davon einen Vorteil verspräche,
dürfte ich auch meinen Namen auf den Umschlag setzen, er, der
Verleger, wisse sowieso nicht mehr, wer der Autor des »Weiberromans« sei, Schattschneider oder Beinhofer oder sonstwer.

Also habe ich einige Kommas in den Text hineingesetzt und einige andre herausgestrichen.

Helgoland, 16/2/97   MP

2. Zeittafel

1956	22. April: Gregor Gustav Schattschneider als Samstagskind in Ibbenbüren geboren; Vater: Heinrich Schattschneider (geb. 1925 in Wien), Stellvertr. Filialleiter der dortigen Raiffeisenkasse, ab 1970 der Spardaka in Lengerich; Mutter: Johanna Schattschneider, geb. Schulte Herkendorf (geb. 1927 in Hasbergen)
1966-74	Städtisches Gymnasium in Ibbenbüren und (seit 1970) in Lengerich
1970	Umzug der Familie nach Lengerich/Westf., An den Burwiesen 11; Eintritt in die Photo AG des Jugendzentrums Lengerich
1972-74	Ulli, Nadine (?), *Kristina Kipp-Oeljeklaus*
1974	Abitur
1974-79	Germanistikstudium in Wien; Felizitas, Janet, Lotti(?), Kosima et. al.
1977	4. Juni: Bekanntschaft mit der Zahnarzthelferin *Tania Adametz*; 9. Juli: »Verlobung« mit Tania
1979	16. Februar: Trennung von Tania
1979-85	Fortsetzung des Studiums in Stuttgart; Stefanie et. al.
1983	ab September (bis August 1984): Freundschaft mit Louise (»Lou«) Leimer, spätere Leimer-Stöckle
1984	Dezember: Freundschaft mit der Stewardeß *Katarina Bühler*
1985	Bis Anfang 1990 Tätigkeit als Hilfswissenschaftler an der Fakultät 11 (Philosophie) der Universität Stuttgart
1986	August: Umzug in die gemeinsame Wohnung Kanalstr.6; Publikation des ersten Gedichts in der Zeitschrift »Nachtcafé« (Sarzbüttel): »Brunnenwirts Nachtlied«
1989	Karla Niederschwörer; 8. November: Katarinas Umzug nach Degerloch
1990	Endgültiger Abbruch des Studiums (ohne Abschluß); ab Ende des Wintersemesters 89/90 arbeitslos; Eva S.; Publikation des zweiten Gedichts in der Zeitschrift »Wespennest« (Wien): »Ich-Verlust«
1991	Umzug nach München; Kurzzeitig Tätigkeit als Hilfswissenschaftler an der Philosophischen Fakultät für Sprach- und Literaturwissenschaft II der Ludwig-Maximilians-Universität München; anschließend wechselnde berufliche Aktivitäten
1991-93	Eva L.
1994(?)	Bekanntschaft mit *Marietta Beinhofer*
1995	Kurzfristiges Verhältnis mit Marietta (?) Julika(?);

Flucht nach Frauenchiemsee, dort Arbeit am »Weiberroman«

1996   Januar: Endgültige Trennung Mariettas von Eckart Beinhofer;
Januar: Letzte Begegnung mit Schattschneider;
Februar: Beginn von Beinhofers Editionsarbeiten am »Weiberroman«;
23. April: Scheidung Beinhofer '/. Beinhofer

1997   Januar: Letzte Postkarte von Beinhofer an den Verlag;
Übernahme der Endredaktion des »Weiberromans« durch M. Politycki

3. Texte und Zeugnisse

Unter den von Schattschneider zurückgelassenen Papieren finden sich nicht nur Fragmente, die als Teile des »Weiberromans« konzipiert wurden, sondern auch jede Menge privater Notizen bis hin zu Einkaufszetteln, Telephonnummern, kleinen Zeichnungen etc. Sie alle wurden in der Mappe »Texte und Zeugnisse«, Fragmentnummer TuZ/[laufende Nummer 1-917], zusammengefaßt, aus der im folgenden nur ein geringer Ausschnitt geboten werden kann. Ausgewählt wurden Schattschneiders handschriftliche Fassungen seiner Gedichte »*Penners Nachtlied*« und »*Ich-Verlust*«, die von den gedruckten Fassungen erheblich abweichen, *zwei Verlagsbriefe*, Schattschneiders eigner *Entwurf eines Umschlags* für seinen Roman wie auch sein *Entwurf eines Klappentextes*, schließlich, als Kuriosa, eine völlig von ihm selbst *geschwärzte Seite* (bzw. deren Rückseite) und seine Liste »*Schöne Frauennamen, weniger schöne und unschöne*«.

Penners Nachtlied   (TuZ / Ly[1])

Unter allen Brücken
Ist Ruh.
'nen Haufen Krücken
Sähest du,
Bauch liegt an Bauch:
Die Penner schnarchen auf Halde.
Warte nur, balde
Schnarchst du dort auch.

Wahrscheinlich entstand das Gedicht in Schattschneiders früher Stuttgarter Zeit, etwa 1979/80; vgl. seine mehrfache Erwähnung von Pennern in »Katarina«. – Erstveröffentlichung (unter dem Titel »Brunnenwirts Nachtlied«) in: Nachtcafé (Sarzbüttel) Nr. 26, Herbst/Winter 86/87. – Wortlaut der publizierten Fassung: »Hinter all den Brücken / Gibt's Bier, / 'nen Haufen Dosen / fändet ihr / Dort für den Bauch: / Die Penner saufen im Walde. / Wartet nur, balde / Sauft ihr dort auch.«

Ich-Verlust   (TuZ / Ly[2])

Du ißt vom selben Brot wie wir.
Auch du liest oft im Regenbogen

384

und wirfst dich fort als Glitzerwelle in dem Meer
von Leidenshoffnung. Und so sehr

ich auch dies alles weiß und mir beständig sage –
nur träume ich vom Wogenklang.
Ein Hauch weht mich aus jeder Wolke an,
und nichts bleibt mehr von allem, was ich je gedacht, getan.

Auch dies ein typisches Jugendgedicht, entstanden vor 1977, wahrscheinlich wie
»Aber draußen in Feldern oder so« im Zusammenhang der Geschehnisse um
Kristina. – Erstveröffentlichung in: Wespennest. Zeitschrift für brauchbare Tex-
te und Bilder (Wien) Nr.71/1990.

An Gregor Schattschneider in München (TuZ/Br/[187]):

München, 12.3.1992

Sehr geehrter Herr Schattschneider,
haben Sie vielen Dank für die Zusendung Ihrer Dichtung »Som-
mersänge«. Eine Veröffentlichung im Verlag C. H. Beck kann aus
zwei Gründen leider nicht in Frage kommen. Zum einen ist C. H.
Beck ein Sachbuchverlag, der keine zeitgenössische Lyrik herausbringt. Zum anderen scheint uns Ihr lyrisches Œuvre zu schmal, als
daß man einen eignen Band damit füllen könnte. Drei kurze Gedichte (Gesamtumfang etwa vier Seiten) sind für eine Buchveröf-
fentlichung entschieden zu wenig. Zudem handelt es sich bei zwei-
en der drei Texte nicht um Erstveröffentlichungen; gewiß verfügt
mancher interessierte Leser bereits über die Zeitschriften, in denen
Ihre Gedichte zum ersten Mal erschienen sind. Das ohnehin be-
grenzte Lesepublikum könnte durch diesen Umstand auf ein Drittel schrumpfen. Es mag sein, daß es Ihnen deshalb nicht leichtfallen
wird, einen Verlag zu finden, der Ihr dichterisches Werk als Buch
herausbringt.
    Bitte haben Sie Verständnis dafür, daß wir aus diesen Gründen
auf Ihr Angebot verzichten müssen.

Mit allen guten Wünschen für Ihre weitere Arbeit und mit besten
Grüßen
    Dr. Raimund Bezold
    Verlag C. H. Beck
    Lektorat

An Gregor Schattschneider in Frauenchiemsee (TuZ /Br[298]):

München, 15. Januar 1996
Lieber Gregor, ich bin Deine Verwirrspiele allmählich leid – und
Autoren, die sich ständig selbst erfinden müssen, gibt es auch mehr
als genug. Deine persönlichen Dinge sind Deine Sache, behellige
also bitte nicht das ganze Haus damit. Ich will das Manuskript,
bittesehr, und zwar zum vereinbarten Termin.
    Nichts für ungut!
        C.
        Luchterhand Literaturverlag
        Verlagsleitung

Umschlagentwurf von Schattschneiders eigner Hand, undatiert (TuZ/Z/[41]):

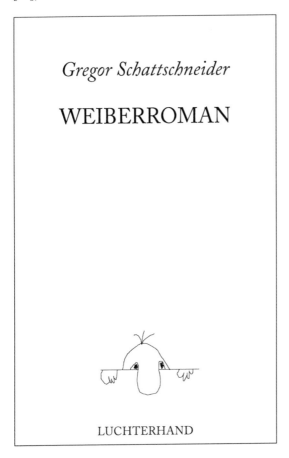

Gregor Schattschneider

WEIBERROMAN

LUCHTERHAND

Entwurf eines Klappentextes, handschriftlich, undatiert (TuZ/S/[12]):

Was tun, wenn sich eine ganze Kleinstadt in das Mädchen verliebt hat, das man selber anhimmelt? Und was, wenn man mit einer Frau befreundet ist, von der man Tag & Nacht träumt, für die man sich aber vor seinen Freunden schämt, weil sie anders spricht, denkt, *ist* als man selbst? Und was schließlich, wenn man mit einer Frau zusammenwohnt, die man zwar von ganzem Herzen verehrt, bewundert, liebt, aber vielleicht nur noch mit einem Viertel Herzen »begehrt«?

Drei Fragen im Leben des Gregor Schattschneider, drei Liebesgeschichten, die er als Teenager, als Twen, als Über-Dreißigjähriger durchlebt und die sich lediglich in einem einzigen Punkt ähneln: Sie gehen *noch* übler aus, als es Schattschneider im tiefsten Innern befürchtet hat, setzen jede eine gewaltige Zäsur, über die ihm nur eines hinweghilft: die Niederschrift ebenjener Geschichten, ebenjener Kapitel seines Weiber- und Lebensromans.

Drei Fragen, drei Frauen, drei Städte, drei Lebensalter – Schattschneider erzählt die Geschichte einer Generation, der 78er-Generation, die nichts mit den 68ern zu tun haben will und dafür auch irgendwann mal die Quittung kriegt. Erzählt, von Ostpolitik bis Mauerfall, von Schlaghosen bis Designerbrille, »was so los war« während der goldnen 70er und 80er Jahre. Erzählt, und zwar völlig unbeleckt von Political Correctness, »was so los ist« mit Männern & Frauen – und *wie* er das tut, mal witzig, ironisch, verspielt, mal melancholisch-lapidar, bestätigt aufs wunderbarste unsre Vermutung, daß gerade die klassischen Liebesgeschichten von jeder Generation immer wieder neu erzählt werden müssen, und zwar dringend.

Schattschneider hat – unter dem äußerst irreführenden Titel »Weiberroman« – ein Buch geschrieben, das es doppelt in sich hat: als Lebenspanorama einer gerade erst versunkenen Zeit, entworfen mit dem leidenschaftlich langen Atem der europäischen Tradition, die ihren Figuren erst einmal in aller Ausführlichkeit bei ihren alltäglichen Verrichtungen zusieht, ehe sie diese in den Strudel der Ereignisse und schließlich in den Abgrund reißt. Und, nicht zuletzt, als Hohelied auf die Frauen, als frappierend scharf konturierte Antwort auf die Frage, die nicht erst seit »Romeo und Julia« die Gemüter aller Liebenden und Geliebten (und mit ihnen aller Leser) bewegt, irritiert, fasziniert: die Frage, warum es so aberwitzig wunderbar und schrecklich zugeht zwischen den Männern und Frauen.

Die schwarze Seite (E[133]):

Aus der Fülle an geschwärzten Fragmenten, deren inhaltlicher Bezug zur erzählten Geschichte des »Weiberromans« offen bis fragwürdig ist (vgl. S. 376 f. und meinen Exkurs in Anm. 32 zu »Kristina«), sticht eines hervor, das aus einer mit verschiednen Kugelschreibern, Blei- und Faserstiften wild übermalten und demzufolge *völlig* schwarzen Seite besteht. Aus naheliegenden Gründen gibt das für den Abdruck nichts her; wer sich trotzdem einen Eindruck davon verschaffen will, möge dies beispielsweise anhand des Ersten Buchs von Sternes »Tristram Shandy« (12. Kap.) tun, eines unsrer Lieblingsbücher übrigens, damals, in Wien. – Auf der Rückseite von *Schattschneiders* schwarzer Seite findet sich die folgende Notiz:

Cappuccino-Beutel ungesüßt
2 x Fanta
Dusch-Wisch-Ding
Burti oder so
Bretzel
KloPa
Erdnußglück
W-Bier
Miracoli
Schuhspr.

Schöne Frauennamen, weniger schöne und unschöne (TuZ/TaLi[25]):

Diese Liste, obwohl undatiert, ist in ihren Urspüngen sehr genau dem 12. Januar 1979 zuzuordnen, dem Abend unsres letzten Playmate-Seminars, vgl. S. 220. Selbstverständlich umfaßte unsre damalige Liste nur einen Bruchteil der im folgenden wiedergegebnen Namen; Schattschneider muß die Liste über Jahre hinweg weitergeführt und ergänzt, geradezu »aktualisiert« haben: Nicht wenige der von ihm aufgelisteten Frauennamen finden sich in mehreren Sparten, immer wieder aufs neue durchgestrichen und neu bewertet – allen voran der Name *Tania*, der, mit Ausnahme der Sparten -1 und +1 in allen andren Sparten auftaucht. – Wiedergabe der Liste nach dem letztgültigen Stand, also (aufgrund der Signifikanz einiger mit Bleistift bzw. Kugelschreiber zusätzlich eingetragener Namen) mindestens Mitte '96. Eine Kommentierung derselben, insbesondere die Korrektur einiger besonders eklatanter Fehlurteile (Uma +3! Josephine -4! usw.), wie auch eine weitere Ergänzung und Aktualisierung bleibt ein Desiderat der zukünftigen Schattschneider-Forschung.

+4: Jessica, Julika, Katarina, Kristina, Marietta, Nastassja, Tania, Tatjana

+3: Emmanuelle, Janet, Jennifer, Larissa, Rebekka, Uma

+2: Alice, Astrid, Danielle, Denise, Dominique, Iris, Jasmin, Marilyn, Sissy, Stefanie

+1: Angie, Beatrice, Brit, Carol, Dany, Eva (kommt drauf an), Franzi, Lotti, Lou

0--------0----------0----------0----------0----------0--------0

-1: Andrea, Angelika, Belinda, Christiane, Clarissa, Doris, Elke, Françoise, Gudrun, Hannah, Kosima, Nadine, Sylvia, Yvonne

-2: Annette, Barbara, Edith, Elisabeth, Gitte, Jacqueline, Lydia, Marion, Miriam, Monika, Nadja, Natascha, Olivia, Patrizia, Petra, Petty, Renate, Rita, Sabine, Theres

-3: Amalie, Antonia, Dagmar, Franziska, Gabi, Grit, Hannelore, Heidi, Helene, Helga, Ilse, Irmgard, Klara, Lizzy, Maria, Marianne, Renate, Roswitha, Sybille, Ulla

-4: Bärbel, Charlotte, Christl, Clementine, Constanze, Cordula, Edeltraud, Elfi, Emilie, Eusebia, Felizitas, Gerda, Gisi, Gitti, Grete, Henrike, Henriette, Irmengard, Isabella, Josephine, Karla, Lotte, Lukrezia, Ruth, Traudel, Trixi, Trude, Ulli, Ursel, Uschi, Vroni

4. Anmerkungen

Anmerkungen zu »Kristina«

1 In den Heuerhäusern eines Gutshofs wohnten ursprünglich die »Heuerleute« – Tagelöhner und Saisonarbeiter.

2 Ich erinnere mich zwar nicht mehr an den genauen Wortlaut, Lutti aber sagte zumindest: »Am Samstag kicken die ja auch schon mit«. – Schattschneiders offensichtliches Bemühen, seine Erinnerungen hier wie an allen entsprechenden Stellen in »stubenreine« Sprache hinaufzuläutern, ist bezeichnend; den authentischen Originalsound jener Jahre zöge ich bei weitem vor.

3 Auswahl und Anordnung von Schattschneiders Romanfragmenten durch den Herausgeber (Kriterien s. *Editorische Notiz*, S. 375ff.); Anfang und Ende eines jeden Abschnitts wurden durch Kursivierung bzw. Leerzeile kenntlich gemacht.

4 Das einzige Wortspiel, das von Arne überliefert ist: Bei Außenaufnahmen setzte man, sofern man das Geld dafür hatte, einen Blaufilter aufs Objektiv, um den Himmel nicht bloß als weißlich-blasse Fläche abzuphotographieren. – Wenn dagegen Arne zum »Blaufilter« griff, dann hielt er in der Regel ein Bierglas in der Hand und zwischendurch den einen oder andern Kurzen.

5 Nein, die Autobahn führt(e) nicht mitten durchs Ostwestfälische, sondern durchs nördliche Münster- bzw. eben: durchs Tecklenburger Land (was Schattschneider doch eigentlich gar nicht vergessen haben kann)!

6 Schattschneider wechselt in seinen Aufzeichnungen nicht etwa nur zwischen erster Person Plural und dritter Person Singular, wenn er von sich selber spricht, sondern er verwendet darüber hinaus, je nach Bedarf, auch die Perspektive des auktorialen Erzählers, der über einen scheinbar mit ihm in keinerlei Zusammenhang stehenden »Gregor« berichtet: eine eigenartige Mischtechnik, für die mir in der Literaturgeschichte allenfalls Pierre Jean Jouves »Abenteuer der Catherine Crachat« einfällt und die den Erzähltheoretikern noch mancherlei Fußnoten abfordern wird. – Vgl.: Franz Stanzel: Typische Formen des Romans. Göttingen 1964.

7 Gemeint sind Borussia Mönchengladbach und der 1. FC Bayern München, die Anfang der 70er Jahre eine Dauerrivalität um die Deutsche Fußballmeisterschaft austrugen.

8 Familie Schattschneider zog im Sommer 1970 von Ibbenbüren nach Lengerich.

9 W & H: Windmöller & Hölscher, eine Maschinenfabrik im Zentrum von Lengerich.

10 Heute gehört das Gelände längst zu Windmöller & Hölscher.

11 Zahlreiche Fragmente mit zum Teil identischem Wortlaut, z. B.: *»Du schmeckst* sicher gut!« drohte er, als er die Gartentür hinter sich zuzog: »gegrillt und mit viel Ketchup!« (G1[139])

12 Einen Stefan Erpenbeck/Erps gab's weder an den Burwiesen noch in unsrer AG; der Beschreibung nach kann bloß Stefan Bardelmeyer/Ballu gemeint sein – die Erpenbecks wohnen seit 1300 auf ihrem Familiensitz Gut Erpenbeck in Ringel: und widmen sich dort der Zubereitung von Westfälischem Knochenschinken. – Wieso Schattschneider, der sich ansonsten ja auch an den *tatsächlichen* Namen seiner Figuren schadlos hält, ausgerechnet für Ballu ein Pseudonym wählt, obendrein ein derart besetztes, bleibt rätselhaft.

13 Spardaka (= Spar- und Darlehenskasse): von 1970 bis kurz vor seiner Pensionierung war Gregors Vater stellvertretender Direktor der Geschäftsstelle Lengerich.

14 In der Tat, zum Sparen. Das war's ja gerade – man ging bei uns nicht etwa deshalb in die Kneipe, um sich ein paar Kurze zu genehmigen, sondern um seine Sparbüchse termingerecht zu füllen, die dort an der Wand hing (andernfalls hätte man schließlich Strafe zahlen müssen)! Was hätte man sonst für Gründe gehabt, in die Kneipe zu gehen? Dieser – in weiten Teilen des Münsterlandes noch heute gepflegte – Brauch geht zurück auf das Sparschweinschlachten des Jahres 1648, das als »das große Scherbengericht« in die Lengericher Geschichte einging und das politische Aus für die emporstrebende Stadt bedeutete: Die großen Feiern zum Abschluß des Westfälischen Friedens hätten nämlich ursprünglich nicht in Münster und Osnabrück stattfinden sollen, sondern auf dem Lengericher Günneweg (vgl. Anm. 21) –, allein das städtische Sparschwein war leer, und die Sparschweine der Lengericher Bürger, die auf Befehl des Stadtkämmerers zusammengetragen und von diesem höchstselbst der Reihe nach abgestochen wurden: die Sparschweine der Lengericher Bürgerschaft waren es ausnahmslos auch.

15 Zwei mal drei Schüsse auf eine Torwand, die jeder Studiogast zu absolvieren hatte.

16 Der Quizmaster Hans-Joachim Kulenkampff überzog in seiner Sendung »Einer wird gewinnen« meist die vorgesehene Sendezeit. – Beide Sendungen, sowohl »Das aktuelle Sport-Studio« als auch »Einer wird gewinnen«, liefen am Samstagabend; es will mir etwas übertrieben erscheinen, daß Schattschneiders Vater auch zu diesem Zeitpunkt am Schreibtisch saß.

17 Italo-Western von Sergio Leone, 1968, mit Henry Fonda. Kann gut sein, daß der bei uns erst 1972 ins Kino kam.

18 Name eines äußerst schlichten Plattenspielers von Telefunken: Der Lautsprecher war in der Abdeckhaube untergebracht, die man im Spielbetrieb hochkant hinter dem Gerät aufstellen mußte.

19 Eins der ersten Graffitis, das Anfang der 70er auftauchte – und gleich in Massen. Konnte ja auch von jedem in Sekundenschnelle kopiert werden: »Kilroy was here«, »Kilroy is watching you«, das Medium war bereits die ganze Botschaft. – Vgl.: *Kilroy Was Here* von *The Move*, ein 2:43-Stück auf ihrer LP *Shazam*.

20 Daß Kötte für ein, zwei Jahre der unbestrittne Chef unsrer AG war, versteht sich von selbst; trotzdem kamen, mit Ausnahme des »Blauen Bengels« (s. u.), die wesentlichen Impulse von andern. Sobald es mehr Kriterien gab als körperliche Kraft, verblaßte er zu einer Randfigur, verlor sich zunehmend aus unserm Gesichtskreis.

21 Der Name Schmedt ist in Lengerich weit verbreitet; einen Günneweg gibt es auch. – Der Bauer Hermann Schmedt, der vom bevorstehenden Beginn der Verhandlungen zum Westfälischen Frieden (die bekanntlich seit 1644 von Lengerich aus geführt wurden) nur das Allernötigste vernommen hatte – mit den Franzosen wollte sich der Kaiser in Münster, mit den Schwe-

den in Osnabrück herumschlagen, und vom Lengericher Gästehaus aus war's dazu fast annähernd das gleiche Stück Weges –, der Bauer Hermann Schmedt, der dem kaiserlichen Troß am ersten Verhandlungstag auf dem Günneweg, etwa auf Höhe der heutigen Kläranlagen, entgegenkam und, gefragt, ob dies der rechte Weg »zum Schweden« sei, antwortete: Nein-hohe-Herrn-usw., der Günneweg führe geradewegs »zum Franzos«. Woraufhin sich unter kräftigem kaiserlichem Gefluche und vielstimmigem Hoffentlich-kommen-wir-nicht-zu-spät die gesamte Abordnung vom Bauern Schmedt abwandte, in die entgegengesetzte Richtung davongaloppierte. Und? Gerade noch rechtzeitig am Verhandlungstisch eintraf. Vier Jahre später war's Zeit für den Westfälischen Frieden; in einer Nebenklausel wird darin des Bauern Schmedt gedacht und ihm das Recht verbrieft, sich fortan »Schmedt auf der Günne« zu nennen. – Sein Gehöft liegt wenige Meter *außerhalb* der heutigen Lengericher Stadtgrenze; dem jetzigen Besitzer (zu dem die Familie von Max freilich keinerlei verwandtschaftliche Beziehungen mehr nachweisen kann) soll man ab & zu auch auf dem Günneweg begegnen. Ob er dort die Rückkehr der Weltpolitik nach Lengerich erwartet, ist nicht bekannt.

22 W&H: s. Anm. 9.

23 Typisch Schattschneider! Unsre Familie stammte aus Burghausen – von Voralpenland keine Spur! Aufgrund einer beruflichen Veränderung meines Vaters zogen wir im Herbst 1967 nach Lengerich.

24 Vorrangiges Ziel der Entspannungspolitik, wie sie das Kabinett Brandt/Scheel seit etwa 1970 betrieb, war der »Ausgleich mit dem Osten«, die Normalisierung der Beziehungen zu den Staaten des Warschauer Pakts. Entsprechende Verträge wurden mit der Sowjetunion (August '70), der Volksrepublik Polen (Dezember '70) und der ČSSR (Dezember '73) geschlossen. Im Zusammenhang damit stehen natürlich auch das Vier-Mächte-Abkommen über Berlin (September '71) sowie die Aufnahme diplomatischer Beziehungen zu Polen (September '72), Bulgarien und Ungarn (Dezember '73).

25 Besser eigentlich: »[…] durchs Gekeife der Aktentaschenträger und Aktentaschenträgerinnen, Kinderwagenschieber und Kinderwagenschieberinnen, Einkaufskorbschlepper und Einkaufskorbschlepperinnen«.

26 Gelbe Seiten gab's damals in Lengerich nicht. Unser Telephonbuch war kaum dicker als ein Schulheft.

27 »Kater« war der Spitzname des Wirts – denn Mertinkat, seinen tatsächlichen Namen, wollte oder konnte sich keiner merken. Auch der Name seiner Kneipe – »Rembrandt« – setzte sich nicht durch: Man ging eben »zum Kater«.

28 Altbier mit Mirabellen/Erdbeeren aus der Dose, eine Köstlichkeit der Gegend.

29 Taschengeld bekam Charli so gut wie keins; seine Altbierbowlen mußte er,

Glas für Glas, mit Siegesserien beim Billard finanzieren, der Rest wurde »geliehen«.

30 Der dämliche Franzose war *Serge Gainsbourg* (ein Chansonnier, der u. a. auch für *France Gall* oder *Brigitte Bardot* schrieb), seine Begleiterin *Jane Birkin*: *Je t'aime … moi non plus.*

31 Im Manuskript eigentlich: »[…] was sich zwischen den dicken roten Vorhängen abspielte, unter dem Neon-Herz und dem -Schriftzug ›Oh, sexy …‹«; doch scheint mir Schattschneiders Erinnerungsvermögen in diesem Punkt getrübt: An Herz wie Schriftzug entsinne ich mich zwar, allerdings hingen – oder hängen – sie im Münchner »Casanova«, schräg gegenüber dem Hofbräuhaus. Während des Sommers '72 aber, als unsre Freitagstouren begannen, gab es meiner Meinung nach noch gar keine Schriftzüge o. ä. aus Leuchtstoffröhren; Schattschneider, dessen lebenslängliche Liebe zum Rotlicht ja nicht auf Osnabrück beschränkt blieb, mag hier schlicht etwas durcheinandergebracht haben.

32 Schwärzung von Schattschneiders Hand (vgl. dazu meine Ausführungen S. 376f.)! – Im Konvolut des Weiberromans gibt es eine recht umfängliche Serie an mehr oder weniger großen Fragmenten (Mappe E), die fast ausschließlich aus geschwärzten Passagen bestehen. Da die darauf belaßnen Textstellen keinerlei Bezug auf den Gesamtkorpus erkennen lassen (z. B. E[177]: »Als er's nicht länger aushielt, griff er« – 7 Zeilen Streichung – »während sie noch immer auf dem Tisch lag und laut« – 12 1/2 Zeilen Streichung, Ende des Fragments), war es leider unmöglich, sie bei der Rekonstruktion des Romans zu berücksichtigen.

33 Einen Salon Inge gab es in Lengerich zu dieser Zeit nicht; das Geschäft am Rathausplatz hieß Friseur Lunte.

34 Der »Radikalenerlaß«, verabschiedet im Januar '72, führte zu einer umfassenden Überprüfung von Beamten und solchen, die es werden wollten, auf ihre (eventuell vom Grundgesetz abweichende) »Gesinnung«. Was etliche »Berufsverbote« nach sich zog.
Der Grundlagenvertrag zwischen der Bundesrepublik und der DDR – eine wechselweise Anerkennung beider deutscher Staaten incl. Gewaltverzicht – wurde erst im Dezember '72 geschlossen; die fragliche Demo, von der Schattschneider im folgenden erzählt, kann sich folglich allenfalls auf vorangehende Verträge mit der DDR (Transitabkommen, Verkehrsvertrag) oder auf *laufende* Verhandlungen mit ihr bezogen haben.
Zur RAF (Rote Armee Fraktion) s.: »Tania«, Anm. 53, 71, 89 et passim.

35 Zwar hatte ich, wieder mal, nicht mitgedurft, möchte aber bezweifeln, daß dort der Name Habermas fiel: Die meisten von uns (auch Astrid) waren zu jenem Zeitpunkt erst zwischen fünfzehn und siebzehn Jahre alt, Kristina sogar erst dreizehn! Da galt »Habermas« noch nicht als Reizwort (wie später an der Uni).

36 Berti Vogts, ein Verteidiger von Borussia Mönchengladbach bzw. der deut-

schen Nationalelf, ob seiner Hartnäckigkeit als »Terrier« und »Wadlbeißer«
gefeiert. Seit 1990 versucht er sich (ebenso hartnäckig) als Bundestrainer.

37 Als ob ich derart dumm gewesen wäre! O nein, Schattschneider, dieser Auftritt war gezielt inszeniert, um ein paar Punkte zu machen: Als Jüngster
mußte man sich in unsrer Clique schon was einfallen lassen.

38 Vgl. S. 13!

39 Schattschneider fährt ursprünglich fort: »[…] wie seinerzeit das Meerferkel,
für dessen tragischen Tod im Bier-Stiefel sich die AG-Mitglieder noch immer die Schuld gegenseitig zuschoben.« Späterhin überarbeitete er die Stelle zu: »[…] wie seinerzeit die Meersau, für deren tragischen Tod sich die
komplette AG Lokalverbot beim ›Kater‹ eingehandelt hatte.« Doch auch
diese Formulierung strich er schließlich.

40 Nämlich beim Parolen-Sprayen, wie er am Brunnen dann verraten hatte.

41 Lauter mehr oder weniger beliebte Fernsehsendungen: »Der Goldene
Schuß« – eine Quizshow mit Vicco Torriani; »beat-club« – die Popmusik-
Sendung von Radio Bremen; »Bonanza« – eine legendäre Westernserie im
Vorabendprogramm (aber ob die 1972 überhaupt noch lief?).

42 Alle drei sind Hauptfiguren verschiedener Kafka-Texte: Gregor Samsa in
der Erzählung »Die Verwandlung«; Josef K. im Roman »Der Prozeß«; K. im
Roman »Das Schloß«. – Keiner von uns behielt Schattschneiders Kafka-
Phase in bester Erinnerung, mitunter terrorisierte er uns regelrecht mit Zi-
taten, ganzen Satztiraden oder bloßen K's. Das ging recht lang so. Dann
war's, von einem Tag zum andern, damit vorbei, und Gregor war wieder
Gregor.

43 Titel eines 1971er-Hits der deutschen Politrockgruppe Ton Steine Scherben.

44 Altbier mit Sirup – ebenso wie Altbierbowle (s. Anm. 28) eine Spezialität
des Hauses.

45 Von wegen »an den Ohren ziehen«; ich ekelte mich ja bereits davor, das
Schwein mit der Fingerspitze zu berühren! Dafür schnüffelte ich lang an
ihm herum, immer zwei, drei Zentimeter entfernt; und am nächsten Morgen ging ich wieder hin, weil ich mir fest vorgenommen hatte, meine Angst
zu überwinden: Aber da war's weg, wer weiß, vielleicht war's zurückgespült
worden ins Meer.

46 Ins Umfeld dieser Stelle gehört höchstwahrscheinlich folgendes Fragment:
»Wie jedes Jahr
kam Gregor um drei bis vier Kilo erleichtert zurück, ein blasser, trauriger
Knochenmensch, erschöpft von Weetabix und Frühstückswürstchen und
Salatblatt-Sandwiches und blutendem Fleisch. Einmal, so erzählte er, hätten ihm seine Gastgeber, die sehr wohl sahen, wie er unter ihrer Kochkunst
litt, hätten ihm seine Gastgeber etwas Gutes tun wollen und ihn gebeten,
sich seine Lieblingsspeise zu wünschen. Sehr lange habe Gregor nachgedacht und bewußt ein Gericht gewählt, bei dem praktisch nichts falsch zu
machen war: Hähnchen – auf den Grill spießen und abwarten, das würden

selbst Engländer zuwege bringen. Wie erstaunt sei er dann freilich gewesen, als er zu Tisch erschien: erwartet von einer stolz lächelnden Gastgeberin und – einem *gekochten* Hahn, dick übergossen mit einer kalten Pfefferminzsoße, die an einigen Stellen die geriffelte Haut weiß durchschimmern ließ ...« (G1[152]).

47 Ob wir bereits im Winter 72/73 Buttons trugen – ja ob's überhaupt damals schon welche gab! –, entzieht sich meiner genauen Erinnerung. Ich bezweifle es.

48 Schattschneider unterschlägt hier nur Gudrun Ensslin, die – ebenso wie die genannten RAF-Mitglieder – im Juni '72 festgenommen wurde. Was zu zahlreichen Demonstrationen führte ... und letztlich zum »deutschen Herbst« 1977 (vgl. »Tania«, S. 160 etc.).

49 Vgl. S. 13!

50 Das war sie, weiß Gott, nicht!

51 Wieder einmal stilisiert sich Schattschneider: Die Jeans, die er hier beschreibt, trug zu jener Zeit kein andrer als Vögler; wahrscheinlich hatte sie Jasmin entsprechend bearbeitet.

52 Nämlich *Crimson And Clover*!

53 Schattschneider untertreibt. Schon der Schieber, den Erps an jenem Abend mit Astrid absolviert hatte, widerlegt seine These. Von Vögler ganz zu schweigen, der sich, ebenso wie Kötte, immer öfter von unsern AG-Treffen absentierte: Was sie statt dessen taten, war vermutlich viel harmloser als das, was wir uns ausmalten, daß sie tun könnten – aber mein Ehrenwort hätte ich dafür nicht hergeben wollen.

54 Karnevalsfeten gab's und gibt's bei uns zum Glück nicht. Das Fest, von dem Schattschneider im folgenden berichtet, fand zwar am Rosenmontag oder Faschingsdienstag statt, hatte damit aber nichts zu tun.

55 Vgl. S. 13!

56 »Saurer Otto«, »Saurer Paul«: Gemeint ist ein mit Zitrone gesäuerter Apfelkorn.

57 Von Kajalstiften hatten wir freilich damals keine Ahnung, hatten wahrscheinlich noch nicht mal das Wort gehört!

58 Lengericher Platt: »Dönekes« bzw. »Dönkes« sind Anekdoten.

59 Seinerzeit gängige Haschisch-Sorten.

60 Dieses Gedicht, datiert vom 20.5.1973, hat Schattschneider meines Wissens nach niemals versucht zu publizieren; und ich möchte auch sehr bezweifeln, ob es irgend jemand abgedruckt hätte.

61 Vgl. S. 13!

62 Schattschneider schrieb *seinen* Brief am 6. April '73 – viereinhalb Wochen nach Faschingsdienstag (= 6.3.73; vgl. S. 51); Kristinas Brief erreichte ihn vierundvierzig Tage später, am 20. Mai '73 (was mit der Datierung des Gedichtes übereinstimmt, das er an jenem Sonntagmorgen geschrieben haben will; vgl. Anm. 60). – Bis zur Schulreform 1967 begann das Schuljahr in

Nordrhein-Westfalen nach den Osterferien; Schattschneider, der zu Ostern 1962 eingeschult wurde, gewann durch die Umstellung auf den Herbst-Rhythmus ein komplettes Schuljahr; zum fraglichen Zeitpunkt war er folglich, mit seinen 17 Jahren, in der 12. Klasse – von »mitten im Vorabitur« konnte im Mai freilich noch keine Rede sein!

63 Eine Modelleisenbahn-Marke, und zwar eine, die etwas bei uns galt. Im Gegensatz zu Trix.

64 Auch eine Marke, die etwas galt. Im Gegensatz etwa zu Matchbox oder Corgi Toys (mit denen *ich* vorliebnehmen mußte).

65 Plastikbeutel voller Briefmarken, die man selber ablösen mußte – eine Art Wundertüte für Jungphilatelisten, und preisgünstig obendrein.

66 Abenteuerfilm von Franklin Schaffner, kam 1973 sogar gleich in unser Kino (und erst Jahre später ins Tecklenburger Kreisheimathaus!).

67 Sehr fraglich, ob das bei uns lief!

68 Absolut unmöglich, daß das bei uns lief!

69 Vgl. S. 13!

70 Gemeint ist der damalige Bundeskanzler Willy Brandt (SPD); der Prager Vertrag über gegenseitigen Gewaltverzicht, Unverletzbarkeit der gemeinsamen Grenze etc. wurde allerdings erst am 11. *Dezember* 1973 unterzeichnet (während Kristinas Geburtstagsfeier – vgl. S. 74 – schon zwei Wochen vor dem Tecklenburger *Herbst*fest stattfand).

71 Ein grober Fehler Schattschneiders! Die diplomatischen Beziehungen mit Polen wurden – nach leidenschaftlichen innenpolitischen Auseinandersetzungen um die Anerkennung der Oder-Neiße-Grenze – bereits ein Jahr früher aufgenommen: im September 1972.

72 Vgl. S. 13!

73 Leider nicht alle!

74 Berufsverbote: vgl. Anm. 34.

Watergate: Schwere innenpolitische Krise der USA, ausgelöst im Juni '72 durch eine Abhöraffäre während des Wahlkampfs und erst durch den Rücktritt Präsident Nixons am 9.8.1974 beendet.

Die »Geiselgeschichte« bei der Münchner Olympiade '72: Besetzung der israelischen Sportlerunterkünfte durch palästinensische Terroristen. Endete für manche der Beteiligten tödlich; trotzdem gingen die Spiele weiter.

Grundlagenvertrag mit der DDR: vgl. Anm. 34.

Die Aufnahme beider deutscher Staaten in die UNO: erfolgte im September '73.

75 »Der letzte Tango in Paris«: Film von Bernardo Bertolucci, 1972, mit Marlon Brando, Maria Schneider und, vor allem, mit der legendären Szene in einer leerstehenden Wohnung.

»Schulmädchenreport«: Davon gab's zwischen 1970 und 1976 zehn Folgen – *welche* es war, die Schattschneider und Schmedt auf der Günne seinerzeit so stark beeindruckte, ließ sich nicht mehr eruieren.

76 Im Herbst '73. Vorausgegangen waren drastische Erhöhungen der Erdöl-
preise durch die OPEC. Daß der davon ausgelöste »Energieschock« eine
weltweite Wirtschaftskrise auslöste, lief freilich bereits wieder »ohne uns«.

77 In der Saison 72/73, und zwar durch Netzers sensationelle Selbsteinwechs-
lung, die prompt zum spielentscheidenden 2:1 gegen den 1. FC Köln führte.

78 Graffito für »Anarchie«.

79 Im Frühjahr '74, als er schon auf die Achtzehn zuging, absolvierte Schattschneider endlich den obligatorischen Tanzkurs. Die Jahre zuvor hatte er
sich schlichtweg geweigert – aus musikalischen Erwägungen, wie er mir gegenüber einmal erklärte, und weil er Tanzen (im Gegensatz zum »Rocken«)
»unmännlich« fände.

80 Ende von Schattschneiders Aufzeichnungen zu Kristina.

Anmerkungen zu »Tania«

1 Großer Gemüse-, Delikatessen- und Flohmarkt an der Wienzeile.

2 Ob Goldhügel oder Weißfuchs, in den Zweiliterflaschen jener Jahre verbarg
sich stets ein übler Verschnitt anstelle eines zumindest passablen Land-
weins. Da wir jedoch nicht nur Billigesser waren, sondern auch Billigtrinker
– aus Not wie aus Tugend, versteht sich –, blieb uns bloß eine Alternative:
Anm. 73.

3 Das tat sie nicht! Schattschneider bemüht sich in der Wiedergabe unsrer
Liste – wie auch im weiteren Verlauf seines »Taniaromans« – um ein epi-
sches Parlando; *de facto* war unser damaliger Fragenkatalog deutlich deftiger,
um nicht zu sagen, einseitiger. Vgl. meine Anmerkung 2 zu »Kristina«.

4 Diese Frage haben wir uns damals *so* nicht gestellt, scharf fanden wir alle.

5 In meiner Liste findet sich der Nachsatz: »[…] wird aber von Kleist geschlagen.«

6 Unsre Hundert-Punkte-Liste ist von Schattschneider äußerst unvollständig
wiedergegeben; dem aufmerksamen Leser wird ohnehin nicht entgangen
sein, daß man damit allenfalls, nämlich maximal, 86 Punkte für eine poten-
tielle Kandidatin vergeben kann. In meiner damaligen Mitschrift – vorausgesetzt, man gleicht ihre Tonlage derjenigen an, die Schattschneider vor-
gibt – werden denn auch noch die folgenden Kriterien aufgelistet:
»13. Steht ihr Vater *wirklich* nicht auf Golf, ihre Mutter nicht auf Bügelfal-
ten und ihre Freundin nicht auf *Slade*? Maximal 3 Punkte.

14. Kann sie mehr als bloß Nudeln kochen (und tut sie's auch? ausreichend oft)? Maximal 2 Punkte.

15. Macht sie täglich ihren Handstand, ihren Kopfstand oder wie sorgt sie
dafür, daß sie später mal nicht aus dem Leim geht? Maximal 2 Punkte.

16. Könnte man sie sich, nur rein hypothetisch und im allerschlimmsten Fall, als Mutter vorstellen? Maximal 2 Punkte.
17. Leidet sie an Schweigsamkeitsanfällen (Tante Eusebia), ist sie manisch-panisch (Franzi) oder hat sonstwie chronisch Asthma (Kreuzberger Hermine)? Maximal 2 Punkte.
18. Kann sie ordentlich Knete abgreifen (und sei's sonstwoher)? Maximal 1 Punkt.
19. Hält sie die Welt für eine Scheibe, glaubt sie an irgendein wirbelloses Säugetier (und betet es gar heimlich an)? Maximal 1 Punkt.
20. Hat sie sonst noch was zu bieten (das wir im Moment vergessen haben)? Maximal 1 Punkt.«

7 Auch Lederarmbänder bekam man auf dem Naschmarkt, bronzene Armreifen, Türkiskettchen – der Möglichkeiten, ein »alternatives« Bewußtsein am Handgelenk zu demonstrieren, gab's viele. Ich selbst hatte nur einen schwarzen Schnürsenkel.

8 Auch hinsichtlich einer professionellen »Lightshow«, wie's bald heißen sollte, hatte der »Popklub« nichts zu bieten. Das war gut so.

9 Amerikanischer Filmschauspieler, besonders bekannt als Darsteller von Clint Eastwood. Ob sein Gesicht bereits Ende der 70er so zerknittert war wie in den 90ern, da Schattschneider seinen »Roman« zu Papier brachte, darf bezweifelt werden.

10 Im Text eigentlich: »[…] und sich überall raushielt, wo wir andern gerade reinwollten […].«

11 An dieser Stelle gestrichen: »[…] – das männliche Pendant zur schönen Wienerin: das schöne Wiener Würstchen! – […].«

12 Beide Zitate ergeben zusammen einen Studentenslogan, der sich gegen die traditionelle Ordinarien-Universität richtete. – Ältere, mehrfach durchgestrichne Textvariante von Schattschneiders Hand:
»[…] man wollte glatt meinen, daß es in Wien noch ein paar Jahrhunderte dauern würde, bis eine 68er-Revolution losbrechen könnte, zumindest eine auf der Ebene der Kleidungssignale.«

13 Kleiner Brauner: *Nicht* gemeint ist der (gleichwohl in Wien allgegenwärtige) Meinl-Mohr (vgl. Anm. 98), sondern ein Kaffee mit einem bestimmten Helligkeitsgrad; die Stufen des Kaffeehaus-Kaffees sind: weiß – licht – gold – braun – Kapuziner – Mocca.

14 Der »Ring« ist die Prachtstraße um den Ersten Bezirk. – Die genannten Bauwerke, und manch andre auch, waren in jenen Jahren von einer dicken Rußschicht bedeckt – kein Vergleich zu ihrer sandstrahlgeläuterten Schönheit von heute!

15 Ein kleines Programmkino der Zentralsparkasse (kurz »die Z«; heute Bank Austria AG) mit angegliedertem Kneipenbetrieb. Gibt's längst nicht mehr.

16 Film von Andrej Tarkowskij nach dem Roman von Stanislaw Lem.

17 Daß ein Professor Mertens in jenen Jahren an der Uni Wien wirkte, läßt

sich aus den Vorlesungsverzeichnissen belegen; ob die Interpretation seines Wechsels von Berlin nach Wien allerdings zutrifft, mag – wie fast jedes zeitgeschichtliche Detail des »Weiberromans« – bezweifelt werden.

18 Heute nennt sich das Lokal passenderweise gleich »Schnitzelwirt« (7./Neubaugasse 54).

19 In manchen der alten Wiener Mietshäuser gibt es lediglich Klingeln an den *Wohnungs*türen.

20 Ältere, von Schattschneider gestrichne Variante: »[…] inmitten photographierender Japanerpulks – was die wohl auf ihren Bildern hören würden? – und die Bausubstanz anschrie.«

21 Bestimmt nicht! Wenn man sie *so* lange vergessen hatte, schmeckte sie scheußlich.

22 Schattschneider übertreibt: Ich war erst *sehr* wenige Wochen da; schließlich schrieben wir unser Abitur Mitte Mai. – Vgl. »Kristina«, Anm. 62.

23 So einfach, wie Schattschneider die Sachlage hier darstellen möchte, war sie nicht. Im Gegensatz zu ihm, der sich lang nicht entscheiden konnte zwischen Militär- und Ersatzdienst (bzw. aus meiner Sicht: zwischen Kriegs- und Zivildienst) und sich am Ende, vermutlich fand er das besonders clever, wegen irgendeiner obskuren Rückenwirbelverschiebung untauglich schreiben ließ: im Gegensatz dazu ging ich die Angelegenheit von vornherein zielstrebig an. Und meinen *zweiten* Prozeß (vor einem Steinfurter Zivilgericht, den Schattschneider im folgenden unterschlägt) *gewann* ich dann auch!

24 Bei dem mochte freilich auch der (fehlende) Numerus clausus eine Rolle gespielt haben und die familiäre Herkunft: Schließlich stammte sein Vater aus Wien.

25 Genaugenommen: der sich … inskribieren *wollte*, denn die Inskriptionsfrist fürs Wintersemester war erst von Mitte September bis Mitte Oktober. – Schattschneiders Nachlässigkeit gegenüber den Fakten dürfte mittlerweile ja bekannt sein, findige Feuilletonisten werden sie zweifellos zum Stilprinzip deklarieren.

26 Vielleicht eine Anspielung auf den Roman »Ekkehard« von Joseph Viktor von Scheffel?

27 Was hätte ich denn dagegen tun sollen? Aber ich schwor mir, es ihm heimzuzahlen.

28 Eine Marillenbrand-Marke.

29 Rote Zellen: politische Gruppierung innerhalb der studentischen Linken; AStA: Allgemeiner Studentenausschuß – in Wien hieß er ÖH (Österreichische Hochschülerschaft).

30 Hatten damals noch nichts mit lilabewegtem Frauentum zu tun, sondern galten, in welcher Farbe auch immer, als korrekt.

31 »Kasten« heißt auf wienerisch nichts andres als Schrank.

32 Vgl. Anm. 2.

33 Sie *wurde* fortgesetzt, die Liste, und auch diese Mitschrift habe ich aufbewahrt: In einem Vorspann, den Schattschneider unterschlägt, hatten wir uns beide zum Prinzip der Sprachreinigung bekannt, und zwar zu einer Sprachreinigung »vermittelst Scherz(l) und Posse: Alles *ist* lächerlich oder läßt sich zumindest lächerlich *machen* – tun wir's!«
Binnen weniger Wochen war ein Katalog von Neologismen und Umbegreifungen althergebrachter Begriffe zusammengetrunken und damit eine esoterische Binnensprache erlacht, die kaum ein dritter verstand. Besonders in ihrer Anwendung vor weiblichen Zuhörern stachelten wir uns zu rhetorisch immer gewagteren Höhenflügen an; daß wir statt der heimlich erhofften Bewunderung meist nur Unverständnis ernteten, mitunter sogar Spott – darüber sahen wir zunächst großzügig hinweg.

34 Weitere Unwörter, Unsätze:
  - Mein lieber Herr Gesangsverein
  - Kulturbeutel (wenn *das* bereits Kultur sein soll!)
  - Ich glaub, mein Muli priemt / mein Hamster winselt etc.
  - Das hab ich im Urin
  - zum Bleistift
  - fit wie ein Turnschuh

35 Spätere Ergänzungen:
  - »Modernes Sinnen und Trachten ist schwierig geworden.«
  - »Trau keiner über dreizehn.«

36 Kein Kommentar!

37 Kein Kommentar!

38 Im Originaltext tatsächlich: »[…] der an der rechten Stelle loslachte und an der linken nicht« – das *zwang* nachgerade zur Konjektur!

39 Ohren: vgl. S. 111.

40 Einzimmer-Apartment für Jungerpel o. ä.

41 Die Florianigassse 46 war ein Bassena-Haus, in dem's nur eine Toilette pro Stockwerk gab – *außerhalb* der Wohnungen, im Stiegenhaus. Ein weiter Weg, besonders nachts; manch einem mögen da Waschbecken nähergelegen haben.

42 Wenige Tage, nachdem sie mit John in die Floriani-WG gezogen war – so erzählte's Gregor oft und mit stets gleicher Schadenfreude –, habe sie ihm stolz berichtet, daß sie bereits das erste deutsche Wort aufschnappen konnte: »Scheiteß!«
Als man Ann sehr viel später das Wort verriet, das sie *eigentlich* hätte aufschnappen sollen, behielt sie glücklicherweise die Nerven und ihre Version bei.

43 Vgl. Anm. 41.

44 Österreichische Zigarettenmarke.

45 Eine, wie ich noch heute finde, gelungene Hauff-Parodie; das hat Schattschneider freilich nicht begreifen können.

46 Schiefe Metapher. Zusammenkneifen kann man allenfalls die Augenlider.

47 Gab's das im Juni '77 bereits auf Platte?

48 Warum Schattschneider eine derartige Beschreibung unsrer Stammkneipe gibt, ist rätselhaft; jedenfalls ist sie völlig unzutreffend: Der »Baron Dravnidschek« (7./Mondscheingasse 14) war kein Kaffeehaus im eigentlichen Sinne, geschweige eins mit Patina aus der Jahrhundertwende; vollständig mit alten Zeitungen waren die Wände beklebt; von Lüstern und Spiegeln keine Spur; einzig die Marmortischchen sind authentisch – freilich bloß als ausrangierte Nähmaschinentische, auf deren gußeiserne Füße man Marmorplatten montiert hatte.

49 Piefkes, Piefkinesen: sind Deutsche, besonders solche aus Norddeutschland.

50 Joseph Beuys installierte seine »Honigpumpe am Arbeitsplatz« auf der sechsten Kasseler documenta im Jahre 1977.

51 In der Tat diskutierte man dieses Vorhaben bereits 1977; bis zu seiner Realisierung – im Juni 1995 – dauerte es freilich noch eine ordentliche Weile. Vgl. diverse Notizen in Mappe G4.

52 Fast jedes Wiener Kaffeehaus hat, vorzugsweise an den Wänden rundumlaufend, eine Reihe von Sitznischen, sprich: von Tischen, um die sich jeweils, in U-Form, eine gepolsterte Sitzbank zieht. Sorgt für eine gediegne Abgrenzung.

53 Das vorerst *letzte* Opfer der RAF (Rote Armee Fraktion) war zu diesem Zeitpunkt Siegfried Buback, der Generalbundesanwalt. Am 7. April '77.

54 Was insofern besonders erörterungswürdig war, als keiner von uns irgendwas davon je probiert hatte!
Mazzagran – kalter Schwarzer mit Maraschino;
Kaisermelange – mit Honig, Eidotter, Schlagobers;
Maria Theresia – mit Orangenlikör, Schlagobers.

55 Österreichisch für »Tabakladen«.

56 Freitagabendserie im ZDF um 20 Uhr 15; Eduard Zimmermann spielt darin seit Jahrzehnten die Rolle des Eduard Zimmermann.

57 Kaprizpolster: kleines Zusatzkissen auf dem normalen Bettkissen.

58 Selbstverständlich richtete Frau Wegensteiner den Wasserstrahl auf *jeden*, der sich in ihrem Grundstück Erleichterung verschaffen wollte; aber das waren eben, wie an den Nummernschildern der parkenden Busse abzulesen, in der Regel Deutsche. Und bei denen machte es ja auch am meisten Spaß.

59 »Falsche Bewegung«: Film von Wim Wenders; Drehbuch: Peter Handke – eine sehr freie Adaption von Goethes »Wilhelm Meisters Lehrjahre«; Nastassja Kinski spielt darin die Mignon.

60 Absurd, denn der Naschmarkt – nämlich dessen flohmarktmäßiger Abschnitt, der uns ausschließlich interessierte – fand nicht sonntags, sondern samstags statt!

61 Kein ganz unbekannter Szenetreff für Billigesser und Freunde der diversen Drogen, 6./Magdalenenstr. 2; heute – eine Filiale der Welt-der-Erotik.

62 Natürlich nur ihre Nägel. Auch im folgenden schreibt Gregor signifikant häufig von (schwarzen) Fingernägeln, wo er doch mindestens von Fingern schreiben müßte.

63 Jura.

64 Das tat ich zwar aus den bekannten Gründen nicht (s. Anm. 60), aber die verschiednen Erklärungen, die ich mir bezüglich Schattschneiders unentschuldigter Absenz machen mußte – wo er ansonsten doch dermaßen pflichtbewußt war, auch in Freizeitangelegenheiten, geradezu pedantisch –, die waren unerquicklich genug.

65 Vgl. S. 164 und Anm. 98!

66 Charlie: ein Jungmädchenparfum, zu Lengericher Zeiten weit verbreitet.

67 Bis zur »Wende« war der 17. Juni »Tag der deutschen Einheit« – zum Gedenken an den Aufstand des Jahres 1953 in der DDR.

68 Karfiol: Blumenkohl.

69 Vgl. Anm. 2.

70 Nägel kann man allenfalls drehen, nicht jedoch spreizen; vgl. dazu Anm. 62.

71 Stammheim: Stuttgarter Gefängnis, in dessen Hochsicherheitstrakt mit Vorliebe Angehörige der RAF einquartiert wurden.
Das Fest in Schattschneiders WG fand am 9. Juli 1977 statt, zu diesem Zeitpunkt war der Höhepunkt der Auseinandersetzung mit der Rote-Armee-Fraktion aber noch gar nicht erreicht und Andreas Baader noch am Leben: Jürgen Ponto, der Vorstandssprecher der Dresdner Bank, wurde erst am 30.7.'77 ermordet, Hanns Martin Schleyer, der Präsident des Bundesverbandes der Deutschen Industrie, am 18.10.'77; die Ereignisse um die Entführung der Lufthansa-Maschine nach Mogadischu und die Selbstmorde der einsitzenden RAFler Baader, Raspe und Ensslin in Stammheim (die auch, so wurde immer wieder vermutet, Morde gewesen sein konnten) fanden vom 13. bis 18.10.1977 statt. – Schattschneiders Erinnerung an die sogenannte Zeitgeschichte ist äußerst lückenhaft und ungenau; ich vermute sogar, daß dahinter nicht nur Nachlässigkeit steht, sondern ein Programm: das unsre Generation als im wesentlichen apolitisch darstellen möchte. – In jedem Fall konnte Walle zu diesem Zeitpunkt allenfalls über die Ermordung des Generalbundesanwalts Siegfried Buback (7.4.'77) durch die RAF schwadronieren.

72 Lt. oberösterreichischer Liste: »verantwortlich im Sinne des Partyrechts«.

73 Die Schwechater Brauerei, Wien, versah ihre Bierflaschen nicht mit einem Kronenkorken, sondern mit einer Verschlußkappe, die beim Abziehen ordentlich knallte – wie eine Bombe: »Schwechater – recht hat er«. Dagegen hatten Gösser, Zipfer, Goldfassl keine Chance.

74 Ich fürchte, diese Formulierung – so respektlos salopp und unangemessen sie auch ist – läßt sich noch nicht mal behutsam redigieren: aufgrund ihres Anspielungscharakters; vgl. S. 45, 305.

75 Johannisbeersaft.

76 Eine Kräuterlimonade.

77 Name eines alkoholfreien Bieres der Ottakringer Brauerei. – Gab's aber damals noch gar nicht!

78 Vienna Wien krebste (auch) in jener Saison arg am Tabellenende herum; ob es sich vor dem Abstieg retten konnte – ich weiß es nicht mehr.

79 Fingernägeln!!

80 Eine Lebensmittelkette. Günstig. – Vgl. Anm. 98.

81 Auch ich erinnre mich dieses Kleides, das einen kreisrunden Ausschnitt hatte rund um den Bauchnabel, das vor allem aus ebenjenem Ausschnitt bestand und beim Queren einer Straße, beim – wohlgemerkt – ordnungsgemäßen Queren an einer grünen Fußgängerampel, regelmäßig für Hupkonzerte sorgte; einmal sogar – aber lassen wir das.

82 Schattschneider unterschlägt hier, daß er diese Spieluhr – im Grunde ein fünfmarkstückgroßes Nichts, dem man durch Kurbeldrehung zwanzigsekündigen Klingklang entlocken konnte – von Ulli? Kosima? selber »einst« geschenkt bekam! Unser Schnelldrehrekord stand übrigens auf 8 Sekunden.

83 Also *nach* dem 30. Juli 1977.

84 Hier muß Schattschneider etwas grundsätzlich durcheinandergebracht haben, denn Alfred Herrhausen, Vorstandssprecher der Deutschen Bank, wurde sehr wohl von der RAF ermordet – aber nicht erst entführt, sondern gleich mit seinem Auto in die Luft gesprengt. Und zwar am 30.11.*1989*!
Im übrigen fällt es mir wieder einmal schwer, *nicht* in den Text einzugreifen, zeigt er an solch schnoddrigen Passagen doch besonders deutlich, wie sehr ihm jedes Problembewußtsein ermangelt, jedes Fingerspitzengefühl für den angemessnen Ton, wenn's um die (sowieso äußerst willkürlich-lückenhafte) Darstellung der »Zeitgeschichte« geht!

85 Dazu Schattschneider im Originalbrief, den Max Schmedt auf der Günne freundlicherweise zur Verfügung stellte:
»FP = Faszinationspegel; VE = Verwertete Erfahrung; E = Eigenständigkeit; I = Intelligenz; t = laufende Beziehungszeit (in Monaten); A = Aussehen; K = Kleidung; G = Geschmack; GE = Gewisses Etwas; GM = Gemeinsam Erlebtes, z. B. Duschen oder auf einer Kühlerhaube liegen.«
Die Formel war übrigens keineswegs ironisch gemeint; im Konvolut des »Weiberromans« wie auch im Briefwechsel mit Schmedt auf der Günne finden sich zahlreiche ähnlich sinnlose Gleichungen (s. Mappe TuZ/TaLi [16ff.]).

86 Mitte der 70er Jahre errichtete die Stadt Wien einen Gemeindebau an der Löwengasse (3. Bezirk), der nach Entwürfen des Malers Friedensreich Hundertwasser gestaltet und bemalt wurde. Das Gebäude avancierte, sehr zum Ärgernis der darin Wohnenden, sofort zu einer touristischen Sehenswürdigkeit, vor deren Außenfassaden sich stets eine gewisse Menschenmenge, wie sagt man? »tummelte«.

87 Zu jenem Zeitpunkt zwar noch nicht – aber immerhin *kam* er wieder frei, und zwar unverletzt ... Typisch Österreich: ein Skandal, aber mit glimpflichem Ausgang, vergleichbar dem Einsturz der Reichsbrücke im August 1976: Der ereignete sich knapp vor dem Morgengrauen, wo sich erst ein einziger – leerer – Bus darauf befand!

88 S. Anm. 28.

89 Zu Buback, Ponto, Schleyer: vgl. Anm. 53,71. Der »Bayer«, dem der Uhren-Dieter (bzw. sein Alter ego) als nächstes – via Entführung durch die RAF – den Tod an den Hals wünscht, ist Franz Josef Strauß, langjähriger Parteivorsitzender der CSU.

90 Hauptverkehrsader rund um die inneren Bezirke Wiens.

91 Das war Schattschneider nun wirklich nicht; die RAF stand ihm seit je genauso fern wie jede andre politische Gruppierung oder Partei.

92 *Allerdings* hatte Schattschneider »was verpaßt« – den ganzen heißen, den »deutschen« Herbst, in dem's zum offnen Konflikt zwischen der RAF und »dem Staat« kam (zur Entführung und Ermordung von H. M. Schleyer etc. vgl. Anm. 71).

93 Nach heftiger Diskussion im Jahr zuvor trat in der BRD am 1. Januar 1978 das Bundesdatenschutzgesetz in Kraft. Als Kontrollinstanz wurde ein »Bundesbeauftragter für den Datenschutz« eingesetzt. – *Das* immerhin hatte Schattschneider also mitgekriegt!

94 Angeblich soll sie sogar gesagt haben »vom Karavan diktiert«. Doch das hat Schattschneider sicher bloß erfunden.

95 Film von John Badham, mit dem die Diskowelle begann (Comeback der *Bee Gees*!) und John Travolta schlagartig berüchtigt wurde.

96 Ein Geleezuckerl, quadratisch, zäh. *Das* Kinovergnügen in Wien.

97 Vgl. Anm. 80.

98 Leider zunächst bloß in den Flur, wo er uns (während Tania ihren Waschbeutel nach geeigneten Badezusätzen durchsuchte) die *vollen*, die »richtigen« Doppler vom Zielpunkt zeigte, bei denen er das Etikett bereits abgelöst hatte: Ebenjene abgelösten Etiketten würde er in einem nächsten Schritt auf die *leeren*, die »falschen« Flaschen kleben (die wer-weiß-woher waren, von Hofer, Billa, Julius Meinl) und: dafür problemlos vom Zielpunkt das Pfandgeld kassieren. – Die *vollen* Flaschen dagegen, die notgedrungen mit den Fremdetiketten zu bekleben waren, würde er sukzessive zu den nächsten Partys mitnehmen: Auf diese Weise, so bezwirbelte er die Spitzen seines Schnurrbarts, ohne daß es da spitze, bezwirbelbare Enden im eigentlichen Sinne gegeben hätte: auf diese Weise sei er in der beneidenswerten Lage, auf Monate hinaus zu jedem Fest eine Weinflasche mitbringen zu können, mit dessen Etikett der Gastgeber sicherlich seine Probleme hatte.

Vorausgesetzt, er war Schotte, »richtiger« Schotte wie John!

99 Davon kann keine Rede sein, in den »Popklub« gingen wir ausschließlich

samstags. Am Freitag liefen ja die aktuellen Hits – die interessierten uns nicht.

100 Vgl. Anm. 81!

101 Verabschiedet am 16.2.1978.

102 Das ist definitiv auszuschließen, denn die Demonstrationen gegen Gorleben begannen erst ein Jahr nach Max' Besuch – im Herbst 1979.

103 Gottseidank hat sich Schattschneider auch mal einen Kalauer verkniffen! Besagtes »Vogelparadies Lange Lacke«, ein kleines Naturschutzgebiet östlich des Neusiedler Sees, nennt der Wiener nämlich gern »Vögelparadies Lange Latte«.

104 Vgl. Anm. 81!

105 Allgemeines Krankenhaus.

106 Völlig an den Haaren herbeigezogen, die ganze Szene! Doppler – wenn nicht: grundsätzlich alle, so zumindest: diejenigen, die *wir* tranken – hatten ausnahmslos Schraubverschluß.

107 Ein früher – und wahrscheinlich der einzig bedeutsame – Film von Wim Wenders (1975).

108 Das Frage-Antwort-Spiel, dessen Anfang Schattschneider im folgenden beschreibt, war seinerzeit sehr in Mode: angewandter Freud, gewiß, aber wenn man mal der richtigen Frau die Fragen stellen konnte … ein echter Klassiker!

109 Genaugenommen hätte Schattschneider somit *drei* Gedichte verfaßt; sein literarischer Stellenwert dürfte damit freilich kaum höher zu veranschlagen sein.

110 Vgl. Anm. 105.

111 Das wußte er freilich schon auf S. 144! Ein kurzes Fragment steht offensichtlich in unmittelbarem Zusammenhang:
»*Das ist zuviel an Frau*
, das ist Körperverletzung.« (G2[201])
Vgl. dazu wiederum »Katarina«, S. 325.

112 Zu den Wiener Biersorten s. Anm. 73.

113 S. Anm. 62.

114 Korrektur meinerseits; im Text eigentlich: »[…] daß ihr Eckart beim Umzug bloß unter die Arme gegriffen habe«.

115 Natürlich habe ich sie heimgebracht!

116 Gemeint ist der 16. Bezirk: Ottakring – ein Arbeiterviertel wie der 15. auch (in dem Tanias damalige Wohnung lag).

117 Die Schmach von Córdoba im einzelnen:
1:0 Rummenigge (19. Min.)
1:1 Vogts (59. Min., Eigentor)
1:2 Krankl (66. Min.)
2:2 Rummenigge (72. Min.)
2:3 Krankl (87 Min.)

Dazu Krankl: »Wann i an Deitschn siech, werd i zum Rasenmäher.«

118 Vgl. Anm. 90.

119 Hieß die Gaststätte eines Schrebergartenviertels, soweit ich mich erinnere.

120 Im Manuskript eigentlich: »Kannst du schweigen wie zwei Gräber?« – Kalau, Kalau!

121 »Deutschland im Herbst«: Ein Gemeinschaftsfilm von elf Regisseuren, u. a. R. W. Fassbinder, V. Schlöndorff, A. Kluge, als Reflex auf die Ereignisse des »deutschen Herbstes« '77 (Schleyer-Entführung, Stammheim etc.); kam im März '78 in die Kinos.

122 und, nicht zuletzt, aller Unbeteiligten!

123 Im Klartext: Für jedes Kalenderjahr wurden sämtliche relevanten Frauen in eine Rangfolge gebracht, völlig unabhängig von der Art der Beziehung bzw. Nicht-Beziehung zu ihnen, und auf ihren Zahlenwert reduziert: 10 Punkte für die Erstplazierte, 9 für die Zweite usw.
Die von Schattschneider im Text wiedergegebene Tabelle weicht übrigens derart von der damals angefertigten ab, daß ich mich bemüßigt fühle, unsre *tatsächliche* Bestenliste aus meinen Unterlagen nachzutragen – und auch, des besseren Verständnisses wegen, die entsprechenden Jahrestabellen:

	1972			1973	
Schattschneider	*Beinhofer*		*Schattschneider*	*Beinhofer*	
1) Kristina (-)	1) Kristina (-)		1) Kristina (k)	1) Kristina (-)	
2) Larissa (-)			2) Larissa (-)	2) Iris (-)	
			3) Astrid (-)	3) Jasmin (-)	
			4) Nadine (k)		

	1974			1975	
Schattschneider	*Beinhofer*		*Schattschneider*	*Beinhofer*	
1) Kristina (-)	1) Kristina (-)		1) Toni (k)	1) Kristina (-)	
2) Larissa (-)	2) Iris (k)		2) Lizzy (k)	2) Birgit (k)	
	3) Jasmin (-)		3) Franzi (k)		
			4) Kristina (-)		

	1976			1977	
Schattschneider	*Beinhofer*		*Schattschneider*	*Beinhofer*	
1) Kosima (v)	1) Birgit (v)		1) Tania (v)	1) Tania (-)	
2) Toni (v)	2) Kristina (-)		2) Kosima (v)	2) Angie (v)	
3) Gisi (k)			3) Die Rothaa-	3) Kosima (-)	
			rige (-)		
				4) Birgit (v)	
				5) Theres (-)	
				6) Kristina (-)	

1978 (incl. August)

Schattschneider	Beinhofer
1) Janet (-)	1) Kosima (v)
2) Jacqueline (Amsterdam;v)	2) Tania (-)
3) Tania (v)	3) Angie (v)
4) Die Rothaarige	4) Birgit (k)
5) Lotti (k)	
6) Trixi (k)	
7) Franzi (k)	
8) Theres (k)	
9) Felizitas (»v«)	

Ewige Bestenliste (von 1972 bis August 1978)

Schattschneider	Beinhofer
1) Kristina: 37 (k)	1) Kristina: 53 (-)
2) Larissa: 27 (-)	2) Birgit: 33 (v)
3) Kosima: 19 (v)	3) Tania: 19 (-)
4) Tania: 18 (v)	4) Kosima: 18 (v)
5) Die Rothaarige: 15 (-)	Iris: 18 (k)
6) Janet: 10 (-)	6) Angie: 17 (v)
7) Jacqueline: 9 (v)	7) Jasmin: 16 (-)
8) Astrid: 8 (-)	8) Theres: 5 (-)

Daß derartige Berechnungen die Realitäten arg verzerren, begriff Schattschneider bereits in jener Septembernacht, beim ungläubigen Blick auf seine Gesamttabelle. Prompt verfeinerte er das Verfahren in den folgenden Wochen dahingehend, daß die Plazierungen innerhalb der einzelnen Jahreslisten nicht mehr zwangsläufig mit Punkten von 10 bis 0 vergütet wurden, sondern mit *willkürlich* festgesetzten Werten von 50 bis 0. Damit brachte er sich im übrigen selber auf den Punkt: Liebte er die statistische Beweisführung doch erst dann, wenn er sie nach Gutdünken gefälscht hatte. Als habe er das im Rückblick erkannt, verkürzte er schließlich seine umfangreichen Tabellierungsversuche auf eine einzige, knappe Darstellung im folgenden Fragment.

124 Natürlich schrieb ich, allerdings keinen Weiberroman! Und schon gar nicht den hier vorliegenden – ein perfider Schachzug Schattschneiders: der zufrieden sein könnte, daß ich seinen Text *ediere*!

125 Spielt Saxophon und Keyboard.

126 Vgl. Anm. 81!

127 Der Anschluß eines Anrufbeantworters war seinerzeit noch von der Post verboten.

128 Vereinbarungsgemäß!
129 Vgl. Anm. 81!
130 Das hatte sie in der Tat – auf FS 2, zur besten Sendezeit. Nach Nina Hagens Einlage flog der Moderator der Sendung, ein Herr Dr. Dieter Seefranz.
131 Weitere Fragmente zu Tania, deren es eine erkleckliche Anzahl gibt, ließen sich leider nicht zuordnen.

Anmerkungen zu »Katarina«

1 Die Lüftungsrohre im »Stella« sind weder silbern, noch schillern sie; sie sind grau.
2 Die gleichnamige LP/CD von *Tom Petty And The Heartbreakers* kam erst 1991 auf den Markt!
3 An der Stelle dieses Geschäftes hat vor kurzem eine Filiale der Welt-der-Erotik eröffnet.
4 Im Verlauf seines »Katarinaromans« benutzt Schattschneider des öfteren Fehler- oder sonstige Programm-Meldungen aus der DOS-/WORD-Welt, ausnahmslos in Kapitälchen gehalten, die ich nicht verstehe und am liebsten, so mir die Hände bei einer historisch-kritischen Edition nicht gebunden wären, getilgt hätte: Seit jeher schwöre ich auf Apple und bin nicht gewillt, mich aufgrund einiger kryptischer Textpassagen in die prähistorischen Abgründe der PC-Welt hinunterzuforschen.
5 Die Kehrwoche, ein starkes Stück Stuttgart. Es gibt sie in kleiner und in großer Ausführung: Die *kleine* beinhaltet lediglich das turnusmäßige Kehren resp. Wischen des eignen Treppenhausabschnittes. Die *große*, und auf die bezieht sich Scheuffele ganz offensichtlich, ist dagegen Angelegenheit des gesamten Hauses und umfaßt Reinigung des Dachbodens (»d'Bihne« = »Bühnenraum«), der Kellertreppe und Wege am Wohngebäude, im Winter natürlich auch das Schneeschippen. Ein Schild vor der betreffenden Wohnungstür zeigt an, wer gerade »Kehrwoche hat«; sie wird in der Regel am Samstagvormittag absolviert, mitunter bereits am Freitagnachmittag. Heutzutage im Aussterben begriffen.
6 Zu Schattschneiders »Kefirkultur« s. Anm. 32!
7 Gregors Hang zur Umbegreifung der Begriffe ist ja hinlänglich bekannt; »Hegel« scheint mir nichts mit dem schwäbischen Philosophen zu tun zu haben, sondern mit seiner, Gregors, Lust an Lautmalerei: ein privates Signalwort ohne spezifische Bedeutung, eine Art »Alles klar«.
8 In Schattschneiders Manuskript(en) steht hier wie andernorts »Purserette«, der in Fachkreisen übliche Terminus für »Chefstewardeß«; ich habe mir erlaubt, ihn zugunsten einer besseren Lesbarkeit des Textes durchgängig zu ersetzen.

9 Strumpfhosenmarke. Teuer. – Vgl. S. 260.

10 Geiselnahme zweier Gladbecker Bankräuber am 16.8.'88, deren dramatischer Verlauf von den öffentlichen Medien regelrecht als »Reality-TV« inszeniert wurde. Am 18.8. erstürmte die Polizei schließlich den Wagen der Entführer, dabei kam eine der beiden Geiseln ums Leben. Anschließend heftige öffentliche Diskussion über das Verhalten von Polizei, Politikern und insbesondere Medien.

11 Allerdings wurde der Ministerpräsident von Schleswig-Holstein (der durch die »Barschel/Pfeiffer-Affäre« schwer belastet und zu einem höchst bizarren Ehrenwort getrieben worden war) bereits am 11.10.*1987* tot aufgefunden –, und obwohl sein rätselhaftes Ende (Mord? Selbstmord?) z. T. noch nach Jahren in den Medien diskutiert wurde, will es mir recht weit hergeholt scheinen, daß auf Vossenkuhls Party darüber gesprochen worden sein soll.

12 Am 15.5.'88 begannen die Streitkräfte der UdSSR – nach über achtjährigen, äußerst verlustreichen Kämpfen gegen diverse Widerstandsgruppen – mit ihrem Rückzug aus Afghanistan: der Anfang vom Ende des sowjetischen Imperiums.

13 Vermutlich der Philosoph Robert Löffelholz?

14 Möglicherweise der Designer Kurt Schuh?

15 Mit an Sicherheit grenzender Wahrscheinlichkeit die Gräfin Barbara ***?

16 Der Film »Leningrad Cowboys Go America«, in dem eine mittelmäßige Pop-Band vor allem durch ihr schrilles *Outfit* (extrem lange Koteletten, spitze Schuhe etc.) auffällt, wurde erst 1989 gedreht und lief im Sommer 1990 in den Kinos an. Schattschneider befand sich zu diesem Zeitpunkt längst in einer anderen Geschichte. – Gemeint ist höchstwahrscheinlich Fritz J. Rummler, der seit 1987 in der Feuilletonredaktion der »Stuttgarter Zeitung« arbeitete. Von ihm ist der Ausspruch überliefert: »Du glaubst zu tunneln und du wirst getunnelt.«

17 Das klingt sehr nach Ulrich Keicher, dem Verleger u. a. der Reihe »Roter Faden«. – Schattschneider versuchte während seiner Stuttgarter Jahre mehrmals, Herrn Keicher zu überreden, seine (zwei!) Gedichte ins Verlagsprogramm zu übernehmen; dieser lehnte aller Wahrscheinlichkeit nach stets rundheraus ab, denn einen derartigen Band gab es und gibt es nicht.

18 Leib- und Magenwein der Stuttgarter, rot. Wird angeblich nur im Schwäbischen kultiviert und so gut wie nicht »exportiert«.

19 Tatsächlich befindet sich das Stuttgarter Schriftstellerhaus in der Kanalstraße 4; es beherbergt – neben Usch Pfaffinger, der langjährigen Leiterin – in seiner Dachwohnung wechselnde Autoren, die dort ein jeweils dreimonatiges Stipendium verbringen.
Daß Schattschneider »seit Jahren« mit ihr grollte – so Frau Pfaffinger –, lag an dessen mehrfach vorgetragenem Wunsch nach einer Lesung im Schriftstellerhaus (aus seinen zwei Gedichten?), den sie ihm verständlicherweise

ebenso beharrlich abschlug. Es muß Schattschneider ziemlich gequält haben, ausgerechnet neben einem Schriftstellerhaus zu wohnen, in dem jede Menge etablierter Autoren verkehr(t)en: Oder warum sonst erzählt er 136 Seiten lang fast vollständig um dieses Schriftstellerhaus herum?

20 Schattschneider bezieht sich ganz offensichtlich auf unsere längst ad acta gelegte Hundert-Punkte-Liste-für-den-heiratswilligen-Jungperpel; freilich ist von deren wissenschaftlichen Ansätzen hier nicht mehr übriggeblieben als der Terminus, der ein rein intuitives Spontanurteil kaschiert.

21 Variation der bekannten Eingangsverse aus Platens Gedicht »Tristan«.

22 Im Konvolut der Fragmente, die sich keiner der acht Episoden (G1-G8) eindeutig zuordnen ließen, findet sich das folgende – vielleicht bezieht es sich (auch) auf Katarina:
»Im Grunde fror sie sich
durchs ganze Jahr, mit einer Intensität, die erschreckte, wenn sie ihre vereisten Füße nachts herüberschob und man seinen beiliegerischen Aufwärmpflichten nachzukommen hatte (obwohl man ja eigentlich längst hätte abgehärtet sein müssen: *alle* Frauen froren beständig, keine einzige gab's, die ihr Temperament nicht spätestens in den Fußspitzen verlor). Doch wenn man nur spät genug zurückkehrte von einer Solokneipkur, dann glühte ihr kompletter Körper unter der Bettdecke wie ein Toaster, an dem man sich rösten konnte.« (TuZ/S[117])

23 Welche Fogal-Strumpfhose Schattschneider hier beschreibt, ließ sich nicht mehr recherchieren und ist zudem vollkommen unwichtig; Max Schmedt auf der Günne erklärte im übrigen, Katarina habe – zumindest in ihrer Marburger Zeit (vgl. S. 130, 166) – sehr wohl auch Bi-Strumfhosen resp. -Strümpfe getragen; Schattschneiders absurde Polemik gegen Bi ist, wie manch andre ebenso, allenfalls ein Stilmittel.

24 Zu Schattschneiders »Kefir« s. Anm. 32!

25 Hilfswissenschaftler-Stelle. Die Aufgabe des Hiwis besteht in der Regel darin, Bücher für den Professor aus den Regalen zu holen, Wörter darin zu suchen oder sogar ganze Sätze, die Bücher zurückzuräumen in die Regale. Kopieren können sollte er auch.

26 Wie er das freilich getan haben will, zumindest *offiziell* getan haben will, ist mir schleierhaft: Denn seit September 1984 *wohnte* er zwar in Stuttgart, *lehrte* aber (bis 1993) an der Universität Bayreuth! – Sei's drum, Schattschneider führt die *Romanfigur* Vossenkuhl als Professor an der Uni Stuttgart ein.

27 MS-DOS 3.3: die seinerzeit aktuelle Version des Betriebssystems von Microsoft; WORD: ein weitverbreitetes Textverarbeitungsprogramm (in der damals aktuellen Version 4.0), ebenfalls von Microsoft; WINDOWS: eine graphische Benutzeroberfläche zur vereinfachten Handhabung von MS-DOS – im Jahre 1988 als Version 1.0 und damit erst am Beginn ihres weltweiten Siegeszugs. Auch dahinter steckt(e) selbstverständlich Microsoft.

28 Was das hier wohl zu suchen hat? Ich kenne es ansonsten nur aus Grimms Märchen; im Anhang derselben wird es von den beiden Herausgebern folgendermaßen erklärt:
»Löweneckerchen ist das westphälische Lauberken, nieders. Leverken, altholl. Leeuwercke, Leewerick, Lewerk, Lerk, unser Lerche.« (zit nach: Brüder Grimm: Kinder- und Hausmärchen. 3 Bd. Hg. von Heinz Rölleke. Stuttgart: 1980, Bd.3/S. 164)
Aber was hat die Lerche auf dem Weihnachtsmarkt verloren? Manchmal ist mir Schattschneider ein Rätsel.

29 Salman Rushdies Roman »Die satanischen Verse« erschien zwar 1988 auf englisch (und veranlaßte bekanntlich den Ayatollah Chomeini, ein »Todesurteil« gegen den Autor zu verkünden); auf deutsch lag der Roman allerdings erst 1989 vor ... oder sollte ihn Katarina etwa im Original gelesen haben?

30 Tiramisu?

31 Sowohl Mörder als auch Fußballwimpel gehören der Vergangenheit an: Der »Brunnenwirt« wurde mittlerweile renoviert, wie man mir versichert, renoviert in des Wortes schrecklichster Bedeutung.

32 Kefir wird bekanntermaßen aus Stuten-, mindestens Kuhmilch gewonnen. Wenn Schattschneider hier wie andernorts von »Kefir« spricht, so meint er *Wasser*kefir, dessen Wirkung die gleiche sein soll: Verhinderung von Fäulnis im Darm mit der Folge, ein Mindestalter von 110 Jahren zu erreichen, jedenfalls als Kaukasier. –
Zubereitung:
6 Eßlöffel Kefirpilz
100-150 Gramm Zucker
3 getrocknete Feigen
$1/2$ Zitrone mit Schale
etwa 2 Liter Wasser
gut umrühren
24 Stunden stehenlassen
gut umrühren
24 Stunden stehenlassen
absieben, die halbe Zitrone auspressen und ihren Saft dazugießen, trinken. Den Kefirpilz zur Hälfte wegwerfen, die andre Hälfte unter fließendem Wasser gut auswaschen, dann alles von vorn.

33 Ganz zu schweigen auch davon, daß es Schattschneider, so lange ich ihn kenne, immer irgendwie schaffte, beim Rasieren einige Bartstoppeln zu übersehen – falls er sich *überhaupt* rasierte!

34 Vgl. S. 217.

35 Auch in Stuttgart trinkt man den Wein in Viertel- (»Virdele«) und Achtelliterportionen (»Achdele«).

36 »Die damit verbundenen Geräusche in anderer Weise wiedergebend, ist das

unser volkstümlicher Ausdruck für hochsprachlich: ›an etwas lutschen‹. Ein
›Schlotzer‹ ist dementsprechend ein (Stoff- oder Gummi-)Lutscher; ein
›Virdelesschlotzer‹ einer, der gerne Wein trinkt« (Friedrich E. Vogt: Schwäbisch auf deutsch. Herkunft und Bedeutung schwäbischer Wörter. Reutlin-
gen: Knödler ³1987, S. 92).

37 Im Original eigentlich: »[…] ferkelte gleich noch mit ihrer feudeligen Zungenspitze über seine Zähne.« Handschriftlich von Schattschneider korrigiert zu: »[…] feudelte gleich noch mit ihrer ferkeligen Zungenspitze über
seine Zähne«. – *Beide* Versionen sind Unsinn.

38 Ins nähere Umfeld sicher das Fragment G3[191]:
»*Spitzenreiter*
in der ungeschriebnen Tabelle des erotischen Warenwerts: die Wärmflasche,
der Badeschuh, das Lieblings-Sweatshirt, die Haus-Socke, das Dörrobst,
der Hüttenkäse, die (ausgezogne) Strumpfhose (muß fortgesetzt werden).«

39 Eventuell im Anschluß das Fragment:
»*Wann der Faden gerissen war*
, der früher mal ein breites Band gewesen und noch früher ein gewaltiges
Sprungtuch, auf dem sie zum Himmel gehüpft Tag & Nacht – Gregor wußte's nicht. Wahrscheinlich beim Zähneputzen, beim Blick in den Spiegel,
wo sich eine seitenverkehrte Katarina die Achseln glattrasierte, war's eines
Morgens soweit gewesen: ohne daß es irgendwer bemerkt hätte oder gar be-
wirkt, vielleicht war (wie man sagt) die Zeit bloß reif dafür gewesen. Und sicher liebten sie sich (wie man sagt) nur desto mehr, seitdem sie nicht mehr
verliebt waren.« (G3[194])

40 Vgl. Anm. 7.

41 Ein Computerspiel, bei dem es »herabfallende« geometrische Formen geschickt zu stapeln gilt – jedenfalls nach Auskunft entsprechender Speziali-
sten: K. JOHN @ame.osn.de und http://lycos-tmp1.

42 Sol: Mexikanische Biersorte, während der 80er von gewissen Kreisen sehr
gern in der Öffentlichkeit getrunken.

43 Eine Nobeldiskothek ist das »Monument« (Calwer Str. 31) mittlerweile
längst nicht mehr.

44 »Glasnost« (= Öffentlichkeit, Transparenz) und »Perestroika« (= Umbau):
die beiden programmatischen Schlagworte der umfangreichen Reformbe-
strebungen, die Michail Gorbatschow seit 1985 als mächtigster Mann der
UdSSR auf politischer wie wirtschaftlicher Ebene zu verwirklichen suchte.

45 Lola – welche Papageienart sich hinter diesem Namen verbarg, ließ sich
nicht eruieren.

46 Für den einen oder andern Leser mag es durchaus von Interesse sein, daß
Nico *in Wirklichkeit* ein etwa sechzigjähriger Grieche ist, der zwar seit Jahren schon seinen Salon in der Kanalstraße betreibt, aber eben – ein Grieche
ist und bleibt, wie ich mich bei einem Lokaltermin während der Editionsarbeiten selber überzeugen konnte, ein *netter* Grieche. Und keinesfalls ein

Urschwabe, wie es in Schattschneiders Darstellung den Eindruck erwecken muß.

47 An »Emmanuelle«, das wir uns als »Emanuela« im Sommer '77, kaum daß ich nach Wien gezogen, gemeinsam ansahen, kann ich mich wohl erinnern (Silvia Kristel!); an Fortsetzungsfolgen dagegen nicht. Abgesehen davon frage ich mich, ob derartige Softpornos überhaupt in Thailand produziert wurden.

48 Ein Dienstleistungsprogramm von der Firma Symantec. Soll die Produktivität der Festplatte erhöhen.

49 Grober Fehler Schattschneiders! Sabine Leutheusser-Schnarrenberger betrat die Bonner Bühne (als Justizministerin) am 17.11.*1994*, um sie am 17.1.1996 wieder zu verlassen; im Jahre 1989 hätte die FDP immerhin eine »Irmgard Adam-Schwätzer« aufzubieten gehabt (die damalige Staatsministerin im Auswärtigen Amt) oder eine »Cornelia Schmalz-Jacobsen« (Generalsekretärin der FDP).

50 Von Januar bis März '89 war das Arne Schmidt, ein begnadeter Essayist aus Tellingstedt und eingetragnes Mitglied der »Freunde des Semikolons e. V.«; s. auch Bibliographie.

51 Die gängigsten Stuttgarter Biersorten sind Dinkelacker, Goldochsen, Sanwald und Stuttgarter Hofbräu; ein Plochinger Waldhornbräu wird wahrscheinlich allenfalls in Plochingen (einem Esslinger Vorort) ausgeschenkt. – Im »Brunnenwirt« trinkt man seit eh und je Dinkelacker.

52 Im Schwäbischen nennt man (junge) Frauen »Menscher«.

53 Ins Umfeld jener Textstelle könnte Fragment G3[180] passen:
»Spaßige Vorstellung
: ihre Jil Sander-, Joop!- und Wie-sie-alle-heißen-Kostümchen im Herzen Afrikas, auf einem wüsten Haufen inmitten andrer sogenannter Kleiderspenden, und die armen Negermamis kneifen tapfer ihre breiten ▇▇ ▇▇ zusammen und probieren dies, probieren das, doch nichts will passen oder gar taugen für den Dschungel, die Steppe, das harte Leben am Rande des Lebens.«

54 Irische Sängerin, mit ihrem Nr. 1-Hit *Nothing Compares 2U* kam sie erst im Januar '90 groß raus. Hatte aber schon vorher einen kahlrasierten Schädel.

55 MG: Marxistische Gruppe; ihre Mitglieder tauchten gern in Vorlesungen auf, um diese durch gezielte Hinterfragung zu sprengen. Leider meist nur mittelwitzig.

56 Das sang Jürgen Marcus.

57 Sehr unwahrscheinlich. Da ich Marietta (s. u.) erst Anfang der 90er kennenlernte, kann ich meinen Brief unmöglich bereits vor dem 22.4.1989 (= Gregors Geburtstag; vgl. S. 304) geschrieben haben.

58 Und zwar nicht etwa nur eine *halbe*, sondern eine *ganze* Assistentenstelle: Ab dem Wintersemester 89/90 war ich »Wissenschaftlicher Rat auf Zeit«!

59 Von wegen! Völlig unvorstellbar! Glatte Erfindung Schattschneiders!

60 Ich erinnere mich ziemlich genau, daß ich schrieb: »Besonders enttäuschend waren ihre Jeans – noch immer von Mustang!«

61 Von wegen! Völliger Blödsinn! Glatte Erfindung Schattschneiders!

62 Die hier folgende mehrseitige Beschreibung Mariettas, die damals zweifellos recht positiv ausfiel, erscheint mir mittlerweile überholt; ich habe mir erlaubt, den entsprechenden Passus aus »meinem« Brief herauszulösen und zu vernichten. – Im übrigen verweise ich auf Mappe G4, in der 352 Fragmente zusammengetragen sind, die mittelbar oder unmittelbar mit der Person Mariettas zusammenhängen.

63 Erneuter Versuch Schattschneiders, *mich* mit der Autorschaft seines »Romans« zu belasten – absolut lächerlich. Ich verweise auf meine Anmerkung 124 zum Abschnitt »Tania« sowie auf die Editorische Notiz, S. 380.

64 Müßig zu sagen, daß dies *nicht* der Schluß meines Briefes ist, so wie *ich* ihn seinerzeit geschrieben habe. Gesagt werden muß es aber eben doch.

65 In J.R.R. Tolkiens Romantrilogie »Herr der Ringe« werden die Hobbits – menschenähnliche Phantasiekreaturen – erst mit 33 Jahren »mündig« (zit. nach: Stuttgart ^{12}1984, Bd. 1/S. 33).

66 Einen Imbiß namens »Bernie's Nudelbrett« gab es in Stuttgart nie; Schattschneider meint vielleicht den Nudelmacher, der im übrigen nur wenige Schritte vom Metzger Wild entfernt ist.

67 Geburtsort des Astronomen Johannes Kepler, etwa 30 km westlich von Stuttgart.

68 »Nur noch in Verbindungen wie ›do musch ufbassa wie a Häftlesmacher‹. (Urspr. einer, der ›Haft und Haken‹ herstellte, kleine Ösen aus Draht, die bei der Anfertigung sorgfältiges Aufpassen verlangten)«; zit. nach: Das neue Dictionärle. Schwäbisch von A–Z. Göppingen: Herwig (ohne Angabe von Autor, Erscheinungsjahr, Seitenzahl).

69 Weilimdorf ist längst eingemeindet in Stuttgart. – Weilimdorfteich des Örtchens, das vor Inkrafttreten des Volkshumors sicher so ähnlich wie Warmbronn, Kirchentellinsfurt, Niefern-Öschelbronn geheißen haben mochte, weil im Dorfteich gerade ein Tauchwettbewerb stattfand und der erklärte Favorit, ein allseits beliebter Pfandleiher, seit annähernd zwölf Stunden unter Wasser gehalten wurde – neuer Rekord! –, auf daß die versammelten Dörfler erst mit Hurra-Geschrei, dann mit dem Abspielen der Siegerhymne und schließlich mit dem Verzehr alkoholischer Getränke bei gleichzeitiger Intonation bekannter Volksweisen ihrer Freude Ausdruck verleihen konnten: Weilimdorfteich ein Tauchwettbewerb stattfand, wurden die Glockensignale aus dem späteren Weil der Stadt fünf Tage lang überhört …

70 »Gefährliche Liebschaften«: Film von Stephen Frears nach dem gleichnamigen Briefroman von Choderlos de Laclos. Neben Uma Thurman spielte darin vor allem Michelle Pfeiffer.

71 Schlußsatz von Wittgensteins »Tractatus logico-philosophicus«.

72 Vielleicht von Fragment G2[293]:

»Gregors Rache für den Abend mit ›Andrea Sanders‹

1. hätte damit begonnen, daß er, zusammen mit Walle und Ecki, den Wegensteiner Poldi zwingen würde, sich auszuziehen – angesichts der Übermacht würde der Poldi auf jede Gegenwehr verzichten – und in einen Überseekoffer zu kriechen.

2. wäre fortgesetzt worden mit einer VW-Panzer-Fahrt zum ›Z-Club‹, wo seit zwei Jahren die ›Rocky Horror Picture Show‹ lief. Während sich die Zuschauer bisheriger Vorstellungen darauf beschränken mußten, mit Reis um sich zu werfen oder ein paar Maikäfer aufsteigen zu lassen (die natürlich zielstrebig zum Projektor schwirrten), so hätten sie diesmal drei Deutsche gesehen, wie sie einen gewaltigen Koffer auf die Bühne wuchteten. Direkt unter die Leinwand.

   Hätten, kaum daß der Film angefangen, hätten gesehen, wie der Deckel von innen aufgetreten wurde, wie ein nackter Mensch ins Scheinwerferlicht blinzelte.

   Und den Deckel flugs wieder zuzog.

3. wäre vollendet worden mit [der Rest unleserlich]«

73 Im Juli?

74 Ein Aussichtspunkt am unteren Ende der Neuen Weinsteige; heißt tatsächlich so.

75 Anspielung auf Benns Autobiographie »Doppelleben«? Oder nur auf Walles Bemerkung von S. 313?

76 Die Kanalstraße ist eine winzige Fußgängerzone. Ob Katarinas Mutter tatsächlich bis vor die Tür fuhr, ist fraglich, wenngleich – angesichts der laufenden Ereignisse – auch nicht völlig auszuschließen.

77 Unwahrscheinlich, Ende Juli. Aber einer »Fogal-Frau« ist sogar zuzutrauen, daß sie auch an einem »südlichen Tag« nicht auf ihre Strumpfhosen (Strümpfe) verzichtet.

78 Gewagte These. Immerhin galt das Ozonloch über dem Südpol, das bereits 1982 von Experten als gravierend eingestuft wurde, im Juli '89 auch in Deutschland längst nicht mehr als bloße Erfindung der Industrie, um eine neue, FCKW-freie Kühlschrankgeneration auf dem Markt zu plazieren.

79 In Schwaben beliebter Roséwein; wird nur aus einer einzigen Rebsorte gewonnen.

80 Während der Sommermonate – und an solch heißen Tagen allemal, wie sie Ende Juli/Anfang August im Stuttgarter Kessel angeblich herrschen – sitzen die Gäste der »Kiste« fast ausnahmslos *vor* dem Lokal: an Tischen im Freien. Die Schilderung Schattschneiders erscheint unter diesem Gesichtspunkt überzogen, um nicht zu sagen: unglaubwürdig.

81 Im August 1989 war das William Totok, ein aus Rumänien emigrierter Schriftsteller deutscher Abstammung. – Vgl. auch Anm. 19.

82 Parfum von Chanel.

83 Yuppie: *Young Urban Professional*; Dink: *Double Income No Kids*.

84 Indische Biermarke.

85 Alles andere als Suppe! Nämlich eine opake Mischung aus Kesselfleisch, Leber- und Blutwurst, zusammen mit Sauerkraut im Topf erhitzt: eine Spezialität, sicherlich.

86 »Mei Sach«: schwäbisch-pietistisch für »meine Tage«.

87 Ab 1. September '89 war das Elmar Podlech, ein Hörspielautor aus Frankfurt.

88 Gemeint sind die allwöchentlichen Protestmärsche quer durch Leipzig, beginnend an der Nikolai-Kirche. Sie trugen nicht unwesentlich zum Untergang der DDR bei (»Wir sind das Volk!«).

89 Am 11. September '89 tat dies Ungarn – freilich »nur« für etliche tausend DDR-Bürger, die sich seit Wochen in die Budapester bzw. Prager Botschaft der Bundesrepublik geflüchtet hatten, um ihre Ausreise zu erzwingen: Damit war das Ende der DDR besiegelt.

90 Hierher sicher auch Fragment G3[209]:
»Nach Kant
, Darwin, Freud sei der Computer die vierte Kränkung der Menschheit, und jetzt bliebe vom Menschen wirklich nicht mehr viel übrig, das sich zu kränken lohne.«

91 Das Buch erschien dann doch erst 1995 – Wilhelm Vossenkuhl: Ludwig Wittgenstein. München: C. H. Beck (Beck'sche Reihe 532).

92 Wenig originelle Anspielung auf Gorbatschow und seine schnell sprichwörtlich gewordene Ermahnung Honeckers am 7.10.'89 anläßlich der 40-Jahrfeier der DDR: »Wer zu spät kommt, den bestraft das Leben.«

93 Obwohl sie hier (soweit ich die Darstellung chronologisch überhaupt exakt verfolgen kann) schon etwas überholt sind, können eigentlich nur die erzwungnen Massenausreisen Anfang Oktober '89 gemeint sein, vgl. Anm. 89. – Aber vielleicht ist dieses Fragment auch nicht an der richtigen Stelle plaziert.

94 7.10.1989; vgl. Anm. 92.

95 16.10.1989; vgl. Anm. 88.

96 Wahrscheinlich TuZ/Br[142], undatiert:
»Von Deinen Küchentischbriefen
habe ich nun schon ein halbes Dutzend erhalten. Ich möchte und werde Dir allerdings nicht darauf antworten, bitte Dich vielmehr, mich mit solchen Problemzetteln künftig zu verschonen. Worüber man nicht mehr miteinander sprechen kann, darüber kann man auch nicht schreiben. Versuch doch mal, mich einfach zu vergessen, so wie ich versuche, Dich zu vergessen. Danke.«

97 Am 18.10.'89 trat Erich Honecker, Partei- und Staatschef der DDR, »aus gesundheitlichen Gründen« von allen seinen Funktionen zurück. Neuer Generalsekretär des Zentralkomitees der SED wurde Egon Krenz, der besagte »Wende« in einer Rundfunk-/Fernsehrede verkündete.

98 Am 23.10.'89. Auch in vielen anderen Städten der DDR fanden an diesem Abend Demonstrationen statt.

99 »Zum ersten Mal können am 5.10.[1989] die Einzelhandelsgeschäfte donnerstags bis 20.30 Uhr geöffnet bleiben.« (Fischer Weltalmanach 1991, Frankfurt: Fischer Taschenbuch Verlag 1990, S. 143). – Aufgrund der vorangehenden wie der folgenden Ereignisse scheint mir hier am wahrscheinlichsten der 26.10.'89.

100 »Es ist nicht leicht, ein Gott zu sein« (Regie: Peter Fleischmann), »Sex, Lügen und Video« (Regie: Steven Soderbergh), »Der Koch, der Dieb, seine Frau und ihr Liebhaber« (Regie: Peter Greenaway) – allesamt Filme, die 1989 in den deutschen Kinos anliefen.

101 Am 7.11.'89 trat die Regierung der DDR geschlossen zurück, am 8.11. auch das gesamte Politbüro des Zentralkomitees der SED; vom »Selbstbestimmungsrecht für alle Deutschen« sprach Bundeskanzler Kohl in seinem Bericht zur Lage der Nation am 8.11.

102 Im Text eigentlich: »[…] durch die schwarzen Stoppeln (denn die Lufthansa hatte ziemlich schnell dafür gesorgt, daß ihr blauer Bubikopf wieder umgefärbt wurde), bevor sie […]«; ein derartiger Einschub würde aber, m.M. nach, hier mehr schaden als nützen.

103 Zu den Schwärzungen, über die Schattschneider hier Vermutungen Raum gibt, sie seien von einem andern als ihm selber vorgenommen: vgl. S. 376f. und »Kristina«, Anm. 32.
Zu Schattschneiders absurder Behauptung, *er* habe seinen Text mit Anmerkungen versehen bzw. mit einem »kompletten Anhang«: vgl. S. 380 und »Tania«, Anm. 124.

104 Am 9. November 1989 öffnete die DDR ihre Grenzübergänge zur Bundesrepublik, nachdem der Eiserne Vorhang zuvor schon an allen Ecken und Enden des Warschauer Paktes Schlupflöcher bekommen hatte – vor allem in Ungarn und der Tschechoslowakei. – Vgl. Anm. 89 und 93.

105 Den Fall der Berliner Mauer kommentierte Willy Brandt am 10.11.'89 mit dem Satz: »Jetzt wächst zusammen, was zusammengehört.« – Schattschneiders unglückliche Liebe zum Kalauer bricht sich leider viel zu häufig Bahn.

106 Das geschah erst im Herbst *1990*, insofern kann in besagtem Brief noch nicht davon die Rede sein; vgl. Anm. 57.

107 Gemeint ist natürlich die Berliner Mauer, die seit ihrer Öffnung am 9.11.'89 von sogenannten »Mauerspechten« stückchenweise demontiert wurde. Der Satz »Das Volk trägt die Mauer ab« fiel in einer Erklärung von Berlins Regierendem Bürgermeister Momper während der Neujahrsnacht.

108 »*Bloß nicht den Fehler machen*
, jetzt nach Berlin zu ziehen. Wäre das Eingeständnis, nicht mehr selber weiterzuwissen.« (G3[224])

109 Ende von Schattschneiders Aufzeichnungen zu »Katarina«?

5. Bibliographie

Eine Liste von Sekundärliteratur zu Schattschneiders Werk kann naturgemäß knapp ausfallen –, seine beiden Gedichtveröffentlichungen sind so gut wie unbeachtet geblieben. Erstaunlicherweise findet sich jedoch auch die eine oder andre Auseinandersetzung mit seinem »Weiberroman«, obwohl dieser doch erst in vorliegender Ausgabe der Öffentlichkeit zugänglich gemacht wird. Wahrscheinlich hat Schattschneider sein Manuskript (bzw. Teile davon) mehr Leuten gezeigt als bisher vermutet, wobei er es sicher nicht versäumte, auf dessen baldige Publikation in Buchform hinzuweisen.

Bartmann, H.[anns] C.[aspar]: Schatzschneider [sic!] – ein Lebensdramolett in drei nichtvollzognen Akten. In: Die Presse (Wien), 15.3.1994.

Böttiger, Helmut: Gedichte, Ornamente. Ein Blick auf die Lyrik des Jahres 1990. In: Stuttgarter Zeitung, 14.12.1990.

Cossée, Eva: Het brouwen van frambose-bier in de flamse geschidenis en schilderij [= Das Brauen von Himbeerbier in der Flämischen Geschichtsschreibung und Malerei]. In: [ohne Hg.]: Raster (Amsterdam) 3/1995, S. 12-19.

Hielscher, Martin: Immer nur Hähnchen und immer vergnügt. Über Sinn und Unsinn der Speisekarte in den »Kalkutta-Stuben«. In: Theo W. Herrmann (Hg.): Dichotomie und Duplizität. Grundfragen psychologischer Erkenntnis. Ernst August Dölle zum Gedächtnis. Bern: Hans Huber 1974, S. 249.

Hirsch, Klara: Verstohlen geht wieder der Mund auf. Dem Dichter Gregor Schattschneider als einem Seelenverwandten zugejubelt [Gedicht]. In: Christoph Buchwald und Friederike Roth (Hgg.): Luchterhand Jahrbuch der Lyrik 1988/89. Reifenspuren/Brachpfade. Darmstadt: Luchterhand 1988, S. 69 f.

Huber, Martin: Grün und Blau. Über die Betrachtung von Wald und Wasser bei Heine, Hesse, Handke, Hirschberg und Schattschneider. In: Ders. und Gerhard Lauer (Hgg.): Bildung und Konfession. Politik, Religion und literarische Identitätsbildung (= Studien und Texte zur Sozialgeschichte der Literatur. Bd. 59). Tübingen: Niemeyer 1996, S. 173-198.

Hünerkopf, Franz: Warum ich kein Pseudonym bin und einiges über die Zubereitung von Kochhennen unter besonderer Berücksichtigung von dicker, dünner und Pfefferminzsoße! Eine Erwiderung auf Schattschneiders Entwurf eines »Weiberromans«. In: Litfass. Zeitschrift für Literatur (München) 46/89, S. 64-65.

Killy, Daniel: »Mittari, säämiskä ja omenan siemenlokerot«. Kun tapasin kirjailija Gregor Schattschneider Amsterdamin porttolankorttelissa [= »Eine Parkuhr, ein Fensterleder, ein Apfelbutzen«. Meine Begegnung mit dem Dichter Gregor Schattschneider im Amsterdamer Rotlichtviertel]. In: Hans Fromm et al. (Hgg.): Jahrbuch für finnisch-deutsche Literaturbeziehungen. Helsinki: Deutsche Bibliothek. Nr. 20/1988, S. 75-81.

Ders.: »███████████████«! Anspråkslösa försöket att avsvärta »ställen«
i Gregor Schattschneiders »Weiberroman« [= »███████████████
███«! Bescheidner Versuch der Entschwärzung von »Stellen« in Gregor
Schattschneiders »Weiberroman«]. In: Åbo Akademi litteraturvetenskap-
liga skrifter, Åbo (Turku): Universitetsförlag 2/1989, S. 356-68.

Knapheide, Claus: Funktional-pragmatische Analyse der Ausdrücke »Brot« und
»Bier« in Gregor Schattschneiders Gedichten unter besonderer Berücksichtigung von Matthäus 14, 13-21. Hamburg (Ling. Mag.arb.) 1994.

Löw, Reinhard: Dürfen wir können, was wir glauben, tun zu müssen? Zum Problem der Abtreibung in der modernen Wegwerfgesellschaft. Augsburg:
Pattloch 1994 [darin mehrfach mahnende Erwähnung des »Weiberromans«].

Max & Moritz (Hgg.): Schlager, die wir nie vergessen. Verständige Interpretatio-
nen. Leipzig: Reclam 1997 [darin im Vorwort et passim kurz über Schattschneiders Verhältnis zum deutschen Schlager].

Ömel, Wolfgang und Jürgen Schabel: ÜSIEBRÜ. Kryptisches in Schattschneiders
Tagebuchnotizen. In: CompuServe. Das deutsche Literaturforum, e-mail:
102212.724@compuServe.com.

Politycki, Alfred: Deutschsprachige Schriftsteller von 1200 bis zur Gegenwart in
Schautafeln und Kurzkommentaren. Landau: Verlag Petra Knecht 1996
[darin »Nachkriegsautoren, die keiner literarischen Richtung zuzuordnen
sind«, S. 123 ff.].

Schimmel, Annemarie: »Rezepte zum Würzen von Riesenschnauzern«. Schattschneiders abscheuliche Einstellung zu unseren vierbeinigen Freunden. In:
[ohne Hg.]: Ex Orbe Religionum. Festschrift für Geo Widengren. 2 Bde.
Leiden: Brill 1972, Bd.2, S. 90-117.

Schmedt auf der Günne, Max: Im Schatten des Körpers des Schattschneiders.
Eine Erinnerung an einen Lengericher Bürger. In: Lengericher Wochen-
blatt. Der Lengericher/Lengericher Anzeigenblatt, Nr. 14/3.4.1996.

Schmidt, A.[rne]: Das Semikolon – Neger der Satzzeichen? Über Nutzen und
Nachteil der Zeichensetzung im Werke Gregor Schattschneiders und Arno
Schmidts. In: Friedhelm Rathjen (Hg.): Zettelkasten 8. Aufsätze und Ar-
beiten zum Werk Arno Schmidts. (= Jahrbuch der Gesellschaft der Arno
Schmidt-Leser 1990) Frankfurt: Bangert & Metzler 1990, S. 311-332.

Sommer, Volker, unter Mitwirkung von Amy Parish: »The Knight's Petty Crimes«
as a forefather of the »Holy John«. Gregor Schattschneider's attempts to hi-
bernate in »Cyberotica«, with special attention towards mail order, home
shopping and mouseclicking [= Vom »Kavaliersdelikt« zum »Heiligen Johann«. Gregor Schattschneiders Versuch einer Annäherung an die »Welt der
Erotik« unter besonderer Berücksichtigung des Originalkatalogs]. In: Pro-
ceedings of the Royal Gender Transpositions (Malibu) Nr.13/1977, S. 11-17.

Vignjević, Biljana: Dualitet, duplicitet, dubioza. »Ewige Bestenlisten« Gregora
Gustava Schattenschneidera [sic!] i Eckarta Beinhofera. Funkcionalno-

pragmatična komparacija sa postfeminističkog stanovišta [= Dualität, Duplizität, Dubiosität. Gregor Gustav Schattschneiders und Eckart Beinhofers
»Ewige Bestenlisten« – ein funktionalpragmatischer Vergleich aus postfemi-
nistischer Sicht]. In: Pro Femina. Časopis za žensku književnost i kulturu
(Belgrad) Nr. 2/1995, S. 17-21.

Vordermeier, Johannes Ulrich: »Wenn du zur schönen Wienerin gehst …«. In:
Die Abendzeitung (München), 20.5.1995.

Wilhelm, Verena: Der »Popklub« – Klischee und Wirklichkeit. Zur Thematisie-
rung der Rockmusik in Gregor Schattschneiders »Weiberroman«. Der Fal-
ter (Wien), Nr. 20/1986.

Zettl, Reinhard: »Kürzer. Viel kürzer.« Schattschneiders gestörte Beziehung zum
Fassonschnitt im Hinblick auf die Frisurentrends des Jahres 1989. In: Top
Hair International (München), Nr. 24/15.12.90, S. 30.

Zybura, Marek: »Może znajdę kiedyś martwą świnię«. Schattschneiders całkowi-
cie niepotrzebna i w dodatku zła proza. [=»Vielleicht finde ich ein totes
Schwein.« Schattschneiders Prosa.] In: Brulion (Warschau) 4/93, S. 131-144.

Sie müssen von jeder Generation immer wieder neu erzählt werden, die Liebesgeschichten, und zwar dringend. Zum Beispiel die von Gregor Schattschneider, dem 17jährigen »Vollromantiker«, der die blonde Kristina aus der Foto-AG anhimmelt und nicht wahrhaben will, daß die ganze Kleinstadt in das Mädchen mit der blitzenden Zahnspange verliebt ist. Oder die des Teilzeitstudenten Schattschneider in Wien, der sich lieber in Teufels Küche begibt, als der in jeder Hinsicht entwaffnend direkten Tania zuzugeben, wie sehr er sie mag, nein: liebt, nein: viel mehr noch. Oder die des Mittdreißigers Schattschneider in Stuttgart, der die schöne, deneuve-hafte Katarina verehrt und bewundert, aber das Begehren verlernt, sobald das Zusammenleben mit ihr das Gewohnte, das Gewöhnliche geworden ist.

Gemeinsam ist den drei Liebesgeschichten nur eines: sie gehen noch übler aus als von Schattschneider befürchtet. In schönstem Selbstbetrug schreibt er sie um, seine Katastrophen, und wir, die Leser, durchschauen seinen Arbeitstitel *Weiberroman* nicht nur als Maskerade, sondern merken sehr bald, was Schattschneider nicht bemerken wollte oder konnte: wie sehr sich dieser Selbstverhinderer vor seinem Glück versteckt, wie sehr er gelebt und geliebt hat, trotz allem.

Schattschneiders Geschichte ist, von ihm ganz und gar unbeabsichtigt, immer auch Zeitgeschichte und erzählt – mal staunend, mal ironisch – von Ostpolitik bis Mauerfall, von Schlaghosen bis Kefir-Diät, von dem, was uns umgetrieben hat in den »goldenen« 70er und 80er Jahren. Darüber hinaus lesen wir seine Aufzeichnungen mit dreifachem Vergnügen: als Buch der Liebesumwege, als Hommage an drei Frauen und als Roman einer Epoche, in dem die Stimmungen und Moden, die Musik, die Illusionen und Aufbrüche zum Greifen nah sind.